『華麗島文学志』とその時代

比較文学者島田謹二の台湾体験

橋本恭子

三元社

凡例

一、資料の引用に際しては、次のような基準に従った。

①旧字体の漢字は原則として通行の字体に改めた。

②仮名遣い、平仮名、片仮名の表記については、原文のままとした。

③西洋言語の片仮名表記は、引用文はそのままとし、本文では原語（多くはフランス語）の発音に合わせた。ただし、「ナショナリズム」については、煩瑣な使い分けを避けるため、原則として英語読みを用いた。

④西洋の人名・地名の片仮名表記については、原文のままとした。島田謹二の論文では、発表媒体によって、「ジヤン・ダルジエーヌ」、「ジァン・ダルジェーヌ」、あるいは「プロヴンス」、「プロヴァンス」など、表記の異なるものが若干あるが、いずれも出典の通りとした。ただし、本文では「ジャン・ダルジェーヌ」、「プロヴァンス」など、通行の表記を用いた。

⑤引用文に傍点が付されていた場合は「傍点――筆者」とし、橋本が引用文に傍点を付した場合は「傍点――引用者」と記した。

二、引用文を除き、当時の呼称である「本島人」、「内地人」などは「台湾人」、「日本人」とした。

三、引用文を除き、「支那」、「仏印」は「中国」、「仏領インドシナ」とした。

目　次

序章　沈黙と誤解から理解へ

第一節　出発点——『華麗島文学志』をめぐる沈黙

日本が敗戦から立ち上がってまもなくの一九四八年、中島健蔵（一九〇三～一九七九）を中心に中野好夫（一九〇三～一九八五）、島田謹二（一九〇一～一九九三）、吉田精一（一九〇八～一九八四）らが日本比較文学会を立ち上げた直後、吉田精一は比較文学の意義について次のように語った。

……私は比較文学が現下の日本文学研究に対して、次の三点に於て、重要な意義をもつと信じる。

第一は学問に於ける国際性の尊重という意味に於て、即ち国学者流の独善的日本尊重は、それが敗戦を招いた一つの理由にもかゝわらず、猶国文学研究者の間には解消されたとはいいがたい。その鎖国的無知ともいうべき固陋の弊はしばしば古典評論に現われている。我々は今後、世界文芸の一環として自国文芸を見る、広い国際的見地に立たねばならぬ。この場合、比較文学の重要性は我を知り彼を知る意味に於て、贅言する必要はない。[1]

ここからは、日本における比較文学の学問的確立が偏狭な日本主義への猛省と国際性の尊重という「戦後思想」と分かちがたく結びついていたことがうかがえる。加えて、吉田は第二の意義として、比較文学研究に要求される該博な基礎知識や広汎な実証的操作、精密な論理的判断によって、新日本文化の建設に不可欠な強靭にしてゆるぎないアカデミズムが築けるであろうという点、さらに第三の意義として、比較文学には広い分野との共同研究が必要となるため、学会の垣を越え、閾をはずして、日本文学在来の狭小なる視野を広め、独善的態度を改めることができるという点を挙げていた。つまり、比較文学の国際主義的で学際的な精神と実証的で論理的な方法によって、「独善的日本尊重」という「固陋の弊」を解消し、新たな日本文化の建設に資することができると期待したのである。

一方、中野好夫はその三年後、日本比較文学会の監修により斯学の意義から方法、歴史、実践的研究までを網羅した『比較文学序説』を上梓した際、「序文」に次のように記した。

比較文学ということは、文学研究の方法としては、もつとも新しい領域である。名前は必らずしも新しくないが、少なくともそれが新しい自覚的な意義と方法とをもつて確立されたのは、二十世紀も比較的近い時期の問題である。それは政治的、社会的にも十九世紀のナショナリズム全盛時代が超克されて、一つの世界を目指す今世紀の世界連帯の精神がもはや必至となるに到つた情勢と相対応するのだと、私は信じている。つまり文学も、もはや国民文学至上の孤立時代ではありえなくなつた。そこに比較文学の方法が、当然新しい関心を浴びて登場する必然の理由があつたといつてよい。[2]

中野はまもなく比較文学会から離れてしまうものの、この時点では、新たな時代の文学研究は国単位の枠組みを超えてなされるべきであり、それにはナショナリズムの超克と世界連帯の精神を学問の基礎とする比較文学が相応しいと確信していたのであった。

さらに中島健蔵は後年、日本比較文学会設立の理由として、従来の大学における外国文学の教育が言語別・国別に分かれ、専門化されたためにセクショナリズムに陥っていたことへの反省があったと述べている。「理論だけではなく、きわめて現実的な問題、当時の外国文学研究の各セクションの間の問題、外国文学と日本文学との交流の問題、さらに教育方法の問題」を踏まえた上で、文学の国際交流史を研究の軸とした比較文学を独立した学問として確立し、研究者の組織化を図ろうとしたのであった。[3]

つまり吉田・中野・中島らは、日本比較文学会の発足に当たり、国単位で制度化されたために、偏狭なナショナリズムやセクショナリズムに陥った戦前の文学研究や文学教育を、「比較文学」の理念や方法を導入することによって改革しようとしたのである。彼らが「比較文学」という学問にそうした問題点を克服しうる論理が内在していると考えた根拠は、ヨーロッパ、特にフランスの比較文学にあった。

戦後、アメリカに新たな潮流が生まれるまで比較文学の中心はフランスにあり、特に第一次大戦から第二次大戦にかけての、いわゆる「両大戦間」はフランスがイニシアチブを取り、この学問を牽引したのである。その原動力となったのが、ヨーロッパを第一次大戦という未曾有の惨禍に巻き込んだ膨張したナショナリズムへの猛省であり、このような事態を繰り返さないために、比較文学者は文学研究における国家主義の克服と国際主義の実現という極めて困難な課題に挑んだのであった。[4]

中野好夫が先の「序文」で名を挙げている島田謹二や小林正（一九一一〜一九七五）などは、一九三〇年代から早くもフランス比較文学の動向を追っており、当然、このような理念を同時代的に理解していたと思われる。ただし、島田や小林がそれを受容したのは、日本にとっても満州事変から日中戦争、太平洋戦争へと続く一五年戦争の只中であり、特に島田は植民地という特殊な環境に身を置いていた。このような時空的条件は、彼らの学問の実践に何らかの影響を与えたはずである。だとしたら、彼らが戦前に到達した学問の成果はどのようなものであり、それは戦後どのように検証されたのであろうか。

そもそも、富田仁『日本近代比較文学史』からも明らかなとおり、「比較文学」は日本にとっても決して新しい学問ではない。明治二〇年代にイギリスから導入されて以来、「国文学」研究と歩みをともにし、一九三五年前後には独自の研究領域や方法を備えた学問として最初の開花期を迎え、太平洋戦争を潜り抜けてきたのであった[5]。だとしたら、日本比較文学会の創設に際してまずなすべきは、戦前の学問の検証だったのではないだろうか。ところが、実際は誰も自らの過去を問いただすことなく、一部の国文学者にだけ敗戦の責任を押し付け、「若くして美しい学問」[6]として出発してしまったのである[7]。一体、独善的日本尊重に陥ったのは一部の国文学者だけだったのだろうか。外国文学者や比較文学者は無傷だったのだろうか。先に挙げた『比較文学序説』には戦前に発表された論考と大筋において一致した二編の論文――島田謹二「比較文学の成立と現状」、および小林正「比較文学の方法論」――がそのまま転載されているが[8]、それは、彼らの学問がいかなる検証も必要ないほど、困難な時代に耐え、新たな時代にも立派に通用する内容を備えていたということであろうか[9]。

戦前から戦後にかけて、比較文学の紹介と実践的な研究を質量の点で一定の高みに押し上げたのは、紛れもなく島田謹二であろうが[10]、結論から言えば、彼には敗戦の責任を問われるような理由はない。戦中の著作や動向から明らかな通り、島田は消極的にではあれ、反戦の側に止まったのである。それは、島田が比較文学という学問の洗礼を受けていたことと無縁ではないだろう。

一九〇一(明治三四)年東京に生まれた島田謹二は、私立京華中学校、東京外国語学校を経て、一九二五年四月、東北帝国大学法文学部英文学科に入学した。二八年三月、卒業論文「若き日のマラルメの抒情詩」を提出して同校を卒業、翌二九年三月末、英語講師として前年に開校したばかりの台北帝国大学に赴任する[11]。以来、一九四四年末に香港に渡るまで[12]、一六年近い歳月を台湾で過ごし、一九三〇年代初頭からフランスの比較文学を独習した。その成果は、一九三五年前後から、上田敏研究や『世界文芸大辞典』の「比較文学」の項目、さらに台湾における日本文学を史的に考察した『華麗島文学志』として、精力的に発表された。一九四〇年代に入り日中戦争から太平洋戦争へと戦局が悪化すると、台北帝大の教員たちは次々と時局に迎合していったが、島田はほぼ沈黙を守る。その点から言えば、日本比較文学会創設の際に、戦前の研究成果をあえて検証する必要はなかったのかもしれない。むしろ、比較文学が国家主義に抵抗しえた証左として、戦後の学問の根拠としてもよかったはずである。

ところが、学会の創設から約半世紀を経て二一世紀を迎えたころ、思わぬところから島田に対して批判の声が上がった。それは、台湾の若き文学研究者からであった。『華麗島文学志』に対して植民地主義的であるとの批判が噴出したのである。テクストの誤読が問題を大きくしていたとはいえ、実際、台湾時代の島田が植民地統治者の立場から、統治政策に沿った見解を示していたことは否定できない。それに対して台湾人は戦前から批判的であり、戦後も断続的に問題にされてきたのであるが、二〇〇〇年に国民党から民進党へと歴史的な政権交代が実現して[13]、民主化や本土化（台湾化）の流れが一挙に加速し、台湾人主体の「台湾文学史」の構築が検討されるようになると、『華麗島文学志』で展開された文学史観は批判的観点から大いに注目を集め[14]、若手研究者らによる糾弾が相次いだ。しかし、彼らの声が日本の比較文学界にまで届くことはなかった。

そもそも台湾において、『華麗島文学志』は発表当初から今日に至るまで一貫してポレミックな書であり、賛否両論は別にして、日本統治時代の文学を考える上では避けて通れない論考とされてきたが、日本の比較文学の領域で論じられることは極めて稀であった。同書をなす論文の一部は、戦後、『日本における外国文学』下巻（一九七六年）に収録されたが[15]、その直後に現れた佐伯彰一や大塚幸男らの書評は[16]、台湾関連の部分には一切触れていない。わずかに佐藤輝夫が、「著者長年の若き日の思い出の土地、台湾に因みのある文学について語っ」た点を、「著者のユニークな領域であって、他の追随を許さない貴重な文献である」[17]と、ごく簡単に触れただけである。島田の全業績を総括した山田博光「島田謹二と比較文学」[18]でも、『華麗島文学志』への関心は圧倒的に薄く、内容には立ち入らないまま、わずかな紹介がなされただけであった。佐伯彰一から大塚幸男、佐藤輝夫、山田博光まで、彼らはいずれも意識的あるいは無意識のうちに、島田の「台湾」関連の業績に対し、言及を避けているように見える。

先に挙げた富田仁『日本近代比較文学史』は、明治期から昭和二三年までの比較文学関連の文献（翻訳を含む）を網羅しているが、『華麗島文学志』だけは本文からも年表からもすっぽりと抜け落ちており、同じく島田の台湾時代の論考「上田敏の『海潮音』――文学史的研究」（『台北帝国大学文政学部年報』、第一輯、一九三四年四月）が、「本邦最初の本格的な業績」として高く評価され、数ページにわたって紹介されているのとはあまりに対照的である。[19]『華麗島文学志』が「比較文学研究」として量的には上田敏研究を圧倒的に上回り、質的にも決して引けをとらないにも係わらず、抹殺に等しいこの扱いは腑に落ちない。島田の没後、一九九五年に『華麗島文学志』が明治書院から平川祐弘の手によって出されると、ようやくわずかな書評が現れたものの、[20]学界内に議論を起すようなことはなかった。

ところで平川祐弘によると、島田の業績はほぼ四種類に大別されるという。第一は『ロシヤにおける広瀬武夫』（一九六一年）や『アメリカにおける秋山真之』（一九六九年）など、帝国海軍軍人を扱った明治ナショナリズムの研究。第二は『日本における外国文学』（一九七五・七六年）に代表される近代日本文学と西洋文学の比較研究。第三が『フランス派英文学研究』（一九九五年）、『ルイ・カザミヤンの英国研究』（一九九〇年）など、フランスにおける英文学研究についての研究。そして、第四が『華麗島文学志』を中心とした台湾における日本文学研究である。[21]ただし、第一から第三までのテーマが戦前から戦後にかけて徐々に成熟し、大きく開花していったのに対し、第四については島田が戦後日本に引揚げてから新たに書き継がれることもなく、植民地の記憶とともに埋もれてしまった感がある。

だが、『華麗島文学志』は比較文学研究の先端的な方法を様々に試みた野心的な研究であり、島田の独自性も打ち出されていた。何よりも同時代の比較文学研究の多くが日本と西欧文学の影響関係の考察に止まっているのに対し、台湾というアジアへの広がりを備えている点でも特異である。さらに、台湾で展開されていた文芸運動との関連で執筆されているため、アカデミズムの枠を超えて時代状況を見据えたジャーナリスティックな肉声も聞こえてくる。一五年戦争下の植民地という時空的条件もあり、島田には珍しい、イデオロギー的主張の鮮明な極めて政治的なテクストでもあった。つまり、『華麗島文学志』には他の著作には見られない幾多の特長と貴重な論点が含まれており、いくらでも活発な議論が引き出せたはずなのである。ところが、比較文学の領域では長い間、深い沈黙に包まれてきた。島田は戦後『華麗島文学志』について、「太平洋戦争後は、外地にたいする考え方が変わったので、いろいろ問題はあろうが、これも一つの『比較文学』研究であることに変わりはない」[22]と述べているが、「外地にたいする考え方が変わ」り、「いろいろな問題」を惹起する可能性の生じたことが、オープンな議論を阻んだのであろうか。

もっとも、島田自身、戦後になって台湾時代の著作や自らの植民地体験にどれほど真摯に向き合おうとしたのか、あるいはこの「いろいろな問題」をどれほど考え抜こうとしたのか、いささかの疑念を禁じえない。台湾でともに文芸運動を担った詩人西川満（一九〇八〜一九九九）が引揚げ後、東京で創刊した文芸新聞『アンドロメダ』紙上で、島田はごくたまに台湾時代に言及することはあったが[23]、結局はそれを客観的に捉え直し、活字化するようなことはなかった。ただし、自らの植民地体験に向き合わずにすんでしまった、あるいはそれを問われずにすんでしまったというのは、何も島田謹二に限ったことではなく、同じく台北帝大で教鞭を取っていた文学者、矢野峰人（禾積、一八九三〜一九八八）や神田喜一郎（一八九七〜一九八四）なども同様である。それは旧植民地の記憶を曖昧なままに放置してきた戦後日本社会の反映でもあり、「戦争責任」が文学者にも厳しく問われたのに対し[24]、「植民地責任」の方は不問に付されてきた結果であった。たびたび指摘されるように、敗戦と引揚の体験が植民地統治者としての日本人の立場を「被害者」に転化したことに加え、独立戦争を経ない敗戦による植民地の放棄や戦後の冷戦体制が植民地支配の歴史を急速に忘れさせ、日本人の脱植民地化をうやむやにしたのである[25]。

しかし一九九〇年代後半になると、日本の比較文学界でも欧米のポストコロニアル文学理論の影響やアジアからの留学生の増加に伴い、台湾・朝鮮・満州など旧植民地の文学や日本版のオリエンタリズム、あるいはエグゾティスムなどをテーマとする研究が盛んになった[26]。そうした研究の視座が、それまで近代日本文学における欧米文学の受容を考察の中心に据えてきた比較文学の関心領域をアジアにまで押し広げ、日本の近代を再考する契機を与えてくれたことは確かである。ただし、大半は欧米製のポストコロニアル理論を日本の旧植民地文学に適用することに終始し、「比較文学」という自らの拠って立つ学問がその形成期に植民地支配に関与してきたことについては、まったく関心が払われてこなかった。『華麗島文学志』もほとんど注目されることはなく、結局はポストコロニアル研究の高まりもこれをめぐる深い沈黙を破ることはなかったのである。まるで虚をつくような台湾からの島田批判は、自らの足元を見つめようとしない日本の比較文学に対する批判とも言えるのではないだろうか[27]。

日本比較文学会の創設メンバーであり、東京大学比較文学比較文化課程の初代主任として戦後日本の比較文学研究をリードしてきた島田謹二が、自らの植民地体験を総括しなかったこと、次世代の研究者も『華麗島文学志』を評価できず、研究史にも位置づけられていないこと、台湾人研究者の島田批判に日本の比較文学者が十分答えていないこと――本研究の出発点には、こうした『華麗島文学志』と島田の台湾体験をめぐる深い沈黙がある。

それを破ること、つまり一五年戦争下の島田の植民地体験が比較文学という学問の形成にどのように関与しているのかを探ること、より具体的に言えば、島田が一九三〇年代の「台湾」で西欧の「比較文学」を受容し、その精神や方法を『華麗島文学志』に結実させた過程を、比較文学と台湾文学の研究領域を横断しながらたどり、その意義を検証すること、そうした作業を通し、最終的には島田の政治的立場を明確にし、比較文学に込めた理念を問い直すこと――それが本研究の目的である。

第二節　先行研究の検討――『華麗島文学志』をめぐる誤解

1．「台湾文学」の分野

比較文学研究の領域とは対照的に、『華麗島文学志』は台湾文学研究の領域では盛んに論じられてきた。だが、一言で言えば、「誤読」と「誤解」に基づく批判の歴史であったとしかいいようがない。先にこれは発表当初から今日に至るまでポレミックな書であり続け、現在でも戦前の「台湾文学」を研究する際には避けて通れない論考であると述べたが、実際はなにかと騒がれる割に論点は少なく、議論の中身も一九四〇年代初頭から近年までほとんど深化していないのである。

四〇年代の反響については本文に譲るとして、以下では戦後の研究を回顧していくが、その前に議論の前提となる「台湾文学」の概念について確認しておきたい。

「日本文学」や「イギリス文学」、「フランス文学」といった国名を冠した文学がその自己同一性を疑われるようになって久しいが[28]、「台湾文学」も決して自明な概念とはいえない。それゆえ、本論で日本統治時代の「台湾文学」という場合、台湾人と日本人双方の手になる文学を含み、使用言語（中国語・日本語）は問わないもの、と暫定的に定義しておく。これは現在、学界でも通用する概念であり、少なくともこれまで『華麗島文学志』を論じてきた日台の研究者はこれを前提としてきた。まさにその点が島田理解を曇らせることにもなるのだが、詳細は本文で論じよう。

この「台湾文学」の概念を前提に先行研究を整理すると、まず『華麗島文学志』というより、一九四一年五月に発表された論文「台湾の文学的過現未」（『文芸台湾』）一編に議論が集中してきたという点に注意したい。これは『華麗島文学志』の結論部に当る論文だが、なぜかこれ一編が全体を代表する形になり、同論文の（上）で展開された台湾における「日本文学史」が「台湾文学史」に読みかえられるという事態が生じた。それは戦後の「台湾文学」研究の嚆矢とされる尾崎秀樹「決戦下の台湾文学」（一九六一年）から、近年に至るまで変わっていない[29]。尾崎の見解によれば、「台湾文学史に関する文献は、島田謹二の『台湾の文学的過現未』、神田喜一郎・島田謹二の『台湾に於ける文学について』（……）など」があり、島田は「日本の植民地統治下にあった台湾文学の歴史を三期に分け」[30]（傍点――引用者）たというのだが、その後現れた幾多の島田論も基本的には同様である。

当然、ここから、島田の「台湾文学史」は日本人中心で、台湾人を無視しているという批判が生じるわけだが、こうした見解は台湾人研究者にも受け継がれていく[31]。代表的なものには、游勝冠の博士論文『殖民進歩主義与日拠時期台湾文学的文化抗争』[32]、および陳建忠の「尋找熱帯的椅子――論龍瑛宗一九四〇年的小説」他二編[33]が挙げられよう。游も陳もポストコロニアル理論に依拠してはいるものの、基本的には、島田の「台湾文学史」が在台日本人にのみ焦点を当て、台湾人の文学活動は等閑視しているという以上のことは言っていない。

だが游は、「植民地主義文学を主体とする島田謹二の台湾の文学史論は強烈な民族優越意識を帯び、文化ヒエラルキーの枠組に依拠した叙述は、台湾新文学運動の成果と価値を全面的に否定したばかりでなく、日本人を植民地の歴史主体とする立場から、台湾人の歴史主体の位置を徹底的に剥奪した」[34]と手厳しい。陳もまた「島田謹二が台湾文学史を構築する過程で、意識あるいは無意識のうちに、台湾人の文学を周縁化、あるいは無視したのは確か」であり、それは「植民者によって（台湾人の）声が消された文学史」であったと述べている[35]。

游勝冠と陳建忠によって、島田謹二は台湾人の主体性を抑圧、ないし剥奪した「植民地主義者」であるとの審判が下され、島田批判の流れは行き着くところまで行き着いた感がある。それが二〇〇〇年の政権交代期に出てきたことは充分納得のいくことではあるが、彼らの攻撃が激しければ激しいほど、どこか的外れの感を抱かざるを得ないのは、島田の文学史が「台湾文学史」ではなく、台湾における「日本文学史」だからである。

実際、島田は『華麗島文学志』執筆に当たり、これが台湾における「日本文学」の研究であり、台湾人の文学は取扱わない旨を明記し、「台湾文学」という用語も慎重に避けていた。それゆえ同書の結論として書かれた「台湾の文学的過現未」の文学史も、当然、在台「日本文学史」なのである。台湾文学研究者松永正義は早くからその点を踏まえていたが[36]、明治書院版の『華麗島文学志』出版後に現れたいくつかの書評もその点を明確にしている。最も的確な例を挙げよう。

> 本書は題目に掲げる通り、改隷後台湾へ渡った明治・大正の日本詩人による日本文学を対象とする研究である。（……）本書は台湾人にとっても植民地時代における在台日本人文学者の創作実態を検証する上で、豊富な素材と分析の視点をも提供している。（……）本書を通覧してみると、著者の最大の執筆目的は日本文学における「外地文学研究」の確立にあるということが印象的である。（傍点――引用者）
>
> 邱淑珍「書評『華麗島文学志』――日本詩人の台湾体験」[37]

まさに右の指摘通りであり、邱淑珍は全体的に見事な読みを展開しているが、ここで気になるのは、『華麗島文学志』を「日本文学」研究であると捉えたのが、松永を除くと、いずれも「台湾文学」の専門家ではないという点である。専門家の方に誤読が起きたのは、彼らの注意が「台湾の文学的過現未」一編に集中した上に、一九四〇年代の台湾文芸界の状況を背景にこれを読み解いたためであった。実は当時すでに誤読を可能にする土壌が醸成されており、専門家として四〇年代の状況に精通していたことが、かえって眼を曇らせることになったのである。その一方で、彼らは一九三〇年代後半に書かれた島田の膨大な論考にはほとんど注意を払っておらず、『華麗島文学志』が実際は一九三〇年代後半の産物であり、文学史部分もそれに対応していたことを見逃したのであった。三〇年代の文脈に島田の研究を位置づけて、それが「在台日本人の文化触変過程を文芸作品の中に検証」せんとするものであったと的確に指摘した浅野豊美もまた、台湾文学の専門家ではない[38]。

以上を簡単に言うと、専門家が「台湾の文学的過現未」を日本人中心の「台湾文学史」と見なしたうえで、『華麗島文学志』全体に敷衍したのに対し、非専門家は『華麗島文学志』を台湾の日本文学研究と捉えた上で、「台湾の文学的過現未」を「在台日本文学史」と位置づけたのであった。専門家の陥った過ちを修正し、正しい読みを導く上で、外部からの視点は啓蒙的な役割を果たしてくれたが、残念ながら圧倒的に少数派であり、固定化された見解を覆すには至らなかった。

もう一つ、専門家の陥った過ちを指摘すると、島田の用いた文芸用語を混用した点である。『華麗島文学志』では、「台湾文学」、「台湾の文学」、『台湾』の文学」、あるいは「植民地文学」、「外地文学」などの用語がそれぞれ独立した概念として用いられているが、先行研究はそれらを正確に把握しないまま混用してきた。島田は『華麗島文学志』執筆の過程で用語を定義し、大きく修正もしているのであるが、「台湾の文学的過現未」しか念頭にない論者には修正の過程がまったく見えていないのである。「エグゾティスム」や「レアリスム」などのキー概念も同様、島田の意図とは別のところで、任意に解釈されてきたのであった。特に「エグゾティスム」は、島田が在台日本人に対し、将来の文学の課題として提起したにもかかわらず、台湾人に対しても要求したように見なされ、戦前から近年に至るまで批判が相次いだ。

結局、このような誤読や誤解によって的外れな批判が繰返される一方で、真に批判すべき点は看過されてきたように思われる。しかし遺憾なことに、これが一九六〇年代から始まった、約半世紀にわたる『華麗島文学志』論の全貌なのである。これを一言で言うなら、理解の前に批判ありということになるだろう。

以上の点から、『華麗島文学志』は台湾における「日本文学」研究として、改めて「台湾文学史」に位置づけ、その意義を検討すべきであると思われる。先に挙げた邱淑珍は、同書が「台湾人にとっても植民地時代における在台日本人文学者の創作実態を検証する上で、豊富な素材と分析の視点をも提供している。さらに日本人による台湾関係の文学作品の歴史的意義の再検討、及び台湾文学の歴史的全体像を把握するためには貴重にして意義のある著作である」[39]と述べているが、こうした観点からの考察は必要であろう。同時に、誤解や誤読に基づく批判についても、無益なものと退けるのではなく、それが生じた背景を明らかにし、島田の「植民地主義」についてもテクストの詳細な分析によって、その実態を解明すべきであろう。

なお、これとは別に、文学史以外の観点からなされた研究にも触れておきたい。台湾の日本文学研究者邱若山は近現代日本文学を台湾から読み直すという視点で『華麗島文学志』を捉え、「台湾文学」の枠組みで島田を断罪するような方法とは距離を置いてきた[40]。邱は島田の作家論に注目し、詳細なテクストクリティークが提起する広範な課題を検討すべきであるとし、同時に島田の研究成果を批判的にであれ、肯定的にであれ、活用すべきことを提案している。実際、ここ数年、周華斌『従敷島到華麗島的受容与変化――探討日拠時期従日本到台湾的短歌与排句文学』や、森岡ゆかり『近代漢詩のアジアとの邂逅　鈴木虎雄と久保天随を軸として』など、日本統治時代の短歌・俳句や漢詩・漢文学などの研究に、島田の論考は参照されるようになっている[42]。『華麗島文学志』の諸論文を活用しながら、近代日本文学を台湾から問い直そうとする動きが活発になり、そこから新たな論点が提出されるのは望ましいことであり、今後、そうした研究が進み、在台日本文学の全貌が明らかになるにつれて、島田の研究が改めて検証を迫られるようになるだろう。しかし、それにはまだ相当の時間がかかるはずであり、本研究もその前段階に止まることを、明記しておく。

2. 周辺分野の研究

ここでは、本研究の枠組みを設定する上で多大な示唆を与えてくれた周辺分野の研究に触れておきたい。近年の一時期、明治以降の近代国民国家形成の過程で制度化された「国語学」や「国文学」、あるいは「英文学」や「ドイツ文学」といった国名を冠した学問の見直しが盛んになされた。安田敏朗の三部作『植民地のなかの「国語学」』（三元社、一九九八年）、『「言語」の構築――小倉進平と植民地朝鮮』（三元社、一九九九年）、『国文学の時空』（三元社、二〇〇二年）を嚆矢とし、齋藤一『帝国日本の英文学』（人文書院、二〇〇六年）や笹沼俊暁『国文学の思想――その繁栄と終焉』（学術出版会、二〇〇六年）などがこれに続いた。宮崎芳三『太平洋戦争と英文学者』（研究社出版、一九九九年)、および高田里恵子『文学部をめぐる病——教養主義・ナチス・旧制高校』(松籟社、二〇〇一年)なども この系譜に属するといえよう。これらに共通するのは、近代的な学問システムを構築しようとした文学者・言語学者たちが、「国家」の論理に絡め取られ、ナショナルな言説やコロニアルな眼差しの産出に加担してしまった事実を掘り起こし、彼らの戦争責任や植民地責任を問い直そうとする姿勢である。

これらの研究が光を当てた問題の文脈は、島田謹二が身を置いていた場と地続きであり、彼がここで取り上げられた研究者たちと同じ時代に、同じアカデミズムの構造の中で生きていたことがよくわかる。安田敏朗や齋藤一、高田里恵子が研究対象とした、久松潜一(一八九四~一九七六)、時枝誠記(一九〇〇~一九六七)、中野好夫(一九〇三~一九八五)、高橋健二(一九〇二~一九九八)などが一九〇一年生まれの島田と同世代であり、植民地経験者もいること、笹沼俊暁が論じた土居光知(一八八六~一九七九)と岡崎義恵(一八九二~一九八二)が島田の東北帝大時代の恩師であったことも、決して偶然ではないだろう。近代的な学問システムを確立し、国家に貢献しようとすることはおそらくこの世代の文学者が共通して背負わされた使命であり、それだけ彼らは国家主義や植民地主義との距離を縮めてしまったのである。一つだけ違うのは、島田謹二が「比較文学」という、国名を冠さない学問を選んだ点である[43]。国名を冠した学問とそうでない学問は、国家や植民地との係わりにおいて、一体どれほど異なった論理で動いていたのであろうか。それを検証するためにも、『華麗島文学志』は再読されなければならないテクストなのである。

なお、最も基本的な研究の姿勢として参考にしたのが、山口俊章『フランス一九二〇年代 状況と文学』、およびその続編『フランス一九三〇年代 状況と文学』であった[44]。これは第一次世界大戦直後から第二次世界大戦に至るまでの二〇年間を、フランスの文学者が時代の状況にいかに向き合い、思想を鍛え、生き抜いたかを、ヨーロッパからソ連に至る広い範囲を視野に入れ、歴史研究と文学研究の方法によって究明した労作である。山口は時代の中で苦悩する文学者一人ひとりに寄り添い、内面に立ち入り、彼らの思想形成の軌跡を克明に描きだした。過ちをも含めた他者の内面のドラマに畏敬の念を持って接すること——それが山口の研究を貫く姿勢であるが、同時代を生きた島田謹二についても、彼が直面していた時代状況を実証的に捉えた上で、彼の内面に踏み込んで考えるべきことを教えられた。本研究は山口の研究姿勢に最も多くを負っていることを、ここに明記しておきたい。

この他、伝記研究については、すでに小林信行の優れた論考「若き日の島田謹二先生」、「円熟期の島田謹二教授」[45]、および齊藤信子『筏かづらの家——父・島田謹二の思ひ出』[46]があるので、本論ではそれを参照させていただく。

第三節　本研究の課題と方法——『華麗島文学志』の理解に向けて

『華麗島文学志』をめぐる比較文学研究者の「沈黙」と台湾文学研究者の「誤解」に基づく批判とは、ひとことで言えば、島田評価の分裂ということであろう。前者は、島田の台湾体験を遠巻きに眺めながら、それにはあえて触れようとせず、『華麗島文学志』を除いた研究を評価するばかりで、後者は反対に、島田の全体的な研究や思想には関心を示さず、台湾体験と『華麗島文学志』だけを特化して批判するのみである。基本的に両者とも島田謹二を丸ごと「理解」しようという努力を放棄しているわけだが、それなしで、的確な評価や批判ができるとは到底思えない。

最も新しい例をひとつ挙げよう。二〇一〇年に発表された島田論に、柳書琴『『総力戦』与地方文化——地方文化論述・台湾文化甦生及台北帝大文政学部教授們』[47]がある。これは日中戦争勃発後、台湾の地方文化（特に文芸）が盛んになった過程で、台北帝大の学者たちがどのような役割を演じたかを詳細に論じたものだが、取り上げられたのは、矢野峰人、神田喜一郎、島田謹二、工藤好美（一八九八～一九九二）、瀧田貞治（一九〇一～一九四六）ら文学者と文芸運動にも深く係わった憲法学者の中村哲（一九一二〜二〇〇三）である。ごく単純化していえば、これは台湾人から見た日本人学者の評価一覧なのだが、島田、矢野、神田は評価が低く、瀧田、中村、工藤は高い。台湾人とも積極的に交流し、戦時中もリベラルで通した工藤の評価が最も高いのは十分頷けるが、戦後日本で戦争責任を厳しく問われた中村の評価がなぜかくまで高いのか、納得しかねるところがある[48]。それは、柳の評価基準が日本人学者の台湾人に対する態度の如何に置かれており、戦争責任より植民地責任を重く見ているからである。より具体的に言えば、彼らが一九四〇年代の文芸運動に係わった際、日本人中心の文芸雑誌『文芸台湾』、あるいは台湾人中心の『台湾文学』、どちらの陣営に加わったのかということが問題なのであり、この評価基準は戦前から一貫して変わっていない。

柳のこの論考には少しも新たな観点が見出せず、読むものをいささか食傷気味にさせるのだが、むしろ常に新たな問題意識で台湾文学研究を精力的にリードする柳があえて十年一日の評価を繰り返している点に、われわれは留意する必要がある。中でも島田の評価は最も低く、柳は香港の学者陳君葆[49]の日記を引用しながら、島田が台湾人ばかりか、香港の文人に対しても低劣極まりない態度であったことを告発している[50]。先に挙げた游勝冠・陳建忠であれ、柳書琴であれ、あるいは、近年、島田論に新たな地平を切り開いた呉叡人（彼の論考については本論第五章で詳述する）であれ、台湾人研究者が島田を語る際、その行間には一種の憎しみや嫌悪、怒りの感情が滲み出ているのが容易に見て取れるが、われわれはそれにいかに向き合うべきか、真剣に考える必要がある。台湾人が戦前からの感情を半世紀以上にわたって持ち越してきたということは、われわれ日本人が彼らの思いを少しも理解しようとせず、彼らとの交流を軽視してきたことの裏返しでもある。彼らの率直な感情を真摯に受け止め、「彼ら」と「われわれ」との間にある距離をいかに縮めることができるのか、その点に極力向き合うことを本書の課題としたい。

だが、同時に彼らの批判にも限界があることを率直に述べておく。彼らの島田批判にはどこか空虚で不毛な印象を禁じ得ないが、それは批判として十分機能していないからである。彼らの批判は島田の学問の根幹である比較文学の思想に切り込むようなことはなく、よって島田の台湾時代の言説を沈黙で包んで来た日本の比較文学界の構造や体質に変革を迫るようなこともない。結局、彼らの批判が一種の「うっぷんばらし」に終わらざるを得ないのは、島田の思想全体を「理解」したうえでの批判ではないからだ[51]。

こうした島田批判を取り巻く不毛な状況を打開するためには、島田の比較文学思想の高みにおいて彼の「植民地主義」を考察することが求められる。そこで、本書では比較文学と台湾文学の領域を横断しながら、『華麗島文学志』を島田が一九三〇年代にヨーロッパの「比較文学」を「台湾」で受容し、実践した過程と捉え、彼の比較文学の思想が「植民地主義」や「国家主義」との関連で、いかに形成されたかを検証していく。

もう一つ重要なのが「歴史」的視点の導入だが、それは一九四〇年代の台湾文壇を背景に、「台湾の文学的過現未」にのみ集中してきた従来の議論のあり方を改めるためであり、本書のタイトルを『「華麗島文学志」とその時代』とした理由もそこにある。浅野豊美の優れた「書評」が指摘するように、『華麗島文学志』は何よりも一九三〇年代後半の在台日本人を取り巻く状況との関係で読まれなければならないのである。そこで、新聞・雑誌などを積極的に引用しながら、三〇年代後半の言説空間を明らかにし、その「時代精神」との関係で、『華麗島文学志』を読み解いていきたい。一九四〇年代に入って、同書が投げかけた反響や新たに書かれた論文についても、時代状況との関連で考察していく。

こうした視点の導入は、ポストコロニアル理論に依拠した善悪二元論によって、植民地主義を断罪して終わるといった、あらかじめ答えの用意された従来の研究スタイルから島田謹二を開放するだろう。そして彼の複雑さを複雑なまま捉えることを可能にし、島田の台湾体験の意義を解明できるだろう。批判すべきことは、その時、自ずと明らかになるはずである。

第四節　本書の構成

本書は全六章からなる。

第一章では、『華麗島文学志』を「比較文学」の視点から読み解くにあたり、まず、「比較文学」とはなにかを明らかにする。ヨーロッパにおける学問形成史、特に島田が最も影響を受けた両大戦間のフランス比較文学の動向を追いながら、島田が語ろうとしなかった危機の時代に果たした比較文学者の社会的意義に焦点を当て、学問の理念と方法を探りたい。次に、明治二〇年代以降、日本の近代比較文学が国文学と相互補完的に形成された足跡をたどり、一九三〇年代半ばに至ってフランス比較文学の受容により、学問としての自立が促された過程を検証する。それは、『華麗島文学志』を支えている文学研究の理論と文学史観を明らかにするための前提作業となるだろう。

第二章では、これまでの誤解を解くために、『華麗島文学志』の全体像を明確化する。研究の目的や方法、全体の構成と論点の流れを整理した後、キー概念である「台湾文学」や「植民地文学」、「外地文学」等の定義とその修正の過程を追い、島田の文学史観を解明していく。

第三章では、『華麗島文学志』の誕生を促した一九三〇年代後半の台湾社会の状況を、在台日本人社会の郷土(土着)化、日中戦争の勃発、帝国の南進化の、三つの視点から考察し、それが島田の文学観に与えた影響を検証する。また、俳誌『ゆうかり』や歌誌『あらたま』、『原生林』など、島田が高く評価する文芸誌を幅広く参照しながら、島田のテクストとの相互関連性や『華麗島文学志』の根底を支える在台日本人の時代精神を読み解いていく。

第四章では、テクスト分析に戻り、現在一般に「外地文学論」と呼ばれる『華麗島文学志』の基礎理論の形成過程を探る。特に、島田がフランスの植民地文学研究を参考に、台湾の実情に合わせて独自の理論を構築した過程に焦点を当てる。また、外地文学の課題として、「エグゾティスム」、「レアリスム」、「郷愁」の三点を提起した意義を考察するが、ここでは特に前二者に焦点を当て、後者については第六章で詳述したい。

第五章は、『華麗島文学志』が一九四〇年代の台湾文壇に投げかけた反響を、三つの角度――「台湾文学の過現未」の再読、エグゾティスムとレアリスムをめぐる論争、および黄得時が島田批判として提起した台湾文学史の意義――から検証していく。それを通して、『華麗島文学志』が「在台日本文学史」ではなく、「台湾文学史」と誤解されるに至った経緯が明らかになるだろう。

第六章では、太平洋戦争勃発前夜に発表された長大な論考「南菜園の詩人籾山衣洲」に焦点を当て、昭和ナショナリズムが最も高揚した時期に島田が「明治ナショナリズム」に向き合おうとした意義を検証する。これは戦後の帝国海軍軍人の研究に繋がるテーマであり、当然、これらを参照しながら進めることになるだろう。さらに、「郷愁」のテーマの分析によって、在台日本人の屈折した心理を解明し、そこから島田の台湾観を探っていく。これらの作業を通して、島田の比較文学の思想が「植民地主義」の肯定と消極的にではあれ「国家主義」の否定に分岐した原因が明らかになるはずである。

終章では、『華麗島文学志』の日本近代比較文学史および台湾文学史における意義を探り、さらに今後の課題と比較文学の可能性について考察したい。

注

1 吉田精一は、一九四八年一〇月『国語と国文学』、「比較文学」特集号の「比較文学について」と題した論文で、三つの意義について詳しく論じている。ただし引用は、これをより簡潔にまとめた別の論文、吉田精一「比較文学と日本文学研究」（中島健蔵・中野好夫監修『比較文学序説』、河出書房一九五一年一二月、五一〜五二頁）によった。

2 中野好夫「序」（『比較文学序説』、前掲書）ⅰ頁。中島健蔵によると、中野好夫は日本比較文学会の「世話役を引き受けることを承諾してはくれたものの、あまり興味を示さず、すぐに離れてしまった」という。中島健蔵『回想の戦後文学――敗戦から六〇年安保まで』（平凡社、一九七九年一二月、二八〇頁）。なお、『比較文学序説』の論文執筆者は次の通り。中島健蔵、小林正、島田謹二、吉田精一、水野亮、富士川英郎、太田三郎、西川正身、松田穣。うち島田謹二の論文が七編と、圧倒的に多い。

3 中島健蔵「日本比較文学会創立二十五周年を記念して」（『比較文学』第一六号、日本比較文学会、一九七三年一〇月）二〜三頁。

4 Fernand Baldensperger, "*Littérature comparée : le mot et la chose*", Revue de Littérature Comparée, Paris : Champion,1921, No.1, pp. 5-29.

5 富田仁『日本近代比較文学史』（桜楓社、一九七八年四月）。

6 島田謹二は比較文学を好んで「若くして美しい学問」と呼んだが、もともとはポール・ヴァン・ティーゲムが『比較文学』の「序文」で、「美しい学問」（ces belles études）と呼んだことを受けてのことであろう。Paul Van Tieghem, *La littérature comparée*, Armand Colin,1931,p.6.

7 亀井俊介も、第二次大戦後の比較文学について、「戦争中までの国粋的な国文学研究への反省や、戦後の国際主義的風潮とあいまって、広く世間の関心をひいた」と述べている。反省すべきは戦中までの「国文学研究」であって、「比較文学研究」は対象外であったと思われる。亀井俊介「比較文学の展望」（『講座比較文学8比較文学の理論』、東京大学出版会、一九七六年三月）一六頁。

8 島田謹二「比較文学の成立と現状」は『世界文芸大辞典』第五巻（吉江喬松責任監修、中央公論社、一九三七年五月）の「比較文学」の項目（三九六〜三九九頁）、小林正「比較文学の方法論」は、『思想』（二一四号、岩波書店、一九四

〇年三月）に掲載された「比較文学の実際」（二八一～二九一頁）とほぼ同様である。

9　剣持武彦は「筆者は今からちょうど、十年まえ『比較文学の視点と方法』（再収、『参』一〇〇号）という小論を書いたさい、島田門下の東大駒場比較文学グループは、大正期の漱石門下の教養主義グループとともに将来、日本近代学問史が編まれる際にも、特筆すべきことがらであるとし、第一次大戦時の学問の国際化の気運のなかから大正期人文主義が生れたように、太平洋戦争後の痛切な世界平和への願望から比較学が生れたことを記した」と述べている。しかし、「痛切な世界平和への願望」が、戦前の比較文学に対する反省から生まれかどうかは、明らかにしていない。剣持武彦「解説」（日本文学研究資料叢書『比較文学』、有精堂出版、一九八二年一二月）三〇三～三〇六頁。

10　フランス比較文学の精神に拠った『世界文芸大辞典』の編集責任者吉江喬松の役割を無視することはできないが、一九四〇年に亡くなったため、ここでは論じない。

11　島田謹二の伝記部分は、小林信行「若き日の島田謹二先生――書誌の側面から」（『比較文學研究』第七五～八〇号、東大比較文学会、二〇〇〇年二月～二〇〇二年九月）に拠った。

12　陸軍省より「昭和十九年十二月二十九日補香港占領地総部付」との発令を得て陸軍司令官に任ぜられ、香港大学図書館の管理にあたった。島田謹二の香港赴任、および香港図書館時代については、以下を参照のこと。小林信行「若き日の島田謹二先生――書誌の側面から（完）」（『比較文學研究』第八〇号、二〇〇二年九月）一二八頁。陳君葆著・謝榮滾主編『陳君葆日記全集　巻二、1941-49』（香港：商務印書館、二〇〇四年七月）。齊藤信子『筏かづらの家　父・島田謹二の思ひ出』（近代出版社、二〇〇五年四月）一〇四～一〇六頁。

13　二〇〇〇年三月の総統選挙で、本土化を標榜する野党民進党候補の陳水扁が、国民党公認の連戦副総統、無所属の宋礎瑜前台湾省長を破って当選し、半世紀にわたった国民党独裁体制は終焉した。参照：若林正丈編『ポスト民主期の台湾政治――陳水扁政権の八年』（アジア経済研究所、二〇一〇年一月）。

14　「台湾文学史書写（台湾文学史の叙述）」をテーマに、二〇〇二年一一月二二日から二四日まで三日間にわたり、台湾国立成功大学で国際学術シンポジウムが行われたが、約三〇篇の発表論文のうち、以下六篇がいずれも島田の文学史に触れている。陳万益「論台湾文学的『特殊性』与『自主性』」、柳書琴「誰的文学？誰的歴史？――論日治末期文壇主体与歴史詮釈之争」、陳芳明「黄得時的台湾文学史書写及其意義」、許俊雅「台湾新文学史的分期与検討」、葉笛「台

湾与日本文学史書写的比較」、陳建忠「戦後初期現実主義思潮与台湾文学場域的再構築――文学史的一個側面一九四五～一九四九」。

15 第二章「外地圏文学の諸相」に、「台湾の文学的過去」、「籾山衣洲の『南菜園雑詠』」、「伊良子清白の『聖廟春歌』」、「佐藤春夫の『女誡扇綺譚』」、「岩谷莫哀の『瘴癘』」の五篇が収録されている。島田謹二『日本における外国文学』下巻（朝日出版社、一九七六年）一一二～頁。

16 佐伯彰一「滔々たる比較文学の本流――島田謹二『日本における外国文学』上・下」（『朝日ジャーナル』（思想と潮流）、朝日新聞社、一九七六年四月）六七～六九頁。大塚幸男「島田謹二『日本における外国文学――比較文学研究』」（『比較文學研究』第三〇号、朝日出版社、一九七六年九月）一五二～一五四頁。

17 佐藤輝夫「《書評》島田謹二著『日本における外国文学――比較文学研究』上下を読む」（『比較文学年誌』第12号、早稲田大学比較文学研究室、一九七六年三月）八〇～八六頁。

18 山田博光「島田謹二と比較文学」（『帝塚山学院大学研究論集』第一九号、一九八四年）四三～五八頁。

19 富田仁『日本近代比較文学史』（前掲書）九〇～九二頁。亀井俊介も日本における比較文学を論じた際、戦前の島田謹二の業績として、『世界文芸大辞典』の「比較文学」の項目や上田敏研究、「ポォとボォドレェル――比較文学史的研究」（台北帝国大学文政学部『文学科研究年報』第二輯、一九三五年）を挙げているが、『華麗島文学志』には触れていない。亀井俊介「比較文学の展望」（『講座比較文学8比較文学の理論』、前掲書）一五頁。

20 西原大輔「書評『華麗島文学志――日本詩人の台湾体験』島田謹二」（『比較文學研究』第六七号、一九九五年一〇月）一四六～一四九頁。古田島洋介「島田謹二著『華麗島文学志――日本詩人の台湾体験』」（日本比較文学会『比較文学』第三八号、一九九五年）一二六～一二九頁。

21 平川祐弘「あとがき」（島田謹二『華麗島文学志――日本詩人の台湾体験』、明治書院、一九九五年六月）四八三頁。

22 島田謹二「序の章　私の比較文学修行」（『日本における外国文学』上巻、朝日新聞社、一九七五年一二月）一八頁。

23 島田謹二、西川満「立春大吉記念対談」（西川満『アンドロメダ』、人間の星社、一九七二年一二月二三日）。

24 早くは、内外文化研究所編『学者先生戦前戦後言質集』（全貌社、一九五四年）がある。近年では、村井紀「国文学者の十五年戦争〈1〉〈2〉」（『批評空間』Ⅱ―16、18、一九九八年一月、七月）、宮崎芳三『太平洋戦争と英文学者』（研究社出版、一九九九年)、高田里恵子『文学部をめぐる病――教養主義・ナチス・旧制高校』(松籟社、二〇〇一年)などが挙げられる。

25 以下を参照のこと。山室信一、川村湊「対談〈アジア〉の自画像をいかに描くか」(『世界』No. 614、岩波書店、一九九五年一〇月)一三六~一五四頁。三谷太一郎『近代日本の戦争と政治』(岩波書店、一九九七年一二月)七六~七七頁。

26 それ以前にも優れた研究はあった。代表的なものを挙げておく。上垣外憲一『日本留学と革命運動』(東京大学出版会、一九八二年)。大澤吉博『ナショナリズムの明暗――漱石、キプリング、タゴール』(東京大学出版会、一九八二年)。田中優子『江戸の想像力――18世紀のメディアと表象』(筑摩書房、一九八六年)。金泰俊『虚学から実学へ――18世紀朝鮮知識人洪大容の北京旅行』(東京大学出版会、一九八八年)。厳安生『日本留学生精神史――近代中国知識人の軌跡』(岩波書店、一九九一年)。

27 二〇〇二年四月、国立台湾大学で開催された国際シンポジウム「ポスト・コロニアリズム――日本と台湾」において、ようやく日本の比較文学者が台湾の研究者とともに、『華麗島文学志』を含む植民地文学について議論する場が設けられ、以後、東京大学比較文学比較文化研究室との間で継続的に交流シンポジウムが行われている。

28 富士太佳夫「文学史が崩壊する」(『文学』第五巻第一号、岩波書店、一九九四年冬)四五~五三頁。

29 次の論文も同様である。河原功「台湾新文学運動の展開」(『台湾新文学運動の展開』、研文出版、一九九七年一一月)一二六~一二七頁。下村作次郎「日本人の印象の中の頼和」(『よみがえる台湾文学』、東方書店、一九九五年一〇月)二六七頁。藤井省三「台湾文学の歩み」(『台湾文学この百年』、東方書店、一九九八年五月)三六頁。塚本照和「日本時代の〈台湾文学〉について」(台湾文学論集刊行記念会編『台湾文学研究の現在 塚本照和先生古希記念』、緑蔭書房、一九九九年三月)七~八頁。井手勇「決戦時代の在台日本人作家と〈皇民文学〉」(同前書)九六頁。河原功「解説」(『日本統治期台湾文学評論集 第五巻』、緑蔭書房、二〇〇一年四月)三三二頁。藤井省三「日本における台湾北京語文学の受容」(岩波講座『「帝国」日本の学知』第五巻、岩波書店、二〇〇六年六月)二一〇頁。

30 尾崎秀樹「決戦下の台湾文学」(『近代文学の傷痕』、岩波書店、一九六一年一二月)一〇七頁。

31 早いものでは、王昭文の修士論文『日拠時期台湾的知識社群――『文芸台湾』、『台湾文学』、『民俗台湾』三雑誌的歴史研究』(新竹:国立清華大学歴史系碩士論文、一九九一年)が挙げられる。王は、「島田謹二は台湾の文学史を整理した際、台湾新文学運動を極度に軽視したが、これはある種の日本人の観点を代表している。島田はプロレタリアレアリスムに対する偏見の他、民族的優越感の下に、台湾人の文学的成果を日本人と並べて論じようとしなかった」（翻訳――引用者、四一頁）と述べており、後続世代の研究者に与えた影響は無視できない。

32 游勝冠『殖民進歩主義与日拠時期台湾文学的文化抗争』（新竹：国立清華大学中国文学系博士論文、二〇〇〇年）。

33 陳建忠「尋找熱帶的椅子――論龍瑛宗一九四〇年的小説」（『龍瑛宗文学研討会』、新竹県政府主辦、2000 北埔膨風節工作站、台湾客家公共事務協会執行、二〇〇〇年七月一五日）。陳建忠「発現台湾：日拠到戦後初期台湾文学史建構的歴史語境」（『台湾新文学思潮（1947-1949）研討会』、蘇州、中国作家協会、江蘇省文化芸術発展基金会、江蘇省社会科学院、江蘇省作家学会主辦、二〇〇〇年八月一六～一八日）。同論文は後に『台湾文学評論』創刊号に収録された（私立真理大学台湾文学資料館、二〇〇一年七月）。陳建忠「戦後初期現実主義思潮与台湾文学場域的再構築――文学史的一個側面 1945―1949」（台湾文学史書写国際学術研討会、二〇〇二年一一月二二～二四日）。

34 游勝冠『殖民進歩主義与日拠時期台湾文学的文化抗争』（前掲書）二七四頁。

35 陳建忠「発現台湾：日拠到戦後初期台湾文学史建構的歴史語境」（『台湾文学評論』、前掲書）一二二頁。

36 松永正義「台湾の文学活動」（岩波講座『近代日本と植民地7文化の中の植民地』、岩波書店、一九九三年）二二一～二二九頁。

37 邱淑珍「書評『華麗島文学志』――日本詩人の台湾体験」（『歴史と未来』二三、東京外国語大学中嶋ゼミの会、一九九六年）一二九～一三二頁。この他、吉田公平「島田謹二著『華麗島文学志――日本詩人の台湾体験』をよんで」（『東洋古典文学研究』、広島大学東洋古典文学研究會、一九九六年）が挙げられる。

38 浅野豊美「〈書評〉島田謹二『華麗島文学志』――日本詩人の台湾体験」（『台湾史研究』一三号、台湾史研究会、一九九七年）一五九～一六〇頁。

39 邱淑珍「書評『華麗島文学志』――日本詩人の台湾体験」（『歴史と未来』、前掲書）一三〇頁。

40 邱若山「近代日本文学における台湾像」（『アジア遊学』No. 69、勉誠出版、二〇〇四年一一月）一三五～一三七頁。

41 邱若山「『女誡扇綺譚』とその系譜」（「近代日本与台湾研討会」発表論文、輔仁大学外国語学院日文系、台湾文学協会主辦、於：国家図書館、二〇〇〇年一二月二二、二三日）三～四頁。

42 周華斌『従敷島到華麗島的受容与変化 探討日拠時期従日本到台湾的短歌与排句文学』（台湾国立成功大学台湾文学研究所碩士論文、二〇〇七年六月）。森岡ゆかり『近代漢詩のアジアとの邂逅　鈴木虎雄と久保天随を軸として』（勉誠出版、二〇〇八年二月）。

43 島田は英文学者でもあったが、最も力を入れたのがフランス人による英文学研究の紹介であり、決して一国文学的な研究ではなかった。

44 山口俊章『フランス一九二〇年代―状況と文学』（中公新書、一九七八年九月）。同『フランス一九三〇年代―状況と文学』（日本エディタースクール出版部、一九八三年一二月）。

45 小林信行「若き日の島田謹二先生―書誌の側面から」は、東京大学比較文学会『比較文學研究』第七五〜八〇号に、「円熟期の島田謹二教授―書誌の側面から」は、同第八三〜九二号まで連載された。

46 齊藤信子『筏かづらの家―父・島田謹二の思ひ出』（前掲書）。

47 柳書琴『『総力戦』与地方文化―地方文化論述・台湾文化甦生及台北帝大文政学部教授們』（『台湾社会研究季刊』第七九期、台北：台湾社会研究季刊社、二〇一〇年九月）九一〜一五八頁。

48 中村は戦時中、「万民翼賛論」や「八紘一宇を理想となす」などで花形論客の一人であり、戦後、批判されていた。『進歩的文化人学者先生戦前戦後言質集』（『全貌』編集部、全貌社、一九五七年四月、二五〜二八頁）を参照のこと。

49 香港の学者（一八九八年〜一九八二年）。一九四一年一二月、香港陥落後、日本軍が香港大学図書館を接収した際、蔵書の整理に当った。一九四四年末、同図書館管理のために派遣された島田謹二とは身近に接し、その印象を日記に記している。陳君葆著・謝栄滾主編『陳君葆日記全集　巻二、1941-49』（前掲書）二〇四〜三九七頁。

50 柳書琴『『総力戦』与地方文化―地方文化論述・台湾文化甦生及台北帝大文政学部教授們』（『台湾社会研究季刊』、前掲書）一三七頁。

51 こうした問題は島田謹二に限らず、戦争や植民地支配に加担した知識人を論じる際、頻繁に繰り返されてきた。代表的なのがハイデガーのナチス加担をめぐってなされた論争であろう。木田元によると、もともとハイデガーの信奉者と批判者が截然と別れていたため、その論争は全体的にかみ合わなかったという。前者は、ハイデガーの著作を丹念に読んだ結果、一様にその思想によって震撼され、ハイデガーのナチス加担をその思想的本質には関わりのない、免責すべきことであるとし、後者は、その著作をほとんど読まず、その思想を無視して、ナチスの加担という事実の摘発に奔走するばかりであった。木田はこのような分裂を戒め、「ハイデガーの思想の重要性を認めてこそ、その同じハイデガーがなぜあれほど露骨にナチスに加担したのかが切実な問題となりうる」と述べている。また、森本淳生の小林秀雄論からは、小林の「戦争責任」を問う際にも、作家の「内在的読解」と「外在的批判」の分裂という同様の問題が生じていたことがうかがえる。森本は、それを克服するには、ブルデューがハイデガーについて述べた「政治的な読み方と哲学的な読み方を対置するのをやめ、政治と哲学を切り離さないように二重に読む必要がある」という言葉を引きつつ、小林についてもそうした「二重の読解」が必要であると述べている。島田についても、文学と政治を切り離すことなく、比較文学思想の重要性を認めた上で、彼の植民地主義に向き合う態度が求められるであろう。参照：木田元『ハイデガーの思想』(岩波文庫、一九九三年二月、一〇～一七頁)。森本淳生『小林秀雄の論理　美と戦争』(人文書院、二〇〇二年七月、一二～一五頁)。

第一章

『華麗島文学志』読解の手がかりとして

――「比較文学」とは何か

はじめに

本書では『華麗島文学志』を比較文学研究の実践として読み解いていくが、その前提として、本章では「比較文学」とはなにかに焦点を当て、ヨーロッパおよび日本の学問史をたどりながら、その理念や方法を明らかにしていく。

第一節では、島田謹二が戦後発表した解説「『比較文学雑誌』の読み方」(『比較文學研究』、一九五六年)を手がかりに、台湾時代にヨーロッパの「比較文学」を彼がどのように理解していたかを検証する。この解説で島田は学問の持つ時代的意義について一切触れていないが、その理由を問うことが本章の中心テーマとなるだろう。島田が最も影響を受けた両大戦間のヨーロッパ、特にフランスの比較文学は時代状況に積極的に関与していたが、島田がそれを受容したのは一五年戦争下の植民地台湾であり、そのような時空的条件は島田になんらかの作用を及ぼしたと思われる。その点を解明することは、『華麗島文学志』を読み解くための準備作業になるだろう。

以下、第二節では、両大戦間におけるフランス比較文学の時代状況との係わりを検証しつつ、学問の理念と実践を明らかにする。第三節は、舞台を日本に移し、明治以降の「比較文学」の形成過程を「国文学」との関係でたどっていく。特にフランスの比較文学が一九三〇年代の日本に紹介された際、何が受容され、あるいはされなかったのかを検証しながら、島田がどのような学問の構築を目指したのかを探っていきたい。

第一節　比較文学への入り口——「『比較文学雑誌』の読み方」

島田謹二にとって比較文学の原点とは、第一次世界大戦終結直後から第二次世界大戦にかけてのいわゆる「両大戦間」にフランスで盛んになった学問である。フランスでは一九世紀前半、「比較文学」の用語が普及し、研究も行われるようになったが、学問として飛躍的に発展したのはまさにこの時期である。戦前から優れた成果を挙げていた研究者が壮年に達して学問をリードし、古くからあったリヨン、ソルボンヌに加え、新たにストラスブールやナンシー、グルノーブル、コレージュ・ド・フランス、リールなど、各地の大学に講座が設けられ[1]、機関誌や叢書の出版も盛んになった。

日本の近代比較文学はここから多大な影響を受けることになるが、島田もその一人である。彼は東北帝国大学卒業後、フランス人による英文学研究——いわゆる「フランス派英文学研究」——に関心を寄せ、「一国文学一点張りの当時のハヤリの『国文学』として専修する英文学からはずれた道を勝手に歩き出」（傍点—筆者）[2]すのだが、それが自然と「比較文学」の道に続いていたのである。その経路は二つあり、一つがフェルナン・バルダンスペルジェ（Fernand Baldensperger 一八七一～一九五八）とポール・アザール（Paul Hazard 一八七八～一九四四）の協同監修により、シャンピオン書店から一九二一年に創刊された『比較文学雑誌』(*Revue de Littérature Comparée*)[3]、もう一つがそれより早く一九一四年から刊行が始まった、同じ監修・出版者による『比較文学叢書』(*Bibliothèque de Littérature Comparée*)であった。島田は一九三二、三三年[4]ころから『比較文学雑誌』を丸善の台北出張所経由で取り寄せ、創刊号以下全部揃えて、むさぼるように読んだという。

戦後、発表された解説「『比較文学雑誌』の読み方」には、島田が台湾時代にフランスの『比較文学雑誌』を読み込み、綺羅星のような学者たちの研究成果を同時代的に追いながら、比較文学という学問に親炙した過程が垣間見える[5]。以下でこれに沿って、島田が『比較文学雑誌』をどのように読み、何を学んだのか、探っていきたい。

島田はまずこの解説の冒頭で、欧米の比較文学雑誌の成立事情を大まかに紹介した後、残り全ページをこの分野で最大の成果を挙げたフランスの『比較文学雑誌』のために捧げた。特に、「草創期の若々しさと、第一級の学者による業績の充実と相まつて、最も豊かな活動を示し」[6]た一九二一年から三五年までの、フェルナン・バルダンスペルジェが責任監修を務めた時期に焦点を当てている。

島田によると、同誌の目標は「何よりもまず、文学の研究に於いて、あらゆる意味で国境を越えること」であり、「フランス中心の、フランス人による、フランスのため」の雑誌ではなかった。研究に求められたのは、第一に、「文学の国際的交流関係を研究の対象とする」こと、第二に、「一つの文学的作品の内部にも、その生成の神秘のうちにこめられている外国的要素を、能う限り正確に認識しようとする」こと、第三に、「近代文学に於いて諸国間の文学を共通に流れる思想や感性の国際的《インターナショナル》な潮流や動向を、包括的に、しかも精密に把捉しようとする」こと、の三点である。一言で言えば、文学という場での「国際的協力関係の確立」であった[7]。

次に島田はこうした理念に基づく雑誌構成を紹介する。まず、主論文はフランス語とするが、それ以外は主要なヨーロッパ語なら何語でもよかった。この主論文を第一種とすると、第二に未発表の書簡や日記や文献などの資料《ドキュマン》、第三に進行中の研究や学位論文の梗概などの現状報告その他、「学界鵜の目鷹の目」とでも称すべき時報《クローニック》、第四に雑誌論文と単行本についての書誌《ビブリオグラフィー》、そして最後に比較文学関係の書物に対する意をつくした学問的批評である新刊書評《コント・ランデュ・クリティック》の合計五種の内容から成り立っている。刊行は年に四回（一、四、七、一〇月）で、ほぼ毎年、その年に関連の深い事柄に因んだ特集が組まれた。例えば、一九二七年にはフランス・ロマン主義勃興一〇〇周年を記念して「ロマン主義特集号」が、一九三二年にはゲーテ没後一〇〇周年を記念して「ゲーテ特集号」が出ている。[8]

一九三五年末バルダンスペルジェがアメリカのハーバード大学へ転任すると、それまで雑誌刊行を受け負っていたシャンピオンが役目を辞退し、ボアヴァン書店に移った。島田はそれまでのバルダンスペルジェとアザールの協同編集になるシャンピオン時代を『比較文学雑誌』の第一期と呼び、アザールとジャン＝マリ・カレ（Jean-Marie Carré 一八八七〜一九五八）との協同編集のもとに一九三六年から四〇年まで続いたボアヴァン時代を第二期とした。[9] 一九四〇年六月になると、パリを占拠したドイツ軍への協力を拒否したため続刊が不可能となり、占領時代の空白が続いたが、解放後の一九四六年一月からジャン＝マリ・カレとマルセル・バタイヨン（Marcel Bataillon 一八九五〜一九七七）の監修によってボアヴァンから再刊行される。これ以降が第三期だが、島田によると、台北帝大は第二期までの完本を揃えていたという。

次に島田は『比較文学雑誌』第一期に、「指揮官」としてこの学問全体を精力的にリードしたバルダンスペルジェとアザールがそれぞれの専門に従って、南（イタリア）と北（イギリス、ドイツ）の両極から、近代ヨーロッパ文学の大動向を探っていったことを紹介し、さらにこの二大巨匠の周辺で『比較文学雑誌』を盛り立てた学者についても、直接補佐にあたったポール・ヴァン・ティーゲム（Paul Van Tieghem 一八七一〜一九五九）、ジャン＝マリ・カレ、アンリ・トロンション（Henri Tronchon 一八七七〜一九四一）等のようなグループと、外から支援したフランスの外国文学者たちのグループ、および世界各地から参じた外国人学者たちのグループの三つに分けて紹介した。掲載論文を一々参照しながら、多彩な学者たちの研究傾向と成果を分析し、評価する手腕は実に見事である。

最後に島田は同誌が総合的に果たす役割と展望についてまとめた。まず一つは、最も多くの執筆者によって、多角的で広範な研究が展開されたロマン主義研究を契機として、ヨーロッパ文学を総合した国際的文学史あるいは思想史が描かれるであろうということ。次に、同誌のヨーロッパ以外の文化圏に対する関心が、「キリスト教を中心とした西欧文化と、キリスト教以外の宗教文化圏との間の差異や連関の究明」を一歩推し進めるであろうということ。さらに、西洋と東洋、あるいはヨーロッパとアメリカなど、異質な文化圏が相会し、衝突し、または融合する「精神のドラマ」が明らかになるであろう、ということである[10]。

しかし、島田は最終的に、「世界のあらゆる地域、あらゆる民族の文化的現象をひろくたずねても、彼等ヨーロッパの比較文学者がいつでも最後に帰つて行くのは、云う迄もなく西欧の文化である」との認識に至る。彼らの「究極の目標」は、「西欧文化の遺産を一身のうちに継承し、その遺産を更に豊富なものとした」大詩人や大作家を、「その文化圏内で正しく理解し、正しく位置づけること、それによつて自ら又西欧文化の保護者となり継承者となること」であった。つまり島田は、ヨーロッパの比較文学研究の意義とは詩人や作家を一国文学の枠組みではなく、ヨーロッパという一つの文化圏内で評価し、ヨーロッパ文化全体の進展に寄与することと受け止めたのである[11]。

昭和初期に日本人が比較文学を学ぼうとしても、自前の文献が揃っておらず、海外の学術書に頼るしかなかったとはいえ、島田が『比較文学雑誌』をこれほど丹念に読み込んでいたことは一驚に値する。この解説は雑誌掲載が一九五六年だが、それより三年前の単行本『比較文学』(要書房、一九五三年)や、その出発点となった『世界文芸大辞典』の「比較文学」(第五巻、一九三七年)の項目で、島田はすでに斯学について充分な理解を示しており、台湾時代に彼の学問が一定の高みに達していたことは明らかである。

島田は戦後それを独立した学問として確立すべく、自らの経験に照らして入門の手引きを整え、若い学徒に提供しようとしたのであった。それゆえ、『比較文学雑誌』の読み方」というこの優れた道案内は、単なる学術誌解説の域を超えて、一読すれば近代比較文学の概要がつかめるようになっており、平易な叙述の背後には島田の到達した学問の高みと、後進の育成にかける教育者としての並々ならぬ情熱が感じられるのである。フランスの比較文学が文化圏を異にする極東の土壌で大きく開花した陰には、島田のこうした努力があったことは確かであり、彼の先達としての功績は否定できない。

とはいえ、ここで一つ疑問が残る。島田はこの解説の冒頭で、学術誌を読む意義を二点ほど挙げているのだが、実際に紹介されたのは一点だけであった。その意義とは、第一に「今日、学問の最も高い水準が、常に学術誌にあらわれる」からという点、第二に「時代はその独自の問題を持ち、学界はある特定の動きに支配されるものであるが、その問題や動向があらわれるのも又学術誌」だからという点である。つまり学術的意義と時代的意義といってよい。ところが、島田の解説からは、第一の意義は充分伝わってくるものの、第二の意義は全く見えてこない。いってみれば、『比較文学雑誌』と時代状況との係わりを捨象し、学術的価値を論じることだけに終始しているのである。実際、この解説のみならず、島田は戦前・戦後を通して同誌について繰り返し論じながら、そこに見られる「時代独自の問題」や「学界を支配する特定の動き」に言及することは一度もなかった。

それを考えると、島田の捉えた精神や方法のみが両大戦間の「比較文学」の精華だったのか、疑問を呈したくなる。島田が学ばなかったものや見逃したもの、あるいはあえて論じようとしなかったものがあるのではないだろうか。そこで、以下では『比較文学雑誌』に反映された「時代独自の問題」を探りつつ、島田の論考から抜け落ちたものについて考察していきたい。

第二節　両大戦間におけるフランス『比較文学雑誌』の意義

1．バルダンスペルジェのマニフェスト

平川祐弘によると、「比較文学は一国中心、ないしは自国中心の学問上のナショナリズムに対する反動ないしは反省として生まれた学問という性格を歴史的に持って」いるという。そのことは比較文学の隆盛が、斯学の中心フランスでも、第二次大戦後新たな潮流を作ったアメリカ、あるいは日本でも、「戦後」に見られる点から証明できるだろう[12]。

フランスの『比較文学雑誌』が産声を上げたのは、一九二一年一月、つまり第一次大戦終結後の「とりわけ困難な時代」[13]である。戦争はそれまでのヨーロッパ戦争史上空前の犠牲者を出し、まさにヨーロッパ諸国同士の殺し合いであった。フランスは戦勝国であったものの、フランスの意を強く反映したヴェルサイユ条約が敗戦国ドイツにきわめて過酷であったことから、この条約が将来の平和を保証するものではないとの危機意識が知識人の間に共有され、戦後体制への批判がインターナショナルな視点からなされるようになった[14]。こうした視点から大戦終結後、文学や思想の潮流を作り出す雑誌が続々と刊行されるのだが[15]、『比較文学雑誌』もそのうちの一つである[16]。

こうした雑誌誕生の背後にあった事情を、一九三〇年代の島田謹二はどれほど把握していたのだろう。日本は第一次大戦を経た世界に「西」側陣営の一員としての地歩を占めてゆくにつれ、欧米諸国の運命と没交渉ではいられなくなり、世界的同時性の中で動いていたといわれるが[17]、バルダンスペルジェやアザールらと同時代を生きていた島田に、彼らの直面していた状況がまったく見えていなかったとは思えない。かといって、日本の植民地台湾という場、さらに満州事変勃発後の一五年戦争の時代という時空的条件は、果たして島田に十分な理解を許しただろうか。

当時の日本あるいは台湾をとりまく状況が島田のテクスト理解にある程度の限界を設けたであろうことは想像に難くないが、実はそれが多かれ少なかれ戦後のテクスト解釈にも持ち越されているように思えてならない。その最も典型的な例が、『比較文学雑誌』の読み方」で披露された『比較文学雑誌』創刊号のバルダンスペルジェの巻頭論文「比較文学——言葉と実態」[18]の読みである。もっとも、状況認識とは別の恣意的な解釈の可能性もあるが、島田は同誌創刊のマニフェストともいうべきこの論文を次のように要約している。

「比較文学とはどういうものか」という疑問に答えるために、ヨーロッパ近世の学問史上に於けるこの学問の地位を回顧反省し、その発展史を述べると共に、その現状と未来への展望を説いた論文である。これを真によみ解くためには、少なくとも一九世紀以降のヨーロッパ学芸史の大要について或る程度の知識を持たなければならない。[19]

島田は一九世紀以降のヨーロッパ学芸史との関連で、これを読み解くことに重点を置いているわけだが、序と全六節からなるこの論文は、確かに「比較」あるいは「比較文学」という「言葉」とそれの指示する「実態」の、発生から一九二〇年代当時に至る変遷史と将来の展望を示していた。

序ではまず、一八六八年九月一日号の『両世界評論』(*La Revue des Deux Mondes*)で、文芸評論家のサント＝ブーヴ(Charles-Augustin Sante-Beuve 一八〇四〜一八六九)が各国の文学を結びつける「生ける連関」の探求をさし示すのに、単数形の「比較文学」(littérature comparée)という用語を用いたことが言われ、そこからバルダンスペルジェは歴史を遡っていく。

続く第一節では、比較文学のメリットはどこにあるのか、独立した学問としての価値はなにかとの問いかけがなされ、類似を指摘するだけの比較では意味がないことが説かれた。第二節では、「比較」(comparaison)の概念が一八世紀半ばに登場し、長い試行錯誤を経て一九世紀初頭に術語として確立したことが言われる。一九世紀前半には複数形の「比較文学」(littératures comparées)という用語も普及し、研究も現れるが、それが当初から「各国比較文学史」の構築を目指し、「国文学(littérature nationale)」研究とは異なる国際的な性格を持っていたことが強調された。次いで第三節では、一八世紀末以降、国文学研究が多大な成果を挙げたと同時に、「シェイクスピアはコルネイユより優れている／いない……」等の無意味な比較も生まれたこと、しかし一八二五年頃には各国文学史を並列した「ヨーロッパ文学」ないし「世界文学」の概念が形成されたことが説かれた。第四節では、一九世紀の生物学の「比較法」を借り受け、諸国民の文学を単純に並置するのではなく、相互作用を通してそれらをより有機的に認識する新たな文学史の方法が見出されたことが言われる。その結果、自国独善思想に歪曲されない文学史が構想されるようになるが、一方、この時代のフランスでは国民全体とその精神を強く結びつけようとするテーヌ（Hyppolyte Taine 一八二八〜一八九三）の学説が、文学史と芸術史を席巻していた。しかしオランダやデンマークなど、ヨーロッパの小国の歴史家や批評家の中から世界主義《コスモポリティズム》やヨーロッパ主義が起こり、テーヌの体系化は緩められる。その代表的なものがフェルディナン・ブリュンティエール（Ferdinand Bruntière 一八四九〜一九〇六）による文芸部門《ジャンル》の研究だが、この理論は様々な国民的集団に相互交流の動きを与え、一つのヨーロッパという総体の想像を可能にした。第五節では、それ以後、比較文学が二つの支配的な方向に発展したことが言われる。一つは、文学作品の材源や類似作品を世界の別の地点に探る研究で、民俗学や神話学、人類学などとも隣接する方法であり、もう一つは、様々な国民集団を横切って流れる「大思潮」を探り、個々の国文学史をヨーロッパ全体の歴史に従属させようとする方法であった。前者の代表がガストン・パリス（Gaston Paris 一八三九〜一九〇三）、後者がブリュンティエールであったが、両者とも袋小路に陥ってしまう。前者は芸術創造の特異性を価値づけたり規定したりするよりは、単純な形に遡ることを求めたため不評になり、後者はすでに評価の定まった代表的作品の大思潮しか考慮しないところに限界があった。そうした先駆者の陥った問題点を踏まえて、バルダンスペルジェは比較文学が研究対象とすべきは、文学の「生成過程」（génétique）や「流動性」（mobilité）、「変遷」（evolution）であると主張する。

　ここまでの比較文学の発生・発展史は、以後、フランスでも日本でも比較文学の入門書に受け継がれ、島田謹二が『世界文芸大辞典』のために執筆した「比較文学」の項目でも説明されている[20]。

　しかしこの論文の白眉は、何といっても、「その現状と未来への展望を説いた」第五節の最終部と第六節であり、そこには比較文学の今日的意義が高らかに宣言されていた。ところが、島田謹二はそれについて、戦前・戦後、一貫して触れていないのである。

バルダンスペルジェは第五節の最終部で、ここまで述べてきた比較文学の方法には現代社会に果たしうる役割があると確信し、次のように述べた[21]。

政治経済学や歴史学において、人間集団の活動を紛糾させ、複雑化してしまうような国外との諸関係、国境外からの攻撃や圧力、対外関係の突発事件、または外国との宿命的事態などの研究が演じる位置を、比較文学もおおよそ占めることが出来るのである。その位置の意味を過小視したり、過大視したりすることは等しく認めがたいことだろう。

バルダンスペルジェは、比較文学には「文学」という従来の考察領域を超えて、異なる国家間あるいは民族間に生じる複雑な問題を解決しうる潜在な力があると考え、調停者の役割を負わせようとしたのであった。彼がそう考えた背後に、第一次大戦の経験があったことはいうまでもない。彼は続けて次のように言う。

我々の中でも、特に、忘れることはゆるされない大ドラマに、それぞれの立場で係わった人々にとって、今日、一九二〇年において、文学上の出来事と形式との研究は、様々な現象や影響の授受などの単純な批評だけに、あるいは、精神の中心地となるいくつかの大きなまとまりを決定することだけにとどまっているわけにはゆかないと思われる。

つまり、第一次世界大戦という未曾有の大ドラマを経験した現在、比較文学者はアカデミズムの内部に安住して、文学上の現象や影響関係の研究、あるいは文芸精神の代表的なグループの研究にのみ没頭していればよいというわけにはいかなくなったのである。直接的な政治とは別の、文学者として自律的な仕方で状況にコミットメントすべし、というのがバルダンスペルジェの主張であった。彼はさらに続ける。

同様に、我々を今もなお領している危機の直後に、特に比較文学の広汎な実践から生じるものは、私の考えによれば、「新たなユマニスム」の準備である。「比較主義」の努力が最後に帰着する一種の裁定、一種の「決算」は、新しい、人間的、本質的、文化的な確信に道をひらくだろう。われらの現在生きているこの世紀は、そこにあたらしくやすらぐことが出来るだろう。

この論文で最も胸を打つのが、「新たなユマニスム」(un nouvel humanisme)の準備を説いたこの部分であろう。渡辺一夫(一九〇一～一九七五)によると、近年に入りフランスでは「ユマニスム」という語が特に取り上げられたことが二度あったという。一つは、第二次世界大戦前の一九三〇年代で、もう一つは戦後である[22]。戦前の最も代表的なものは、一九三六年六月八日から一一日にかけてブタペストで行われた、ポール・ヴァレリー(Paul Valéry 一八七一～一九四五)司会による知的協力国際委員会の討論会議事録が「新しいユマニスムの方へ」(*Vers un nouvel humanisme*, Société des Nations,Institut international de coopération intellectuelle)と題されて刊行されたことであった。これと前後して上梓された数々の著書も歩調を合わせ[23]、「狂気と理性の対立、科学の発達と人間の危機、社会制度の人間疎外などの諸問題に絡んで、人間の救済を古くから伝っている筈のユマニスムに求めようとした」といわれている[24]。バルダンスペルジェは第一次大戦終結直後に早々と、「新たなユマニスム」という語を掲げ、「比較文学の広汎な実践」はそれを準備するであろうと説いたのであった。ただし、彼の言う「ユマニスム」は前後の文脈からもわかるように、渡辺一夫のいうような近代的な病理を救済する思想というよりはむしろ、世界を破滅に導くような国際的な諸問題を調停する「仲裁」の精神である[25]。私たちは、バルダンスペルジェが比較文学にこれだけの役割を負わせたことに、改めて留意しなければならない。

山口俊章によると、第一次大戦から第二次大戦にかけての「混沌とした両大戦間は、各国の文学者が時代とともに苦悩し、混迷し、そのありさまを作品や言動に表現しつつ人間の存在理由を窮めていった稀有な時代であった」[26]という。バルダンスペルジェのマニフェストも、彼がこの時代を一知識人として、あるいは一比較文学者《コンパラティス》として、「時代とともに苦悩し、混迷し」た結果、導き出された理念であり、到達すべき目標だったのではないだろうか。それを理解しないと、なぜ彼が全篇を通してナショナリズムをストイックなまでに戒めようとするのか、なぜテーヌの理論を批判し、「国文学」という枠組みに距離を置こうとするのか、真の理由は見えてこない。また、彼が一方では、比較文学が後期古典主義の独断論の解体に貢献し、国民的観点が明確になっていくのを助けたことを認めつつ、もう一方では、現在（第一次大戦後）はそれを強調すべきでなく、むしろ比較文学がその形成に貢献した「文学上のナショナリズム」も多くの共通要素や借用からなることを認めるべきであると主張して、この論考を締めくくる理由も明らかにはならないだろう。

島田はこれを大変高く評価し、「凡そ比較文学を修めようとするものの誰もが、最初に読まなければならない文章」[27]であると述べているが、まさにその通りである。ただし、この論考が二一世紀の今日でも読む者に何らかの感銘を与え、依然として学ぶ価値があるとしたら、それは島田が触れようとしなかった第五節の最終部と第六節に負うところが大きい。この部分を理解しないと、比較文学の役割は「色々の現象や影響の授受などの単純な批評」や、「精神の中心地となるいくつかの大きなまとまりを決定すること」だけに止まるだろう。

バルダンスペルジェにとって比較文学とは、国境を越えた多種多様な文学表現を国民集団内部に制限しようとする文学理論からの解放であり、文学を絶えざる移動によって生成し、発展過程にあるものと捉えようとする試みであったが、彼が直面していた時代状況を括弧に括ってしまうなら、その意義を理解することは出来ないはずだ。彼のマニフェストは歴史や現実政治を超越したニュートラルな文学空間に掲げられていたわけではなく、両大戦間の混沌とした現実に向けられていたのである。『比較文学雑誌』を支える他のメンバーも同様、時代状況とあるときは対話し、あるときは格闘しながら、積極的に係わっており、そうした彼らの果敢に行動する姿勢こそが誌面に若々しさと豊かさを与えていたのであった。

2.「時報」(chronique) 欄と時代独自の問題

実はこのような比較文学者の時代状況への係わりは、『比較文学雑誌』に設けられた「時報」欄に逐一報告されていた。以下、これに焦点を当て、両大戦間の比較文学を支配していた「時代独自の問題」について、考察していく。

かつて平川祐弘は比較文学をめぐる座談会で、「フランスで第一次大戦後に比較文学が発達した背景には、国際連盟ができたのと同じような精神的雰囲気がやはりあったので、第一次大戦の惨禍を目撃して、これではいけない、ヨーロッパ全体を盛りたてていこうという考え方が働いた」と発言している[28]。実際、『比較文学雑誌』と国際連盟、より詳しく言えば、一九二二年に国際連盟の諮問機関として設立された知的国際協力委員会（la Commission internationale de Coopération intellectuelle）との間には密接な関係があったようで[29]、一九二二年の第一号から一九三〇年代末期に至るまで、同誌「時報」欄には断続的に「知的協力」（coopération intellecuelle）関連の記事が掲載されている[30]。多くは会議のレポートや出版計画などの簡単な活動報告だが、「比較文学が様々な文学の現状に対して存在するのは、国際連盟が閉ざされた諸国家の政治に対して存在するのと同様である」[31]といった言葉からもうかがえるように、同誌は自らの役割を国際連盟に重ね、「知的協力」活動に参与していたと思われる。国際連盟初代委員長レオン・ブルジョア（Léon Bourgeois 一八五一～一九二五）も、『比較文学雑誌』を高く評価していた[32]。

知的協力国際委員会については、入江昭『権力政治を超えて——文化国際主義と世界秩序』に詳しい。入江によると、第一次大戦の長期化がヨーロッパの知識人に国家主義《ナショナリズム》への懐疑を生み、戦後、国際主義《インターナショナリズム》を広める契機になったというが、その最も顕著な例が、一九二〇年一月に誕生した国際連盟であった。世界の平和を維持するため、伝統的な権力政治に代わって諸国家の協調を促進する制度が求められ、中南米や日本などをも加えた国際共同体が組織されたのである。これを政治的国際主義と呼ぶなら、以前から存在していた経済国際主義も戦後復活し、諸国間で資本や技術・通商面での相互依存が加速された。しかし、入江は第一次大戦後の歴史を語る上で、最も影響力を行使したのが文化国際主義だという。文化国際主義とは、「思想および人物の交流、学問的な協力、国家間の相互理解を促進する計画などを通して、諸国、諸民族を緊密化する多様な行動をともなうもの」[33]であり、それを代表するのが、国際連盟の「知的協力」というプログラムであった。一九二二年三月、国際連盟は知的協力の委員会の創設を議論し、ジュネーヴに知的協力国際委員会を設立、一九二五年には下部組織の文芸委員会が設けられ、翌年には関連組織として知的協力国際研究所（L'Institut international de Coopération intellectuelle）が、フランス政府やロックフェラー財団などの財政援助を受けてパリに設立された[34]。

『比較文学雑誌』は一九二二年第二号の「時報」欄で初めて、同年三月一日に開催された国際連盟の評議会の模様を伝え、第五委員会の報告者ギルバート・マレー（Gilbert Murray 一八六六〜一九五七）[35]の発言を引用している。「この委員会は知的活動の組織がどれほど重要であるか理解しているし、国際連盟の未来が普遍的な意識の形成にかかっていることも承知している。普遍的な意識というのは、あらゆる国の学者や思想家、作家たちが緊密な関係を維持し、一つの国から他の国へ思想を伝播しなければ生まれないし、成長しないだろう」[36]、というマレーの言葉に連帯するように、『比較文学雑誌』は西ヨーロッパだけでなく、南北アメリカや日本、東欧、北欧、ソ連など各国の文学者に交流と思想伝達の場を提供したのであった。

また、一九二三年に掲載された長文の記事「比較文学と国際連盟」には、文学を通した諸文明の研究にどのような意義を与えるべきか、知的協力国際委員会が多方面の人材に意見を求めた際、バルダンスペルジェが文書で回答を寄せたことが報告されている。バルダンスペルジェはここでも排他的で過度に専門化された一国文学研究のあり方に批判を呈し、国際協力の理想に適う文学教育とは、様々な民族文学や国民文学によって織り成された相互依存のネットワークについての理解を広めることにあると主張したのであった[37]。

知的協力国際委員会の活動は主に、「各国出版物の交換、大学間の提携、学生・教員の交流促進、歴史教科書の共同編集、現代的問題に関する国際会議の開催、国際関係研究の組織化、各国文学の翻訳・出版」[38]などであったが、「比較文学」がもともと文学の国際交流を学問の基礎としていた以上、果たすべき役割は大きかったのであろう。

『比較文学雑誌』の「時報」欄は、毎回、「知的協力」関連の活動について詳細に紹介しているが、特に「教員・学生の交流促進」プログラムについてはほぼ毎号、フランス人文学者が海外で行った、あるいは外国人文学者がフランスで行った授業や講演について逐一報告している。また、一九二一年に国際連盟の支援を受けて創設されたブリュッセル国際大学（Université internationale de Bruxelle）の大規模な国際交流講座についても度々紹介し、教育の国際交流における比較文学の重要性が説かれた。

島田が「行動する比較文学者《コンパラティスト》」[39]と認める通り、バルダンスペルジェやアザール、ジャン＝マリ・カレなど、『比較文学雑誌』の主要メンバーは積極的に海外に出かけ、比較文学の講義を精力的に行っているが、彼らは国際主義普及の手段として比較文学教育の重要性を認識していたと思われる。入江昭によると、国際主義の実現は究極的には教育にかかっており、両大戦間は「教育によって自国中心的思考を脱却しコスモポリタン的考えを持つ人間を全世界で育てることが肝要である、と広く信じられていた」[40]というが、『比較文学雑誌』の中心メンバーもそうした信念を実践していたのであろう[41]。

また、『比較文学雑誌』が一貫して「翻訳」の重要性に注意を払っていたことも、「時報」欄からうかがえる。一九二一年第三号では、「戦後の活動——翻訳」の小見出しの下、西洋の深刻な危機の後に、ヨーロッパ各国とアメリカで翻訳活動が幅広く行われるようになったことが報告されている[42]。他者理解に翻訳は欠かせないとの認識から、定期的に新しい翻訳作品の紹介にページを割き、『平家物語』や『古今集』など日本文学の仏訳出版のニュースなども伝えていた[43]。

さらに、国際的な文化活動として、ダンテ没後六〇〇周年の記念行事やモリエール生誕三〇〇周年祭など、著名な文学者の生没年を記念する行事がヨーロッパ各地で頻繁に開催され、国境を越えた文学者の交流の場になっていたことが報告されている[44]。一九二八年第二号の「記念祭」（centenaires）と題された無署名の記事には、このような催しは往々にして国家的な偉人を政府関係者の臨席によって讃えるといった、一見ナショナリズム発揚の場になりがちだが、偉大な精神に国境はなく、諸国の偉人たちの精神は全人類の栄光として、ヨーロッパ全体、ひいては他の大陸でも顕彰されるべきであり、そこに比較文学の果たすべき役割もあると論じられていた[45]。ここにも文学的な遺産を一国の内部に囲い込むのではなく、国境を越えて広く共有しようとする姿勢がうかがえる。

もう一つ注意すべきは、文学史に関する国際会議の開催とその報告である。これについては『比較文学雑誌』の中心メンバーの一人で、つとに国際文学史の構築に並々ならぬ情熱を注いでいたポール・ヴァン・ティーゲムの尽力が大きい。彼の肝いりで、「近代文学史国際委員会」(Commission international d'Histoire littéraire moderne)が設立され、一九三一年にブタペスト、一九三五年にアムステルダム、一九三九年にリヨンで、計三回の「近代文学史国際会議」(Congrès international d'Histoire littéraire moderne)が開催された[46]。ヴァン・ティーゲムをこうした国際会議の運営に突き動かしたのは、後述するように、「文学史」を自国中心的な「国文学史」から解放したいという強い願望であったと思われる。

以上、「時報」欄に報告された「知的協力」プログラムに連動する様々な国際交流活動について見てきたが、島田は戦前、戦後一貫してそれについて触れていない。「『比較文学雑誌』の読み方」の中でも、「時報」欄を「第三に、進行中の研究や学位論文の梗概などの現状報告その他、『学界鵜の目鷹の目』とでも称すべき時報《クローニック》」と紹介しているだけで、「知的協力」関連の諸活動は質量ともに無視できない重みを備えていたにも係わらず、ただの「その他」として片付けているのである。もちろん島田がいうように、「時報」欄には毎回、「進行中の研究や学位論文の梗概などの現状報告」が掲載され、最新の研究動向が刻々と伝えられてはいた。しかし、そうした研究が時代状況に深く関与していた点について、島田は一切語ろうとしないのである。ただし、島田には状況認識がすっぽり欠落していたのかというと、決してそうではなく、次のようにも語っていた。

例えばフランスはドイツにクラシシスムを与えたでもあろう。だが、ドイツはその代わりフランスにロマンティークを与えはしなかつたか。二つの国は、互いにその持てるものを他に与え合うことによつて、相互に満たし合い豊かにし合つたのではなかつたか。このような比較文学的認識の上に、再び強固な理解と尊敬と友情の絆を結ぼうとするのが、この雑誌を創めた先達の尊い意志だつた。単に過去への歴史的回顧ばかりではない。前にもまして流動的になり、深い交流関係を示して行く、今日及び将来の文学に対しても、その動向をいち早く見通して、力をかし与えたいと願うことを彼等は決して忘れなかつた。[47]

両大戦間にフランスとドイツの間で、「比較文学的認識の上に、再び強固な理解と尊敬と友情の絆を結ぼうとする」ことがいかに困難な試みであり、アカデミズムの枠を超えた意義を担ったであろうことを、島田は充分察していたと思われる。ただし、島田は基本的に比較文学という学問、あるいは比較文学者という知識人の社会的役割を論じることには極めて消極的であり、現実社会の重みから切り離したところで、斯学を説くことに終止したのであった。それゆえ、島田がいくら『比較文学雑誌』の目的は「国際的協力関係の確立」にあったと力説したところで、どうしても抽象的で空虚なスローガンにしか聞こえないのである。比較文学の理念や方法が時代や社会の具体的な状況と切り離され、アカデミズム内部で自足するだけの理論となるなら、それは「今日及び将来の文学に対しても、その動向をいち早く見通して、力を与え」ることなどできないであろう。

最後に創刊号の「時報」欄冒頭に掲げられた、読者への言葉を引用したい。

『比較文学雑誌』はとりわけ困難な時代にあって、現在の様々な要求に応えるような思想の実現をわれわれに許してくださった方々に感謝いたします。[48]（訳——引用者）

ここからも明らかな通り、『比較文学雑誌』に集った比較文学者《コンパラティスト》は困難な時代が必要とする思想を実現しようとしていたのである。これを念頭に置くなら、同誌を「学問の最も高い水準」が現れているという学術的側面からのみ論じるのでは不十分であろう。

3. ロマン主義研究の意義

『比較文学雑誌』を貫く時代状況との積極的な係わりは「時報」欄だけでなく、当然、主論文にも色濃く反映されていた。最も顕著な例がロマン主義研究であろう。両大戦間の『比較文学雑誌』でそれは最も熱心に追究されたテーマであった。同誌は一九二七年の第一号で「ロマン主義」特集を組み、一九三〇年の第一号も「一八三〇年以降のロマン主義」特集号である。このように創刊から一九四〇年の一時的な廃刊に至るまで、二度にわたって特集が組まれたのは「ロマン主義」だけであった。まずバルダンスペルジェとアザールがヨーロッパからブラジルまで広範囲に及んだロマン主義の展開をそれぞれ南と北から描き出したことに加え、「ヨーロッパ文学史」構想を念頭に入れたヴァン・ティーゲムもプレ・ロマン主義研究の優れた成果を披露し、さらに有名無名を問わず多くの論者が関連研究を発表している[49]。

これほどロマン主義研究が盛んになされたのは、そもそも比較文学という学問の成立にロマン主義が大きく関与していたことに加え[50]、一九二七年がフランス・ロマン主義勃興一〇〇周年にあたる「ロマン主義の年」(l'anée de romantisme) だったことが挙げられよう[51]。一八二七年、ビクトル・ユゴー(Victor Hugo 一八〇二～八五)が文学結社「セナークル」(Cénacle) を結成し、同年一二月に出版した史劇『クロムウエル』(*Cromwell*) の「序文」で高らかにロマン主義を宣言して以来、ちょうど一〇〇周年にあたるこの年は、フランスの文学界がこぞってヨーロッパに絶大な影響を与えたこの一大文芸思潮を回顧したのであった[52]。しかしより重要なのは、それが両大戦間という不安な時代にあったことだろう。『比較文学雑誌』は「ロマン主義」特集を組んだ一九二七年第一号の「時報」欄の記事「現在のロマン主義——残滓と廃物」の冒頭に、ポール・ヴァレリーの「なぜかしら、ロマン主義が我々の時代の多くの精神に働きかけ、不安を与えている。それは確かに、惨憺たる時代には非常にまっとうで、思索的な不安なのだ」[53]との言葉を掲げた。現在に対する不信と未来への不安はロマン主義のキーワードであるが[54]、ヴァレリーのいう「我々の惨憺たる時代」がロマン主義の再考を促したといってもよいだろう。

ところで、一般にロマン主義というと、ナショナリズム、あるいはファシズムの同義語とみなされることが多く、山口俊章はジャン・テューレ「《ファシスト》文学史への序章」(『フランス・ノート』一九四三年五月)(Jean Turlais, *"Introduction à l'histoire de la littérature fasciste"*, Les Cahiers Français) を踏まえたうえで、「ファシズムなるものを政治的イデオロギーよりもさらに根源的な人間性の次元でとらえれば、(……) そこに浮かび上がってくるのはロマン主義的な諸傾向であろう」と分析し、「ロマンティストがすべてファシストになる道理はないが、しかし何らかの意味においてロマンティストでない限り人はファシストたりえないであろう」と述べている[55]。一方、第二次大戦直後、知的協力国際研究所の活動を総括して出版された報告書『知的協力国際研究所――一九二五年から一九四六年まで』の序文では、所長のジャン＝ジャック・マユ (Jean-Jacques Mayoux) がロマン主義をナショナリズムだけでなく、インターナショナリズムの起源としても捉え、次のように論じていた。

世界は一つの頑なで変わろうとしない矛盾によって、精神的な一体性と特殊性との間で緊張にさらされている。無意識の諸力が世界を分離し、意識によって高められたあらゆる形式がそれを再び糾合しようとするからだ。しかし、一八世紀までは、すべてが楽々となされていた。戦争や王朝の野望、あるいは宗教などによって分離されたかと思えば、相互利益のための交流や侵入の習慣によって、和解がもたらされたからである。こうした分離と和解は世界と同じくらい古いが、すべてを変えてしまったのがロマン主義である。

ロマン主義は、自己の孤独と神の無関心を埋め合わせようとして統合されたキリスト教的個人を、自己を熱愛する解体された個人によって置き換えた。それは国家のレベルでも起こったのである。フランス革命がしばらくの間、神の人民と同様、兄弟の人民を信頼したとしても、革命が解き放ったロマン主義は最終的に自己のみを愛する民族を生んだ。個々の民族は熱狂のうちに、地上の大いなる空間を自分たちだけで（あるいはほぼ自分たちだけで）、満たせるだろうと考えたのである。各民族は過去の威厳や、「時空」においてだけ自己を愛するのではなく、民族が持続することの快適さや自分たちの習慣、ささいな癖や単一性、さらに独特で、個的で、交換不能な民族の貴重な「私」という点において、自己を愛するようになった。こうしてナショナリズムが生まれたのである。そして、世界の精神的な分離が本当に始まった。同様に全人類を再び結合させようとする意識的な努力はこれ以上ないほど熾烈になり、ヨーロッパや世界のレベルで未来の市民性を要求するシラーやシェリー、ユゴーら詩人たちのナショナルな激昂とごちゃ混ぜになったのである。[56]（訳──引用者）

ここからは、ロマン主義がヨーロッパ社会に決定的な地殻変動を引き起こしたことが見て取れる。個を愛するロマン主義の思想は自民族や自国のみを愛するナショナリズムを生み、キリスト教によって統合されていたヨーロッパは、民族や国家という単位に分離してしまったのだ。同時に、ロマン主義には「ヨーロッパや世界のレベルで未来の市民性を要求する」ような統合の働きも混在していたため、世界にこれまでにない緊張を生み出したのである。

両大戦間のフランスでも、ロマン主義は確かに混迷と緊張を引き起こしていた。ジョゼフ・エナール（Joseph Aynard）の論文「ロマン主義をいかに定義するか?」（『比較文学雑誌』一九二五年第四号）からも、一九二〇年代前半に、ロマン主義擁護と批判、双方の立場から多くの著作が現れた結果、「我々の混乱は増すばかりであろう」[57]との状況に陥ったことがうかがえる。[58]そう考えれば、ヴァレリーの「ロマン主義が我々の時代の多くの精神に働きかけ、不安を与えている」、との言葉にも納得がいくだろう。

ただし、ヴァレリーの言葉には続きがあった。彼は、「それゆえ、私には常に必要に応じられるようないくつものロマン主義の解釈があり、ときおり更新する」[59]とも語っていたのである。それを受けて「時報」欄の筆者は、エドモン・ジャル（Edmond Jaloux）[60]ならば、「ロマン主義が（我々の時代の）精神に不安を与え、考えさせるのは、私たちがロマン主義の新たな段階を期待すべきだからである」[61]と応じるのではないか、と続けた。そして、「西洋文学において、現在も有効で今日的なロマン主義の『価値』はどこにあるのだろう?」[60]と問いかけたのである。おそらくここにこそ、ロマン主義が両大戦間において比較文学者の関心をかくまで引き、『比較文学雑誌』のメインテーマとなりえた真の理由があるのではないだろうか。ロマン主義には新たな解釈が可能であり、そこから「今日的価値」を引き出すことが求められていたのである。だからこそ、比較文学者もそれに賭けたのではないだろうか。

では、彼らが引き出そうとしたロマン主義の「今日的価値」とは何だったのだろうか。結論から言えば、それは国境横断的で、汎ヨーロッパ的な特質であった。「分離」ではなく、「統合」の働きである。バルダンスペルジエであれ、アザールであれ、ヴァン・ティーゲムであれ、彼らはいずれもロマン主義がヨーロッパ各国の国民意識や国民文学の形成に寄与したことは認めつつ、その過程には複数の外国文学が相互に影響を与え合うダイナミックな動きがあったことに焦点を当てたのである。バルダンスペルジェが「比較文学——言葉と実態」で強調したように、彼らの研究の眼目は国民文学の形成という着地点にあるのではなく、その「生成過程」にあったのだ。

その最も優れた実践例が、アザールの論文「一八世紀のイタリア文学における北方文学の侵入」（一九二二）、および「イタリア・ロマン主義とヨーロッパ・ロマン主義」（一九二六）であろう。アザールによると、イタリアの古典主義が行き詰まり、新たなものを生み出しえなくなったとき、イギリスとドイツの文学から「自由の精神」が注入されたという。対立するほどに異なる南北文化の接触は衝突の危機も招いたが、フランスの翻訳という仲介者によって回避され、イタリアは英独の精神を積極的に受け入れてロマン主義を育み、最終的には外国文学から得た養分によって国民文学を強化したのであった。アザールはさらにロマン主義の萌芽が実はイタリアにあり、それがイギリス、ドイツに影響を与えたという最新の研究を引きながら、ヨーロッパ文学における相互影響の重要性を強調する[63]。アザールによるロマン主義研究の魅力は、一つの国民文学がその形成過程でいかに異質の他者と出会い、葛藤し、抵抗し、あるいは理解し、受容していったか、そのドラマをつぶさに描き出したことにあるだろう。

一方、ヴァン・ティーゲムは「一般文学」(littérature générale)という概念によって、ヨーロッパ全体を視野に入れた研究を展開した。「一般文学」(「一般文学史」ともいう)については、ヴァン・ティーゲムの単著『比較文学』(一九三一)に詳しい[64]。それによると、二国間の文学を主に扱う「比較文学」をより広い範囲に拡大し、「諸国の文学をまたいで一つのグループを形成している様々な事実を全体的に研究する」[65]方法である。この方法によって研究される文学的事実は無数にあるが、例えば、ペトラルカ主義やヴォルテール主義などの国際的影響、あるいは、ユマニスム、ロマン主義などの思想・感情・芸術の潮流、さらに十四行詩や古典悲劇などの芸術もしくは文体の共通形式などである[66]。次章で改めて論じるが、実は『華麗島文学志』にも一般文学の方法が適用されていた。

ヴァン・ティーゲムの論文「ヨーロッパのプレ・ロマン主義における本物の詩の概念」はまさに「一般文学」研究の実践である[67]。イギリスに発して後にロマン主義と呼ばれるようになる文芸思想が、人の移動や翻訳を通して、南はポルトガルから北はスカンジナビア半島やロシアにまで至る広範な地域に伝播し、各地に新たな詩を生み、それがさらなる影響の連鎖を形成し、一大思潮に成長していく軌跡が丹念に辿られた。もちろんフランスでもロマン主義を精神的・道徳的無秩序、あるいは社会的混乱と見なす一派もいたが[68]、ヴァン・ティーゲムが描いたのは、古典主義に対する異議申し立てとして誕生した、若々しく、みずみずしい詩精神である。

ヴァン・ティーゲムの関心はもともと「国際文学史」の構築にあり、作品の解釈にはさほど深く踏み込んでいないため、島田が、「その博識の程には測り知れぬものがあるけれども、(……)もつとも肝心な文学的感受性の点に於いて、何か足りない所があるように思われる」[69]というのも充分うなずける。だが、近代ヨーロッパの複数の言語を習得して原語で各国の作品を読みこなし、ヨーロッパを横断する一大文芸思潮を一人で総合的に描ききったヴァン・ティーゲムに求めるべきは、越境的な研究を通して彼が獲得した精神や問題意識であって、作品解釈の「文学的感受性」ならば、むしろその道の専門家に求めるべきであろう。

ヴァン・ティーゲムは確かに「感情」や「想像力」の解放を謳ったロマン主義を論じるにも、膨大な資料を駆使した実証的な手法で押し通しているが、ロマン主義に個人の感情と民族の感情との融合を見るだけでなく、徹底して乾いたトーンで個人の感情を民族の外へ、国家の外へと開き、国境を越えた他者への共感に結びつけていった点は特筆すべきである。そこには両大戦間という閉塞した時代にあって内向きになりがちな人々の意識を、可能な限り外へ外へと向かわせようとする比較文学者《コンパラテイスト》の使命感が見て取れるのではないだろうか。

先に述べたとおり、ヴァン・ティーゲムは近代文学史国際委員会の事務局長として、国際文学史会議の開催にも大いに尽力したが、両大戦間にこのような動きを見せたことは評価されてよい[70]。「孤立し、宙に浮いたままのフランス、イギリス、ドイツ文学の講義ほど空虚で不自然なものはない」[71]という、彼の文学史観を支えていたのは、やはり当時のヨーロッパが置かれていた状況への危機意識であったと思われる。ヴァン・ティーゲム『比較文学』の結論部を引用しよう。

> 特にここ数年、諸国民を近づけ、よりよい相互理解のためにより一層自らを知るように促すことだけが問題になっている。この意味では、表面的な世界主義は見せかけである。つまり、世界主義は和解しえない相違を覆い隠しはするものの、その相違は敵味方の関係にもなりうるのだ。諸国家が最もよく理解しあうことの将来は、風習や実生活の表面的一致のうちにも、物質的産物もしくは精神的所産の頻繁なる交換のうちにもない。それらのすべては、互いに理解できないことや、偏見、時には反感をどこまでも存続させる。しかし自然が諸国民の間に設けた打破し難い相違を知り、理解し、尊重することを彼らに教えることは指導者の役割である。ヴォルテールが言うように、「これらの小さな相違は憎悪と迫害のしるしであってはならないのである」。[72]（訳――引用者）

ヴァン・ティーゲムは、一見、世界主義が隆盛であるかのように見える現状の背後に、依然として自国中心主義がはびこり、諸国家間の物質的・精神的交流が相互理解の不完全や敵意の存続にしか役に立っていないことを冷静に見抜いていた。彼はまた真の世界主義は諸国民が他者との相違を理解し、尊重することにしかないと認識していたが、その相違を理解するのに最も適しているのは、国民性を反映する文学である。同時に各作家の表現は人類の共同資産でもあり、文学には諸国民を結びつける働きもあった。「我々の属する国民群の文学一般史はそれらの書物がいかに補足しあっているか、いかにその絶えざる流入によって、文芸が常に新しい血を受け、活気づいているかをわれわれに示している」[73]というように、彼は各国文学が異質な他者との交流を通してより豊かになることを評価し、相互関連を重視する方向で世界文学史を構築しようとしていたのである。その最終的な目的は、諸国民の間に「憎悪と迫害」を克服しうる精神的枠組みを打ち立てることであり、彼のプレ・ロマン主義研究にもこうした時代への眼差しが働いていた。

アザールとヴァン・ティーゲムの例からも明らかな通り、両大戦間の比較文学者はロマン主義の国境横断的な側面を、排他的なナショナリズムを緩和するための契機として、積極的にアピールしていたように見える。イタリアでは一九二二年にファシスト内閣が成立し、ドイツでは一九三三年にナチスが政権を握り、スペインでも一九三六年に内戦の結果、フランコ政権が樹立されるといった、フランス周辺諸国が次々にファシズムに塗り替えられる時代にあって、人々が自由に国境を行き交い、互いに影響を与え合うロマン主義の時代を肯定的に描き出すことは、閉塞的な時代に対する抵抗の意志表示だったのではないだろうか。フランス人比較文学者にとって、それはまたフランス中心主義に対する反省であり、自己批判でもあった。彼らはまず、ヨーロッパ各地で起こった古典主義批判を、フランス的な古典精神への批判であったと受け止める一方[74]、ロマン主義の時代を、フランス人がようやく外国語を身につけ、イギリス文学やドイツ文学を学び、自国中心主義から脱却しようとした時代であったと捉え、高く評価したのである[75]。

こうした一連のロマン主義研究は「ロマン主義」を対象とする研究であったと同時に、それを通して比較文学研究の方法を模索し、学問《ディシプリン》として確立していく一つの過程でもあった。彼らにとってロマン主義をどのように定義し、描き出すかということは、比較文学とは何かを問うことであり、自分たちの立ち位置を確立していく一種の試金石だったのである。

繰り返すが、ロマン主義の時代とはナショナリズムの萌芽期であると同時に、人々が国境を越えて自由に行き来し、文学作品の翻訳も盛んに行われるようになった時代である。外国文学の流入は国民精神の抵抗を生み、国民文学の誕生を促したが、同時にその国民文学には外国文学の要素が大量に含まれてもいた。一九世紀フランスのロマン主義者にしても、彼らは偉大な芸術家であると同時に、偉大な（外国文学の）借用者でもあり、外国文学に熱狂はしたが、それは自民族の天分に対する信頼の表明でもあったというように、相反するベクトルを生きていたのである[76]。つまり、ロマン主義にはナショナリズムの契機とインターナショナリズムの契機が二重に含まれており、「国文学」と「比較文学」の概念も、そこから派生した双子であった。

両大戦間の『比較文学雑誌』でロマン主義研究が盛んに行われたのは、単にフランス・ロマン主義一〇〇周年という回顧的な理由からだけではないだろう。それは、ロマン主義が再度定義されなければならない時代だったのである。ヨーロッパ各地でロマン主義的ナショナリズムが復活する時代でもあったからこそ、比較文学者はこうした流れに逆らうように、汎ヨーロッパ的な一大文芸運動としてこれを描こうとしたのではないだろうか。

フランスではこの時期に比較文学が「影響研究」として確立されていくわけだが、この方法は後に、硬直した歴史主義や実証主義、あるいはフランス中心主義として批判を受けることになる[77]。しかし、両大戦間の「影響研究」は国境を鎖そうとする周辺諸国に対して、諦めずに仕掛ける対話に他ならならず、各国が交流によっていかに多くを得てきたかを確認し、感謝するための方法だったのである。

4. 文化相対主義とヨーロッパ精神

以上のように、『比較文学雑誌』の主要メンバーは、アカデミズムの内部に自足することなく、時代状況と積極的に係わりながら、比較文学という学問を鍛えてきたのであった。彼らは第一次大戦直後から、行動する比較文学者として知的協力活動の推進にも熱心であったが、その姿勢は一九四〇年の一時的な雑誌廃刊に至るまで変わっていない。ただし興味深いのは、彼らが決して絵に描いたような「国際主義者」でも、「世界主義者」でもなかったということだ。『比較文学雑誌』は二〇〇〇年に、「フランスの比較文学者再読」(Relire les comparatistes français) という特集を組み、同誌草創期の主要メンバーについても批判を含めた再評価を行っているが、そこには意外にも、バルダンスペルジェやアザールの愛国者 (patriote) 的一面が包み隠さず描かれている。

バルダンスペルジェについていえば、彼はフランス東部のロレーヌ地方ヴォージュ県で生まれ、愛国者として知られる同郷の作家モーリス・バレス (Maurice Barrès 一八六二〜一九二三) に終生変わらぬ友愛の情を抱いていたという[78]。彼はまた愛郷心の強い地方作家として、地元紙に詩や物語を多数発表していた。同時に親独派のドイツ文学者であったため、ドイツが次第に「危険な」存在になるにつれ、複雑な感情を抱くようになったという。しかしヨーロッパ各国のみならず、アメリカから日本や中国まで、世界各地を訪れ、滞在し、発見し、学び、という体験を通して、意識的に比較文学者の道を歩み始めたのであった[79]。

アザールもまた生まれ故郷のフランドル地方に強い愛着を示す愛国者であり、フランス文化の熱烈な擁護者であったという。同時に彼は若い頃留学したイタリアを第二の故郷として、生涯憧れを抱き続けたのであった。また、土地や血液、言語によって民族の精神が決定されることを信じる一方、彼には同時代人の間に交流や影響、衝突の巨大なネットワークを打ち立てたいという意志があり、壮大な知的風景画を構築する力量や、宗教・哲学・政治など異質の領域を抱合する能力にも恵まれていたという[80]。

彼らが「愛国者」であったことはむしろそのまま認めておきたい。生まれた土地に強い愛着を抱きながらも、自国中心主義を戒め、国家主義の影からも『比較文学雑誌』を守ろうとした彼らの葛藤や努力にこそ、学ぶべき点があると思うからだ[81]。

そもそも、『比較文学雑誌』は「nation（国家・民族）」を否定していない。一九三八年三月、ドイツの雑誌『新文献学月刊』（Neophilologische Monatsschrift）で仏文学者のフリッツ・ノイベルト（Fritz Neubert）が、フランスの比較文学はあまりにもテーマ研究や文学の世界主義《コスモポリタニズム》、抽象性に偏っていると批判したことに対し、ポール・アザールは次のように反論した。

> 実際、我々が曖昧な世界主義《コスモポリタニズム》を主張したことは一度もない。我々は常にナショナルな諸価値に揺るぎない信頼を抱き、それらが交流と受容を通して互いに豊かになることを確信してきたのである。[82]（訳――引用者）

つまり、フランスの比較文学は「ナショナルな諸価値」を認めた上で、それらの交流と受容に重点を置くということである。この種の問題は時おり出てきたようで、一九三一年第四号の「時報」欄でもすでに論じられていた。

> 生活の日常的な実践にとって最も解決しがたい問題の一つに、人々の意識に於いて〈ナショナル〉な概念と〈インターナショナル〉な概念を対立させようとする問題がある。思想の領域において我々が堅持してきたのは、正しい理解とは各国の個性を消すことではなく、それをきちんと肯定することから生まれるという主張であり、それには隣国の個性に対する尊重と感謝が伴うのである。[83]（訳――引用者）

『比較文学雑誌』が文学の「国際主義」を理念として掲げていたことは確かであるが、かといって、ナショナルな概念をそれに対立させるようなことはなく、むしろ国家や民族の個々の違いを理解し、尊重することに、「国際主義」のあるべき姿を見出していたように思われる。そうした姿勢は知的協力国際委員会にも共通しており、同委員会は「国家主権という不可避の自尊心を、完璧に尊重する現実的で中庸な精神の内部で」[84]、動いていたのであった。この時代の理想主義が実現不可能なユートピアを目指すのではなく、現実に根ざしていたと言われる所以である[85]。「国家」の存在を容認することは、「愛国心《パトリオティスム》」を許容することにもなるが、「国際主義」は自国を愛するように、他国を尊重することが前提であった。つまり、「愛国心」と「国際主義」は同居しえたのである。それゆえ、彼らは排他的な「国家主義《ナショナリズム》」には批判的であった。島田謹二はそうした一種の「文化相対主義」ともいえる精神を、バルダンスペルジェやアザールの中に感じ取っている[86]。

　彼らのこうした文化相対主義を支えていたのが、当時、ヨーロッパ知識人の間でしきりに議論されていた所謂「ヨーロッパ精神（ヨーロッパ意識）」(esprit européen / conscience européenne) ではなかっただろうか。「ヨーロッパ精神」とは何か、それは存在するのか否か、その定義自体、議論の途上にあったが、大まかにいえば、「ヨーロッパ諸民族間の幾多の交換によって形成され、あるいは形成され直した精神」[87]であろう。島田謹二はそれを、「ヨーロッパ各国民は、それぞれ自己の魂と個性とを持ちながら、文化と精神との大きな共和国を形造つている。そこには一つの国際的な精神が明らかに実存する」[88]というように、ポール・アザールの中に読み取っていた。この「ヨーロッパ精神」という統一体を前提にすると、ヨーロッパの諸国民・諸民族の差異性や複雑性は抹消されるべきでなく、かえってヨーロッパ精神を琢磨して活力を生む、「ヨーロッパが今なお失わずにいる最大価値の性格」[89]として尊重されることになるのである。

　しかし両大戦間は、ヨーロッパの威信が著しく低下した時代でもあった。第一次大戦後のヨーロッパは政治・軍事・経済の領域でアメリカ合衆国に指導的地位を譲らざるを得なくなり、精神の面でも、リベラリズムやヒューマニズム、キリスト教精神など、ヨーロッパ的・普遍的価値観が社会主義思想にとって代わられようとしていた。また、アジアの植民地に対するヨーロッパ帝国主義の地位が弱体化する一方で、日本の帝国主義が強化され、同時にアジア諸国では反帝国主義闘争や民族解放運動が高まりを見せていたのである[90]。さらに、一九三〇年代に入ると不寛容なナショナリズムが再燃し、ヨーロッパ分裂の予感が現実味を持って迫ってきた。こうしたヨーロッパ内乱の再発の可能性と、外部からの脅威という内憂外患は知識人の間に「ヨーロッパ精神の危機」という認識を生み、それを超克するためには、政治秩序の統合に先立って、精神の統合が必要であるとの考えが広く共有されるようになったのである。

『比較文学雑誌』一九三二年第四号の「時報」欄には、イタリアのロイヤル・アカデミー主催の「ヨーロッパ精神に関する討論会」(Un débat sur la conscience européenne) へ参加を呼びかける文書が転載されている。この討論会が企画されたのは、外部の新たな価値観によって脅威にさらされているヨーロッパの世界的優位性を回復するために、精神的な統一が必要であるとの認識からであった。このテーマはさらに、翌一九三三年一〇月、パリで開催された知的協力国際協会による、「ヨーロッパ精神の将来」(L'avenir de l'esprit européen) と題された討論会に引き継がれていく。

その討論会の主宰を務めたヴァレリーは開会のスピーチで、「ヨーロッパ精神」と呼ばれるある知的あり方が内部崩壊の危機にさらされ、それが文芸の領域にまで及んでいることを訴えたのであった。

即ち、われわれがヨーロッパ精神と呼んでいる一種われわれの裡に染み入った信仰、先程申し上げたように、ますます緊密な、いよいよ必要欠く可からざる交換によって漸次出来上って行った信仰の、憂うべき或いは憂うるに当らぬ、あり得べき近き変化は、そもそもどうなろうとしているか、ということです。例えば、文芸の部門において、諸君はいくらでも特定的に国民的な無数の観念を取り出すことができます。しかしそれらの観念が偉大であればあるほど、諸君は外来のものの存在を認めることでありましょう。(……)ところで現今は、交流に対し、国外での創造物、外来のものを何かしら注ぎいれてする、制作の構成に対して、一種の反動運動、防禦運動が行なわれているかに見受けられます。[91] (訳——佐藤正彰)

ヨーロッパ精神と呼ばれるものがヨーロッパ諸国間の交流によって形成され、偉大なる国民的観念にも様々な外来要素の混入が認められるにも係わらず、近年、それを排除しようとする傾向が生じていることにヴァレリーは警鐘を鳴らしているわけだが、このような問題意識を『比較文学雑誌』が共有していたことは言うまでもない。だが一方で、この切迫した危機意識は「ヨーロッパ中心主義」という弊害を生んだ。イタリア・ロイヤル・アカデミーの討論会への「呼びかけ」や、「ヨーロッパ精神の将来」討論会の『議事録』などからは、ヨーロッパ諸国のナショナリズムを克服する目的が、なによりも世界におけるヨーロッパの指導的地位を回復するためであり、極端な言い方をすれば、「一つのヨーロッパ・ナショナリズムを創出する」(de créer un nationalisme européen)[92]ためであったことが如実に伝わってくる。「この(ヨーロッパ文明の)優位は、今日、あらゆる前線で攻撃されている。それは植民地の前線で公然と否定され、いたるところで甚大な転倒に遭遇している」[93]という言葉が示すように、外部からの脅威を持ち出すことによってヨーロッパの精神的統一を図ろうとする意図も明白であった。こうしてみると、当時のヨーロッパ知識人によるナショナリズム批判はヨーロッパ・ナショナリズムの肯定にも繋がっており、決して手放しで評価することは出来ない。

『比較文学雑誌』についていえば、島田が「インド・シナ・日本等の東洋の文学・文化に大きな関心を注いだ」と指摘しているように、非ヨーロッパ圏に関する優れた研究論文も掲載されており、ヨーロッパの外部を理解しようという努力がなされていたことも充分見て取れる[94]。ただし、当時、フランスが所有していた広大な植民地にはほとんど関心が払われておらず(これいついては本書第四章で論じる)、どうしてもヨーロッパ中心主義的傾向は否めなかった[95]。ナショナリズムやファシズムを乗り越えようとするヨーロッパ知識人の努力は評価すべきではあろうが、反面それがヨーロッパ・ナショナリズムの創出という危うさをも孕んでいた点には注意する必要がある[94]。

5. 比較文学者《コンパラティスト》になるということ

確かに、『比較文学雑誌』が文学の国際主義を掲げながら、それが多分にヨーロッパ中心主義的であり、植民地を含め、非ヨーロッパ圏への関心が必ずしも高くなかったことは否定できない。ただし、このような限界は充分認めつつ、同誌が一貫して偏狭な国家主義を批判し、反戦平和に裏打ちされた国際主義の理想を貫いたという点はやはり評価していいだろう。それはまた一人ひとりが困難な時代の中で、比較文学者《コンパラティスト》としてのあるべき姿を模索した歩みとも重なるのである。

「人は比較文学者として生まれるのではなく、比較文学者になるのだ」[97]とは、バルダンスペルジェを論じたモニク・デュバール(Monique Dubar)の言葉であるが、「最も平凡な意味で愛国者」[98]でもあった彼らは、一体どのようにして比較文学者になり、それをどのように生きようとしたのだろう。

そもそも、バルダンスペルジェが創刊号の論文「比較文学——言葉と実態」で言及したとおり、各国の文学を結びつける「生ける連関」の探求を「比較文学」と名づけたのはサント＝ブーヴだが、それは一九世紀に活躍した文学史家ジャン＝ジャック・アンペール(Jean-Jacques Ampère 一八〇〇～一八六四)を論じた評論においてであった。一九世紀前半の、「新しいフランス精神の代表者」[99]といわれるアンペールの生き方に、サント＝ブーヴは「比較文学者《コンパラティスト》」の原型を見出だしたのである。

アンペールという人物はヨーロッパの複数の言語だけでなく、中国語まで習得し、各国の文学にも精通していた上、旅行家としてもドイツやイタリア、北欧、エジプト、アメリカなどを訪れたといわれている。特にワイマールで出会ったゲーテからは、「あらゆるナショナルな偏見を超えた」、「パリ市民というより、世界市民である」との賞賛を受けた[100]。ただし、彼は常に新しいものや異なるものに好奇心を燃やす一方、専門家というより「気ままな散歩者」であり、文学の理解は表面的で、翻訳もいい加減であったという[101]。

縦の深みに欠けるという点は否定できないものの、横の広がりにおいて優れた精神を獲得したジャン＝ジャック・アンペールに、サント＝ブーヴが比較文学者の役割と学問の方向性を見出したことは『比較文学雑誌』に多大な影響を与え、ある種の理想像が打ち出されることになった。例えばそれは、フランス・ロマン主義の先覚の一人エミール・デシャン（Emile Deschamps 一七九一～一八七一）であり[102]、宗教史学者のエルネスト・ルナン（Ernest Renan 一八二三～一八九二）であったが[103]、彼らはいずれも複数の外国語を操り、軽やかに国境を越える「ディレッタント」（文芸愛好家）として描かれている。それればかりか、両大戦間の比較文学者自身そのような生き方を選び、実践しようとしたのであった。

その最もいい例が、ポール・アザールであろう。アザールは一九三五年に大著『ヨーロッパ精神の危機』を上梓したが、これはヨーロッパの一七世紀と一八世紀を分断する思想上の革命的な変化を、哲学・宗教・文学・科学・音楽など多方面から考察した万華鏡のような書物である[104]。邦訳者の野沢協はこれについて、視野の広さや綜合性といった特質は十分評価しつつ、「或る種の軽薄さ」や「理解の浅さ」、「平面的な視座」等々、大小の欠点を指摘しているが[105]、それは比較文学者＝ディレッタントであることの当然の帰結ではないだろうか。

だが、アザールにある種の「軽薄さ」や「浅さ」を選ばせたのは、「ファシズムの勃興による伝統的ヨーロッパの解体に対する危機感」であった[106]。アザールは同書「結論」部の冒頭を、次のように始めている。

ヨーロッパとは何か。それは戦火をまじえる隣人同士の激しい憎悪の念である。（……）いくら協定が結ばれても休戦はすぐ破れ、平和は郷愁にすぎなくなり、国民がへとへとになっても戦争は続いた。毎年春になるときまって戦闘がはじまるのだった。[107]

実際、こうした状況は彼が筆を取っている時点まで少しも変わらなかったのである。

先に述べた通り、フランスでは第一次大戦直後から、政府が文化国際主義の推進に援助を惜しまなかったものの、一九三〇年代に入ると状況は暗転した。三三年三月にヒトラーが独裁権を握ると、翌三四年二月六日には、フランスの右翼諸団体が蜂起しパリ騒擾事件を起こす。近隣諸国のファシズム化と国内の親ファシズム勢力の台頭に危機感を抱いた社会党と共産党は「人民戦線」を組織し、三五年五月には選挙で圧勝、六月四日には人民戦線内閣が誕生するも、スペイン内戦を機に内部に亀裂が生じ、一九三七年に内閣は総辞職、三八年一一月、「人民戦線」は名実共に消滅した[108]。

このような状況下に置くならば、国境を軽やかに越える文芸愛好家《ディレッタント》＝比較文学者であることを主体的に選択することがどのような意味を持つのか、見えてくるだろう。それはこの時代をどう生きるかという実存的な選択でもあったのだ。バルダンスペルジェにせよ、アザールやヴァン・ティーゲムにせよ、困難な状況の中でどのような知識を求め、どのような教養を自らに育み、どのような思想を形成すべきか熟考した上で、「比較文学者になる」ことを選んだのではないだろうか。アザールは「イタリア・ロマン主義とヨーロッパ・ロマン主義」を次のように締めくくっている。

さらにまた比較文学史のおかげで、今日各国民を緊密に近づけるこの思想運動に私も応分の貢献をすることが出来るならば——各国民の知的精神的連帯を一日一日より強く自覚させることの大きな仕事のつつましい協力者として貢献することが出来るならば、私はじつに幸福だと思う。[109]（訳—高木良男・佐藤史郎）

アザールが「比較文学」を、各国民を結び付け、彼らの間に知的精神的連帯を促す「思想運動」と捉えていた点は特筆すべきであろう。これこそが「新たなユマニスム」を実現するために必要な手段であり、国名を冠さない学問の使命であったと思われる。ただし、それを実践することは、両大戦間にあっては決して容易でなかったはずだ。

実際、状況はますます悪化していた。一九三九年三月にはドイツ軍がプラハに進撃、チェコスロヴァキアは解体し、半年後の九月三日、イギリスとフランスはドイツに宣戦布告する。翌四〇年六月一四日、パリ陥落、六月二五日、フランスはドイツに降伏した。
こうした事態にも係わらず、『比較文学雑誌』の「時報」欄は平常どおり、国際シンポジウムの報告や最新の研究動向、各国の出版状況を伝え、ヴァン・ティーゲムは国際文学史会議の準備に奔走していた。しかし、一九三九年第四号の「ラシーヌ特集号」では、次の言葉を巻頭言として掲げることになる。

私たちは喜びと共に、このラシーヌ特集号の準備を始めました。それは、偉大な悲劇詩人の名前が平和に関する最も上質な研究の輝かしい象徴として現れることを、私たちがまだ期待できたときでした。私たちは地平線に暗雲が垂れ込めているときにも、推敲を続けました。戦争のさなかにある現在、読者の皆様には困難が充分ご理解いただけると存じますが、にもかかわらず私たちがこの号を期日通りに刊行するなら、私たちの努力の内に、約束と義務に忠実でありたいという願いだけでなく、フランスの偉大な伝統を永続させたいという意志があることを見ていただきたいと思います。このラシーヌについての研究が、私たちの近くに、もしくは、遠くにいらっしゃる友人の皆様にとって、私たちの文化と生命力の証となりますように。

ポール・アザール　コレージュ・ド・フランス教授
J＝M・カレ　ソルボンヌ大学教授
Ch＝H・ルデュック　ボアヴァン書店代表[110]
（訳――引用者）

これは一九二一年の創刊以来二〇年にわたってフランス的な伝統に対する自尊を戒め、ひたすら国際的であろうと努力してきた比較文学者たちが、最後に見せたフランス人としての矜持であった。その直後、『比較文学雑誌』は一九四〇年の第二号をもって、一時廃刊のやむなきに至る[111]。まもなく、アンリ・トロンションが四一年に亡くなり、ポール・アザールは三九年、アカデミー・フランセーズ会員に選ばれたものの、パリ大学総長就任は占領軍当局に拒否されたまま、一九四四年四月一二日に亡くなった。若手のジャン・マリ＝カレはパリ大学の講義を停止させられ、ヴァン・ティーゲムはロマン主義研究に韜晦し[112]、バルダンスペルジェは一九四五年秋に定年を迎えるまでアメリカに留まったままであった。一九三六年から三九年までソルボンヌに留学していた小林正によると、第二次大戦の打撃は壊滅的で、「開花しかけたフランス比較文学にとつて、戦争は、まさに一夜の嵐であつた。大家は死に、発表機関も途断え、大きな空白が残つた」という[113]。こうして、『比較文学雑誌』第二期の幕は閉じられたのであった。

第三節　一九三〇年代における「比較文学」の受容

しかし、こうしたフランス比較文学の時代状況との係わりは、これまで日本に紹介されることはなかった。島田謹二や彼と同世代の研究者はいうまでもなく、戦後の後続世代もほとんど触れていない。実はその点と、両大戦間の比較文学の「なに」が日本、そして「台湾」に受容されたのか、ということが密接に係わっているように思われる。それはまた、『華麗島文学志』の成立事情とも深く関連しており、同書がこれまで近代日本比較文学史から抜け落ちていたこととも決して無縁ではないはずだ。

本節ではこの点を考察するに当たり、明治期から昭和二〇年代に至るまで日本において「比較文学」の概念がどのように形成されてきたかを、「国文学」や「世界文学」と関連づけながら簡単に振り返るところから始めてみたい。

1．「対比研究」と「影響研究」

富田仁『日本近代比較文学史』によると、「比較文学」の概念は坪内逍遥（一八五九～一九三五）が明治二二・二三（一八八九・九〇）年に東京専門学校で行った「比照文学」の講義を嚆矢として、明治期にすでに紹介されていたという[114]。それはちょうど三上参次（一八六五～一九三九）・高津鍬三郎（一八六四～一九二一）による日本で最初の文学史『日本文学史』（東京金港堂、一八九〇年）が出版された時期であり、東京帝国大学に国文学科が設置されてまもなくのことであった[115]。つまり、「国文学」が近代的な学問として制度的にも整い始めた時期に、「比較文学」は導入されたのである。

逍遥の講義はアイルランドのハチエソン・マコーレー・ポズネット（H.M.Posnett）の著書『比較文学』（*Comparative Literature*, 1886）の一種の紹介であったが、そこで言われた「比較」の概念は、相互に有機的な関連を持たない二つの事象の対比的考察であった[116]。比較文学の領域において、この方法は「対比研究」と呼ばれ、文学の国際的影響関係を考察する「影響研究」とは区別されている。ただし、両者とも国籍の異なる作家や作品を取り扱うことに変わりはない。もっとも、影響研究が国文学《ナショナル・リテラチャー》の背後に外国文学の影響を認めることによって、自国文学の国民性を遠心的に緩和していくのに対し、対比研究はどちらかというと、外国文学との対比によって、自国文学の国民性を求心的に強化する傾向がある。先に挙げたバルダンスペルジェの論文「比較文学――言葉と実態」からもわかるように、ヨーロッパでも国文学の形成期には対比研究が盛んに行われていた。明治期の日本でもこの方法が重要な役割を果たすことになる。

周知の通り、日本における近代的な国文学の研究は、芳賀矢一（一八六九～一九二七）が一九〇〇年から一九〇三年にかけてのドイツ留学中に文献学（Philologie）を学び、帰国後、「日本文献学」を提唱したことに始まる。芳賀は東京帝国大学文科大学国文学科において、文献を根拠とし、日本の真相（国民の思想、国民の性質）を知ることを目的とした、国文学研究の基礎を築いたのであった[117]。

しかし、笹沼俊暁と富田仁が国文学と比較文学の両側面からいうように、そもそも「国文学」の概念はそれ自体で内部的に成り立つものではなく、「世界文学」や「外国文学」を対概念として登場するのである[118]。笹沼によると、明治以降の日本では、ヨーロッパ文学の歴史を「世界文学史」として受け入れ、それとの格闘の中で、近代文学と文学研究が展開されたのであった[119]。富田もまた、「国文学」という概念が明治二〇年代になって、「外国文学」との関連で考えられるようになってきたが、そこには「外国文学と日本文学との異同を解明し、それによって日本文学の発展を促進しようとする意図が功利的な裏づけ」として働いていた、と述べている[120]。いわば、「世界文学」空間において、「日本文学」が独立した「国文学」として誕生するための産婆役を、「対比研究」が果たしたといえるだろう。

実際、初期の国文学研究には「比較」という言葉が散見し、三上参次・高津鍬三郎の『日本文学史』にも、「今、余輩は、我邦二千数百年の間に現出せし、諸般の文学を総括して、これを我国文学の全体とし、之を西洋諸国の文学と対照比較するに、彼に及ばざる処少なからずといへども、また、其特有の長処多きを見る」[121]（傍点――引用者）と記されている。笹沼によると、彼らはしきりに西欧文学との比較対照をおこなったが、それは西欧諸国に劣らない文学の歴史が日本にあることを示して、「世界文学」＝「西欧文学」の一員として日本の「国文学」を新たに参入させるためであり、それが『日本文学史』叙述の目的だったという。ただし、三上や高津が日本文学を西欧文学に比して遜色ないものと見ていたとしても、彼らは「『世界文学』とは、日本が主導権を握ってつくっていくものではない（かった）」と認識していた[122]。富田も、「日本の文学に対して世界文学という認識をあたえることは当時の人間には到底できかねること」[123]であったと述べており、明治の文学者が「世界文学」に対して、ある種の気後れを禁じえなかったことがうかがえる。だからこそ、世界的視野と科学的な方法によって日本文学史を整えること、また西欧文学に引けをとらない近代文学を確立することが喫緊の課題とされたのであり、それを考えると、実作と理論の双方から日本文学の近代化＝西洋化を試みた坪内逍遥が、比較文学に関心を示したことは十分うなずける。そもそも『小説神髄』はイギリスの小説と日本在来の小説・物語を比較研究し、英米の文芸評論のこつを飲み込んで書かれたものであった[124]。

逍遥に続いて明治・大正期に「比較文学」という学問ジャンルを多少とも意識しながら対比研究を提唱、あるいは実践したものに、第一高等学校教授で英文学者の畔柳芥舟（一八七一～一九二三）と、日本に最初にイプセンを紹介した歌舞伎脚本家で文芸評論家の高安月郊（一八六九～一九四四）の二人がいる。畔柳は「大文学を生み出すため」にヨーロッパ文学史と日本文学史との比較考察の必要性を説き[125]、高安は『東西文学比較評論』（東光閣書店、一九一六）や『東西文芸評伝』（春陽堂、一九二九）等の著作で、日本の文学作品を分析するに際し、該博な知識によって類似した作品を海外に求めてその特質を明らかにしたのであった[126]。

以上のことから、この時期に西欧文学との対比研究が盛んになされたのは、日本文学の特性を明らかにして、「国文学」としてのアイデンティティーを確保する一方、日本文学の質の高さを保証し、世界文学空間に参入するためのパスポートを与えようとしたためであったといえよう。つまり、明治・大正期の「比較文学」はナショナルな価値の創出という点では、「国文学」と目的を同じくしていたのである。

2．一九三〇年代の変容

明治二〇年代以降昭和期に至るまで、「対比」研究を基礎とした「比較文学」は、独立した学問ジャンルというより、「国文学」研究の一部門であったといってよい。独立するためには、「国文学」研究とは異なる研究領域があり、独自の理念や目的を掲げ、複数の外国語の習得など、専門的な技術に裏付けられた確かな方法が必要となるが、明治大正期にそうした専門性は十分育っていなかった。では、いつ頃から「比較文学」が「国文学」から分岐したのかというと、やはり一九三〇年代半ばを待たなければならない。フランスから「影響研究」の方法が導入されたことがそれを決定的にしたのではあるが、新たな方法を受容するだけの土壌が整っていたことも見逃せないだろう[127]。

そもそも、一九三〇年代というのは「国文学研究」にとっても「高度成長期」であり、近年にいたるまで続く「国文学研究」のアカデミズムの原型が形成された時代といわれている[128]。だが、満州事変から日中戦争にかけて国家的精神が高揚し、日本的学問が要請されるに従い、国文学界もナショナリスティックな言説を積極的に生み出すようになっていた[129]。

一方、この時期は、本論末尾の付録（一）の「文学研究年表」（五〇三～五〇六頁）からも明らかな通り、シュトリヒ（Fritz Strich）『世界文学と比較文学』（一九三三）やモールトン（Richard Green Moulton）『世界文学』（一九三四）などの翻訳を含め、「世界文学」や「比較文学」関連の出版が相次ぎ、世界的な視野の下に日本文学が論じられていた。もちろん、「日本文学」は明治期以来、常に「世界文学」（西欧文学）を意識して形成されてきたわけだが、この時期は、一方的に西洋の衝撃《ウエスタン・インパクト》を受けて、「日本文学」を「世界文学」空間に参入させようともがいていた明治期とは大きく異なっていた。

いうまでもなく両大戦間というのはヨーロッパのみならず、世界的にみても大変動の時期であり、世界史の大きな転換点であった。日本も当然このような動乱に巻き込まれるわけだが、この時期の日本は大変動の影響を一方的に受けるだけでなく、むしろ歴史上初めてそれを与える側に立ったのである。第一次世界大戦によって経済的に急成長を遂げた日本はにわかに世界の大国の仲間入りをし、戦後恐慌や世界恐慌の打撃は受けたものの、昭和六（一九三一）年以降、国内的にはインフレによって不況の克服をはかり、対外的には輸出ダンピングや武力侵略などの展開、広域経済圏の形成などの政策を取ったため、国際緊張を著しく高めたのであった[130]。世界における日本の軍事的・経済的影響力の拡大は、当然、日本文学を取り巻く環境にも大きな変化をもたらした。

久松潜一は一九三五年春から翌年春まで欧米に在外研修に赴き、ドイツ、オーストリア、ハンガリーなど各地の大学を訪問し、帰国後、彼の地の日本文学研究についてつぶさに報告するが、それによると、「西欧に於いて、近時日本に対する注意が高まつて来たことは事実」であり、「日本に関する研究がかつてあつたやうな趣味的異国趣味的な態度から、本格的研究に進んで来た」という。「富士山と桜と芸者とのみで代表されるやうに考へる立場から離れて、世界の三大強国の一である日本の真実を知らうとする態度に」なり、「同時にその日本の文化の独自的価値をも認めるに至りつゝある」、というのが久松の印象であった[131]。こうした久松の自信が、西側世界における日本のプレゼンスの拡大に支えられていたことは言うまでもない。

久松の報告を裏付けるように、ちょうどこの時期に中央公論社から刊行の始まった『世界文芸大辞典』では、「外国に於ける日本文学研究及び文献」（第五巻）の項目に、中国や欧米各国、ロシアにおける日本文学の紹介と研究の状況が、大学の講座から研究書・研究誌、翻訳に至るまで網羅的に紹介されていた。中国では「日本文学の紹介・批評は活発に行はれ、一九三〇年頃の文芸雑誌では、日本の翻訳の載つてゐないものは無いといふ盛況」ぶりであり、ドイツでは「日清・日露の両役に依つて識者の注目は急にこの極東の日本へ注がれ」、革命後のロシアでは「日本文学に対する興味の中心は勿論日本におけるプロレタリア革命文学に置かれ」ている、という具合である。同時に、イギリスの外交官アストン（William George Aston 一八四一～一九一一）の『日本文学史』（*A History of Japanese Literature*）がフランスやドイツで注目されたり、チェンバレン（Basil Hall Chamberlain 一八五〇～一九三五）やフローレンツ（Karl Florenz 一八八九～一九一四）の研究がロシアで重訳されるなど、日本文学研究が越境的に展開していたこともうかがえる。大学の講座では、久松潜一も訪れたベルリン大学やハンブルグ大学などで『古事記』、『万葉集』、『源氏物語』などの古典講義が行われ、イギリス、ドイツ、ロシア、フランスではすでに複数の「日本文学史」が出ており、翻訳は古典から現代文学まで幅広く行われていた[132]。

なお、この時期の翻訳で特筆すべきは、一九二五年から三三年にかけて出版された、アーサー・ウェイリー（Arthur Waley 一八八九～一九六六）の英訳『源氏物語』（*The Tale of Genji*）であろう。平川祐弘によると、それは「日本古典文学が世界の中央に登場した歴史的快挙」であったという[133]。また、フランスでは九州帝大と京都帝大で教鞭を取ったジョルジュ・ボノオ（Georges Bonneau）が『古今集』を仏訳・出版し、『比較文学雑誌』の「時報」欄でも紹介されていた[134]。さらに、このような個人的業績とは別に、知的協力国際委員会の日本国内委員会[135]が、「我国文化の紹介」を最も重要視する立場から、組織的な翻訳事業を進め、佐藤醇造責任編集の「日本叢書」（La

Collection Japonaise）や、[136]『仏文解題書目』を刊行している[137]。

一方、明治期以来、国文学研究と並んで発展してきた日本国内の西欧文学研究が、昭和期に入ると半世紀近くに及ぶ蓄積によって、世界の中で日本文学を捉える視点を可能にした。この時期にはすでに、ギリシャ・ラテンの古典から英・仏・独・露などの近代文学まで、西欧文学が体系的に紹介され、翻訳も作品から文芸理論に至るまで広範囲に行われていた[138]。笹沼俊暁によると、大正後期には出版資本主義の成長を背景として多くの「世界文学全集」の類が刊行され、特に新潮社の『世界文学全集』（一九二六年刊行開始）は改造社の『現代日本文学全集』と並んで「円本」ブームに拍車をかけたという[139]。

新潮社は研究書方面にも力を入れ、『日本文学講座』全一九冊（一九二六～二八年）の刊行に引き続き、『世界文学講座』全一三冊（一九二九～三一年）を送り出したが、このような日本文学と世界文学の研究成果をほぼ同時並行的に刊行するスタイルは、その後、岩波書店の講座『日本文学』全一七九冊（一九三一～三三年）と講座『世界文学』全一一六冊（一九三二～三四年）にも受け継がれ、さらにそうした試みを総括するように、中央公論社から『世界文芸大辞典』全七冊（一九三五～三七年）が刊行されたのであった。これら一連の動きは、まさに「日本文学を世界文学の視点で捉えようとする気運のあらわれ」[140]であったといえよう。

この時期には研究面と同時に実作面でも大きな変化があり、平野謙（一九〇七～一九七八）は昭和文学の特長の一つに、「文学の世界的同時性」を挙げている。平野によると、かつて日本と西欧の近代小説には「はなはだしいズレ」があり、その「ズレ」は「日本の近代文学全体に大きな歪みを与えずにはおかなかった」が、昭和年代に入ってそのような「落差が縮小された」という。新感覚派にしろ、プロレタリア文学にしろ、いずれもヨーロッパの芸術やソビエトの文学理論のほぼ同時的な移植であり、平野は「これはともあれ日本文学が世界文学の一翼として、世界の悩みを共通に悩みだしたことを意味していよう」と記している[141]。

これは実際、大きな変化であった。明治期の文学者は「日本文学」に対して「世界文学」という認識を与えることには一種の気後れがあったと先に述べたが、昭和に入ると、「日本文学」は研究面でも、実作面でも、世界文学空間に堂々と打って出るだけの自信をつけたのである。それは、西欧文学の受容により、半世紀をかけて日本文学の近代化が達成されたことの現われでもあった。

日本の比較文学はそこから新たな段階に入る。つまり、小林正が「とりわけ明治維新以後の日本文学に見られる欧米文学の影響はそれ自身取り上げられて研究せられ、明治文学の重要な一部を構成しなければならない」[142]というように、影響研究が必要とされる時代が到来したのであった。新潮社や岩波の文学講座には以下に挙げた通り相当数の比較文学的な論考が収められているが、すでに比較文学の中心が対比研究から影響研究に移ったことは明白であった。

新潮社『日本文学講座』

野口米次郎「世界に於ける日本文学の地位」（第一巻総論）、幸田露伴「支那文学と日本文学との交渉」、内田魯庵「日本の文学に及ぼしたる欧州文学の影響」、山辺習学「仏教と日本文学との交渉」、清原貞雄「儒教及び道教と日本文学との交渉」、野々村戒三「基督教と日本文学の交渉」（以上、第二巻日本文学と外国文学・思潮）、新村出「南蛮文学概観」（第九巻江戸時代〈一〉）、柳田泉「明治の翻訳文学研究」（第十二巻明治時代〈一〉）、高須芳次郎「欧化主義の文学と国粋主義の文学」（第十三巻明治時代〈二〉）

岩波講座『日本文学』

阿部次郎「比較文学」、「日本文学と外来思潮との交渉」という副題を持つ四冊―和辻哲郎「仏教思想」、新村出「南蛮文学」、青木正兒、「支那文学」、野上豊一郎「西洋文学」、豊田実「日本に於ける英文学研究」、土居光知「古代伝説の比較研究」、岩田九郎「蕪村：主として漢文学の影響に就きて」

岩波講座『世界文学』

岡倉由三郎「日本人の欧文文学」、正宗白鳥・宮島信三郎・柳田泉「日本文学に及ぼしたる西洋文学の影響」、鹽田良平「日本文体に及ぼしたる西洋文体の影響」、野上豊一郎「比較文学論」・「翻訳論」・「西洋文学者の見た日本」

日本文学と外国文学に跨る研究領域が形成され、土居光知や和辻哲郎、豊田実、小宮豊隆、鹽田良平、柳田泉、茅野蕭々など、「世界文学」の広がりにおいて日本文学を論じられる研究者も育ち、「比較文学」が独立した学問ジャンルとして成り立つためには、確固とした理念や目的、専門的な方法の確立を待つだけであった。斯学の歴史や方法・展望を体系的にまとめたポール・ヴァン・ティーゲムの『比較文学』が、ヨーロッパでも初めての本格的な入門書として本国で出版されたのは一九三一年のことだが、日本でもそれを受容するだけの土壌がすでに整っていたのである。

3. 日本派比較文学の方へ

比較文学の入門書として内外に多大な影響を与えたといわれるポール・ヴァン・ティーゲムの『比較文学』は、「比較文学の成立と発展」、「比較文学の方法と成果」、「一般文学」の三部からなっている。「比較文学」とは一八世紀末以降のヨーロッパの国際主義を背景に誕生した二カ国以上の文学の相互関連を研究対象とする学問であるが、最終的には「一般文学」と呼ばれる、より大きな文化圏の研究や、「国際文学史」の構築に向かうだろう、というのが同書の主旨であった。

同書の紹介は野上豊一郎（一八八三〜一九五〇）が「比較文学論」（岩波講座『世界文学』、一九三四年）で先鞭をつけ、島田謹二「比較文学」（『世界文芸大辞典』第五巻、一九三七年）、小林正「比較文学の実際」（『思想』、一九四〇年）がそれに続き、太田咲太郎（一九一一〜一九四八）が一九四三年に完訳を出す。太田によると、野上、島田、小林の論考は多少の差はあれ、いずれも『比較文学』の祖述であったというが[143]、太宰施門（一八八九～一九七四）「比較文学」（『ルソーよりバルザックへ』所収、一九三四年）などもこれに依拠しており[144]、実際、近代日本比較文学に与えたヴァン・ティーゲムの影響は決定的であった。

ここで野上[145]、島田[146]、小林[147]の論考を並べてみると、いずれもヨーロッパ比較文学の歴史と方法の紹介に重点が置かれているが、野上と小林が文字通り祖述の域を出ていないのに対し、島田の場合、ヨーロッパのみならず、アメリカや日本の学術史にも触れ、斯学の「批判と限界」も指摘するなど、一頭地を抜いている。また、これら三名の論考を総括する形で一九四三年に発表された太田咲太郎「比較文学の問題」[148]を加えると、彼らによる新しい文学理論の導入が「比較文学」の概念を一新し、国文学研究からの脱皮を決定的にしたことは疑いえない。

こうして「比較文学」は二国間（またはそれ以上）における文学の「影響関係」を対象とする「国際的文学史研究」[149]であると明確に定義されるようになるのだが、富田仁によると、それによって「従来支配的であった対比研究の安易さに対するきびしい批判と実証的な比較研究の必要性の認識」が植えつけられ、日本の比較文学研究の方向が決定されたのであった[150]。

また、ヨーロッパの比較文学がロマン主義以降の近代文学を扱っていたため、日本でも明治以降の近代文学が研究の中心に据えられることになった。島田謹二や太田咲太郎は明治以前の日本文学と中国文学の交渉も研究の射程に入れていたが、最終的には明治以降の西洋文学との関係に絞られていく。彼らが西洋文学を教養のベースにしていた点から考えれば、それもやむをえないことではあったろうが、中国文学が研究の中心からはずされることによって、日本の比較文学は「西洋文化圏」に対する「東洋文化圏」の構想を育むことなく、「日本」というナショナルな概念を突出させて西洋に対峙することになった。

実際、野上、島田、小林、太田らはいずれも欧米の比較文学の紹介に止まらず、早くから「日本の比較文学」構築の必要性を唱えていたのである。野上は、日本の西洋文学研究が始まってかなりの年月が経過し、研究設備も整ってきたものの、「ただ一つ甚だ遺憾なことは、日本人の、文化史的・文学史的立場からそれを研究することが十分に行はれてゐないこと」であり、比較文学についても、「ほんとうはわれわれ自身の立場から一つの比較文学的機構を形づくつて見たかつたのであるが、まだそれを発表して大方の批判を仰ぐほどにまとまつていない」と述べていた[151]。小林は、「私が敢へて比較文学を再言する理由は特に明治文学史研究のため」[152]であると断言している。島田は、「比較文学が日本に於いてもつべき位置」は、「日本文学」における「支那文学」および「西洋文学」の影響研究であると説いていたが、その後、別の論文で以下のようにより明確な方向性を打ち出した。

> むしろわれわれにとつて急務なのは、日本に独自なこの方面の学問を打ち樹てることである。いはば「日本派比較文学」とも称すべき研究を確立することである。勿論、さうした意図に合する先進の労作もすでにいくつかは散見する。恐らく明治大正以後を取扱ふ現代文学史は、この種の研究を重要な内容とせねば、殆ど意味がないのではあるまいかと疑はれる位に「比較文学」と密接な関係をもつてゐるから、特にさうした労作に漸く豊かならんとしつつあるやうに見うけられる。こは当然な傾向ながら、同時にまたきはめて悦ぶべき現象であると言はねばならぬ。[153]（傍点――引用者）

島田がここで「日本派比較文学」を提唱したことは、二重の意味で重要であると思われる。まず、「日本派」の強調がヨーロッパの比較文学から「日本」の学問の独立を、次に「比較文学」の強調が「国文学」からの独立を意図する点において、である。実際、島田は『世界文芸大辞典』の「比較文学」の項目を次のように締めくくっていた。

> ところで現状を見ると国文学家は此種の研究を徹底させるのに外国的な教養の不足することが多く、また外国文学家はあまりに一国文学のみに専念する傾きがあるから、此研究は、国文学・外国文学内の一科として従属させるよりは、むしろ専門研究として独立させ、比較文学者といふ特殊な学徒を養成して開拓さ

せる方が、学問的に見て、より多く効果があがるのではないかと思ふ。[154]

島田はここで、比較文学が従来の国文学や外国文学の「一国文学」研究とは異なる論理と方法に依拠している点を挙げ、比較文学者を「特殊な学徒」として差別化し、養成することを提案したのであった。日本比較文学会発足の十年も前から、独立した学問のあり方を思い描いていたのである。その目的は、「明治大正以後の日本文学」に対する西洋文学の影響を、実証的で科学的な方法によって解明することにあった。

こうして日本派比較文学の方向性が明確化されたわけだが、ここで一歩踏み込んで二つの問いを投げかけてみたい。まず、島田は「比較文学」という国名を冠さない学問を通して、一九三〇年代半ばという満州事変から日中戦争へと向かう日本にとっても困難な時代、および植民地という特殊な社会環境にどのように係わろうとしたのか、という点。もう一つは、比較文学者の「使命」をどのように考え、どのような「理念」によって新たな学問を切り開こうとしたのか、という点である。

ここで私たちは再度、バルダンスペルジェのマニフェストを思い出してみたい。彼は危機の時代に「新たなユマニスム」を準備することが「比較文学」の使命であると説いていた。あるいは、ポール・アザールの言葉でもいい。「比較文学」とは、各国民を結び付け、人々の間に知的精神的連帯を促す「思想運動」であるという言葉だ。ヴァン・ティーゲムも「比較文学」が諸民族の相違を理解し、尊重することによって、民族間の憎悪や迫害を克服しうる学問であると考えていた。彼らの立場は明確である。

一九三〇年代初頭から『比較文学雑誌』を「むさぼるように読んだ」という島田謹二はいうまでもなく、一九三六年から三九年までソルボンヌに留学していた小林正も、ヨーロッパの比較文学がどのような「理念」を掲げ、比較文学者がどのような「使命」を自らに課し、困難な時代状況に立ち向かおうとしていたか、十分理解していたはずである。だとしたら、「日本派比較文学」を立ち上げる際に、その点について議論をつくすことは当然ではなかっただろうか。ところが、誰一人としてそれに触れるものはいなかったのである。太田咲太郎などは、

「比較文学ならびに一般文学は、いはゞヨオロッパ文学史学における一つの方法論である。純然たる研究方法を示してゐるので、比較文学ならびに一般文学それ自体が高い理念を有してゐるのではない」[155]と、「理念」についてはあっさり切り捨てている。

実は、「比較文学」が「理念なき方法論」にすぎないといった認識は、つい最近まで日本の比較文学界に受け継がれていたようで、松村昌家が「比較文学は、いうまでもなく、イギリス文学だとか日本文学という場合の文学とは異なる。イギリス文学や日本文学が研究の対象であるのに対して、比較文学は研究の方法、あるいは手段である」[156]と、比較文学を学ぶ人のために宣言したのは一九九五年のことであった。しかし、「比較文学」を「イギリス文学」や「日本文学」と比べることがそもそもの間違いであり、それは「イギリス文学」や「日本文学」を成り立たせている「国文学《ナショナル・リテラチャー》」の概念と並べるべきなのだ。そうして初めて、「比較文学」がただ単に文学研究の「方法」や「手段」ではなく、「国文学」とは異なる理念を有する「特殊な学問」であることが明らかになるだろう。

そもそも、近代比較文学が両大戦間のフランスで確立されたとき、そこには高い理想が込められ、「国文学」とは異なる内在的論理の下に展開されていたことは、すでに見てきた通りである。フランスに限らず、ヨーロッパの学者はその精神を共有しており、例えば、一九三三年に邦訳の出た、ドイツの文学史家シュトリヒ『世界文学と比較文学史』[157]（*Weltliteratur und vergleichende Literaturgeschichte*, 1928）にもそれが十分うかがえる。

シュトリヒの定義によると、「比較文学」とは「対比研究」のことであり、フランスの『比較文学雑誌』に見られるような「影響研究」は、むしろ「世界文学史乃至は世界文芸学といふ名前」がふさわしいという。周知の通り、「世界文学」はゲーテの造語で、「文学的世界貿易、精神的な財物交換、相互的授与、習得、評価及び翻訳」を意味していた。シュトリヒは「世界文学」を通して、各民族は自他の姿を知るとともに、他民族からの影響を創造活動の原動力にすべきであると主張するが、より重要なのは、「世界文学」の目的が各民族間の「対外的憎悪と極端な愛国主義を追ひ払ひ、一般的寛容のための余裕を作ること」にあると説いた点であろう[158]。ここにも

「新たなユマニスム」への意志がうかがえるが、シュトリヒはまた、「そして現今、世界文芸学は前代無双の必然性と、その使命の重大性とを再び獲得したのだ。何んとなれば、この学こそは国家理念と人類理念との間の激烈な闘争の調停に役立つことが出来るからである」[159]と、学問の今日的な使命に国家の理念とそれを超えた人類の理念との間に生じる闘争の「調停」の役割を負わせていた。これは『比較文学雑誌』にも共通する「時代精神《ツァイト・ガイスト》」であるが、このような精神を有する学問に対し、「高い理念」を欠いた、単なる文学史研究の「方法あるいは手段」と呼んでいいものだろうか。

「比較文学」、あるいは「世界文芸学」と名称こそ異なるものの、フランスでもドイツでも、両大戦間という危機の時代にあって、この学問を選んだ者たちは自らの使命を自覚し、高い理念の下に動いていたことは確かである。ところが、野上豊一郎、島田謹二、小林正、太田咲太郎の誰一人としてそれに触れる者はいなかった。ポール・ヴァン・ティーゲムの『比較文学』に対しても同様である。入門書としての性格上、同書が比較文学の歴史と方法論に重きを置いていたのは確かだが、前節でも引用したとおり、結論部には学問を支える理念が明確に打ち出されていた。にもかかわらず、四人ともその部分については、まるで申し合わせたように口を噤んだのである。島田謹二が「比較文学」には「国文学」とは異なる独自の「精神」があると語ったのは、ようやく戦後になってからのことであった。

ここでおことわりしておくが、日本のものを取り扱うといっても、比較文学は、国文学研究とはかなり次元を異にするものだということである。国文学研究は、われらの国文学を、国文学そのものとしてみるところに中心があるが、比較文学はわが国文学を世界大の見地から研究するところにある。だから国文学研究のなかには、比較文学の方法を必要とするところもあり、比較文学が、国文学研究に大いに役立つということも事実であるが、しかし比較文学は、国文学の一翼ではけっしてない。比較文学には、独自の分野があり、独自の方法があり、そうして、なによりも独自の精神がある。それは、一つの新しい学問である。自国の文学をあつかうから、外国文学の研究よりいっそう正確に親密にはいれるし、内から自然に湧いて出る感動にささえられて仕事ができる。いっぽう、国文学的立場にかぎられないから、よりいっそう客観的な観点をもつことが可能である。（これはまた裏がえしにすれば、全部弱点にもなることを忘れたくない。）一言でいえば、比較文学の精神は複眼なのである。[160]（傍点――引用者）

島田は「比較文学」の学問としての独自性を、「世界大の見地」と「複眼の精神」に置いているが、かりに「比較文学の精神は複眼なのである」という言葉が一五年戦争下の植民地「台湾」という特殊な状況をかいくぐってきたものなら、それがどのように「複眼」的であったのか、戦前の論考にあたって実証的に検証されなければならないだろう。『華麗島文学志』はその意味で貴重なテクストなのである。

4．学問を受容することの意味

ところで、野上豊一郎、島田謹二、小林正、太田咲太郎のいずれもが戦前の時点ではヨーロッパの比較文学の理念や使命に言及しなかったとしても、それは彼らがそのことを理解していなかったことを意味するわけではない。むしろ、理解した上でそれをあるがままに受け入れなかった、とも考えられるのである。彼らの沈黙はむしろ、一九三〇年代にヨーロッパの比較文学を受容することによって直面することを余儀なくされたアポリア、またはジレンマの結果だったのではないだろうか。

先に述べたとおり、比較文学にはもともと文学の国際主義を標榜しながら、根強いヨーロッパ中心主義から脱却できないという矛盾が孕まれていた。太田咲太郎は、「比較文学といふもヨオロッパ比較文学であり、一般文学といふもヨオロッパ一般文学の謂に他ならない。（……）比較文学といふのは精確には近代ヨオロッパ比較文学なのである」と、「比較文学」の限界を指摘している。ヨーロッパ内部では国際主義を唱えつつ、外部に対してはヨーロッパ・ナショナリズムの垣根を張り巡らすようなヨーロッパ知識人の矛盾を、日本人文学者は微妙に感じ取っていたのであろう。「日本派比較文学」というナショナルな枠組みをあえて打ち出したのは、ヨーロッパの学問に対する批判であり、抵抗であったとも考えられる。

加えて、「ヨオロッパ文学即ち世界文学」[161]という理念も、日本人文学者には到底受け入れ難いものであったろう。太田咲太郎は上出の論文「比較文学の問題」を、「今日、世界史の転換期に立つて、日本文学の立場からかゝる世界文学の理念を考察することは、文学史学に携はる者の忽に為し得ぬ。また別個の課題である」[162]と結んでいるが、ここには、「日本文学」の立場から「世界文学」の理念を見直すことが「日本派比較文学」の使命であるとの気概が見て取れる[163]。

一方、ヨーロッパの比較文学者が唱える「文学の国際主義」は、日本人文学者に別の難題を付きつけたと思われる。フランスの比較文学は少なくともヨーロッパ内部でのナショナリズムの克服を目指し、知識人の連帯を呼びかけていたわけだが、それを一九三〇年代半ばの日本に平行移動させた場合、どのような事態に直面するか、大よその見当はつくだろう。それは満州事変から日中戦争へと、日本帝国が東アジア支配の野望を果てしなく膨張させていた時代である。一九三八年一一月には近衛内閣が「東亜新秩序声明」を発表し、「日満支三国」による「国際正義の確立、共同防共の達成、新文化の創造、経済結合の実現」を標榜していた。国家が東アジアで新たな政治・経済・文化の共同体を無理やり立ち上げた時代に、文学者がそれとは別の知の共同体を立ち上げてナショナリズムの克服を謳い、知識人の交流を促すことなど、ほぼ不可能であったと思われる。

当時、人民戦線の結束によってファシズムの阻止に成功したフランスと、国際連盟を脱退して孤立化し、ファシズムの道を歩み始めた日本では、知識人の置かれた状況に相当の径庭があり、「比較文学」を受容すること自体、安易にはできなかったはずである。それゆえ、日本人文学者が学問の理念を堂々と唱えなかったとしても充分理解できることではあるが、彼らがそれを受容するに際し、いかに苦悩し、葛藤したかという点は問われなければならないだろう。

先に挙げた通り、山口俊章は、「混沌とした両大戦間は、各国の文学者が時代とともに苦悩し、混迷し、そのありさまや作品を言動に表現しつつ人間の存在理由を窮めていった稀有な時代」であるといった。平野謙は昭和の文学について、「これはともあれ日本文学が世界文学の一翼として、世界の悩みを共通に悩みだしたことを意味していよう」と述べていた。問題は、フランスの比較文学者の苦悩を日本の文学者がどのような文脈に接続し、共に悩んだのかという点である。苦悩において連帯しようとしたのか、という点である。「比較文学」が「新たなユマニスム」の準備を念頭に、諸民族間の憎しみや迫害の克服に貢献する学問であり、知的精神的連帯を促す思想運動であるとしたら、島田謹二や太田咲太郎らはそれに連なろうとしたのだろうか。問われなければならないのは、その点である。

『華麗島文学志』が比較文学研究の実践であるなら、そこには「文学の国際主義」という理想と日本帝国の国家主義の狭間で、独自の学問を築こうとする島田の探求の足跡が刻印されているはずだ。それをテクストに沿って読み取ることが次章以下の課題となるだろう。

小結

本章では、島田謹二が戦前・戦後を通して、両大戦間のフランス比較文学の時代的意義にまったく触れていないことに注目し、これまで隠蔽されてきた部分を掘り起こしながら『比較文学雑誌』の再読を試みた。それにより、「比較文学」という学問が、第一次世界大戦終結直後から国際連盟の知的協力プログラムと連動しつつ、文化国際主義の理念を掲げて発展してきたことが明らかになった。比較文学者は排他的なナショナリズムを克服し、寛容の精神を育成するため、時代状況と積極的に係わり、教育や翻訳、国際会議などを通して国際主義の普及に尽力する一方、研究方面では「影響研究」の方法を確立し、ロマン主義研究によって凡ヨーロッパ的な精神を打ち出そうとした。だがそれはヨーロッパが再び戦火にまみえるかもしれないという危機感に由来していたため、彼らの関心はヨーロッパ内部に限定され、ヨーロッパ中心主義という弊害を生むことにもなった。

翻って日本では、明治二〇年代にイギリスから「対比研究」の方法が導入されて以来、昭和初期まで、「比較文学」は「国文学」研究の一端としてナショナルな価値の創出に寄与してきた。それが独立した学問としての輪郭を明らかにするのは、一九三〇年代に入って、フランスの「比較文学」が導入されてからである。それによって、「比較文学」とは「影響研究」の方法による国際的文学史研究であるとの定義が明確になった。しかし、島田を含めた日本の文学者は斯学の国際主義の理念とヨーロッパ中心主義の矛盾を敏感に感じ取り、「日本」の立場から比較文学を立ち上げ、世界文学の見直しを図ろうとする。一方で、国際主義の実践については口を閉ざしたのであるが、そこに一五年戦争下の日本帝国が置かれた状況が反映されていたことは言うまでもない。

島田謹二の場合、さらに植民地という特殊な環境が彼の学問形成に作用したはずであるが、次章以下で『華麗島文学志』を対象にその点を探っていくことにする。

注

1 Paul Van Tieghem, *"La littérature comparée dans l'enseignement public en France"*, Revue de Littérature Comparée（以下、RLC と省略）, Paris: Librairie Honoré Champion, 1929, No.2, p.370.

2 島田謹二『華麗島文学志』に打ち込んだ頃」（『華麗島文学志――日本詩人の台湾体験』、明治書院、一九九五年六月）二頁。

3 島田によると、『比較文学雑誌』は第一次世界大戦に従軍したバルダンスペルジェが、陣中でパリの有名な書肆エドゥアール・シャンピオン（Edouard Champion 一八八二〜一九三八）と知り合ったところから始まったというが、ポール・アザールの回想によると、実際は一九一三年頃すでに、バルダンスペルジェとアザールの間に、『比較文学雑誌』刊行の計画が芽生えていたという。ただし、出版社は未定であった。P.H., *"Edouard Champion est mort"*, RLC, 1938, No.3, p.544. エドゥアール・シャンピオンの人となりについては、渡辺一夫「エドゥワール・シャンピヨンのこと」（『狂気について』、岩波文庫、二〇一〇年八月、第八刷、二一四〜二二九頁）に詳しい。

4 島田謹二「台北における草創期の比較文学研究――矢野峰人先生の逝去にからむ思い出」（『比較文學研究』第五四号、一九八八年一二月）一一八頁。ただし、島田謹二「私の比較文学修行」（『日本における外国文学』上巻、朝日新聞社、一九七五年一二月、八頁）には、「比較文学の関係文献を読みあさりはじめたのは、一九三一年からとおぼえている」と記されている。

5 島田謹二『比較文学雑誌』の読み方」（『比較文學研究』第三巻第一号、一九五六年一月〜六月号）九一〜一〇九頁。

6 同右、九七頁。

7 同右、九五頁。

8 特集号のテーマは次の通り。一九二七年「ロマン主義」、一九二八年「アメリカ」、一九三〇年「一八三〇年以降のロマン主義」、一九三一年「ラテンアメリカ」、一九三二年「東欧」、一九三三年「ゲーテ」（没後一〇〇年）、一九三六年「スペイン」、一九三七年「プーシキン」（没後一〇〇年）、一九三八年「ポルトガル」、一九三九年第一巻「近代と現代」、同年第四巻「ラシーヌと外国」。

9 島田謹二は『比較文学雑誌』の読み方」（一〇九頁）の「附記」に、「一九三六年から四〇年までの第二期、四七年から今日にかけての第三期は、他日ふたたび語ることにしたい」と記していたが、続編は書かれなかったと思われる。

10 島田謹二「『比較文学雑誌』の読み方」(前掲書)一〇三、一〇七〜一〇八頁。

11 同右、一〇八頁。

12 平川祐弘「G・B・サムソン『西欧社会と日本』」(『比較文学』第三五号、一九九三年三月)一七一〜一七二頁。

13 *"Chronique"*, R LC,1921,No.1,p.159.

14 両大戦間のフランスの状況については、次の文献を参考にした。山口俊章『フランス一九二〇年代―状況と文学』(中公新書、一九七八年九月)。山口俊章『フランス一九三〇年代―状況と文学』(日本エディタースクール出版部、一九八三年一二月)。直接は引用していないが、ドゥニ・ベルトレ著、松田浩則訳『ポール・ヴァレリー 1871-1945』(法政大学出版局、二〇〇八年一一月)も参考になった。また、日本人フランス文学者が同時代的にフランス文学に向き合っていた状況については、中島健蔵『回想の文学1〜5』(平凡社、一九七七年五月〜一九七七年一一月)、中村光夫『戦争まで』(筑摩書房、一九七九年一〇月)から多くの示唆を得た。

15 代表的な雑誌は次の通り。一九一九年三月、Littérature(『文学』、ダダ運動の舞台)および L'art Libre(『自由芸術』、ブリュッセル発行のフランス語による国際誌、四年後 Europe に発展的解消)創刊、同年五月、La Nouvelle Revue Française(『新フランス評論』(N.R.F)』復刊、同年一〇月、Clarté(『クラルテ』、クラルテ運動の機関誌)創刊、一九二〇年四月、La Revue Universelle(『世界評論』、右翼陣営を指導するアクション・フランセーズの理論誌)創刊。参照:山口俊章『フランス一九二〇年代―状況と文学』(前掲書)二四〜三六頁。

16 『比較文学雑誌』の創刊は、平和主義や世界主義の意志につき動かされた人々が、比較文学こそ国境を切り開くのに最適な学問の一つであると認識した結果であると言われている。Claude Pichois et André M. Rousseau,*La Littérature Comparée*, Paris :Libraire Armand Colin, 1967, p.23.

17 山口俊章「まえがき」(『フランス一九二〇年代』前掲書)ii頁。

18 Fernand Baldensperger, *"Littérature comparée : le mot et la chose"*, R LC, 1921, No.1, pp. 5~29. 平井照敏訳「比較文学―言葉と実態」(『比較文學研究』第三巻第一号、一九五六年一月〜六月号)六〜二三頁。

19 島田謹二「『比較文学雑誌』の読み方」(前掲書)九八頁。

20 島田謹二「比較文学」(『世界文芸大辞典』第五巻、前掲書) 三九六〜三九九頁。
21 以下、原文は Fernand Baldensperger, *"Littérature comparée : le mot et la chose"*, op.cit., p.28. 翻訳は平井照敏訳「比較文学――言葉と実態」(『比較文學研究』、前掲書、六〜二三頁) を参照し、一部変更した。
22 渡辺一夫『フランス・ユマニスムの成立』(岩波書店、一九五八年一月) 七頁。
23 渡辺一夫は次のような著書を挙げている。Paul Varély, *Regards sur le monde actuel*, Stock, 1931. Jules Romains, *Problèmes d'aujourd'hui*, Kra,1931. Benjamin Crémieux, *Inquiétude et Reconstruction*, Corrêa, 1931. Jean Guéhenno, *Conversation à l'humain*, Grasset,1931. F.Charmot, S.J., *l'Humanisme et l'humain*, Spes,1934. Alfred Poizat : *Pour l'humanisme*, Spes,s.d.,1934 (?). Jean Guéhenno, *Jeunesse de la France*,Grasset,1936. Jean-Richard-Bloch, *Naissance d'une culture*, Rieder, 1936. Georges Duhamel, *Défense des Lettres*, Mercure de France,1937. Thomas Mann, *Averissement à l'Europe*, Préface d'André Gide, Traduit de l'allemend par Rainer Biemel,Gallimard,1937. Henri Bremond, *Autour de l'humanisme*, Grasset,1937. (Publication posthume ?) Jules Romains, *Pour l'Esprit et la Liberté*, Gallimard, 1937. Dominique Auvergne, *Regards catholiques sur le monde*, Desclée de Brouwer,1938.『思想』(ヒューマニズム特集号、岩波書店、一九三六年一〇月号)。渡辺一夫『フランス・ユマニスムの成立』(前掲書) 九頁。
24 同右、八〜九頁。
25 フランスの「ユマニスム」とは、もともと新教と旧教の対立を調停する、言い換えれば異質の他者を尊重する「寛容」の精神の謂いであり、その点ではバルダンスペルジェも渡辺一夫も同じ理想を抱いていたといえよう。
26 山口俊章「まえがき」(『フランス一九二〇年代』、前掲書) ii頁。
27 島田謹二『比較文学雑誌』の読み方」(前掲書) 九八頁。
28 平川祐弘「《座談会》比較文学と比較文化」(『講座比較文学8 比較文学の理論』、前掲書) 二四七頁。
29 野沢協によると、ポール・アザールは「ヴァレリーやジュール・ロマンとともに『知的協力委員会』に加わ」っていたという。野沢協「訳者あとがき」(ポール・アザール著・野沢協訳『ヨーロッパ精神の危機』法政大学出版局、一九七八年四月第二刷、一九七三年五月初版) 五五一頁。フェルナン・バルダンスペルジェについては、自伝『ひとつの生』で国際連盟と知的協力委員会について触れてはいるが、積極的に関与したかどうかは不明。ただし、国際連盟の初代委員長レオン・ブルジョアとは交流があったことがうかがえる。Fernand Baldensperger, *Une vie parimi d'autres*, Paris : Louis Conard, 1904, pp.338~340.

30 「時報」欄に掲載された知的協力の関連記事は以下の通り。“La Société des Nations et les échanges intellectuels”, 1922, no.2, p.136; “La Société des Nations et les échanges intellectuels”, 1922, no.3, p.488; “La Société des Nations et les échanges intellectuels”, 1923, No.1, p.146. “La littérature comparée et la Société des Nations”, 1923, no3, p.471. “Société des nations et «coopération intellectuelle»”, 1924, no.4, p.687. “Société des nations et «coopération intellectuelle»”, 1925, no.3, p.508. “A propos de coopération intellectuelle”, 1926, no.1 ,p.143. “Société des Nations et organisation intellectucelle”, 1926, no.3, p.521. “L'Insutitut international de coopération intellectuelle et son projet d'«Office international de traduction»”, 1927, no.3, p.521. “«Coopération intellectuelle internationale» et littérature comparée”, 1930, no.4, p.787. “Congès.-L'Insutitut international de Coopération intellectuelle”, 1937, no.4, p.774. この他にも、一九二四年第二号の「時報」欄には、Publications divers の見出しの下、国際連盟の白書について報告されている。なお、知的協力関連の記事は圧倒的に一九二〇年代に多く、一九三〇年第四号を最後に、「時報」欄から消えてしまう。一九三一年に首脳部人事が刷新されたことと、なんらかの関係があるかも知れない。ところが、一九三七年第四号で「会議」（Congrès）の小見出しの下、同年七月、知的協力国際研究所で、学芸委員会主催の第八回討論会が開催されことが報告された。一九三二年から始まったこの討論会は、日本でも雑誌『文学界』が企画した座談会「近代の超克」（一九四二年九・一〇月号）のモデルとしてよく知られているが、第八回討論会については、ポール・アザールがパネリストとして参加したことから、ここに報告されたのであろう。L'institut international de Coopération intellectuelle 1925-1946 (Paris : Institut international de Coopération intellectuelle,1946) pp.428~431.

31 “*La littérature comparée à l'Unversité internationale de Bruxelle*”, R LC,1922 ,No.2, p.137.

32 “*La littérature comparée et la Société des Nations «Coopération intellectuelle internationale» et littérature comparée*”, RLC, 1930, no.4, p.787.

33 入江昭著、篠原初枝訳『権力政治を超えて——文化国際主義と世界秩序』（岩波書店、一九九八年九月）五頁。

34 知的協力国際研究所が戦前の歩みを総括した *L'institut international de Coopération intellectuelle 1925-1946*（前掲書）

にも、知的協力の歴史的経緯が詳しく紹介されている。
35 イギリスの古典学者。一九〇八年から三六年まで、オックスフォードのギリシャ文学教授。最も権威あるギリシャ劇の多くの校本および英訳、上演に務め、ギリシャ思想のすぐれた解説を公にした。また、国際連盟議長、知的協力国際委員会委員長として国際平和に尽力した。*The Kenkyusha Dictionary of English and American Literature* (Third Edition), Tokyo: Kenkyusha, 1985,p.904-905.
36 *"La Société des Nations et les échanges intellectuels"*, R LC, 1922, No.2, p.136.
37 *"La littérature comparée et la Société des Nations"*, R LC,1923, no3, pp.471-473.
38 これらの実践経験は第二次大戦後のユネスコに継承されているという。斎川貴嗣「国際連盟知的協力国際委員会と中国―戦間期国際文化交流における認識の転回」(『早稲田政治公法研究』第八五号、早稲田大学大学院政治学研究科、二〇〇七年八月)二一二頁。
39 島田謹二『比較文学雑誌』の読み方」(前掲書)九七頁。また、一九二二年第二号の「時報」欄(三〇八頁)では、「行動する比較文学」(littérature comparée en action)の小見出しで、前年の一二月二四日にソルボンヌの大講堂に各国の文学者(日本人のロマンス語学者も含む)が集まり、知的交流の重要性について議論されたことが紹介されている。
40 入江昭『権力政治を超えて―文化国際主義と世界秩序』(前掲書)八九頁。
41 彼らは海外だけでなく、フランス国内でも比較文学教育の普及に努め、公開講座や学生向けの講義のほか、労働者のための入門講座なども手がけていた。長らく高等学校の教授を勤めたヴァン・ティーゲムは、中等教育や初等教育にも比較文学教育の導入が必要であることを説いているが、その目的は外国の作家がフランス文学に与えた影響を学生に理解させるためであった。P.V.T., *"La littérature comparée dans l'enseignement public en France"*, R LC,1929, no.2. p.371.
42 *"Une activité d'après- guerre : les traductions"*, R LC, 1921, no.3 p.451
43 一九三三年第四号七五四頁、一九三四年第三号五六九頁、一九三五年第二号三三二頁を参照のこと。
44 小見出し付で報告された作家の記念行事は次の通り。ダンテ没後六〇〇周年(一九二一年第一号、一九二二年第一号)、モリエール生誕三〇〇周年(一九二二年第二号、第三号)、バイロン没後一〇〇周年(一九二四年第三号)、シエリー没後一〇〇周年（一九二二年四号）、スピノザ没後二五〇周年（一九二七年第二号）、イプセン生誕一〇〇周年（一九二八年第三号）、トルストイ生誕一〇〇周年（一九二九年第一号）、ゲーテ没後一〇〇周年（一九三二年第一号、第四号）、リスト没後五〇周年（一九三六年第四号）、プーシキン没後一〇〇周年（一九三七年第一号）、レオパルディ没後一〇〇周年（一九三七年第三号）、スウィンバーン生誕一〇〇周年（一九三七年第四号）、ヴォンデル生誕三五〇周年（一九三八年第二号）、ラシーヌ生誕三〇〇周年（一九三九年第四号）。それ以外にも、ヘーゲル没後一〇〇周年（一九三二年第二号）やエラスムス没後四〇〇周年（一九三七年第二号）などが報告されている。また、作家だけでなく、コレージュ・ド・フランスの創立四〇〇周年記念行事（一九三一年第四号）、リスボンのコインブラ大学創立四〇〇周年記念行事（一九三八年第一号）なども、海外から多くの学者を集めて行われたことが紹介された。

45 *"Centenaires"*, R LC, 1928, no.2. p.346-348.

46 各回のテーマは「文学史の方法」、「ルネッサンス以降の近代文学の時代区分」、「文学のジャンル」である。

47 島田謹二「『比較文学雑誌』の読み方」（前掲書）九五頁。

48 *"Chronique"*, R LC, 1921, No.1, p.159.

49 『比較文学雑誌』の中心メンバーはこの時期に、単著でもロマン主義関連の研究を出している。Paul Van Tieghem, *Le préromantisme : études d'histoire littéraire européenne*（『前ロマン主義――ヨーロッパ文学史研究』、一九二四年）。Fernand Baldensperger, *Le mouvement des idées dans l'émigration française*（『フランス人亡命貴族の思想運動』、一九二五年）。

50 山田博光によると、一七、一八世紀のフランス古典主義の源流が、ギリシャ・ローマの古典であることははっきりしていたが、一九世紀初頭のロマン主義の源流はフランスにあるのか、外国にあるのか、その問題が一九世紀末から二〇世紀初頭のフランスの学界で大きな問題になっており、「この問題に決定的に新しい見方を提供したのが、フランス比較文学の始祖となったジョセフ・テクスト（一八六五～一九〇〇）」の、『ジャン・ジャック・ルソーと文学的世界主義』（一八九六）であったという。山田博光「島田謹二と比較文学」（『帝塚山学院大学研究論集』第一九号、一九八四年）五〇頁。

51 *"L « anée de romantisme» : un bilan provisore"*, R LC, 1927, No.4, pp.752-757.

52 『比較文学雑誌』一九二七年の特集号では、「時報」欄でもロマン主義研究の最新の動向や、四年前に創刊された「ロマン主義叢書」のこと、およびフランス各地の大学で開かれた関連講座について、詳しく報告されている。

53 *"Le Romantisme au temps présent : survivances et déchets"*, R LC, 1927, No.1, p.179.

54 Joseph Aynard, *"Comment définir le romantisme ?"*, R LC, 1925, No.4, pp.649-653.

55 山口俊章『フランス一九三〇年代―状況と文学』(前掲書)三二頁。

56 Jean-Jacques Mayoux, *"Avant-propos"*, L'institut international de coopération intellectuelle 1925-1946, op.cit., p.3.

57 Joseph Aynard, *"Comment définir le romantisme ?"*, op.cit., p.641.

58 極右の政治結社アクション・フランセーズの指導者で、文学者でもあったシャルル・モーラス(Charles Mauras 一八六八～一九五二)は、「純然たる一ロマン主義者」と見なされていたにも係わらず、著書『ロマン主義と革命』(*Romantisme et Révolution*,1922)では、ロマン主義がドイツなどの外来要素に起因していたため、批判的であったという。山口俊章『フランス一九三〇年代―状況と文学』(前掲書)一四～一六頁。

59 *"Le Romantisme au temps présent : survivances et déchets"*, R LC, op.cit., p.179.

60 フランスの詩人、小説家、文芸評論家、文学史家。グラッセ社の文芸部長や『ヌベル・リテレール』誌の学芸欄担当者を務める。一九三六年、アカデミー・フランセーズ会員。ドイツ・ロマン主義に影響を受けた詩的エッセイのような小説でも知られる。(一八七八～一九四九)

61 *"Le Romantisme au temps présent : survivances et déchets"*, op.cit., p.179.

62 Idem.

63 Paul Hazard, *"L'invasion des littératures du nord dans l'Italie du XIIIe siècle"*, R LC, 1921, No.1, pp.30~67. Paul Hazard, *"Romantisme italien et romantisme européen"*, R LC, 1926, No.2, pp.224~245.

64 Paul Van Tieghem, *La Littérature comparée*, Paris :Arman Colin, 1931.『比較文学』は、第一部「比較文学の成立と発展」、第二部「比較文学の方法と成果」に続き、第三部は「一般文学」(一六九～二一三頁)の解説に充てられている。

65 Paul Van Tieghem, *La Littérature comparée*, idem., p.173.

66 Idem., p.176.

67 Paul Van Tieghem, *La notion de vraie poésie dans le préromantisme européen*, RLC, 1921, No.2, pp.215-251.

68 Joseph Aynard, "*Comment définir le romantisme ?*", op.cit., p.641.

69 島田謹二「『比較文学雑誌』の読み方」（前掲書）一〇四頁。

70 ヴァン・ティーゲムは第二次大戦後まもなく国際文学史会議を復活させており、一九四八年の『比較文学雑誌』第一、三、四号などで報告されている。

71 Van Tieghem, *La Littérature comparée*, op.cit., p.179-180.

72 一九四三年にこれが訳出された意義は決して小さくないと思われるが、太田咲太郎がどこまで真の意義を理解していたかは不明。原文は、Van Tieghem, *La Littérature comparée*, op.cit., p.210. を参照のこと。

73 Van Tieghem, *La Littérature comparée*, op.cit., p.210.

74 Paul Van Tieghem, "*La notion de vraie poésie dans le préromatisme européen*", op.cit., p.222.

75 Henri Girard, "*Le Cosmopolitisme d'un dilettante - Emile Deschamps et les littératures etrangères*", op.cit., p.256.

76 Henri Girard, "*Le Cosmopolitisme d'un dilettante - Emile Deschamps et les littératures etrangères*", idem., p.263. Joseph Aynard, "*Comment définir le romantisme ?*" op.cit., p.648.

77 亀井俊介によると、戦後のフランス比較文学は、「文学周辺の史的関係の調査それ自体が目的視され、作家や作品の内奥に迫らぬ安易で形式的な材源研究や影響研究が量産されるようになったうえ、伝統的なフランス・ヨーロッパ中心主義の文学観や史観は戦後の世界の変容に対応しきれず、そこに批判の余地が生じてきた」という。亀井俊介「比較文学の展望」（『講座比較文学8 比較文学の理論』、前掲書）九頁。

78 バレスとの関係については、バルダンスペルジェの自伝『ひとつの生』に詳しい。また、一九二三年にバレスが亡くなった後、『比較文学雑誌』一九二四年第二号の『時報』欄に、「モーリス・バレスの死と海外の意見」というタイトルの無署名記事が掲載されたが、おそらくバルダンスペルジェの執筆であろう。

79 Monique Dubar, "*Fernand Baldensperger(1871-1958)*", R LC, 2000, No.3, pp.323-337.

80 Daniel-Henri Pageaux, "*Paul Hazard(1878-1944)*", R LC, idem., pp.339-347.

81 バルダンスペルジェとアザールは一様ではないし、同誌の主要メンバーも簡単に一括りにはできないが、共通事項をひとつ挙げるとすれば、若いジャン＝マリ・カレを除き、いずれも三〇代後半から四〇代前半で第一次大戦を経験したことが大きく影響していると思われる。ヨーロッパを再び戦場にしてはならない、息子たちの世代を戦線に送ってはならないという確固たる意識が、愛国者でありながら、彼らに国際主義を唱えることを可能にしたのではないだろうか。

82 “*Réponse*”, RLC, 1938, No.4, p.731.

83 “*Chronique*”, RLC, 1931, No.4, p.783.

84 *L'institut international de Coopération intellectuelle 1925-1946*, op.cit., p.18.

85 Idem. pp.17-18.

86 島田謹二『比較文学雑誌』の読み方」（前掲書）一〇二頁。同「フェルナン・バルデンスペルジェの日本来遊」（『日本における外国文学』上巻、前掲書）四九頁。

87 Paul Valéry, *Entretiens L'Avenir de l'Esprit Européen*, Paris : Société des Nations, Institut International de Coopération Intellectuelle,1934, p.11. ポール・ヴァレリー「開会の辞」（佐藤正彰訳「知的協力談話会議事録から」、『ヴァレリー全集』補巻、筑摩書房、一九七一年）三四五頁。

88 島田謹二「『比較文学雑誌』の読み方」（前掲書）一〇二頁。

89 Compte Teleki, *Entretiens L'Avenir de l'Esprit Européen*, op.cit., p.92.

90 山口俊章『フランス一九三〇年代――状況と文学』（前掲書）、および斉藤孝「第一次大戦の終結」（『岩波講座世界歴史二五　第一次世界大戦直後』岩波書店、一九七〇年八月）を参照した。

91 Paul Valéry, *Entretiens L'Avenir de l'Esprit Européen*, op.cit., p.12~13. ポール・ヴァレリー「開会の辞」（佐藤正彰訳「知的協力談話会議事録から」、前掲書）三四六頁。

92 Salvador de Madariaga, idem., p.172.

93 “*Un débat sur la conscience européene*”, RLC, 1932, No.4, p.885.

94 アシン・パラシオス「神曲におけるイスラム教の影響」（一九二四年第二～四号）、ジャン・ベラン「日本の能」（一九三二年第三号）、および後藤末雄「極東と西洋の文化交流の始まりについて」（一九二八年第三～四号）、同『支那の孤児』の研究」（一九三二年第四号）など。島田謹二「『比較文学雑誌』の読み方」（前掲書）一〇七頁。

95 その典型が、一九三九年第一号の巻頭に掲載された、作家ジョルジュ・デュアメル（Georges Duhamel 一八八四～一九六六）の書簡「ヨーロッパについての省察」（*"Réflexions sur l'Europe"*）であろう。デュアメルは第一次大戦で破壊されたヨーロッパの再建を願い、「ヨーロッパ諸国はおそらくアジアの巨大なる脅威の圧力の下で協力し合えるでしょう」と記し、「ヨーロッパ万歳」（Vive Europe）と、この書簡を締めくくっている。Georges Duhamel, *"Réflexions sur l'Europe"*, RLC, 1939, No.1, p.7.

96 ただし、当時の「ヨーロッパ中心主義」については、留保をつけておきたい。例えば、斎川貴嗣氏の「国際連盟知的協力国際委員会と中国―戦間期国際文化交流における認識の転回」（『早稲田大学政治公法』、前掲書）および、「国際連盟の知的協力事業における『アジア』―知的協力委員会、日本、中国」（第二六回台湾歴史文学研究会、於一橋大学、二〇〇七年一二月二二日）によると、知的協力国際委員会には日本と中国が積極的に関与し、同委員会の性質に変化を及ぼしたという。中国は文化相対主義の論理を用いて中国ナショナリズムを主張し、日本はナショナルな価値としての国民文化を紹介したのであった。その結果、同委員会は南京国民政府の要請により、中国に国連教育考察団を派遣して（一九三一～一九三二年）、中国のナショナルな価値を擁護し、日本については、国際文化振興会の要請によって、日本文学の古典を翻訳・出版する資金援助を行ない、日本のナショナルな価値を西洋世界に紹介した。斎川氏によると、こうした日中の関与は、初期の知的協力国際委員会の普遍主義（西洋文明一元論）に対する批判になりえたという。

97 Monique Dubar, *"Fernand Baldensperger (1871-1958)"*, op.cit., p.325. これはいうまでもなくシモーヌ・ドゥ・ボーヴォワール『第二の性』第二部第一章の冒頭、「人は女に生まれない。女になるのだ」を意識した言葉であるが、デュバールはそれが「模倣のための模倣、警句のための警句」であるとの口実の下に、それ以上この興味深い「女性」と「比較文学者」のアナロジーについて論じようとはしなかった。

98 野沢協「訳者あとがき」（ポール・アザール著『ヨーロッパ精神の危機』、前掲書）五五二頁。

99 Sainte-Beuve, *"Jean-Jacques Ampère"* Revue des Deux Mondes, Paris : Bureau de la revue des deux mondes, 1868.9.1, p.18.

100 Idem.

101 Sainte-Beuve, "*Jean-Jacques Ampère*" op.cit., pp.5~50.

102 Henri Girard, "*Le Cosmopolitisme d'un dilettante - Emile Deschamps et les littératures etrangères*", op.cit., pp.252-263.

103 Henri Tronchon, "*Ernest Renan comparatiste*", RLC, 1926, No.3, 436-448. ただし、ルナンについては周知の通り、エドワード・サイードが『オリエンタリズム』で、その文献学的成果を評価しながらも、オリエントのセム族に対する「悪名高い人種的偏見」があったことをを指摘している。そうした偏見が、インド＝ヨーロッパ語とセム語との「比較」から由来していることを考えると、ルナンが果たして比較文学者の模範に値するか、再考の余地がある。参照：エドワード・サイード著、板垣雄三・杉田英明監修、今沢紀子訳『オリエンタリズム』（上）、平凡社、一九九八年五月、初版第八刷）二八八~三四一頁。

104 Paul Hazard, *La Crise de la Conscience Européenne 1680-1715*, Paris : Boivin & Cie, 1935.

105 野沢協「訳者あとがき」（ポール・アザール著『ヨーロッパ精神の危機』、前掲書）五五一~五五二頁。

106 同右、五五一頁。

107 Paul Hazard, *La Crise de la Conscience Européenne 1680-1715*, op.cit., p.459.

108 山口俊章『フランス一九三〇年代――状況と文学』（前掲書）を参照した。

109 高木良男・佐藤史郎訳「イタリヤ浪漫主義とヨーロッパロマン主義」（『比較文學研究』第五号、一九五六年一~六月、三八頁）。原文は、Paul Hazard, "*Le romantisme italien et romantisme européen*", op.cit., p.245.

110 *RLC*, 1934, No.4., 巻頭頁。

111 小林正「フランス比較文学について」（『比較文學研究』、一九五六年第三巻第一号）三頁。

112 同右。

113 同右。

114 富田仁『日本近代比較文学史』（前掲書）五頁。

115 一八七七年、東京大学が設置された際、和漢文学科が置かれるが、一八八五年に和文学科と漢文学科に分割された。続いて、一八八六年に東京大学文学部が帝国大学文科大学と改称されたのち、一八八九年に和文学科が国史学科と国文学科に分かれた。なお、英文学科の設置は一八八六年、独逸文学科は一八八七年、仏蘭西文学科は一八八九年、支那文学科は一九〇四年であった。笹沼俊暁『「国文学」の思想――その繁栄と終焉』（前掲書）一四頁。

116 富田仁『日本近代比較文学史』（前掲書）一八～一九頁。

117 笹沼俊暁『「国文学」の思想――その繁栄と終焉』（前掲書）一五～一六頁。なお、佐野春夫によると、芳賀矢一は文献学的・歴史学的研究の全盛期にあったベルリン大学に留学したが、フィロロギーの知識は文科大学在学中すでにチェンバレンから得ており、エルツェ『英吉利文献学綱要』（K.Elze, *Gundriß der englischen Philologie*, Halle : Niemeyer, 1887）、ベーゼッケ『ドイツ文献学』（Vg.G. Beasechke, *Deutsche Philologie*, Gotha : Perthes, 1919）などによって理解を深めていたという。佐野春夫「芳賀矢一の国学観とドイツ文献学」（山口大学独仏文学研究会『山口大学独仏文学』、No.23、二〇〇一年）六～一一頁。

118 一八九〇年には、三上参次・高津鍬三郎『日本文学史』、および芳賀矢一・立花銑三郎『国文学読本』が刊行されたが、一八九〇年一二月の『国文学』巻頭論文に「世界文学」の概念が、ドイツ語のWeltliteraturの訳語として登場し、以来、ゲーテ流の概念が流通した。一九〇四年には芳賀矢一が『世界文学者年表』を著し、一九〇七年には橋本忠夫『世界文学史』も出ている。

119 笹沼俊暁『「国文学」の思想――その繁栄と終焉』（前掲書）三八頁。

120 富田仁『日本近代比較文学史』（前掲書）三〇頁。

121 三上参次・高津鍬三郎の『日本文学史』上巻、（日本図書センター、一九八二年一一月）四頁。

122 笹沼俊暁『「国文学」の思想――その繁栄と終焉』（前掲書）四四～四五頁。

123 富田仁『日本近代比較文学史』（前掲書）二九頁。

124 宮島新三郎「日本文学に及ぼしたる西洋文学の影響――資料を中心にして」（岩波講座『世界文学』一九三三年一二月）一四～一五頁。

125 富田仁『日本近代比較文学史』（前掲書）四七頁。

126 同右、七五頁。

127 同右、八二～一〇四頁。

128 笹沼俊暁によれば、東大国文学科では芳賀矢一の「日本文献学」の後をうけるかたちで「日本学」を打ち出していた久松潜一や、異本の蒐集や整理、校合などを専門的におこなう池田亀鑑らの文献学派が、みずからの研究手法を理論化し、思想的な武装をおこなっていたという。また、東北帝国大学では岡崎義恵が、「日本文献学」を批判して、「文芸」の領域の独自性を重視する「日本文芸学」を提唱し、石山徹郎・近藤忠義・風巻景次郎らのマルクス主義者は、ソビエト文芸学の影響のもとで歴史社会学派と呼ばれる左翼的な「国文学」論を展開し、折口信夫らは民俗学の観点から国文学研究を展開した。笹沼俊暁『「国文学」の思想――その繁栄と終焉』（前掲書）一三二頁。

129 国文学者石井庄司によると、実際は一九三二年の国民精神文化研究所の設立以来、国文学界は臨戦態勢に入っていたという。なお安田敏朗によると、同研究所は一九三〇年前後の学生の「左傾化」に対応するために設置され、マルキシズムに代表される「外来」思想の批判的研究と同時に「国体」の研究の徹底をはかるもので、研究嘱託には久松潜一なども含まれていたという。安田敏朗『国文学の時空』（三元社、二〇〇二年四月）二八～三四頁。

130 大内力『日本の歴史24　ファシズムへの道』（中公文庫、一九九七年四月二四版、初版一九七四年九月）五～六頁。

131 久松潜一『西欧における日本』（至文堂、一九三七年七月）一～二三頁。久松潜一は帰国直後の一九三六年春から、『中央公論』や『国語と国文学』、『文学』、『文芸春秋』などに帰朝報告を発表していたが、それらを『西欧に於ける日本文学』にまとめて出版した。なお、欧米留学を経て、久松潜一の日本文学史・日本精神観が変化したことについては、安田敏朗『国文学の時空――久松潜一と日本文化論』（前掲書）第四章に詳しい。

132 実藤恵秀、川路柳虹、大和資雄他「外国に於ける日本文学研究及び文献」（『世界文芸大辞典』第五巻、中央公論社、一九三七年五月）二〇四～二〇七頁。

133 平川祐弘『アーサー・ウェイリー『源氏物語』の翻訳者』（白水社、二〇〇九年一月）九頁。久松潜一もイギリスでウエイリーに会見し、その模様を『西欧に於ける日本文学』（前掲書）の「五、ウエイレイ氏と語る」（六〇～七一頁）で報告している（初出は『国語と国文学』一九三五年一一月号）。

134 "*Chronique*" RLC : 1933, No4, p.754 ; 1935, No.3, p.332. ボノオはまた、『現代日本文学史』（*Histoire de la littérature japonaise contemporaine 1868~1938*, Paris:Payot, 1940）も刊行し、菊池寛が序文を寄せている。

135 知的協力国際委員会は創立以来、新渡戸稲造が幹事を務め、一九二六年四月三〇日には、山田三良（帝国学士院会員、東京帝国大学教授、法学博士）を委員長、姉崎正治（帝国学士院会員、東京帝国大学教授、文学博士）を文学美術部主任とする日本国内委員会が設立され、一九三七年にその事業は国際文化振興会に引き継がれた。学芸協力委員会編『学芸の国際協力』（国際連盟協会、一九二七年四月）、および『日本外交史14　国際連盟における日本』（鹿島研究所出版会、一九七二年八月）を参照のこと。

136　「日本叢書」は以下の著書を出版したが、第二次大戦勃発のため中止のやむなきに至った。"*Haikai de Bashô et de ses Disciples*" par Steinilber-Oberlin et Kuni Matsuo, Illustration par Tsuguji Fujita. "*Le pauvre cœur des hommes*" par Soseki Natsume, Traduit du Japonais par Daigaku Horiguchi et Georges Bonneau. "*L'art, la vie et la nature au Japon*" par Masaharu Anesaki.『日本外交史14　国際連盟における日本』（前掲書）四三三頁。

137　『日本外交史14　国際連盟における日本』（前掲書、四三六頁）によると、「歴史及び文学に関する図書解題書目及び最近に刊行せられた重要著作のリストを毎年作成の上これを仏訳刊行した」という。

138　岩波講座『世界文学』（一九三三年）所収の木村毅・斉藤昌三「西洋文学翻訳年表」によると、大正末年までに、西欧文学の主な作品はほぼ訳出されていたことがわかる。

139　笹沼俊暁『「国文学」の思想——その繁栄と終焉』（前掲書）八九～九一頁。

140　富田仁『日本近代比較文学史』（前掲書）八五頁。

141　平野謙『昭和文学史』（筑摩書房、一九六七年三月、第六刷）八～九頁。

142　小林正「比較文学の実際」（『思想』、前掲書）二八一頁。

143　太田咲太郎「訳者序」（ポール・ヴァン・ティーゲム『比較文学』、丸岡出版社、一九四三年八月）二頁。

144　富田仁『日本近代比較文学史』（前掲書）九〇頁。

145　野上豊一郎「比較文学論」の構成は次の通り。「一　はしがき」、「二　比較文学の発生」、「三　比較文学の発達」、「四　比較文学の一般的方法」、「五　文学の種類と形式」、「六　主題史的方法」、「七　思想史的方法」、「八　表現学的方法」、「九　原泉学的方法」、「十　中間学的方法」、「十一　比較文学と国民文学、比較文学と一般文学」、「十二　結語」。

146　島田謹二「比較文学」の構成は次の通り。「一　意義」、「二　発生及び発達」、「三　問題及び方法」、「四　批判と限界」。「一　意義」は、意義というよりむしろ、歴史的に見た定義に近い。

147 小林正「比較文学の実際」には、小見出しはないが、「定義」、「歴史」、「方法」の順で紹介されている。

148 太田咲太郎「比較文学の問題」（慶應義塾大学『三田評論』、一九四三年四月）四〜八頁。

149 島田謹二「比較文学」（『世界文芸大辞典』第五巻、前掲書）三九六頁。

150 富田仁『日本近代比較文学史』（前掲書）一〇三頁。ただし、ヴァン・ティーゲムのいう「一般文学」の領域では「対比研究」の方法が排除されておらず、島田謹二も『華麗島文学志』でそれを適用しており、実際はさほど厳密に規定されたわけではなかった。

151 野上豊一郎「比較文学論」（岩波講座『世界文学』岩波書店、一九三四年六月）九四〜九五頁。

152 小林正「比較文学の実際」（『思想』、前掲書）二八九頁。

153 島田謹二「比較文学——その実例としての『上田敏の訳詩』」（『国民文学と世界文学』、河出書房、一九四一年六月）二四一頁。

154 島田謹二「比較文学」（『世界文芸大辞典』第五巻、前掲書）三九九頁。

155 太田咲太郎「比較文学の問題」（『三田評論』、前掲書）七頁。

156 松村昌家「はしがき」（『比較文学を学ぶ人のために』、世界思想社、一九九五年一二月）ii頁。

157 シュトリヒ著、伊藤雄訳『世界文学と比較文学史』（木村謹治教授監修独逸文芸学叢書、建設社、一九三三年一月）。

158 同右、四五〜五一頁。

159 同右、五一頁。

160 島田謹二「私の比較文学修行」（『日本における比較文学』上巻、前掲書）一〇頁。

161 太田咲太郎「比較文学の問題」（『三田評論』、前掲書）七頁。

162 同右、八頁。

163 日本の立場から「世界文学」を見直すことについては、阿部次郎「比較文学（下）」（岩波講座『比較文学』、一九三三年一月）や、『世界文芸大辞典』の責任編集者吉江喬松も論じている。これについても考察が必要であるが、本書では扱わず次なる課題としたい。

第二章

『華麗島文学志』の誕生

はじめに

前章で「比較文学」とはなにかが明らかになったところで、本章からは舞台を台湾に移し、『華麗島文学志』の具体的な分析に入る。

島田謹二は一九三四、三五年頃から在台日本人の文学活動に興味を寄せ、折に触れて評論や書評を発表してきた。それが一つの体系的な文学史研究の形を取り始めるのは、一九三八年一月の「南島文学志」(『台湾時報』)からである。翌三九年二月には全体のタイトルも「華麗島文学志」に改め、「松風子」[1]のペンネームで一年をかけて関連論文を発表していった。一連の研究は同年末に一通りの完成を見たが、島田は四〇年代に入って新たに執筆した数編の論文を加え、領台五〇周年の記念に『華麗島文学志』として出版する予定であった。ところが、太平洋戦争のため願いはかなわず、約半世紀を経てようやく出版されたものの、島田が元々意図した通りというわけにはなかった。したがって現在一般に呼ばれている『華麗島文学志』とは一冊の書物としては完全な形では存在しない、いわば不在のテクストなのである。同書が戦前の台湾文学を論じる上で避けて通れない論考であるにも係わらず、これまで十分な理解を得られず、比較文学の領域で問題にされてこなかった一因も、ここにあるといってよい。

それゆえ、本章では同書の全体像を明らかにすることを目的とする。第一節では、島田の個人的な関心から出発した研究が、「華麗島文学志」のタイトルの下に体系的な文学史研究にまとめられていく過程をたどり、第二節では、全体の構造と文学史研究としての特長を明らかにする。続く第三節と第四節で、島田が用いたキーワード「台湾文学」、「植民地文学」、「外地文学」の概念を整理しつつ、『華麗島文学志』が「台湾文学史」ではなく、「外地文学史」として書かれた意義を考察したい。

第一節　出発点――「南島文学志」

1．誕生の要因

台北帝国大学創立の翌年、一九二九年三月末に渡台した島田謹二は、フランス派英文学や比較文学などの専門研究の傍ら、台湾で生まれた日本文学に次第に興味を示すようになった。戦後の回想には次のように記されている。

西川氏（注―西川満）と親しくしているうちに、私は台湾という外地の内地人在住者の文学現象に眼をひらかれた。例えば、西川氏が詩集『媽祖』を公けにすると、いくらか力のこもった書評を寄せる。しぜん周囲の文人たちと知り合う。加えてフランスの学界には、「外地文学」Littérature d'outre merとか、「植民地文学」Littérature colonialeとかいう項目があるので、そういうものへの研究は、文学研究の一面を担っていた。

『華麗島文学志』と題して、台湾へ渡ってきた明治大正の日本人文学の意義とその実体の検討を本格的に思い立ったのは、昭和十年の末からか。一つは森鷗外の渡台から自然に導かれたのであるが、明治以降の近代文学の取扱い方の欠陥を補おうとする義憤もあったのに加えて、フランスふうな「外地文学研究」という一様式のはかない余滴でもあったのだろう。いろいろの要因がからんでいる。[2]（傍点――引用者）

この回想には、少々思い違いが含まれている。在台日本人文学への関心が昭和一〇（一九三五）年頃芽生えたのは確かだとしても、『華麗島文学志』という「題」が活字になったのはそれよりずっと遅く、一九三九年二月の「台湾に於けるわが文学――『華麗島文学志』エピローグ」（『台湾時報』）からであった。ただし、それより一年ほど前に発表された「南島文学志」（『台湾時報』、一九三八年一月）には、個人的な関心から出発した書評や評論を一つの体系的な文学史へ脱皮させようとする明確な意図がうかがえる。それゆえ、「本格的に思い立った」時期というのはおそらくこの頃であろう。

実際、別のところでは、「一九三八年ごろ、関係者たちの肝いりで進行中のナポリ大学に派遣される案がだめになって、しばらく台北に居すわることに決めた。その時、旧恩師の一人は、外地にいるのだもの、任地の文学現象を調べてはどうかと諭してくれた。――現地に生きよ。現任地を大切にせよ」と述べている。「旧恩師の一人」とは東北帝国大学の哲学・美学の教授阿部次郎（一八八三～一九五九）のことだが、阿部の勧めを受けて、島田は「西洋の近代文学を究める余暇の全部は、この新分野の調査に打ち込んだ」のであった。[3]

ところで、島田には一九三四年に一度、内地帰還のチャンスが訪れている。しかし彼はそれを断った。「その時漸く蔗境に入りかけてゐた専攻の学問をまとめたいと思ふあまりに、この地に暫らく腰をおちつけることにした」[4]のである。内地帰還のチャンスを断ったことにせよ、ナポリ行きの計画が頓挫したことにせよ、島田が台湾にしばらく腰を落ち着けようとした時期に、この地の日本文学に関心が芽生えたことは、決して偶然ではないだろう。おそらく島田は、今後台湾でどう生きるべきかという問題に直面したはずであり、そうした時期に文学作品を通して領台以来の日本人の過ぎこし方や行く末に思いを馳せ、史的に考察したいという気持ちが芽生えたとしても不思議ではない。島田は実際、自らと重ね合わせるように、新府の領土に渡った漢詩人や歌人、俳人、詩人ら日本人文芸家の体験を出発点からたどりなおし、彼らの残した作品に、植民地という特殊な環境に生きる宗主国人の内面生活を読み取ろうとしたのであった。

それゆえ在台日本人文学の研究とは、台湾に根を張ることを受け入れた島田謹二が、自らの課題としてどうしても取り組まざるをえなかった必然的なテーマであり、あくまで在台日本人の立場からなされた、在台日本人のための研究だったのである。台湾人の文学が研究対象からはずされたのは、島田の内在的な動機と結びつかなかったためではないだろうか。

こうした心の動きに、先の引用に見られる通り、①西川満との関係、②森鷗外研究を通して、③明治以降の近代文学研究に対する批判、④フランスの『外地文学研究』の影響、の四つの要因が加わって、『華麗島文学志』が誕生するのである。これら四つの要因は研究の動機であると同時に、研究に確かな方向性を与えることにもなったので、次章以下で見ていくが、ここでは西川満との出会いについてだけ簡単に触れておく。

台湾時代の島田謹二を語るのに、西川満はどうしてもはずせない人物であろう[5]。一九〇八（明治四一）年二月、会津若松市の旧士族の家庭に生まれた西川は、満二歳のとき一家で台湾に渡った。父親は昭和炭鉱の社長で台北市会議員でもあり、経済的にも愛情にも恵まれた家庭で比較的自由に成長したといわれている。一九二五年に台北一中を卒業、二七年、内地に戻って早稲田高等学院に学んだ後、一九三〇年に中学時代から憧れた詩人西条八十（一八九二～一九七〇）が教鞭を取る早稲田大学仏文科に入学した[6]。一九三三年に卒業論文『アルチュル・ランボオ』を提出して卒業した際、恩師吉江喬松（一八七九～一九四〇）から「地方主義文学のために一生を捧げよ」との教えを受け、台湾へ戻った。東京を去るにあたり、堀口大学（一八九二～一九八一）と山内義雄（一八九四～一九七三）を訪ねると、山内は「台北へ帰ったら、台北帝大の矢野峰人、島田謹二両先生をぜひ訪ねよ、かならず君のこころのかよう方たちだから」といって、紹介状を書いてくれたという[7]。こうして西川は同年四月に帰台、五月には矢野峰人[8]と知り合い、同じ大正町に住む矢野をよく訪ねるようになった。島田と知り合ったのはやや遅く、同年末あるいは翌年初頭であろう[9]。

西川は一九三四年一月、台湾日日新報社に入社すると、七月には久しく中断していた文芸欄を復活させ、同時に台湾愛書会の機関誌『愛書』の編集を担当した[10]。同年九月媽祖書房を創設、一〇月には詩誌『媽祖』を創刊する。創刊号の扉を吉江喬松の言葉が飾り、矢野峰人、市河十九（島田謹二）、山内義雄の作品を収め、西川自身の詩も載っている。西川は詩や小説を精力的に発表するだけでなく、装丁に凝った豪華本を出版したり、文芸団体の組織化なども積極的に進め、一九三九年一〇月には日台の文人を糾合した台湾文壇の建設を目指して「台湾詩人協会」を組織し、機関誌『華麗島』を創刊した。さらに同年一二月には同協会を「台湾文芸家協会」に改組し、四〇年一月にはこれを正式に発足させて機関誌『文芸台湾』を創刊する。一九四〇年代には、文字通り台湾文壇のリーダー的存在であった[11]。

注意すべきは、西川のそうした動向に寄り添うように、島田が『華麗島文学志』関連の論考を執筆・発表していた点である。島田は後に、「西川満君とは親しく往来していたから、そのレジオナリスム（地方文芸）の運動には声援した」と述べているが[12]、一連の研究は確かに西川を中心とした文芸運動の一環であった。

2.「台湾文学」の定義

一九三八年一月、『台湾時報』に『華麗島文学志』の実質的な出発点ともいえる論文「南島文学志」[13]が掲載された。ここで島田は、今後一つにまとめる予定の文学史研究について、動機や研究対象・方法・目的などを詳述し、前史として日本統治時代以前の文学を簡単に紹介している。だが何よりも特筆すべきは、冒頭に「台湾文学」の定義を掲げている点であろう。以下に引用する。

> 自分はここ数年来台湾の文学に就て、特にその歴史的様相を知りたいと念じ、多少の研究を試みて来た。今これを取纏めて一巻の冊子を編まむとするにあたり、改めてこの特殊な文学の意味とその研究の方法とについて考へてみたい。
>
> 「台湾文学」なるものは、いかなる意味に於て解釈せらるべきであらうか。現代学界の通念に従へば、一国文学とは終始連続する伝統ある一つの言語と国民との存在の上に打ち樹てられる。わが光輝ある日本文学はいふまでもなく、希羅仏英の諸文学も、この通念に応じて、厳とした一国文学としての独立性を保持してゐるのである。「台湾文学」といふ現象がかかる大いなる範疇単位に属してゐないことはいふまでもない。畢竟するに、この語は⑴「台湾」に於て生まれた「文学」、乃至⑵「台湾」に関する「文学」の謂であるから、そのどちらから考へてみても、ただ「台湾」といふ土地的観念を共通の要素とする文学現象の一団であつて、今日学界に行はれる「国民文学」的見地に立てば、当然いくつかの国国の文学現象に分括せらるべき内容を含んでゐるのである。[14]

島田はここで、「国文学」(National literature)の枠組みを基準に「台湾文学」の特殊性を説明している。「国文学」とは、「国家・国民・国語・国民精神の統一」という、近代国民国家を基盤とする文学のことだが[15]、島田に言わせれば、「台湾文学」は単に「台湾に生まれた」、あるいは「台湾に関する」文学であり、「かかる大いなる範疇単位に属してゐな」いという。実際、台湾はいまだ独立した近代国民国家を形成しておらず、数世紀にわたり外来勢力に次々と支配されてきたのであった。

では、具体的に「台湾文学」とはなにかというと、島田はまずそこから原住民族の文学を除外した。台湾には当時「高砂族」と呼ばれたオーストロネシア語系の原住民族がおり、独自の神話・伝説・歌謡を持っていたが、固有の文字がないため、島田はそれらを「文学」ではなく、「土俗学・考古学・民俗学」の分野に位置づけたのである。その上で、「台湾文学」なるものは、一七世紀以来この島を支配してきたオランダ・スペイン・支那・日本による「時代によって、国語を異にし、国民を異にする一つの土地の相互に脈絡連関なき文学現象」[16]であると定義した。それはまた、「日本文学史、支那文学史、乃至蘭西仏英の諸国文学史の一章を構成する諸要素の混合せるもの」であり、「各国文学史の一延長」であるという[17]。島田のこのような定義は、一七世紀以降の植民地獲得をめぐる国際競争時代における台湾の位置づけを反映しているとはいえ、当然植民地統治者の立場に立つものであり、内地（本国）から外地・台湾の文学を眺めようとする「宗主国中心主義」であった。

このような島田の「台湾文学」観は、当時の台湾人や他の日本人と比べても、非常に特殊であったが、台湾人については次節に譲り、ここでは特に二人の日本人、平澤丁東と東方孝義（一八八九〜一九五七）を取り上げ、比較してみたい[18]。

まず、台湾総督府編修課の翻訳編修官平澤丁東は一九一七年に『台湾の歌謡と名著物語』[19]を刊行した。平澤によると、台湾の小説は大陸から入ってきたものがほとんどで、「台湾小説は支那小説の一部」であるという。だが俗謡俚諺などには、「彼等種族祖先の言ひ伝えるもの以外に、地方的台湾としての形成せられたるものがある」と考え[20]、「彼らの思想の潤ひをなす水源たる」歌謡や物語を収集・編集し、「台湾民人の情感」を理解しようとしたのであった[21]。

平澤はこのような台湾の歌謡と物語を「台湾文学」と呼んでいる。平澤によると、普通「台湾人」と言えば閩族と粤族の「支那種族」のみであり、「台湾語」といえば泉州語と漳州語である。それゆえ、「台湾文学」とは、「台湾」という地方で形成された、「台湾人」（支那種族）の「台湾語」（泉州語と漳州語）による、「台湾民人の情感」を湛えた文学のことであった。

平澤が民間文学の中に、「支那文学」とは異なる「台湾文学」の存在を認めた意義は大きいが、陳淑容によれば、それは「台湾を理解することによって、統治の便宜を図る」という大きな目的のためになされたものであり、平澤の台湾民間文学採集活動は「多かれ少なかれ領台初期に始まった旧慣調査の精神を引き継いでいる」という[22]。平澤は同書の「自序」に研究の目的を、「母国人が台湾人に臨むに、先づ彼等を理解するといふ事が第一肝要の事であらねばならぬ。彼等を理解すると云ふ事は、彼等の言語を解するのみを以て足れりとするものでなく、進んで彼等の思想の潤ひをなす水源たる之等のものをも究める要がある」[23]と記しており、陳淑容のいうように、その背後に「統治のため」という動機が潜んでいたことは否定できない。

一方、島田が一連の研究を開始する直前、高等法院検察局通訳の東方孝義が『台湾時報』に長期連載の論文「台湾の習俗」の中で、一九三五年二月から翌年六月までの毎月、全一七回にわたり、「台湾人の文学」[24]を紹介し、伝統的な漢詩から民間の歌謡、物語、大衆文学、新文学運動まで、幅広く論じていた。東方は初回の冒頭で「台湾文学の種類と状態」を次のように説明している。

> 然るに台湾の歴史は浅い、歴史の短いだけに自己の特色を発揮した台湾独特の文学なるものが見受けられぬ様である。蕃人に関する方面は小生殆ど無智識であるが為め何等これを述べる資格を有して居ないが、福建人・広東人は所謂漢民族で其の祖先が全部支那からの移住出稼人であつたので、其の文学も殆ど支那文学の零細なものが集合したに過ぎなかつた、其処へ日本帝国の版図に帰してからは日本文学が入り込み、欧州戦争の頃からは西欧の文学も多少入り込んだ関係から、現在ではこれを個人に就いて見るに漢文学あり、日本文学あり、又漢文学と日本文学との混じたるあり、更にこれに加ふるに西欧文学を参ぜたものがあると云ふ状態であるが、日本帝国の領台以前は漢文学が独り幅を利かせて居り、相当の文学者も輩出したのである。[25]

東方孝義のいう「台湾文学」とは、漢文学（中国文学）を基本に、日本文学や西欧文学の影響を受けたものを指すが、全体の文脈から台湾人を書き手としていることは十分読み取れる。

こうしてみると、「台湾文学」の定義には二通りの方法があったことがわかる。つまり、平澤丁東や東方孝義のように、「台湾人」という民族を基準にするものと、島田のように民族の別は問わず、「台湾」という創作の場を基準にする方法である。もちろん、島田にせよ平澤、東方にせよ、この時代の日本人はいずれも植民地統治者の立場に立っており、台湾が政治制度上「日本帝国」の一部であることは台湾の文学を考える上でも自明の前提であった[26]。だが、台湾語に通じ、台湾語の俗謡俚諺を味わうことのできた平澤や東方は、台湾人の間に「台湾文学」と呼びうるものが確実に育っていることを感知できたのである。つまり、中国大陸から移民してきた人々が土着化の過程で独自の精神を育み、それが「支那文学」にも「日本文学」にも属さない固有の文学を形成していると把握しえたのであった。

それゆえ、東方の場合、「旧文学」に対しては、「過去の台湾文学は漢文学の踏襲保持」であり、詩人たちも「支那本国から派遣されたもの」がほとんどであると批判的であったが[27]、「新文学」には好意的であり、「台湾の新文学運動なるものは、本島人の生活の変遷と進歩から起つて来る当然の問題であると云はねばならぬ。斯く見来れば、新文学なるものは、大に慶賀すべき而も大にこれを助援すべき問題なのである」と記している[28]。また台湾人作家についても、「彼等の裡には、相当の作家あり、批評家あり、詩人」があると認め、言語については、「国語以外に中国語及び台湾の口語文即ち白話文が勢を得て非常なる発展を為し、今や白話文は新文学と切つても切れない状態となり、非常なる発展をしたのである」と述べていた[29]。平澤が台湾語の歌謡に台湾文学の独自性を見出していたように、東方は新文学にそれを見ていたのである。それは、一九三六年三月という、これが執筆された時期にいかにも相応しい評価であった。三六年と言えば、一九二〇年代から発展してきた台湾新文学運動が暗黒の時代に突入する直前に最後の光芒を放った時期である。

ここで簡単に日本統治時代の台湾の文学について触れておこう。一八九五年に日清戦争の結果、日本に割譲された当時の台湾には、相当高度な旧知識人社会が形成されており、文言文による旧詩を中心に文学活動も盛んであった。その後、中国の白話文運動に影響を受けた新世代の張我軍（一九〇二～一九五五）が北京留学中の一九二四年に旧文学を批判して、新旧文学論争が起こり、台湾でも白話文による新文学運動が始まる。その目標は近代文学の樹立であり、中国革命に台湾の文化を合流させることであったが、一九三〇年代に入ると、大陸とは切り離して台湾を創作の場とし、自らの文学を形成しようとする自覚的な動きが芽生えた。一九三〇年から三二年にかけて郷土文学論争が起こると、「中国文学」ではなく、「台湾文学」の枠組みで文学が論じられるようになる[30]。

一九三四年五月六日には、台湾の全島的文芸組織として台湾文芸連盟が結成され、一一月五日に機関誌『台湾文芸』を創刊、次いでそこから分裂した左派の楊逵（一九〇五～一九八五）や頼和（一八九四～一九四三）が三五年に台湾新文学社を旗揚げし、同年一二月八日、機関誌『台湾新文学』を創刊した。つまり、東方孝義が『台湾時報』に「台湾人の文学」を連載した一九三五年二月から翌年六月というのは、『台湾文芸』と『台湾新文学』という全島的な二大文芸誌がさかんに「台湾文学」のあるべき姿を模索していた時期だったのである。松永正義によると、それは楊逵や呂赫若（一九一四～一九五一）、張文環（一九〇九～一九七八）など多くの作家を輩出した「台湾新文学史上もっとも実り多い（かった）時期」であった[31]。東方はそうした台湾人の動きを目の当たりにし、運動に手を染めた「英気溌剌たる青年」たちの熱気を「新時代の生産」であると受け止めたのである[32]。

一方、平澤や東方とは異なり、島田は「台湾文学」を台湾人が主体的に探求してきた文学であるとは捉えようとせず、原住民以外の民族を全て外来の植民者と見なし、彼らの手になる文学を西洋・支那・日本文学史の一部と位置づけた。当時の台湾文人の中には中国への帰属を望むものもおり、旧文学に拠った文人は言うまでもなく、新文学運動の初期にも台湾の文学は中国文学の一支流という見方があったのも事実である。ただ、それは往々にして日本人の台湾統治に対する抵抗を意味し[33]、島田のいう宗主国中心主義とは似て非なるものであった。

また、島田のいう西洋人・支那人・日本人が一様に外来支配者であるという定義には、歴史認識が欠けていた。矢内原忠雄は『帝国主義下の台湾』の中で、台湾人（本島人）について、「嘗ては原住者たる『生蕃人』に対して植民者たる地位に立ちしものである。我領台後は『内地人』が本島人及び生蕃人に対して植民者たる地位に有る」[34]と述べている。しかし、島田の論理には、かつての支配者「支那人」が日本の領有によって被植民者に転倒した過程が完全に抜け落ちていた。それゆえ、島田のいうオランダ・スペイン・支那・日本など外来統治者主体の「台湾文学」からは、被統治者にされた台湾人の文学は当然、排除されることになる。

島田は「南島文学志」の末尾に、括弧付きで「尚、本島人の白話乃至国語文学は、種種の理由によって、暫らく取り扱ひを避けたことを附記しておく」[35]と記しているが、この「種種の理由」が何を指すかは定かでない。しかし、彼の定義の中でどこにも位置づけられず、宙に浮いてしまった台湾人の文学は、どうにも語りようがなかつたのではないだろうか。「清仏の交戦が終つてから十年目に台湾はわが帝国の版図に帰した。爾来半世紀に近い『台湾文学』は、これを日本文学の外地的発展史の一章と見做すことが出来る」[36]（傍点——引用者）という記述は、島田の論理からすれば当然の帰結であろうが、ここに台湾人が主体的に展開した文学は入る余地がなく、最終的に原住民族の文学とともに排除されたのであった。

3．文学史研究の視角

こうして「南島文学志」の冒頭で「台湾文学」を定義した島田謹二は、次にそれに相応しい研究方法を模索する。島田によれば、「台湾文学」とは歴代支配者の手になる、相互に有機的な連関を持たない文学の総体であり、このような「非統一体」を単に通時的に記述しても「統一ある一文学の成長発展衰頽を究める」ことはできず、「学的作業」にもならないという。それゆえ、最も「正当且つ必要な作業」は各国文学史の一延長として個々に分割して研究することであった。ただし、「台湾文学」を強いて「研究主体」にしようとするならば、「植民地文学」という「綱目」を立ち上げ、「『台湾』という植民地に於ける文学現象を歴史的に把握し、その特性を各期毎に究め、それと他の植民地文学の特性との比較考査」をする方法があるという。これならば一つの「学的対象」になりうるが、島田は結局、それは時期尚早として退け、やはり西洋・支那・日本文学三方面からの「分業」研究を提案した。その上で、「現在に及べる文学的遺産の多寡及び研究資料の難易の二点」から、支那と日本文学二方面からの攻究が重視されるべきだと主張するのである[37]。

島田は決して台湾における「支那文学」の研究を等閑視したわけではなく、最終的には西洋・支那・日本文学の三方面が総合されるべきであると考えており、島田が着手することになる台湾の「日本文学」研究は、部分的で段階的なものに過ぎないことを重々承知していた。それゆえ島田は伊能嘉矩（一八六七～一九二五）などの過去の支那文学研究について、文学史的観点から叙述し批判するよう奨励するのである。ただし、島田自身はそれに手を付けることはなかった。というのは、後述するとおり、この方面にはすでに多少の基礎的作業が整いかけていたからである。それに反して、「われらにとつて最も必要な改隷以後の台湾に於ける日本文学に関する攻究の殆んど全く行はれてゐないのは、すこぶる遺憾」と感じたことが、彼を在台日本人文学の研究に導く要因の一つになった[38]。

4. 文学研究の状況

ここで当時の台湾における文学研究の事情を振り返ってみると、島田が台湾の日本文学に関心を寄せた一九三五年前後から「南島文学志」が発表される三八年一月まで、「支那文学方面」には日本人・台湾人の双方から相当の研究成果が現れていた。平澤丁東『台湾の歌謡と名著物語』（一九一七）や伊能嘉矩『台湾文化志』（一九二八）[39]の他、台湾人では連雅堂（一八七八～一九三六）が古今の詩を集め、『台湾詩乘』（一九二一）を完成している[40]。『台湾時報』も前出の東方孝義「台湾人の文学」を長期連載した他、尾崎秀真（一八七四～一九四九）「台湾の詩人と詩社」（一九三二年九月）や劉捷（一九一一～二〇〇四）「台湾文学の史的考察」（一九三六年五～六月）などを掲載していた。これらの著者は漢詩文や台湾語に通じ、あるいは新文学の動向にも詳しかった。西洋文学者の島田にはそれ以上の成果は望むべくもなく、それも彼に在台日本文学を研究対象に選ばせた一因であったろう。

また、前述の『台湾文芸』と『台湾新文学』の二大誌も競合するように詩や小説の他、多彩な評論を毎回のように掲載し、新文学運動の回顧や「台湾新文学」「台湾文学」の今後のあり方について、さかんに議論していた[41]。一九三六年六月には台湾新文学社から李献璋『台湾民間文学集』も上梓されている。しかし、三七年の日中戦争勃発前夜には、『台湾文芸』、『台湾新文学』とも、弾圧と資金難から停刊を余儀なくされ、同年四月には商業新聞の漢文欄が廃止されて[42]、台湾文学は暗黒の時代に突入してしまう[43]。ただし、孤高の文人楊雲萍（一九〇六〜二〇〇〇）が『愛書』などに台湾古典文学の研究を引き続き日本語で発表していた[44]。

一方、大正・昭和期は、短歌や俳句を中心に日本人の文学活動も相当盛んであった。特に島田が在台日本人文学に関心を持ち始めた一九三五年から「南島文学志」を発表する三八年にかけては、わずか三年の間に、短歌・俳句はもちろん、児童文学雑誌からジャンルを超えた総合誌まで、約二〇種にも上る大小様々な文芸誌が相次いで創刊されている[45]。ただし主流は短歌・俳句等の伝統文学で、小説や評論は手薄であった[46]。文学史的な研究という点では、一九三五年から三六年にかけて、概論的なものがわずかに現れたのみで、実際「考究」或いは「研究」と呼びうるものは皆無に等しい。比較的まとまった論考として、いずれも『台湾時報』に掲載された、裏川大無「台湾雑誌興亡史」（一九三五年二月〜一二月）、河崎寛康「台湾の文化に関する覚書」（一九三六年一月〜三月）、および志馬陸平（中山侑のペンネーム、一九〇五〜一九五九）「青年と台湾——文学運動の変遷」（一九三六年一〇月〜一九三七年一月）が挙げられる[47]。

ただし、島田にはどれも不満だったのではないだろうか。裏川大無の論考は雑誌『愛書』に二回にわたって掲載された「明治卅年代の台湾雑誌覚え書」[48]を基に、日本人が台湾で創刊した文芸誌を年代順に列記・解説したのみで、個々の作品には全く触れておらず、文学研究というより書誌の整理に近い。一方、『台湾新文学』などに寄稿していた河崎寛康は、台湾における文学の主流は台湾人の文学であり、日本人の文学など語るに足らぬとばかりにわずかに触れただけで、大半を台湾人の文学を論ずることに費やしていた。この河崎に異議を申し立てる形で[49]、志馬陸平が裏川の雑誌興亡史を基に、内地の中央文壇との関係や作品の紹介を取り混ぜながら、日本人の文学を熱意ある青年たちに担われた生成途上の文学運動と捉え、幅広く論じた。取り上げた雑誌も、日本人が台湾で初めて創刊した文芸誌『竹塹新誌』から、台北高等学校文芸部の『翔風』・『足跡』、プロレタリア文学を目指す『無軌道時代』や『台湾文学』まで、多岐にわたっている。大正・昭和の近代詩を中心に、高校生の文学にまで及んだ志馬の論考は、確かに「青年と台湾」という表題に相応しく、清新な息吹に満ちていた。だが、個々の作品については簡単な紹介に止まり、深く立ち入った分析や評価はなされていない。結局、在台日本人文学についての研究は質・量ともに島田の要求を満たしておらず、それも彼をこの方面の考察に駆り立てた要因であったと思われる。

ところで、一九四〇年一月に西川満が台湾文芸家協会を発足させ、全島の台湾人・日本人作家を一堂に結集するまで、一九三〇年代の文学活動は台湾人と日本人が別々に行うものであり、相互交流はほとんどなかったといってよい。台湾人が詩と小説を主流にしていたのに対し、日本人は短歌と俳句が中心であったこと[50]、使用言語も一九四〇年代のように、全て日本語という訳ではなかったためであろう。また、文学を通して目指すところも全く異なっていた。台湾人が自分たちの土地・社会・生活に根づいた「台湾文学」の育成や、大衆の啓蒙と台湾文化の向上などを目指していたのに対し、日本人の活動の多くは文芸愛好者の相互交流と文芸技術の切磋琢磨的なレベルに止まっていたのである。もちろん、両者がプロレタリア文学の旗印の下に結集した時期もあり、松永正義は「これがもっとも交流の名に値する実を持ったものといえよう」[51]と述べている。実際、一九三一年にはナップの影響下で日台人合作による台湾文芸作家協会が設立され、短命に終わったとはいえ、機関誌『台湾文学』も創刊された。また、『台湾文芸』や『台湾新文学』には日本人の評論や小説・詩も数多く見られる。しかし河原功によると、一九三四年に設立された台湾文芸連盟には台湾全島の文芸工作者のほとんどが加わっていたものの、日本人はわずか一七%、七〇名にも満たなかったという[52]。同様に、日本人主宰の文芸誌に参加した台湾人もごくわずかであった。例えば台湾人を最も多く擁した台湾最大規模の歌誌『あらたま』でさえ、一九三五年の年間作品発表者約二〇〇名の内、台湾人はわずか九名に過ぎない[53]。

このように、両者が文芸ジャンルや目標を異にし、相互交流もなく別々に展開してきたのであれば、台湾の文学を史的に考察しようとした場合、一九三〇年代は台湾人と日本人を別々に扱うこと、つまり島田の言葉で言うと「分業」[54]研究がむしろ妥当な方法だったのである。前記の河崎寛康も「台湾に於ける文学が民族的に異なる様相を示している以上、一応内地人と本島人とに分けて考へる必要が出て来る」[55]と明記し、それを受けて志馬も「さて、台湾の文学であるが、こ、にも本島人と内地人の区別を一まづつけてか、らねばならない」[56]と「分業」研究を主張・実践している。河崎はその「分業」によって両者を論じた唯一の例外であったが、志馬もそうする予定でありながら、台湾人の文学については結局語らずじまいであった。

『華麗島文学志』が日本人のみを対象とし、台湾人の文学を無視しているという点に、長い間、日台の台湾文学研究者の批判が集中してきたわけだが、一九三〇年代としてはむしろこうした「分業」研究が一般的であり、当時、島田がそれついて批判を受けたという形跡は見当たらない。問題は一九四〇年代に入ってからも、島田がこの態度を崩さなかったことにあるのだが、これについては本書第五章で論じよう。

第二節　『華麗島文学志』とは何か

1．テクストの範囲

島田謹二は「南島文学志」で研究の全体的な構想を明らかにすると、一九三九年にはタイトルも「華麗島文学志」に改め、一年をかけて関連論文を発表していった。しかし、それらを一冊にまとめて出版する願いは太平洋戦争のため叶わず、戦後、一部が『日本における外国文学』に収録されたものの[57]、明治書院から『華麗島文学志——日本詩人の台湾体験』が出版されたのは、島田の没後二年、もともとの完成からはほぼ半世紀を経た一九九五年のことであった。同書編集の労を取った平川祐弘によると、原型を尊重することを原則とはしたが、分量の関係から割愛せざるを得なかった論文もあり、島田の当初の予定通りというわけにはいかなかったという。

それゆえ、島田が元々構想した『華麗島文学志』と呼ばれるべき論文集は、実は一つの書物としては未刊のテクスト群なのである。しかも同書の構想には二通りあり、両者の間には若干のずれがある。そのため『華麗島文学志』を論じるに当り、まずは同書の範囲を確定する必要があるが、本論ではどちらか一方の構想を決定版と見なすのではなく、書物とは常に生成途上にあるものと捉え、二つの構想に含まれる論文の他、そこから漏れた関連論文をも合わせ、在台日本文学研究というテーマの下に緩やかに集積した総体を『華麗島文学志』と呼ぶことにする。これらのテクスト群と絶えざる加筆修正を含めたその生成過程を想像することが、『華麗島文学志』の本質に迫ることになると考えるからである。

なお、本書で使用するテクストはすべて戦前、『台湾時報』、『台大文学』、『台湾地方行政』などに掲載されたものであることを明記しておきたい。現在では入手困難な諸論文が『日本における外国文学』や『華麗島文学志——日本詩人の台湾体験』で簡単に参照できるのは有意義なことではあるが、これらを使用しないのはいずれにも修正が加えられているためである。明治書院版の方は、「あとがき」で平川祐弘が「戦前の執筆にかかわる著作であるから五十余年経った今日、読者の反感を招きかねない表現があるのは避けられない」と判断した上で、島田の死後出版だったこともあり、「明治書院相川賢伍氏と平川が協議の上」、「蛮人→原住民」、「土語→原地語」、「支那→シナ」、「支那人→シナ人」、「皇軍→日本軍」の他、「文化程度の低い」を「文化程度の高くはない」に改めた旨を明記している[58]。しかし、現在から見て「反感を招きかねない表現」にこそ歴史性が刻印されているのであり、本書はむしろそれを重視する立場を取りたい。一方、『日本における外国文学』でなされた修正は、島田の責任の下に行われていると思われるため、第六章で改めて論じることにする。

次に、島田自身が語った『華麗島文学志』の二つの構想を明らかにしたい。一つは、『華麗島文学志』完成直後の一九四〇年一月に発表された「台湾の文学的過去に就て」――『華麗島文学志』緒論」（以下、「過去に就て」と省略）で披露され、もう一つはそれから約半世紀後の一九八八年に発表された「台北における草創期の比較文学研究――矢野峰人先生の逝去にからむ思い出」（以下、「思い出」と省略）で紹介されている。両者の間には若干の違いがあるので、「構想A」、「構想B」とし、次頁に整理した。

まず、「構想A」からいえることは、島田が『華麗島文学志』を一九三九年末にはほぼ完成していたということである。実際、島田は「過去に就て」の末尾に、これを「一まづ仕上げ」たので、今後は専門のフランス派英文学と比較文学史研究に戻ると宣言し、これを終えるに際し、「胸中に湧き上がるものは、ただ感謝の念のみである」と記していた[59]。つまり、「近出予定」と注記のある一九四〇年発表予定の数編も含め、書くべき論文はこの時点で書き終えていたということであろう。

ここからも『華麗島文学志』が一九三〇年代後半の文学環境下で企図・執筆され、完結したことは明らかだが、この点には十分注意する必要がある。というのは、一九四〇年一月に西川満を中心に台湾文芸家協会が発足した後、台湾の文芸状況は一変するのだが、『華麗島文学志』の中心をなす論文はその直前の三九年に集中して発表されたからである。これが何を意味するかは、次節および次章で詳しく論じる。

一方、「構想B」を見ると、一九四〇年以降、新たに執筆された論文も収録される予定だったことがわかる。本書第五章で詳述するが、『華麗島文学志』完成後、専門分野の研究に戻るつもりでいた島田は、これを完成させたがためにかえって新制文壇の理論的指導者として担ぎ出されることになり、新たな論文も書き継がれたため、「構想A」から「構想B」への変更が必要になったと思われる[60]。

変更の内容を簡単に説明すると、最大の変更は台湾を扱った西洋文学の部分を大幅に増やして冒頭に置いた点であろう。島田はもともと「構想A」の段階で、全体の中心となる「本紀」には「律語文学」を論じたものが多く、「散文小説」の割合が少なかったため、それを補い、西洋の外地の匂いを伝えようとして、「ジアン・ダルジエー

構想（B)「台北における草創期の比較文学研究」(『比較文學研究』、1988年12月)

構成	論文タイトル	研究対象	発表誌	発表時期
外篇1	プサルマナザルの台湾志	贋造文学	愛書	1933.6
2	ジャン・ダルジェーヌの台湾小説	小説	愛書	1938.4
3	リーズ・バームの台湾小説	小説	台湾時報	1939.3
4	ジャン・マルケーの仏印小説	小説	文芸台湾	1941.10
5	ロベール・ランドーの第二世小説	小説	文芸台湾	1942.3
内篇緒論1	台湾の文学的過去について	文学史	台湾時報	1940.1
緒論2	明治の内地文学に現われた台湾	台湾表象	台湾時報	1937.5~6
第1章	台湾時代の鷗外漁史	日記	台湾教育	1935.5
2	領台直後の物情を詠へるわが漢詩	漢詩	台湾時報	1940.3
3	南菜園の詩人・籾山衣洲	漢詩	台大文学	1940.10・12、1941.5
4	正岡子規と渡辺香墨（正続）	俳句	台湾時報 台湾教育	1939.5 1939.8
5	山おくの桜ばなー山田義三郎の短歌	短歌	台大文学	1939.9
6	台湾に取材せる写生文作家	写生文	台湾時報	1939.7・8
7	原十雉の御祈禱	写生文	台湾地方行政	1939.8
8	伊良子清白の「聖廟春歌」	詩	台湾時報	1939.4
9	岩谷莫哀の「瘴癘」	短歌	台湾時報	1939.10
10	佐藤春夫氏の「女誡扇綺譚」	詩	台湾時報	1939.9
11	うしほとゆうかり	俳句	台湾時報	1939.11
12	西川満の詩業	詩	台湾時報	1939.12
結論1	台湾の文学的過現未	文学史、概論	文芸台湾	1941.5
結論2	台湾に於けるわが文学	概論	台湾時報	1939.2

構想（A）「台湾の文学的過去に就て」（『台湾時報』、1940 年 1 月）

構成	論文タイトル	研究対象	発表誌	発表時期
緒論	台湾の文学的過去に就て	文学史	台湾時報	1940.1
序紀	明治の内地文学に現れたる台湾	台湾表象	台大文学	1939.3
本紀第 1 章	征台陣中の森鴎外	日記	台湾時報	1940.2
2	改隷直後の台湾を詠へるわが漢詩	漢詩	台湾時報	近出予定
3	籾山衣洲と鈴木豹軒	漢詩人	台湾時報	近出予定
4	渡辺香墨の俳句	俳句	台湾時報 台湾教育	1939.5 1939.8
5	山田義三郎の歌	短歌	台大文学	1939.9
6	庄司瓦全・影井香橘・原十雉の写生文	写生文	台湾時報 台湾地方行政	1939.7・8 1939.8
7	伊良子清白の聖廟春歌	詩	台湾時報	1939.4
8	岩谷莫哀の瘴癘	短歌	台湾時報	1939.10
9	佐藤春夫氏の女誡扇綺譚	小説	台湾時報	1939.9
10	うしほとゆうかり	俳句	台湾時報	1939.11
11	あらたま歌集二種	短歌	台湾時報	1939.6
12	西川満氏の詩業	詩	台湾時報	1939.12
附紀 1	ジアン・ダルジエーヌの台湾小説	小説	愛書	1938.4
2	リーズ・バームの台湾小説	小説	台湾時報	1939.3
結論	台湾の文学的未来に就て	文学史、概論	？	近出予定

注：論文タイトルおよびその表記、発表誌、発表時期については複数あるが、構想（A）（B）の各論文に従った。

ヌの台湾小説」と「リーズ・バームの台湾小説」の二編が生まれたと述べていたが[61]、「構想B」ではさらにフランス外地文学に関する三編の論文が加わった。それによって、台湾の日本文学を世界の外地文学の広がりにおいて捉えようとする意図がより鮮明になったといえよう。残りの変更は論文の表題などに関するもので、内容の上でさほどの相違はない[62]。つまり、一九四〇年代の変更は『華麗島文学志』の根幹に関わるものではなく、同書は基本的に一九三〇年代後半の産物であった[63]。

2. 「外地文学論」の論点と全体の流れ

全体の章立てが明らかになったところで、各論文がどのような意図に沿って配置されているのか、その流れを見ていこう。

まず、『華麗島文学志』を構成する論文は大きく二種類に分けられる。一つは文学史、および研究の目的や方法について論じた総合的で理論的な研究。もう一つは特定の作家、作品、文類(漢詩・俳句・短歌・詩・小説)について論じた個別的な研究である。前者は現在一般に「外地文学論」と呼ばれているが、後者は「作家作品論」である。「外地文学論」に数えられるのは以下の五篇であるが、これに沿って『華麗島文学志』全体の構成を確認したい。

(1) 「南島文学志」、『台湾時報』、一九三八年一月
(2) 「台湾に於けるわが文学——「華麗島文学志」——エピローグ」、『台湾時報』、一九三九年二月
(3) 「台湾の文学的過去に就て——「華麗島文学志」——緒論」、『台湾時報』、一九四〇年一月
(4) 「台湾に於ける文学について」、『愛書』、一九四一年五月一〇日
(5) 「台湾の文学的過現未」、『文芸台湾』、一九四一年五月二〇日

このうち、⑴は修正を経て⑶になり、⑷と⑸は重複する内容、⑵は加筆修正の後⑸の（下）部分となる。最終的には、⑵⑶⑸の論文が『華麗島文学志』に収録される予定であった。これら五篇の論点を次頁表のように整理すると、いくつかの論点が繰り返し現れることがわかる。簡単に言うと、主要な論点は、一九三八年の「南島文学志」と一九三九年の「台湾に於けるわが文学」という初期の二論文にほぼ出尽くしているのである。「過去に就て」であれ、「台湾の文学的過現未」であれ、一九四〇年代に発表された論文は、初期二篇のバリアントに過ぎない。それゆえ、絶えざる加筆修正があったとはいえ、基本的には「南島文学志」と「台湾に於けるわが文学」が打ち出した『華麗島文学志』の全体的な枠組みに変化はない。

「台湾に於ける文学について」、および「台湾の文学的過現未」（上）の「日本文学史」の部分だけは一九四〇年代に入って新たに書かれたものであるが、それとて実際は一二篇の作家・作品論を史的に総覧したものであり、まったく新しい論文とは言えない。特に後者は、これまで一九四〇年代に単独で現れたように見なされ、戦前から現在まで集中的に議論されてきたが、実際は『華麗島文学志』の結論部にすぎないのである。それゆえ、これ一篇のみを全体から切り離して論じることにはさほど意味がないであろう。

上記五篇の論文に重複して現れる論点を整理してみると、おおよそ次の通りAからJの一〇点にまとめられる。

A：台湾における日本領台以前の文学
B：「台湾文学」または『台湾』の文学」の定義
C：『華麗島文学志』研究の動機・対象・目的・方法
D：印度支那に於けるフランス外地文学
E：台湾における領台後の日本文学
F：外地文学の課題

「外地文学論」の論点

発表時期	論文タイトル／発表誌	論点と特長
1938.1	南島文学志 『台湾時報』	・台湾における日本領台以前の文学（A1） ・「台湾文学」の定義（B1） ・研究の動機・対象・方法・目的（C1）
1939.2	台湾に於けるわが文学―「華麗島文学志」―エピローグ 『台湾時報』	・印度支那におけるフランス外地文学の紹介（D1） ・台湾における領台後の日本文学の概要（E1） ・外地文学の課題（F1） ・台湾における日本文学の未来（G1） 「外地文学」という語が登場し、後に「台湾の文学的過現未」の（下）に組み込まれる。
1940.1	台湾の文学的過去に就て―「華麗島文学志」―緒論 『台湾時報』	・台湾における日本領台以前の文学（A2） ・「『台湾』の文学」の定義（B2） ・研究の動機・対象・方法・目的（C2） ・外地文学研究の現状（H1） ・『華麗島文学志』研究の概要（I1） 「台湾文学」という語が削除され、「『台湾』の文学」などに修正される。
1941.5.10	台湾に於ける文学について 『愛書』 神田喜一郎と共著	―台湾における日本領台以前の文学（A3） ―台湾における領台後の日本文学史（J1） 神田喜一郎と共著のため、漢詩文の部分が詳しい。
1941.5.20	台湾の文学的過現未 『文芸台湾』	―台湾における領台後の日本文学史（J2） ―印度支那におけるフランス外地文学の紹介（D2） ―外地文学の課題（F2） ―台湾における日本文学の未来（G2）

G：台湾における日本文学の未来
H：外地文学研究の現状
I：『華麗島文学志』の概要
J：台湾における領台後の日本文学史

こうして見ると、『華麗島文学志』全体の流れがより明確になってくるだろう。まず研究の対象は一八九五年以降の台湾における日本文学だが、前史として日本領台以前の文学をスペイン・オランダ時代から清朝時代まで概観した後、「台湾文学」（台湾の文学）の定義を掲げ、研究の動機や目的を明確にする。方法としてはフランスの外地文学研究を参考に、比較文学研究、特に「一般文学」研究の方法を採用し、世界の外地文学の展望に立って作家や作品を論じた後、総括として台湾の日本文学史を描く。最後にインドシナのフランス外地文学を参考に今後の課題を提起し、在台日本文学の未来を論じる、という構成である。それゆえ、『華麗島文学志』収録予定の諸論文はこの流れに沿って全体との関連で読まれなければならないのである。

3. 文学史としての特長

次に、前出の「構想A」を基に、『華麗島文学志』の文学史としての特長を見ていきたい。

まず研究の目的だが、島田は一九三八年一月、実質的な出発点となった「南島文学志」で「領台後の当地に於ける日本文学について究める」[64]（傍点——引用者）と明記していたが、これを修正して全体の結論部とした「過去に就て」でも、再び「自分の主対象は飽くまでも、明治二十八年六月台湾がわが日本帝国の範図に入つた後に、この地に渡来した、乃至この地に成長した内地人文学者の手に成つた日本文学に対する研究である」[65]（傍点——引用者）と強調している。これまで台湾文学研究の領域では、『華麗島文学志』は日本統治時代の在台日本人を中心とした「台湾文学史」であり、台湾人を無視しているという理由で批判を受けてきたが、島田が研究対象としたのはあくまで台湾における「日本文学」であったことは改めて強調しておきたい。

それゆえ、『華麗島文学志』の中心になるべきは、「本紀」と呼ばれる一二篇の日本人作家・作品論なのである。しかし、島田は「本紀」の前に一七世紀中葉のオランダ・スペイン領有時代から鄭氏三代・清領台湾時代の文学を前史として付け加えた。それが論文「台湾の文学的過去に就て」であり、「緒論」として冒頭に置かれることになった。

続く「序紀」は、「明治の内地文学に現はれたる台湾」である。これは明治の小説が新聞雑誌という「新武器」を通して形成した台湾イメージが読者に与えた「感化影響」を分析した論文である。遅塚麗水から尾崎紅葉、泉鏡花、山田美妙、内田魯庵らまで、内地在住作家の台湾ものを扱うことにより、「本紀」諸論文の研究対象である台湾在住の作家・作品を対照的に捉えようとの意図からであった。

次にいよいよ「本紀」だが、一二篇の論文は時間的な推移に従って配置されている。

第一・二章の「征台陣中の森鷗外」と「改隷直後の台湾を詠へるわが漢詩」は、領台直後から明治三〇年までである。島田によると、明治二八年五月台湾総督府陸軍局軍医部長として来台した鷗外が台湾の日本文学の第一頁を開き、続いて水野大路、土居香国、横川唐陽、森槐南ら漢詩人としても知られる総督府高官がそれに続いたのであった。鷗外の場合、軍医としての任務に忙殺され、台湾では文学作品を残していないため、島田は鷗外の日記や参謀本部の資料などを駆使して、「台湾における鷗外」とも呼ぶべき一種の伝記研究を試みた。一方後者の論文では、新付の領土台湾を帝国政府の高官がいかに描いたかを論じているが、漢詩の分析を通して日清戦争直後のナショナリズムを抽出する手際は、戦後の島田の代表的な研究となる「明治ナショナリズム」のテーマを予告させる。

続いて、第三から六章の「籾山衣洲と鈴木豹軒」、「渡辺香墨の俳句」、「山田義三郎の歌」、「庄司瓦全・影井香橘・原十雉の写生文」は、明治三一年以後四〇年代末までである。籾山衣洲と鈴木豹軒は両者とも『台湾日日新報』の漢文欄主筆として渡台した漢詩人であった。この論文は「近出予定」となっていたが、後に籾山衣洲の部分だけを独立させて大部の論文「南菜園の詩人籾山衣洲」に仕上げている[66]。渡辺香墨論は、島田が正岡子規と台湾の関係を精査する過程で生まれたテーマであった。香墨は子規門下の有力な俳人であったが、台湾総督府法院検察官に任じられて渡台し、法院関係者を中心に俳句を広めている。彼が提唱した地域に根ざした「台湾俳句」は島田の地方主義文学観に多大な影響を与えた。山田義三郎は淡水税関吏として渡台した後、『台南新報』の記者に転じたが、島田は彼の歌「あしひきの山また山の山のおくに奇しき桜の花さくといふ」に惹かれ、その生涯と作品を詳細に辿った。写生文については、島田が台湾在住者の中央俳壇との関係を調べるに当たり、『ホトトギス』や台湾の俳誌『相思樹』を精査する過程で関心が芽生えたという。庄司瓦全は中央俳壇では知られた存在であり、影井香橘は作家としては無名であったが、両者とも台湾総督府鉄道部の従業員であった。また、台湾人の生活を初めて描いたといわれる原十雉は桃園庁の公医であった。在台日本人の間では近代小説がうまく育たなかったが、島田は写生文の精神を高く評価し、これを本格的なレアリスム小説に発展させるよう切望している。

第七から九章の「伊良子清白の『聖廟春歌』」、「岩谷莫哀の『瘴癘』」、「佐藤春夫氏の『女誡扇綺譚』」は大正年代である。『孔雀船』の詩人として知られる伊良子清白は、台湾総督府医務嘱託として主に台中で生活し、内地帰還後一〇年を経て台湾をテーマとした詩を書いた。岩谷莫哀は明治製糖の社員として台南州蔴荳の寂しい地で独身生活を送り、外地生活の情感あふれる歌を詠んでいる。佐藤春夫は旅行者としてひと夏を台湾で過ごし、「霧社」（『改造』、一九二五年三月）や「女誡扇綺譚」（『女性』、一九二五年五月）、「植民地の旅」（『中央公論』、一九三二年九〜一〇月）などを残した。「佐藤春夫氏の『女誡扇綺譚』」は、「本紀」の中でも島田が最も力を込めた論文であろう。島田は後に、物語の舞台である台南での実地調査に加え、ポール・アザールの「ドン・キホーテ」研究[67]に倣ってフランス風のエクスプリカシォン（explication de texte）の方法を用いたと明かしている[68]。島田はまた台湾の美を芸術的に昇華したという点で、清白、莫哀、春夫を高く評価した。

第十から十二章の「『うしほ』と『ゆうかり』」、「『あらたま』歌集二種」、「西川満氏の詩業」は、大正末期から昭和一〇年代までである[69]。『うしほ』は台湾東部花蓮港の俳句結社大樹吟社を母体として創刊され、『ゆうかり』は中央研究所農業部に勤務する山本孕江を編集者として台北で創刊された。両者とも『ホトトギス』系の俳誌である。『あらたま』は医師樋詰正治と州税務属平井次郎を中心とする台湾最大規模の月刊の歌誌で、別に詞華集『攻玉集』(あらたま社、一九二七年)、『台湾』(あらたま社、一九三五年)を出した。台湾では短命に終わる同人誌が多いなか、これら地道に続けられた雑誌を島田は高く評価しており、そこから受けた影響も大きい。また、若くして逝去した『あらたま』の女性同人山東須磨についての追悼論文もここに収録された。西川満については主に詩集『媽祖』と『亜片』について論じているが、島田は西川に首領として台湾の文芸運動を牽引するよう期待していた。

これが作家作品論の全貌だが、島田はこれらの作品の間には史的な関係がうかがえないため、統一した史観と主張を標榜して立つ正確な「文学史」は成り立たないという。だが、各作品を心理的・審美的・社会的に究めてみれば「文学志」は可能であろうと考え、全体のタイトルにも「志」を充てたのであった[70]。「志」とは「誌」であり、「書きとめた記録」[71]のことである。ただし、「これらを通覧すれば、書き方こそ編年史風ではないが、『華麗島文学』のおのづと時間的に推移した跡も辿りうる」構成になっていた。さらに、研究対象となる中心人物他にも多数の周辺人物や作品に言及し、全体を通覧すれば、「改隷後の台湾に於ける日本文学の目星しい業績は網羅されてゐる」ことがわかる[72]。本書末尾の付録(二)(五〇七〜五一二頁)に、「本紀」諸論文に登場した全作家・作品を整理したが、島田の幅広い目配りには驚嘆させられるだろう。

続いて島田は、台湾を扱った西洋の小説について論じた二編「ジァン・ダルジェーヌの台湾小説」と「リーズ・バームの台湾小説」を「附紀」とした。ジァン・ダルジェーヌ(Jean Dargène 一八五六〜?)は海兵将校として清仏戦争を実際に体験し、『台湾の火・クールベー艦隊物語』(*Le feu à Formose, Roman de l'escadre Courbet*, Paris: La Nouvelle Revue,1889)を残したが、島田によるとこれは「台湾を中心とする仏蘭西艦隊の英雄的行為を宣揚せむとする一種の reportage 文学」[73]だという。一方、リーズ・バーム(Lise Boehm 本名は Elise Williamina Giles 生没不明)

は、著名な東洋学者で英国領事の夫ハーバート・アレン・ジルズ（Herbert Allen Giles 一八四五〜一九三五）に伴い、一八八五年から一八九一年まで淡水に駐在した。そこでの経験を元に台湾における欧人居留民の生活図譜を描いたのが、『華麗島』（*Formosa:A Tale of the French Blockade of 1884-1885*, Hongkong: Kelly and Wash,1906）である。

なお、島田は後に『華麗島文学志』の構想を変更した際、三編の論文「プサルマナザルの台湾志」、および「ジァン・マルケエの仏印小説」、「ロベエル・ランドオの第二世小説」を加えた。プサルマナザル（サーマナザーとも記す。Georges Psalmanaazaar 一六七八〜一七六三）は、台湾の地を踏んだことがないにも係わらず、自ら「台湾人」と称して贋造文学の傑作『台湾誌』（*An Historical and Geographical Description of Formosa*, London: Dan.Brown, 1704）をものし、日本でも早くから知られていた。伊能嘉矩も『台湾慣習記事』で明治三八（一九〇五）年に紹介している[74]。ジャン・マルケ（Jean Marquet 一八八三〜一九五四）は、ベトナム人を主人公とした小説『田から山へ』（*De la rizière à la montagne*）で一九二二年にフランスの「外地文学賞」（grand prix de littérature coloniale）を受賞し、島田はこれを「外地的特異性の文芸的追尋」の見本として紹介している。ロベール・ランドー（Robert Randau 一八八三〜一九五〇）はアルジェリア生まれのフランス人官吏で、アフリカ各地で勤務しながら創作に励み、本国のフランス人とは異なるアイデンティティーを抱えた植民者の生活を描いた。「湾生」と呼ばれる台湾生まれの二世・三世が増える時代にあって、島田は今後の在台日本文学のあり方の参考に供したと思われる。

いよいよ「結論」だが、「構想A」の段階では「台湾の文学的未来に就て」とタイトルだけが示され、掲載誌は未定のまま、「近出予定」となっていた。ただし、「構想B」から明らかな通り、後に変更され、「台湾の文学的過現未」と「台湾に於けるわが文学」の二編が収録されることになった[75]。

もっとも「構想A」の段階で結論部の内容はすでに決まっていたようで、「本紀十二章を通じて見られる改隷後の台湾に於ける日本文学の史的意義を一括し、今後の台湾に於ける日本文学はいかなる方向を志すべきかの問題について」考察すると予告されていた。まさに後に見る「台湾の文学的過現未」の通りである。島田はさらに、「諸外国の外地文学一般との比較に於いて結論を出さうとした」とも述べており[76]、『華麗島文学志』を「一般文学」(littérature générale)研究のパースペクティヴに開いていこうとしたことがうかがえる。同書が比較文学研究の実践であったことは、この点から検証されなければならないが、これについては第四章で論じよう。

以上が『華麗島文学志』の大よその全貌である。スペイン・オランダ時代から説き起こし、領台五〇年にわたる日本人の文芸活動を漢詩・俳句・短歌から詩・小説までジャンルを超えてほぼ余すところなく捉え、世界の外地文学の観点から作品を多角的に分析し、史的に位置づけた点で、同書は文学研究としてだけでなく、歴史資料としても貴重であろう。だが、島田自身記しているように取りこぼしたものもあった。その一つが、北原白秋(一八八五〜一九四二)の台湾歌謡についての研究である。白秋は一九三四年七月、総督府文教局の依嘱で台湾の歌謡を作るため訪台し、島田は少年時代から憧れていた詩人の招待を、矢野峰人とともにつとめた[77]。この年、島田は『台湾日日新報』に「文芸批評家としての白秋」(七月)、および「北原白秋氏の台湾歌謡」(一一月)を発表し、次いで一九三六年一〇月、『台大文学』に寄稿した「南島文学志」でも、白秋の「台湾歌謡」について詳細に論じている。当初はこれらをまとめて『華麗島文学志』に収録する予定であったが、「現在の自分の力量の不足を知って中止」せざるを得なかったという[78]。しかし、訪台後『華麗嶋風物詩』[79]を著した白秋への思いは『華麗島文学志』という表題に残されることになった。

また、国分青崖・勝島仙坡・久保天随らの台湾を詠った漢詩も研究を志したが、結局、果たせなかったと記している[80]。ただし、このような意に反した遺漏とは別に、『華麗島文学志』には意図的に排除されたものがあった。先に挙げた志馬陸平「青年と台湾——文学運動の変遷」と比較すれば明らかな通り、プロレタリア文学である。

志馬もまた明治期以来の台湾における日本人の文学運動を回顧しているが、大きく取り上げたのは、年代順に挙げると短歌雑誌『人形』(台北人形詩社、西口紫溟編集、一九一八年創刊)、『木瓜』(台北木瓜社、下永葉二編集、一九一八年創刊)、および詩人の後藤大治、上清哉、藤原泉三郎、台北高等学校の校友会誌『翔風』、同高校文芸部の同人誌『足跡』、そして最終章がプロレタリア文学であった。このうち、『人形』、『木瓜』、後藤大治については、島田も触れている。プロレタリア文学についても全く取り上げなかったわけではなく、「台湾の文学的過現未」

には次のように記されていた。

（在台日本文学史の）第一期の頃は、文武の官吏も専門の文人も、漢詩文の教養はなくて叶ふまじき士人の資格の一つと考へてゐて、さういふ意味での文芸を、尊重すべき人生の一装飾と見なしてゐた。然るに明治末期から新らしく起つた文学——特に自然主義、つづいてはProlétariat《プロレタリア》文学——は、その目的も、その内容も、その表現も、官界から憎悪と侮蔑とを招くやうな要素をもつてゐたので、この種の文芸になると、決して重んずべき人生の一装飾だつたり、士人として必須な一つの資格とは見做されない。それで勢ひ一般階級の支持を失つて、ほんの一部の青年層の遊戯に近いものに堕して来た。これによつて、文芸的地盤は社会的に共通する広い健全なものを失つて、分裂するやうになつたのみでなく、文芸そのものの内部でも、俳句と短歌と詩と小説と、これらの各様式がみんなばらばらにわかれてしまひ、詩を志す者は俳句人の心境がわからず、小説作者には短歌人の気持ちが理解出来ず、勢ひ文芸そのものの中にも分裂が著しくなつていつた。[81]（傍点——筆者）

つまり領台初期の漢詩文を中心とした文芸は、官界のお墨付きを得て台湾人にも共通の全島文芸的地盤を形成していたが、それを解体してしまったのが一部青年の遊戯に近い不健全な自然主義であり、プロレタリア文学というわけである。島田は同論文の後半でも、プロレタリア・レアリスムを、「あれは全く或特別な政治的目標に向つてする宣伝や教唆や曝露やを志すものであつて、文芸の本質を逸脱し去つてゐる」[82]と批判していた。しかし、イデオロギー的立場はどうあれ、文学史家であるならば、台湾でプロレタリア文学が果たした役割についても客観的に記述すべきではなかったろうか。

先に挙げた「台湾習俗——台湾人の文学」の筆者東方孝義も、『伍人報』や『洪水報』、『台湾文学』[83]などプロレタリア誌については、「表面こそ文学の大衆化を叫んで居たが、其の内容は日本帝国の国是と相容れないものが多かつた」[84]と批判的で、イデオロギー的には島田と同様な立場に立っていたことがうかがえる。だが文学史としての客観的な記述は怠っていない。東方は次のように言う。

第二に見逃すことの出来ないのは、欧戦終局当時より全世界に捲き起つた自由平等の思想から、民主主義や民族自決や階級闘争、果ては共産主義、アナーキズム等の思潮が間断なく台湾の岸辺に怒涛を打ち上げ、遂には所謂無産文学を生んだ事であると思ふ。[85]

これは事実であり、志馬陸平も、昭和三、四、五年と中央文壇で全盛期にあったプロレタリア文学の流れが台湾にも及び、特に敏感な高校生に影響を与えたと記している。昭和四（一九二九）年には藤原泉三郎が『無軌道時代』を創刊し、さらに先述の『台湾文学』がこれに続いたのであった[86]。

このような点を考慮に入れると、『華麗島文学志』には島田の自負するほど、目星しい業績が網羅されていないことがわかる。例えほぼ「網羅」されていたとしても、扱いの軽重には島田のバイアスがかかっていたといえよう。

もう一点、問題点を挙げておく。すでに吉田公平や亀井俊介が指摘している通り、『華麗島文学志』の優れた点は在台日本人の文芸活動を台湾の域内に閉じ込めることなく、日本内地および世界（特に英仏）文学のネットワークの中に位置づけ、その交渉関係や文学的価値を判定している点であろう[87]。それは比較文学者にふさわしく十分「国際的」（亀井）な仕事であった。ところが、最も身近な台湾人との交渉関係については、まったく触れていないのである。所期の目的が異なるため、島田に対して台湾人の文学を研究すべきであったというつもりはないが、比較文学者であるならば、少なくとも日台文学の交渉関係には言及すべきであったろう。もっとも、真の交流の名に値するのがプロレタリア作家たちだったことを考えると、排除された理由もわからなくはない。ただし、第六章で改めて論じるが、この時代の台湾にはそれだけでなく、漢詩漢文学など、交渉・影響研究には事欠かない材料が揃っていたのである。にもかかわらず、それに言及しなかったということは、意図的な排除といわれても仕方ない。

そうした欠点は認めるとして、『華麗島文学志』が優れた文学史であることに間違いはないだろう。社会史としての価値も高く、文芸活動に係わった相当数の日本人の渡台時期や職業、目的などが詳細に記録され、文芸と植民地経営との関係を考察する上でも貴重な資料となっている。これについては後続世代が引き続き考察すべき課題となろうが、本書序章でも挙げたとおり、現在、漢詩や短歌・俳句などの各分野から、島田の実証研究の部分を有効に活用した研究が徐々に現れており、それらを総合することによって、やがては台湾における日本文学の全貌が解明されるのではないだろうか。そうして初めて、『華麗島文学志』で島田謹二の切り取った日本文学像が全体的な検証を迫られることになるはずである。

最後にもうひとつ特筆すべき点を挙げておきたい。それは、浅野豊美や西原大輔がすでに指摘する通り、島田の中に芽生えていた台湾への鮮明な「帰属意識」である[88]。一方で、世界の外地文学に回路を開きながら、『華麗島文学志』を貫いているのは、なによりも土着化した在台日本人の「郷土意識」、あるいは「台湾意識」であった。島田がいわゆる「辺境の小文学」[89]を丁寧に取り上げた理由もそこにある。先に挙げた河崎寛康は「台湾の文化に関する覚書」で、台湾の日本文学など、「小公学校教員や小官吏の作文のやうな短歌や、同様に小官吏や会社員の身辺雑事をものした詩や小説や、それから云ひ古された評論の焼直し」ばかりで、わざわざ語るに足らないと見ていたが[90]、島田はそれらを丹念に読み込み、一つ一つ評価したばかりか、「華麗島文学」という美称まで与えたのであった。例え未熟なものであっても、台湾という「郷土」に生きる同胞が日々の思いを言葉にする営みを、島田は大切に受け止めただけでなく、この地独特の文学に育てようとしたのである。

島田が拾い上げた近代日本文学の落穂のような作品群を見ていると、内地のメジャーな文学がたどる生産・流通・消費の過程とは別の場でひっそりと営まれるささやかな「文学」が遠く海を隔てた植民地台湾に存在し、無名の人々がやむにやまれぬ思いでそれに取り組んでいた事実が浮かび上がってくる。それはまた、「文学とは何か」、「植民地で生きるとは何か」、という根本的な問いを私たちに突きつけるだろう。『華麗島文学志』が現在、なお読むに値するのは、その問いを含んでいるからなのである。

第三節　「台湾文学」の消失と発見

『華麗島文学志』全体の構成が把握できたところで、本節と次節では、「台湾文学」、「外地文学」、「植民地文学」など、キーワードの定義と修正の過程をたどり、島田の文学史観をより明確化する。

1.「台湾文学」の消失

島田謹二は一九三八年一月、『華麗島文学志』の実質的な出発点ともいえる「南島文学志」を発表した後、実は一年近くの間、関連論文を公表していない[91]。しかし、一九三九年二月、「台湾に於けるわが文学――『華麗島文学志』エピローグ」が『台湾時報』に掲載されたのを皮切りに、立て続けに発表していった。

ところが不思議なことに、この「台湾に於けるわが文学」以後、「南島文学志」のキーワードであった「台湾文学」という語が島田のテクストから消えてしまうのである[92]。この年、集中的に発表された一二篇の作家作品論にも一切見当たらない。また、一連の研究の締めくくりとして、「南島文学志」をベースに加筆修正した「台湾の文学的過去に就て」では、元々前者の冒頭にあった「台湾文学」の定義部分が全面削除された他、文中に散見した「台湾文学」という語が全て他の表現に差し替えられているのである。次頁に両論文の変更部分を整理してみた。

この表からは、元々「台湾文学」と書かれていた箇所が、「台湾に於ける支那人の文学的活動」、「台湾関係のも

「南島文学志」1938年1月		「台湾の文学的過去に就て」1940年1月	
冒頭 58頁 第4行	「台湾文学」なるものは、いかなる意味に於いて解釈せらるべきであらうか。……「台湾文学」といふ現象がかかる大いなる範疇単位に属してゐないことはいふまでもない。	冒頭 132頁	全面削除
61頁 第8行	支那文学史の立場から見てもしかく優秀な文豪は出てをらず、地方文学史としてさへ「台湾文学史」と題して独立したものが成立するかどうかは疑はしいと思ふ。	136頁 第2行	支那文学史の立場から見ても、しかく優秀な文豪は出てをらず、かりに支那の地方文学史の一節として「台湾に於ける支那人の文学的活動」と題して研究したところで、その内容は、芸術的価値の点からいつて、比較的空疎なものになりはしないかと思ふ。
61頁 第15行	勿論、此方面の漢詩文は、オランダ・エスパニアの文学案内に「台湾文学」を求めるよりも、容易に且つ豊富に見出しうるし、……	136頁 第9行	勿論、この種の支那詩文は、和蘭陀・西班牙の文学案内に台湾関係のものを求めるよりも、もつと容易に且つ豊富に見出しうるし、……
63頁 第14行	上来略述分解したやうに、「台湾文学」なるものは、結局、日本文学史、支那文学史、乃至蘭西佛英の諸国文学史の一章を構成する諸要素の混合せるものである。	138頁 第2節 第1行	前節に略述したやうに、いままで台湾に於て生まれ、乃至台湾に関してつくられた文学作品は、当然日本文学史、支那文学史、蘭西（乃至佛英）諸国の文学史の一章を構成すべきものである
64頁 第1行	「台湾文学」といふものが、前記のごとく、時代によつて、国語を異にし、国民を異にする一つの土地の相互に脈絡連関なき現象なのである	139頁 第4行	その取扱はれる主体そのものが、前記のごとく、時代によつて、国語を異にし、国民を異にする一つの土地の相互に脈絡連関なき現象なのである
64頁 第8行	「台湾文学」に関してその種の史実はいかに研究されてゐるかといふに、……	139頁 第13行	「植民地台湾」に関してその種の史実はいかに研究されてゐるかといふに、……
64頁 第9行	故に「植民地文学」といふ一新種の考究として「台湾文学」をきはめることも、現状に於てはまづ可能性きはめて乏しと見なければなるまい。	139頁 第14行	故に「植民地文学」といふ一新種の考究として「台湾」の文学をきはめることも、現状に於てはまづ可能性きはめて乏しと見なければなるまい。

下線：引用者

の」、「台湾に於て生まれ、乃至台湾に関してつくられた文学作品」、「その取扱はれる主体そのもの」、「植民地台湾」、「『台湾』の文学」へと変更されていることがわかる。ただし、内容の点では両者の間にさしたる変化はない。「南島文学志」でも、「台湾文学」とは「台湾に於て生まれ、乃至台湾に関してつくられた文学作品」の謂であり、歴代の外来支配者が制作した「台湾関係のもの」であった。ただ、新たな論文では、それを「台湾文学」とは呼ばなくなったということである。言い換えれば、「台湾文学」は別の概念を意味するようになり、外来統治者の手になる文学は他の名称で呼ばれることになったのである。

　こうしたキーワード修正の背後には、島田が『華麗島文学志』関連の論文を一切発表しなかった時期に、フランスの「外地文学（植民地文学）」（littérature coloniale）について理解を深めていたことが考えられる。実際この一年を経て、一九三八年二月に発表された論文「台湾に於けるわが文学」では、台湾の日本人文学を世界の「外地文学」の中に位置づけようとする意図が明確になっていた。ここで、島田はまず台湾の日本人文学の意義や特長、および将来の方向性を考察するにあたり、世界の「外地文学」を広く眺めるべきであるとし、「印度支那」におけるフランス人の文学を紹介する。これが後に多少の変更を加えて「台湾の文学的過現未」の（下）になったことは周知のとおりであるが、ここではその冒頭に注意したい。

> 台湾の内地人文学は、外地居住者の制作として、特別な意義と方向とをもつてゐるに違ひない。それでは一体「外地文学」は、大体に於ていかなる特長をもつべきものか。さうして過去現在に於ける台湾の内地人文学は、その種の特徴をどんな風にもつてゐるか。さうして最後に台湾の文学は今後どういふ方向をめざして進むべきものか。——さういふ問題が今われわれを待つてゐる。
> 　これを解くには、ひろく世界の「外地文学」を眺めて、その種の文学が持つ志向（オリアンタシオン）から詮議すべきである。[93]（傍点——引用者）

一九三八年の「南島文学志」では、「台湾の日本文学」は「台湾文学」と呼ばれていたわけだが、ここでは「外地文学」と言い換えられていることに注意したい。「外地文学」とは、フランス語の「植民地文学」(littérature coloniale)を指し、アルジェリアやインドシナ等の植民地に居住するフランス人がフランス語で書いた作品のことであった。以下に島田の解説を引用する。

「外地文学」とは、植民地文学と直訳すべきlittérature colonialeの訳語であるが、それがどういふ性質をもつものかを窺つてみると、アルジェリアなりモロッコなり或は印度支那なりタヒチなり、それぞれの外地に於て土着の被統治民族の文学を指すのではない。わが国でいへば、朝鮮文学といふ言葉はすぐ所謂半島人の文学を、台湾文学といふそれは所謂本島人の文学を、少なくとも内地の在住者には想起させがちであるが、かういふ風ないはば日本的な観念をフランスの外地文学に適用してはならない。フランスではベルベリ人なりアンナン人なりマレイ人なり、さういふ外地の土着民の制作は、あまり文芸的価値が高くない、文芸として取扱ふに堪へないと考へてゐる(その考へが当つてゐるか否かは別問題であるが。)さういふわけであるから、さういふ外地の土着的なものは民俗学や考古学や言語学やの分野で取扱ひ、例へばアンナン文学などは東洋学の一つたる支那学の一支流として研究することになつてゐて、これを外地文学の本体とは考へてゐない。要するに、フランス人の外地文学は、諸外地に在住するフランス人の制作にかかる文学をさすのである。[94](傍点——筆者)

やや紛らわしい部分もあるが、「外地文学」とは植民地の被統治民族の文学ではなく、統治者の文学なのである。それゆえ、フランスの「外地文学」の解釈に従うならば、台湾のオランダ・スペイン・支那・日本など歴代支配者の文学は「台湾文学」ではなく、「外地文学」と呼ばれるべきであり、反対に「アンナン文学」や「台湾文学」など植民地名を冠した文学は「外地文学」の本体ではないということになる。そこで、島田の中に「朝鮮文学」は「半島人の文学」、「台湾文学」は「本島人の文学」であるという解釈が新たに生まれたのではないだろうか。つまり、「外地文学」の概念を導入したことによって、それと対を成すもう一つの文学の存在が照らし出されたと推測できるのである。それは島田が向き合うことを避けてきた、「土着の被統治民族」の文学ではなかっただろうか。それこそが、「台湾文学」と呼ばれるべきであり、島田の中で「台湾文学」という語が新たに獲得した概念であったと思われる[95]。

ただし、島田はそれを改めて定義し直すことはなかった。残されたテクストからは、「植民統治者の文学」=「外地文学」、「被統治者の文学」=「台湾文学」と、両者を明確に区別した痕跡が読み取れるものの、島田の関心はあくまで前者に注がれ、以後『華麗島文学志』関連のテクストから、「台湾文学」という語はほぼ完全に姿を消してしまうのである。それゆえ、外来統治者の文学を「外地文学」と命名することによって、被統治者の文学「台湾文学」が浮上した瞬間とは、それが島田のテクストから消えた瞬間でもあったのだ。つまり、島田のテクストの中で、「台湾文学」の発見と消失は同時に起こったのである。

2.「台湾文学」の発見

「外地文学」観の導入は島田の「台湾文学」観をも変えた。それは台湾人の定義する「台湾文学」に限りなく近づいたのである。もちろん、台湾人の側にも新・旧文学を問わず、台湾の文学を「中国文学」に帰属させようという動きがあったことも事実だが、島田がそれを「支那文学の一支流」と見なすこととは、似て非なるものがあった。

実際、台湾人にとって中国は文化・民族上の祖国であり、「台湾は中国の一部分」であるとの意識が存在したことは確かである[96]。日本の統治によって祖国との臍帯が断ち切られるとなおさら、中国への帰属意識は漢民族であることの主張と、植民地支配に対する抵抗を意味するようになった。漢詩人たちは漢族文化、あるいは儒教文化の継承者としての自覚を強め、伝統的な文化遺産の保存や継承に努めたが、それには文化抗争としての意味が隠されていたのである[97]。

一方、台湾新文学運動も五四運動の影響下に進められ、白話文運動の成果が積極的に取り入れられた。当時、北京に留学中だった張我軍は台湾の旧文学を激しく攻撃し、白話文による新文学の確立を目指したが、彼もまた台湾の文学を中国文学の一支流と位置づけていた[98]。ここには中国革命に合流しようとする意図が込められていたわけだが、島田は台湾文人の戦略的な中国への帰属意識をどれだけ理解していたのであろうか。

ところで、台湾の文人たちが文化抗争のためとはいえ、「中国文学」との合流を目指し、自分たちの文学を「中国文学の一支流」と位置づけるだけだったなら、島田がわざわざ「台湾文学」を発見することもなかったはずだ。しかし、台湾人の中からも自分たちの文学を対岸から分離し、「台湾」内部だけで思考していこうという動きが出てきたのである。

いくら中国が文化上・血縁上の母国であったとしても、日本による統治は台湾を孤立させ、中国とは異質な社会に仕立てていった。何よりも日本語教育の普及が漢文化の継承を困難にし、新文学推進の言語であった白話文も日本語に取って代わられ、中国との距離は次第に遠のいていく。一方、新文学運動の先駆けとなった新文化運動には当初から、「台湾は台湾人の台湾である」（台湾是台湾人的台湾）との「台湾意識」が内包されていた[99]。一九二五年には黄呈聡（一八八六〜一九六三）が「台湾独自の文化の創造を」（「應該著創設台湾特種的文化」）という一文で、台湾の文化は元々中国から移入されたものだが、長い時間をかけて台湾人の生活に合わせて改善されたり、台湾人自らが創造したりして、台湾固有の文化を作り上げていると主張している[100]。台湾人は中国と区別することによって、自らの主体性を立ち上げるようになっていたのだ。

また、植民地としての現実は台湾内部の問題に知識人の目を向けさせ、台湾の問題は台湾内部で解決していこうという意識も芽生えていた。プロレタリア文学の影響で「大衆」が前面に出てきたことも文学の本土（台湾）化に拍車を掛け、大衆を啓蒙するために、台湾語による「台湾文学」の創作が主張されるようになった。

一方、プロレタリア文学に反対する葉栄鐘（一九〇〇～一九七八）は、一九三二年に創刊された中文の文芸誌『南音』で、階級意識よりも台湾人全体に共通の「全集団的特性」を重視し、「第三文学」を提唱している。かつて貴族階級のものであった台湾の文学はプロレタリア階級に取って代わられたが、今や階級的羈絆を越えて、「全集団的特性」に立脚した「現在の台湾人全体に共通の生活・感情・要求や解放を描く」べきであるというのである[101]。葉が「第三文学」に「台湾文学」の進路を見出したことは、中国とも日本とも異なる台湾独自の文学が形成されつつあることを意味し、以後の新文学運動に大きな影響を与えた。

こうして一九二〇年代初頭、「中国白話文による『中国文学』の創作」（以中国白話文創作『中国文学』）から始まった新文学運動は、一九三〇年前後から、「台湾語による郷土文学の創作」（以台湾話創作郷土文学）、あるいは「台湾自身の文学の創作」（創作台湾自己的文学）へと主張を移したのである[102]。游勝冠によると、「台湾本位の立場に立つ『郷土文学』や『台湾文学』の誕生は、日本統治下の台湾社会で中国―台湾という二重の意識構造に分裂が生じたことを象徴し、台湾が単独で突出したことは、五四の影響下にあった台湾新文学運動に対する、新たな台湾意識による再革命であった」[103]という。

この「台湾文学」＝「台湾自身の文学」という認識は、一九三四年から三七年にかけて『台湾文芸』と『台湾新文学』を舞台にさらに深化した。『台湾文芸』の創刊号では、巫永福（一九一三～二〇〇八）が「吾々は台湾人である」[104]と宣言し、劉捷は「台湾文学よ、生れ出づべし！」[105]と高らかに呼びかけている。彼らにとって「台湾文学」とは、新文学運動とともに成長してきた文学であり、台湾固有の気候・風土・政治・歴史などから由来した民情を表現する文学であった。また、同胞から生まれ、同胞に向かって呼びかける郷土文学であると同時に、彼らは台湾の特殊性だけに拘泥することなく、世界文学一般に結びつく普遍的な文学を目指していた。「本島語・日本語・中国語の錯雑」という困難を抱えながらも、彼らが理想とするのは世界に通じる「台湾自身の文学」だったのである[106]。

おそらく島田はそれをある程度、理解していたのではないだろうか。というのは、島田が日頃から二人の台北帝大の学生、黄得時（一九〇九～一九九九）、新垣宏一（一九一三～二〇〇二）と特に親しくしていたからである。黄は一九三四年から三七年の帝大在学中、台湾新文学運動に積極的に関与しており、『台湾文芸』や『台湾新文学』などの雑誌にもたびたび投稿していた。新垣もおそらく黄に誘われて運動に加わっていたと思われる。島田が彼らを通して、運動の事情にある程度通じていたとしても不思議ではないだろう。

第四節　「植民地文学」から「外地文学」へ

1.「植民地文学」から「外地文学」へ

ところで、島田謹二は「台湾文学」の見直しを図ると同時に、もう一つ別の修正を進めていた。フランス語littérature colonialeの訳語である。島田自身認めるとおり、littérature colonialeの直訳は「植民地文学」であるが[107]、『華麗島文学志』関連の論文では当初、「植民地文学」の他に「外地文学」という訳語がランダムに用いられていた。ところが、次第に後者に統一されていくのである[108]。

以下で変更の意味について考察していくが、その前に「外地」という語の歴史的意義を確認しておきたい。これについては、現在でも度々言及される憲法学者中村哲[109]の説明を引用する。周知の通り、中村は戦前、台北帝国大学の文政学部で教鞭を取り、文芸運動にも積極的に加わっていた。

植民地という概念に代って公式に外地という概念が法令上用いられるようになったのは昭和四年の拓務省設置以来のことといわれているが、これは法制度上の同化主義がかなり進んだ段階のことであって、表面上は植民地という刺激の強い言葉を避けようとしたのであるが、その実は帝国主義的支配の対象である植民地以外の何物でもなかった。外地という表現を用いたのは、それを隠蔽するための用語であった。[110]

中村によれば、「植民地」から「外地」への変更には、植民地支配の現実を「隠蔽」しようとする意図があったということだが、「外地」が日本の帝国主義的な拡張を象徴する「イデオロギー用語」[111]であったことは、現在では十分認知されている。[112]「植民地」が「外地」に言い換えられた昭和四（一九二九）年というのは、島田がちょうど台湾に渡った年だが、彼が「植民地文学」から「外地文学」へと訳語を変更した理由にも、「現実隠蔽」の意図が含まれていたのだろうか。

島田のテクストに「外地文学」という言葉が現れるのは、管見の限り、一九三七年五月『台湾時報』に掲載された「明治文学に現はれたる台湾（上）」が最初である。

> 明治の日本文学の上に台湾がはじめて登場したのは何時のことであらうか。また明治の日本文学者の伝へた台湾はどんな相貌を呈してゐるであらうか。――これは、外地文学史上の課題として、すこぶる興味ある問題である。特に後者は、台湾に渡来した内地人文学者の作品にまで亙つて研究すると、非常に面白い結果が現はれるだらうと思ふ。[113]（傍点――筆者）

このとき島田の中で、「外地文学」は植民統治者が植民地で制作した、あるいは植民地に関する文学、と理解されていたと思われる。しかしこの頃は理解も不十分であり、訳語も統一されていなかった。詳しくは次章で論じるが、フランス語の **littérature coloniale** は「植民地統治者が植民地で制作した文学」のみを指し、厳密に言えば、明治期の日本文学に見る、旅行者や台湾の実情を知らない内地作家による単なる「台湾に関する文学」は、その本体ではない。

概念の理解が曖昧であることは訳語にも反映し、当初、島田のテクストでは「外地文学」と「植民地文学」が区別なく混用されていた。一九三八年の「南島文学志」では、すべて「植民地文学」となっている。しかし翌三九年の論文「台湾に於けるわが文学」では、冒頭から「外地文学」の語が現われ、まもなく『台湾時報』で連載が始まる一二篇の作家作品論にも、「外地文学」が用いられた。おそらく作家作品論が一挙に書き進められる過程で、littérature coloniale の概念が明確化し、「植民地」や「植民地文学」の語が、「外地」や「外地文学」に差しかえられたのであろう[114]。

結局、一九四〇年一月の「台湾の文学的過去に就て」に至ってようやく、littérature coloniale の概念と用法が明確に説明されるのであるが、それによると、「外地を素材にしその外地に渡り、乃至その外地に成長した者の間にその国語もて創られる文学を、フランスの学会はきつぱり littérature coloniale と命名し、それを一般的に用ゐてゐる」という。しかし他の植民地領有国では一九三〇年代から四〇年代にかけて、こうした総称は一般的ではなかった。ドイツでは Koronial-literatur という総称は見かけないし、イギリスでは colonial literature のような総称は使わず、印度・オセアニア・南アフリカその他に分けて、Anglo-Indian Literature とか、Australian Literature とか、South African Literature などと名づけているという。スペイン・ポルトガル・イタリアのラテン系諸国にはフランスに倣った Letteratura Coloniale その他の総称がないわけではないが、あまり一般化しておらず、アメリカ合衆国も大体この中に入る。唯一、フランスの学会が「植民者の文学」として、littérature coloniale の存在を認めたことに倣い、島田はそれを台湾の日本文学のために採用したのであった[115]。

一方、日本では島田以前に、あるいは島田以外に、「植民地文学」はいかに解釈されてきたのであろうか。実は、この訳語は明確に定義されておらず、世界の文芸用語を幅広く集めた『世界文芸大辞典』にも「植民地文学」、あるいは「外地文学」の項目はない。しかし、全く知られていなかったわけではなく、早くは明治三八（一九〇五）年一〇月の『台湾慣習記事』の冒頭に小松吉久の「殖民地文学《台湾趣味》の発揮」と題した調査報告が掲載されている。小松は「近来コロニアーレー、リテラツール即ち殖民地文学なるものが、独逸あたりでは段々歓迎せられると云ふやうな事を聞き込んだ」というように、ドイツからその概念を伝えていた。小松のいう「殖民地文学」もまた植民者が植民地で生産する文学のことであり、だからこそ副題にあるように、「台湾趣味」というエグゾティスムの必要性を説くのである。

コロニアーレー、リテラツールとしての台湾趣味を発揮すべき時代は正に到来したのである。実利実益てふことが什麼に殖民地の主たる目的であるとはいひ乍ら、専ら此事にのみ齷齪たるは人たるもの ゝ能事ではない。風教の靡乱、人心の頽廃、我利我欲の衝突、彝倫の沈滅、皆この偏執より生ずるのである。リテラツールは之を医する一の力である。文学を以て閑事業に過ぎずとなすが如き陳腐の思想を抱くものは最早恐らく一人もあるまいと思ふから、多少文筆に従事するものは、敢えて専門的でなくとも、此際大いに台湾趣味の発揮に務め、以て殖民地文学の効果を示されんことを切望する。[116]（傍線――筆者）

小松はここで「殖民地文学」の名の下に在台日本人文学の使命を説いているわけだが、後述するとおり、三〇年後に島田が「外地文学」に求めたものと重複している。

ところが、このような「植民地文学」の定義は一九三〇年代半ば、プロレタリア作家によって揺さぶられる。彼らの中には「被植民者」の文学を「植民地文学」と呼ぶものがいたのである。一九三四年一二月の『文学評論』では、徳永直がこの年の第一の特徴として、「植民地人による植民地文学の登場」を挙げているが[117]、詳しくは、台湾人の「植民地文学」観と合わせて後述する。

その後、「植民地文学」を明確に定義したのは、一九四一年に出版された板垣直子『事変下の文学』であろう。板垣（一八九六～一九七七）は事変下で隆盛になった文学を、「戦争文学」や「農民文学」、「大陸文学」、「生産文学」など一八のテーマに分類し、第七章が「植民地文学」であった。その冒頭には、次のような定義が見える。

事変の期間に於いて植民地の文学が新らしく我々の視野に入つてきた。植民地の文学といふのは、大陸文学の章でみたやうな、日本人が大陸を扱つた文学のことではない。植民地の人間が植民地を描いた文学をさしてゐる。植民地の名の下に、朝鮮と満州とが含まれる。[118]（傍点――引用者）

ここで台湾が除外されているのは奇妙なことだが、台湾はすでに植民地ではなく、内地の延長と認識されていたからであろうか。いずれにせよ、板垣は「植民地文学」を「植民地の人間が植民地を描いた文学」、つまり朝鮮人・満洲人の手になる「朝鮮文学」や「満洲文学」と見ていた。日本の朝鮮人社会をテーマにした日本人作家や、満洲文壇で活動する日本人作家の作品も若干は含まれているが、主流ではない。

一方、満洲事変や日中戦争をきっかけに、中国大陸に渡ったり、旅行で訪れたりする日本人がものした文学作品や旅行記は、「大陸文学」と呼ばれた。満洲には特に移民や開拓の事業を扱った文学ジャンルも形成されていたが、板垣はそれを「開拓文学」と呼んでいる。しかし、彼女はそれら日本人の手になる大陸に関する文学を「植民地文学」とは呼ばなかった[119]。つまり、植民地文学とはあくまで被植民者の文学であり、大陸文学・開拓文学のような日本人の文学とは明確に区別されていたのである。

しかし、プロレタリア作家や板垣のいうような「植民地文学」＝「被植民者の文学」という認識が近代日本文学史や学術研究の場でも定着しているのかというと、そうとはいいがたい。現に川村湊は板垣直子の「植民地文学」の定義に疑義を差しはさむ形で、次のように述べている。

先にあげた板垣直子の「植民地文学」の定義は、「植民地の人間が植民地を描いた文学」というものだが、実際には〝満州作家〟の古丁や、〝朝鮮人作家〟金史良などを取り上げているところを見れば、いわゆる日本民族とは異民族である満州人、朝鮮人による文学ということらしいが、朝鮮や満州や台湾に移住した在住日本人の文学をそこから排除する積極的な理由は乏しいように思える。満州には「満州文学」の創造を唱える一群の文学者グループがいた。(……)こうした満州に居住しながら「満州文学」を作り上げようとした日本人文学者の作品を、狭義には満州の植民地文学ということができる。[120]

川村湊は、日本人植民者が植民地で書いた文学も「植民地文学」に含めるべきだ、というのである。概念規定の基準を、板垣直子らのような「民族」ではなく、「植民地」という「場」に置くべきだということだろう。

こうなると、「植民地文学」には三種類の解釈が存在することになる。第一に植民地で宗主国人が書いた文学、第二に植民地の被植民者が書いた文学、第三はこれら両者を合わせた、植民地で書かれたすべての文学である。ただし、本書の目的は「植民地文学」を再定義することではなく、むしろ強調したいのは、時代や場所によって異なる解釈が存在した上に、島田もまた独自の解釈を展開したという点である。それを検証する前に、以下では台湾の事情について触れておきたい。

2. 台湾における「植民地文学」

台湾では一九三五年一二月二八日の『台湾新文学』創刊号に「植民地文学」の語が突然現れた。以来、同誌に頻出するようになり、一部の台湾人作家の中に「台湾文学」を「植民地文学」として確立しようとした動きがあったことがうかがえる。同誌の編集は日本のプロレタリア作家と繋がりの深い楊逵だが、両者の間には「植民地文学」=「被植民者の文学」という共通認識があったようだ。

ただし、山口守によると、楊逵が「植民地文学」という語を用いたのは、日本文学者を対象としてのことであり、それまでは台湾作家の文学を総称する言葉として「台湾文学運動」、「台湾文芸」、「台湾新文学」などを用いていたという。それゆえ、創刊号で「植民地文学という言葉を用いたのは、日本文学の側が台湾作家の日本語作品を植民地文学と見ていたことの反映としか考えられない」という。もっとも、日本人の「植民地文学」観も決して一様ではなかった[121]。

『台湾新文学』創刊号には編集者から日本の左翼作家に送った「台湾の新文学に所望する事」というアンケートの回答が掲載されているが、アンケートの二つの質問事項のうち一つは「植民地文学の進むべき道」である[122]。その回答から日本人の「植民地文学」に対する見解を探ってみよう。（以下、下線強調はすべて引用者）

新居格

われ〳〵は朝鮮文学や台湾文学に就いて多くを知らない。朝鮮生まれの人々が日本語の文章をかいて文壇にポツ〳〵現はれかけてゐる。それらの中に植民地文学と称すべきものがある。植民地文学はまた地方主義の文学である。

矢崎弾

植民地文学のための雑誌計画慶賀至極に存じ候蔭乍ら御発展を祈る次第。小生の希望としては左の二項に就いて興隆気運を刺激されん事を切に御願ひ致し候。

一、植民地政策に就いての批判的な小説。

二、植民地の歴史過程並びに風俗史を主眼とした小説。

前田河広一郎

植民地といひ、本土といひ、つまりは土地に人間が生まれ、そこの社会を形造るのであるから本質的に植民地文学といふものはあり得べきではない。……しかし、この本質が歪められてゐる現実を深く剔ることが文学の課された宿題の一つであるから仮に植民地文学といふ名も成立つのであらう。

……これからの植民地に成長した人達は、願くば心を宏ろくして国際政治の現状にのぞみ顧みて植民地化されたる故郷のいかなる地位にあるかを深く考へられてのち文学されんことを期待します。

彼らにとって、「植民地文学」とは被植民者の立場に立って植民地の現実を描き、それを以って植民地政策の批判とする文学であった。矢崎の見解からは、重要なのは批判的な視点であって、それがあれば作者が台湾人であれ、日本人であれ、民族の別は問題でないように見える。

一方、プロレタリア作家の中には「植民地文学」という言葉を使いたがらない者もいた。

葉山嘉樹

植民地文学、と云ふのはどう云ふ意味ですか知りませんが、……私は植民地文学だとか工場文学だとか、内地文学だとか細かい区別をつけたくありません。

張赫宙

朝鮮や台湾などのやうな植民地で生産される文学を植民地文学といふとすれば、かりに広範囲の内容を含むことにならう。しかし、私は、例へばこの朝鮮に発生した朝鮮文学を特に「植民地文学」といふ特殊の名称を附し、そういふ狭い世界に閉ぢ込めようとは考へてゐなかつた。貴問に接して始めて考へてみる次第であるが、私は依然として「植民地文学」なる特殊名称を好まない。成る程朝鮮は植民地には違ひないし、「植民地文学」を「植民地」を題材にした文学といふ風に解釈するならば、例へば農民文学、地方小説、都会小説といつたやうな区別の仕方だと見なすならば私は容認する。

豊田三郎

台湾における文学（植民地文学ではありません）の発展を望んでゐます。

「植民地文学」に対する違和感や抵抗の理由はおそらくそれぞれ異なり、簡単に推し量ることはできない。一方、「植民地文学」に日本人が植民地に取材した文学をイメージするものもいた。

石川達三
小生の眼にふれたる植民地文学と言つては甚だ少なく、僅に大鹿卓君の「蕃婦」以下一連の台湾に取材せる小説有之、何れも中央に於いて公表在りしものに候。

台湾で生活経験のある大鹿卓（一八九八〜一九五九）は原住民族をテーマにした小説を多数発表したが、それも「植民地文学」と見なされていた。ちなみに島田謹二は、大鹿の作品を「外地文学」の観点から高く評価している[123]。

さらに、東京で出版される植民地を扱った作品をイメージするものもいた。

橋本英吉
今までの植民地文学は、リアリズムの観点から見て、まだ〳〵低い水準にあるものと評価してもよいと思ふ。ただし、私は例へば東京で発行される印刷物に就いて云ふだけであつて植民地で発行される物は知らない。……
東京で発行された小説について云へば、その多くが、内地の普通読者に、植民地を猟奇的に見せやうとする傾向があると思ふ。平凡な日常生活を描かず、内地人が読んで珍しがるやうな場面のみを殊更に描いてゐるやうな悪い傾向がある。

橋本のいうように、読者の要望に合わせて植民地の現実を歪曲した、内地で発行される小説も「植民地文学」

と呼ばれていたのである。
以上のように、実はプロレタリア作家の間でも、「植民地文学」はさほど明確に定義されておらず、「植民地」を扱ってさえいれば、制作される場所も、作者の出自も問われなかったように思われる。
一方、『台湾新文学』では台湾人作家にも別の質問事項でアンケートを送っており[124]、創刊号では以下三名が「植民地文学」に触れていた。

鄭定国
台湾文学理論は植民地文学理論の研究によつてのみ初めて樹立を可能とせられる。

林快青
「植民地文学」の確立を要望したい。台湾の社会に生活する如何なる階級の人々も、台湾の植民地政策の影響下で一種の特殊な生活をしてゐることは勿論である。文学は生活の反映である以上、この特殊な生活を十二分に描き出すときに始めて台湾文学としての価値が存するのである。

連温卿
一、植民地文学である限り……（削除）の文学でならなければ、将来の発展性が約束され得ないと思ひます。二、台湾文学は、この特質に欠けてゐるやうです。三、それ故に私はこれを提唱して往きたい。

台湾人作家の中にも植民地の特殊性を認識し、「台湾文学」を「植民地文学」として確立しようとするものがいたのである。それは台湾社会の置かれている「植民地」という特殊性を一旦認識した上で文学のテーマに据えようとする主体的なもので、決して「植民地」の現実を無批判に受け入れていたわけではない。むしろ山口守のいうように、「植民地文学を自らの主体性獲得に向けた回路として考える立場」[125]の表れだったといえよう。ただし、彼らの意図はある程度支持されたものの、定義が曖昧で、理論的にも未熟であったため、相次いで批判が加えられた。

まず、翌一九三六年一月の『台湾文芸』で、平山勲が彼らの意図は正しいにもかかわらず、「依然としてその意図の上に低迷し」、彼らが発展させようとしている「植民地文学」は、「理論に於いてさへ樹立されても居なければ、又樹立への途へ一歩踏み出さうともして居ない」と厳しく批判した[126]。

次いで『台湾新文学』でも、同年四月に夏川英が「台湾文学当面の問題」と題する一文の中で、「植民地文学」の提唱には同意しながらも、鄭定国のように「植民地文学理論」によって、現在の「台湾文学」を形式づけようとすることには反対した。夏川は逆に「台湾に於ける正しい文学活動が植民地文学理論を基礎づける」のであり、「台湾の歴史性、植民地台湾の現実を正しく理解する」ことこそ「台湾文学の正しい方向」であると主張する。夏川にとっては「台湾文学」を確立することの方が緊要であり、それこそが「植民地文学」の建設に至る道であった[127]。

このような状況を受け、翌月(一九三五年五月)の『台湾新文学』(第一巻第四号)の「巻頭言」には、「植民地文学なる名称の当否には尚幾多議論の余地を存し」という言葉が見える。この直後、八月二八日発行の『台湾文芸』(第三巻第七・八号)での座談会「台湾文学当面の諸問題」では、劉捷の「われわれの文学が報告文学と言へないことは明らかであらう」との発言を受けて、曾石火が「郷土文学でもないでせう。(……)やはり植民地文学が無難だと思ひます」と答えている[128]。元々『台湾新文学』陣営から提唱された「植民地文学」は、『台湾文芸』誌上でも議論の対象となっていたのである。しかし、残念なことに同誌はこの号をもって停刊となり、「植民地文学」に関する議論も中断を余儀なくされた。

『台湾新文学』の方では引き続き「植民地文学」確立のための努力がなされていたようで、第二巻第一号の「台湾文学界総検討座談会」(一九三六年一二月)の中で、日本人メンバー藤野雄士が一九三六年の台湾文壇を回顧して、

「台湾的特殊性が文学に於いても明瞭に認識されたことであります。例へば、植民地文学地方文学確立の為めへの努力、大衆化問題の検討等、皆この一つの現はれであるやうに考へられます」と発言している[129]。しかし、同誌も翌年六月には停刊となり、結局台湾では「台湾文学」が「植民地文学」として確立されないまま、新文学運動そのものが停止に追い込まれたのであった。

以上、『台湾新文学』と『台湾文芸』、あるいは台湾人と日本人の別を問わず、引用した作家たちの議論に共通するのは、台湾が植民地という特殊な状況に置かれていることへの認識であり、それを如何に批判的に表現するかという点に「植民地文学」確立の立脚点が置かれていたといえるだろう。

一方、彼らとは離れたところで、在台日本人歌人の昌子明が「植民地文学としての短歌」に言及していた。台中州員林郡永靖公学校に勤務する昌子は、『あらたま』や一九四〇年五月創刊の総合歌誌『台湾』で実作・評論ともに活躍し、身近な生活や個人的な感情を詠うだけでなく、「故意にか偶然にか、きびしい現実面から目を外らさうとする歌の多い中にあつて」、「世相を正面から取り上げて歌」ったと言われている[130]。そうした姿勢が、彼の「植民地文学」観にも反映されていた。

然り、「新しい植民地文学を創始しようとするには単に繊細美的な感受性のみでなく、確固とした社会批判の知性と意力とを所持せねばならない。さうでなければ植民地の特異な生活の全貌を極むることは全く不可能である。勿論、これは現今の国際関係や社会情勢の下では至つて難く、短歌・俳句などでは殊にその形態的制約のために困難は二重化される。しかしそこ迄突つ込んで行かなければ、本来の意味の植民地文学は望まれない。」のである[131]。

昌子は、イデオロギー的には前出の左派作家たちとは距離を置き、政治的立場を明確にしない同人誌に属していたわけだが、やはり植民地の特異な現実を批判的に直視した文学を模索し、それを「植民地文学」と呼んだのであった[132]。

以上のことから、内地のプロレタリア作家の「植民地文学」観が一様でなかったのに対し、台湾在住の作家は多かれ少なかれ民族や思想的立場の違いを超えて、植民地の特殊な現実を認識し、そこから出発する文学を「植民地文学」と考えていたといっていいだろう。

3. 「植民地文学」／「外地文学」差別化の背景

ここまでの流れを整理すると、まずフランスでは「植民地文学」とは植民地で宗主国人が制作する文学を意味し、明治期にドイツ経由でそれを紹介した小松吉久も同様の見解に立っていた。ところが、日本では一九三〇年代半ば、一部のプロレタリア作家が植民地の被統治民族の文学を「植民地文学」と呼び、四〇年代の板垣直子もそれを踏襲した。一方、台湾では日本人と台湾人の双方に、植民地の現実に批判的な視点を備えた文学を「植民地文学」として確立しようとする動きが見られたのである。

結局、「植民地文学」は戦前から現在に至るまで厳密に定義されているとは言いがたいのだが、実はそれも島田謹二の文学観をわかりにくくしている一因である。島田が littérature coloniale の訳語を「植民地文学」から「外地文学」に変更したことも事情をさらに複雑にした。

ここで再び島田の訳語変更の問題に戻るが、その背景を考える上で注意したいのが、先に触れた黄得時および新垣宏一との関係である。島田は彼らを通して、台湾人作家や日本のプロレタリア作家たちの間に、植民地支配――あるいは少なくとも植民地政策――に批判的な「植民地文学」確立の動きがあったことを理解していた可能性が高い。そのことが、「植民地文学」から「外地文学」への変更にも係わっていたと思われる。それは島田が「台湾文学」の概念を見直した時期とも一致していた。その結果、「植民地文学」＝被植民者の文学＝「台湾文学」、「外地文学」＝植民統治者の文学＝「日本文学」と、両者が明確に区別され、後者が研究対象に選ばれたのではなかっただろうか。そこには、反植民地的なイデオロギーを内包する「植民地文学」への批判も込められていたと思われる。それは、フランスの外地文学について語った次のような文章からも明らかであろう。

それから外地生活を特に政治方面から観察して、ことに外地に移されたフランス文化を批評（といふより皮肉な調子で短所欠点を暴露）するのを眼目とする左翼くづれの文学が多い。これは外地には実におびただしく見出される傾向で、ひたすら被統治民をアヂらうとするものであるが、モラルの上で外地の土着民がこの種のものに喰ひつきやすいのはわかつてゐるから、さういふ政治上の或志向をたくみに文学の上に利（悪）用し、あわよくば営利上もよい結果をあげようとする一石二鳥主義である。これは大抵外地総督府の方針に反するから禁止されるかたむきがあるので、それに抵触しない範囲で目的を達しようとすれば、自然プロレタリア・レアリスムといふやうな仮面をかぶらずにはゐられない。フランスの外地文学にもこの種の傾向は相当見出される。しかし外地文学が健全な発達をとげるに、これはやはりゆるされない方針であらう。いはゆる批判主義も、かういふゆき方では、外地統治の方針を破壊するから、どうしても存在が不可能になるのである。[133]

島田から見ると、『台湾新文学』や『台湾文芸』で議論された「植民地文学」は、まさに「被統治民をアヂらうとする」「左翼くづれの文学」、あるいは「プロレタリア・レアリスムといふやうな仮面」を被った文学であり、当然、被統治者の共感を呼び、「外地統治の方針を破壊」するものであった。それゆえ、統治の方針に沿った「健全」な文学を育成しようとするならば、統治者を主体とした文学を提唱すべきであり、その思いを「外地文学」という訳語に込めたのではないだろうか。島田は「台湾の文学的過現未」でも、「今日の諸外国の外地文学は、放縦懶惰な閑文字ではなく、みな一種の国策に沿ふ雄健着実な文学となつてゐるが、わが台湾の文学も性質上さういふものと規を同じくしてゐるのではないか」[134]と述べている。結局、「植民地文学」から「外地文学」への変更は、植民地統治者の側に立つという、島田自身の政治的立場の表明であったといえよう。
島田にとって「外地文学」と「植民地文学」の区別は厳密であり、「植民地文学」と同義語の「台湾文学」を「外地文学」の範疇に括ることもなかったのであるが、島田を論ずる研究者にはそれが見えていないため、誤解と批判が生じることになった。以下に典型的な例として王昭文の見解を挙げよう。

島田謹二の「外地文学」の主張は、台湾文学が日本文学の一部であるとの認識を基本的な前提としていた。それゆえ、いかに日本本国の読者を勝ち取り、中央文壇の重視を獲得するかという点が、台湾文学発展の方向を左右する主要な問題となり、外地の特殊な題材を強調することが中央文壇の注意を引く戦略となったのである。[135]（傍点――引用者）

王は、島田が「台湾文学」を「外地文学」＝「日本文学」の一部と捉えて中央文壇進出を図った点を一種の「戦略」と見て批判しているわけだが、この観点はその後、台湾人若手研究者に多大な影響を与えることになった。[136]
だが、島田のいう「外地文学」とはあくまで台湾の「日本文学」の謂いであり、「台湾文学」はその範疇に入っていない。そのため、王は島田の真の「戦略」を見逃すことになったのである。
島田が「外地文学」＝「日本文学」と「植民地文学」＝「台湾文学」を弁別し、前者のみを研究の対象とした背景には、上述の通り、フランスの植民地文学研究を参考にしたことや、台湾の左派作家が「植民地文学」＝「台湾文学」の確立を提唱していたことが推測できるが、一九三〇年代後半の文学をめぐる状況の変化にも留意しなければならない。特に、島田のテクストから「台湾文学」の語が消失した一九三九年二月から、集中的に発表された論文を通して「外地文学」の語が定着していく、一九三九年という時期には注意する必要がある。
簡単に当時の状況を振り返ってみると、それより二年前の一九三七年四月、商業新聞の漢文欄が廃止され、七月には日中戦争が勃発した。戦争は社会不安を煽り、官憲の監督も強化されたため、自由主義やプロレタリア文学による作家は発表の機会を失い、台湾人作家の中には軍属や通訳として大陸に渡った者もいて、日中戦争以前に盛んだった台湾人の文学運動は停滞期に入ってしまう[137]。

その時期、反対に勢いを得たのが、日本人の文学活動であった。彼らにとって、漢文欄廃止は何らの影響ももたらさなかったし、日中戦争から受けた衝撃も台湾人ほどではなかったため、詩歌を中心とした同人誌が雨後の筍のように現れ、新聞の文芸欄も日本人作家が占めるようになった。戦争も勃発後一年半を過ぎると、動揺した社会情勢は安定し、作家たちも次第に混乱から立ち直り創作意欲を示し始める[138]。一九三九年二月には、西川満を中心として「台湾文芸家協会」を設立しようという動きが起こり、年末にはその母胎となる「台湾詩人協会」が組織されるが、それは一九四〇年に誕生する日本人を中心とした全島的な文壇への布石であった。

『華麗島文学志』の骨格をなす外地文学論が形成され、作家作品論が続々と発表されるのは、まさにこの時期である。日本人中心に台湾の文学環境が整備されようとしていた時期だからこそ、島田は日本人の文学を「外地文学」＝「統治者の文学」として、「台湾文学」＝「被統治者の文学」から差別化し、確立する必要があると考えたのではないだろうか。日本人の文学は台湾における文学の主流として、新たに建設された台湾文壇をリードしていかなければならなかったのである。

しかし、一九三七年以前に台湾人作家が「台湾文学」や「植民地文学」などの確立を目指し、文学の使命や進路を絶えず議論していたのとは対照的に、在台日本人は、西川満などわずかな例外を除いて、俳句や短歌、詩、小説など個別に展開される文芸活動を総合的に見る目を持ち合わせておらず、自分たちの文学の意義や方向性について、積極的に議論することもなかったのである。島田に言わせれば、台湾の日本人文学は、「志向すべき具体的な針路を欠いてゐて、東奔西馳、時に南走、また北往。強ひてそこに一貫するものを求めれば、東京文壇のその時その時の流行を追うて、その拙劣なる模造品の制作に憂身をやつしてゐる」[139]状態であった。

島田が「外地文学」の名によって日本人の文学を統合するまで総称もなく、台湾人の文学を「本島人の文学」と呼ぶのに対して、便宜的に「内地人（の）文学」と呼ばれることはあったが[140]、決して一般的ではなかったと思われる。『あらたま』や『ゆうかり』、『原生林』などの雑誌を見れば一目瞭然だが、短歌や俳句を文学活動の中心とした彼らには、自分たちの従事しているのが「台湾文学」であるという認識はもとよりなく、伝統的な「日本文学」である前に、まず「短歌」であり「俳句」であった。当然、「集団的な文学運動や文化の意識は未だ発達しておらず」[141]、それゆえ島田は世界の「外地文学」を参考に、台湾でまとまりもなく展開されている日本人の文学を、総合的に理論化・体系化し、「志向すべき具体的な針路」を示そうとしたのである。

注意すべきは、島田が在台日本人の文学を植民統治者の文学として確立するために、「外地文学論」を必要としたのであって、それは「植民地文学論」ではなかった、ということだ。つまり、島田が「植民地文学」を「外地文学」に言い換えたのは、中村哲がいうように植民地支配の現実を隠蔽するためというより、むしろ統治者主体の文学であることを鮮明に打ち出すためであったと思われる。ここにこそ、島田の隠された政治性と真の「戦略」を読み取るべきではないだろうか。

小結

本章では『華麗島文学志』の形成過程を追いながら、全体像の把握に努めた。これまで同書は島田謹二が望んだ形で出版されなかったため、個々の論文の内容はいうまでもなく、相互の関連性や全体の意義が十分に理解されてこなかったからである。一連の作業を通して、これが台湾における日本文学研究であることが明確になった。流れとしては、日本領台以前の文学を前史として概観した後、フランスの植民地文学研究を参照に在台日本文学の展開を史的に考察し、最後に今後の課題を提起するという構成である。島田は一九三〇年代半ば頃からこの研究に取り組むが、その背景には、台湾永住の可能性を意識したことや、西川満との出会いがあった。

一九三八年の論文「南島文学志」は本格的な研究の出発点となるが、冒頭で「台湾文学」の定義が展開されている。それは「台湾」におけるオランダ・スペイン・中国・日本文学の謂いであり、宗主国中心主義の観点に立っていた。島田はその上で「分業」研究の方法により、「台湾における日本文学」を研究対象とする。

しかし、島田は後にフランスの植民地文学研究に従い、「台湾文学」の定義を修正した。それを被統治者である台湾人主体の文学と見なす一方、在台日本人の文学は「外地文学」と呼び、両者を厳密に区別する。それと同時に、島田はそれまで混用していた「植民地文学」と「外地文学」の訳語にも見直しを図り、前者を被統治者の文学、後者を統治者の文学に分別した。こうして島田の中で、「外地文学」＝在台日本文学＝統治者の文学、「植民地文学」＝台湾文学＝被統治者の文学という区別が明確になり、以後、これを混用することはなかった。

島田はこのような文学観によって「外地文学」のみを研究対象とし、「台湾文学」については一切論じないという姿勢を貫くのであるが、それは一九三〇年代末の台湾文芸界の状況と連動していた。台湾の文芸界は台湾人が主流になって展開されてきたが、一九三七年の日中戦争勃発後、彼らの活動は停滞し、日本人を主体に新たな文芸運動を起そうという動きが西川満を中心に活発になったのである。このとき西川をサポートしたのが島田であり、『華麗島文学志』は在台日本人の文芸意識を覚醒し、日本人中心の台湾文壇を準備する上で決定的な役割を果たすことになった。結局、『華麗島文学志』は一九三〇年代後半の産物であり、むしろ四〇年代に新たな文学シーンを展開するためにも、三〇年代末にはどうしても完成させなければならなかったのである。

注

1 小林信行によると、島田謹二は泉鏡花「風流線」の中の一節から、このペンネームをつけたという。小林信行「若き日の島田謹二先生―書誌の側面から(4)」(『比較文學研究』第七八号、二〇〇一年八月)一二八頁。

2 島田謹二「台北における草創期の比較文学研究―矢野峰人先生の逝去にからむ思い出」(『比較文學研究』第五四号、一九八八年一二月)一二二頁。

3 島田謹二「自伝抄この道あの道」(10)(『読売新聞』、一九七八年二月八日)。

4 島田謹二「台湾の文学的過去に就て」(『台湾時報』、台湾総督府情報部、一九四〇年一月)一五五頁。

5 二人の交流は生涯に及び、西川満が戦後、東京で個人的に発行していた月刊紙『アンドロメダ』(人間の星社、一九六九年九月創刊)にも、島田謹二は写真入で度々登場している。同紙に発表した島田の随筆や書評、西川満との対談、インタビュー、講演原稿などは、「島田謹二博士　著作年表補遺」(『比較文學研究』第六五号、一九九四年七月)を参照のこと。

6 西川満の生涯については、以下を参照した。西川満『わが越えし幾山河』(人間の星社、一九九〇年六月)。中島利郎「日本統治期台湾文学研究―西川満論」(『岐阜聖徳学園大学紀要』第四六集、二〇〇七年二月)。

7 西川満『わが越えし幾山河』(前掲書)一七頁。

8 京都帝国大学大学院終了後、大谷大学、三高教授に就任。一九二六年七月、台北帝大創設準備在外研究員となり、台湾総督府より英国に留学を命ぜられ、二八年三月帰朝、同月三一日付けを以って台北帝国大学教授に任じ、西洋文学講座を担当する。太平洋戦争終結後の一九四五年一一月からは、新制の国立台湾大学文政学院に留用され、日本に帰還したのは一九四七年五月であった。『矢野禾積博士還暦記念論文集 近代文芸の研究』(北星堂書店、一九五六年三月)六八三～六八九頁。

9 島田謹二「回想」(『媽祖』、第三巻第四号、終刊号、台北：媽祖書房、一九三八年三月)三六頁。

10 台湾愛書会は一九三三年一月一三日、第二回台湾図書館週間中の催しの一環として行われた台湾日日新報社長河村徹と台北帝大教授植松安のラジオ放送がきっかけで生まれた。これより三年前の昭和五年から台北帝大の同好者が中心となって「書物の会」が催されていたが、この会の社会的進出と拡大強化のため、「愛書会」へと発展する。会長に台北帝大総長幣原坦を仰ぎ、発起人に植松の他、矢野峰人、島田謹二、神田喜一郎、瀧田貞治など台北帝大関係者、及び先の河村徹や台湾総督府図書館長山中樵などが名を連ねている。(『愛書』第一輯、一九三三年六月)。

11 中島利郎「日本統治期台湾文学研究―日本人作家の抬頭―西川満と『台湾詩人協会』の成立」(『岐阜聖徳学園大学紀要』第四四集、二〇〇五年二月)四三~五四頁。

12 島田謹二「この道あの道」(10)(『読売新聞』、前掲書)。

13 島田は一九三六年と三八年に「南島文学志」という同名の文章を夫々『台湾文学』と『台湾時報』に発表しているが、内容的には全く別のものである。三六年の「南島文学志」は「あらたま歌集『台湾』」、北原白秋の『台湾歌謡』、矢野峰人訳『墳墓』を中心に台湾に於ける日本人の文学活動を紹介したもので、研究論文というより、評論である。以下、本書では特別な注がない限り、「南島文学志」は全て三八年のものとする。

14 松風子「南島文学志」(『台湾時報』、一九三八年一月)五八頁。

15 島田謹二『比較文学』(要書房、一九五三年六月)一四~一六頁。

16 松風子「南島文学志」(『台湾時報』、前掲書)六四頁。

17 同右、六三頁。

18 台湾の古典文学の研究で着実な成果を挙げている黄美娥の論文「殖民地時期日人眼中的清代台湾文学」(『古典台湾文学史・詩社・作家論』、台北:国立編訳館、二〇〇七年七月、一四三~一八二頁)は、明治三〇年代の伊能嘉矩から、昭和期の尾崎秀真、東方孝義、島田謹二に至るまでの、日本人の「台湾文学」観を分析した興味深い論考である。ただし、一つ疑問なのは、一九〇〇年代初頭の伊能嘉矩と一九三〇年代の尾崎、東方、島田の論考を比較考察する際、彼らが台湾の文学を論じるときの枠組みを変数として捉えず、現在の台湾で言われている「台湾文学」観を基準にしている点である。実際、漢文学の素養の深い伊能嘉矩と尾崎秀真は「台湾の文芸」、「台湾の文化」とは言っても、「台湾文学」という言葉は一度も用いていないし、「台湾文学」の概念についても触れていない。だが黄の論考は、伊能や尾崎にとって「台湾文学」が自明の概念であったように進められる。日本では近代的学問としての「国文学」や「支那文学」の概念が明治二〇年代以降、まさに台湾の植民地支配と同時代的に形成されたことを考えると、「文学」をめぐるパラダイムの転換という歴史性を考慮に入れず、現在の基準で領台初期から一九三〇年代までの、日本人の「台湾文学」観を一律に論じることには、無理があるのではないだろうか。本書では、その点にまで踏み込んで議論する余裕はないので、明らかに「台湾文学」という語を用いた平澤丁東と東方孝義のみを取り上げることにする。

19 平澤丁東『台湾の歌謡と名著物語』（台北：晃文館、一九一七年二月）。

20 同右、二四〇頁。

21 「自序」、同右、三～四頁。

22 陳淑容『一九三〇年代郷土文学／台湾話文論争及其余波』（台南：台南市立図書館、二〇〇四年一二月）五三頁。なお、「旧慣調査」とは、植民地経営を円滑に進めることを目的に、明治三三（一九〇〇）年に民間研究団体「台湾慣習研究会」が、翌三四（一九〇一）年には台湾旧慣調査会が組織され、台湾の旧慣を調査したことを指す。同研究会は月間機関誌『台湾慣習記事』（一九〇〇年一月～一九〇七年八月、全七巻八〇冊）を刊行し、歴史・地理から動植物、教育・文化、宗教風俗、人口・戸口調査などに関する論文や記事を掲載しているが、その中には歌謡に関する記事も散見する。旧慣調査については、以下を参照した。戴国煇「日本人による台湾研究――台湾旧慣調査について」（『季刊東亜』、霞山東亜学院、一九六八年八月）六七～八〇頁。春山明哲『近代日本と台湾』（藤原書店、二〇〇八年六月）の「II 台湾統治政策の展開――原敬・後藤新平・岡松参太郎」、一五五～三三九頁。

23 平澤丁東「自序」（『台湾の歌謡と名著物語』、前掲書）四頁。

24 一九三五年二月に連載が始まった時には、「台湾習俗――台湾人の文学」であった表題が、同年五月からは「台湾習俗――本島人の文学」となっている（傍点――引用者）。

25 東方孝義「台湾習俗――台湾人の文学」（『台湾時報』、一九三五年二月）四五頁。

26 平澤と東方の言葉からも、それは明らかである。平澤は、「元来清国官吏の誅求や、土匪の横行に苦しめられて居つた彼等が、急に日本の仁政に接したので、流石の頑迷なる彼等にも其の深き恵みが感じ得られたであらう。実際一年一年と台湾人が幸福に導かれて居ることは一々挙げて言はれない程であるのであるが、十年二十年と続くと本を忘れて恩に狎れ、其も忘るゝに至るものと見え時々其の辺に不穏の妄挙あるは嘆かはしきこと（……）」と記している（平澤丁東『台湾の歌謡と名著物語』、前掲書、二一頁）。一方、東方は、「然し乍ら爾来年と共に台湾人の幸福が高められて居る事は一々挙げ尽されない程あるのであるが、それが久しく続くと、遂には本を忘れ、恩に狎れ、却つて不平不満を抱き、民族運動果ては台湾独立なぞと不逞の企みを為す者の出来て来るのは嘆はしい事である」と述べていた（東方孝義「台湾習俗——本島人の文学」、『台湾時報』、前掲書、一九三五年六月、二九頁）。統治者の「恩」をしきりと強調する彼らの政治的立場がどこにあるかは明らかである。

27 東方孝義「台湾習俗——台湾人の文学」（『台湾時報』、一九三五年二月）四六頁。

28 同右（一九三六年三月）四一頁。

29 同右、四一～四二頁。

30 松永正義「台湾の文学活動」（岩波講座『近代日本と植民地 7文化の中の植民地』、前掲書）二一一頁～二一六頁。

31 同右、二一六頁。

32 東方孝義「台湾習俗——本島人の文学」（『台湾時報』、一九三六年三月）四一頁。

33 陳明柔『日拠時代台湾知識分子的思想風格及其文学表現之研究（1920~1937）』（淡水：淡江大学中国文学研究所、修士論文、一九九三年六月）、三四～四八頁。

34 矢内原忠雄『帝国主義下の台湾』（岩波書店、一九二九年一〇月）三七頁、註(20)。

35 松風子「南島文学志」（『台湾時報』、前掲書）六六頁。

36 同右、六三頁。

37 同右、六三～六四頁。

38 同右、六四頁。

39 伊能嘉矩『台湾文化志』（刀江書院、一九二八年）。

40 黄美玲『連雅堂文学研究』（台北：文津出版、二〇〇〇年）四四～五四頁。

41 代表的なものを挙げると、『台湾文芸』では、劉捷「台湾文学の鳥瞰」（1-1）・「続台湾文学鳥瞰」（2-3）・「民間文学の整理及びその方法」（2-7）、楊逵「台湾文壇一九三四年の回顧」（2-1）、張深切「対台湾新文学路線的一提案」（2-2~4）・「台湾文芸的使命」（2-5）、郭天留「台湾文学に関する覚え書」（2-5）、洪耀勲「芸術と哲学」（3-3）。『台湾新文学』では布施辰治「多実文学漫談 生活と文学について」（1-1）、河崎寛康「台湾の文芸運動に関する二三の問題」（1-2）、夏川英「台湾文学当面の問題」（1-3）、楊逵「報告文学問答」（2-5）など。

42 河原功によると、『台湾日日新報』、『台湾新聞』、『台南新報』の三紙は四月一日、台湾人経営の『台湾新民報』は六月一日より、漢文欄が廃止されたという。また、中日文併載の文芸雑誌『台湾新文学』も中文作品の掲載が不可能となり、最終的には廃刊を余儀なくされた。河原功「一九三七年の台湾文化・台湾新文学状況――新聞漢文欄廃止と中文創作禁止をめぐる諸問題」（『成蹊論叢』四〇号、二〇〇三年三月）。

43 松永正義「〈解説〉台湾文学の歴史と個性」（『彩鳳の夢――台湾現代小説選I』、研文出版、一九九一年三月、初版第三刷）一九三頁。

44 楊雲萍は『愛書』九輯（一九三七年五月）、一〇輯（一九三八年四月）、一一輯（一九三八年一二月）に「陳迂谷の詩と詩集」、「一つの追憶」、「黄景寅の詩について」を発表している。また、『台湾日日新報』には「芝山巌考」（一九三八年四月）を、『台湾風土記』には「稲江冶春詞について」（一九三九年一月）を寄稿した。

45 一九三五年から三八年までに創刊されたものを以下に挙げておく。一九三五年、『蕃ざくろ』、『童心』、『茉莉』、『原生林』、『船室』、『南風』。一九三六年、『台大文学』、『ネ・ス・パ』、『翔風』、『ガジュマル』、『みなと吟』。一九三八年、『台湾文苑』、『泥火山』、『銀鈴』、『貴族』、『ねむの木』、『色ある風景』、『棕櫚竹』。参照：井手勇『決戦時期台湾的日人作家與「皇民文学」』（台南：台南市立図書館刊、二〇〇一年一二月、二一～二二頁）。『日文台湾資料目録』（台北：国立中央図書館台湾分館編、一九八〇年六月、三三二～三三四頁）。

46 柳書琴『戦争与文壇――日拠末期台湾的文学活動（1937―1945）』（台北：国立台湾大学歴史研究所修士論文、一九九四年）四〇頁。

47 この他、『台湾時報』は一九三六年四、六、七、八月号に「台湾文壇人物論」を掲載。俳人山本孕江・歌人平井二郎・詩人後藤大治・小説家頼和を紹介している。また、一九三三年一〇月から三九年二月まで長期連載された尾崎秀真「台湾四十年史」でも、初期の統治者と漢詩文のことが紹介されている。

48 裏川大無「明治卅年代の台湾雑誌覚え書」（『愛書』第一輯、一九三三年六月、および第二輯、一九三四年八月）。

49 志馬陸平は河崎寛康に批判的であり、台湾の日本人文学が例え河崎の言うとおりであったとしても、「それらの貧弱なる文学活動そのものが、とりも直さず、之までの本島文化の貧弱な現実の反影《ママ》であつたわけで、彼自身が冒頭に於いて述べた如く、それらの未熟なる文学活動を通じて、その母胎である本島文化を眺め得るのであり、結構、私の此の稿の意義ある取材たり得るのである。然かも、河崎君が本島の内地人文学を採るに足らずとしたのは、彼の眼に映じた範囲の、ごく短時日の間の文学活動であつて、既往に遡れば、われ〱はそこに幾つかの注目すべき、詩人、作家を見、学ぶべき文学青年的情熱のほとばしりをさへ知るのである」と記していた。志馬陸平「青年と台湾――文学運動の変遷（七）」（『台湾時報』、前掲書、一九三六年一〇月）一〇八頁。

50 井手勇『決戦時期台湾的日人作家與「皇民文学」』（前掲書）二〇頁。

51 松永正義「台湾の文学活動」（岩波講座『近代日本と植民地 7文化の中の植民地』、前掲書）二二六頁。

52 河原功『台湾新文学運動の展開』（前掲書）二一五頁。

53 『あらたま』、あらたま発行所、一九三五年一二月号、四六～五七頁を参照のこと。なお、台湾人が日本人の文芸誌に参加する割合は、文芸ジャンルによって異なる。俳誌はほぼ皆無であり、短歌は若干名、詩・随筆・創作を中心とした雑誌になると増えていく。総合文芸誌『星座』（一九三四年一一月創刊）では、七九名の参加者の内、六名が台湾人であり、児童文芸誌『ねむの木』（一九三八年一二月創刊）には台湾人児童の詩が多く掲載されている。

54 松風子「台湾の文学的過去に就て」（『台湾時報』、前掲書）一三九頁。島田の言う「分業」とは、研究対象を台湾人の文学と日本人の文学に分けて、どちらか一方を扱うことである。この点について、台湾人研究者の間に誤解が生じているようである。尾崎秀真や東方孝義が日本人の文学ではなく台湾人の文学を論じているので、「分業」ではないとの指摘があるが、台湾人の文学について論じるのは、日本人でも台湾人でもかまわないのである。「分業」というのは、尾崎や東方が台湾人の文学は論じても、台湾における日本文学については論じなかったということなのだ。参考：黄美娥『古典台湾 文学史・詩社・作家論』（前掲書）一七五頁。

55 河崎寛康「台湾の文化に関する覚書」（二）（『台湾時報』、一九三六年二月）三〇頁。

56 志馬陸平「青年と台湾――文学運動の変遷」（『台湾時報』、一九三六年一〇月）一〇八頁。

57 収録された論文は次の通り。「台湾の文学的過去」、「籾山衣洲の『南菜園雑詠』」、「伊良子清白の『聖廟春歌』」、「佐藤春夫氏の『女誡扇綺譚』」、「岩谷莫哀の『瘴癘』」。

58 平川祐弘「あとがき」（島田謹二『華麗島文学志――日本詩人の台湾体験』、明治書院、一九九五年六月）四八六～四八七頁。

59 松風子「台湾の文学的過去に就て」(『台湾時報』、前掲書) 一五六頁。

60 島田謹二は「思い出」で、「構想B」に触れた後、「これに『台湾の文学的過現未』(昭和十六年五月)『台湾に於けるわが文学』(昭和十四年二月) の二章が全体をしめくくって、A5判七八百頁の大冊の結論となる筈であった。いや、若い頃の一本気があればこそ、やれた作業である。近く領台五十年になるから、その時を機に一挙に上梓するつもりであった。結論を書き終わった昭和十六年に、開戦となり、まもなく敗戦」と語っていた。島田謹二「台北における草創期の比較文学研究——矢野峰人先生の逝去にからむ思い出」(『比較文學研究』、前掲書) 一二二〜一二三頁。

61 松風子「台湾の文学的過去に就て」(『台湾時報』、前掲書) 一五四頁。

62 「構想B」では「『あらたま』歌集二種」がぬけているが、これは故意の削除というより、島田の不注意ではないかと思われる。「台湾に取材せる写生文作家」と「原十雉の御祈禱」を「構想A」では一つにまとめていたが、「構想B」で分けたため、漏れてしまったのではないだろうか。他に同論文を削除する理由は見当たらない。

63 参考までに明治書院『華麗島文学志——日本詩人の台湾体験』の目次を挙げておく。
『華麗島文学志』に打ち込んだ頃——台北における草創期の比較文学研究

プロローグ

*

一　台湾の文学的過去に就て——「華麗島文学志」緒論
二　明治の内地文学に現われたる台湾

*

一　征台陣中の森鷗外
二　領台直後の物上を詠えるわが漢詩
三　正岡子規と渡邊香墨
　　続香墨記
四　山おくの桜ばな——山田義三郎の歌
五　原十雉の「御祈禱」
六　台湾に取材せる写生文作家

64 松風子「南島文学志」(『台湾時報』、前掲書) 六六頁。
65 松風子「台湾の文学的過去に就て」(『台湾時報』、前掲書) 一四一～一四二頁。
66 一九四〇年三月の「領台直後の物情を詠へるわが漢詩」(『台湾時報』、一二一頁) の末尾に「予告」として、籾山衣洲の研究を同誌に掲げる旨予告していたが、論文は既に脱稿したものの、予想外の長編となったため、別の機会に然るべき形式で発表するとの説明が、島田本人の口からなされている。
67 Paul Hazard, *Don Quichotte de Cervantès : étude et analyse*, Paris: Mellotée, «Les chefs -d'œuvre de la littérature expliqés», 1931.
68 『近代比較文学』を続る座談会」(『比較文學研究』第一巻第一号、一九五四年一～六月号) 一一七頁。
69 ただし、ここで「昭和一〇年代まで」というのは、西川満の作品『亜片』が出た昭和一二 (一九三七) 年までと考えてよい。
70 松風子「台湾の文学的過去に就て」(『台湾時報』、前掲書) 一四一頁。
71 藤堂明保編『学研漢和辞典』(学習研究社、一九八七年二月、初版一九七八年四月) 四五七頁。
72 松風子「台湾の文学的過去に就て」(『台湾時報』、前掲書) 一五三～一五四頁。
73 島田謹二「ジャン・ダルジェーヌの台湾小説」(『愛書』、一九三八年四月) 六四頁。
74 梅陰生 (伊能嘉矩)「プサルマナザルの台湾古図につきて」(『台湾慣習記事』第五巻第一号、台北：台湾慣習研究会、一九〇五年一月）七五～八〇頁。

75 「台湾に於けるわが文学」は副題が『華麗島文学志』エピローグ」であり、若干の修正を加えて「台湾の文学的過現未」の（下）に収録されている点からして、これが結論部の基礎になったことは確かである。

76 松風子「台湾の文学的過去に就て」（『台湾時報』、前掲書）一五五頁。

77 小林信行「若き日の島田謹二先生――書誌の側面から(3)」（『比較文學研究』第七七号、二〇〇一年二月）一三三頁。

78 松風子「台湾の文学的過去に就て」（『台湾時報』、前掲書）一五三頁。

79 北原白秋『華麗嶋風物誌』(1)・(2)（『改造』、改造社、一九三四年一〇月・一二月）。

80 松風子「台湾の文学的過去に就て」（『台湾時報』、前掲書）一五三頁。

81 島田謹二「台湾の文学的過現末」（『文芸台湾』第二巻第二号、一九四一年五月）五～六頁。

82 同右、一九頁。

83 『伍人報』は一九三〇年六月二一日、台湾共産党王萬得の主張に基づき、陳両家、周合源、江森鈺、張朝基らの出資によって創刊された。『洪水報』は、民族主義者黄白成枝が『伍人報』を脱退して、一九三〇年八月に謝春木と共同で創刊した総合雑誌。『台湾文学』は、一九三一年六月、ナップ機関誌『戦旗』の影響下に成立した日本人・台湾人双方から成る文芸団体「台湾文芸作家協会」の機関誌。同年八月に刊行される予定が、創刊号は内容不穏を理由に全誌差し押さえられ、第五号も発禁、第六号は配布不可能の状態となり、中絶した。同時に台湾文芸作家協会も崩壊した。参考：河原功『台湾新文学運動の展開』（前掲書）一七〇～一七八頁。

84 東方孝義「台湾習俗――本島人の文学」（『台湾時報』、一九三六年三月）四〇頁。

85 同右、四二頁。

86 志馬陸平「青年と台湾（九）＝文学運動の変遷」（『台湾時報』一九三七年一月）三二九～三三〇頁。

87 吉田公平「島田謹二著『華麗島文学志』をよんで」（『東洋古典学研究』第二集、広島大学東洋古典文学研究会、一九九六年）一五一頁。亀井俊介「『華麗島文学志』を読んで――若き日の島田謹二先生を憶う」（『SINICA』、大修館書店、一九九六年一一月）五頁。

88 浅野豊美「〈書評〉島田謹二『華麗島文学志』――日本詩人の台湾体験」（『台湾史研究』一三号、前掲書）一五九～一六〇頁。西原大輔「書評：島田謹二著『華麗島文学志』――日本詩人の台湾体験」（『比較文學研究』第六七号、一九九五年一〇月）一四六～一四九頁。

89 島田が英文学者の堀大司に『台湾時報』に掲載された「華麗島文学志」の抜き刷り論文を見せたところ、「大兄ほどの人が、こうした辺境の小文学にうちこむのは残念である。願わくはその才能をロンサールやモンテーニュに注いでいただきたい」（傍点――引用者）という言葉が返ってきたという。参考：島田謹二『日本における外国文学』下巻（前掲書）四五一頁。

90 河崎寛康「台湾の文化に関する覚書（二）」（『台湾時報』、一九三六年二月）三〇頁。

91 小林信行によると、一九三八年は島田にとって学究生活上記念すべき年であったという。島田は『英語青年』に十数年間学び続けてきたフランス派英文学研究による考察を発表したのを皮切りに、英文学・仏文学・翻訳文学の研究、資料紹介など、執筆の広がりを示しながら、大きな連関の中で追求、解明の成果を挙げたという。小林信行「若き日の島田謹二先生――書誌の側面から⑷」（『比較文學研究』、前掲書、二〇〇一年八月）一三一～一三二頁。

92 後に「ジャン・マルケエの佛印小説」（『文芸台湾』第三巻第一号、一九四一年一〇月）に一度だけ「台湾文学」という語が出て来るが、ここでは「本島人の文学」の意味で用いられている。

93 松風子「台湾に於けるわが文学」（『台湾時報』、一九三九年二月）四八頁。

94 島田謹二「ジャン・マルケエの佛印小説」（『文芸台湾』、前掲書）三六～三七頁。

95 フランスの「外地文学」理論に従えば、「台湾文学」とはまず、原住民族の文学のことであろう。しかし、島田が原住民族の神話・伝説・歌謡などを文学研究の対象外としたので、ここでは特に論じないことにする。

96 黄呈聡「論普及白話文的新使命」（初出『台湾』、東京：台湾雑誌社、一九二三年一月一日）、引用は『日拠下台湾新文学明集5文献資料選集』（台北：明潭出版社、一九七九年三月）一一頁。

97 黄美玲『連雅堂文学研究』（前掲書）三七～三九頁。

98 張我軍「請合力折下這座敗草叢中的破旧殿堂」（初出『台湾民報』、一九二五年一月一日）。引用は『日拠下台湾新文学明集5文献資料選集』（前掲書）八九頁。

99 黄朝琴「漢文改革論」（下）（初出『台湾』、一九二三年二月一日）。引用は（同右）三四頁。

100 黄呈聡「応該着創設台湾特種的文化」（初出『台湾民報』一九二五年一月一日）。引用は（同右）、七二～七六頁。

101 葉栄鐘（奇）「再論『第三文學』」（『南音』巻頭言、一九三二年七月二五日）。

102 游勝冠『台湾文学本土論的興起与発展』（前衛出版社、一九九七年六月、第二刷）二九頁。

103 同右、四七頁。

104 巫永福「吾々の創作問題」（『台湾文芸』創刊号、台湾文芸連盟、一九三四年一一月）五四頁。

105 劉捷「台湾文学の鳥瞰」（同右）五八頁。

106 巫永福「吾々の創作問題」（『台湾文芸』、前掲書）五四～五七頁。

107 島田謹二「ジャン・マルケエの佛印小説」（『文芸台湾』、前掲書）三六頁。

108 島田は戦後になって、「フランスの学界には、『外地文学』Littérature d'outre merとか、『植民地文学』Littérature colonialeとかいう項目がある」というように、「d'outre mer」（海外領土の）と「colonial」（植民地の）を原文に合わせて訳し分けることもあったが、戦前の論考ではこのような訳し分けはしていない。というのは、島田が参考にしたフランス語の文献はLittérature d'outre merを用いていないからである。フランス植民地主義の歴史を考察した平野千果子によると、フランスでは一九三〇年代以降は「植民地」（colonie）よりも、フランスとの一体感をより強調する「海外のフランス」（la France d'outre-mer）という用語が用いられる場合が増えたというが、少なくとも島田の参照した文献ではLittérature colonialeが主流であった。参考：島田謹二「台北における草創期の比較文学研究――矢野峰人先生の逝去にからむ思い出」（『比較文學研究』第五四号、前掲書）一二二頁。平野千果子『フランス植民地主義の歴史』（人文書院、二〇〇二年二月）一四一頁。

109 一九三四年東京帝大卒業後、一九三七年台北帝大助教授、一九四二年に教授となる。戦時中は「万民翼賛論」や「八紘一宇を理想となす」などで花形論客の一人であったが、戦後は漸次左傾し、一九八三年日本社会党から立候補し、当選した。一九六八年、法政大学総長となった。参考：「全貌」編集部『進歩的文化人学者先生戦前戦後言質集』（前掲書）二五～二八頁。

110 中村哲「植民地法（法体制確立期）」（鵜飼信成・福島正夫他責任編集『日本近代法発達史5』、勁草書房、一九五八年）一七八頁。

111 黒川創「解説」(『〈外地〉の日本語文学選1南方・南洋／台湾』、新宿書房、一九九六年一月)二八八頁。

112 神谷忠孝・木村一信編『〈外地〉日本語文学論』(世界思想社、二〇〇七年三月)。

113 島田謹二「明治文学に現はれたる台湾(上)」(『台湾時報』、一九三七年五月)二九頁。

114 特に注意すべきは「あらたま歌集『台湾』」に関する論文で、一九三五年一〇月の初出稿(『台湾日日新報』)と三六年一〇月の改訂稿(『台大文学』)ではいずれも、「植民地」という語を用いていた個所を、三九年六月、『台湾時報』に発表した最終稿の長篇論文「『あらたま』歌集二種」では、すべて「外地」に書き換えている。ただし、一九三八年の「南島文学志」の改訂稿である四〇年の「台湾の文学的過去に就て」では、前者で「植民地文学」となっていた個所はそのままとし、新たに書き加えられた個所にのみ「外地文学」の語を用いていた。使用法に多少のばらつきはあるものの、島田が一九三〇年代末には、littérature coloniale の訳語を「植民地文学」から「外地文学」に変更し、後者が島田のテクストの中で、特定の概念を意味するようになったことは明らかである。

115 松風子「台湾の文学的過去に就て」(『台湾時報』、前掲書)一四二～一四三頁。

116 小松吉久「殖民地文学《台湾趣味の発揮》」(『台湾慣習記事』第五巻第一〇号、前掲書、一九〇五年一〇月)五頁。

117 張季琳『台湾プロレタリア文学の誕生──楊逵と「大日本帝国」』(東京大学大学院人文社会研究科、博士論文、二〇〇一年七月)六九頁。

118 板垣直子『事変下の文学』(第一書房、一九四一年)一二四頁。

119 同右、第三章「大陸文学」、九一～一〇四頁。

120 川村湊「東アジアのなかの日本文学」(『岩波講座 日本文学史13 20世紀の文学2』、岩波書店、二〇〇〇年一一月、第二刷)二〇三～二〇四頁。

121 山口守「想像／創造される植民地」(呉密察・黄英哲・垂水千恵編『記憶する台湾──帝国との相克』、東京大学出版会、二〇〇五年三月)八九頁。

122 もう一つの質問事項は「台湾に於ける編集者作家読者への訓言」であった。

123 島田謹二「台湾の文学的過現未来」(『文芸台湾』、前掲書)二〇頁。

124 質問事項は次の通り。1．台湾新文学運動についての御高見。2．台湾の文学についての御感想。3．特に貴殿の御抱負。
125 山口守「想像／創造される植民地」（呉密察・黄英哲・垂水千恵編『記憶する台湾――帝国との相克』、前掲書）九二頁。
126 平山勲「歴史小説への待望抜粋――『敗北の理論』第三章」（『台湾文芸』第三巻第二号、一九三六年一月二八日）二三頁。
127 夏川英「台湾文学当面の問題」（『台湾新文学』第一巻第三号、一九三六年四月）六四～六七頁。
128「台湾文学当面の諸問題」（『台湾文芸』第三巻第七・八号、一九三六年八月）四頁。

129「台湾文学界総検討座談会」（『台湾新文学』第二巻第一号、一九三六年一二月）五五頁。
130 立川三夫「昌子明論『台湾』作家論その六」（『台湾』、一九四一年六月）九頁。
131 昌子明「詩・散文・台湾」（『あらたま』、台北：あらたま社、一九三八年一〇月）二八頁。
132 ただし、昌子明の批判はあくまで植民者の立場からなされたものであった。昌子はまた、「植民地文学としての短歌」に対し、植民地の日本人という「未完成の日本人」には「日本人としての国民性を付与」し、台湾人には「日本人の伝統的な感受性」を涵養する役割を期待していた。参照：昌子明「南方短歌号の批評」（『台湾』、一九四二年一月）二〇頁。
133 島田謹二「ジァン・マルケエの仏印小説」（『文芸台湾』、前掲書）三七～三八頁。
134 島田謹二「台湾の文学的過現未」（『文芸台湾』、前掲書）一二頁。
135 王昭文『日治末期台湾的知識社群『文芸台湾』、『台湾文学』、『民俗台湾』三雑誌的歴史研究』（前掲書）一三九頁。
136 序章で挙げた島田批判の急先鋒・游勝冠と陳建忠はいずれも王の批判を踏襲している。
137 黄得時「輓近の台湾文学運動史」（『台湾文学』第二巻第四号、一九四二年一〇月）六～七頁。柳書琴『戦争与文壇――日拠末期台湾的文学活動（1937―1945）』（前掲書、一九九四年）二七～三七頁。
138 柳書琴、同右、五八～六四頁。
139 松風子「台湾に於けるわが文学」（『台湾時報』、前掲書）五六頁。
140 志馬陸平「青年と台湾（七）」（『台湾時報』、前掲書）一〇六頁。
141 柳書琴「誰的文学？誰的歴史？――論日治末期文壇主体与歴史詮釈之争」（呉密察策画、石婉舜・柳書琴・許佩賢編

『帝国裡的「地方文化」皇民化時期台湾文化状況』、播種者出版有限公司、二〇〇八年一二月）一八四頁。

第三章

『華麗島文学志』とその時代
——郷土化・戦争・南進化

はじめに

前章で『華麗島文学志』の全体像が把握できたところで、本章ではそれがどのような時代状況を背景に誕生したかを見ていきたい。というのは、これはアカデミズム内部に自足した研究ではなく、島田謹二が一九三〇年代後半から四〇年代にかけて急変する台湾社会を見据え、文芸運動にも積極的に関与しながら、文学のあり方を模索した軌跡だからである。実際、ここには三〇年代後半の時代状況が色濃く反映されている。

しかし従来の研究では、一九四〇年代の台湾文壇との関係で論じられることが多く、『華麗島文学志』の核心をなす「外地文学論」も「四〇年代の日本人の典型的な台湾文学論」[1]と見なされてきた。それが四〇年代の台湾文壇に多大な反響を呼んだのは事実であるとしても、実際は「三〇年代後半の典型的な在台日本人文学論」なのである。

唯一、三〇年代の文脈に『華麗島文学志』を位置づけて読み解いた浅野豊美は、「一九三〇年代後半の内地化が進行する状況の中で、単なる中央に組み込まれた地方にとどまらない、台湾に根を下ろした日本人の『在台湾』意識を啓発せんとする意志が本書の各所にみなぎっているように感じられる」[2]と評しているが、本章では浅野のこの観点を手がかりとして、これまで等閑視されてきた一九三〇年代後半の時代状況を検証し、島田をはじめとする在台日本人の「時代精神《ツァイト・ガイスト》」を探ってみたい。

実際、島田が台湾の日本人文学に興味を示し始めた一九三五年前後から、『華麗島文学志』が一通りの完成を見る一九三九年末までの四年間は台湾が大きく変貌した時代であった。そうした変化は台湾で文学を志す日本人にも多大な影響を与えたが、それについては台湾日日新報台東支局長で歌人の渡辺よしたかが総合歌誌『台湾』(一九四〇年四月創刊)の一九四二年新年号に的確にまとめている。少々長いが引用したい。下記引用文中の「短歌」と記された部分は「文芸」あるいは「文学」という語に置換可能であり、一歌人の見解を超えて、当時、在台日本人文芸家が向き合っていた問題意識をうまく集約しているといえよう。

そこで台湾といふものが、植民地であつてわれ〳〵本土を離れた外地であるといふやうな考へやうは、台湾に在住してゐる人たちにとつては、すでにさうした考へをしなくなつて来てゐるのである。それだけの時間が経過してすでに本土の延長であるといふ気持ちがしつかり落付いて来てゐるのである。はじめの内は海外出稼ぎのきもちであつたのが、さうしたものが自然になくなる時代が来てはじめて台湾の居住者が落ついて自分たちの在りかたを見直し、その環境に心をひそめるやうになつて来たのである。いま台かういう風になつて来なくてはどうしてもその地方の文学など生れて来るはづはないのである。いま台湾はやつとそこまで来たわけで、はじめて意識的に台湾の短歌の行きやうといふやうなことも、まじめに考へて見なくてはならぬところまで来たのである。

そこへ持つて来て支那事変がはじまり、日本の南進といふことが現実面として展開されて来たしする《ママ》

> ので、台湾が日本としての在りかたといふものが変つて来て、南に伸びねばならぬ必然の上に立たされるやうになつて来た。これはわれ〱民族の運命から見てどうしてもさうならなくては叶はぬ勢であつたのである。
>
> それで台湾は政治的にも軍事的にも、本当の拠点となつて来た。
>
> その様に文化といふ上からも南方の中心となるべき時運の上に立つやうになつて来たのである。われ〱民族がどうしても南に伸びねばならぬ運命と共に、台湾は日本の国力を南に伸展させる飛躍の拠点から遂にすべての中心とならねばならぬかも知れない。
>
> さうした日本全体から見る重要性といふ認識から南方の短歌即ち台湾の短歌といふものを見て行かねばならぬ、と思ふのである。[3]（傍点――引用者）

ここから読み取れるのは、一九三〇年代になると長期定住者が増え、台湾はもはや植民地ではないとの認識が広く共有されるようになり、地方文学育成の機運も生まれたこと。続いて、日中戦争が勃発し、総督府の鼓吹する南進政策が台湾を南方文化の中心に置くと、文学の方向性も「南方」というパースペクティブの下で再考されるようになった、ということである。島田謹二もまさにこのような状況下で、台湾における日本文学のあり方を、自ら台湾で生きることの意味と重ねつつ、内地文壇や「世界文学」との関係から、あるいは戦争や南進政策に果たす文芸の役割という観点から、考察するに至ったのであった。

本章ではこうした『華麗島文学志』誕生の時代背景を把握するために、まず一九三五年から三九年末に至る台湾社会の全般的な状況を、二人の台湾総督の時代に分けて見ていきたい。次に、在台日本人社会の郷土化（土着化）、日中戦争、および南進化をキーワードに、在台日本人文学の動向を検証し、島田がそれにどう係わったかを考察する。

第一節　『華麗島文学志』とその時代

1．中川健蔵総督の時代――施政四〇周年

歴代の台湾総督は全一九人を数えるが、前期武官総督時代（一八九五年五月～一九一九年一〇月、樺山資紀～明石元二郎）、文官総督時代（一九一九年一〇月～一九三六年九月、田健治郎～中川健蔵）、後期武官総督時代（一九三六年九月～一九四五年八月、小林躋造～安藤利吉）の三期に分けられる[4]。島田が在台日本人の文学に関心を抱くようになった昭和一〇（一九三五）年というのは最後の文官総督中川健蔵（一八七五～一九四四）の時代であった。この時期には、地方自治制度の計画をはじめ、原住民の移住を含めた「理蕃」政策の遂行、内台人共婚制の実施、教育制度改革、および国語の奨励などが行われたが[5]、なんと言っても、目玉は施政四〇周年を記念する一連の行事であろう。まず、一九三五年六月に総督府第四〇回始政記念式典が挙行され、続いて一〇月一〇日から一一月二八日までの五〇日間にわたり、「台湾博覧会」（通称台博）が「南の守護島・文化と躍進の台湾」を統一テーマに、台北で華々しく開催されたのであった[6]。実はこの年の四月、新竹州と台中州を大地震が襲い、甚大な被害を及ぼしたのだが、半年後にはそれを忘れさせるような熱気が台湾全体を覆ったのである。未曾有のお祭り騒ぎをひと目見ようと島都を目指す人波が後を断たず、入場者総数は延べ二七六万人に上ったという[7]。

しかし、「文化と躍進の台湾」というほどの近代化、特に文化建設は進んでいたのであろうか。この年に創刊されたばかりの歌誌『原生林』では主筆の田淵武吉が、「実際博覧会そのものからして南方館を除いたら少しも台湾らしい特色のないもので、内地のどこの博覧会でも見られる様なものであつた。そこに陳列された陶磁器、漆

器、織物其他何に限らず昔の名物が現代化しようと下手な化粧をした為に却つて浅薄な雅致のない従つて特徴のないものになつて了つてゐた」[8]と苦言を呈している。『あらたま』（一九三六年一月）でも、「タイヤル族アミ蕃の正装して新舞踊をどるは何かそぐはず」（吉井芳子）との一首が掲載され、原住民族の文化や歴史を無視した観光客向けの「浅薄な」演出が台湾に定住する日本人によって暴露されていた。通り一遍の観光客とは異なる台湾定住者の田淵や吉井は、日本が台湾に強いた近代化が伝統的な漢民族社会や原住民社会に施した「下手な化粧」に過ぎない、との批判を隠していない[9]。

統治者としては、始政四〇周年という節目に際し、どうしても過去の総括を台湾の「近代化」、「進歩発展」、「躍進」という形で内外に誇示する必要があったのだろうが、それらの正体を冷静に見抜いたものもいたのである。田淵武吉や吉井芳子が批判したのは「文化の浅薄さ」に他ならないが、そもそも台湾には文化的、あるいは精神的な潤いが欠けていると感じる日本人は決して少なくなかった[10]。原因の一つは、「本島の進歩発展」が産業方面に偏り、「文化」が軽視されていた点にある。島田謹二も次のように指摘していた。

砂糖や米作や樟脳には脳漿を絞つて奨励し援助するけれど、文学美術にはさうした好意が寄せられなかつた。（……）ここに於て最も尊敬される社会層は官人と実業人とである。学者文人美術家等は、官吏のはしくれとして生きてゆくのでなければ、独立人としての存在権を認められぬやの疑もある。かかる事情の下に於て文芸が尊重される筈はないのである。[11]

確かに一九三〇年代半ばともなると植民地建設も進み、インフラも整備されてはいたが[12]、文化水準はそれに見合うほどではなく、文芸も尊重されてはいなかったのである[13]。

一方、文化的な貧しさに批判が向けられるようになったということは、それだけ在台日本人社会が成熟してきた証でもあった。渡辺よしたかがいうように、生活する環境が整備されて、ようやく「台湾の居住者が落ついて自分たちの在りかたを見直し、その環境に心をひそめるやうになつて来た」のである。そうして初めて、自分たちに欠けているものが実感されるようになり、台湾の文化や文芸のあり方を「まじめに」考えようという動きが生まれたのではないだろうか。渡辺よしたかは別の評論で、次のようにも述べていた。

短歌の地方的発達の跡を台湾の場合に考へてみると明治の末四十二、三年頃から、ぽつ〳〵二三或は数名の人々によつて会合され、又冊子もその頃から一、二謄写版で発行されてゐた様に記憶してゐるが、やゝ活況を呈して来たのは大正十年頃からであつた。

然し何と言つても大正年代までは台湾居住者は、その年代が浅く万事が創々の時代で、台湾そのものが全般的に文化方面への方向を持つてゐなかつたし、定住の観念にも乏しかつた。

その地方の文化芸術などといふ精神的な方面が領有十年や二十年で地方性といふやうな鮮明な色彩をおびて登場するといふやうなことは有り得ないのであつて、少なくも半世紀は要するであらう。[14]

植民地における宗主国人の社会で「文化芸術などといふ精神的な方面」が開花するのは、植民地支配が一応の安定を見、人々の生活に余裕が出てきてからであろう。島田によると、フランス各地の植民地で文学活動が盛んになったのは一九二〇年代、つまり本格的な植民地支配を開始した一八七〇年から数えて半世紀後であったというが[15]、台湾の場合も、領台四〇周年を迎えた一九三〇年代半ばに至ってようやく、その兆しが見え始めたのであった。

2. 小林躋造総督の時代――皇民化・工業化・南進基地化

中川健蔵に続いて一九三六年九月、第一七代台湾総督に就任した小林躋造（一八七七～一九六二）は、翌一〇月、「皇民化・工業化・南進基地化」を三大政策として唱導した。ただし、南進政策については、中川総督の時代、すでに始政四〇周年記念行事の一環として、一九三五年一〇月に開催された熱帯産業調査会で台湾＝南進拠点論が表明されていた。そこで南進政策との関係で台湾に関心の高い海軍の退役大将小林躋造を総督に迎え、以後、積極的な南進体制の足場が築かれるのである[16]。

ただし、後藤乾一によると、この時期、在台年数の長い、そして中央との関係がさほど密接ではない総督府中堅官僚や知識人の一部には、むしろ台湾が本来備えている「南進性」がいまだ十分に発揮されていないとの「苛立ち」が見られたという。台湾を中心とする南方発展が十分でないのは、台湾経済が内地工業製品の市場という従属的な地位におとしめられた結果であり、こうした「植民地的従属」を断ち切るには、台湾の工業化は南方経済圏との新たな提携の下で進められなければならない。そこで、「南進」と「工業化」が合一されるのだが、重要なのは、「南進」とは日本内地に奉仕するためのものではなく、まず何よりも台湾の「経済的自主化」を促進するためのものと了解されていたことである。特に太平洋戦争前夜の在台日本人知識層の議論には、随所にこうした見解が見て取れるというが、後藤はこれを「反中央的な在台邦人ナショナリズム」と呼んでいる[17]。実は後述するとおり、文学にも内地への従属を断ち切り、南方圏を視野に入れつつ台湾独自の発展を図ろうとする動きが鮮明であった。

一方、日中戦争勃発後、小林総督は「臣民」台湾人の心がこの戦争により中国へ向かい、抗日意識が高まることを恐れて「皇民化」政策を加速化させた[18]。近藤正巳によると、もともと総督府は台湾人を「南進」のための「人力」として用いようとしていたが、こうした「人力」なり「人命」なりを植民地から吸い上げるには、「人心」の動員が不可欠であったという。そこで、総督府は台湾人に対して日本精神の高揚をはかり、土地の風俗や民間宗教を含めた生活習慣を日本式に改善することを奨励し、具体的な実行策として、国語教育の徹底、改姓名運動、寺廟整理、神社参拝の強制などを進めた[19]。これが所謂「皇民化」政策である。しかし、ゆき過ぎた皇民化は台湾人のみならず、日本人の反発をも招くことになった[20]。

その背後には、中川健蔵・小林躋造両総督の時代に、在台日本人社会の土着化や成熟化が進み、台湾を自分たちの郷土と見なすような「郷土意識」や「台湾意識」が醸成されていたことがある。それは、後藤乾一のいう「反中央的な在台邦人ナショナリズム」の温床ともなるわけだが、すでに台湾領有から四〇年の歳月が経過して日本人の定住化が進み、「湾生」と呼ばれる二世・三世が増加したことを考えれば、必然的な流れであったろう[21]。

もともと官僚天国であった台湾は[22]、人事異動が頻繁で「郷土意識」は薄く、特に台湾各地を転々として育った転勤族の子供たちの「故郷喪失」感は深刻な問題になっていた[23]。そこで、一九三〇年代初頭には在台日本人児童に対して台湾を郷土とする意識を育成し、愛国心へと結びつける郷土教育が重視されるようになるのだが[24]、中川・小林総督の時期に至ってようやく官吏の頻繁な人事異動が緩和され、台湾官界には基本的に安定がもたらされたのであった[25]。

このような人事面での「台湾化」が台北帝国大学にまで及んでいたかどうか定かではないが、島田謹二を含む文政学部の教員たちは、いずれも台湾での生活が長期にわたっていた。島田は一九四四年末に香港に赴任するまで、一六年近い歳月を台湾で送り、『台湾時報』に『華麗島文学志』の連載を始めた一九三九年というのは、ちょうど来台一〇年目に当たっている。島田の同僚――英文学者の矢野峰人や工藤好美、中国文学者の神田喜一郎らも台北帝大の創立とほぼ同時に赴任し、内地に引き揚げたのは敗戦後であった。

文芸界も同様であり、在台日本人文学史にひときわ鮮やかな足跡を残した俳誌『ゆうかり』と歌誌『あらたま』は、前者が一九二一年一〇月、後者が翌二二年一一月の創刊で、全島に会員を擁し、地道な活動を続けていたが、このように長期的で安定した雑誌運営を可能にしたのは、代表的な指導者の山本孕江（昇、中央研究所農業部）、藤田芳仲（豊忠、府営繕課）、樋詰正治（樋詰医院）、平井次郎（州税務課）らが、いずれも台湾に根を張って生活していたからであろう。さらに、領台末期になると、新垣宏一（一九一三〜二〇〇二）のように内地を知らない台湾生まれの学歴エリートも輩出し、長期定住者や在台第二世代によって台湾の日本文学は新たな展開を見せることになるのである[26]。

第二節　郷土化

1．「比較文学」と「郷土主義文学」[27]

前章で『華麗島文学志』執筆要因の一つに、「明治以降の近代文学の取扱い方の欠陥を補おうとする義憤」を挙げたが、それは台湾での生活が長期化した島田謹二の「在台湾意識」の現われであったと思われる。「台湾の文学的過去に就て」の末尾を見てみよう。

> しかも今日、わが国文学、特に現代文学の取扱ひ方は、極端に中央に偏して、また地方を顧みようとしない。況や外地の文学現象などは全く歯牙に掛けてゐないのである。かかる状態は、一部の人の考へるやうにJournarisme《ジュルナリスム》の招いた弊とのみ看做すことは出来ぬ。読者層の質量と制作の文学的価値とから見て、時に当然だと思はれることもあるからである。ただ然し、文芸史の研究家としては、特に彼が外地居住者であるならば、その他《ママ》の文学的事実を明らめ、これを本土に報ずることは、彼がその地に対して負ふ一種の義務であるとさへ考へられる。自分はいまこの負荷の情のそこばくかを果たしえたことを悦びたい。[28]

島田は文学の極端な中央集権化を「明治以降の近代文学の取扱い方の欠陥」と見なし、外地を含め、地方の文学がまったく顧慮されていないことを批判した。ただし、義憤や批判を口にするだけ、あるいは中央からの注目を待つだけでなく、領台以来の日本文学発展史をまとめて本国に発信することを、自らの使命としたのである。

こうした思考が始政四〇周年を迎えた時期に育まれたことは、決して偶然ではないだろう。そもそも台湾博覧会が開催されたのも、領台以来の歩みを総括し、著しい発展を遂げ近代化した台湾の実情を内外に向けて紹介するためであった[29]。過去の総括というのは未来への展望を前提としてなされるものだが、『台湾時報』にも一九三五年には一年を通して様々な方面から過去四〇年の歩みを辿る論文が掲載されている[30]。前章で挙げた裏川大無「台湾雑誌興亡史」もこの年の連載であり、河崎寛康「台湾の文化に関する覚書」は翌三六年、志馬陸平「青年と台湾――文学運動の変遷」は三六年から三七年にかけての連載であった[31]。島田がこれらの論考から刺激を受けたことは先に述べたとおりである。

島田にはまた、「改隷後の台湾に於ける日本文学について究めることは、日本文学の外地的発展史の一章を成し、学界に新らしい領域を拓くものであらう」[32]と、台湾から内地の学問に積極的に働きかけようとする意識が鮮明であった。そこには、「比較文学」という新しい学問によって、中央集権的に形成されてきた「国文学」の思想に変容を迫りたいという野心も垣間見える。

笹沼俊暁によると、「たゞ一つの民族の文献学」という「一国国文学」の理念のもとに出発した日本における近代「国文学研究」は、台湾や朝鮮の領有から大東亜共栄圏へという異民族支配の経験を通しても一国主義的傾向を改めなかったという。国文学者のなかには、「国文学」の性格をそのままにして「外地」に普及させることが「国文学」の普遍化につながると考えるものも、反対に多くの民族を包含し指導する「東亜の盟主」にふさわしい、「新東亜文学」の建設に向けての変革を目指すべきであると主張するものもいたが、いずれにせよアジア諸民族との関係のなかで「国文学」が変革しうる可能性についてはほとんど検討されていなかったという[33]。

それに対し島田は、植民地における日本文学の変容を検証し、内地に報告することを外地居住者の義務と考えたのである。西欧文学と近代日本文学の影響研究にすでに着手していたこともあり、それは比較文学的関心の範囲内にあったといえよう。さらに、本書第一章で引いたポール・ヴァン・ティーゲムの『比較文学』が、台湾の日本文学を考察する上で、島田に視点の転換をもたらしたとも考えられる。ヴァン・ティーゲムによれば、「言語の国境」によって「国文学」から排除されてしまう地方語による文学は、「比較文学」の方法を導入することによって、正当に評価されるという。例えば、フランスの郷土文学を代表するノーベル賞詩人フレデリック・ミストラル（Frédéric Mistral 一八三〇～一九一四）はプロヴァンス語で書いたために、フランス文学史からは排除されていたが、国別・縦割りの文学史概念を取り払い、横の関連を強化した「国際文学史」の枠組みを設定すると、彼ら「郷土主義文学」のグループは近代世界を代表する大文学のグループと密接に融合できるという[34]。言い換えれば、「国際文学史」、あるいは「一般文学史」の概念は世界文学地図の書き替えを可能にし、「国文学史」では正統に扱われることのない地方文学も世界文学の表舞台に立てるようになるのである。このような視点は島田が台湾の日本文学を考える上で、一つの示唆となったのではないだろうか。

島田が一九三一年にフランスで刊行されたヴァン・ティーゲムの『比較文学』を台湾で手にした時期は特定できないが、おそらく西川満との出会いとそう遠くない時期であったと思われる。まるで示し合わせたかのように、西川は一九三三年三月末、プロヴァンス文学に思い入れの深い吉江喬松[35]から「地方主義文学[36]のために一生を捧げよ」との言葉を得て帰台したのであった。やがて、二人はプロヴァンスの文芸運動をモデルに、地方文芸の運動を起こし、西川はフレデリック・ミストラルの「門弟」であることを自認するようになる。

2．在台日本人の郷土主義

そもそも島田や西川が台湾で「地方主義文学」を育成したいと願った根底には、二人が台湾に根を張って生きていくことを受け入れたという事実があった。先に述べたとおり、島田は一九三四年に内地帰還のチャンスを断っていたし、三八年頃にはナポリ大学行きの計画も頓挫していた。一方、西川は早稲田大学卒業後の就職難の時代に、従兄の紹介で入社可能であった時事新報社や、恩師西条八十が斡旋してくれたレコード会社文芸部の就職を断り、詩人や小説家として目指していた中央文壇とも決別して、一九三三年四月、台湾に戻る[37]。島田が東北帝大の師阿部次郎から「現地に生きよ。現任地を大切にせよ」との言葉を受けたのと同様、西川は吉江喬松から「地方主義文学のために一生を捧げよ」との教示を受けての帰台であった。彼らが台湾での「永住」を意識したであろうとき、台湾を自らの「郷土」として、そこに根づいた文芸運動を展開したいと思うのは自然なりゆきであったろう。この時代はまた、彼らに限らず、台湾に長期定住する日本人が文学のあり方を問い直そうとした時代だったのである。

特に島田が高く評価する俳誌『ゆうかり』では、一九三〇年代の半ばから台湾での俳句活動をめぐって密度の高い議論が展開されるのだが、そうした高度の議論を支えていたのが永住を受け入れた者たちの「在台湾意識」であった。それは作品にも反映されているので、以下で代表的な句とそれに付された同誌主催者山本孕江（一八九三〜一九四七）[38]の句評を紹介しよう。

住みつきて良き台湾や柏餅　小峰

住めば都といふ。暑い台湾も、気候不順といはれる台湾も、住みつけば離れがたない住み心地よさ、愛着さへ覚える。小峰氏も台湾には相当古い。

孕江「台湾句研究(49)」（『ゆうかり』、一九三六年七月号、三頁）

小峰の句にも山本の句評にも、内地には背を向けて、深い愛情を台湾に注ごうとする姿勢が顕著である。

掃苔や初代の墓を此島に　青子

第二の故郷である台湾を、真の故郷とする初代の墓掃除をする。つまり初代の骨を此島国台湾に埋めたのは、代々こゝに骨を埋める決意を示したものである。（……）台湾に初代の墓をもち、台湾に骨を埋むる決意は、余程深い愛着を台湾に持つ人であると思ふ。

ここには完全に内地を引き払い、一族の歴史をこの島に刻んでいこうという並々ならぬ決意がうかがえるが、次の随筆にも同じような覚悟が感じられるのではないだろうか。

孚江「雑詠月評」(『ゆうかり』、一九三八年一〇月、四七頁)

台湾はもはや殖民地ではないのである。台湾で生を全うした者は台湾の土となるべきである。所謂台湾の郷里に身を埋めて子供達の心が如何なる場合に遭遇しても安らけく家庭に帰れる様その礎石を築かなければならないと思ふ。さうして、仏間、仏壇を設置して祖先崇敬の精神涵養をこそのぞましい。

烏山生「盆の思ひ出など」(『ゆうかり』、一九三九年九月号、一二頁)

この頃になると、「台湾に骨を埋める」、「台湾の土になる」という表現が目に付くようになるが、それは永住を決意したことの表明に他ならない。他にも「南国の土となる身や雑煮喰ふ」(小林きよし、一九三八年一月号)という句がある[39]。大正三(一九一四)年に初渡台し、台湾での生活が当時すでに二五年の長きに達していた山本孕江自身にも[40]、「台湾に老ひて悔いなし椰子の月」(一九四〇年一〇月号)という作品がある。山本はこれについて、「軽いあきらめが心の裡にある」というが、「老ひて悔いなし」と言い切ったところに、「在台湾意識」の力強さが見て取れるのではないだろうか。

台湾を故郷として生を全うするという「落地生根」の意識はすでに在台日本人の間では文学的なテーマになっており、特に日常的な一瞬の感情を掬い取る俳句はそれをうまく表現していた。だからこそ、これらの句の持つ味わいは台湾在住者に共感を引き起こし、『ゆうかり』は「真の台湾俳句は台湾の人でなければ分らない」[41]という、郷土主義の領域を切り開いていくのである。

島田は台湾の俳句によほど関心を寄せていたようで、「正岡子規の台湾俳句」(『台湾風土記』、一九三九年三月)、

「正岡子規と渡辺香墨」(『台湾時報』、同五月)、「続香墨記」(『台湾教育』、同八月)、『うしほ』と『ゆうかり』」(『台湾時報』、同一一月) など、繰り返し扱っていた。島田によると、正岡子規(一八六七〜一九〇二) 門下の有力な俳人渡辺香墨(一八六六〜一九一二) が台湾総督府法院検察官として一九〇〇年に渡台して以来、法院関係者を中心に俳句が盛んになったという。当初、香墨は自然が内地と異なるため「四季の感じが乱れ」、俳句を作ることの困難を訴えていたが、次第に内地の四季に合わせて詠むことの無意味さを知り、台湾の自然と生活に目を向けるようになった。こうして香墨によって、台湾の土地に立脚し、台湾の風物を詠う、一種の「地方主義」俳句、「台湾俳句」が誕生する。周囲にも賛同者が現われ、法院嘱託の小林李坪(里平) は台湾の四季に相応しい『台湾歳時記』(東京:政教社、一九一〇年六月) を著した[42]。

しかし、内地で子規門下の河東碧梧桐(一八七三〜一九三七) が新傾向を唱えるや、台湾の俳壇も二分し、在台俳人たちも内地風の句のみをつくるようになってしまう。こうした傾向を改め、再び俳人たちの目を台湾島内に向けさせたのが、俳誌『ゆうかり』の主催者山本孕江である。一九二一年、山本は高雄税関から台北の中央研究所農業部に転勤して間もなく、『ホトトギス』系の『ゆうかり』を創刊、一九三一年頃からは、「台湾という特殊な環境に立脚した台湾俳句」を主張し、進むべき方向が定まった[43]。

このような「台湾俳句」の提唱は、ただ単に台湾の自然や風物を詠むという作句上の問題にとどまらず、内地俳壇との関係や雑誌運営のあり方をも一新することになった。というのは、「台湾俳句」が台湾在住者でなければわからない生活に密着した情趣を詠うようになると、一九三五年頃から『ゆうかり』同人たちの間に、雑詠の選者に「台湾在住者を出せ」という声が起こり、三六年には村上鬼城(一八六五〜一九三八)・阿波野青畝(一八九九〜一九九二) など、長らく日本内地から『ゆうかり』を育てた選者がはずれ、山本孕江がその任に当たることになったのである。こうした在台日本人が台湾で制作し、台湾の俳誌に投稿し、台湾在住の選者が選ぶという雑誌運営のあり方を内地の俳人も支持し、一九三五年一〇月に渡台した前田普羅(一八八四〜一九五四) はそれを「台湾俳句の自治」と呼んだ[44]。

加えて、山本孕江と高浜虚子（一八七四〜一九五九）の間で起こった「熱帯季語」を巡る「事件」も在台俳人の自治意識を促していた[45]。句作に際し、「歳時記」は遵守すべき「規範」であるが、台湾には日本の四季が当てはまらないため、上述のとおり、小林李坪（里平）が早くも一九一〇年に『台湾歳時記』を著していた。だが、すでに絶版となって久しく、例句も少なかったため、新しい歳時記が待たれていたのである。山本は台湾でそれを編纂し、中央俳壇にも認めてもらい、内地の『歳時記』に収録されることを望んでいたが、一九三四年に『新歳時記』を編集した虚子は、シンガポールやコロンボを訪問した後、「熱帯季題」の増加を決めたものの、台湾も熱帯地区の一部と見なし、そこに組み込もうとしたのである。『ゆうかり』同人に請われて一九三六年六月に訪台した虚子に対し、山本は亜熱帯の台湾を「熱帯季題」に一括りにすることへの不満を表明したが、結局、虚子は台湾俳人の願いを聞き入れようとはしなかった。あくまで内地の規範を堅持する虚子に対し、在台俳人はその後も批判を繰り返すが、周華斌はそれを中央に対する周辺の抵抗であり、自分たちの「主体性を合法化」しようとする試みであったと見ている[46]。

台湾の俳句は、季節の点からだけでなく、言語の点からも、次第に内地俳壇から自立していったように見えるが、次の句とそれに付された山本孕江の評がそれを物語っている。

火鍋《ホイコウ》や拳《ケン》の敵の芸妲《ゲイトアン》　句骨

台湾を知らない内地人には此の句の感じはおろか内容の意味さへ判るまいと思ふ。しかし、台湾に生活してゐる内地人だつたらフンと微笑されるであらう。此点純然たる地方色をもつ独立した台湾句と認るべきではなからうか。俳句の地方分権？といふことも、斯うした句が第一に問題にさるべきものと思ふ。

孕江「台湾句研究」（『ゆうかり』、一九三六年五月号、二頁）

ここには内地の「日本文学」とは異なる、つまり内地人には「内容の意味さへ判」らぬ台湾独自の文学が育ちつつあることが見て取れる。台湾語をふんだんに用い、台湾人の風俗を詠いながら、作者には内地読者のエグゾティスムを満たそうという意図はいささかもなく、むしろ台湾で生活している日本人に「フン」と「微笑」してもらえればいいのである。「純然たる地方色をもつ独立した台湾句」というのは、内地の読者を想定せず、作者と読者の関係が台湾島内で完結した句のことであり、それを山本孕江は「俳句の地方分権」として重視したのであった。

このように、『ゆうかり』が短歌や近代詩、小説など他の文芸ジャンルに先駆けて、文学の「地方分権」を目指した点は特筆すべきであろう[47]。同誌とほぼ同じ歴史を有し、全島的な展開を見せていた歌誌『あらたま』がことさら「台湾」にこだわらず、依然として『万葉集』を頭に戴いていたことと比較すると[48]、『ゆうかり』の「地方主義」的な姿勢がより鮮明になる。それには、「台湾俳句」を実作面で指導した山本孕江と、理論的指導者として頭角を現した若き藤田芳仲の役割が大きい。

> われ〳〵は一体内地のために俳句を作るのか、それとも現在住んでゐるこの台湾の真実を詠むべきか。（……）台湾は台湾で真実の俳句を作れ、内地で認める認めぬこれは第二の問題である、と声を大にして叫びたいところである。（……）台湾俳句は内地観念を除いた真に台湾だけの純な句でなくてはいけない。内地の真似をしてゐては生きた台湾句は生れない。[49]

山本孕江のこうした自立意識の高さが、地方文芸の運動を起こそうとしていた島田謹二に与えた影響は無視できない。島田は山本の言葉から、在台日本人は内地のために文学をするのか、それとも「台湾の真実」を書くべきなのか、あるいは、内地文壇との関係をどうするのかといった問題意識を喚起されたはずである。実際、一九三六年の台湾で、日本人が文芸活動をしていく意味をここまで追求していたのはほぼ『ゆうかり』だけであり、島田が文学の régionalisme《レジョナリスム》と呼んだのも、まさに渡辺香墨から同誌に連なる「台湾俳句」の系譜であった。ただし、『ゆうかり』でいくらレベルの高い議論がなされていたとはいえ、俳句という狭いカテゴリーに限られていたため、短歌や詩など文芸ジャンルを超えた普遍的な影響力は持ち得なかったと思われる。一九三〇年代半ば以降、郷土文学育成の必要性は、『あらたま』や『原生林』などの歌誌でもある程度認識されていたようだが[50]、『ゆうかり』の議論がそこに飛び火することはなく、「台湾俳句」をめぐる議論も、結局は台湾の気候風土に即した感覚をありのままに表現するという一点に収斂されたまま、それ以上発展することはなかった。

そこから学んだ régionalisme《レジョナリスム》の精神をより広い文芸の場に広げたのが、島田謹二であり西川満ではなかっただろうか。前章でも言及したとおり、在台日本人の文芸活動は俳句や短歌、詩など文芸ジャンルごとの結社を中心に展開し、横のつながりも共通テーマもなかったのであるが、島田や西川は『ゆうかり』の優れた議論をより一般的な文学の課題に敷衍したのであった。

一九三九年に入って島田と西川が総合雑誌『台湾時報』を舞台に地方主義文学の必要性を説くと、それは文芸ジャンルを超えて波及していく。西川が一月号の「台湾文芸界の展望」で、「開花期にある台湾の文芸は、今後あくまで台湾独自の発達をとげねばならない」、「断じて中央文芸の亜流や、従属的な作品であつてはならない」と力説すると[51]、島田が翌月の「台湾に於けるわが文学」で、「維新以来、中央賛美の伝統は文芸の分野でも極端に行はれ、東京文壇はあらゆる才能の士を吸収し終つて、地方は文化的に荒蕪の地と化しつつある」と、文芸生産の場という観点から中央集権的な現状を批判し、「東京文壇のその時その時の流行を追うて、その拙劣なる模造品の制作に憂身をやつ」すのではなく、「この地独自の文学を創作」すべきであると、作家たちに意識改革を求めた[52]。ここから『華麗島文学志』の連載も始まるのだが、続けて西川が五月号に「鬼谷子」のペンネームで「気魄の貧困」と題した文芸時評を寄せて台湾文芸界の停滞を嘆き、それを救うために「何にもまして『台湾』を愛せよ。『台湾』と一体になれ。『台湾』に於いて『台湾』の文芸を創造するのだ」[53]と呼びかけると、八月号の『ゆうかり』で藤田芳仲がそれを受けるように、次のように続けた。

台湾に対する認識が浅くて、どうして人並の台湾俳句が示現され得よう。気魄の貧困もさることながら、第一に台湾の認識を深くならしめねばならない。（……）台湾に生れた人は台湾が故郷である。台湾といふ故郷を愛することは惹いては俳句を愛する意味でもある。台湾といふ故郷を認識せずに、いたづらに内地の四季を羨望するは、台湾を愛さないことであり、台湾の美しさを発見するの眼がないことでもある。[54]
（傍点――引用者）

翌月には、『台湾時報』に堀越生の次の文章が掲載された。

事実、如何に学問があり、才能があらうとも、郷土を愛さざるものは、台湾に住む権利を自ら放棄した人間である。よろしく職を辞して台湾を去るべし。（……）而して作家は、あらゆる罵詈、雑言にも屈せず、この郷土に於いて作品を発表し、郷土に殉ぜよ。[55]

こうして、台湾への「郷土愛」が在台日本人文芸家の共通テーマとなり、地方主義文学の育成が文芸活動の根本に据えられるのである。

「台湾」という意識が前景化されると、当然「内地」は後退していき、この頃から内地の作家や旅行者による台湾表象に対して厳しい批判が向けられるようになった。

一九三八年五月号の『台湾公論』には、「内地の文士は台湾の嘘を書く」というタイトルの下に内地で出版された台湾関連の小説に触れ、「是等読物のミスは作者が台湾意識を持つてゐないからであつて、斯云ふ嘘を公表される事は、台湾として迷惑至極であらねばならなぬ」[56]（傍点――引用者）との批判が掲載されている。すでに在台日本人の間で「台湾意識」の有無が問題にされるような時代が来ていたのである。

『ゆうかり』では山本孕江が台湾を旅行する俳人に対して、「表面的に覗いてゆかれる人々が、われ〳〵台湾俳人が十年も前から作り飽きた題材に珍奇の眼を円るくして、大同小異の俳句をものし、これが新奇なものとして世に紹介される。」[57]（傍点――引用者）と苦言を呈していた。西川満も、「内地にない風物、そしてその環境と人、さうしたものに関心を向けるにしても、旅行者のやうな眼で見てはならぬ。われわれはあくまで台湾の作家であることを牢記すべきだ」[58]（傍点――引用者）というように、「定住者」の視点に立った創作を鼓舞している。この点については、『あらたま』も早くから「台湾にゐて、台湾の歌を作るわれわれは旅行者の歌を作つてはいけないのだと思ふ。そういふこともあらたまの主張の一つでなければならない」[59]（傍点――引用者）と主張していた。

彼らがここで「われわれ」というとき、内地の日本人を「他者」と見なし、両者の間に線引きをしていたことがわかる。それは、台湾の日本人が確実に変化しつつあったことを物語っていた。次のような一節からは、この時期、在台日本人としてのあり方が真剣に模索されていたことがわかる。

> 旅行者として始めて台湾を瞥見し、異国情緒として取扱つた歌人の作品には相当成功したものもあるであらう。併し吾々は旅行者ではない、数年乃至数十年居着きもはや第二の故郷たらむとしてゐる。子孫を残して墳墓の地たらむとしてゐるのである。いつまでも假屋住ひの様な気では駄目である。しかるに現在の心境はどうか、台湾の土地人物に対して渾然たる親しみを感じてゐるか、吾々は正直にこれを肯定し得ないであらう。例へば寺廟に参詣して崇高荘厳な念が湧くか、只線香くさくて殺風景な気持ちがする許りである。吾人は寺廟に対して崇高荘厳な念を持たなければならぬと云ふのではないが、自然其処まで行かなければほんとの台湾の作品は生まれない許りでなく徒らに作歌意欲の倦怠、消耗を来すのみである。[60]

寺廟のような台湾人の精神的象徴に対して、自然に「崇高荘厳な念」が湧くようにならないと「ほんとの台湾の作品は生まれない」という言葉には、台湾という土地に同化していくことこそこの地の日本人が目指すべき方向である、という強い思いが感じられる。

日中戦争勃発以降、内台一体化が叫ばれ、皇民化運動や国民精神総動員運動が強力に進められていたものの、台湾に長期定住する日本人にとって「湾化」は避けられず[61]、台湾生まれの二世・三世も増えるにつれ、在台日本人社会には内地とは異なる郷土意識・台湾意識が育っていたのである[62]。文学の郷土主義が模索されたのも、「われわれ」はどのような「在台日本人」になるべきかという課題から導き出された、必然的な結果ではなかっただろうか[63]。

3．台湾人の郷土文学運動

在台日本人の間に「郷土意識」＝「台湾意識」が芽生えた一九三〇年代半ばというのは、実は台湾人の間にこそ「郷土文学論争」を通して、「台湾意識」が鮮明になった時代であった。島田謹二や西川満は台湾人主体の文学運動には関与しておらず、「郷土文学」をめぐる議論についてもほとんど言及していないが、だからといって二人がそれには全く通じていなかった、あるいは無関心だったわけではないだろう。以下で一連の議論を整理しつつ、その点について考察してみたい。

周知の通り、郷土文学論争は一九三〇年八月、黄石輝（一九〇〇～一九四五）がプロ文系の雑誌『伍人報』に発表した論文「怎様不提倡郷土文学」（「なぜ郷土文学を提唱しないのか」）に端を発する[64]。黄はそこで、労働大衆を含めた広大な台湾人読者のために、台湾人の生活言語である台湾語（閩南語）を文字化して「台湾話文」を確立し、「郷土文学」を建設するよう提唱した。台湾語はもともと民衆の話し言葉であり、書き言葉として成熟していなかったため、長い間、台湾で文学といえば、中国の文言文で書かれた漢詩文のことだったのである。その後、一九二〇年代に中国の五四運動の影響で白話文が導入されると、白話文による近代文学が台湾の新文学運動をリードするようになった。しかし、中国白和文（標準語）は南方系方言の台湾語とは相当異なるため、言文一致の点で無理があり、大衆にとっては文言文同様、「貴族的」であった。そこで、黄石輝は台湾語を文字化した台湾話文による郷土文学の建設を提唱したのである[65]。

それより早く、一九二〇年代の中葉から一九三〇年代初頭にかけて、新旧の文人を問わず、歌謡を中心とした民間文学への関心が高まり、採集運動が盛んになっていたが、この運動には台湾固有の文化的特徴を明らかにし、日本統治下で消滅の危機に晒されている民族文化を保存しようという目的が含まれていた[66]。黄石輝もそれを高く評価している。さらに黄は、台湾語で台湾の事物を描くことは、レアリスム文学の育成につながるとも考えており、新文学の向かうべき方向としても台湾話文による郷土文学の必要性を説いたのであった[67]。黄が示したのは、文言文による伝統的な文学を白話文によって近代化するのではなく、台湾人の精神を宿した民間文学を、台湾話文によってレアリスムの大衆文学へと近代化させる方向であり、それは従来、中国文学の一支流と考えられていた台湾の文学を中国から切り離す契機にもなった。黄の中では社会主義的な意図と民族主義的な意図が無理なく結びついていたといえよう[68]。

一方、同じ郷土文学推進派の郭秋生（一九〇四〜一九八〇）にはより民族主義的な意図が鮮明であった。「言語は民族精神の体現」であると認識していた郭は、総督府が進める日本語の強制によって民族精神が滅びることを恐れ、台湾話文による郷土文学の建設に同意する。郭はまた、それが近代的知識を身につける機会から絶縁されている台湾人の「文盲病」を解決する手段でもあると考えていた[69]。つまり、黄石輝や郭秋生の提唱する郷土文学とは、何よりも台湾人大衆のための文学であると同時に、台湾人の民族精神の保存と近代化という役割を担っていたのである。

それに対し、社会主義を信奉する廖毓文（一九一二〜一九八〇）や頼明弘（一九一五〜一九五八）、朱点人（一九〇三〜一九四七）ら左翼青年らは、「郷土文学」をドイツの郷土文学《ハイマートクンスト》の流れを汲む農村の小資産階級の産物と見なし、大衆に背いた反動的文学であると批判した[70]。彼らはまた、文芸大衆化は台湾にしか通じない未熟な台湾話文ではなく、中国白話文によってこそなされるべきであり、インターナショナルなプロレタリア思想と相容れない狭小な「郷土文学」には固執すべきでないと主張する。彼らは台湾話文の建設によって中国との関係が断ち切られることを懸念したのであった。

しかし、プロレタリア文学への弾圧が次第に強化されたこともあり、論争の焦点は「何を書くか」という「内容」ではなく、台湾話文か中国白話文か、つまり「何語で書くか」という「形式」の問題に集中する。ただし、「内容」についての議論が全くなされなかったわけではなく、台湾人の生活を描くべし、という点では台湾話文派も中国白話文派も一致していた[71]。また、前章で述べたとおり、葉栄鐘が雑誌『南音』で「第三文学」論を唱え、階級を越えて「現在の台湾人全体に共通の生活・感情・要求や解放を描く」べきであると主張していた[72]。若林正丈は、これは「台湾話文」の主張に対応した「台湾民族文学」の提唱に他ならないと述べている[73]。

台湾話文推進派は台湾話文改造の理論や実践を『南音』を舞台に展開し、民間文学の採集にも力を入れ、表記法をめぐっては「台湾話文論争」も起きたが、一九三二年末、同誌の停刊とともに、第一次郷土文学論争は終結した。ところが、翌三三年八月、貂山子（生没不詳、何春喜のペンネーム）がローマ字表記による台湾話文の確立を提起したのを契機に第二次論争が始まる。しかし、議論は感情的な応酬に終始しただけで、新たな論点が提出されることはなかった。結局、台湾話文派の郭秋生と中国白話文派の廖毓文の間に友情が芽生え、二人を中心に一九三三年一〇月、台北で台湾文芸家協会が結成され、さらに翌三四年五月六日、台湾全土の文化人が集結して第一次全島文芸家大会を開催、台湾文芸連盟が組織されるに及んで、二度にわたった郷土文学論争は終結した[74]。

しかし郷土文学についての議論はここで終わったわけではない。むしろ、台湾文芸連盟の機関紙『台湾文芸』、および同連盟から分裂した左派の創刊による『台湾新文学』誌上に引き継がれ、前者に続いて後者が停刊を余儀なくされる一九三七年末まで続くのである。ただし、この二大誌を舞台とした議論の内容は、それまでとは方向を大きく異にしていた。

二大誌時代の特徴は、なんといっても日本語が創作言語の主流になったことである。一九一〇年前後生まれの「日本語世代」が活躍するようになると、郷土文学をめぐる議論は一変した。初等教育から公学校で日本式教育を受け、内地留学も経験していた彼らの存在は、文芸誌から「中国白話文」か「台湾話文」かという議論を一掃してしまう[75]。日本語による創作は必然的に「中国」との関係を断ち切り、日本の存在を前面に押し出し、「郷土」の概念もそれによって大きく変化した。それは、中国から台湾が切り離されることによって、「郷土」が「台湾」の大きさに収斂したのち、帝国日本の一「地方」に位置づけられる過程でもあった。

当然、日本語による創作の増加は、台湾人作家に日本内地との繋がりを強く意識させることになったが、内地のプロレタリア作家と結びつきの強い『台湾新文学』には特にその傾向が顕著であった。同誌を創刊した楊逵は、一九三四年、すでに内地の文芸誌にデビューしており、『台湾文芸』に執筆していた時代にも、「現在、我が台湾文壇にとつては、中国文壇よりも、日本文壇との関係がより密切である。我が台湾文壇を知る為めには先づ、日本文壇を知らねばならぬ。我々の進路を定める為には、日本文壇の動向を注視せねばならぬ」[76]と記していた。

『台湾新文学』には一九三五年一二月の創刊号から内地の日本人作家の寄稿が目立つが、まさに彼らによって植民地台湾の文学は、帝国日本の「地方主義文学」に位置づけられてしまうのである。新居格（一八八八〜一九五一）は「植民地文学はまた地方主義の文学である。その意味でその土地の匂ひ、伝統、歴史性、社会性、生活性と云つたものを体系づけることによつてのみ発展すべきである」とのコメントを寄せ、石川達三（一九〇五〜一九八五）も「植民地文学の行くべき道はその地方色を生かす事に一つの途は有るべく、地方的感情の習慣や地方的に興味ある特殊事情を見逃してはならぬと願申候」と述べていた[77]。一九三六年五月発行の『台湾文芸』にも無署名で、「台湾では聽て白話文といふのが消滅して和文だけになると思考する。若し此事が真実であるとすれば日本に於ける地方主義文学こそ吾々の目標でなければならぬ」[78]との記事が見える。筆者が台湾人か日本人かは定かでないが、これらの論調から、一九三六年前後には、台湾の郷土文学を帝国日本の地方主義文学と見なす動きが出てきたと思われる。

こうした内地と台湾の「中央―地方」という関係は、台湾人の文学活動に相反する方向性を生んだ。一つが内地中央文壇への進出であり、もう一つが台湾独自の文学の育成という方向である。ただし、両者とも台湾の「地方色」や「特殊性」、「独自性」を強調する点では一致していた。

『台湾文芸』でも『台湾新文学』でも、作品に「郷土色」や「ローカルカラー」を盛り込むべきことが再三主張され、『台湾文芸』に加わっていた光明静夫は自分の小説について、「大に熱帯地のローカルカラーを出して中央文壇へ突進を試みた次第である」[79]と述べている。楊杏東も「和文でしかく台湾色が表現出来ればもつと広く読まれて更に効果的であり素晴らしいものだと思つてゐる」[80]と記していた。こうした傾向は内地の読者を想定して初めて出てきたものであり、台湾人大衆のみを対象とした郷土文学論争＝台湾話文論争の時代にはほとんど見られなかったものである[81]。

内地の読者も、「台湾に於ける大衆の生活の活写が、中央の文壇に大いに発表されることを切望」[82]していたが、彼らが求めていたのは単にエグゾティックな興味を充たしてくれる「ローカルカラー」や「地方色」だけではない。もともと『台湾文芸』や、特に『台湾新文学』の「内地」読者はプロレタリア文学系の作家が多かったため、台湾の作家に対し、「台湾人の、民族生活（その風俗、習慣、気分等）」だけでなく、「台湾民族は今どんな経済上の、又制度上の、或は政治上の境遇におかれてゐるか」といった植民地の特殊な現実を「ハッキリ具体的に」、あるいは「リアリチックに」表現することを求めていた[83]。

台湾人作家にとってその思いはさらに強く、『台湾文芸』と『台湾新文学』とを問わず、台湾という郷土の現実や台湾人の生活、あるいは植民地社会の真実をありのままに描き、台湾独自の文学、つまり「台湾文学」を建設することが、しきりに議論されていた。「台湾文学はあくまで台湾の現状に即し、その特殊的歴史性、社会性等の基体に立脚したものでなければならぬ」[84]、あるいは「独創的な台湾の文学は何より真実なる台湾を見る目とこれを表現する技術が必要である。島の作家よ！台湾的真実の描破を志せ！」[85]などの主張からは、内地の日本人が求めた台湾の独自性を、台湾人自身の手で主体的に捉えなおそうとする姿勢がうかがえる。しかし、ようやく「何を書くべきか」という「内容」に踏み込んだ議論がなされるようになったところで、『台湾文芸』は一九三六年八月、『台湾新文学』は一九三七年一一月を最後に停刊してしまうのである。

一方、台湾の文学に対して内地文壇からの自立を求める声は、むしろ日本人の方から上がった。一九三六年四月発行の『台湾文芸』で、久野豊彦（一八九六～一九七一）は「東京文壇を軽蔑し給」というタイトルの下、「日本の南方に位する台湾の文学者諸君は、先づ東京の文学を軽蔑し」、「小さな東京文壇に追従すべきではない（く）」[86]と呼びかけている。また、一九四〇年代の台湾文壇で活躍する新垣宏一などは、「たゞ台湾にゐる――といふハンデキヤツプだけを利用して、自分の創作的なウデマへの鍛錬をせず、ローカルカラーばかりを売りものにするのは、ちよつとずるいみたいです」[87]と、内地文壇進出のため、未熟な技術を補う方便として地方色を強調することを戒めていた。

一九三〇年代に限っていえば、台湾人作家は意外と内地文壇志向が強かったようで、内地文壇進出に向けてローカルカラーを強調することにもさほど抵抗はなく、むしろ積極的、あるいは戦略的であったといえるだろう。彼らは実際、「台湾文壇」、「台湾文化」を確立・向上させていきたいという意志と、「中央文壇」志向を併せ持っていたのである[88]。

以上のとおり、一九三〇年八月、黄石輝から始まった足かけ八年にわたる郷土文学をめぐる議論を通して、次第に明確になったのが台湾人の「郷土意識」であり、「台湾意識」であった。それはまた、中国文学の一支流として始まった台湾の近代文学が[89]、台湾自身の「台湾文学」に分岐していく過程でもあった。

こうした郷土文学論の流れを、島田謹二や西川満はおそらくある程度把握していたと思われる。というのは、前章で触れたとおり、一九三四年四月から一九三七年三月まで、黄得時と新垣宏一が台北帝国大学文政学部に在籍し、島田と親しく交流していたからである。特に黄は台北高等学校時代から、父黄純青（一八七五～一九五六）とともに郷土文学推進派の論客として論争に加わり、台湾文芸家協会の機関紙『先発部隊』をはじめ、『台湾文芸』や『台湾新文学』でも活躍していた。実際、黄得時の台北帝大時代というのは、一九三四年七月の『先発部隊』の創刊から、一九三七年一一月の『台湾新文学』の停刊までの時期にほぼ重なっており、新垣宏一もおそらく黄に誘われてであろうが、これら三誌に寄稿している。それはちょうど領台四〇周年を迎えて在台日本人の間にも「郷土意識」＝「台湾意識」が芽生え、島田や西川が郷土主義《レジョナリスム》に関心を抱き始めた時期でもあった。

確かに四〇年という歴史は、台湾を中国から切り離して帝国日本の一部に位置づけると同時に、内地とも異なる独自の社会に作り上げ、台湾人にも日本人にも「郷土意識」や「台湾意識」を醸成するには十分な時間であったろう。郷土に根付いた文学を育成したいという強い思いは、台湾人だけでなく、日本人の中にも育っていたのである。台湾人作家が民間文学に注目し、それを近代文学に作り変えようと模索していたように、日本人作家も台湾の言語や風俗習慣などの郷土素材を利用しつつ、台湾独自の文学を創造しようとしていたのであった。

4．モデルとしてのプロヴァンス文芸復興運動

ところで、西川満が一九三三年三月早稲田大学を卒業した際、吉江喬松から「地方主義文学のために一生を捧げよ」との教えを受け、台湾に帰る決意を固めたことはよく知られている[90]。西川は恩師の期待に応えるべく、地方主義文学運動の領袖となることを目指した。

かく観じ来つて、つくづく思ふのは、開花期にある台湾の文芸は、今後あくまで台湾独自の発達をとげねばならないと云ふことである。断じて中央文芸の亜流や、従属的な作品であつてはならない。かのフレデリック・ミストラルが、南仏の寒村にあつて、巴里の都市文芸をも凌ぐプロヴァンス語による珠玉の詩を生み、遂に宏大な宮殿にも比すべき輝かしきプロヴァンス文学を樹立、心あるひとをして永く讃仰の声を発せしめたやうに、わが南海の華麗島にも当然その名にふさはしい文芸を生み、日本文学史上特異の地位を占むべきである。[91]

これは、西川が日台の文芸家を糾合した全島的な台湾文壇の建設を念頭に、『台湾時報』（一九三九年一月号）に発表した「台湾文芸界の展望」の一節である。同じころ、島田謹二もまた西川をフレデリック・ミストラルの

「門弟」と見なし[92]、「かのProvence《プロヴァンス》の詩人達が方言の趣多きものと古言の純雅なるものとを復活して、その民謡を甦生せしめ、真の詩の泉を迸らせえたやうに、ねがはくは『媽祖祭』の詩人も、次にその詩境を展《ひら》く時は、今迄の風物詩的世界に跼蹐せず、更に根源的な普遍的な情緒を歌ふ民謡の世界を開拓して、華麗島文学に新しい驚異を与へ、すすんでは日本内地詩壇にまで未聞《みもん》の新声をとほくひびかせてほしいと思ふ」[93]と論じていた。島田も西川に、プロヴァンス文学のような地方文芸の花を台湾で咲かせてほしいと、期待していたのである[94]。

もともと島田は『海潮音』の比較文学的研究を通して、プロヴァンス文学には早くから興味を示し、一九三五年にはプロヴァンス文芸復興運動のメンバーの一人、詩人テオドール・オーバネル（Théodore Aubanel 一八二九～一八八六）を論じた「小鳥でさへも巣は恋し」を発表していた[95]。ここで島田は上田敏訳で親しまれたオーバネルの詩「故国」を取上げ、上田がプロヴァンス語の「paradi」を英訳から「波羅葦増雲《パライソウ》」と訳したため、この詩が現実的な郷土愛ではなく、形而上的な魂の故郷を謳ったものになってしまったこと、しかしこれはもともと、「プロヴンス新文学フェリイブル結社」[96]結成の翌年、一八五五年に創刊された『プロヴンス年鑑詩集』（Armana Prouvençau）の巻頭を飾る詩史的意義に富んだ「フェリイブルの歌」の一部で、故郷プロヴァンスはさながら楽園だ、という意味であることを明らかにしたのであった[97]。「故国」という詩が「南欧碧空の下に生まれた人人の産土《うぶすな》の讃歌」であることを高らかに告げたこの論文は、『文芸台湾』創刊直後の第二号に転載されるのだが、このことからも、西川と島田が自分たちの運動をプロヴァンスの文芸復興運動に擬していたことがうかがえる。

ところで、日本では大正末期に吉江喬松がプロヴァンス文学を紹介するに先駆け、ドイツ文学者片山正雄らによって明治末期以来、ドイツの「郷土文学」（Heimatkunst《ハイマートクンスト》）が盛んに紹介されており[98]、文芸界のみならず、思想界や教育界などにも無視できない影響を与え、日本の「郷土主義」の母体になっていた。それゆえ、日本で狭義の「郷土文学」といえば、二〇世紀初頭、ドイツで展開された郷土芸術運動、およびその流れを汲む文学のことであり、内地の文芸動向にも十分通じていた島田がそれを知らぬはずはなかった[99]。にもかかわらず、島田と西川はあえてプロヴァンスの文芸復興運動をモデルに選んだのである。二人がフランス文学を教養のベースにしていた点は大きいが、理由はそれだけではないだろう[100]。

ここでまず、プロヴァンスの文芸復興運動について振り返ってみたい。

フランスでは紀元後四世紀、ゲルマン人の大移動によってフランク族がガリアの地に定着したが、その支配と影響が及んだのはロアール川の北部までで、南部にはローマの影響が残存し、今日にまで続く南北の文化的な違いが形成されたといわれている[101]。八世紀ころからは北仏語（langue d'oïl）とかなり相違した南仏語（langue d'oc）が発生し、この南仏語で書かれた文学が広義のプロヴァンス文学と呼ばれた。南仏語は当時、西欧で最も完成された俗語で、一二〜一三世紀ごろ絢爛たるプロヴァンス文学が開花するが、異端討伐の大規模な虐殺が起こったことから急速に衰退してしまった。一方、一四世紀以降パリ地方の方言が標準語として確立され、一七世紀にはそれを「国語」として統一する機運が高まり、フランス革命も国語の普及に拍車をかけた。それに対し、一八世紀中葉からプロヴァンス文芸復興の機運が起こり、一九世紀初頭にかけては、プロヴァンス語や文学の研究が盛んになった他[102]、プロヴァンス語の辞典や新聞、週刊誌も創刊され、パン屋や理容師など職人出身の詩人が輩出した。

こうした機運に乗じ、一八五四年七月二一日、フレデリック・ミストラルや彼の師ジョセフ・ルーマニーユ（Joseph Roumanille 一八一八〜一八九一）をはじめとする七人の青年詩人たちが、アヴィニョンでプロヴァンス文芸復興運動の組織フェリブリージュ（Félibrige）を結成、翌年一月には機関誌『プロヴァンス年鑑』を創刊し[103]、プロヴァンス語の顕揚に乗り出したのである。フェリブリージュ結成の目的は、プロヴァンスの言語と文学の復活を通して、南部の民衆の誇りやラテン民族の感情を回復することであり、そのため彼らは、長い間、方言として貶められたプロヴァンス語の綴字法と文法の確立にも力を注いだ。フェリブリージュはまた、政治色の濃厚な結社でもあり、南仏全体を視野に入れた地方自治の確立や、ラテン民族復権のためイタリア、スペイン（特にカタロニア地方）、ルーマニアを含むラテン民族連盟の結成を主張していた。

島田と西川はこうした事情をどこまで把握していたのだろう。吉江喬松の影響が大きい西川とは異なり、島田はフランス語の文献を通してフェリブリージュの活動を直接理解していたと思われるが、実際には多くを語っていない。先に挙げたオーバネル論「小鳥でさへも巣は恋し」でも、以下のようにわずか数行を充てただけである。

今、プロヴンス新文学フェリイブル結社の成立史を顧るに、詩祖ペトラルカに因あるヴォオクュウズのシャトオヌフ・ドゥ・ガダァニュの近く、フォン・セギューヌに七人の若い詩人達が集つて、プロヴンス文学の復興を策し、盟主ミストラァルがマイヤァヌで集めた伝説詩中より「フェリイブル」の語を見出し、これを以て新詩社の名としたのは、千八百五十四年三月二十一日のことであつた。[104]

論文全体からは、島田がオーバネルの郷土愛を十分理解していたことは伝わってくるものの、言語と文学の復興を通した民族精神の回復というフェリブリージュの核心的な理念は見えてこない。オーバネルがミストラルとは異なり、政治には距離を置いた愛の詩人であったこと[105]、および島田が参照した仏語文献には民族主義的色彩が比較的薄かったこととも関係があるだろう[106]。西川も前出の通り、「かのフレデリック・ミストラルが南仏の寒村にあつて、巴里の都市文芸をも凌ぐプロヴァンス語による珠玉の詩を生み、遂に宏大な宮殿にも比すべき輝かしきプロヴァンス文学を樹立」したと記してはいるものの、そこにミストラルの民族的なルサンチマンを読み取ることはできない。

フェリブリージュは一八七〇年代後半以降、爆発的に発展し、その影響はプロヴァンスの近隣諸地域からフランス全体、ひいては周辺諸国にまで及び、文芸のみならず、政治、経済、教育など広汎な分野にわたっていた。régionalisme《レジョナリスム》（郷土主義・地方主義）という語は一八七四年、フェリブリージュの詩人ベルリュック＝ペリュサ（Léon de Berluc- Perussis 一八三五～一九〇二）によって考案されたものだが、もともとはミストラルによって育まれた「地方分権化」（décentralisation）や「連邦主義」（fédéralisme）といった政治構想を内包する思想であった[107]。そもそも世紀の変わり目のフランスでは、一九世紀全体を通じて確立された絶対的中央集権体制の下で中央と地方の格差が深刻化し、さらに普仏戦争の敗北による傷跡が各地の青年層に郷土回帰的なナショナリズムの心情を育み、それらが régionalisme の全国的な展開を促していたのである。各地の詩人や芸術家は郷土意識の覚醒者として大きく貢献し、地方文芸は著しく隆盛した[108]。その結果、フェリブリージュの運動そのものが広義の régionalisme の中で見直されるようになり、運動の意義やミストラルの思想も高い評価を得て、一九一〇年代から二〇年代にかけては、フェリブリージュの形成史やミストラルをはじめとする個々の詩人に関する優れた研究が次々と生まれた[109]。

注意すべきは、ちょうどこの時期、一九一六年から二〇年まで吉江喬松がフランスにいた点である[110]。

5．吉江喬松という媒介

西川満は「歴史のある台湾」というエッセイの中で、「己の住む土地の歴史、己の住む土地の文学を、何よりも重んずべきことを、わたしは他でもない、仏蘭西文学から学びとつたのである。仏蘭西程、地方固有の文化を尊重する国を、わたしは他に知らない。もしわたしが仏蘭西文学を勉強しなかつたとしたら、恐らく終身、己を育んでくれた台湾に興味を持ち得なかつたであらう」[111]と述べている。しかし実際のところ、フランスでは一七世紀後半から早くもパリを中心に進められた文化統合によって、地域言語による文芸作品はほぼ壊滅状態に陥り、お世辞にも「地方固有の文化を尊重する国」とはいえない状況にあった[112]。にもかかわらず、西川にこのような印象を抱かせたのは、régionalisme《レジョナリスム》 の高揚期にフランスにいた恩師吉江喬松の影響が大きい[113]。ちょうど西川が早稲田大学に入学した一九三〇年に出版された『仏蘭西文学概観』で、吉江は「地方的小説家《レジオナリスト》」による地方文芸が「現代仏蘭西文芸の素地をつくつて」おり、第一次大戦後は特に、「非常な勢ひでつくりだされつつある」と論じていた[114]。

吉江が régionalisme《レジョナリスム》 に関心を寄せるようになったきっかけは、第一大戦下の一九一八年、小牧近江[115]と共にプロヴァンスのフレデリック・ミストラルの家を訪ね、未亡人の歓待を受けたことにある[116]。一九二〇年に帰国すると、「ミストラルの家」や「南国《ミディ》」などのエッセイで、以下のようにフェリブリージュやミストラルを紹介する文章を次々と発表した[117]。

> 千八百五十四年に、ミストラルを初めとして七人の詩人等が起した、所謂Félibresの運動は、南国の美を凡ゆる方面に於いて復興せしめようとしたのであつた。言語に、伝説に、宗教に、歴史に、南国独特の美の発揚、それが彼等の目的であつた。ミストラルは詩人として、（……）プロヴァンサルの特色特美を発現し、更に誇るべき南国人固有の精神をかき立てて、ここに「南国復活」の指導者として終始した。[118]（傍点——引用者）

日本におけるプロヴァンス文学の受容史をまとめた石塚出穂は上記引用部分について、「注目すべきは、吉江がこの復興運動の構成員や成立の経緯を伝えるだけではなく、言語・文学の復興を通じて民族の魂の復権を目指す運動の理想を正しく指摘し、ミストラルをその精神的指導者と捉えていることである」[119]と評している。フランス留学前から吉江はケルトの文芸復興などにも見える民族精神復権の試みに関心を寄せていたというが[120]、実際、フェリブリージュ創立時の理念やミストラルの思想をどれだけ日本に伝えたかは疑問の残るところだ。吉江がここで繰りかえし強調しているのは、何よりもプロヴァンス文学の「美」だからである。

もっとも、吉江がより傾注したのは、フェリブリージュやミストラルの民族主義的色彩を薄め、より普遍的な「地方主義《レジョナリスム》」に回収した上で、農民文学という別の経路を通して日本に紹介することであった[121]。一九二二年に「農民文芸研究会」（一九二四年、「農民文芸会」に改組）の結成にも深く係わった吉江は、研究会でヨーロッパの農民文学を積極的に研究・紹介し、会員や吉江の友人らによってミストラル関連の文章や作品の翻訳が次々と発表された[122]。しかし、農村改革を最終目的とする農民文芸会の「農民文学」と、「民族の言語と魂の復権」を目指したミストラルを結びつけるには最初から無理があり、プロヴァンス文学の研究はそれ以上進展することはなかった[123]。

ところがそれは一〇年の後、島田と西川の手によって台湾で突然花開く。ただし、彼らは同じく吉江喬松を媒介としつつも、日本の「農民文芸」経由でそれを受容したわけではなかった[124]。ではなぜ、彼らが一九三〇年代後半の台湾で、プロヴァンス文学を引き合いに出したのかというと、二つの要因が浮かび上がってくる。

まず一つは、プロヴァンス文芸復興運動に見る鮮明な反中央意識である。島田や西川がプロヴァンス文学を受容したのは、ちょうど台湾の日本人社会が土着化し、内地との関係に見直しが迫られた時期であるが、彼らは特に中央文壇からの自立を訴えるときに、プロヴァンス文学を引き合いに出すのである。二人がミストラルの政治性を十分理解していたとは到底思えないが、少なくとも「野の詩人」としてしか捉えられなかった農民文芸会のメンバーに比べ、ミストラルの鮮明な反中央意識を重視していたことは確かである[125]。島田や西川にこのような理解が可能だったのは、パリとプロヴァンスの関係を内地と台湾の支配・被支配関係に重ねていたからであろう。

もう一つの要因は、吉江が賛美したプロヴァンス文学の「南方の美」である。

吉江はもともと信州の厳しい自然の中で育ったが、留学先のパリも冬は灰色の雲に暗く閉ざされており、おまけに第一次大戦中であったため灯火管制は厳しく、連日の爆撃で避難生活を強いられていた[126]。それから逃れるため、一九一八年の春、光あふれる南仏を訪れる。長距離砲の砲弾が爆裂し、悲惨な光景が演じられるパリとは著しく異なり、昔ながらの静けさと平和とが行き亙る南仏の光景は吉江の心を深く捉え、「南方」への憧れは二年後の春、彼をイタリアにまで赴かせた。日本に帰国した後、吉江はそれらの印象を「南国《ミディ》」、『南欧の空』などの紀行文にまとめ、エッセイ「南方の美」で総括する[127]。

このエッセイは、「南方を恋ふうる心は、我々日本人にとつては、もつとも自然なことのやうである」と始まるのだが、吉江にとって日本人の恋うる「南方」とは、日本から見た地理上の南方ではなく、進化した文明発祥の地「南欧」であった。ルネサンスの精神を深くたたえ南欧には、現在でもギリシャ・ローマに起源を持つ文明の光が満ち溢れ、それに吉江はノスタルジーと強い憧れを抱く。彼は、グレコ・ラテン的な南方的要素とゲルマンや北欧の北方的要素とを対比させた上で、北方的要素も実は南方的な光を必要としており、結局、南方的な光明を生命や文明や創造の源と見なすのである。最後に吉江はこのエッセイを、「我々が常に持つ光に対するノスタルジイをして、現存のままで、我々の中に充たさしめよ、これが我々の現在に於いてなすべき努力である」と、締めくくった。

この吉江の「南欧憧憬」は、後になって台湾という「南方」育ちの弟子西川満に投影される。西川が早稲田大学を卒業して台湾に戻る際、吉江のエッセイ「南方の美」に認められた「南は我々に光明と秩序と、華やかさと歓喜とを提供する」という言葉を、はなむけとして贈られ、西川がそれを詩誌『媽祖』創刊号の巻頭に掲げたことはよく知られている[128]。「地方主義文学のために一生を捧げよ」という言葉にも、西川に台湾のフレデリック・ミストラルとなって、理想的な南方文芸を打ち立ててほしいという願いが込められていたのであろう。日本の農民文芸運動が受容できなかったプロヴァンス文学の「南方の美」を発揚できるのは、台湾というもう一つの南方だったのかもしれない。西川も師の願いに応えようとした。一九三九年一月、「台湾」のための文学運動を起こそうとしていたとき、西川は次のように書いている。

嘗て筆者が、ひきとめる友の手をふりきつて、ただ一人郷土台湾に帰らむとする折、吉江喬松博士は心より賛せられ、

南方は光りの源
我々に秩序と
歓喜と
華麗とを与へる

の詞をはなむけにされたが、まさしく南海の文学こそは何よりも正しき秩序、そして歓喜と華麗とをもつ

にふさはしい。ひとよ、今日以後、いたづらに東京文学を範とするをやめよ。むしろ、ジアン・ダルジエーヌの「台湾の火」(1889)、リーズ・バームの「華麗島」(1906)をこそ、学ぶべきである。南は南、北は北、明るく澄みわたる光の国にありながら、いつまでも暗い北国の雪空を思つて何になる。日本はやがて台湾を中心として南に伸びてゆくであらう。(……)華麗島の文芸をして、南海にふさはしき、天そそり立つ巨峯たらしむること、これがわれらの天職である。[129]

「南は光りの源/我々に秩序と/歓喜と/華麗とを与へる」という言葉が吉江喬松から西川満に送られ、西川が、「そして、新しき南方のレアリスムをして勝利あらしめよ。香高き南方のロマンチスムをして光栄あらしめよ。炎と燃ゆる南方のサンボリスムをして凱歌あらしめよ!」[130]と謳うとき、師弟の間には鮮やかな「南方憧憬」が照応していた。彼らの中で「南欧」と「台湾」は渾然一体となり、南方=台湾は「生命や文明や創造の源」として、一挙にその価値を高めることになったのではないだろうか。台湾は「文明」という階梯の上で、南方的な光を必要とする北方=内地を凌ぐことになり、帝国内部の地位を逆転させる可能性も出てきたのである。

「いつまでも暗い北国の雪空」に思いを馳せ、内地の文学の模倣に明け暮れるのではなく、台湾で独自の文学を育てようとしていた西川や島田にとって、吉江が提示した南方の優位性は一つの啓示になったのではないだろうか。プロヴァンスの文芸運動をモデルにして、「南方の美」を発揚するということは、台湾を「進化した文明の発祥地」南欧のレベルに引き上げるという象徴的な意味を持つことになったはずである。それは、北方的なドイツの郷土文学《ハイマートクンスト》には到底担うことのできない役割であった。

注意すべきは島田や西川が「南方の美」をしきりに語っていたのが、台湾総督府が鼓舞する「南進政策」によって、「日本はやがて台湾を中心として南に伸びてゆくであらう」という飛躍の時代にあったことである。「南方文化の建設」というスローガンもしきりに喧伝されていたのであった。

第三節　戦争

1. 日中戦争下における文芸意識の転換——趣味の文学から報国の文学へ

台湾人に数年遅れて、一九三〇年代半ば頃から日本人の間にも郷土意識が芽生え、台湾に根ざした文学が模索されるようになったわけだが、一九三七年七月に勃発した日中戦争は在台日本人の文芸意識にさらなる変革を迫ることになった。

実はこの一九三七年七月から一九四〇年までの約二年半は、従来台湾文学史上の「空白期」や「低調期」、「冬眠期」などと呼ばれてきた。というのは、前章で述べたとおり、商業新聞の漢文欄の廃止や戦争の影響で、それまで台湾文壇の主流であった台湾人の文学活動が停滞したためである。ただし、実際は台湾人・日本人とも創作活動を停止したわけではなく、特に漢文欄廃止に何ら影響を受けなかった日本人の活動は相当盛んであった。同人誌の刊行も多く、一九三八年一月には台湾の歌人を大同団結した「台湾歌人倶楽部」が、一九三九年九月には西川満が中心となって日台の詩人を糾合した「台湾詩人協会」が結成され、同協会は三ヵ月後の一二月、小説家や歌人・俳人、台北帝大を中心とした教育関係者をも含めた「台湾文芸家協会」に改組・発展していく[131]。翌月の一九四〇年一月、台湾文芸家協会は正式に発足し、機関誌『文芸台湾』が創刊され、台湾文芸界は戦時下で文芸復興と称されるほどの活況を呈するに至った。

ここで注意したいのは、台湾の文芸界が二年半にわたる停滞から復活し、日台の文芸家を糾合した全島的な台湾文壇が形成されたとき、主導権を握ったのが日本人であった、という点である。なぜこのような逆転が可能だったのか、この二年半の間に何があったのかという点については、考察の余地があるだろう。河原功はこの時期の重要性を認め、「漢文欄廃止からの三年ほどは、台湾人作家にとって、漢文から切り離されたことによって、新たな日本語文学に参加するための『胎動期』にあたると言えよう。台湾文学史の上で、この一九三七年から一九四〇年は、いわゆる『空白期』に見えるが、実は一九四〇年代の台湾文学をさらに豊潤なものにするための『胎動期』であったのである。一九四〇年代の台湾文学を読み取るために、この『胎動期』に関する綿密な検証と研究が今後必要となろう」と述べているが[132]、台湾人だけでなく、日本人作家についても同様のことがいえるのではないだろうか。『華麗島文学志』が本格的に執筆されたのも、まさにこの時期であった。

ところで、前章で述べた通り、一九三七年以前の台湾では台湾人と日本人が別々に文学活動を展開し、台湾文壇の主流は台湾人であった。彼らは一九二〇年代に生まれた新文学運動を積極的に推し進め、三〇年代半ばには、台湾文芸連盟の結成、『台湾文芸』、『台湾新文学』の二大文芸誌の刊行と、「台湾新文学史上もっとも実り多かった時期」(松永正義)を迎えている。

一方、日本人の方は短歌や俳句の結社を中心とした活動は盛んであったが、小説を主流とする近代文学は育っておらず、島田謹二によれば、大半は「外地生活の慰安乃至『趣味』として短歌俳句を弄ぶただの amateur 達の手慰み」であり[133]、狭い仲間内の世界を出ることはなかった。当然、日本人の文学活動を総括的に捉えようとする視点にも欠け、台湾人作家が「台湾文学」の使命や目的についてしたような議論を交すこともほとんどなかったのである[134]。それができたのはむしろ、『台湾文芸』や『台湾新文学』に参加したごく少数の日本人であった。

そうした状況を一変させたのが、日中戦争である。藤田芳仲が「今次大戦ほど、私達の俳壇に大きな影響を与へたことはありません」[135]というように、戦争は日常生活に一挙に緊張感をもたらし、在台日本人の文芸意識を大きく変質させたのであった。それには、「戦時体制に入つた当台湾は南支とは一葦帯水の地、一層の緊張を加へて参りました」[136]というように、台湾の地理的条件が大きく影響していた。一九三七年の一〇月以降、『ゆうかり』や『あらたま』、『原生林』、および『台湾時報』の創作欄はいずれも、「支那事変」をテーマにした「事変歌」

や「戦線銃後俳句」で埋め尽くされるようになり、開戦直後の緊張感と不安がないまぜになった高揚感が切々と歌われている。

　開戦当初は事変による生活の変化をテーマにしたものが目立ち、「ラジオニュース」、「ニュース映画」、「灯火管制」、「千人針」などが度々詠まれた[137]。しかし、次第に身内、友人にも応召を受けたもの、戦死したものが出てくると、「故郷にいとけなき日をともにありし実は戦に出でてかへらず」（池田敏雄、「幼な友高橋実君一〇月一三日北支にて戦死」）、「大君のみためと笑みて死にゆけるわが日の本のみ軍人等《いくさびとら》」（濱口正雄）というように、一挙に緊迫感や悲壮感が増していく[138]。人々は近しい者の死を通して、日常生活に侵入してきた戦争にいやがおうにも向き合うことになり、それを文学表現に昇華するために、そもそも歌（句）を詠むとは何か、文学の本質に迫った問いを引き受けざるを得なくなった。

> 短歌と申しますと、みやびた風流韻事で花鳥風月を友とする閑人のあそびのやうに考へられ勝ちであります。ところが今度の事変短歌を見ますと風流や遊びどころではなく、全く生命をかけたなま〳〵しい現実生活そのまゝの姿が現されてをります。
>
> 田淵武吉「事変短歌と国民精神」（『原生林』第四巻第四号、一九三八年四月、一〇頁）

もはや短歌も俳句も「外地生活の慰安」でも、「ただの amateur 達の手慰み」でもなく、まさに「全く生命をかけたなま〳〵しい現実生活」を表現する文学となったのである。「缺詠が多いのは残念である。（……）この非常時に吾らはもつと緊張しなければ戦場の勇士に対して恥しいと思ふ」[139]というように、銃後の務めとして前線の兵士に恥じない真剣な文芸活動と質の高い創作が求められるようになり、時局に迎合するだけの作品はかえって批判された[140]。非常時においても早くから芸術的な質が追究されていた点に、台湾における文芸活動の成熟の度合いを見ることができるが、同時に戦争が創作に厳しさを課し、結果的に文芸意識の向上に繋がったとも考えられる。

俳句はあそびではありません。まごころの発露が十七字になつたものであります。そのまごころによつて、所謂俳句報国の精神を以つて、今次聖戦の銃後にある国民の一人としての責務を果してゆかねばならないと考へる次第であります。

藤田芳仲「戦争と俳句」(『ゆうかり』、一九四〇年一月号、二八頁)

戦争は短歌や俳句から遊び心を排して、狭い日常生活の内部に限定されていた伝統的な世界を時代状況に巻き込み、「報国の精神」を以って文芸に精進することを強いたのである。加えて、それまで横の繋がりも、共通するテーマもなく個別に展開されていた短歌や俳句の結社が戦争という問題意識を共有し、台湾島内での一体感を強めると同時に、内地の歌壇や俳壇とも同じ国民感情で繋がっていった。

一方、一九三八年に入って戦局が安定すると、台湾の文化・文芸の役割がしきりと論じられるようになり、『台湾時報』では一九三八年一月から六月まで、「文化月評」が設けられ、文芸活動のあり方が盛んに議論されるようになる。「国家を挙げての運動が国民の意識、感情を揺すぶつて芸術の上にも表はれない筈はない」[141]と言うように、戦争は日本人の文芸意識や文芸の役割を変えずにはいられなかった。

他民族を最後的に屈服せしめるものが文化的勝利以外にないことを考へると、今日の烈しい時代にこそ、わが大和民族の文化は大なる前進をせねばならないのだ。

そのためにはインテリはインテリらしく新しい時代に追ひすがりつゝ、それの理論づけと協同に勢力を集注し、総がゝりで精神文化の実のある建設に取りかゝらねばならない。(……)

そのためには国家のためになることを勇敢に喋るがよい。チヤチな同人雑誌などを作ることは、もうやめて、漢文欄廃止以来紙面をもてあましてゐる新聞に投書し、新聞紙上でゝも活躍すべきだ。

S.Q.S「文化月評」（『台湾時報』、前掲書、一九三八年一月、五七頁）

こうして文化戦の重要性が認識されるや、文芸家や「インテリ」は戦争という「精神文化」建設に動員され、国家のために発言することが要請された[142]。学者も象牙の塔から出て、新しい時代のリーダーとなることが求められる。

このごろようやくアカデミズムが主客の立場から批判されてゐる。（……）象牙の塔とは嘲笑の言葉だが、このギルド的特権の中で、時勢には無関心に生きて居られた人々もすでにぢつとしてはゐられない。

力ある学者は合金鋼造りの近代アカデミー建設にかゝり、新しい民族文化の主導者の役を買つて出てゐる時代だ[143]。

S.Q.S「文化月評」（『台湾時報』、一九三八年三月、一五五頁）

実は島田謹二も文芸報国の動きと決して無縁ではいられなかったし、『華麗島文学志』も島田が象牙の塔から出て、時代状況と積極的に係わった結果であるといえるのだが、これについては本論第六章で詳しく論じることにする。

ひとまずここで確認しておきたいのは、これまで「空白期」や「低調期」といわれた一九三七年七月から一九四〇年までの間に、在台日本人の文芸意識が確実に変化したという点である。『ゆうかり』の「烏秋漫語」がうまくまとめているので、引用しよう。

自分達個人生活並に社会生活は少なからず戦争による影響を受け、非常な変化を呈し、或は重圧され或は高揚された。思想し、芸術し、生活する者の何人と雖もその大きな力の支配を免れる訳にはゆかないことは当然の帰結であつて、自分達の真実の生活を移入すべき俳句作品の相《すがた》がそれに従つて多かれ少なかれ面貌を変へることも亦自然の趨勢であらねばならない。[144]

つまり、戦争は島内の日本人文芸家に一体化した国民意識を喚起すると同時に、狭い身辺の日常世界から抜け出して国家や社会に眼を開き、真剣な創作を求め、結果的に文芸意識の向上をもたらしたのである。ただし、『ゆうかり』や『あらたま』、『原生林』など確立した発表媒体を持つ俳人や歌人は、戦争と文学を活発に論じ、作品に結晶化することもできたが、詩や小説は文芸誌が育っていなかったため、それぞれの思いを文字化しようにも不可能であった。

このような状況を大きく動かしたのが、西川満である。彼は実際は戦争というよりむしろ後に見る南進化の波にうまく乗ったのであるが、この時期在台日本人の文芸意識の高まりを掬い取る場として、詩と小説を中心とした文芸誌の必要性を感じ取り、創刊に向けて動き出したのであった。それを支えたのが島田謹二である。

2. 西川満の戦略

西川満は台湾の文芸界を一元化しようと考え、一九三九年九月九日、「台湾詩人協会」を発足させ、続いて三ヵ月後の一二月、「台湾文芸家協会」に改組した。その間の経緯を、一九三九年一二月五日の『台湾日日新報』が伝えている。

台湾詩人協会は、かねて結成に先立ち、明春四月文芸家協会に改組することを声明してゐたが、この程創刊せる機関誌『華麗島』に対する内台の反響並に在台一般文芸家の要望に応へ、時局下大同団結文芸報国に邁進すべく四日夜委員会に於て、急速にこれが繰り上げ実現を可決、会則も全般的に改訂、今後『台湾文芸家協会』として発足することになつた、同夜北原委員（注――北原政吉）は協会に於いて次の如く語つた

最初から文芸協会を前提として詩人協会を結成したのですが詩人が予想外に早く結束しましたので、この上は一般作家の加入を求め、主義主張生活態度の如何を問はず、『すめらみたみ』の名の下に在台文芸家が団結するを至当と思ひ、この際予定を早め文芸家協会を改組することにしました、今後官民各方面の御賛助を仰ぎ、微力ながら協会としては文芸報国の一念を果たして行きたいと思ひます、またこれによつて時局下遠慮すべき同巧異曲の群小文芸誌の輩出を自粛し得ませう[145]

つまり、「時局下大同団結文芸報告に邁進」するには、「『すめらみたみ』の名の下に在台文芸家が団結する」のが至当であり、そのために「台湾詩人協会」を「台湾文芸家協会」に改組し、「文芸報国の一念を果たして行きたい」ということであろう。これだけ見ると、文芸家協会がいかにも文芸報国団体であるように見える。しかし、西川自身がどこまで真剣に「文芸報国に邁進」したいと考えていたかは疑問である。というのは、日中戦争勃発後、在台日本人の文芸誌が一斉に戦時色に塗り替えられたとき、唯一西川が関与した『愛書』（一九三三年六月～一九四二年八月）、『媽祖』（一九三四年一〇月～一九三八年三月）、および『台湾風土記』（一九三九年～一九四〇年）の三誌だけがまったく時局を反映させない紙面づくりを貫いていたからである。つまり、「文芸報国」とは最も遠いところにあったのが、この三誌であった。西川はまた、日中戦争勃発直後の一九三八年二月、次のように述べている。

この頃、わたしは妙な夢を見る。台北に何時の間にか、南方文化を研究する倶楽部が創設されて、そこに

は台湾に関する文化の書物が悉く蒐められ、会員は自由に出入りして、終日読書研究をする。月に一回、この倶楽部の小会室では、お茶を喫みながら、楽しい研究座談がかはされている。真摯な学説の研磨はあつても、私情による反対喧嘩はない。すべて和やかで紳士的である。会の維持は、すべてこの地で成功した人々の寄附によつて処理されてゐる（……）――朝寝坊のわたしは、いつもここまでで起され、しばし夢か現かに迷ふのである。[146]

一九三八年二月といえば、戦況が比較的順調で、文芸誌上では創作機運の回復が見られたが[147]、一方では、時事俳句や時局短歌も盛んに詠まれ、戦争と文学がしきりに論じられた時期でもあった[148]。そうした背景を考えると、西川のこの随筆はまったく時局を無視した、暢気な独白ととれる。しかし、西川の真意はむしろここにあったのではないだろうか。つまり、西川が設立を望んでいたのは、「この地で成功した人々」の「寄附によつて」成り立つ、ごく私的な「南方文化を研究する倶楽部」だったのである。「お茶を喫みながら、楽しい研究座談」ということからして、文芸報国とは無縁な、ごく趣味的な文芸愛好者の集まりが想像できる。

実際、台湾文芸家協会は賛助会員に台湾総督府の高級官僚（高等法院審判官草薙晋、文教局長島田昌勢、総督府図書館長山中樵）を擁していたものの、柳書琴によると、あくまで西川とその側近人物によって組織された「民間文学団体」であったという[149]。西川の望みどおり、私的な文学サロンの雰囲気も温存されていた[150]。にもかかわらず、同協会は「文芸報国に邁進」することを目標に掲げて出発したのである。一九三九年一二月二八日の『台湾日日新報』でも、同協会が「皇民《すめらみたみ》運動の促進」と「南方文化の建設」を目指してまもなく正式に結成される、と紹介されている。

中島利郎の言葉を借りれば、ここに西川の「深謀遠慮」が働いていたといえるのかもしれない。確かに西川は吉江喬松の期待に応えるべく、台湾文芸界の活性化と地方主義文学の確立を意図していたが、それは必ずしも「文芸報国」のためではなかったからである。皇民化運動についていえば、後述するとおり、西川はさほど熱心だったわけではなく、南方文化建設の目標に至っては、国策とは無縁に、もともと西川の中にあった志向であった。にもかかわらず、西川があえて国策迎合的な看板を掲げたのは、中島の言うように、台湾人を含めた文芸界の大同団結を図るためであったと考えていいだろう。つまり、「台湾総督府の台湾人への『皇民化』が次第に強化される中で、日本人作家は当然、台湾人作家も内心はともかくも外面的には『文学報国』には協力せざるを得ない状況であり、それは台湾の作家を一つにまとめあげるには恰好の背景となり、力となった」のである[151]。言い換えれば、西川が台湾の文芸界を牛耳るために国策をも巧みに利用したということであろう。

3. 皇民化と在台日本人

小林躋造総督が就任直後の一九三六年一〇月に三大政策の一つとして唱導した「皇民化」は、日中戦争勃発後、国民精神総動員計画実施要綱（一九三七年八月閣議決定）により一層強化されることになった。総力戦体制を作り上げるためには、植民地においても内地と同一の「帝国臣民」を生み出さねばならず、特に地理的にも血縁の面からも中国大陸と関係の深い台湾人を動員させるには、伝統文化、民族文化を排除していくことが必要だったのである[152]。だが、このような徹底した皇民化は在台日本人に、賛同や協力と同時に反発や批判といった両義的な反応を引き起こすことになった。こうした矛盾は実は一人の人間の中にも共存しており、例えば『ゆうかり』主催者山本孕江の中にも見ることができる。

皇民化政策には国語教育の徹底、改姓名運動、寺廟整理、神社参拝の強制などが含まれていたが、山本は「国語の普及」をテーマにした句を取り上げ、以下のように賛意を示した。

鯉幟たてり国語の家なりし　　九聯

国語の家といふのは、本島人の家庭で国語を以て話してゐる家である。事変以来、国語使用が著しく強化されて来たが、なか〳〵早急には成り難い。国語を家庭で使ふ進歩的な家はあまり沢山はない。さうした中で、此国語を話す家庭は、日常生活の衣食住から慣習まで全て内地人に見慣つて内地人式の生活をなしてゐるのである。又さうでなければ、国語だけ使つてもしつくりしない不自然さに、割りきれぬものがあらうと思ふ。所謂皇民化運動なるものは、全ての島民にこゝまで徹底すべきであると思ふ。

この句、鯉幟がたつてゐる。しかし之が内地人の家であつたなら、単に鯉幟が立つてゐるだけでは、一向に感興を覚えないが、それが「国語の家」だつた、といふところに作者としての興趣があつたのであらう。われ〳〵同様に鯉幟を立て菖蒲湯を使ひ、菖蒲太刀を弄ぶ本島人少年――を想像するだに、ほゝゑましい気分がするのである。

孕江「雑詠月評(24)」(『ゆうかり』、一九三九年八月、五〇頁)

山本は、皇民化を率先して実践する台湾人家庭を詠んだところにこの句の興趣があると見た上で、台湾人が日常生活の衣食住から慣習まですべて内地人式にしてはじめて国語常用の意味もあると、皇民化運動の徹底を説いている。ところが、その山本はもう一方で寺廟整理には必ずしも賛同していない。

今年から廟もなくなる祭かな　　斗六　藤岡糸瓜

本島人皇民化運動の一端として、本島各地到る処にある大廟小廟などのうち整理に遭ふものも多いと聞き及んでゐる。さうした或る田舎のとある廟、この廟も今年から無くなるのだ、と思へばその最後のお祭りは賑かなうちにも一脈の寂寥を感ぜずには居られないであらう。この句の裡には、さうした淋しい感じが漂つてゐる。

孕江「雑詠月評」(『ゆうかり』、一九三八年六月、五四頁)

山本はまた旧正月の廃止についても、遺憾の意を表していた。

台湾の住民は其の八割以上支那民族である関係上、旧慣の上から従来旧正月が盛んに行はれて来た。爆竹、春聯など俳材として我々をして異国情調を味はせてくれた。しかるに、此事変を契機として本島人皇民化が叫ばれ、寺廟廃合をはじめとし、旧正月の行事など漸次影を潜めるに至つたことは、詩情の上からみて、何となく心さみしい気がせぬでもない。(……)将来台湾俳句の一領域として詠まれて来た旧正の人事一般は、俳句としての影を失つてゆくことであらう——と思へば一寸心のこりの気もする次第である。

孕江「熱帯圏—(18)」(『ゆうかり』、一九三九年四月号、三頁)

山本のように皇民化政策は支持しつつ、台湾人の伝統的な風俗習慣が消失してしまうことには一抹の寂しさを感じるという矛盾は『ゆうかり』に散見する。

台湾人の生活改善と内地風の浸潤によつて漸次旧慣風習が改善されてゆく。それは社会生活の進捗に伴つて、極めて自然の道であり良いことではある。がしかし、我々俳人にとつて異風俗的の興趣ある俳材の漸次縮小されてゆくことに一抹の寂しさを感ぜざるを得ない。(……)かくして全ては日本化せんとする今日、今にしてこれらに関するわれらの俳句を完成せずんば——である。台湾俳人諸氏よ、眠つてゐてはいけない。

烏秋生「烏秋漫語(3)」(『ゆうかり』、一九三七年七月、三五頁)

このように、『ゆうかり』では皇民化運動の徹底を説く声よりも、伝統的な風俗習慣や寺廟整理を惜しむ声の方が多く聞かれた。そこには、「台湾俳句」の拠って立つ台湾特有の文化資本が失われることへの危機感があったと思われる。

翻つてこれをわれ〳〵俳句作者の立場に於いて見るとき頗る慌てざるを得ない。何故ならば、所謂われ〳〵がこれから縦に研究し深く掘り下げてゆかうとする最も台湾的なるもの、つまり台湾的色彩の濃厚なもの、台湾特殊の、云へ換へれば支那民族性の特異性が茲に急激に喪はれ、全てが内地化されてゆくからである。現にわれ〳〵が生活してゐる台湾が内地化されてゆくほど台湾句の特殊領域が狭められてゆく訳である。

烏秋生「烏秋漫語⑻」（『ゆうかり』、一九三八年三月、一三頁）

こうした声は台湾人の立場に立って彼らの心情を代弁したわけではなく、あくまで日本人俳人の立場から出てきたものではあるが、この時期には台湾の旧慣や台湾人の精神的象徴である寺廟が、在台日本人にとってすでに文芸的な資産になっていたのである。「台湾俳句」を標榜する『ゆうかり』同人にとって、「台湾的色彩の濃厚なもの」が失われることは、自らの存在基盤を失くすに等しいことでもあった。これは『ゆうかり』に集った俳人のみならず、西川満なども含め、当時、台湾で郷土文学を育成しようとしていた在台日本人が等しく直面した危機だったのではないだろうか。

ただ、日本人文芸家が台湾人の立場に立っていないからといって、単に内地文壇に対して「台湾的色彩の濃厚なもの」を売り物にできなくなることへの危惧から、皇民化に反対したわけではないだろう。土着化した日本人の在台意識は確実に変化していたのである。

大体台湾に於ける旧慣は全部陋習と見るべきでありませうか、在来のものでも良風美俗と認むるべきものは保存して差支ないのでありますから、どの点は改善すべきもの、其の改善も即時断行を必要とするもの、臨機誘導を適当とするものゝ区別があるやうに考へられます。[153]

このような声が一九三八年に、『在台三十年』と題した回顧録から上がったことは驚くに当たらない。生活者としての日本人は台湾人の習俗を学んでいいところを取り入れたり、さらに戦局が厳しくなると、生活の内地延長主義を反省し、台湾の現実に合わせた合理的な生活を実践するようになっていくのである。つまり、台湾人の「皇民化」と並行するように、日本人の「湾化」も確実に進んでおり、長期定住者や湾生と呼ばれる二世三世の中には台湾人や台湾の風俗習慣に対する親しみも生まれていたのであった。

こうした日本人の内面の変化が最も鮮明にうかがえるのは、一九四一年七月に創刊された『民俗台湾』であろう。そこには、「最近、内地人二世の台湾文化に対する愛情が叫ばれて居る」[154]、「それにしても湮滅を急がされてゐる台湾民俗の記録は、台湾在住の我々内台人すべての義務であることを痛感する」[155]といった、台湾に愛着を示す数々の声が聞こえてくる。台湾の内地化や皇民化は、かえって「わが郷土台湾」[156]、「われ〳〵台湾島民」[157]といった「湾化」した日本人の「台湾意識」をあぶりだしたのではなかっただろうか。

一方、皇民化政策によって台湾の文化や文芸にも「本島人教化」の役割が期待されるようになり、志馬陸平（中山侑）などは台湾の映画を論じながら、映画には「本島大衆が心から親しく酔へる雰囲気を作る」と同時に、「所謂社会教化の具体化された指導精神を持たせるべきである」と主張していた[158]。つまり、文化や文芸を皇民化の手段にせよ、ということである。

台湾文芸家協会も、先に述べたとおり、活動事項の一つとして「皇民運動の促進」を掲げていた。ところが、実際にはさほど真剣に実践されていなかったと思われる。というのは、ちょうど協会設立一年後の一九四一年一月、『文芸台湾』有力メンバーの一人、濱田隼雄[159]から次のような批判が出てきたからである。

台湾の文芸人であつて、自分の作品行動が、客観的には、台湾統治の根本的政策と結びついてゐるのを自覚した人は、少いのではないだらうか。台湾の文化政策の基本線は、云ふまでもなく、本島人の教化であり、それに加へらるべきものに、内地人の再教育といふ付随的な方向もあるが、たとへば皇民化運動との連関について、意識した人は少ないと思ふ。もちろん連関といつても、具体的には複雑で難かしい問題だが、連関がないとは云へぬ。[160]

協会がいくら「皇民運動の促進」を唱っていたとはいえ、実際、文学と「皇民化運動との連関について、意識した人は少」なかったのである。だからこそ、濱田は今一度、台湾の文芸人たちに「本気になって内省すべき」ことを要求するのだ。さらに、現今の短歌や俳句、詩には「文学の政治性、思想性、教育性への忌避」が見られ、「台湾の新しい文芸行動はこれらのものの批判から初まるべきだと思ふ」と主張するのだが、その背後には「芸術のための芸術といふ思想が、案外根強く働いてゐるらしい」からであった。これは明らかに、「皇民運動の促進」や「文芸報国」を目標に掲げておきながら、実際は芸術至上主義に終始している西川満に向けられた厳しい批判に他ならない。濱田が改めて「新体制の日本が要求する文化人は、国家の要請の必然性を把捉した上で行動する文化人である筈だ」と強調せずにいられなかったのは、西川にそうした意識が欠けていたからであろう[161]。

「皇民運動の促進」という点について言えば、実際、西川にしろ、西川をバックアップした島田にしろ、彼らが実際、どこまで真剣に考えていたかは疑問である。少なくとも彼らには台湾の独自性を打ち出し、日本文学に新生面を開拓しようという野心の方が強く、島田は一九三九年二月の「台湾に於けるわが文学」で、「将来の作者は台湾在住の諸民族の言語・慣習・宗教・祭典・思想等にも精通してほしい」と述べたのち、一九四一年五月、『文芸台湾』に発表した「台湾の文学的過現未」でも、まったく同じ言葉を繰り返している[162]。西川も台湾の伝統文化・風俗・歴史に根ざした創作を精力的に続けていた。地方主義文学の育成を考えた場合、台湾は皇民化＝日本化されてはならなかったのかもしれない。

第四節　南進化

1．一九三九年という時代

『華麗島文学志』を考える上で、一九三五年と三九年には注意する必要がある。三五年は同書の出発点であり、三九年にはそれが一応の完結を見るからだが、前者はすでに見てきた通り、始政四〇周年に当たる年で、在台日本人の台湾意識が明確化した時期でもあった。一方、後者は台湾文芸界の再生に向けて状況が大きく動いた年であり、台湾全体が「南進ムード」の高揚に包まれた時期でもあった。

台湾の「南進ムード」は一九三五年の台湾博覧会や熱帯産業調査会以来、急速に高まっていたが[163]、一九三八年一二月、日本軍が広東を占領し、翌三九年二月に海南島に上陸、続いて三月三一日にはかねてからフランスとの間で漁業権を争っていた新南群島が台湾総督府の管轄下に置かれるようになると、ますます燃え上がった。太平洋戦争が勃発すると、「南方共栄圏」の確立は日本帝国全体にとって喫緊の課題となるが、台湾は地政学的な関係もあり、早くから「南方政策の基地或は拠点として、内地には見られないほどの緊張した状態」[164]にあったのである。適切な政策に早急に取り掛からなければ、台湾は南方発展の「捨石」、あるいは「飛石」になってしまうかもしれないとの危機感もあったが[165]、大勢を占めていたのは、南進は台湾が発展していくためのチャンスであるという積極論であった。

『台湾時報』は一九三九年一月号の冒頭に小林躋造総督の「新年の辞」を掲げているが、そこで小林は、「而して本島は軍の南支作戦進展と相俟つて、南支建設の要地として一層深く其の重要性を加へ来つたのでありまして、此の南支への進展こそ島民の眼前に展開せられたる一大責務であります」[166]と述べている。続いて、総務長官森岡二朗も「年頭の辞」で、「本島は地理的、歴史的に、南支南洋と密接なる関係を有し、今日迄帝国南方開発の拠点として国防上、産業上重要なる貢献を致して来たのでありますが、時局は進展して、茲に東亜新秩序建設の段階に入つたのであります」[167]と続けた。

いかにもこの年の南進ブームの盛り上がりを象徴するような総督府トップの新年の言葉であるが、これと同じ号に掲載されたのが、これまで何度か引用した西川満の「台湾文芸界の展望」である。これは文芸家協会の構想を念頭におきつつ、日台の文芸家や研究者をまとめて、文学研究から詩・短歌・俳句・小説・随筆・劇作など文芸各ジャンルの現状を幅広く紹介したものだが、結論部で西川は、開花期にある台湾の文芸は台湾独自の発達を遂げねばならず、フレデリック・ミストラルがプロヴァンス文学を樹立したように、「わが南海の華麗島にも当然その名にふさはしい文芸」を生み出さねばならぬと説いていた。吉江喬松から贈られた詩もここに引用されている。台湾総督府が南進政策を鼓舞する年頭に当たり、南仏の文芸運動をモデルに台湾でも文芸運動を起こし、「南海の文学」を樹立しようという宣言はいかにも南進化の時代にふさわしく、実際、これを契機に台湾文壇再生の準備が着々と進められていくのである。

確かに一九三九年というのは台湾が完全に南を向いた時代であった。『台湾時報』では一年を通して、「海南島特集」(三月号)、「新南群島特集」(五月号)、「汕頭特集」(七・八月号)、「現地報告(海南島医学奉仕・広東厦門学事視察)」(一一月)などの特集が組まれ、台湾は「南方開発の基地」と位置づけられる。さらに、「台湾の南進基地としての重要性の拡大に伴つて漸次台湾の文化も高められるべき必然性を持つに至つた」[168]というように、台湾の文化や文芸にも発展のチャンスが与えられたのであった。

前述のとおり、一九三〇年代半ば頃から、土着化した在台日本人の間で郷土意識が芽生え、地方文芸育成の動きが見られたわけだが、一九三九年の南進ブームが彼らの「郷土主義《レジョナリスム》」をうまく後押ししたのは確かである。南進政策は台湾を中心とする南方圏の再編成という一種の régionalisme(地域主義)を促したが、政治や経済の点だけでなく、台湾を「南方文化開発の本拠」にというスローガンが叫ばれるようになると、文芸活動も「南方」を射程に入れつつ、内地文壇から自立した台湾独自の文学が模索されるようになった。西川や島田にとって、それは願ってもないチャンスだったのではないだろうか。島田は一九三九年二月の「台湾に於けるわが文学」の末尾で、次のように述べている。

況んやわが台湾は、東亜聖戦第三年の春を迎へてより、大和民族の発展上いよいよその重要性を加へ来つた南海の大拠点として、自他ともに認識せらるるに至つた。政治上、軍事上、経済上の大活動は既にわれわれの眼前にある。文芸ひとりこれに遅れてよいであらうか。われわれはわが民族の文芸的創作力の未来を信ずる。思ふにこの地に住むわれら大和民族が、その伝統的に誇るべき芸術的直観と洞察力とを傾けて、独自の意義ある大文学を生まずして、誰かよくこれを生むものぞ。かのリーズ・バームやソマセット・モームら碧眼朱髯の徒を遠く凌いで、ここに日本人の開拓せる新しき外地文学ありと誇りうる作品は、台湾の青年ならずして、誰かよくこれを生むものぞ。[169]

ここにも一九三九年の台湾全体を覆っていた南進ブームの高揚感が漲っているが、実はこれこそ『華麗島文学志』結論部の最後尾を飾る言葉、つまり一連の研究の着地点であった。約二年後に書かれた論文、「台湾の文学的過現未」もこれで締め括られているのを見ると、島田の思いがいかに強かったかがわかるだろう。島田謹二というと、往々にしてブッキッシュなロマンティストと見られがちだが、ここには時代の動きに敏感なレアリストたる一面が垣間見える。彼もまた総督府の南進政策に託して、台湾の文芸的発展を強く願った一人であったが、実際は、かなり早い時期から「南方」を意識していたと思われる。そこには彼が身を置いていた台北帝国大学という環境が大きく作用していたと思われるので、以下で見ていきたい。

2．台北帝国大学教員としての使命

台北帝国大学には、一九二八年の創立当初から南進政策に協力する「国策大学」という特殊な使命が与えられていた。まず、文政学部と理農学部の二学部から出発した後、一九三六年に医学部が、四三年に工学部が設置され、いずれも南方研究を特色とし、まさに日本帝国における「南方学術の殿堂」であった。文政学部は南洋史学[170]と土俗人種学を看板に掲げ、心理学では民族心理を扱い、言語学も東洋・南洋を対象とし、倫理学にも東洋倫理学を設けていた。政治学・経済学・法学も同様、東洋を重視し、理農学部は精糖化学や熱帯農学の研究に力を入れていた。

台北帝大と日本帝国の南進政策との関連を詳細に論じた葉碧苓『学術先鋒　台北帝国大学与日本南進政策之研究』によると、同大の関与は二つの時期と方向性に分けられるという。まず、一九三六年八月、五相会議[171]を経て南進政策が日本の「国策基準」になると、台北帝大は総督府の南方調査事業を分担するようになり、次いで日中戦争勃発から太平洋戦争の時期には全校を挙げての学術動員が行われた。

そもそも台湾総督府は早くから華南や東南アジア地区の調査活動を進めていたが、第一次大戦後、台湾の南方に対する経済活動は希薄化し、総督府の南方経営予算も削減をたどる。だが、一九三六年度から南方施設費は再び増額され、日中戦争勃発後は、南方対策の強化と台湾の使命に鑑み、南方施設の拡充に力を入れ、予算も急増した[172]。さらに一九三八年九月、総督府は各種南方事業の推進を図ることを目的に「南方文化団体」の設置を提起し、翌年一一月、「台湾南方協会」が設立された。同協会の使命は、南支・南洋の調査研究、南方に活躍すべき人材の養成、および「南方資料館」を設置し、南方資料の収集と編集を行うことであったが、ここに多数の台北帝大の教師や学生が動員されるのである[173]。実は、島田謹二もその一人であった。台湾南方協会では南方講習会や講演会、映画会などを組織したが、講習会の中心は語学講習で、オランダ語・フランス語・ベトナム語・マレー語などがあり、フランス語を担当したのが島田である[174]。時期的には、『華麗島文学志』の執筆がほぼ完了していた頃であろうが、南進政策への関与という台北帝大の使命は、早くから島田にも共有されていたと思われる。

一方、日中戦争勃発後、一九三八年七月に廈門大学が接収されると、台北帝大は土俗人種学講座教授移川子之蔵（一八八四～一九四七）、東洋文学講座教授神田喜一郎、土俗学講師の宮本延人（一九〇一～一九八七）を派遣し、図書館の整理に当らせた。続いて同年一一月に日本軍が広東を攻略した後、気象学講座教授の白鳥勝義（一八九七～?）を団長とする南支派遣軍調査班を送り、政治や文化等の調査を進めたが、ここにも多くの台北帝大教員が含まれていた。さらに、翌年二月に海南島を占拠すると、台北帝大は総長の三田定則と各学部長の協議の下、生物・農業・経済・民族等多方面にわたる二度の大規模な学術調査を行った[175]。

以上の接収作業や学術調査の派遣では理農学部の教員が大半を占め、人文系は土俗学の移川子之蔵と宮本延人の他、文学は神田喜一郎のみである。そこから忖度すると、学術の先端として台北帝大が南進政策に積極的に関与していた時代に、島田のような西洋文学の教員には活躍の場が限られていたことが考えられる。先に引用した、「政治上、軍事上、経済上の大活動は既にわれわれの眼前にある。文芸ひとりこれに遅れてよいであらうか」という呼びかけは、ある種の憂慮や苛立ちの表れだったのかもしれない。最終的に、島田も「一九四四年一二月二〇日補香港占領地総督部付」となり、神田喜一郎と共に香港大学図書館に派遣され、蔵書の整理に当るのだが、これも南進政策の一環といえよう[176]。

このように、島田の南方観には多かれ少なかれ「南方国策大学」としての台北帝大の性格が投影されていたことは否定できない。かといって、当初から国策に則った地方主義文学の創造を狙っていたわけではないだろう。むしろ、島田が西川と共にプロヴァンス文芸運動をモデルに、台湾にも「南方文学」の樹立を夢見た時期が、南進化の時期と重なったということではないだろうか。彼らの夢は一九三九年という南進ブームのピークに、文芸家協会の結成という具体的な目標に向かって走り出すのだが、島田にとっては、台北帝大で十分に発揮できない南進政策への貢献という使命感を満足させるまたとない機会でもあったろう。

実際、一九三九年一月、西川が「台湾文芸界の展望」を発表し、翌月には西川周辺の作家たちの間で文芸家協会についての具体的な話し合いが行われるようになるが[177]、それと並行して『台湾時報』では『華麗島文学志』の連載が始まるのである。島田はこの年、『台大文学』や『台湾地方行政』などにも『華麗島文学志』関連の論文を発表しており、それまで書き溜めていたものを一挙に吐き出したように見える。

一九三八年一月に「南島文学志」が『台湾時報』に掲載されて以来、在台日本人文学関連の論文は一切発表されず、この一年に集中的に出てきたのは、西川との間で計画的に進められた結果かもしれない。『華麗島文学志』の結論部に当たる「台湾に於けるわが文学――『華麗島文学志』エピローグ」を皮切りに連載が始まっていることからも、この時点で大方の論文が整っていたことが推測できる[178]。

ただし、『華麗島文学志』が全島的な台湾文芸界の建設と南方的発展に向けて書かれたとはいえ、研究対象はあくまでも在台日本人の文学であった。在台日本文学といえば、それまで志馬陸平の「青年と台湾――文学運動の変遷」以外、まとまった研究がなかっただけに、西洋の文学理論に裏打ちされた島田の一連の論考は、「閑却不問にされ勝ちな本島文芸界に新しき指導体系を築かんとする真摯な研究」[179]と評価され、非主流であった在台日本人の文学を主流の位置に押し上げるのに十分な効果があったと思われる。台北帝大講師という身分もそれを助け、領台以来の日本文学はおそらく実質以上の価値を付与されて、一九三九年の台湾文芸界に浮上したのではないだろうか。台湾における従来の文学研究を大きく凌駕する質と量を備えた島田の論考は、『台湾時報』に一年にわたって掲載されたことで、日本人の文学が実際のところはどうあれ、台湾人の新文学運動に匹敵するほどの歴史と成果を持つものであることを知らしめるのに十分な効果を発揮したはずである。植民地支配への抵抗を秘めた台湾人による「新文学」から、在台日本人主体の「外地文学」へと、台湾文壇における主流の「転換」を図るのにも一役買ったのは確かであろう。

3. 台湾、満州、朝鮮の文学

もっとも一九三九年の年頭に西川満が台湾文芸界の一元化と活性化を呼びかけ、『華麗島文学志』の連載がそれに続いたものの、残念ながら大きな変化は見られなかった。地道に活動を続けていた短歌・俳句などの伝統文学は別として、中島利郎によると、詩や小説といった近代文学はこの時期、台湾人がいくつかの作品を発表している以外、日本人の作品で目に付くものはなかったという[180]。それゆえ、西川は苛立ちを募らせ、同年五月号の『台湾時報』にそれを吐露する。

ところが！台湾には、詩を作らない詩人、小説を書かない小説家がゐるのである。（……）試しに指を屈してみよ。今日真に見るべき文芸雑誌が一冊でも存在するか。読むにたへる小説集が一冊でも出版されてゐるか。あるはただ倦くことなき疑心猜疑であり、羨望嫉視であり、排他孤高である。何ぞ、それ悲しきや。[181]

西川に続いて「文芸時評」を担当した黄野人も、七・八月合併号で「鬼谷子から月評のバトンを受けついで、さて何か作品評をと、手近な雑誌を探したが、台湾在住者の小説は勿論、詩に於いてさへ、一、二を除いて殆ど見るべきなく、やむを得ず図書館へかけつけて、過去の作品を探し、どうやら執筆を承諾する気になつたものの、これは何といふ寂しいことであらう。批評の対象となる作品がなくては、何ぼ天下の名人でも、時評は書けない」[182]と嘆いていた。「文芸時評」以外にも、六月号には「新刊紹介」の欄に「元来台湾には、朝鮮、満洲等に比べ個人出版が極めて少ない。（……）之は台湾の文化のバロメーターを示すもので余り自満になる話ではない」[183]との言葉が見え、七・八月合併号の「ラジオ批評」にも「台湾の文化水準が、他の植民地である朝鮮その他に比較すると、随分劣つてゐる」[184]というように、朝鮮や満洲に比した台湾文化の立ち遅れを指摘する声がしばしば聞かれた。

実際、この当時、満州や朝鮮の文芸界は活況を呈しており、内地でも「大陸文学」[185]や「満洲文学」、「朝鮮文学」のブームが起きている。台湾島内で「南進基地の拠点」だの、「南方文化開発の中心」だのといった南進ブームが燃えさかっていた頃、日本内地では一九三八年一一月、近衛内閣が「日支満三国」の連帯を謳った「東亜新秩序建設」の声明を発表して以来、人々の目は大陸に向けられていた。『中央公論』、『文芸春秋』など内地の総合誌はこの時期、南支・満洲方面に多くのページを割く反面、台湾に言及することはまれで、『台湾時報』が毎号のように帝国における南進基地台湾の重要性をアピールしていたのとは対照的である。一九三八年四月号の「文化月評」で、志馬陸平が『閑却された台湾』と言ふ言葉は、此の頃、特に僕の考への中に浮かんで来て仕方がない。（……）新興満洲国起こるや、朝野は挙げて満洲国に関心を持ち、北支開発の機運が到るや、欣然として視聴はそこへ動員されて行つたかの感がある」[186]と述べていたが、一九三九年に至っても状況は変わらなかった。

かつて台北高等学校に学んだ作家中村地平（一九〇八〜一九六三）は女流作家真杉静枝（一九〇一〜一九五五）とともに、取材のため一九三九年春、ちょうど十年ぶりに台湾を訪れるが、その時の印象を『台湾時報』（同年五月号）に発表している。

いつたい経済的な資源に於て、台湾が豊富であることは誰でも知つてゐるが、文化的面の資源にも恵まれてゐることは、案外看過してゐる人が多いのではないか、と思ふ。佐藤春夫氏の卓れた短篇が在る以外、台湾はわれわれ小説家にとつては全く未開拓の処女地である。台湾旅行はスラムプに陥ち入つてゐる小説家にとつては、案外起死回生の妙薬であるかもしれない。

最近、僕は支那乃至は満洲に旅行する機会に恵まれてゐた。しかし、文壇人の支那満洲旅行は最近の一種の流行でもある。敢て他の後塵を拝することを避けて、南方に旅程を選んだことに、僕は今多少の誇りを感じてゐる。[187]

佐藤春夫（一八九二〜一九六四）が台湾を訪れたのは一九二〇年のことだが、ひと夏の滞在から、「霧社」（『改造』、一九二五年三月）や「女誡扇綺譚」（『女性』、一九二五年五月）、「植民地の旅」（『中央公論』、一九三二年九～一〇月）などが生れた。その後、北原白秋や野上弥生子（一八八五～一九八五）も訪台し、白秋は「華麗嶋風物誌」（『改造』、一九三四年一〇・一二月）を、野上は「台湾游記」（『改造』、一九三六年四月）や「蕃界の人々」（『改造』、一九三六年五月）などを残している。また、「野蛮人」（『中央公論』、一九三五年二月）や「奥地の人々」（『新潮』、一九三七年三月）など、台湾の山地を舞台にした作品で知られる大鹿卓には小学校時代、家業の都合で一時期台湾に移住した経験があった[188]。ただし、台湾が南進ブームに沸いた一九三九年前後、日本内地では中村地平と真杉静枝がまとまった作品を発表した以外、台湾を扱ったためぼしい作品は他に見当たらない。在台日本人の作品も、台湾人作家の作品も内地に紹介されることはなかった[189]。「文壇人の支那満洲旅行は最近の一種の流行」であるのとは対照的に、台湾は「スランプに陥ち入っている小説家にとっての起死回生の妙薬」という以外、内地人作家の注意を引かなかったように見える。一方、一九三九年前後、満洲・朝鮮関連の文学作品は日本内地で活況を呈していた[190]。

まず満洲についていうと、一九三九年三月には大陸開拓文芸懇話会が結成され、第一回ペン部隊として満洲に渡った伊藤整（一九〇五～一九六九）、福田清人（一九〇四～一九九五）、田村泰次郎（一九一一～一九八三）らの作品を集めた『開拓地帯――大陸開拓小説集』（春陽堂）が刊行されている。九月には「満系」作家創作集の翻訳『原野』も出た。翌年八月には、「満系」作家を代表する古丁（一九一四？～一九六四？）の民生部大臣賞を得た中篇小説「平沙」が中央公論社から翻訳・刊行されて日本でも話題になったが、一九四二年の「満洲建国一〇周年慶祝」が近づくにつれ、満洲文学を巡る状況はより活発化した[191]。

一方、朝鮮文学についても、一九四〇年前後の一時期、日本で「朝鮮文学ブーム」が起こっている。張赫宙（一九〇五～一九九七）が『路地』（赤塚書店、一九三九年二月）、『痴人浄土』（赤塚書店、一九三九年三月）、『加藤清正』（改造社、一九三九年三月）の三冊を立て続けに出版したほか、『朝鮮小説代表集』（教材社、一九四〇年二月）や金素雲（一九〇七～一九八一）『乳色の雲』（河出書房、一九四〇年五月）などが相次いで訳出刊行された[192]。文芸誌でも「朝鮮文学特集」が組まれ、金史良（一九一四～一九五〇）の「光の中に」が芥川賞の次席になったのも、四〇年度上半期である。山田明によると、この時期、朝鮮文学への関心が高まったのは、朝鮮が「大陸への動脈・半島」であり、日本の大陸侵略に繋がっていたため、という。実際、朝鮮への関心を高めることは、朝鮮総督府や朝鮮軍司令部にとっても大きな課題であった[193]。満洲文学についても同様で、五族協和をスローガンに掲げた満洲国の異民族を理解するために、文学は手っ取り早い手段であり、熱心な紹介も政治的な要請によってなされたのである[194]。

さらに注意すべきは、満洲と朝鮮では台湾より早く、日本人による日満・日鮮文芸家の組織化が進んでいたことだ[195]。満洲では一九三七年八月に文化文芸に関心を抱く在満文化人の総合団体「満洲文話会」が創設され、機関誌『満洲文話会通信』が発行された。同会は会員相互の親睦を図り、「満洲国」における文化活動の積極的な助成推進を目的に、満洲文話会賞の設立、満洲文化年鑑や満洲文芸作品選集の編纂発行などを主な事業とした[196]。一方、朝鮮では一九三九年一〇月に朝鮮人作家の全文壇的な組織「朝鮮文人協会」が創設されている。会長には民族主義文学の代表者李光洙（一八九二〜一九五〇）が選ばれたが、名誉総裁には総督府の塩原学務局長が推戴され、文人以外の日本人も役員に入っており、実質的には「内鮮一体」の国策遂行に朝鮮の文人たちが協力するために結成された団体であった[197]。

満洲や朝鮮の盛況ぶりに比し、台湾の文学に関する情報量の圧倒的少なさは、内地の『改造』、『文芸』、『新潮』といった文芸誌にも反映されていた。当時、「台湾の文芸、台湾の文化が内地から軽蔑されがち」[198]であるとは、在台日本人にも十分実感されていたとみえるが、話題にされること自体少なかったと思われる。一方、満洲や朝鮮の文学に関する情報は台湾にも十分伝わっていたようで、文化・文芸の立遅れがより意識されるようになったのもそのためであろう。西川満も、「それ程、書く人間が、書ける人間が台湾にはゐないのだ。ひるがへつて、花々しい満洲文学を見よう。まことにうらやましい限りである。然し今日の満州の文芸作品、殊に詩作品の精華は、決して一朝にして成つたものではない。（……）すでに二つの文学賞が設けられたのも、当然なことだ」[199]と、いらだちと反省の意を隠していない。

そこで台湾でも文芸運動を興し、日台文人を組織化することが要請されたのであろう。堀越生は一九三九年九月の「文芸時評」に八月五日の『新民報』の記事を引用し、次のように述べている。

兎角身辺雑記式な小説に終始しやすい日本文壇も今次の事変を契機に、俄然活気を呈し、「大陸を描け」といふスローガンの下に作家は、次から次へと、朝鮮や満洲へ出掛けて行くが、この意気込みに刺激されて、朝鮮や満洲の文芸運動は、物凄い勢を以て台頭し、朝鮮では「朝鮮文芸年鑑」満洲では「満洲文芸年鑑」を刊行して居り、今では中央文壇に対する満鮮文壇として隠然たる一勢力をもつに至つた。然るに我が台湾の文芸運動はこれ等に比べ、余りにも無気力であり、このままでは遂に台湾の文化に後退を来す虞があるのに鑑み、今回台北在住の北原政吉、中山侑、西川満、黄得時、楊雲萍、龍瑛宗の諸氏が世話人となり、全島の詩人三十余名を糾合、台湾詩人協会を結成することになつた。[200]

柳書琴によると、この台湾詩人協会は、「ある程度朝鮮・満洲文壇に刺激を受けて誕生した」という。協会設立の中心にいた西川満・黄得時とも満洲文壇の動向には日頃から注意を向けていたようで、特に西川は台湾文芸家協会の設立について、満洲文話会の組織から相当啓発を受けていた[201]。

4．南方外地文学の樹立に向けて

台湾文芸家協会がその結成に当たり、「皇民運動の促進」と「南方文化の建設」を目標に掲げていたことはすでに述べた。前者は少なくとも太平洋戦争勃発以前はほぼ空洞化されていたが、以下で後者について見てみたい。

西川や島田が折からの南進ブームの高まりに乗って、台湾独自の文学の育成を声高に主張したのは確かであり、島田は一九四一年に入ってからではあるが、台湾の文学の未来は「南方外地文学」の建設にあると述べている[202]。

これは、南方圏との連動によって台湾の発展を図ろうとする政治・経済の動きとも重なっていたといえるが、具体的な調査や研究が進んだ産業分野とは異なり、文化や文学の場での連動はそう簡単に実行に移されたわけではなかった。

一九四〇年九月、台湾に財団法人南方資料館が設立されて南方関連書籍の大掛かりな収集が始まり[203]、一九四二年から四四年にかけて、経済、農業、工業、自然科学、医療等の分野から南方関連の書籍が大量に出版されたが、文化に関するものは少なく、「自然科学的或は技術的調査の分野が著しく進んでゐるのに対し、南方土俗及び歴史学等特殊なものを除いて、政治・経済・社会など一般文化方面の研究が立ち遅れてゐる」と指摘されている。「外交戦」や「経済戦」に次いで「文化戦」の重要性が認識されるようになった割には、「南方諸地域の文化的建設をいかになすべきかについては、いまだ充分明確な方策が樹立されてゐないやうに思はれる」というような状態であった[204]。

台湾文芸家協会にしても、「南方文化の建設」という目標がどれほど具体的に進められていたかは疑問であり、一九四一年八月になって、以下のような批判が『台湾日日新報』に掲載される。

ここに文学の問題を取上げてみるならば、台湾文芸家協会が成立してから半年にならうとしてゐるが、今迄の所では同協会の標榜する南方文学の確立といふその「南方」といふ言葉を台湾が代表してしまつてゐる観があると解釈するのは私の認識不足であらうか、台湾の文学界はさらに南方に向つて手を拡げるべきであり、広く南洋各地の文学を研究或は批判の対象とすべきであると思ふ。南洋の文学が仮令幼稚であるとしても、その故に看過さるべきではなく、其処に亦吾々の為すべき仕事があるのではなからうか、最も手近な比律賓文学の紹介の如きも未だ行はれてゐないことは何か淋しさを感じるのである―筆者は詩人―[205]

おそらく台湾を文化拠点として南方文学を確立するという目標もまた、なんら具体策を伴わないまま、台湾文芸界の一元化のために利用されたのではなかっただろうか。「広く南洋各地の文学」を研究するには言語の問題もあり、台湾文芸家協会は単に台湾の文学のみを「南方文学」として育成するのが精一杯であったと思われる。実際、右記の批判が掲載された後、『文芸台湾』では多少はこれに応えようとしたのか、島田謹二「ジャン・マルケエの仏印小説――外地文学雑話(1)」(一九四一年一〇月)や、山下太郎訳「仏印童話〈カムボジヤ兎物語〉」(一九四二年五~七月)が掲載されたが、むしろ南方共栄圏の文学を積極的に紹介していたのは『新潮』など内地の雑誌であった[206]。

ただし、西川や島田が吉江喬松を通じて「南方の美」という概念や、南方的価値観の優位性を引き出した点には注意する必要がある。実は彼らが鼓吹したわりに、『文芸台湾』ではそれが追究されなかったのであるが、代わりに歌誌『台湾』では盛んに議論がなされ[207]、『ゆうかり』でも「台湾俳句」や「熱帯俳句」に代わって「南方俳句」の名称が登場したのであった。これは単に南進政策の影響だけでなく、やはり西川や島田が「南方」の文芸的価値を引き上げたことに起因していると思われる。以下に引用する歌からもうかがえるように、わずか数年前まで、「南方」にはマイナスイメージがつきまとっていたことを思うと、大きな変化であろう。

青海原遠く見放けつつ国土のはてに立つと思ふかなしさ
わが国の南のはてと此処を言へどなほいつまでも果てと言ふべしや

(樋詰正治、『あらたま』、一九三六年三月、四頁)

これらの歌に見られる「南方」観は、領台直後の漢詩人が台湾を「南荒」(南方の野蛮な土地)と呼んだ頃と大差なく(これについては第六章で詳述する)、樋詰は帝国の南の果てに生きる悲哀を慨嘆するのだが、一方でそれに甘んじていたくはないという意志の片鱗もうかがえる。島田と西川はさらに一歩進め、新たな「南方」観の構築によって、台湾を帝国の「果て」から「中心」へと引き上げようとしたのであった。それは当然内地の中央文壇との関係に再考を迫ることになるが、在台日本人社会の土着化に伴い、日本人文芸家の中にはすでに台湾から内地に向けて言葉を発信したいという欲望が確実に育っていたのである。

5. 中央文壇との関係

ところで西川や島田が「台湾」を地方主義文学の拠点として特化したことは事実だが、同時に彼らは、「台湾の文学は日本文学の一翼として、その外地文学——特に南方外地文学として進むところに意義がある」（「台湾の文学的過現未」）、あるいは「（台湾の文芸は）日本文学史上特異の位置を占むべき」（「台湾文芸界の展望」）であると、台湾の文学が「日本文学」の一部であることも強調していた。そのため、戦前から現在に至るまで、結局は両者ともエグゾティックな文学を掲げて中央文壇に進出し、母国の文学に新たなスタイルを注入しようとしたにすぎないとの批判が繰り返されてきた[208]。だが、例えそうした側面があったにせよ、それは一方で、土着化した在台日本人の内部に確実に起きていた変化を見過ごすことにはならないだろうか。彼らは実際、中央文壇との関係をいかに構築すべきか模索していたのである。

まず西川だが、中島利郎によると、西川は台湾文芸発展のため、中央文壇とあくまで「互角」の交流を望んでいたという。『文芸台湾』創刊後、内地文芸家の協力や中央文壇の注視を必要としたのも、「台湾の文芸家を更に奮起させ上質の作品を書かせ」、かつ「読者の拡大を図るため」であり、「賛助員」として内地の著名な文芸家七六名と一機関の支持を仰いだのもそのためであったという[209]。同誌第二巻第一号（一九四一年三月）及び第三巻第六号（一九四二年三月）には、「諸家芳信」の欄で丹羽文雄や伊藤整など内地の著名作家や文学者の感想が多数掲載されているが[210]、一方で、そうした点が台湾人作家の目には「中央文壇進出」の野望と映ったことも確かであり、後に『文芸台湾』を離れて『台湾文学』に移った黄得時から次のように指弾されたのも決して故なきことではない。

現在、台湾で文学をやつてゐる人々を見るに、大体、二つの型に分けることができる。一つは、中央文壇に進出せんがため、台湾を踏台とするものと、中央文壇を全然顧慮に入れず、専ら台湾で独自な文壇を建設してその中で作家が作品を発表して自ら楽しむと同時に、台湾全般の文化の向上発展を計らうとの二つがある。

何れが正しいかは、一概には決められないが、地方文化確立の点から云へば、吾々は前者よりも後者の立場に大なる期待をかけてゐる。

一体、中央文壇に進出せむがため、種々あせつてゐる人々は、中央の好奇心を買ふことに汲々して、台湾の現実の中にしつかりと腰を据ゑ、必要に応じては、現実の中に躍り込んで血みどろな闘ひを試み、その中から文学的な何ものかを掴まうといふことを故意に避け、中央に認めさへすれば、或は中央の人々の目を誤魔化しさへすれば、といふ意図のもとにエキゾチツクなものばかりを素材に選んで作品を書くのである。[211]

黄はここで、「中央文壇に進出せむがため、台湾を踏台とする」西川満ら『文芸台湾』派と、「中央文壇を全然顧慮に入れず、専ら台湾で独自な文壇を建設」しようとする台湾人中心の『台湾文学』派に台湾の文芸家を二分しているが、この意図的・戦略的な善悪二元論は功を奏し、一九四〇年代の台湾文壇だけでなく、近年に至るまで台湾文学研究者を呪縛してきた。しかし気になるのは、黄に同意するにしろ、しないにしろ、議論の中心がどちらかというと西川の中央文壇志向の是非を問うことに置かれ[212]、西川を中央文壇に向かわせた意図そのものについては十分検証されていない点である。

そもそも西川に限らず、一九三〇年代半ば以降在台日本人文芸家が台湾独自の文学の育成を願ったとき、中央文壇との関係をどうするかは、当然、再考すべき課題であった。日本人が日本語で創作する限り、それは不可避のテーマであり、内地俳壇からの「地方分権」を早くから唱えていた『ゆうかり』でも度々論じられている。他の文芸ジャンルにも共通すると思われるので以下で見ていくが、結論から先にいえば、「台湾俳句の自治」を標榜する『ゆうかり』でさえ内地俳壇進出は否定していない、ということである。まず、その理由から見てみよう。

（……）折角台湾句として佳作を得ながら台湾の俳人以外には理解出来ぬと云ふのは残念だと思ふのであります。

日本特有の詩でありますから外人に理解して貰はなくとも、せめて日本中の俳人には理解して貰へる句を作る可きだと思ふのであります。

昨年普羅先生御来台の節残された台湾の俳句自治と云ふ事は、私には良く理解出来るのでありますが、而し台湾の象牙の塔を造ると云ふ事は考へる可きだと思ふのであります。（……）

私の考へて居りますのは、折角出来上つた台湾の俳句を台湾以外に出さぬと云ふ事はいけない、矢張り内地の俳壇へも台湾の俳句はかう云ふやうのものだ、と云ふ事を発表して、理解して貰ふ可きだと思ふのであります。[213]

筆者の高須賀北南子は台湾俳句の「自治」には同意しつつも、「台湾の象牙の塔」にこもってしまうことには反対し、内地俳壇への発表を勧めていた。それは、内地読者に台湾の俳句を「理解して貰」うためである。

一方、台湾俳句の理論的指導者藤田芳仲は、「日本中の俳人に理解して貰へる句」を作るべきなのか、あるいは「台湾の人でなければ分からない」句を目指すべきなのか、二つの方向性の間で葛藤していたように見える。

「若し夫れ、台湾俳句は、台湾俳人間にさへ分かればいゝ、内地俳人に分つて貰はなくてもいゝ、などと負け惜しみをいふ人あらば、大いなる心得違いなり、再想して可なり」傍点筆者

これは、七年一一月号に発表せられた鬼城先生の「ゆうかりに寄す」なる一部分であるが、一の理ある

言葉であると思ふ。
負け惜しみでなくて、真の台湾俳句は台湾の人でなければ分からないのである、といふことも一理あらうと思ふ。[214]

こうした藤田の葛藤は、俳人のみならず、台湾で文芸活動に従事する日本人が等しく経験したものではなかっただろうか。台湾の文学の独自性とはこの地の特殊性の発揮にあるため、在台日本人読者の共感は勝ち得ても、必ずしも内地読者の理解を得られるとは限らないのである。それゆえ、誰のために作るのかという問いは不可避であり、すでに引用したように、山本孕江も「われ〳〵は一体内地のために俳句を作るのか、それとも現在住んでゐるこの台湾の真実を詠むべきか。（……）台湾は台湾で真実の俳句を作れ、内地で認める認めぬこれは第二の問題である、と声を大にして叫びたいところである」と訴えていた。

一方、台湾の作品が内地読者に理解されない、あるいは誤解を受けるとの理由で、発表の場が次第に台湾島内に限定されるという傾向も現れていた。

台湾の句を内地へ投句する場合、往々にしてそれが仮令台湾特殊の字句がなくても作者の全然思ひもよらない意味に解せられて入選することがある。又さうした勘違ひによつて落選する場合も多いであらうことは容易に想像せられる。（……）
かうした苦渋を嘗める結果かどうか知らないが、近年内地俳誌への台湾俳人の投句が著しく減じたやうに思ふ。これを台湾俳句の独自性として済まして居るのが当然のことであらうか?否々われらの俳句は未だ未完成の域に遠い、もつと〳〵勉強しなくてはならない。俳句には思ひ上りが大の禁物である。それは進歩の阻止に外ならない。されば、われわれの現在の作句は進んで内地の信頼すべき諸先輩の垂教を仰ぐべきだ。

選者に媚びず阿らず堂々と自信ある句を示してこそ、たとへ落選の憂目をみるとも、決して台湾俳人の恥にはならないと思ふ。そして入落選に拘はらず選者の認識不足を咄ふことなく、進んで北南子氏の如く、事実の説明なり、環境なりを説いて選者に真の台湾を知つてもらふことは、これまた台湾俳人の義務の一つではないか。[215]（傍点――引用者）

これは内地の俳誌に投稿した高須賀北南子の句が、台湾の植物を知らない選者によって不要な訂正を受けて入選したところ、高須賀が事情を説明し、原作に戻して掲載されたという事情を背景にしている。それでも、筆者が内地俳誌への投句を勧める理由は、第一に、俳人として精進するためであり[216]、さらに重要なのは、台湾を知らない内地読者に「事実の説明なり、環境なりを説いて」、「真の台湾を知つてもらふこと」（傍点――引用者）であった。内地読者の認識不足に対して、「真の台湾」を知らせることは、台湾文芸家の「義務」だというのである。

一九三〇年代後半以降、台湾を訪れる内地作家の台湾観や台湾表象に対して、台湾在住の文芸家から厳しい批判が相次いだことはすでに述べた。内地俳人の台湾に対する認識不足は実際甚だしく、山本孕江は、「椰子と檳榔と蒲葵の区別さへつけず、何でも椰子々々で押し通し、水牛に烏をとまらせるに至つては噴飯事といはねばならぬ」と批判している。そのため、山本は水原秋桜子（一八九二～一九八一）に、「台湾には『ゆうかり』を主催する山本孕江氏がゐて、台湾旅行者の俳句に厳重なる監視の眼を光らせ、『何某の句は台湾の情趣を確と描き出してない』などゝいふ批判を『ゆうかり』誌上に発表してゐることがある」（傍点――筆者）と、皮肉られていた。山本はそれに対して不快の念を隠していないが、「私は何にも意地悪く内地来の俳人をいぢめる訳ではない。事実の曲つたものを是正して置き度い」と反論している[217]。

山本があくまで自説を曲げようとしなかったのは、「真の台湾を内地へ紹介して戴きたいと思ふこと切なるものがある。然るに、事実案外この真の台湾は内地へあまり紹介されない」[218]（傍点――筆者）という理由からであった。台湾に定住して長い日本人は、台湾が内地人旅行者によって表層的にしか描かれず、「真の台湾（の姿）」あるいは「台湾の真実」が伝わっていないことに憤りを覚え、だからこそそれを知らしめることを義務と認識していたのである。

西川も「通りすがりの旅の人が、それこそ通り一ぺんに台湾の上つ面だけを撫でて、台湾に見るべき文芸美術なし（……）――などと勝手な熱をあげ」ていることに対し、「知らうとしないのも罪なら、あへて知らしめようとしないのも亦、罪である」[219]と述べていた。

これは、島田の『華麗島文学志』執筆の動機にも重なってくる。島田も「外地の文学現象など全く歯牙に掛けてゐない」内地に対して、外地の「文学的事蹟を明らめ、これを本土に報ずることは、彼がその地に対して負う一種の義務」であると述べていた。つまり、彼らを「中央文壇」へと向かわせた背後には、ある種の「義務」感が働いていたのである。

島田は、『華麗島文学志』の「序紀」にあたる論文「明治の内地文学に現れたる台湾」でも、内地人の台湾認識が誤解と無知から成り立っていることを指摘していた。明治時代の文芸誌には「台湾」を扱った作品が多々あり、島田は散文小説を対象に、明治の日本文学者の伝えた台湾の相貌を精査するのだが、実際に台湾生活を体験した羽鳥千尋が台湾の風景や生活を実録風に描きえたのを除き、実情を知らないあまたの作家にとっては、「生蕃と疫病とを除くと、バナナと新高山とが台湾の象徴」であったという。特に、「台湾人に関する記事は極めて乏しく、本島人も高砂族も区別をつけずに『台湾人』と考へ」られていたが、このような明治文学者の台湾観は、彼らの文壇的地位や彼らの作品を媒体した新聞雑誌の普及的勢力、それを愛読する読者層の質量と相俟って、台湾について知識の乏しい内地人一般に、「台湾とはこんなものだといふ印象を与へ」てきたのであった[220]。

さらに島田が憂慮したのは、この論文を執筆した当時、つまり一九三〇年代後半でさえ内地にはこのイメージが根強く残っていた点である。「一般内地人の頭には、『台湾』といふところは、出稼人の寄合所帯で、その在住者は数年以内に死亡するといふ大変なものになつて」おり、「ひとり東北の山間の比較的文化程度の低い人人ばかりではない。相当高度な教養をもつてゐる人人といへど、それとあまり変りはないので、内地人一般が台湾の真相を知らぬことは驚くべき程である」という。島田は自らの体験を通して、明治文学者が台湾に残した禍根を感じ取り[221]、それを修正することを自らの義務とし、『華麗島文学志』執筆動機の一つにもなったのである。

台湾に対する内地人の認識不足に在台日本人が義憤を感じ、「真の台湾の姿」を伝えねばならぬと思うのは自然な道理ではなかっただろうか。だが、内地読者に「真の台湾」を知ってもらうには、在台日本人自身がそれと真剣に向き合う必要があった。「真の台湾の俳句は台湾に居住してゐる者にして初めて満足のものが詠まれてゆくのである」が、かといって、台湾に生活していれば台湾がわかるというわけでは決してなく、「台湾を十分認識して居らねば真の台湾の姿をキヤツチすることは（が）できない」のである。「台湾の俳人にして台湾を充分こなし得ない者は認識不足の部に数へられても致方あるまい」との自覚もあった[222]。中村地平も、「いつたい、内地に住んでゐる人間がどうして台湾を正しく認識しないか。勿論、その責の大半は内地側にある。（……）しかし、責任の一半は台湾に住む内地人の側にも在りはしないか。（……）台湾に住む人自身が台湾を正しい認識のもとに眺めるやうになつた時、始めて内地側の誤つた台湾認識は是正されるにちがひない」[223]と述べている。

つまり、日本人文芸家には台湾を正しく認識し、それを内地に伝えることが義務であるとの自覚が芽生えていたのであった。そのこと自体は批判するに当たらないが、問題は、彼らが「真の台湾の姿」として、中央文壇に何を伝えようとしたか、ということである。彼らが伝えることを「義務」とまで言う「真の台湾の姿」とは一体どのような姿だったのだろう。それは、台湾人が考えるものとある程度は重なっていたのだろうか、それとも大きく乖離していたのだろうか。それを問わずに、ただ単に在台日本人文芸家の中央文壇進出の是非だけを論じてもあまり意味はないはずだ。

そもそも『華麗島文学志』というのは、在台日本人から見た「真の台湾の姿」を歴史的に探った研究ではなかっただろうか。前章で述べたとおり、島田が「本紀」で扱ったのは、佐藤春夫を除き、台湾で長期的な生活を経験した作家とその作品だが、「序紀」にあえて「明治の内地文学に現れたる台湾」を置いたのは、実情を知らない内地作家の台湾表象を配することによって、旅行者と生活者の台湾認識の違いを際立たせるためであった。島田はさらに、将来、台湾の文学はどうあるべきか、「真の台湾」をどう表現すべきか、その方針と課題をも打ち出したのである。つまり、『華麗島文学志』は島田自身の台湾認識の賜物でもあったといえよう。

小結

以上、本章では『華麗島文学志』の誕生を促した一九三〇年代後半の台湾社会の状況、および在台日本人の「時代精神《ツァイト・ガイスト》」を見てきた。

台湾の三〇年代というのは全島を震撼させた霧社事件で幕を開け、前半は世界恐慌の影響や満州事変勃発後の暗い影に覆われていたが、三五年に始政四〇周年を迎えるころには一転して、「陽気充満」といわれるほど活気づいた[224]。植民地支配も安定し、インフラも整備され、日本人社会の土着化・成熟化が進むと、自前の文化を育てようとする動きも生まれた。特に『ゆうかり』や『あらたま』など創刊一〇周年を超える雑誌も育ち、そこから「文芸の自治」といった概念も形成される。そうした内地文壇からの自立意識は島田謹二や西川満にも影響を与え、彼らを通して文芸ジャンルを超えて広がっていった。

もともと一九三〇年代というのは、日本内地と台湾とを問わず、「郷土」に関心が集まった時代であり、台湾人の間にも「郷土文学」育成の動きが活発であった。一方、島田と西川は吉江喬松の影響などもあり、南仏プロヴァンスの文芸運動を手本に「地方主義文学」の運動を起そうとする。帝国の南の果てから南方共栄圏の中心へと、帝国内における地位をシフトしつつあったこの時期の台湾にあって、南方＝南欧的な郷土主義《レジョナリスム》を育成するという目標は、決して現実離れしたものではなく、一見単なる外国憧憬のようで、実際は在台日本人の置かれた現実から出発していた。

しかし、一九三七年に日中戦争が勃発するや、文芸も戦時色一色となり、それまで文壇の中心であった台湾人の活動は停滞してしまう。反対に日本人文芸家にとっては意識改革の契機となり、彼らの関心は狭い趣味の世界から国家や社会へと開かれていった。また、日中戦争後、一層強化されることになった皇民化政策は、かえって「湾化」した日本人の反発を招き、台湾固有の文化に関心が注がれるようになった。

やがて戦況が安定して台湾全体が南進ブームに沸きかえり、南方文化の発展が叫ばれるようになると、島田や西川は「南方外地文学」として台湾の文芸を樹立すべく、動き始める。しかし、朝鮮や満州と比べ、台湾の文芸は組織化されておらず、創作活動も停滞気味であったため、一九三九年に日台人を一元化する計画が西川を中心に具体的に進められることになった。

『華麗島文学志』を構成する大半の論文はまさにこの年、一挙に発表されたのである。質量共に過去の論考をはるかに凌駕した島田の研究は、台湾における日本文学の歴史と蓄積を島内に広く知らしめ、それまで文壇の周縁にいた日本人を中心に押し上げる役割を果たしたと思われる。

在台日本人は台湾独自の「地方主義文学」を確立し、内地に向けて発信していこうと奮闘したが、それは内地からの旅行者とは異なる台湾在住者から見た「真の台湾の姿」を伝えねばならぬという義務感に支えられていた。このような在台日本人の「台湾意識」こそ一九三〇年代後半の「時代精神《ツァイト・ガイスト》」であり、『華麗島文学志』もその産物といえるだろう。

注

1 游勝冠『殖民進歩主義与日拠時期台湾文学的文化抗争』（前掲書）二三〇頁。

2 浅野豊美「〈書評〉島田謹二『華麗島文学志』――日本詩人の台湾体験」（『台湾史研究』、前掲書）一五九～一六〇頁。

3 渡辺よしたか「南方短歌の方向」（『台湾』、台北：台湾社、一九四二年一月）一六頁。

4 司馬嘯青『台湾日本總督』（台北：玉山社、二〇〇五年）。

5 井出季和太「改隷前後の治績を顧みて――台湾四十年誌稿本序論」（『台湾時報』、前掲書、一九三五年四月）一〇頁。

6 以下、台湾博覧会については、末光欣也『台湾の歴史　日本統治時代の台湾』（台北：致良出版社、二〇〇四年九月）を参照した。

7 台博の盛況ぶりについては、以下を参照のこと。竹中信子『植民地台湾の日本女性生活史　昭和篇（上）』（田畑書店、二〇〇一年一〇月）三一五～三二四頁。

8 田淵武吉「同人作品雑感」（『原生林』、台北：原生林社、一九三六年一月）一五頁。

9 台湾人作家の作品にも台博批判は見られ、代表的なものには朱點人の中文小説「秋信」がある。朱點人の台博批判は植民地支配への批判に通底しているが、日本人の場合は、あくまで台博の「方法」に向けられていた。それは、植民地支配を前提とした上での政策批判に過ぎず、実際はよりよい文化建設の鼓舞として機能していた。なお、「秋信」の初出は『台湾新文学』（二・三月合併号、一九三六年三月）とされているが、実際は目次に名前が見えるだけで、掲載ページは削除されている。作品は、施淑編『日拠時代台湾小説』（台北：前衛出版社、一九九六年一〇月、初版第五刷）に収録されたものを参照した。

10 例えば、『歌集　攻玉集』（台北：あらたま社、一九二七年一一月）の「巻末記」（平井二郎）には、「過去五年の間『あらたま』は一貫して乾いてゐる台湾の上に、絶えずいい刺激となつて来たと思ふ。」（七頁）とある。また、藤原泉三郎は上清哉『遠い海鳴りが聞こえくる』（台北：南光書店、一九三〇年二月）に寄せた「よき友情の記念に」で、「あらゆる精神的なものを育む上に於て最も貧しい環境・生活層をしか持たない此植民地台湾に於て、導いて呉れる先輩もなく、好いグループもなく、全く孤独な中でお互いに切り拓いて来た道は随分苦しいものであつた」（一頁）と記していた。

11 島田謹二「台湾の文学的過現未」(『文芸台湾』、前掲書)一一頁。医学的な見地からしても、文化的な貧しさによる「不快感」は熱帯性神経衰弱のような心因性の病の一因になっていた。参照：巫毓荃・鄧惠文「氣候、体質与郷愁——殖民晚期在台日人的熱帯神経衰弱」(李尚人主編『帝国与現代医学』、台北：聯経、二〇〇八年一〇月)七八頁。

12 後藤新平の時代、すでに台北城内市区計画が策定され、道路整備、庁舎の建築、医院、学校等の公共施設や官邸宿舎の計画が固められ、明治末年からは、三線道路の建設、官庁街・ビジネス街・商業居住地区の整備にも着手され、昭和に入るころには台北市は急速に発展し、人口も一九二八年末には二〇万人を超えた。一九三四年には内台電話無線回線が開通し、台湾放送協会と日本放送協会との定時内台同時ラジオ放送も開始される。翌三五年には、台北飛行場が完成して内台直行民間航空路が開通し、三六年には台北交響楽団が発足した。人々の生活は急速に近代化し、一九三二年には台湾初の百貨店「菊元百貨店」が開店、三六年には台北の「カフェー」は二〇店を越えていた。参考、末光欣也『台湾の歴史 日本統治時代の台湾』(前掲書)。陳柔縉『台湾西方文明初体験』(台北：麦田出版、二〇〇五年七月)。

13 もっともこれは感じ方の問題で、一九二五年から三三年まで台湾で生活した教育者高橋鏡子は、「台湾統治上から考へても領土台湾としての名から云つても、押しも押されぬ威儀堂々たる台北市の建築物は、誇らしい帝国の実のりです。日々掃き清めらるゝ排水渠溝塵埃の搬去実に行き届いた清潔振りです。(……)台北市に住んで居たら東京の郊外以上の文化施設に恵まれ、立派な内地の延長住活が行はれます」と記している。高橋鏡子『女性に映じたる蓬莱ヶ島』(秀陽社図書出版部、一九三三年一二月)二四～二五頁。

14 渡辺よしたか「短歌の地方的特殊性」(『台湾』、一九四一年一月)二五頁。

15 松風子「台湾の文学的過去に就て」(『台湾時報』、前掲書)一四三～一四四頁。

16 以下、後藤乾一「台湾と南洋——『南進』問題との関連で」(『岩波講座 近代日本と植民地2 帝国統治の構造』、岩波書店、一九九二年一二月、一四七～一七五頁)に拠った。

17 台湾の「経済的自主化」の傾向はすでに一九三〇年代半ばには現れており、それは一九三六年の台湾電力社長松木幹一郎の談話からもうかがえる。松木は台湾社会の自立的発展を促すと同時に、「台湾といふものは帝国の領土である。だから台湾の島だけが独立して居るやうに考へることは非常な間違ひである」と、内地あっての台湾という点を強調するのだが、実は、その背後には、「私共は台湾に行つて一番初めに民間の人から、**台湾本位と**いふことを耳にタコの出来るほど聞かされた」（太字強調――筆者）という事情が存在していたのである。「台湾本位」というのは、「島内の利益はみな島内に取らう」という一種の台湾経済自立論であった。松木幹一郎氏談「南方の経綸と台湾に於ける電力問題」（『台湾公論』第一巻第三号、一九三六年三月一日）四頁。

18 後藤乾一「台湾と南洋――『南進』問題との関連で」（『岩波講座 近代日本と植民地2 帝国統治の構造』、前掲書）一六一頁。

19 近藤正巳『総力戦と台湾』（刀水書房、一九九六年二月）一四一～二六〇頁。

20 末光欣也『台湾の歴史 日本統治時代の台湾』（前掲書）三一四頁。皇民化政策を徹底した小林躋造総督に比べ、それを緩和した長谷川清総督の方が、日本人の間でも評価が高かったといわれる。参照：佳山良正『台北帝大生戦中の日々』（築地書館、一九九五年五月）四六頁。

21 アルジェリアでも一九一〇年代に、移住二世のフランス人作家ロベール・ランドー（Robert Randau 一八七三～一九五〇）が「アルジェリア主義」を唱え、フランス本国からの植民者を主体とした「新民族」の創出によって、植民地アルジェリアの自立を求めた。参考：木下誠「訳注」（ヴィクトル・セガレン著・木下誠訳『〈エグゾティスム〉に関する試論／羈旅』、現代企画室、一九九五年一月）二六二頁。

22 台湾は、領台当初から人口密度が高く、低賃金労働者として十分な先住民人口を擁していたため、大量の移民先には適していないといわれていた。農業移民も東部に建設された吉野村を除き、成功を見なかったため、公務自由業（官吏、軍人、法務・医療関係者、教育者、記者・著述家。芸術家など）の占める割合が三〇～四〇パーセントと著しく高かった。大蔵省管理局『日本人の海外活動に関する歴史的調査 台湾篇（上）』（ソウル：高麗書林、一九八五年、大蔵省管理局昭和二二年刊行の複製、百帙限定影印版）、一五八～一七一頁。

23 秦一令「故郷喪失」（『台大文学』第三巻第五号、一九三八年、四五～四七頁）には、生まれると同時に家族と渡台して以来、島内を「長くて十年、短くて二年三年」と移り住んできた著者の、「自分の故郷がどこにもない」という切々とした思いが綴られている。

24 林初梅『「郷土」としての台湾』（東信堂、二〇〇九年二月）五〇～五一頁。

25 この時期に、移入官吏の制限と生え抜きの在来官吏の登用が進んだという。岡本真希子『植民地官僚の政治史――朝鮮・台湾総督府と帝国日本』(三元社、二〇〇八年二月)、「第七章　台湾総督府の高級官僚人事」を参照のこと。

26 新垣宏一は一九一三年に高雄で生まれ、旧制高雄中学から台北高等学校を経て台北帝大国文科を卒業し、卒業後は台南第二高等女学校で教鞭を取っていた。参照：新垣宏一『華麗島歳月』(張良沢編訳、台北：前衛出版社、二〇〇二年八月)。

27 台湾人の「郷土文学」と区別する意味で、ここでは「郷土主義文学」を用いる。原語は régionalisme。なお、西川満が用いた「地方主義文学」については、本章注36を参照のこと。

28 松風子「台湾の文学的過去に就て」(『台湾時報』、前掲書) 一五七頁。

29 末光欣也『台湾の歴史　日本統治時代の台湾』(前掲書) 二九八頁。

30 北山冨久二郎「台湾財政の回顧と展望」・貝山好美「台湾米四十年の回顧」(以上一月号)、井出季和太「改隷前後の治績を顧みて――台湾四十年誌稿本序論」(四月号)、下條久馬一「台湾衛生四十年の偉績」(七月号)、山田金二「始政四十年に際し都市緑化の促進を提唱す」(九月号) などが挙げられる。その他、六月号では「始政満四十周年を迎へて」の特集が組まれた。

31 この他文学関係では、尾崎秀真「台湾四十年史話」が一九三三年一〇月号から一九三九年二月号まで、ほぼ休みなく連載された。

32 松風子「台湾の文学的過去に就て」(『台湾時報』、前掲書) 一五六頁。

33 笹沼俊暁『国文学の思想――その繁栄と終焉』(前掲書) 一八三～一八九頁。

34 Paul Van Tieghem, *La Littérature Comparée*, op.cit., p.59, p.206.

35 近代プロヴァンス文学の紹介は上田敏を嚆矢として明治末期から行われていたが、大半はミストラスやオーバネルなど、代表的な詩人とその作品の紹介に止まり、文芸運動について言及したのは吉江喬松が初めてであった。なお、日本における近代プロヴァンス文学の受容については、石塚出穂氏が『仏語仏文学研究』(東京大学仏語仏文学研究会) に第二五号 (二〇〇二年四月) から第二九号 (二〇〇四年五月) まで連載した以下の論文に詳しい。石塚出穂「南仏の星と東方の三博士――大正初期の日本とプロヴァンス」、「あやめ咲く野の農民詩人――一九二〇年代の日本と詩人ミストラル」、「仏文学の周縁へ――昭和前期の近代プロヴァンス文学」、「アヴィニョンまで――戦後一〇年間の近代プロヴァンス文学研究」。

36 原文はRégionalisme。これを「地方主義文学」と訳したのはおそらく吉江喬松であろう。吉江が執筆した『世界文芸大事典』の「レジョナリスム」の項目では、「Régionalisme『地方主義文学』と訳す。仏蘭西に於いて二十世紀初頭以来特に強調せられた主張」と説明されている。Régionalismeは、「郷土主義」、「地方主義」、「地域主義」などと訳されるべきであろうが、もともとプロヴァンス文芸復興運動の中から生まれたため、「文学」を加えたと思われる。なお、フランス語で"littérature régionaliste(地方主義文学)"という言い方は、管見の限り、吉江喬松が参考にしたJean Charles-Brun の Le Régionalisme (Paris: Bloud et Cie, Editeurs, 1911)、およびFlorian-Parmentier の La littérature & l'époque : histoire de la littérature française de 1885 à nos jours(Paris:Eugène Figuière et Cie,Editeurs, 1914)に若干使われていた例を除き、戦前の研究書にはほとんど見当たらない。一九九〇年代の文献には頻繁に使われているが、戦前はまだ語として熟していなかったと思われる。島田謹二は『華麗島文学志』の中でフランス語のままrégionalismeを用いた他、「郷土主義」や「地方主義」という訳語を充てているので、本論でも文脈に合わせてそれらを用いることにする。

37 中島利郎「日本統治時代台湾文学研究――西川満論」(『岐阜聖徳学園大学紀要』、前掲書)五九～六〇頁。

38 本名山本昇(一八九三～?)。『ホトトギス同人』。『台湾時報』や『台湾婦人界』(台湾婦人社)などでも俳句欄の選者を務めた。一九四二年に『ゆうかり』二〇周年を記念して刊行された『山本孕江句集』(台北:山本孕江集刊行会、一九四二年一一月)には、高浜虚子が序文を寄せている。他に『ゆうかり俳句集』(山本孕江・三上惜字塔編、台北:ゆうかり社、一九三五年一〇月)がある。詳細は今井祥子「近代俳句の周辺で――台湾と俳句」(『境界を越えて　比較文明学の現在』、立教大学比較文明学会紀要、第五号、二〇〇五年二月、一三六～一三八頁)を参照のこと。

39 『ゆうかり』には台湾生れの子どもを読んだ句も散見する。「甘蔗噛んで内地を知らぬ裸児ら」(明浪、一九三八年九月号、五一頁)、「ぱら好きの吾子は台湾生れなる」(しげる、一九四〇年一一月号)などからは、内地を知らないまま成長する「湾化」した子供たちのたくましさや、台湾生まれのわが子を誇らしく思うような明るさが感じられる。「ぱら」は「ガヴァ」、「バンジロウ」のこと。熱帯からアメリカ大陸に分布する常緑低木で、果実は生食する。

40　『山本孕江句集』の「後序」によると、山本は大正三年初渡台し、高雄に就職、大正八年に結婚して、同一〇年五月に台北へ転勤したとある。『山本孕江句集』（前掲書）二五一～二五二頁。
41　藤田芳仲「台湾俳句の問題を観る（三）」（『ゆうかり』、前掲書、一九三六年六月）九頁。
42　松風子「続香墨記」（『台湾教育』、台北：社団法人台湾教育会、一九三九年八月）八六～九二頁。
43　松風子「『うしほ』と『ゆうかり』」（『台湾時報』、一九三九年一一月）七九～八五頁。
44　前田普羅は、「台湾を知らない人に台湾の自然に着眼した俳句は解る筈がない、解らせようとするのが無理であり、解らうとするのが無理である。台湾の俳句は台湾だけでやらなければならない」、と述べている。前田普羅「台湾俳句の自治を願う」（『ゆうかり』、一九三五年一二月号）四頁。
45　この「事件」については以下を参照のこと。周華斌『従敷島到華麗島的受容与変化 探討日拠時期従日本到台湾的短歌与排句文学』（前掲書）。今井祥子「近代俳句の周辺で──台湾と俳句」（『境界を越えて　比較文明学の現在』、前掲書）。
46　周華斌『従敷島到華麗島的受容与変化 探討日拠時期従日本到台湾的短歌与排句文学』（前掲書）七一～七六頁。
47　一九三一年七月に「台湾句合評」（翌月から「台湾句研究」に改題）のページが設けられて、一九三七年七月まで六〇回ほど連載された。そこでは台湾の動植物や当時の日本人の生活、台湾人の風俗習慣などが細かく解説されており、「台湾俳句」の実践的な指導として優れているだけでなく、当時の生活記録としても貴重である。一九三七年八月からは、台湾のみならず、熱帯圏を対象とした熱帯圏俳句や南方俳句を紹介・研究する「雑詠月評」と「熱帯圏」の欄に分かれて発展し、より広域の文化圏における俳句のあり方を模索することになった。
48　『あらたま』一九三五年一一月号には今後の方針が二つ掲げられ、第一が「万葉の型式と精神を遵守し今日の短歌を製作し明日の短歌を念々する」こと、第二が「現在以上に中央歌壇に理解されなくなろうとも真固の台湾の地方短歌を創造する」ことであった。だが、同誌には山本孕江や藤田芳仲のような理論的指導者が欠けていたためか、第二の方針は具体化されなかった。
49　孕江「台湾俳句とホトヽギス座談会」（『ゆうかり』、一九三六年二月）四頁。
50　一九三六年六月号の『あらたま』の「編集余禄」（四〇頁）に台湾で短歌を詠むことの意味がわずかではあるが言及されている。『原生林』については、本章注60の森田馨造「短歌漫想」の引用を参照のこと。なお、一九四〇年四月に総合歌誌『台湾』が創刊されてから、地方短歌の創作が熱心に議論されるようになるが、詳しくは以下を参照のこと。橋本恭子「『台湾の美』をめぐる認識の変化──『台湾』の議論を出発点として」（日本台湾学会第十三回学術大会発表論文、早稲田大学、二〇一一年五月二九日）。

51 西川満「台湾文芸界の展望」（『台湾時報』、前掲書）七八〜八五頁。

52 松風子「台湾に於けるわが文学」（『台湾時報』、前掲書）五二〜五八頁。

53 鬼谷子「文芸時評〈気魄の貧困〉」（『台湾時報』、前掲書）一六四頁。なお、西川満が「鬼谷子」のペンネームを用いたことについては、中島利郎「日本統治期台湾文学研究『台湾文芸家協会』の成立と『文芸台湾』──西川満『南方の烽火』から」（『岐阜聖徳学園大学紀要』、一〇六頁）の注（13）に詳しい。

54 藤田芳仲「川端雑記（その二）──俳句に関するメモより」（『ゆうかり』、一九三九年八月号）七頁。

55 堀越生「文芸時評〈協会運動と忘八〉」（『台湾時報』、一九三九年九月）一二〇頁。

56 無署名「内地の文士は台湾の嘘を書く──彼等へ台湾を宣伝せよ」（『台湾公論』、台湾公論社、一九三八年五月）二一頁。

57 山本孕江「台湾俳句のために──秋桜子氏へ」（『ゆうかり』、一九三六年一〇月）六頁。

58 鬼谷子「文芸時評〈気魄の貧困〉」（『台湾時報』、前掲書）一六三頁。

59 『あらたま』（一九三五年一一月）五一頁。

60 森田馨造「短歌漫想」（『原生林』、一九三六年二月）一六頁。

61 小林藤吉は次のように述べている。「湾化！この言葉は誰しも余りに聞きよい印象を与へるものではないし、他の人にも強いて言ひたくないことだが、之は在台者の誰れでも不知の間にじりじりと導き行くので、どうしても免れ得られないのだ。」（「読書随感」、『台湾時報』、一九三三年五月、五三頁）。実際、「湾化」という言葉はかなり早くから用いられていたようで、島田謹二が引用した渡辺香墨の一九〇二年の日記にすでに見られる。松風子「正岡子規と渡辺香墨」（『台湾時報』、一九三九年五月号、一五〇頁）を参照のこと。

62 こうした「台湾意識」は一九四〇年代に入るとさらに一歩進み、『民俗台湾』にたびたび見られるように、「わが郷土台湾」、「われわれ台湾島民」という意識、さらには内地の日本人に対する対抗意識にまでエスカレートしていく。

63 『民俗台湾』第二〇号（台北：民俗台湾社、一九四三年二月、二八頁）には次のような記載がある。「自分は台湾に来て六、七年になるが、近頃になつて、いろ〳〵な人に接してゐるうちに始めて判つたことがある。それは本島人のみならず、台湾生まれの内地人が、「湾生」の如き一種の蔑称を伴ふ眼で見られ、またそれに対する一の反応から来る「湾生意識」の如きものがそれらの人々の間に存在してゐるらしいと云ふことである。そしてこの所謂「湾生」の反抗的意識は相当に強いものであるらしい」。筆者の「蓬頭児」は、台北帝国大学医学部教授金関丈夫のペンネーム。アルジェリアでも、次第にアルジェリア化し、現地に同化してゆくヨーロッパ人社会の変化が、小説家にとって最も新しく、興味深いテーマになっていたという。Roland Lebel, *Histoire de la littérature coloniale en France*, Paris : Larose, 1931,p.102.

64 黄石輝「怎様不提倡郷土文学」（初出『伍人報』、第九～一一号、一九三〇年八月一六日～九月一日）。以下、郷土文学論争に関する資料は、中島利郎編『1930年代台湾郷土文学論戦』（高雄：春暉出版社、二〇〇三年三月）を参照した。

65 その背後には、一九二七年を境とする台湾抗日ナショナリズムの思想状況の転換という政治的な影響があった。一九二七年というのは、それまで台湾抗日運動の中心であった台湾文化協会が左派と右派に分裂し、左派が実権を握った年である。こうした動きの中でプロレタリア運動も活発化し、一九三〇年には『伍人報』、『台湾戦線』、『洪水報』などの雑誌が続々と創刊された。黄石輝の「怎様不提倡郷土文学」もこのような流れから出てきたのであり、黄は左旋回後の文化協会高雄州支部代表であった。一方、中国では一九二七年に国共合作が失敗し、内戦が勃発する。大陸の混乱は中国革命への合流という台湾抗日運動の目標に修正を余儀なくし、台湾は孤立した。当然、台湾人大衆の問題も台湾内部で考えるしかなくなり、黄石輝も文芸大衆化についての考察を台湾という範囲に限ったのである。それは、中国とは切り離したところで、台湾固有の文学を建設するという民族主義的な意図に繋がっていった。政治的な背景については、若林正丈「台湾抗日ナショナリズムの問題状況・再考」（『海峡――台湾政治への視座』、研文出版、一九八五年一〇月）を参照のこと。

66 陳淑容『一九三〇年代郷土文学／台湾話文論争及其余波』（台南：台南市立図書館、二〇〇四年一二月）五二～六二頁。

67 黄石輝「怎様不提倡郷土文学」（中島利郎編『1930年代台湾郷土文学論戦』、前掲書）五頁。

68 陳淑容によると、一九〇〇年生まれの黄石輝は日本統治下に成長した第一世代で、新しい公学校教育と同時に、伝統的な漢学教育からも多くを汲んでおり、プロレタリア思想の影響は受けたものの、民族アイデンティティーの上では「旧」文人に近かったという。参照：陳淑容『一九三〇年代郷土文学／台湾話文論争及其余波』（前掲書）一〇二～一〇三頁。

69 郭秋生「建設『台湾話文』一提案」（初出は『台湾新聞』、一九三一年七月七日。三三回連載）。

70 以下の論文に、「郷土文学《ハイマートクンスト》」に対する批判が見える。廖毓文「給黄石輝先生——郷土文学的吟味」（初出『昭和新報』一九三一年八月一・八日）、朱点人「検一検『郷土文学』」（初出『昭和新報』、一九三一年八月二九日、連載三回）、頼明弘「絶対反対建設台湾話文推翻一切邪説」（初出『昭和新報』、一九三四年二月二日～四月二九日、八回連載）。

71 民衆から生まれた「歌仔」（民謡）や「歌仔戯」（伝統演劇）などから養分を得て近代文学を創造し、民衆に戻すという方向性が模索された。以下を参照のこと。郭秋生「建設『台湾話文』一提案」（『台湾民報』、一九三一年八月二九日、九月七日）。黄得時「談談台湾的郷土文学」（『台湾新民報』、一九三二年?）や、雑誌『第一線』の「台湾民間故事特輯」（一九三五年一月）。

72 葉栄鐘（奇）「第三文学提唱」（『南音』、第一巻第八号、一九三二年五月）巻頭言。

73 若林正丈「台湾抗日ナショナリズムの問題状況・再考」（『海峡——台湾政治への視座』、前掲書）一二一頁。

74 陳淑容『一九三〇年代郷土文学／台湾話文論争及其余波』（前掲書）一五二～二〇九頁。

75 第二次論争のきっかけとなったローマ字提唱論者の何春喜だけは言語の問題にこだわり、『台湾新文学』創刊号で、文学を志す台湾人が「和文」で表現するなら日本文学に、「漢文」なら「中国文学」に合流すべきであり、「台湾文学」を建設したいなら、まず「台湾白話文」の建設が必要であると主張していた。だが、こうしたスタンスはすでに少数派であり、何春喜自身、これを「日本語」で書いていた。

76 楊逵「芸術は大衆のものである」（『台湾文芸』第二巻第二号、一九三五年二月）一二頁。一九三四年一〇月、楊逵の「新聞配達夫」が内地の文芸誌『文学評論』の二席に当選した。

77 新居格と石川達三のコメントは、『台湾新文学』創刊号の「台湾の新文学に所望する事」というアンケートの回答として、掲載された。

78 「二言三言」（『台湾文芸』第三巻第六号、一九三六年五月）七〇頁。

79 光明静夫「北部同好者座談会」(『台湾文芸』第二巻第二号、一九三五年二月)六頁。
80 楊杏東「『台湾文芸』の郷土的色調」(『台湾文芸』第二巻第一〇号、一九三五年九月)八〇頁。
81 郷土文学論争の時代、蔡培火が「郷土の美」を宣伝したことで、趙啓明から「貴族的」であるとの批判を受けている。しかし、蔡の目的は台湾人の民族意識を高めるためであり、内地の読者に向けた宣伝ではなかった。その後、『フォルモサ』のような日本語雑誌の登場とともに、劉捷らによって「郷土色」の重要性がしきりに論じられるようになる。陳淑容『一九三〇年代郷土文学/台湾話文論争及其余波』(前掲書)、一五二~一六一頁。
82 葉山嘉樹「台湾の新文学に所望する事」(『台湾新文学』第一巻第一号、一九三五年一二月)三二頁。
83 貴司山治「台湾の作家に望むこと」(『台湾新文学』第一巻第一号、一九三五年一二月)三六頁。また、長塚藤一は「さて、台湾の文化を生活を書く任務を与へられたる台湾の作家の任務は、なへんにあるだらうか、それは重大な問題である。台湾の文学芸術は特殊な政治機構に支配をうけ、他にない貴重な風習で民衆は村を作つてゐる。その村の制度を知りたい。リアリチツクに書いてもらひたい希望で我等は一ぱいなのである」と述べていた。長塚藤一「台湾作家に望む」(『台湾新文学』第二巻第一号、一九三六年一二月)五二頁。台湾の現実をレアリスティックに描くことが、内地の読者からしりきに求められていたのである。
84 洪耀勲「芸術と哲学」(『台湾文芸』第三巻第三号、一九三六年二月)二一頁。
85 「台湾新文学当面の問題」(『台湾新文学』第一巻第四号、一九三六年五月)五頁。
86 久野豊彦「東京文壇を軽蔑し給」(『台湾文芸』第三巻第四・五号合併号、一九三六年四月)三八頁。
87 新垣宏一(『台湾新文学』第一巻第一号、一九三五年一二月)四八頁。
88 これについては、和泉司「憧れの『中央文壇』――一九三〇年代の『台湾文壇』形成と『中央文壇志向』」(『文学年報2 ポストコロニアルの地平』、世織書房、二〇〇五年八月)を参照のこと。和泉によると、楊逵・呂赫若・龍瑛宗ら台湾人作家が日本の文芸誌に投稿した作品には、台湾的な色彩が強調されていたという。
89 游勝冠『台湾文学本土論的興起与発展』(前衛出版社、一九九六年七月)一六~二三頁。
90 西川満『わが越えし幾山河』(人間の星社、前掲書)一七頁。
91 西川満「台湾文芸界の展望」(『台湾時報』、前掲書)八四頁。

92 ミストラルにはもともと「郷土」と「植民地」を結ぶ働きが隠されており、フランスの植民地で独自の文学を生み出す作家、特に詩人については、「ハイチのミストラル」（Mistral haïtien）などという呼称が与えられ、「熱帯のミレイユ」（Mireille tropicale,『ミレイユ』はミストラルの代表作）を生み出すことが期待されていた。Rolan Lebel, *Histoire de la littérature coloniale en France*, Paris : Larose, 1931,p.190.

93 松風子「西川満氏の詩業」（『台湾時報』、一九三九年一二月）五七頁。

94 西川満の「地方主義文芸」については、中島利郎の以下の論文を参考にした。「日本統治期台湾文学研究―日本人作家の抬頭―西川満と『台湾詩人協会』の成立」（『岐阜聖徳学園大学紀要』第四四集、二〇〇五年二月、四三～五四頁）。「日本統治期台湾文学研究『台湾文芸家協会』の成立と『文芸台湾』―西川満『南方の烽火』から」（同前、第四五集、二〇〇六年二月、九一～一〇八頁）。「日本統治期台湾文学研究―西川満論」（同前、第四六集、二〇〇七年二月、五九～六四頁）。

95 島田謹二「小鳥でさへも巣は恋し」（東北帝国大学法文科会編集『文化』二―六、岩波書店、一九三五年六月）六七～七八頁。

96 「フエリイブル結社」というのは間違いで、「Félibrige《フェリブリージュ》結社」というのが正しい。Félibres（フェリーブル）は南仏語（プロヴァンス語）で創作する作家・詩人のこと。なお、フェリブリージュは現在も活動を続けており、プロヴァンス語とフランス語によるHPを開設している。http://www.marraire.com/Oc/Felibrige.php。

97 後に杉富士雄は島田謹二の卓見を評価しながらも、実はこの詩がオーバネルではなく、ミストラルの作であることを証明した。杉富士雄「『海潮音』とフェリブリージュの詩人たち」（『ミストラル『青春の思い出』とその研究』、福武書店、一九八四年五月）六五九～六七一頁。

98 雑誌『帝国文学』で以下の論文が紹介されている。片山正雄「郷土芸術論」（一二巻四号、一九〇六年四月）、片山正雄「郷土芸術論（承前）」（一二巻五号、一九〇六年五月）、桜井政隆「最近独逸の郷土文学」（一四巻三号、一九〇八年三月）、迷羊「海外騒壇―独逸郷土文学の全盛」（一五巻一号、一九〇九年一月）。“Heimatkunst”は「郷土芸術」、「郷土文芸」とも訳された。

99 島田謹二は歌誌『原生林』に寄稿した論文「文学の社会表現力」（一九三七年七月）で、ドイツの郷土芸術について、そこに描かれた郷土が、郷土在住の読者よりむしろ外地に暮らすドイツ人の郷愁を満たしていたとして、批判的であった。また「台湾の文学的過去に就て」（『台湾時報』、前掲書、一四〇頁）では、「民間文学は、特に本島人諸士の間に攻究者にこと欠かないやうであるが、やや独逸浪漫派の学匠達の陥つたと同じやうに、原始的なるが故に価値高しとする謬見が強いやうに傍観される」と、ドイツロマン派的な郷土文学について、批判を繰り返している。

100 島田謹二がドイツの「郷土主義」をモデルにしなかった背景には、「近代化」の問題も潜んでいたと思われる。そもそも外来の近代化が引き起こした伝統社会の崩壊という問題を抱えていたドイツや日本内地とは異なり、台湾では近代化を持ち込んだのが日本であり、近代化こそ植民地統治を正当化するための口実であった。一九三九年には小林躋造総督が「南進化」とともに「工業化」のスローガンを掲げたこともあり、特に在台日本人の立場では反近代的な田園回帰や農村回帰を唱えることは現実的ではなく、文芸運動の目標にはなりえなかったと思われる。

101 プロヴァンス文学については以下を参照した。工藤進『南仏と南仏語の話』（大学書林、一九九五年八月、第三版、初版は一九八〇年七月）、西川長夫『フランスの解体　もうひとつの国民国家』（人文書院、一九九九年一〇月）、杉富士雄「プロヴァンスとミストラル」（『ミストラル『青春の思い出』とその研究』、前掲書）。渡辺守章・柏倉康夫・石井洋二郎著『フランス文学』（放送大学教育振興会、二〇〇三年三月）。Emle Riepert, *Le Félibrige*, Paris : Armand Colin, 1924.

102 フランス語の南部への浸透にともない、一八世紀中葉以降、プロヴァンス語の地位が低下し、プロヴァンス語による文学作品が激減したことが背景にある。ただし、フランス語＝国語に対する抵抗の意識が芽生えたのは、革命以後であった。Auguste Brun, *La langue française en Provence de Louis XIV au Félibrige*, Genéve : Slatkine Reprints, 1972, Réimpression de l'édition de Marseille, 1927.

103 『プロヴァンス年鑑』にはプロヴァンス地方の伝説・説話・小話などが収集され、大衆読物として人気を博した。平均発行部数は一万部。参照：杉富士雄『ミストラル『青春の思い出』とその研究』（前掲書）二七八頁。

104 島田謹二「小鳥でさへも巣は恋し」（『文化』、前掲書）七〇頁。なお、この一九五四年三月二一日という日付については、後に杉富士雄が誤りであることを指摘している。杉富士雄「『海潮音』とフェリブリージュの詩人たち」（『ミストラル『青春の思い出』とその研究』、前掲書）、六六九～六七〇頁、注（3）を参照のこと。

105 杉富士雄はオーバネルについて、「フェリブリージュ運動が政治的結社の色を濃くするに及んで、彼は芸術至上主義の立場から、文学の純粋性を持して譲らず、ついにフェリブリージュを脱退した」と述べている。杉富士雄「『海潮音』とフェリブリージュの詩人たち」(『ミストラル『青春の思い出』とその研究』、前掲書)六四九頁。

106 島田が参照した文献は以下の通り。Ludovic Legré, *Le Poète Théodore Aubanel—Récit d'un témoin de sa vie*, Paris: Librairie Victor Lecoffre, 1894 ; Eugène Lintilhac, *Les Félibres. A travers leur Monde et leur Poésie*, Paris : Lemerre, 1895. Eugène Lintilhac の著書は入手困難なため未見。Ludovic Legré は、プロヴァンス文学はフランス文学でもあるという立場で、オーバネルの伝記研究および作品紹介を行っている。フェリブリージュの民族主義的、あるいは政治的側面には触れていない。

107 フェリブリージュの新世代は一八九二年に「連邦主義宣言」(la déclalation fédéraliste) を出した。Emle Riepert, *Le Félibrige*, op.cit., p.124.

108 以下を参照した。Florian-Parmentier, *Histoire de la littérature française de 1885 à nos jours*, Paris: Eugène Figuière et Cie, Editeurs, 1914, pp.125-135. Jean Charles-Brun, *Le Régionalisme*, Paris: Bloud et Cie, Editeurs, 1911, p.142. F.Jean-Desthieux, *L'Evolution régionaliste —De Félibrige au Fédéralisme*, Paris : Edition Bossard, 1918, pp.18-19. Anne -Marie Thiesse, *Ecrire la France- Le mouvement littéraire régionaliste de langue française entre la Belle Epoque et la Libération*, Paris: PUF, 1991.

109 相当数に上るので、代表的なものだけ挙げておく。文学研究では Emile Ripert の *Le félibrige* (Paris : Armand Colin, 1924) が、フェリブリージュ成立の前史から発展の過程を、ミストラルの作品分析なども含め、詳細に紹介している。フランス語の南部への浸透を一六世紀の「ヴィレール・コトレの勅令」にまで遡って歴史的に検証し、革命以降の「国家・国民・国語」の強制に対する反動として、フェリブリージュが結成されたことが論じられている。歴史方面では、Auguste Brun の *La langue française en Provence de Louis XIV au Félibrige* (前掲書) が代表的。

110 吉江喬松の滞仏は第一次世界大戦中から戦後直後にかけてであったが、大戦後は「緩慢な死」(la morte lente) ともいわれるほど深刻化した地方の疲弊によって、ミストラルの名が地方活性化のシンボルとして呼び起こされた時期であった。F.Jean-Desthieux, *L'Evolution régionaliste—De Félibrige au Fédéralisme*, op.cit., pp.15- 16.

111 西川満「歴史のある台湾」（『台湾時報』、一九三八年一二月）六六〜六七頁。

112 Auguste Brun, *La langue française en Provence de Louis XIV au Félibrige*（前掲書）、およびグザヴィエ・ド・プラノール著、手塚章・三木一彦訳『フランス文化の歴史地理学』（二宮書店、二〇〇五年一二月）を参照のこと。

113 吉江喬松は長野県東筑摩郡塩尻村の広大な旧家に生まれるが、父が事業に失敗したため没落し、松本中学卒業後のほぼ三年間、畑の耕作、山林の伐採、養蚕の手伝いなどに明け暮れた。しかし、文学への思いが断ち切れず、一九〇二年、早稲田大学文学部文学科に入学、卒業後の一九一〇年、早稲田大学文学部英文科講師になり、フランスから帰国早々、早稲田学仏蘭西文学専攻教授となった。赤松昭「吉江喬松」（『近代文学研究叢書』第四六巻、昭和女子大学近代文学研究所、一九七七年）八六〜九四頁。

114 吉江喬松「現代小説概観」（『仏蘭西文学概観』（二）、新潮社、一九三〇年三月）。引用は同書新潮文庫版（一九三三年四月）二七二〜二七三頁。吉江はまた、『世界文芸大辞典』の「レジョナリスム」の項目を執筆した際、シャルル・ブラン『地方主義文芸・美学』、およびフロリアン・パルマンティエ『現代仏蘭西文学史——一八八五年より一九一四年まで』を参考文献として挙げているが、特に後者では現代フランス文学における地方主義文学の隆盛が詳細に紹介されていた。なお、Julian Wright の *The Regionalist Movement in France 1890-1914 Jean Charles-Brun and French Political Thouht* (New York: Oxford University Press Inc., 2003) には Charles-Brun のビブリオ・グラフィーが掲載されているが、『地方主義文芸・美学』(*Esthétique Régionaliste*) という単行本は見当たらない。吉江喬松は Charles-Brun の *Le Régionalisme* と同じ一九一一年に出版された、M.-C.Poinsot の *Esthétique Régionaliste* (Paris: Figuière) とを混同したと思われる。

115 秋田県秋田市生まれの翻訳家・社会運動家（一八九四〜一九七八）。本名、近江谷駒（おうみやこまき）。暁星中学卒業後、フランスに渡り、パリ大学法学部を卒業。大正八年に帰国し、雑誌『種蒔く人』を創刊した。なお、小牧近江や吉江喬松のフランス留学については、渡邊一民『フランスの誘惑』（岩波書店、一九九五年一〇月）に詳しい。

116 吉江喬松の人と生涯については、赤松昭「吉江喬松」（『近代文学研究叢書』第四六巻、前掲書）を参考にした。

117 吉江孤雁「フランス文芸印象記（三）ミストラルの家」（『新文学』第一六巻第一号、一九二一年一〇月）三七四〜三七八頁。吉江喬松「南國《ミディ》」（『新潮』第三六号第三巻、一九二二年三月）二一〜一四頁。

118 吉江孤雁「フランス文芸印象記（三）ミストラルの家」。引用は『吉江喬松全集』第三巻（白水社、一九四一年三月）一四五頁。
119 石塚出穂「あやめ咲く野の農民詩人――一九二〇年代の日本と詩人ミストラル」（『仏語仏文学研究』第二七号、二〇〇三年五月）一三六頁。
120 同右。
121 吉江喬松と農民文学の係わりについては、次の文献を参照した。小田切秀雄編・犬田卯著『日本農民文学史』（農文協、一九五八年一〇月）。山田清三郎『近代日本農民文学史（上）』（理論社、一九七六年九月）。
122 水野葉舟・星野辰男共訳、ミストラル著「思ひ出　その一　家出、その二　夢」（『仏国小学読本』上巻、世界文庫刊行会、一九二一年）、水野葉舟訳・ミストラル著「太陽をほめる歌」、「驢馬の首」（『フランス小学読本』（世界文庫刊行会、一九二三年）、ルグロ著・椎名其二訳『ファブルの一生――科学の詩人』（叢文閣、一九二五年）、犬田卯「野の詩人ミストラル」（犬田卯・加藤武雄共著『農民文芸の研究』、農民文芸叢書第二編、春陽堂、一九二六年）、和田伝「仏蘭西に於ける農民文学」（農民文芸会編『農民文芸十六講』、春陽堂、一九二六年）など。
123 石塚出穂によると、この後、日本におけるプロヴァンス文学の研究は停滞し、ようやく生まれた新たな研究が島田謹二の「小鳥でさへも巣は恋し」であったという。石塚出穂「仏文学の周縁へ――昭和前期の近代プロヴァンス文学」（『仏語仏文学研究』第二八号、二〇〇三年一一月）七七～九六頁。
124 島田謹二は東京外国語学校在学中の一九二二年前後、西条八十編集の文芸誌『白孔雀』（一九二二年三月創刊）を通して、吉江喬松に出会っていたと思われるが、農民文学経由でプロヴァンス文学に興味を示した形跡はない。参照、小林信行「若き日の島田謹二先生――書誌の側面から(1)」（『比較文學研究』七五、前掲書）一一八頁。
125 もっともアン＝マリー・ティエスは「パリに支部や協力者を置いていたフェリブリージュの自主独立性を過大評価すべきではない」と述べている。ミストラルの『ミレイユ』が成功を収めたのもパリであった。Anne-Marie Thiesse, *Ecrire la France* op.cit., p.25.
126 吉江喬松「仏蘭西印象記　冬の巴里他六篇」（『吉江喬松全集』第三巻、白水社、一九四二年三月）。
127 「南欧の空」、『改造』、一九二二年一二月～一九二三年二月に連載。「南方の美」（『南方文学』第一号、三田書房、一九

二四年五月)。以下、「南方の美」の引用は『南欧の空』(早稲田大学出版部、一九二九年一月、「文芸評論」の七三〜七八頁)より。

128 『媽祖』創刊号(媽祖書房、一九三四年一〇月)。なお、吉江の言葉はボードレールの詩「旅への誘い」(『悪の華』)の有名なルフラン、「彼処《かしこ》では、すべてがただ秩序《ととのい》と美しさ、奢侈《おごり》、静けさ、そして逸楽」(訳：阿部良雄)を踏まえていると思われる。

129 西川満「台湾文芸界の展望」(『台湾時報』、前掲書)八四頁。

130 鬼谷子「気魄の貧困」(『台湾時報』、前掲書)一六四頁。

131 詳しくは、中島利郎「日本統治期台湾文学研究——「台湾文芸家協会」の成立と『文芸台湾』——西川満「南方の烽火」から」(『岐阜聖徳学園大学紀要』、前掲書)を参照のこと。

132 河原功「一九三七年の台湾文化・台湾新文学状況——新聞漢文欄廃止と中文創作禁止をめぐる諸問題」(『成蹊論争』、前掲書)六二頁。

133 島田謹二「台湾の文学的過現未来」(『文芸台湾』、前掲書)一〇頁。

134 但し、マルクシズムの影響を受けた上清哉・藤原泉三郎らが一九三一年、王詩琅、張維賢等とともに「台湾文芸作家協会」を結成し、雑誌『台湾文学』を創刊している。だが長くは続かず、協会の解散以後、内地人の文学運動は「ぱつたりとその文学的燃焼力を失つて」しまった。参照：志馬陸平「青年と台湾(十)=文学運動の変遷=」(『台湾時報』、一九三七年一月)三三四頁。

135 藤田芳仲「戦と俳句」(『ゆうかり』、一九四〇年一月)二五頁。

136 山本孕江「爽涼亭だより」(『ゆうかり』、一九三七年九月)五〇頁。

137 例を挙げる。「戦時体制下の燈くらき台南の街ふけて歌会もどりに立蕎麦くへり」(加納家小郭家)、「支那事変刻々に深まる臨時ニュースに心かまけて今日もくらしつ」(水原みよ)。二首とも『原生林』(一九三七年一〇月、三および一四頁)。

138 池田敏雄の歌は『原生林』(一九三七年一二月号、六頁)、濱口正雄の歌は『あらたま』(一九三八年一月号、五頁)より引用。

139 「編集後記」(『原生林』、一九三九年二月)二六頁。

140 『ゆうかり』に、以下のような批判が見える。「ゆうかり誌上にも、このごろ時局に関連した俳句がぼつ〳〵発表されるようになつて来たのは当然のことであらう。たゞ茲に戒心すべきは、作らんが為に作つた句換言すれば拵えものゝ句、芸術的良心を伴はない句は、詩的感興の薄い句は、同じ十七文字に綴られても、それは断じて俳句としての生命がない、といふ一事である。彼の、世に時事俳句と称するものは概ねこの手合いの句であると云つても過言ではあるまい。」(傍点──筆者)烏秋生「烏秋漫話⑸時局と俳句」(『ゆうかり』、一九三七年一一月)二六〜二七頁。

141 O.P.Q「文化月評」(『台湾時報』、一九三八年六月)一二一頁。

142 文化や芸術の効用が謳われ、国家のために動員されたことが次のような記事からもうかがえる。「絵画も、芸術運動も、今や非常時局と如何に結合すればよいかに焦点が集められてゐる。芸術の社会的効用の問題が至る処に論議されてゐる。それは明らかに民族主義的な傾向をたどりつゝある。(……)戦場の同胞と同様、銃後の吾々も皆な一様に武器を把つて闘ふ決意で自らその動員に参加してゐる。」松ヶ崎亜旗「戦時下の台湾──戦争と芸術」(『台湾時報』、一九三八年九月号)一〇〇〜一〇一頁。

143 S.Q.S「文化月評」(『台湾時報』、一九三八年三月)一五五頁。

144 烏秋生「烏秋漫語」(『ゆうかり』、一九三八年一二月)一二頁。

145 「文芸家協会結成　台湾詩人協会を改組して」(『台湾日日新報』、一九三九年一二月五日)。

146 西川満「歴史のある台湾」(『台湾時報』、前掲書)六七頁。

147 翌月の『ゆうかり』には「御覧の通り雑詠も盛況で、戦時も今は第二期に入り、皆さまの落ちつきが、自然に句作の方にも再興の機運を示してこられたことを痛切に感じ」るとの言葉も見える。山本孕江「爽涼亭だより」(『ゆうかり』、一九三八年三月)五二頁。

148 『ゆうかり』では、烏秋生「戦争と俳句」(一九三七年一〇月)、高須賀北南子「断章」(一九三七年一一月)、烏秋漫話⑸「時局と俳句」(一九三七年一一月)が挙げられる。『原生林』では、田淵武吉「事変短歌と国民精神」(一九三八年四月)、大伴耕太郎「源氏物語に現れたる日本女性の本質」(一九三八年七月)が、『台湾婦人界』の「文芸欄」では、岡田端「戦争文学に何故傑作が少ないか」(一九三八年五月)、高村敏夫「戦争と文学」(一九三八年一二月)が、戦争と文学について論じていた。

149 柳書琴『戦争与文壇――日拠末期台湾的文学活動（1937.7―1945.8）』（前掲書）六七～七四頁。

150 張文環に言わせると「有閑マダム的ままごと」という雰囲気も、彼が黄得時や中山侑らと『文芸台湾』を離れ、一九四一年五月『台湾文学』を創刊した理由の一つであった。参照：張文環「雑誌『台湾文学』の誕生」（『台湾近現代史研究』、第二号、一九七九年八月）一八〇頁。

151 中島利郎「日本統治期台湾文学研究――日本人作家の抬頭――西川満と『台湾詩人協会』の成立」（『岐阜聖徳学園大学紀要』、前掲書）五一頁。

152 胎中千鶴『葬儀の植民地社会史――帝国日本と台湾の〈近代〉』（風響社、二〇〇八年二月）一五一～一五二頁。

153 三巻俊夫『在台三十年』（台北：台北新聞社、一九三九年一一月）一一二頁。

154 岡田謙「士林文化展を観る」（『民俗台湾』第四号、一九四一年一〇月）一三頁。

155 花山進「点心」（『民俗台湾』第四三号、一九四五年一月）三〇頁。

156 T・I（池田敏雄）「編集後記」（『民俗台湾』第六号、一九四一年一二月）五六頁。

157 T・K（金関丈夫）「編集後記」（『民俗台湾』第一六号、一九四二年一〇月）四八頁。

158 志馬陸平「文化月評」（『台湾時報』、一九三八年二月）六九頁。ただし、志馬（中山侑）は後に短篇小説「ある抗議」で、「皇民練成運動の極端に歪曲された一面としての愚劣な皇民劇」などを、「正しき国民として見るべき娯楽ではないのだ、皇民化のめざす（二字不明）は、決してこうした所にはないのだ」と批判している。中山侑「ある抗議」（『台湾文学』創刊号、一九四一年五月）二～一九頁。

159 濱田隼雄（一九〇九～一九七二）は仙台第二中学時代、教師として同校で教鞭をとっていた島田謹二の教えを受けている。その後、台北高等学校に学び、島田が台湾に赴任した直後の一九二九年四月、東北帝大に入学した。専攻は国文学で、岡崎義恵に師事したが、社会主義運動に熱中し、学業は半ば放棄していたという。卒業後、雑誌記者を経て、一九三三年に渡台、私立静修女学校、台南第一高等女学校、台北第一高等女学校で教鞭を取った。島田のご長女齊藤信子氏が台北第一高女に学んだときの担任でもあり、島田との縁は深い。詳細は、松尾直太『濱田隼雄研究――文学創作於台湾（1940-1945）』（台南：台南市立図書館、二〇〇七年一二月）を参照のこと。

160 濱田隼雄「二千六百一年の春—台湾文芸の新体制に寄せて」(『台湾日日新報』、一九四一年一月三日)四面。
161 柳書琴によると、太平洋戦争勃発前まで、台湾文壇の主要勢力は「芸術至上主義」論者だったという。柳書琴『戦争与文壇—日拠末期台湾的文学活動(1937.7—1945.8)』(前掲書)一三五頁。
162 松風子「台湾に於けるわが文学」(『台湾時報』、前掲書)五八頁。島田謹二「台湾の文学的過現未」(『文芸台湾』、前掲書)二二頁。
163 後藤乾一「台湾と南洋—『南進』問題との関連で」(『岩波講座 近代日本と植民地2 帝国統治の構造』、前掲書)一五三頁。
164 坂本徳松『南方文化論』(大阪屋号書店、一九四二年六月)一八九頁。
165 佐々木龜夫「現下の台湾と青年指導」(『台湾時報』、一九三九年一月)三一頁。
166 小林躋造「新年の辞」(『台湾時報』、一九三九年一月)三頁。
167 森岡二朗「念頭の辞」(『台湾時報』、一九三九年一月)五頁。
168 O.P.Q.「文化月評」(『台湾時報』、一九三八年六月)一二五頁。
169 松風子「台湾に於けるわが文学」(『台湾時報』、前掲書)五九頁。
170 当時、日本の帝国大学の史学は、国史、東洋史、西洋史の三つに分けられていたが、台北帝大のみ、西洋史の代わりに南洋史が設けられていた。葉碧苓『学術先鋒 台北帝国大学与日本南進政策之研究』(台北県:稲郷出版社、二〇一〇年六月)
171 内閣総理大臣広田弘毅、陸軍大臣寺内寿一、海軍大臣永野修身、大蔵大臣馬場鍈一、外務大臣有田八郎の五閣僚によって開催された会議。参照:同右、二二頁。
172 葉碧苓『学術先鋒 台北帝国大学與日本南進政策之研究』(前掲書)。井出季和太『南進台湾史考』(台北:南天書局、一九九五年一月、初版は東京:一九四三年一一月)一五六~一五七頁。
173 台湾南方協会の外事部長に台北帝大気象学講座教授白鳥勝義が任命され、マレー語や安南語等語学教材の執筆には言語学講座教授浅井恵倫が、『熱帯衛生必携』には医学部の森下薫や高橋新吉が係わった。文献資料の翻訳・研究には、別に「台湾南方協会調査委員会」が設置され、土俗人種学の移川子之蔵、経済学の楠井隆三、教育学史の伊藤猷典、南洋史の岩生成一ら多数の教員が調査委員に招聘されていた。葉碧苓『学術先鋒　台北帝国大学与日本南進政策之研究』第三章（前掲書）一一一～一七二頁。

174 葉碧苓『学術先鋒　台北帝国大学與日本南進政策之研究』（前掲書）一三七頁。

175 同右、第四章、一七三～二七四頁。

176 香港大学の蔵書には西洋の文献、特に古典および文学書が多かったため、専門家が必要とされたという。小林信行「若き日の島田謹二先生――書誌の側面から（完）」（『比較文學研究』第八〇号、二〇〇二年九月、一二八頁）を参照のこと。なお、島田の香港行きの事情については、齊藤信子『筏かづらの家』（前掲書、一〇四～一〇六頁）にも詳しい。それによると、島田は磯谷香港提督に気に入られ、香港大学図書館長（実際は副館長。館長は神田喜一郎）の誘いを受けたのだが、実際は島田が思いを寄せる赤堀梅子（花浦みさを）が夫の廈門総領事赴任に伴い、香港とは目と鼻の先に、夢のような領事官邸を構えていたからであるという。

177 中島利郎「日本統治期台湾文学研究――日本人作家の抬頭――西川満と『台湾詩人協会』の成立」（『岐阜聖徳学園大学紀要』、前掲書）四五頁。

178 「台湾に於けるわが文学――『華麗島文学志』エピローグ」は後に「台湾の文学的過現未」の（下）になるわけだが、一九四〇年一月の「台湾の文学的過去に就て」で示された『華麗島文学志』の構想によると、「台湾の文学的未来に就て」と改題されて結論部に置かれることになっていた。実際、「台湾に於けるわが文学」には、今後の台湾の日本文学が進むべき方向が示されている。

179 「編集後記」（『台湾時報』、一九三九年四月号）。

180 単行本としては阿Q之弟作・張文環訳『可愛的仇人』（台湾新民報社、一九三八年二月）、新聞連載小説では王昶雄「淡水河の漣」（『台湾民報』、一九三九年八月～九月）、および龍瑛宗「趙夫人の戯画」（同前、一九三九年九月～一〇月）が挙げられる。

181 鬼谷子「文芸時評〈気魄の貧困〉」（『台湾時報』、前掲書）一六〇～一六一頁。

182 黄野人「文芸時評〈淡水と三つの小説〉」（『台湾時報』、一九三九年七・八月合併号）一〇四頁。

183 「新刊紹介」（『台湾時報』、一九三九年六月）一九五頁。

184 「ラジオ時評」（『台湾時報』、一九三九年七・八月合併号）二四五頁。

185 「大陸文学」の定義は幅広く、日本人作家の大陸旅行についての紀行文から、横光利一の『上海』のような「大陸の環境」を描いた文学、移民や開拓事業を扱った「開拓文学」まで、多様である。現在では「満洲文学」と区別して用いられている。参考：板垣直子『事変下の文学』（前掲書、第三章「大陸文学」）。菊池薫「『廟会』解説」（杉野要吉監修『日本植民地文学精選集』満洲篇一、ゆまに書房、二〇〇〇年九月）。

186 志馬陸平「文化月評〈文化工作〉」（『台湾時報』、一九三八年四月）一三六頁。

187 中村地平「旅びとの眼」（『台湾時報』、一九三九年五月）六四～六五頁。

188 河原功「大鹿卓『野蛮人』解説」（『野蛮人』ゆまに書房、二〇〇〇年九月）一頁。

189 一八七四年から一九四四年までの台湾に関する日本人の文学テクストについては、以下を参照した。楊智景『日本領有期の台湾表象考察――近代日本における植民地表象』（お茶の水女子大学大学院人間文化研究科国際日本文学専攻、学位論文、二〇〇八年三月）。楊によると、一九三九年に内地の雑誌に台湾関連の作品を発表したのは中村地平と真杉静枝だけであり、他には、宮田弥太郎「高砂族描観」が『台湾時報』（五月）に、火野葦平「華麗島をすぎて」が台湾詩人協会の機関誌『華麗島』（第一号、一二月）に掲載されただけという。

190 詳しくは以下で論じた。橋本恭子「転換期在台内地人之文芸意識的改変（1937.7～1939.12）」（『台日研究生台湾文学学術研討会発表論文集』、国立中山大学中国文学系、二〇〇三年一〇月）一八七～二〇〇頁。

191 他にも、満洲を旅した小林秀雄が「満洲の印象」（『改造』、一九三九年一、二月号）を連載、単行本では、菅野正男『土と戦ふ』（満洲移住協会、六月）、打木村治『光をつくる人々』（新潮社、八月）が出版されている。満洲の文学については、以下を参照した。尾崎秀樹「『満洲国』における文学の種々相」（『近代文学の傷痕――旧殖民地文学論』、岩波書店、一九九一年六月）。川村湊『異郷の昭和文学――「満州」と近代日本』、岩波書店、一九九〇年一〇月）。菊池薫「『廟会』解説」及び井上賢一郎「『満洲国各民族創作集⑴』解説」（杉野要吉監修『日本植民地文学精選集』満洲篇一・二、ゆまに書房、二〇〇〇年九月）。

192 この他、『朝鮮文学選集』三巻（赤塚書房、一九四〇年四月）、李光洙『短篇集 嘉実』（モダン日本社、一九四〇年四月）なども出版された。朝鮮の文学については、以下を参照した。金宇鍾著・長璋吉訳注『韓国現代小説史』（龍渓書舎、一九七五年三月)。白川豊『植民地朝鮮の作家と日本』(岡山:大学教育出版、一九九五年七月。)同『朝鮮国民文学集』について(解説)」(白川豊監修・解説『日本植民地文学精選集』朝鮮篇一、ゆまに書房、二〇〇〇年九月)。

193 山田明「朝鮮文学への日本人のかかわり方」(『文学』vol.38、岩波書店、一九七〇年一一月)九二頁。

194 岡田三郎「満洲文学について」(『新潮』、新潮社、一九四〇年四月)七〇~七四頁。

195 柳書琴(『戦争与文壇——日拠末期台湾的文学活動(1937.7—1945.8)』、前掲書)一五二~一五七頁。

196 尾崎秀樹(『近代文学の傷痕——旧植民地文学論』、前掲書)二二六頁。

197 以下を参照した。金宇鍾著・長璋吉訳注『韓国現代小説史』(前掲書)。白川豊「『朝鮮国民文学集』について(解説)」(白川豊監修・解説『日本植民地文学精選集』朝鮮篇一、前掲書)。

198 黄野人「文芸時評〈淡水と三つの小説〉」(『台湾時報』、一九三九年七・八合併号)一〇四頁。

199 鬼谷子「文芸時評〈気魄の貧困〉」(『台湾時報』、前掲書)一六四頁。

200 堀越生「文芸時評〈協会運動と忘八〉」(『台湾時報』、一九三九年九月)一一六頁。

201 柳書琴『戦争与文壇——日拠末期台湾的文学活動(1937.7—1945.8)』(前掲書)一五二~一五七頁。

202 島田謹二「台湾の文学的過現未」(『文芸台湾』、前掲書)一三頁。

203 現在、国立中央図書館台湾分館編纂の『館蔵南洋資料目録』(一九九四年)には、一万一三七二冊の書籍が記載されているが、出版は一九四二年から一九四四年に集中している。

204 坂本徳松『南方文化論』(大阪屋号書店、一九四二年六月)一九二頁。

205 堺謙三「台湾文学の一方向」(『台湾日日新報』、一九四一年八月二二日)。

206 『新潮』は一九四二年に法貴三郎・我妻隆雄・五十嵐智昭「南方共栄圏の文学展望——比律賓・泰・ビルマの文学」(五月号)、森三千代「仏印の文学」(六月号)、柳田泉「南方圏を題材とした政治小説」(七月号)を掲載している。また、『学鐙』(丸善)は南方共栄圏関係書目の英仏独語書誌を一九四〇年一〇月から一九四三年一二月まで連載すると同時に、一九四二年一二月から一九四三年一二月の一時休刊まで「南方関係書解題」を二一回にわたり連載した。同誌には、この他にも南方文化関連の記事が多数掲載されている。

207 『台湾』では一九四一年一〇月号と一九四二年一月号で「南方短歌の諸問題」を特集し、「南方浪漫」や「南方の美」

について議論された。

208 特に島田については、中央文壇に対抗しているように見えて、実際は植民地主義的な版図拡大の過程で、軍事的・政治的な大勝利を南方文学の桂冠によって祝福していた、といわれている。陳建忠「尋求熱帯的椅子――論龍瑛宗一九四〇年的小説」（『日拠時期台湾作家論 現代性、本土性、殖民性』、台北：五南図書出版、二〇〇四年八月）一八一頁。

209 中島利郎「日本統治期台湾文学研究『台湾文芸家協会』の成立と『文芸台湾』――西川満『南方の烽火』から」（『岐阜聖徳学園大学紀要』、前掲書）九一～一〇八頁。

210 感想を寄せた内地文芸家の中には、佐藤惣之助や日夏耿之介など、『文芸台湾』の「賛助員」だけでなく、石川達三や吉田一穂、渡辺一夫など、「賛助員」以外の名前も見える。

211 黄得時「台湾文壇建設論」（『台湾文学』第一巻第二号、一九四一年九月）四～五頁。

212 和泉司によっても、西川満には一九三三年末に台湾に戻って以来、一九四〇年代に至るまで、一貫して根強い中央文壇志向があったことが、内地文芸誌の「文学懸賞」に応募した足跡を追うことによって証明されている。和泉司「文学懸賞を目指す植民地の〈作家〉志望者――日本帝国の〈文壇〉を巡って」（『日本台湾学会第一一回学術大会報告者論文集』、二〇〇九年六月）一二三～一三二頁。口頭報告用論文の引用を許可してくださった和泉司氏に感謝したい。

213 高須賀北南子「台湾の俳句」（『ゆうかり』、一九三六年六月）七頁。

214 藤田芳仲「台湾俳句の問題を観る（三）」（『ゆうかり』、一九三六年六月）一〇頁。

215 烏秋生「烏秋漫語⑸」（『ゆうかり』、一九三七年九月）一一頁。

216 藤田芳仲も、台湾の俳人は「台湾という固有の囲みの中に閉じ籠る」べきではなく、批判されることを恐れず、「もつと進出していい」と述べている。内地俳壇への進出は、台湾に自足することへの戒めでもあったのだろう。藤田芳仲「川端雑記（その二）――俳句に関するメモより」（『ゆうかり』、一九三九年八月）六頁。

217 孕江「台湾俳句のために――秋桜子氏へ」（『ゆうかり』、一九三六年一〇月）六頁。

218 同右。

219 西川満「文芸時評〈気魄の貧困〉」（『台湾時報』、前掲書）一六〇頁。
220 島田謹二「明治の内地文学に現れたる台湾」（『台大文学』第四巻第一号、一九三九年四月）三七～六七頁。
221 同右、六五頁。
222 樋口玉蹊子「春宵茶話」（『ゆうかり』、一九三七年三月）一〇～一一頁。
223 中村地平「旅人の眼」（『台湾時報』、一九三九年五月）六六～六七頁。
224 小生夢坊『ぼくの見た台湾・樺太』（台支通信社、一九三八年六月）を参照のこと。

第四章

「外地文学論」の形成過程

はじめに

『華麗島文学志』が「比較文学」研究の実践であると同時に、フランスの植民地文学研究に依拠していることは周知の通りだが、島田がこれら二つの研究体系から、現在一般に「外地文学論」と呼ばれる同書の理論的枠組みを構築した過程はこれまでのところ解明されていない。そのため、「外地文学」の定義は固より、「外地文学論」の三つのキー概念「郷愁・エグゾテスィム・レアリスム」に至るまで、長い間、論者たちに都合のいいように解釈され、批判されてきた。特に「エグゾティスム」と「レアリスム」については、一九四〇年代初頭の台湾文壇に波紋を投げかけて以来、現在まで議論が絶えないのであるが、論者たちの解釈には戦前からほとんど進展が見られない。それは、彼らが『華麗島文学志』の創作過程に分け入った上で、それらを理解しようとしてこなかったからである。

こうした先行研究の問題点を踏まえた上で、本章ではフランスの植民地文学研究を参照軸に、島田の「外地文学論」の独自性を明らかにし、特に「エグゾティスム」と「レアリスム」の概念を整理していきたい。「郷愁」についてては第六章に譲る。

以下、第一節では、台湾で地方主義文学を育成しようとした島田の意図が、比較文学研究を媒介に、世界の外地文学研究へと進展した過程を追う。第二節では、島田が参照したフランスの植民地文学研究の状況、およびフランス文学史における「エグゾティスム」と「植民地文学」の形成過程を辿り、島田の論考に与えた影響を考察する。第三節では、外地文学の課題として「郷愁・エグゾテスィム・レアリスム」の三点が提起された理由とその意義を明らかにし、次章の課題である一九四〇年代のエグゾティスムとレアリスムをめぐる議論の前提としたい。続く第四節では、「外地文学論」中、これまで集中的に批判を受けてきた「エグゾティスム」の概念を三つの角度から解明し、第五節では、反対にほとんど問題にされてこなかった島田の「レアリスム」観を考察する。

なお、本章では島田が故意に用いた「外地文学」と区別するため、フランスの littérature coloniale を指す場合は「植民地文学」の訳語を使用する。

第一節　郷土主義文学・比較文学・外地文学

1．島田謹二の郷土主義《レジョナリスム》

『華麗島文学志』の成立を根底から支えていたのは、一九三〇年代後半の土着化した在台日本人社会のエートスや「時代精神」であり、台湾に対して「郷土意識」を持ち始めた日本人の「民族心理」であった。それが同書に、「台湾に根を下ろした日本人の『在台湾』意識を啓発せんとする意志」が「各所にみなぎっているよう」な感じを与えているのである。島田にとって、過去の文芸活動の回顧は将来の「郷土主義文学」確立のための前提であり、真の目的は後者にあったといってよい。それほど島田の思いは強く、「台湾の文学的過現未」の次のような箇所にも確認できる。

南方の一外地――これこそ台湾が日本文学中の一翼として占める特殊な意義なのである。勿論、文学の訴へ方の普遍性といふ点から、この地に在住するものもいはゆる普遍的な事実や心理を書くことは可能である。或意味ではそれらの点も十分に考慮しなくてはならぬ。然しさういふものを眼目とするならば、別に台湾在住者でなくても、東京その他の文壇に供給者は沢山あろうと信ずる。自分の立言は飽くまでも台湾在住者の長所を発揮するにはどうすればよいかといふことに力点が置かれてゐるのであるから、所謂文学の普遍性のみを強調して、文学の地方性、特殊性を認めない人――つまり台湾を文芸的に生かさうと考へてゐない人――とは、全く立場が違うのである。自分はまづこの地のもつ特殊な文芸的意義を認めて、然るのちにその特殊なものの中に普遍的なものを暗示し、明示しようといふ立場なのである。であるから、この立場を認めない人とは話をしても無駄であらうと思ふ。[1]（傍点――引用者）

ここからは、島田がいかに「在台湾」性にこだわり、そこからものを言おうとしていたかがわかるだろう。ただし、注意すべきは、島田には郷土文芸を志向するベクトルと同時に、それを世界の普遍的な文学空間に向けて開いていこうとするもう一つのベクトルが働いていた点である。それゆえ、彼の視線は地方の特殊性にフォーカスした後、「普遍的なもの」の明示へと反転する。

もしこの南方外地文学としての特別な役割を自覚すれば、台湾の文学的未来ははっきりして来る筈である。これを更に明らかにするには広く世界の文学史を見よ。ParisやLondonや東京にのみ文学の美花は咲くのではない。或はProvenceに、或はIrlandに、或はAlgérieに、或はNicaraguaに、特異な花弁は生ひ立つた。台湾のそれと或意味で事情を同じくする文学が立派に存在してゐて、それらが必ずしも意義と価値とを持たないわけではないことを文学史はわれわれに教へてゐる。ただ今日のところでは、それらの特異な史実が十分に精査されてゐず、広く一般に知られてゐないために、大都会や一国の首都に於てのみすぐれた文学の存在が可能なやうに妄想されてゐるに過ぎないのである。[2]（傍点——引用者）

島田の狙いは、日本帝国内部では辺境の一文学に過ぎない台湾の文学を世界の郷土主義文学の回路に接続させることにより、それが大都会や首都の文学に遜色ない意義と価値を備えたものであると保証することにあった。これは「一般文学」の方法によって世界の文芸地図を書き換え、パラダイムの転換を図ろうとする試みともいえようが、そこに、島田の島田たる所以があるといっていいだろう。それは明らかに当時日本内地で盛行していた「郷土主義」とは異質であった。

実は、一九三〇年代から四〇年代というのは、日本内地でも「郷土」や「地方」に関心が集まり、「郷土主義」が叫ばれた時代であった。まず、昭和初年、世界恐慌の影響で農村が破局的な危機に陥るや、児童に愛郷心や愛国心を涵養し、郷土救済を図ろうとする郷土教育運動が文部省の肝いりで全国的に展開され[3]、その勢いは台湾にまで及んでいた。また、農村の救済と尊皇愛国が結託した農本主義の思想も台頭し、社会主義思想の弾圧によって転向を余儀なくされた知識人が「ふるさと」（土の世界・農の世界）に回帰するという現象も起きる[4]。一九三五年には明治維新以来の外来の近代思想を批判し、郷土日本への回帰を標榜する日本浪曼派も現れた。これらの現象はいずれも、一九三〇年代における日本の「郷土主義」と見なされている[5]。

一九四〇年代に入っても、第二次近衛内閣が「大政翼賛会」を組織し（一九四〇年一〇月）、同文化部が「地方文化」及び「外地文化」の振興を政策として掲げたため、「地方文化」や「地方文学」の建設が再度話題になった。

中村武羅夫は評論「地方文化の再建設問題と一つの提案」（『新潮』、一九四一年八月）で、以下のように述べている。

地方文化の再建問題の盛り上りについては、古くは柳宗悦氏を主とする地方民芸の研究とか開発運動だとか、それから柳田國男氏などの土俗研究、つまり日本各地の風土や、伝説や、行事や、言語や、風俗や、伝統の研究などに端を発してゐるのだと思ふ。それが最近次第に興隆して来たところの日本主義や、日本的なものの研究と、日本精神の興揚といふやうなことと、大政翼賛会の文化運動や、ちやうど大政翼賛会の誕生と、殆ど時を同じうして生まれたところの農山漁村文化協会の活動などと相結び、お互ひに刺激され合つて、その結果が斯くは燎原の火のごとき勢ひを以て、地方文化再建問題が、中央と言はず地方と言はず、すべての文化人たちの心を惹くと同時に、その情熱を高めさせたのだと思ふ。[6]

中村の言葉からは、この時期、日本主義と地方主義とが相結び、燎原の火のごとく燃え上がったことがうかがえるが、実はこれこそ、明治期以来の日本の郷土主義が行き着いた終着点ではなかっただろうか。しかし、島田謹二の「郷土主義」はこのような日本主義的郷土主義とは方向を少々異にしていたように思われる。

すでに述べたとおり、日本の「郷土主義」はドイツの「郷土文学」(Heimatkunst)を源流としていたが、ドイツの郷土芸術運動は、文芸思潮的には自然主義や新ロマン主義等、外来の文芸思潮に対する批判から出発し、「郷土回帰」や「田園回帰」によって健全な国民文学の育成を目指すものであった。[7] 加えて、社会の急激な近代化・工業化・都市化に対抗して、地方の文化的独立を擁護する立場を鮮明にしていたため、明治末期以来、急激な近代化がもたらした矛盾に直面していた日本社会には無理なく受容されたのであろう。[8] しかし、ドイツや日本のように近代化が西欧起源の外来物として捉えられる場合、土着の伝統を温存する農村や郷土への回帰は、不可避的に反近代主義、民族主義、国家主義的様相を帯びることになる。[9] 中根隆行によると、明治末期から大正期にかけて、都会文明を批判し、農村文化や田園文芸に価値を見出そうとする反動的文明論が数多く見られたというが、[10]こうした思潮が底流となり、吉江喬松が深く係わることになる大正期の農民文芸運動や、昭和期の超国家的農本主義および日本浪曼派に至る水脈が形成されるのである。

一九四〇年代に叫ばれた地方文化の振興も民族主義や国家主義と根を一つにしており、ここでも参照されたのはナチスの文化政策であった。池島重信「地方文化の出路」（『新潮』、一九四一年一一月）によると、地方文化の樹立に対して最も徹底した文化政策を取ったのはナチスであり、彼らは「郷土といふものに何らの愛着ももたぬコスモポリタニズム」を排撃したという。池島は、「国際芸術」に抗議したゲッペルスの「芸術は民族に根ざすこと深ければ深いほど国際的価値を増してくるものだ。（……）祖国と絶縁することによつて世界を征服し得るなどといふ妄想とは手を切り給へ」という言葉を引用しながら、郷土主義・国家主義・民族主義を等号で結び、国民文化の振興を日本文化の正しい伝統を純粋に保持している「地方」に託したのであった[11]。

島田にはどうもこうしたドイツや日本の排外主義的郷土主義とは本能的に相容れないものがあったように思えてならない。彼の唱える「郷土主義」は日本回帰を最終目的とするのではなく、一方で郷土に根を張りながら、もう一方で世界の「郷土主義」に向けて開かれていたのである。郷土や国家に根拠を置かないユートピア的世界主義も、外部に背を向けた排他的郷土主義や国家主義も、島田には等しく受け入れ難かったのではないだろうか。彼の念頭にあったのはなによりも、台湾の文学を世界の郷土主義文学のネットワークに位置づけて、大きく開花させることであった。ここに、ポール・ヴァン・ティーゲムの『比較文学』や、両大戦間の『比較文学雑誌』の影響を認めることは容易だが、世界大の見地から「国文学」を見るという、戦後、より明確化された島田の比較文学思想がすでに胚胎されていたといえるだろう。

ここで再び「台湾の文学的過現未」に戻りたい。島田は先ほどの引用に続いて、次のように述べていた。

> 故に台湾の文学はむしろパリやロンドンの都会文学の模擬ではなく、おのれと同じ立場にある他の外地文学を究め、その功罪を明らかにし、もしそこに学ぶべき点を見出しえば、それらをこそ参考して、独自な

文学——少なくとも日本文学史上例類なき、しかも有意義なる現代文学の一様式——を創成するがよいと信ずる。[12]（傍線——引用者）

ここで島田が台湾の文学を単なる「郷土主義文学」ではなく、「外地文学」と捉えている点に注意したい。実は後述するとおり、「外地文学」とは植民地で生まれた「郷土主義文学」の謂いであり、植民地に生きる宗主国人の中に在地意識が芽生え、本国からの旅行者と自分たちとの間に一線を画したところから誕生した文学であった。だが、島田の文学観はそう単純ではない。彼はまず台湾の「郷土主義文学」を「外地文学」と見なし、世界の「外地文学」の一翼に位置づけるが[13]、右の引用からも明らかな通り、それを「日本文学史上」の現代文学とも見ていたのである。つまり、「世界」と同時に「日本」という立場も堅持し、さらに注意すべきは、「日本文学史上類例なき」というように、従来の「日本文学」の枠組みには納まりきらない、ある種の変容を想定していた点である。

「比較文学の精神は複眼なのである」という島田の言葉通り、相矛盾する方向性を複数抱え込むことは比較文学者の宿命なのかもしれない。島田はまず、郷土意識の芽生えた在台日本人として、内地から自立した文学の育成を望みながら、もう一方では、そこに「わが光輝ある日本文学」の民族性を見出そうともしていた[14]。しかも同時に、世界の郷土主義文学や外地文学とも連帯し、そこに普遍的な価値を探ろうともしていたのである。

結局、『華麗島文学志』とは、島田が台湾（植民地）／日本（本国）／世界の間でナショナル（ローカル）な精神とインターナショナル（グローバル）な精神を同時に生きる経験を通して、比較文学の精神を鍛える一種の実験場だったのではないだろうか。だとしたら、彼は複数の矛盾する志向といかに付き合い、いかなる場面で、いかに運用したのだろうか。それを探ることが、以下の課題となるだろう。

2. 外地文学と比較文学

台湾の「郷土（地方）主義文学」を「外地文学」に位置づけた島田は、世界の「外地文学」の研究に着手する。そこで参考にしたのが、フランスの研究書であった。一九四〇年一月に発表した二編の論文「台湾の文学的過去に就て」（『台湾時報』）、および「外地文学研究の現状」（『文芸台湾』）で紹介されている通り、一九三〇年代に広大な植民地を領有する欧米諸国においても、フランスだけが学問の一分野として体系的な「外地文学」研究を進めていたからである[15]。しかも、島田によるとフランスの「外地文学」研究は「比較文学」のカテゴリーに入るという。というのは、「外地文学」という「文学史上特異な現象を究める学問」は、「外地」に「移住せる当該国人の文学」を扱うという意味では「国文学史的研究の一延長」であり、「一種の地方文学史」であるが、「風土的・人種的に自国とは異なる地域に於ける特異な文学」でもあるため、「普通の国文学史研究法を以てしては十分に効果を挙げえないものをも含んで」いるからである。加えて、「外地文学」の研究には「自国文学の教養と当該外地文学の知識」が必要とされ、「国語を異にする二つ以上の文学の接触点として解釈すれば、国文学と外国文学との交渉」にもなるので、「当然『比較文学研究』の部門に入る」というのが、島田の見解であった[16]。

もっとも、統治者の文学と被統治者の文学との間に厳密な線引きをした島田が、台湾の「外地文学」をどれだけ「日本文学」と「台湾文学」の「接触点」と見積もっていたのか、また彼自身、どれだけ「台湾文学」の「知識」を得ようと努力したのか、いささかの疑問を禁じえない。それについては次章以下で改めて見ていくが、いずれにしても「外地文学」研究を「比較文学」研究の範疇に組み込むというのは、フランスでも日本でも内地（métropole）の比較文学者には持ち得ない視点であった。

本書第一章で見てきた通り、ヨーロッパの比較文学者は植民地の文学にさほど言及しておらず、少なくともフランスでは「比較文学」の領域で植民地文学が研究されていた形跡は見当たらない。後述するとおり、両大戦間には植民地文学が量産され、研究も盛んになされていたが、比較文学者の関心はヨーロッパの危機的状況に集中し、遠く海を隔てた植民地にまでは届かなかったと思われる。かといって、彼らにとって植民地が無縁の世界だったのかというと決してそうではなく、例えば一九四〇年に出版されたバルダンスペルジェの自伝『ひとつの生』(*Une vie parmi d'autres*)をひも解けば明らかな通り、そこには「植民地」や「植民者」という言葉が度々登場するのである。ただし、ごく平凡な一般名詞として文中に埋もれているのを見ると、日常生活に浸透しすぎて特別な注意を引かなかったと思われる。

また、バルダンスペルジェは第二次大戦中に上梓した同時代文学論『両大戦間一九一九—一九三九のフランス文学』(*La littérature française entre les deux guerres 1919- 1939*)で、この時期の文学の傾向を「個人主義」や「地方主義」など一一のテーマに分けて論じているが、植民地文学やエグゾティスムについては独立した章を設けていない。わずかに巻末の「補遺」に「両大戦間のロマン主義的エグゾティスム」(L'exotisme romantique entre les deux guerres)と題して、ヨーロッパ各地からアメリカ、アフリカ、アジアまで、海外をテーマとした小説の書誌データを挙げただけであった。しかも、解説抜きの書誌のみという扱いからして、明らかに「エグゾティスム」が他のテーマほど重視されていないことが見て取れる。加えて、冒頭には「フランスの『植民地』小説は含まない」との注記がなされていた[17]。

また、知的国際交流委員会や『比較文学雑誌』の標榜する「知的交流」、あるいは「文学の国際交流」といった理念にも植民地との交流は含まれておらず、ヨーロッパを中心とした「文明国」に限定されていたことは否定できない[18]。『比較文学雑誌』もアジアから南米の文学まで幅広く論じていたが、植民地についてはほとんど言及していない。創刊号から一時的廃刊までの約二〇年の間、一九二三年の第一号に、ロラン・ルベル(Roland Lebel)が一八七〇年から一九一四年までの西アフリカの文学について学位論文を準備中であるとの予告が載ったのと[19]、同じ号の「時報」欄に、「ヨーロッパ文学における植民地的影響」(les influences coloniales dans les littératures européennes)と題された無署名の短評が掲載されたくらいであった[20]。

この短評では、近年ヨーロッパ各国の植民地で生まれた文学が、一八世紀末以来の古いエグゾティスムやヨーロッパ文学のレアリスムとは全く異質のレアリスムによって新たな作品を生み出し、ヨーロッパ文学に無視できない影響を与えていると紹介されている。しかし、同誌ではこのテーマがそれ以上追究されることはなく、ときおり巻末の「書誌」で植民地文学関連の研究が紹介されるくらいであった[21]。

一方、当時の「植民地文学」関連の研究書を見ると、「外地文学」研究を「比較文学」の範疇に位置づけた島田の見解の方が正しいように思われる。実際、フランスの各植民地で生産されていた夥しい文学は、現地の自然や風俗、文化、言語、知識人との接触を通して、「国文学」の枠組みを大きく逸脱し、比較文学者が取り上げるにふさわしい研究領域を形成していたのである。

後述する通り、フランス文学史において「植民地文学」とは一八七〇年以降に植民地で生まれた文学を指し、それ以前の植民地や外国に関する文学は「エグゾティスム（文学）」と呼ばれているのであるが、実は、一七世紀から一九世紀末にかけての作家・思想家の非ヨーロッパ圏への旅行記や外国体験記の研究は比較文学者の領域であった。代表的なものには、ジャン＝マリ・カレの大著『エジプトにおけるフランスの旅行者と作家たち』が挙げられるが、ポール・アザールも『ヨーロッパ精神の危機 一六八〇―一七一五』の第一部第一章「静から動へ」でこのテーマを扱っている。一方、野沢協はアザールの右記の研究や島田がやはり「外地文学」研究の「先進学者」と呼んで参考にした、ジルベール・シナール（Gilbert Chinard）の『一七・一八世紀のフランス文学におけるアメリカとエグゾティックな夢』などを、一九世紀末から始動した一八世紀啓蒙思想研究の一環と位置づけていた[22]。

こうしてみると、両大戦間の比較文学者の関心は「エグゾティスム」の部分に留まり、「植民地文学」にはむしろ距離を置いていたように見える。同様に、植民地文学の研究者が比較文学の理念や方法を意識して研究を進めていた様子もうかがえない。異なる文明や文化が接触する植民地で生まれる文学は、比較文学者の関心を引いてもよさそうなものだが、実際はほとんど注目されず、『比較文学雑誌』で初めて旧植民地の特集が組まれたのは一九七〇年代のことであった[23]。それは、植民地では「接触」の名に値する接触がなされていなかったことと関係があるだろう[24]。

第二節　フランスの植民地文学研究

1. 島田謹二の参考文献

だが、島田は植民地文学研究を比較文学研究の一部門であると見なし、『華麗島文学志』に積極的に取り入れていくのである。島田によると、フランスが一大植民地領有国となったのは一八七〇年以降であるが、それらの諸地に移住したフランス人の間から文学らしい文学の出るようになったのは二〇世紀に入ってからであるという。植民地文学の研究となると更に遅れて、盛んになるのは一九二〇年代からであった。

実際一八七〇年というのは、フランスの植民地支配の歴史にとって帝国主義と植民地主義が結びつき、帝国の再編が行われた新たな時代の幕開けであった。この年に始まった第三共和制が植民地拡大政策をとった結果、フランスはチュニジア、安南、マダガスカルなどを次々と保護領とし、アフリカの数々の地方を手中に収め、全インドシナを支配し、一九世紀末には一大植民地領有国となる[25]。「植民地文学」(littérature coloniale)とはこうした数々の植民地においてフランス人がフランス語でものした文学のことであり、これらのうち最も発達したのが、アルジェリアを主とする北アフリカとインドシナの文学であった[26]。

一九二〇年代に入ると、まず二一年に「植民地文学賞」が設けられ[27]、二五・二六年と連続して、パリ大学に植民地文学を扱った学位論文が提出される[28]。島田はこれをフランスにおける「外地文学」研究の嚆矢と見ているが、実際には早くも一九〇〇年代から関連研究は始まっており、二〇年代ともなると、創作・研究を問わず、植民地文学関連の出版物は相当な数に上っていた。例えば、島田が参考にしたロラン・ルベルの『植民地文学研究』(*Etudes de Littérature Coloniale*, 1928) や『フランスにおける植民地文学史』(*Histoires de la Littérature Coloniale en France*, 1931) には、膨大な参考文献が引用されており、前者の巻末に付された書誌「我らの植民地文学パノラマ」(Panorama de notre littérature coloniale) などは三〇ページにも及んでいる。ここでルベルはフランスの全植民地を一〇の地域に分け、創作から研究に至るまで文学関係の出版物を整理しているが[29]、地域別にリストアップされた植民地文学の作家数は総計約四五〇名にも及び、作品数はとうてい把握しきれない。大部分はフランス人による植民地文学や、同じくフランス人の編集になる現地の民間文学などのアンソロジーだが、ごくわずかではあるが、被植民者の書いたと思われる作品(翻訳を含む)も含まれていた。この他、各植民地の文学に関する代表的な研究書や論文が地域毎に別記されている。

また、これら単行本の出版とは別に、一九二〇年代には植民地関係の定期刊行物が現地で相当刊行されており、各誌競うように植民地の活動をフランス本国に伝えていた。このような定期刊行物には文学作品のみならず、文芸評論や研究論文なども多数掲載されていた模様で、文学作品にページを提供していた雑誌には『北アフリカ雑誌』(*La Revue de L'Afrique du Nord*) や『インドシナ雑誌』(*La Revue Indo-Chinoise*) など特定地域のものと、『植民地速報』(*La Dépeche Coloniale*) のような植民地全域に関わるものとがあった。なお文芸誌には、フランス人作家と被統治民族の作家が共同で刊行した『われらのアフリカ』(*Notre Afrique*,1925, アルジェリア) や『アフリカ誌』(*Revue Africaine*, 1925, ダカール) などがある[30]。

フランスの植民地文学研究は一九三〇年代には相当系統立てて進められていたようだが、以下に島田が参考にした「植民地文学」あるいは「エグゾティスム文学」[31]研究の専門書(内一冊はイギリスの研究書)を、テーマごとに分類して挙げておく。

(1) エグゾティスム研究

1．ピエール・マルチノ（Pierre Martino）『一七―一八世紀のフランス文学におけるオリエント』（*L'Orient dans la littérature Française aux XVII et XVIIIe siècles*, Paris : Hachette, 1906)

2．ジルベール・シナール（Gilbert Chinard）『一七―一八世紀のフランス文学におけるアメリカとエグゾティックな夢』（*L'Amérique et le rêve exotique dans la Littéraure Française au XVIIe et au XVIIIe siècles*, Paris : Hachette, 1913)

3．ジャン＝マリ・カレ（Jean-Marie Carré）『エジプトにおけるフランスの旅行者と作家たち』（*Voyageurs et Ecrivains Français en Egypte*, Paris : L'Institut Français d'archéologie orientale, 1932)

4．ピエール・ジュルダ（Pierre Jourda）『シャトーブリアン以降のフランス文学におけるエグゾティスム：ロマンティスム』（*L'exotisme dans la littérature française depuis Chateaubriand : le romantisme*, Paris : Boivin, 1938)

これらはいずれも、一八七〇年以前にアメリカ（北・中・南米およびカリブ海諸島）やオリエント（トルコ、ペルシャからインド、中国、日本まで）を訪れたフランス人の旅行記や手記、文学作品を分析し、海外の体験がフランスの思想や文学に与えた影響を考察したものである。また、ピエール・ジュルダの研究からは、ロマン主義の時代にはイギリスやイタリア、ドイツなどヨーロッパ各国も、フランス人にとって「エグゾティスム」の対象になっていたことがうかがえる。島田はこれらの研究を「明治の内地文学に現れたる台湾」執筆の際に参考にした。

（2）植民地文学・文学史研究

1．ルイ・カリオ、シャルル・レジスマンセ（Louis Cario et Charles Regismanset）『エグゾティスム――植民地文学』（*L'Exotisme : la littérature coloniale*, Paris : Mercure de France, 1911)

2．シャルル・タイヤール（Charles Tailliart）『フランス文学におけるアルジェリア』（*L'Algérie dans la littérature française*, Paris : É. Champion,1925）

3. ロラン・ルベル（Roland Lebel）

『フランス文学における西アフリカ』（*L'Afrique Occidentale dans la Littérature Française*, Paris : Larose,1926）

『植民地文学研究』（*Études de Littérature Coloniale*, Paris : J. Peyronnet et Cie, 1928）

『フランスにおける植民地文学史』（*Histoire de la littérature coloniale en France*, Paris: Larose, 1931）

これらの研究は、いうまでもなく『華麗島文学志』に与えた影響が最も大きい。特にカリオ、レジスマンセの共著『エグゾティスム――植民地文学』とロラン・ルベル『フランスにおける植民地文学史』は、フランス本国でも「植民地文学」研究の基礎文献になっていたようだが、両書ともフランス文学史を縦糸とし、フランス各地の植民地に関する、あるいは植民地で生まれた文学を横糸とし、古典から近現代まで幅広く論じている。シャルル・タイヤールの研究はアルジェリアに特化して、フランス文学に描かれたアルジェリア像を文芸ジャンルごとに整理したものである。

（3） その他文学史研究

1. フレデリック・グリーン（Frederic C. Green）『革命からプルーストまでのフランス作家』（*French Novelists from the Revolution to Proust*, New York : Frederick Ungar Publishing Co., 1931）

2. ジョルジュ＝ル・ジャンティ（Georges Le Genti）『ポルトガル文学』（*La Littérature Portugaise*, Paris : Armand Colin, 1935）

これらは、『華麗島文学志』にとってさほどの影響はない。ただし、前者によって、島田はヴィクトル・セガレン（Victor Segalen 一八七八～一九一九）が英語圏の研究者によっても評価されていることを知り、後者については、ル・ジャンティがポルトガル本土の文学よりも、「外地文学」ともいえるブラジル文学を重視している点に着目していた。

以上が、島田の参考文献であるが、彼にとって最も影響力のあったカリオ、レジスマンセおよびルベルの研究で、「エグゾティスム文学」（littérature exotique）と「植民地文学」（littérature coloniale）の歴史的な区分がなされている点には、注意する必要がある。彼らはフランスが一大植民地領有国となった一八七〇年を「植民地文学」を定義する際の歴史的条件とし[32]、それ以前の植民地や外国に関する文学を「エグゾティスム文学」、それ以後に植民地で生まれた文学を「植民地文学」と呼んだ[33]。両者は区別されながらも、前者は後者の源流と見なされており、カリオ、レジスマンセの共著では、「起源」（Les Origines）と題する第一章で「エグゾティスム文学」の歴史を扱い、第二章が「植民活動」（L'activité coloniale）、第三章が「植民地文学――結論」（Littérature coloniale—Conclusions）という流れである。ルベルの文学史も第一部が「エグゾティックな伝統」（La tradition exotique）、第二部が「植民地文学」（La littérature coloniale）という構成であった。

もう一つ、彼らの研究に共通するのはフランス人主体の文学を扱っている点である。「エグゾティスム文学」はフランス人から見た異国や他者の印象がテーマなので当然であろうが、「植民地文学」も植民地で生まれたフランス人の文学であると明確に定義されていた[34]。ただし、ルベルの『植民地文学研究』にはわずかに「フランス領西アフリカにおける原住民知識人の運動」[35]という一章が設けられている（詳細は後述する）。

島田は彼らの研究から「エグゾティスム（文学）」や「植民地文学」の概念など、「外地文学論」の形成に必要な基礎知識を得ているが、一方では「Lebel《ルベル》の“*Etudes de Littérature Coloniale*”（1928）などを読むと、不遜ながらまだまだ不十分だといふ気がして仕方がない。況や La Littérature coloniale と副題した Louis Cario《ルイ・カリオ》, Charles Régismanset《シャルル・レジスマンセー》共編の“*L'Exotisme*”（1911）などは不満足だらけである」[36]と批判的であった。不満の原因は、おそらくこれらの研究が史的考察に重きを置き、作品分析にはさほど踏み込んでいないためであろう。島田は、文学史的観点とは文学作品の芸術的価値を明らかにする作業をも含むとの考えから、『華麗島文学志』では文学作品の審美批判に力を入れ、作家作品論を中心に据えたのであった。ここにも、島田の独自性があると言えるだろう[37]。

2. フランスの研究における「エグゾティスム」

次に、島田に多大な影響を与えた二つの研究書、カリオ、レジスマンセ『エグゾティスム——植民地文学』およびロラン・ルベル『フランスにおける植民地文学史』に沿って、「エグゾティスム（文学）」と「植民地文学」の概念形成の歴史的経緯を探りたい。これによって、『華麗島文学志』のキーワードである「外地文学」や「エグゾティスム」、「レアリスム」の諸概念が明確になるだろう。

なお、ルベルがカリオ、レジスマンセの研究を参照しているため両著には共通点が多いが、見解の相違も多々あるので、以下では両者に共通する大まかな流れを示すに留める（両著の引用は、カリオ、レジスマンセの共著をCR、ルベルの著作をLと略記し、ページ数を付す）。

ポスト・コロニアル研究のコンテクストでいわれるように、「エグゾティスム」の概念には確かに「帝国主義」や「植民地主義」的な側面が含まれていることは否定できない。しかし、戦前のフランスではこの語により広義の解釈が与えられていた。カリオ、レジスマンセはエグゾティックな文学作品を「一般的なケース」と「特殊なケース」に二分し、前者を「遠い国に関するもの」、後者を「フランスの植民地に関するもの」と定義している（CR、二六一頁）。彼らによると、「エグゾティスム」とは元々古代に発生した「遠い国に関する」文学、つまり旅に出た者がそこで目にした珍しいことを語る「旅の物語り」であり、その代表がホメロスの『オデユッセイア』であった。以後、「エグゾティスム」は十字軍の遠征、宗教戦争、修道会による布教の広がり、新世界の発見、ナポレオンの遠征などを経て、フランス文学に占める割合を徐々に増大させていく（CR、一八頁）。

一六世紀になると、アメリカ大陸の発見がフランス文学にも新世界の観念をもたらし、アメリカの「野蛮人」とヨーロッパの「文明人」が対比的に描かれるようになった。植民地拡張に対する批判も現れ、「エグゾティスム」のタームはしばしば文明批判と結びつき、次の時代へと受け継がれていく（L、一四頁）。一七世紀に入るとオリエントへの旅行熱が高まり、植民地も拡張し、文学にもその影響が現れた。旅行記や物語の出版が相継ぎ、「享楽的なオリエント」（un Orient voluptueux）を描いたエロティックな小説や海賊と戦う無数の英雄譚が流行する一方、読者はフランス文明批判の契機ともなる「善良なる野蛮人」（bon sauvage）や「東洋的な賢者」（sage oriental）、「エグゾチックなエデンの園」（Eden exotique）など、理想化されたイメージを見出していった（L、二六頁）。

続く一八世紀は、「エグゾティスム」が思想家に多大な影響を与えた時代である。異国の原住民族に対する旅行者の眼差しが旅行記や手記などを通して哲学者にまで影響し、前世紀から引き継がれたヨーロッパ文明への批判や自然賛美の思想はこの世紀にいよいよ明確化された（L、二八～三〇頁）。モンテスキュー、ヴォルテール、ディドロ、ルソーらがいずれもオリエントやアジアについて論じ、「哲学的・批判的エグゾティスム」（un exotisme philosophique et critique）が形成され、それが先述した二〇世紀初頭の啓蒙思想研究の主要なテーマになるのである。一方、通俗文学も依然としてオリエントのイメージをさかんに流布したが、世紀末にはフランスの「エグゾティスム文学」の源流、ベルナルダン・ド・サン＝ピエールの『ポールとヴィルジニー』が登場し、以後、熱帯の自然描写というエグゾティックな叙述の技法がメジャーになった（CR、一一〇頁）。一九世紀に入ると、「エグゾティスム」はフランス文学の主流と連動しながら展開し、シャトーブリアンの登場により、ロマン主義やピエール・ロティの作品に受け継がれていく（L、五〇～五五頁）。

このサン＝ピエールからシャトーブリアンへと繋がるロマン主義的「エグゾティスム」は安っぽい人道主義と感傷過多をはめ込んだ「似非エグゾティスム」（le faux exotisme）といわれるが、商業的には大成功を収め、ステレオタイプ化され、一九世紀を通して再生産された。一方、一九世紀は新しい作家たちが、「エグゾティスム」の概念を塗り変えた時代でもあり、スタンダールやメリメ、ゴーチエ、フロベールなどが理性的で客観的な「エグゾティスム」を創出したといわれている（CR、一二〇～一五一頁）。世紀末にはピエール・ロティも現れたが、この世紀末を以って、「エグゾティスム文学」は「植民地文学」へと移行していった。

3. 植民地文学とレアリスム

一九世紀末からフランスでは旅の質が変ったと言われるが、それは「発見の旅」から、征服を目的とする「政治的な旅」への変貌であった（L、七七頁）。この「政治的な旅」はやがて、宗主国の経済を支える工業原料の獲得と販路の拡大という経済的な目的を備えた植民地経営に変り、文学もまた植民地の発見・開発・経営の段階に応じて変質した。島田はカリオ、レジスマンセの研究を引用しながら、「外地（植民地）文学」の三つの発展段階を、（一）軍事的征服、未開地の探検時代のもの、（二）探求調査の組織化時代のもの、（三）物情平穏に帰して移住民がはじめて物心両面の開発を志ざし、所謂「純文学」の生まれる時代のもの、と説明している[38]。（一）の段階では戦記・紀行等の文学、（二）では植民地経営に必要なマニュアルとして、「テクニック文学」（littérature technique）と呼ばれる「地理・歴史・言語・人種・宗教・風俗等に関する研究書」が生まれるが、これは台湾でいうと、旧慣調査会の仕事にあたる。

「植民地文学」の中核となるのは、いうまでもなく（三）の時代の文学である。「エグゾティスム文学」が基本的に「旅」の文学であったのに対し、「植民地文学」は植民地に移住した、あるいは植民地で生まれた「植民地作家」によって書かれたものであった。場合によっては植民地に赴いた旅行者の作品が含まれることもあったが、「植民地文学」（littérature coloniale）と「植民地観光文学」（littérature de tourisme colonial）とは区別され、後者の評価は低い。「エグゾティスム文学」は一八七〇年以降、「植民地観光文学」の中に生き延びるが、大半は現実に符合しない、本国の読者を楽しませるだけの「似非エグゾティスム文学」であった[39]。

	時代区分	作者の位置	主な傾向
エグゾティスム	1870年以前	旅行者	ロマンティスム
植民地文学	1870年以降	植民地定住者	レアリスム

「植民地文学」は実はこうした表層的な「エグゾティスム」に対する反動として生まれた。元々「エグゾティスム文学」にはイマジネーションに依拠した主観的な作り物の傾向が強かったが、植民地の作家は原住民族をも含めた植民地居住者の生活を、あくまで現地に根ざした視点からリアルに描こうとしたのである。「植民地文学」とは何よりも植民者から見た植民地の「真実」を描き、本国の人々に植民地とは何かを啓蒙することを目的とした、レアリスムの文学であった。それゆえ、「エグゾティスム文学」と「植民地文学」では扱われるテーマも異なっていた。前者は異国の風景や人物を叙述すると見えて、実はそれらを前にした自己の感情の表白や、幻想的なイメージの創造に重点が置かれている。一方、後者がまず目を向けたのは、ヨーロッパから植民地に移住した人々の心理的変化であり、次に原住民族の世界を内側から描くことであった。「エグゾティスム文学」が旅行者から見た異国の風景や人物をロマンティックに描いたのに対し、「植民地文学」は定住者の生活をリアルに描いたといってもよい。

かといって、植民地在住の作家がどれだけ植民地の真実を描いたのかというと、彼らのレアリスムは、植民地という漠然とした広大な領域を具体的で理解可能なものとして本国の人々の思考回路に記入するために発揮され、結局、植民地の「擁護と顕揚」(défense et illustration)に貢献しただけであった(L、八七頁)。「植民地文学」はまた、過度の洗練によってエネルギー不足に陥った古いヨーロッパ文明にとって一種の回春薬であり、唯美主義、ペシミスム、デカダンティスムに対する反動として、フランス文学に健全なエネルギーを注入し続けた(L、二一二〜二一三頁)[40]。

以上、カリオ、レジスマンセ、およびルベルの研究に即して、「エグゾティスム」から「植民地文学」への流れを見てきたが、簡単に整理すると上記表のようになるだろう。

単純な図式化ではあるが、これは時代区分を「一九三〇年代半ば」とするならば、台湾の日本文学にもある程度当てはまる。ただし台湾では、定住者を代表する詩人西川満がロマン主義的エグゾティスムの代名詞と見なされ、島田謹二が「植民地文学」を「外地文学」と言い換えたため、「外地文学」と「エグゾティスム（文学）」が同義語のように受け取られるなど、必ずしもフランスの場合と一致しない。しかし実際には、前章で見てきたように、一九三〇年代半ば以降、在台日本人文芸家が内地からの旅行者との間に一線を画し、定住者の視点で旅行者の文学を批判したところから、定住者の文学＝「地方主義文学」育成の動きが芽生えたのであり、これを以って、「植民地文学」（「外地文学」）の誕生と考えることはできるだろう[41]。この時期、彼らも植民地の「真実」（「真の台湾の姿」）を描き、本国の人々を啓蒙するという「植民地文学」の目的を明確に意識していたのであった。

ところで最後に一つ注意すべきは、フランスでも確かにロマン主義が異国への憧れを謳い、シャトーブリアンやロティが強い印象を残したため、「エグゾティスム」は往々にしてロマン主義の同義語として否定的に受け取られがちであったが、決してそれだけではないということだ。実際は一六世紀のプレイヤード派の時代から啓蒙主義の時代を経て、ロマン主義、レアリスム、自然主義、象徴主義に至るまで、「エグゾティスム」は各時代の主潮流に合わせて変化しつつ、文明批判や植民地批判、人道主義などの思想に多大な影響を与えていた。

また、カリオ、レジスマンセにせよ、ルベルにせよ、「エグゾティスム」をまったく否定していたわけではなく、実は彼らが最も高く評価した作家はマックス・アネリー（Max Anély）のペンネームで『記憶なき民』（*Les Immémoriaux*, 1907）を書いた、当時ほとんど無名に近いヴィクトル・セガレン（Victor Segalen）であった。タヒチを舞台にフランス人の侵略により滅びゆく運命にあったマオリ民族を描いた『記憶なき民』は、「植民地問題の一側面が独特な荘重さで示され」ているばかりでなく、「原住民族の魂を翻訳」した「新たなエグゾティスム」（L、一七七頁）、あるいは「真のエグゾティスム」（CR、二八五頁）と呼ばれ、絶賛されている[42]。

結局、「エグゾティスム（文学）」というのは、絶えず先行する時代の古びた概念を批判しながら脱皮を繰り返し、二〇世紀に入るとレアリスティックであるがゆえに、よりエグゾティックな効果を生むという現象も起きていた。しかし次章で詳述するが、一九四〇年代の台湾文壇では、「エグゾティスム」と「レアリスム」を対立させ、善悪二元論の図式に押し込めるようなことが起こるのである。この論争を招いた責任の一半が島田にあったことは確かであるが、島田自身はフランスの研究を通して、「エグゾティスム」が必ずしもロマン主義の同義語ではなく、啓蒙主義からレアリスムや自然主義までをも含めた種々相を展開していたこと、しかし「植民地文学」の本質はあくまで「レアリスム」にあることは充分承知していた。問題は、『華麗島文学志』でそれらの概念をどのように展開し、それが日台の読者にどのように理解／誤解されたかという点である。

4．原住民作家の文学

ところで、「植民地文学」が植民地定住者の文学であると定義されるとき、原住民作家が「植民地文学」の有力な担い手として浮上してくるのは時間の問題であった。『華麗島文学志』は戦前から今日まで、台湾人作家を論じていないという点に批判が集中してきたわけだが、島田が手本としたフランスの研究書では、被統治民族の作家はどのように扱われていたのだろう。

一九一一年に出版されたカリオ、レジスマンセの著書では、原住民作家について、次第に重要性が増してきたと認めてはいるものの、具体的に論じるのは時期尚早だったようで、ほとんど言及されていない。しかし、それからちょうど二〇年後の一九三一年に出版されたルベルの著書では、状況はかなり異なっていた。この頃になると植民地経営は安定し、フランス語教育が浸透したこともあり、原住民作家は「植民地文学」の担い手として次第に無視できない存在になっていく[43]。特に、アルジェリアを中心とする北アフリカでは相当の成果が現われていたこともあり、ルベルは「植民地文学の条件」として、

（一）　植民地に生まれた、或いは青少年期に植民地で生活したフランス人によって作られた文学。

（二）植民地で長期的に生活し、その地の魂に同化した植民者によって作られた文学。
（三）植民地の原住民（un de nos sujets indigènes）がフランス語で表現した文学。[44]（傍点——引用者）

というように、原住民作家を加えるに至る。しかし、具体的な作家や作品についてはほとんど紹介しておらず、たまに脚注で触れるくらいで[45]、フランス人作家中心の研究であることに変わりはなかった。

一方、同じルベルの『植民地文学研究』の方には、わずかではあるが「フランス領西アフリカにおける原住民知識人の運動」（le mouvement intellectuel indigène en Afrique occidentale française）という一章が設けられていた[46]。ルベルによると、近年、インドシナ、北アフリカ、マダガスカルを筆頭に原住民作家の出版物が重要性を増しており、彼の専門とするフランス領西アフリカ（スーダン）でも原住民知識人の役割が大きくなっていたという。まず、フランス語教育を受けた第一波の知識人が、フランス人による現地の歴史・風俗習慣・言語・宗教・民間文学などの調査で助手を務めるようになり、一九一〇年代以降になると、歴史や民俗学的記事の書き手や民間文学の採集者が現れ、辞書も原住民知識人によって編纂された。一九二五年にはダカールでフランス人・原住民共同編集による雑誌『アフリカ誌』（*Revue africaine*）が刊行され、原住民作家の物語や詩などが掲載される。一方、現地の新聞には政治的に過激な文学作品も掲載されていたようだが、ルベルは詳しく語ろうとしない。一九二六年にはパリの大手出版社リエデール（Rieder）から初めて、原住民作家バカリ・ディアロ（Bakary Diallo）の小説『善の力』（*Force-Bonté*）が出版されたが[47]、ルベルは「我々はこの本の前で無関心を決め込むことはできない。それは初めてアフリカの思想を表現し、それを我々の文学に加えたのだから」[48]と述べている。

以上のように、ルベルは原住民作家について充分関心を示してはいるものの、決して多くを語ってはいない。それを考えると、島田謹二が台湾人作家に触れなかったとしても不思議ではないだろう。

第三節　外地文学の課題

島田謹二は以上のようなフランスの研究書を参考に、「エグゾティスム」と「植民地文学」の史的展開を把握した後、在台日本人の文学を世界の「植民地文学」の枠組みに位置づけようとした。そして、一九三九年二月発表の論文「台湾に於けるわが文学」で、「一般文学」研究の方法により、その特長と未来に向けての方向性を打ち出すのである。

この論文から「外地文学」の訳語が定着したことについては本書第二章で述べた通りだが、島田がここで論じようとしたのは、次の三点であった。第一に、「外地文学」は一般にどのような特長を持つのか。第二に、過去・現在の台湾の日本人文学は、「外地文学」としてどのような特長を持っているのか。第三に、台湾の文学は今後どのような方向をめざすべきか、という点である。

第一の点から見ていくと、「外地文学」一般の特長を論じるとはいえ、島田は台湾と「地理的・人種的・社会的・文化的側面が比較的類似してゐるため、印度支那に於ける仏蘭西人文学の発達史などを比較参照するのが最も妥当」であると考え、ルベルの研究を参考に、「仏領インドシナ」の「外地文学」に焦点を当て、その特長を概括したのであった。

それによると、仏領インドシナでも軍事政治上の征服期には戦記や紀行文が書かれ、その後、文化が普及し、物心両面の開拓が行われるに至って Imagination の文学が現れたという。二〇世紀に入ると詩歌が興って外地人の郷愁や不安、外地の風物や生活情景、「安南人」の心理や思想が詠われるようになり、「この地の風物の外観を捉へる」点では成功した。だが、一歩進んで、「土着人の特殊な考へ方感じ方」を表現するまでには至らなかったという。一方、小説はフランスの特技であるから早くから発達し、「今日では主としてこの地に流寓する仏蘭西人の郷愁を物語るものが多」く、主題からみれば、「白人と土着人女性との恋愛譚」、「外地官吏の努力譚」、「外地の情的生活、特にその風俗描写」、「政治問題や人種問題を取扱つたもの」などに分かれるという。ただし詩と同様、「安南土着人の生活の実相に突入するには、多年この地に定住してその生活に熟通せる仏蘭西人作家を必要とするため、その数に乏し」かった。つまり、詩も小説も、フランス人の生活や心情を描くことにはある程度成功したが、共存する被統治民族の生活に分け入り、彼らの心理や感情、思想を把握して表現するまでには至らなかったということである。

島田はこのようなインドシナの状況から、「外地文学」の大いなるテーマは、「外地人の郷愁」、「土地の特殊なる景観描写」、「土着人の生活解釈」（この論文を加筆修正した「台湾の文学的過現未」では、「土着人外地人の生活解釈」に変更された）の三つに分かれると総括し、さらにこれは、「アルジエリア・モロッコその他の外地に於ける仏蘭西人の文学一般の中にも見られる」傾向であると普遍化した。同時にそれを「外地文学」一般の発展過程と見なし、「もしこの志向を是認しうるとするならば、われわれは台湾に於けるわれらの文学の過・現・未について、多少の整理と見通しがつけられるだろう」と考え、この三点に立脚して、在台日本文学の過去と現在の特長をまとめ、同時に未来の方向性を探ったのである。以下にそれを概略する。

島田によると、領台直後の騒擾裡にはすぐれた文学作品は生まれず、森鷗外でさえほぼ何も残していないという。尾崎紅葉や広津柳浪らに至っては来台することなく、伝聞に拠って新付の領土を造形したのであった。ようやく領台二〇年以上を経過し、大正時代に入ってはじめて、岩谷莫哀ら歌人が自ら体験した台湾生活の困苦を歌うようになり、在台日本人の内面生活はこの前後からようやく文芸形式の中に発露されるようになる。西口紫溟編纂の詞華集『南国の歌』（一九二〇年八月）や後藤大治の詩集『亜字欄に倚りて』（一九二一年五月）が出版され、俳誌『ゆうかり』や歌誌『あらたま』も創刊されたのであった。その後、明治末期から大正中期まで台湾で生活した伊良子清白が内地帰還後に台湾を題材とした詩を発表し、大正九年に来台した佐藤春夫が五年後に「女誡扇綺譚」を発表する。島田によれば、伊良子清白と佐藤春夫は「台湾の風物と生活との或側面を客観化して一種のエグゾチスム文学を創作した先駆者」であるが、そこに西川満を加え、彼らの傾向を外地文学の主潮流のひとつと見ていた。もうひとつの主潮流が岩谷莫哀や『あらたま』などの歌誌に見られる「外地生活者の郷愁」である。

島田は、この地の特殊なる景観描写を主とする「エグゾティスム」と外地生活者の内面を歌う「郷愁」の二潮流が「この地の内地人文学の根本傾向として今後も長いことつづいてゆくに違ひない」と総括する一方、従来の「エグゾチスムの文学」は、「土俗的外表的な風俗描写が主であつて、多く傍観者の眺めた外面的興趣に溺れがちなところが見え、真にその地に住むものの心理的特性を把握した作品はきはめて稀」であり、「エグゾチスムは心理的レアリスムと渾融してこそ、はじめて万人の肯く大文学となる」と説いたのであった[49]。つまり、「レアリスム」の文学だけが、「われわれの未だ充分に持たざるもの」であることがわかり、島田はその必要性を主張する。結論として、台湾の日本文学は今後、「広義の郷愁の文学・外地景観描写の文学・民族生活解釈の文学」の三点を課題とし、「これらは相並んで開拓し、深化し、拡大せらるべく、決してそのうちの一にのみ跼蹐してはならない」と説いたのであった。

ここで島田が「レアリスム」を課題に挙げたことには、注意する必要がある。というのは、従来、島田は「エグゾティスム」の代名詞とされる西川満と近い関係にあったことから、「エグゾティスム」の強力な推進者と見なされ、一方的に批判を受けてきたが、在台日本文学に近代的レアリスムが欠けていた時代にあって、「レアリスム」こそ「外地文学」の本質であり、最終的な到達点であることを十分認識し、その必要性を説いていたのである。これは、「一般文学」研究の方法により、広く世界の外地文学を見渡せた島田にして初めてなしえた提起であろうが、亀井俊介の指摘を待つまでもなく、島田自身、「究極的にはリアリスト」[50]であった。

またこの三つの課題とは、言い換えれば、(一)植民地に移住した宗主国人にはどのような心理的変化が生じるのか、(二)内地(métropole)とは異なる自然や風俗習慣にどう適応するのか、(三)共存する異民族をどう理解すべきかといった、まさに植民地在住者が日々直面する極めて現実的で切実な課題である。それは世界の植民地文学の普遍的なテーマであると同時に、台湾に生きる日本人一人ひとりの内在的な問いでもあったはずだ。フランスの研究書からそれを引き出せたのは、島田自身の経験と呼応したからであろうが、外地文学の本質をこのように捉えた点は評価されていいだろう。

第四節　『華麗島文学志』のエグゾティスム

続いて、「外地文学」の三つの課題を検証していくが、本節ではまず「エグゾティスム」を取り上げる。一九四〇年代から今日に至るまで、台湾文学研究の領域では西川満や島田謹二と「エグゾティスム」を関連付けた議論は絶えないが、「エグゾティスム」と「レアリスム」を対立概念とした上で、「エグゾティスム」の提唱者島田に批判を加えるというやり方が常套になっている。その一方で、島田の「エグゾティスム」観自体は解明されることなく、各論者の恣意的な解釈に委ねられてきた[51]。こうした先行研究の問題点を修正するため、以下では、『華麗島文学志』において、島田が独自の「エグゾティスム」論をどのように展開したか、フランスの植民地文学研究、俳誌『ゆうかり』の議論、および近代日本文学の「エグゾティスム」の系譜という三つの視点から、考察していきたい。

1．叙情性としての「エグゾティスム」

先述のように、島田謹二はカリオ、レジスマンセおよびルベルの研究を通して、「エグゾティスム（文学）」と「外地（植民地）文学」の理解を深めたわけだが、自らの研究に彼らの観点をむやみに導入することはなかった。

特に彼らが批判的に論じた「旅行者」の眼差を、島田は「土着人移住民の鈍麻した感覚にうつらぬ、新鮮なものをめざましく取り出」そうとする視点として重視し、ロマン主義的な「外地観光文学」でも優れたものは「外地文学の本核の一つ」と主張したのである。ただし、「外地文学」の核心があくまで「外地居住者の制作」にあるという点は譲ろうとしなかった[52]。

これは言い換えれば、「エグゾティスム」と「レアリスム」を対立項と見なさないということでもあるが、こうした島田の「外地文学」観は後に誤解を生み、批判を招くに至る。これには島田が「旅行者」より「外地居住者」の文学を重視したいと願いながらも、実際、台湾関連の最も優れた日本文学が佐藤春夫という「旅行者」の手になる「エグゾティスム文学」であったという事実が反映していた。そこで以下では、『華麗島文学志』の中で完成度の最も高い論文「佐藤春夫氏の『女誡扇綺譚』」（『台湾時報』、一九三九年九月）に沿って、島田が「エグゾティスム」を評価した理由を探っていきたい。

佐藤春夫は一九二〇年七月に訪台、約三ヶ月を過ごし、内地に戻ってから五年の歳月を経てようやく、台南の廃港を舞台に殺人事件を絡めた小説「女誡扇綺譚」（『女性』、一九二五年五月）を発表した。梗概を記すと、まず語り手は台南の新聞社に勤務する日本人記者である。彼は失恋事件のため自暴自棄になり、「世外民」のペンネームを持つ唯一の台湾人の友人と飲み暮らしていた。ある日、二人は寂れた禿頭港《クッタウカン》の市街を散策中に、かつては富貴を誇った沈家の廃屋に忍び込む。二人はそこで若い女の声を耳にするのだが、付近の老婆から、それは一夜にして没落した沈家の、発狂して亡くなった娘の声に違いないと知らされた。ところが、実際の声の主は穀物商黄氏の一七歳の下婢で、彼女は恋人との逢瀬に廃屋を使っていたのである。その数日後、主人が彼女に日本人との結婚を世話したために、恋人は首をくくり、日本人に嫁ぐことを嫌った彼女も、罌粟の実を大量に食べて恋人の後を追ったのであった。最後にすべての謎が解けるのであるが、これは実際、ミステリアスでエグゾティックな雰囲気の中に、台湾の植民史や、日本統治下の被植民者への共感を織り込んだ、優れた作品である。

ところで、語り手が台湾在住者であるとはいえ、作者が旅行者であることと、安平《アンピン》台南地方を主とした紀行文を骨子の一半としているという点で、これはフランスの研究に照らせば、「エグゾティスム文学」の伝統を引き継いだ「外地観光文学」のカテゴリーに分類されるだろう。島田は実際、この小説の中に「エグゾティスム文学」の条件をつぶさに読み取ろうとしている。まず、「真夏の熱帯の自然」や「廃港安平の荒廃美」、「根強く大陸的な人物」といった、日本的伝統美の埒外に立つ外地の景観人情。次に、「行為とか性格とかに重きを置かぬ、気分と情調を主」とする作風、さらに「作者の精神ともいふべき感情生活や思想生活や――さういった作者自身の personalité《ペルソナリテ》がかなりに大きな意味を帯びて作中に露出」し、「主観的な論議的な要素」が作品の中で大きな位置を占めているロマン主義的な傾向。「支那人の性格や台湾植民史への文明批評的警句」はもちろん、台湾人に対する「humanisme《ユマニスム》の精神」も盛り込まれている。また、沈家の祖先が築いた富を台風のため一夜にして失うという文明と自然との対比、「私」＝日本人＝統治者の「自棄・頽廃」的な感情生活に対し、台湾人の若い女＝被統治者の「生きた命を氾濫にまかせて一切を無視する」、「蛮的な生命礼賛の思想」も明らかである。描写についても、「流説・伝説・空想・写生」の方法を混交し、しかも「一脈の詩情が流れている」点など、いずれも「エグゾティスム文学」には欠かせない要素を備えていた。

こうした読みが的確か否かは一先ず置くとして[53]、島田はこのような「素材と扱ひの二方面」、つまり語られる「思想内容」と語る「表現形式」の双方を以って、「女誡扇綺譚」を「Chateaubriand《シャトオブリアン》や Pierre Loti《ピエール・ロチ》やの創めた様式」に属する「エグゾティスム文学」と見なし、高く評価したのである。ただし、カリオ、レジスマンセやルベルの研究では、シャトーブリアンやロティ系列の「エグゾティスム文学」というのは決して褒め言葉ではない。ところが、島田は別の論文「台湾の文学的過去に就て」でも、「典型的な異国情趣の文学」である「女誡扇綺譚」は立派な芸術的価値を備えており、「外地観光文学」の皮相なレベルを越え、「外地文学」として名乗りを上げて差支えない、と太鼓判を押したのであった。しかしまた一方では、オーストラリアの女性作家リチャードソン夫人（Henry Handel Richardson）[54]の三部作『リチャード・マホニーの財産』（*The Fortunes of Richard Mahony*, 1917~29）のような作品と比べると、「本格的な『外地文学』ではない」と、批判を加えてもいるのである。リチヤードソン夫人の作が「本格的な外地文学の正道を歩む小説」と呼べるのは、舞台となったオーストラリアの自然が「romantique な異国趣味」として描かれるのではなく、彼女が「内地人の見て美を感ぜぬ外地独特の景観を克明に写実」し、さらに「植民地の社会層と生活とを大画布の上に描きつくして」いるからであった。

では、「女誡扇綺譚」は「外地文学」として優れているのか、いないのか、島田の評価はどこか矛盾しているように見える。元々「外地文学」、「外地観光文学」、「エグゾティスム文学」がそれぞれ別のジャンルを形成し、目指すところを異にしているのであれば、「女誡扇綺譚」を「外地観光文学」や「エグゾティスム文学」として評価すればいいだけで、「外地文学」のカテゴリーに加えた上で批判する必要はない。性格を異にするこの「小さな佳品」に対して、「共存する異民族の生活解釈の文学としては十分に志向してもゐないし、出来栄えも十全だとはいへぬ。（……）本格的な外地文学の本流にまでは勿論達してゐない」[55]というのは、少々酷であろう。また、島田がリチャードソン夫人のような作品を以って、「本格的外地文学」というなら、何も「女誡扇綺譚」に「外地文学」として名乗りを上げさせる必要はないのである。

しかし、島田は「外地文学」の中に、どうしても「女誡扇綺譚」のある要素を導入しようとしていた。それがなにかといえば、「詩魂の lyrisme《リリスム》 を以て貫いた艶冶極まる異国情緒文学《エグゾチスム》」、つまり「Chateaubriand《シャトオブリアン》 や Pierre Loti《ピエール・ロチ》 やの創めた」ロマン主義的エグゾティスムである。というのは、従来の在台日本人の文学が「勁いものと剛いもの」の表現にのみ傾き、「あはれなるものうるはしいもの」に欠けていると思われたからであった。島田はこうした「跛行性」が「すべての外地文学の宿命的にもたらされる欠陥」であり、「強健雄偉な文学は Rudyard Kipling《ラヂアード・キップリング》 その他例を求めるに窮せぬが、繊麗婉美な文学は容易に見出し難い」と、常々感じていたようだ[56]。

元々、島田の中にはロマンティックでリリックなものを好む傾向があり、ピエール・ロティ[57]に対する評価がそれを物語っている。前述のフランス人研究者はいずれもロティの典型的な「外地観光文学」的「エグゾティスム」に対して批判的であったが、それを重々承知で、島田は敢えてロティ的な香りを台湾の外地文学に加えようとしていた。実際、その当時、島田の周辺にはロティの名が頻繁に登場する。前嶋信次（一九〇三〜一九八三）は島田の勧めで「ロティと澎湖島と天人菊」という一文を『台湾風土記』（巻参、一九三九年一〇月）に寄せ、ロティの「クールベー提督の死について」（『文芸台湾』第一巻第四号、一九四〇年七月）を翻訳した。新垣宏一も小論文「ピエール・ロティと台湾」を『台大文学』（第五巻第一号、一九四〇年三月）に発表している[59]。

島田本人も一九四一年九月一三日、台北高等学校の「西洋文化研究会」で、「南海を描ける西洋文学」のテーマの下に英・仏の外地文学について論じ、ロティに言及した。おそらくロティの文学的価値を認めていたというより、その叙情的で、「繊麗婉美」な味わいを好んだからであろう。ただし、この研究会に参加した加村東雄の報告によると、島田はロティを外地文学モデルの最上位に置いていたわけではなく、むしろ「文学的作品として眺めるとロチ派のエキゾチシズム・リリシズムとモーム派の実験小説を合はせもつコンラッド系統を南海方面の文学の理想」として挙げていたという[60]。つまり、「あはれなるものうるはしいもの」だけではなく、「勁いものと剛いもの」も重視し、双方合わせ持つ作品を「外地文学」の理想としていたのであろう。

しかし、台湾の日本文学が二つの傾向をバランスよく育ててきたかというと、俳句は領台直後から一貫して子規系統の「客観写生」が主流で、短歌も台湾最大規模の歌誌『あらたま』が『アララギ』的レアリスムの洗礼を受けた「写生歌」であったように、伝統文芸はいずれもレアリスムの傾向が強かった。散文も充分成長しなかったとはいえ、「写生文」の小品に優れたものが残っている。しかし、島田の眼には、それらが日常生活の素朴な写実的再現の内に、人生の深い意味を彷彿させる点では、それなりの成果を挙げえたかもしれないが、反面「写生」に徹するあまり、「芸術品としてもつべき馥郁たる香芬をそれだけ乏しくさせた」と映ったのであった[61]。そうした背景にあって、「女誡扇綺譚」はまさに在台日本人の文学、特に「散文物語」のジャンルに欠けていた芸術性に富む「詩魂の lyrisme《リリスム》を以て貫いた艶冶極まる異国情緒《エグゾチスム》文学」として登場したのである。その点では高く評価されてしかるべきであり、その傾向は発展させていくべきであった。

一方、在台日本人の文学はレアリスムが主流であったとはいえ、せいぜい日常生活を対象とした短歌や俳句に発揮されていた程度で、散文・小説の方面では、明治末期に庄司瓦全・影井香橘・原十雉などが写生文の領域を開拓したものの、風俗小説のレベルに止まったまま近代的なレアリスム小説に発展することはなく、後継者も育たなかった[62]。プロレタリア・レアリスムの影響下にある作品は、島田は固より認めていなかったが、黄得時を通して、少なくとも『台湾文芸』と『台湾新文学』の掲載作には眼を通していた可能性が高い。両誌には台湾に生きる下層階級の日本人や貧しい台湾人を描いた、谷孫吉・英文夫など在台日本人作家の小説も散見するが、いずれも作品としての完成度は低く、「女誡扇綺譚」の芸術性に匹敵する本格的なレアリスム小説は出ていなかった。実はここにこそ島田が「女誡扇綺譚」を「外地文学」のカテゴリーで、ロマンティックでリリックな要素を賛美する一方、「レアリスム」の観点から批判しなければならない理由があったのではないだろうか。それがいくら優れているとはいえ、所詮は旅行者の手になる「エグゾティム文学」に過ぎず、骨太な「レアリスム」には欠け、「外地文学」の本流とはなりえないことを強調することによって、島田は逆説的に台湾在住者による「本格的な外地文学」の誕生を願う気持ちを表明したのであろう。島田は「佐藤春夫氏の『女誡扇綺譚』」の最後を次のように締めくくっている。

更にまた台湾の内地人文学として、この名品はあとにもさきにも類のない絶品であるが、後来今日の読者としては、これを乗りこえた新しき作家が続出し、旅行者として見た台湾以外に、ここに根をおろした生活を根底から剔剥したやうな散文物語、例せばRichardson《リチヤードソン》夫人やJean Marquet《ジアン・マルケー》の外地小説と肩を並べる逸品が踵を接して現はれんことを華麗島文学のために希望してやまないのである。[63]

島田は台湾在住者の手によって、台湾の自然や風景をあわれで美しい叙情性によって芸術的に描いた作品だけでなく、ここに生きる人々の生活を写実的に描きつくした大作が生まれることを切に願っていたのである。その思いが「女誡扇綺譚」に対する賛美と批判に込められているのではないだろうか。

2．エグゾティスム批判としての「エグゾティスム」

一方、島田がフランスの研究書だけでなく、台湾の文芸誌からも「外地景観描写の文学」としての「エグゾティスム」のテーマを引き出していた点を忘れてはならない。というのは、「エクゾティスム」の名称こそ用いられていないものの、これについては俳誌『ゆうかり』を舞台に在台俳人によって充分議論されていたからである。それは俳句が季題を前提とし、身辺の自然や風物を表現する文学であったことと関係があるだろう。以下で、論文『うしほ』と『ゆうかり』[64]に沿って、島田が在台俳人の議論から、どのような「エグゾティスム」観を引き出したのか、探ってみたい。

台湾の俳句については、前章で触れた通り、明治末期に台湾総督府法院検察官の渡辺香墨が台湾の自然や生活に立脚した「台湾俳句」を提唱し、法院関係者を中心に盛んになった。しかし、新傾向運動が起こって内地俳壇が分裂するや、台湾俳壇も二分し、在台俳人は内地風の句のみをつくるようになってしまう。彼らはそもそも内地との繋がりが深く、『ゆうかり』のみならず、花蓮港に拠った俳誌『うしほ』なども『ホトトギス』系であり、同人たちは『ホトトギス』の雑詠に当選することを目指していた[65]。しかし、台湾を知らない内地選者に、台湾の自然に即した句をわからせようとするには初めから無理があり、内地俳壇で認められようとすれば、台湾の自然を内地風に歪曲するしかなかった。この弊風は台湾俳壇を相当毒したというが、それを批判し、「台湾俳句」の伝統に引き戻そうとしたのが、一九三一年一一月から『ゆうかり』の雑詠選者を務めた山本孕江である[66]。同誌は再び「台湾俳句」を標榜し、台湾俳壇にとってもそれは「特筆すべき方向転換」となるが、同時に新たな弊風も生まれた。つまり、「椰子・榕樹・水牛・相思樹」など、台湾に特有な俳材を羅列し、「実状を知らぬ内地在住の選者に媚びんとする傾向」、島田の言葉でいえば、「似而非エグゾティスム」である。山本孕江らはこのような徒に台湾的俳材を散りばめ、台湾色を強調した「類型的内地向きの台湾俳句」を「台湾月並」と呼んで排撃した[67]。

島田によれば、『ゆうかり』は元々「写生俳句」を主張する俳誌だが、「写生」によって「台湾本来の姿」を捉えようとすると、台湾の風物を徒に散りばめて「不自然に強調」するのではなく、「台湾の特徴を内面的に捉へ」て、「おのづとにじみ出る」ようにしなければならない。島田は、「十七音定型俳句により台湾本来の姿を把握」しようとする真の「台湾俳句」を支持し、これを「エグゾティスムの文学」と呼んだ[68]。

実際、『ゆうかり』の中心は、台湾という自然環境、あるいは生活環境をいかに捉えて表現するかという点にあり、それは一九三一年以来、「台湾句研究」[69]の欄を通して真剣に追究されていた。依然として『ホトトギス』との関係も強かったが、『ゆうかり』同人の視点はほぼ完全に台湾内部に向けられており、例えば『ゆうかり』と双璧をなす歌誌『あらたま』が、「万葉集短歌研究」の専門欄を設けていたことと比較すると、彼らの在地主義がより鮮明になるだろう[70]。

以下に具体的な議論を挙げてみよう。まず、「台湾句研究」の出発点となった「台湾句合評」(一九三一年七月号)である。

ここで山本孕江、三好月桃、藤田芳仲の三人の評者は、「くらがりにざはめく甘蔗や門涼み」(静雪)の一句を選んだ。三好は、「従来ともすると、之は台湾句だぞといつた様な跡の見えるものが目に当たるのであつたが、この句を通して見ると、そんな点は少しもかんじられない。(……)通りすがりの旅行者の句の様な、はなやかさはなく、極めて地味な句であるだけ、特に有難さを覚える。台湾をよく消化した作者であつてはじめて、生むことの出来る佳句である」と評した。藤田も、「うつかりすると見逃してしまひさうな句、そんなに落付いてゐるこれは台湾句である」という[71]。彼らの説く「台湾俳句」がいかに安易なエグゾティスムを排しているかがわかるだろう。

後に藤田芳仲は「台湾俳句」を定義して、「台湾てふ地方色の現れてゐること」と同時に、「地方色を意識的に強ひず、極めて自然により深く観察し、台湾の季感に即して純なる立場に自覚すべきこと」と記しているが[72]、地方色をあえて抑えることによって、反対にそれを醸し出すといった、高度な意識とテクニックが求められていたことがわかる。彼らが批判する句を見れば、彼らの意図するところがより明白になるはずだが、翌月の「台湾句研究」にいい例がある。

評者は山本孕江、三好月桃の二人で、最後に取り上げた句が、「稲妻や大王椰子の高そよぎ」（ゆたか）であった。これに対し山本は、「類型的台湾句とも称すべきか、此句一句の存在として誦せば立派な台湾句である。台湾気分も濃厚に漂つてゐるといつてもよい。だが、しかし、私達として余りにも見飽きた椰子の高そよぎである。（……）余りにも旧来の所謂台湾型にはまりすぎてはゐませんか。私達はかうした句を常に内地移出向き台湾句と呼んでゐます。内地へ持つてゆけば台湾陳腐もまだ〳〵歓迎されませう。がしかし、もうい、加減に台湾俳人はかうした観念句から足を洗つて欲しい」と手厳しい[73]。

同じく台湾の平凡な光景を詠んだ句でも、「炎天や扇芭蕉のひるがへる」（秀水）の方は、「出来上つた句の表面は非常に、単純化されてゐて、なんだ、また『扇芭蕉のひるがへる』かといふ風に考へられ易いが、かうした炎天の核心を掴む迄の作者の心持を再思三考する時、自ら頭の下がるのを、覚ゆるのである」と、三好に賞賛されていた[74]。

つまり、「椰子」であれ「芭蕉」であれ、あるいは黄得時がエグゾティスム批判の際に持ち出した、「紅い色をした廟の屋根とか、城隍爺の祭りとか、媽祖の祭典」であれ、いかにも台湾色豊かな素材はそれ自体問題ではないということだ。問われなければならないのは、それを扱う作者の「態度」である。同じ素材を扱っても、「内地移出向き台湾句」になるか、真の「台湾句」になるかは、作者の「態度」次第であり、『ゆうかり』ではそれが真剣に議論されていたのであった。

藤田芳仲によると、「本当の台湾俳句を生み出すといふことは、余計なものを一つ〳〵取り去つてしまふこと」だが、そのためには「純粋に」台湾を観ることが必要であり[75]、それは認識の問題であるという。つまり、「第一に台湾の認識を深くならしめねばならない」のだが、「台湾の認識に欠くることは、自己の認識に欠くることでもあ」り、「自己の認識の困難なるは、台湾の認識と同様に六ヶ敷い」。だが、「この六ヶ敷さを突破しない限り、台湾俳句の真の進展はのぞまれない」[76]のである。結局、優れた台湾俳句になるか否かは、自己および台湾をいかに認識するかという一点にかかっており、認識が正確でさえあれば、余計な色づけは不要であった。

『ゆうかり』の議論でもう一つ重要なのは、句の良し悪しを判断する基準が台湾在住者の側にあったという点である。同誌から「文芸の自治」というシステムが生まれたことはすでに述べたが、作者も読者も台湾在住者であることは、内地読者が台湾俳人に期待するようなエグゾティスムを誌面から排除することになった。「台湾句研究」欄の創設当初こそ、類型的な内地向きの句に対し、「内地の人には面白い特異を以て見られるかもしれないが、吾々にはあまり季感も興味もそゝられない、平凡な庭前風景である」[77]といった批判が繰り返されたが、啓蒙が行き渡るにつれて、次第にその種の批判を招くような句自体影を潜めるようになる。

注意すべきは、これらの議論を十分踏まえた上で[78]、島田が「台湾俳句」をあえて「Littérature coloniale の典型的な exotisme 文学」と呼んだ点である。「エグゾティスム」の根拠を「景観描写」に置いている以上、「台湾独自の風物を詠ずるといふ点に特異性を発揮」しようとする「台湾俳句」は、そう呼ばれるにふさわしかったのであろう。ただし、島田が最も重視したのは、台湾色豊かな素材を用いても、「台湾月並」には決して陥らない、言ってみれば、『ゆうかり』同人の「似非エグゾティスム」に対する批判精神であった。

実際、「台湾俳句」をめぐって重ねられた数々の議論や研究を経て、優れた作品が生まれたことは確かであり、彼らの努力は最終的に内地の「季語」から解放された台湾独自の季感文学に結実する。ところが、それが一通り達成されてしまうと新たな方向を探しあぐね、一九三〇年代半ばには鋭い批評を展開していた藤田芳仲でさえ、四〇年代に入るころには見るべきものがなくなった。そうした限界を見越してか、島田は「景観描写」に留まらず、今後は「台湾在住民の生活方面に進んで欲しい」と、次のような「望蜀」の言葉を加えている。

今後開拓せられるべき生活句は、本島人、高砂族の旧慣に着目したものもとよりながら、いはばここへの移住民たる内地人の生活も当然含まるべく、特に台湾に生まれ台湾に人となり台湾に定住せる内地人の血のうち深く根ざせる名づけがたき郷愁などはごく重要な分野であらう。[79]

「エグゾチスムは心理的レアリスムと渾融してこそ、はじめて万人の肯く大文学となるのである」と説くとおり、島田は台湾俳句を季感文学から一歩進めて、植民地に生きる人々の生活や内面を表現する抒情文学へと広げ、「先人未踏の世界」を切り拓くよう切望したのであった。

3. 日本近代詩経由の「エグゾティスム」

島田が地方色を極力抑えた「台湾俳句」を「エグゾティスム」文学として高く評価していたのは確かであるが、その反面、いかにも内地移出向きの台湾色濃厚な西川満の詩を賛美していたことも事実である。これもまた矛盾といえるかもしれないが、それを解く鍵は島田に強い影響を与えた日本近代詩における「エグゾティスム」の系譜にあると思われる。以下でその点について見ていきたい。

すでに度々指摘されているとおり、近代日本文学に現れた「エグゾティスム」は、日本人自身が異国に対する憧憬や想像を創作の基本的モチーフにするというより、自らを西欧人の眼差しに同化し、東洋、あるいは南方の「エグゾティスム」を再発見するという構造を有して現れた[80]。比較文学者菅原克也はこれを「ヨーロッパという回路を迂回しての、あるいはヨーロッパを媒介してのエキゾティシズム」[81]と呼んでいる。

近代日本文学に「エグゾティスム」が登場するのは、まず西欧近代詩の翻訳を通してであるが、菅原は最も早い段階での南方「エグゾティスム」を森鷗外（一八六二～一九二二）の翻訳詩「ミニヨンの歌」（『於母影』、一八八九）に見ている。「『レモン』の木は花さきくらき林の中に／こがね色したる柑子は枝もたわゝにみのり」で始まるこの詩に、日本人読者は「ヨーロッパの視点からの南国への憧憬」を読み、「エグゾティスム」を経験したのであった[82]。続いて登場した上田敏（一八七四～一九一六）の『海潮音』（一九〇五）は、島田に『海潮音』ほど西欧の異国情調の本質を示したものは今迄に一つもなかつた」と言わしめるほど、近代的「エグゾティスム」の息吹に満ちていた[83]。

これに魅了された新世代の青年たちは西洋人が非西洋圏に注いだ眼差しを獲得し、特に木下杢太郎（一八八五～一九四五）や北原白秋は異国情緒の美を創作の核とする。島田は青年時代から彼らの作品に親しみ、実際、親交も深かったのであるが[84]、白秋の『邪宗門』（一九〇九）や杢太郎の『食後の唄』（一九一九）に収められた数々の詩篇は日本近代詩における「エグゾティスム」の性格を決定すると同時に、島田の「エグゾティスム」観の基準になったと思われる。

白秋の『邪宗門』は近代日本文学における「エグゾティスム」の同義語として必ず引き合いに出されるが、ここには二重三重に屈折した複雑な「エグゾティスム」の様相が見られるという。白秋にとって、まず「エグゾティスム」の対象となるのはヨーロッパであったが、そのヨーロッパのオリエンタリズムを通して、再び視線は日本に戻って来るのである[85]。巻頭詩「邪宗門秘曲」の冒頭を引用しよう。

われは思ふ、末世《まつせ》の邪宗、切支丹《きりしたん》でうすの魔法。
黒船の加比丹を、紅毛の不可思議国を、
色赤きびいどろを、匂鋭《におひと》きあんじやべいいる、
南蛮の桟留縞《さんとめじま》を、はた、阿剌吉《あらき》、珍酡《ちんた》の酒を。
目見《まみ》青きドミニカびとは陀羅尼《だらに》誦《ず》し夢にも語る、
禁制の宗門神《しゅうもんじん》を、あるはまた、血に染む聖磔《くるす》
芥子粒《けしつぶ》を林檎のごとく見すといふ欺罔《けれん》の器《うつは》、
波羅葦僧《はらいそ》の空をも覗く伸び縮む奇なる眼鏡《めがね》を[86]

白秋に見られるこうした「エグゾティスム」の形式は、彼の盟友木下杢太郎にも見られるが[87]、彼らによって開花した東西の眼差しが複雑に交錯した芸術観は、「鴎外・敏によってはじめられた西欧、とりわけフランスの晩近の文学・芸術摂取のひとつの到達点」[88]でもあった。実は、島田の「エグゾティスム」観、特に近代詩に関する部分は、まさに鴎外・敏・杢太郎・白秋の流れを背負っているのである。

南方の植民地台湾を舞台にエグゾティックな詩を書いた伊良子清白と西川満についても、島田はこうした日本的「エグゾティスム」の系譜に位置づけ、読み取ろうとしている。

詩集『孔雀船』（一九〇六）で知られる伊良子清白（一八七七〜一九四六）は、本業は医師で、一九一〇年五月から一九一八年四月まで[89]、台湾総督府医務嘱託として主に台中で生活した。医師として多忙を極めたためか、台湾をテーマとした「聖廟春歌（媽祖詣での歌）」と「大嵙崁《たいこかん》悲曲」を書いたのは帰国後約一〇年を経た一九二七年のことである。

以下に、「聖廟春歌」の第一聯を引用しよう[90]。

華麗艶美な太陽に迎へられ
草の赤子《あかご》が鈴振り鈴ふり
血に滲《にじ》む荒野《あれの》の旅
蜜のやうな霊廟《れいべう》の地に
到り着いた恍惚の夕
「台湾」は
航海から上陸した
南瀛《なんえい》の艶波《えんば》
媽祖《まそ》の羽《は》がひの下で

暖《ぬ》くめられかい割れた
青い白鳥の卵である

島田は「聖廟春歌」について、清白を佐藤春夫と並べ、「台湾の風物と生活との或側面を客観化して一種のエグゾチスム文学を創作した先駆者」[91]と位置づけているが、興味深いのは、島田がこの詩に台湾の景観を直接目にした清白の驚きや感興を読み取っているのではなく、ヨーロッパのオリエンタリズムを経由して東洋に注がれる、日本独特の両義的「エグゾティスム」を見出している点である。

自分の考へでは、明治末期の台湾に来た内地人で、かういふ東邦的世界を台湾の中に発見し、それをかういふ映像で壮麗な詩句に盛り上げえたのは、新詩壇そのものに漲溢してゐた異国憧憬《エグゾチスム》の感化はいふまでもないが、実は彼が西洋文学、特に独逸浪漫派系統の文学——Rükert《リユツケルト》やHeine《ハイネ》の「東方趣味」に親熟してゐたことが大きな地盤を成してゐたからではなからうか。（……）Heine《ハイネ》その他の東方詩はかなり深く色読してゐたので、それから開眼されたその種の骨法を、渡台後は、この島の風物に応用してみたのではあるまいかと考へられる。[92]

島田がここで明かにしているのは、清白が「台湾」をエグゾティックな対象として詩的に言語化するためには西欧及び日本近代詩の媒介が必要であり、それ抜きに「台湾」は詩人の前に「異国的に珍奇な映像」として立ち現われてはこなかった、という点である。清白は台湾に八年近く居住していたにもかかわらず、直接台湾に向き合ったときの感興を表白したのではなく、帰国後一〇年も経て、西洋詩或いは日本の近代詩を媒介に、それを表現し得たのであった。島田が見抜いたのは、清白のテクストと西欧／日本近代詩の間に存在する「エグゾティスム」を巡る内的連関である。

おそらく西川満の場合も同様であろう。フランス文学と日／欧近代詩を文学的経験として出発した西川も当然、日本的「エグゾティスム」の表現形式を身につけていた。というより、これがなかったら、『媽祖祭』や『亜片』の詩など書けなかったのではないだろうか。というのは、彼にはエグゾティックな幻想を抱くほど、台湾との間に距離がなかったからである。わずか満二歳で台湾に渡り、高校・大学時代の六年間を除いて、ほとんどを台湾で過ごした彼が、台湾色濃厚な景観や風俗にエグゾティックな感興を抱き続けたとは考えにくい。「エグゾティスム」は「空間的または時間的距離が生む異質さの感覚と、それによって喚起される想像力の働き」[93]といわれるが、伊良子清白が「聖廟春歌」を書くのに、帰国後一〇年の歳月を必要としたように、西川のような湾生に近い日本人にとって、台湾を客観化できるような「空間的または時間的距離」を取ることは容易ではなかったと思われる。それを可能にしたのが、幼い頃から親しんできた日本や西欧の近代詩ではないだろうか。

西川は、「同じ台北の旧い街でも、マンカに（艋舺）はあまり興味がもてない。それは純然たるシナ風の街だからである。大稲埕には異国人が住んでいたので、東洋と西洋の混淆が見られ、それがたまらなくわたしには魅力だったのだ」[94]と語っているが、西川にとって、大稲埕は西欧に対する憧れを喚起すると同時に、西欧人の眼差しを通して台湾を再度エグゾティックな対象に変換しうる「場」だったのであろう。西川にそうした感受性を育んだのが、「ヨーロッパという回路を迂回」する日本的エグゾティスムの系譜であったことは想像に難くない。

以下に、「媽祖祭」の第一・二聯を引用する[95]。

ありがたや、春《はる》。われらが御母《おんはは》、天上聖母《テンシヨンシエンビヨウ》。媽祖《マソ》様の祭典《ツエテン》。神神の卜卦《ポクコア》。天地ここに霊を醸《かも》して、夕《ゆふべ》、金亭に投げる大才子。花月《はなづき》の、空飛ぶ鳩か、わがこころ。

気根《きこん》揺れる榕樹の蔭では女巫《リイブウ》が、做姨《ツエピアウ》相手に神籤《くじ》をひく。金紙のけむりたちこめて、犠牲《いけにへ》の白豚《ペエチイ》ねむるところ、見出す札《ふだ》は十七番。「近水楼台先得月《クンスイロオタイシエンチエクゴア》。向陽花木易逢春《ヒオンイオンホブボクイイホンツウン》。」

島田はこの詩に代表される詩集『媽祖祭』に、伊良子清白の『孔雀船』や薄田泣菫の『白羊宮』との類似性を指摘しているが、白秋との類似性も明らかである[96]。つまり西川の詩的源泉や技法は台湾特有の風土とだけ特権的に結びついているわけではなく、むしろ日本近代詩の伝統の中から内在的に導き出されたといっていいだろう。だからこそ、詩集『媽祖祭』（一九三四）は内地の詩人や文学者たちから暖かく迎えられたのであり、彼らが西川に寄せた反響からは、西川的「エグゾティスム」を歓迎する土壌が日本の詩壇に存在していたことが窺える。萩原朔太郎（一八八六～一九四二）は「装丁、内容共に支那風エキゾチックの香気高く、芸術味の豊かなるに感銘仕り候」、西脇順三郎（一八九四～一九八二）は「旧来にない異国風な詩集として失礼ながら驚きました」、木下杢太郎も「挿入の台湾語は北平の方言と殊り一層異国情調を感申候」と、いずれもエグゾティックな側面を高く評価している。恩師吉江喬松に至っては、「全編に溢るる歓喜と悲調と、東西詩風の渾然たる溶合と、我が日本の詩壇はこの南方光の国の詩人の出現をいかに悦んで迎へることでせう」と、手放しで褒め称えた[97]。他にも矢野峰人、伊良子清白、室生犀星（一八八九～一九六二）、堀口大学、山内義雄、寿岳文章（一九〇〇～一九九二）らが賛辞を寄せている。西川の師の世代に当たるこれらの詩人、文学者たちも多かれ少なかれ日本的「エグゾティスム」の流れを支えてきたことを思うと、西川の作風が歓迎されたことは十分理解できる。

一方、島田は内地の文学者とは異なり、西川の「エグゾティスム」をそう簡単に評価したわけではなかった。島田によれば、「観音山」、「紅毛城」、「蓬莱閣」などの台湾的な詩材は、「実景を知るものに生生《せいせい》たる現実感を与へるの益があるが、一歩を誤ると案内記風なものに堕しやすい」という[98]。つまり、台湾をよく知るものにとって、台湾色豊かな詩材というのは凡庸な現実味によって作品を損なうことこそあれ、エグゾティックな空想を刺激することはないのである。それでも西川の詩がエグゾティックなのは、「このあまりにも著しい現実感を、縹渺たる詩境に誘導するため」、ロマンティックな道具立てとして、台湾特有の漢語や動植物名だけでなく、仏教用語から、伝統的な風流味のある日本語までをふんだんに用いたからであった。つまり、異質な要素を導入することによって、台湾特有の詩材を相対化したのである。そこに、他者の視点によって台湾を再度「エグゾティスム」の対象とし、その美しさや神秘性を再発見しようとする技法を認めることができるだろう。島田は、「西川氏の芸術の根本傾向は、出来るだけ所謂『現実感』を離れ、現実生活から捨象された芸術的空想の世界を創《つく》ろうとするところにある」というが、西川のエグゾティスムというのは、台湾という「現実生活」を離れて創出された「芸術的空想の世界」であった。

この「現実生活」から「芸術的空想の世界」への飛躍を可能にしたのが、他でもなく杢太郎が江戸情緒の残る東京を詠ったときの他者の視線に同化して、此処／自己を「異化」する方法であり、白秋が生まれ故郷柳川の滅び行く風物を、外国語のような土語・俗語を駆使してエグゾティックに歌い上げた方法ではなかっただろうか。そうした技法を踏襲することによって、西川は現実的な台湾を詩的空間として理念的に創出しえたのである。島田がともすれば、『異国趣味《エグゾチスム》』そのもののための『異国趣味《エグゾチスム》』のかきあつめ」にしか見えない西川の詩を支持したのは、日本近代詩の「エグゾティスム」の伝統を継承することにより、日常生活に埋没して見失いがちな台湾の美や価値観を新たに産み出そうとする姿勢を評価したからではないだろうか。

島田の身近にいた湾生の新垣宏一も、台北帝大在学中から『文芸台湾』時代に至るまで、一貫して白秋・杢太郎の「南蛮趣味」を強く意識した詩を書き[99]、芥川龍之介の「南蛮もの」の代表作「奉教人の死」に関する論文を発表しているが、そこにも日本的な「エグゾティスム」の伝統が確実に継承されていた[100]。

以下に、新垣の詩「聖歌」の第一・三聯を引用する[101]。

裏街の土角《どかく》造りの大きな家の二階に
哀しい翠々《ツヰく》、ああ私の翠々が今日もしづかに生きてゐる。
窓越しに夕暮の空を見て
静かに薬湯を飲んで病みつづけ
×

私はあの人の前髪をかき撫でながら
「汝且等《ごらん、》侯看嗎《いまに》、日頭在抹落海《ゆうひがしづむんだよ》」
と窓の向ふを指し示す
窓の向ふは安平の空　空の赤さに耐へられでない
あの人は静かに眼をつぶり　そして呟いた
「照此《さうやつて》、不時対我的頭髪梭々就好《いつまでもあたしのかみをなでてゐてね》」

こうして若き詩人の手によって、「自己異化」の「エグゾティスム」形式が台湾で美しい花を咲かせることを、島田は期待し、声援したのであろう。

4．南方的美の創出

このように、島田の主張する「エグゾティスム」とは、「女誡扇綺譚」に見られるような抒情性や芸術性の同義語であると同時に、『ゆうかり』の主張するような台湾本来の姿に内側から迫ろうとする試みでもあり、西川満や新垣宏一のように日本近代詩の伝統の上に、台湾で新たな美の体系を構築することでもあった。ただし、主流はやはり佐藤春夫、伊良子清白、西川満であり、『ゆうかり』のような客観的景観描写よりも、「繊麗婉美」を備えた、「詩魂の lyrisme《リリスム》を以て貫いた艶冶極まる」文学が上位に置かれていた。結局、「エグゾティスム」とは一言でいえば、台湾を主題として美しく歌い上げることであったと言えよう。では島田はそこにどのような意味を付与していたのだろう。

そもそもそれまで、「台湾」を「美しい」と認識して作品の中心テーマに据え、芸術表現に結晶させた日本人作家はどれだけいたのだろう。少なくとも『華麗島文学志』で島田が取り上げた文芸家の中で、意識的にそれを行ったのはやはり西川満が最初ではないだろうか。佐藤春夫や伊良子清白がその道に先鞭をつけたとはいえ、彼らは意図的に「台湾は美しい」と主張したわけではなかった。

ここで、『華麗島文学志』に沿って、島田が在台日本文学における台湾表象を「美意識」の点からどのように捉えていたか、簡単に整理してみよう。

まず前章で触れた通り、島田によると、一九三〇年代の後半になってさえ、内地人の台湾観は明治期とさして変わらなかったという。つまり、「不潔・野蛮・危険」の三点である。島田は領台初期に形成された台湾観にその原因があると考え、明治期の文学作品を対象に分析を試みた（「明治の内地文学に現れたる台湾」）。実際、当時の台湾観は、「恐ろしい瘴烟蛮雨の地、土蕃土匪の横行する危《あや》ふい地」というように、大半が野蛮、不潔、危険など、ネガティヴなイメージばかりである[102]。島田自身、領台直後、陸軍軍医部長として台湾入りした森鷗外の目を借りて、当時の台湾を「家屋は、みな木骨土壁であつた。屋上は一種の瓦又は藁で葺き、窓らしい窓がないので、室内は暗く、庖厨物の不潔なること実に言語に絶してゐる。（……）男女ともに被服の不潔なのは驚くばかりであつた」[103]と描いている。渡辺香墨が生活した台湾中部の彰化についても、「街路は区画不正、いづれも煉瓦をしきつめて、路の両側に小溝を穿ち排水用に供してゐるが、実はかへつて汚水のたまりとなり、犬も豚もそこにうろうろしてゐて、とても不潔な町であつた」[104]と描写し、明治文学に見る台湾観を反復・再現していた。

一方、領台直後に渡台した漢詩人たちは台湾が風光明媚な土地であることを発見し、風景詩に詠み上げている。島田は、籾山衣洲が林本源庭園を訪れた途上の景物を詠んだ一首、「紫蔗深深《トシテ》一径通《ズ》、田家遥《カニ》望《メバ》似《タリ》二船篷《ニ》一。東隣《ノ》桃《ハ》接《ス》西隣《ノ》桂、人《ハ》在《ル》秋香春艶《ノ》中。」を取り上げ、同行者にはありふれたものとしか映らない田園風景を、詩人がかくまで美しく描いた技量に敬意を払った。これが内地の詩誌『花香月影』（第三一号）に掲載されるや、田辺蓮舟が「非常《ノ》景物。祇頼《テ》二非常《ノ》筆墨《ニ》一描出《セラル》」と絶賛したというから、そのイメージは十分伝わったのであろう[105]。

しかし、明治期の漢詩人がどのように台湾に「美しさ」を発見し、表現したかについては考察の余地がある。

というのは、日本の漢詩人にとって、台湾は文学的な美意識を同じくする文化圏に属し、台湾の風物に「美」を見出す視点やそれを表現する技法は漢詩固有の決まりごとによって、内在的に導かれたと思われるからである。

ところが、俳人はそうはいかなかった。彼らは台湾に来た途端、台湾の自然が内地とは異なり、「季語」という創作上の絶対的な規範が通用しないため、「俳句などは出来不申候」[106]というように、一度は筆を折らざるを得ない苦境に追い込まれたのである。しかし反対に、それは台湾の自然環境と、それまで金科玉条としてきた「季語」に意識的に向き合い、「俳句」という文芸形式を根本から問い直す契機になった。他の文芸ジャンルに先駆けて、俳句から郷土主義やエグゾティスムをめぐる活発な議論が生まれたことは、十分理由のあることと思われる。最終的に在台俳人は内地の感覚を振り捨て、台湾の自然に直接向き合い、独自の境地を開拓していくわけだが、その反面、島田も指摘している通り、渡辺香墨の時代から『ホトトギス』系の写生俳句が主流であったため、対象に客観的に迫ることはできても、そこに美しさを見出し、「深玄豊潤なポエジー」にまで高めることは困難であった。

一方、短歌は抒情詩なので、客観美の表出にはあまり適していないといわれるように[107]、歌人の視線は台湾の風物に美を見出すというより、大半は作者自身の内面に向けられていた。島田がその作風を高く評価する山田義三郎にしても、「俳句と短歌とは機能と目標とをそれぞれ異にしてゐるせいもあるが、香墨一派が景観描写の文学としてその俳句の中に台湾の風物を évoquer《エヴォケー》 し suggérer《シュグジェレ》 しえたのにくらべれば、山田義三郎の短歌はさういふ方面にあまり成功してゐるとはいへ」[108]ないという。岩谷莫哀についても、島田が賞賛したのは、外地の独身青年のわびしい生活感情を伸びのびと描いた点であった。『アララギ』的レアリスムの洗礼を受けた歌誌『あらたま』に対しても、島田は「直截な、或は素朴な、『写生歌』の傾向がつよ」[109]く、「強烈な色彩と濃艶な香気とを発せぬさびしさがある」[110]と評しており、短歌には総じて台湾の美を表現しえなかったことがうかがえる。この点は小説も同様であり、それが島田の「女誡扇綺譚」賛美を促したことはすでに述べた通りである。

以上のような領台以来の台湾表象を考えたときに、西川満の果たした役割の大きさに改めて気づくのではないだろうか。一九三〇年代後半になっても、依然として「野蛮・不潔・危険」といった明治期以来の台湾観が幅を利かせる内地に向けて、西川は初めて「台湾は美しい」と堂々と宣言したのであった。いうまでもなく、そこには「南方」が美しいことを、南方的な価値観が北方的なものより優ることを西川に説いた吉江喬松の影響がある。島田もまたそれを支持したのであった。

　吉江のいう「南方」とは、もともとは「南仏」であり、「南欧」であったが、西川や島田の中では台湾と渾然一体となり、台湾は「南方」であることによって、付加価値を生み出す場になったのである。これは在台日本人にとって、価値観の逆転を可能にする重要な契機になったのではないだろうか。南進ブームが追い風になったことはいうまでもない。ここで、島田が西川の詩集『亜片』を論じた以下の箇所に注目しよう。

　この「明るい神秘」こそ『亜片』の中心をなす精神であるが、思ふにこはClassique《クラシック》の芸術精神の近代的発露であらう。これから考へてゆくと、Gréco-latin《グレコ・ラテン》のClassique《クラシック》精神を基調にして、奇古幽玄な素材を取り扱つた近代仏蘭西・伊太利亜のromantisme《ロマンチスム》文学なら、『亜片』の芸術的特徴に最も近い同類だといへよう。だからこそ、かういふ型の詩文は一寸味はいにくいのである。何故といふに、われわれ日本人の文芸的基準はかういふ型の美に慣らされてゐない。今日までにわが内地（従つてそれから外地）文壇を風靡して来たものは、現実思想と功利思想の上に立つて人生の倫理的意味を強調したAnglo-saxon《アングロ・サクソン》系の文学論、浪漫思想と神秘思想の上に立つて一種超越的な実在へのあくがれを説くTeuton《チウトン》系のそれ、乃至は一種宗教的なInternationalisme《アンテルナシヨナリスム》の上に立つて、普遍的な人道思想を叫ぶSlave《スラブ》系のそれなどで、要するに北欧から伝播した所謂「人生」的、「思想」的、「現実」的なものが偏愛されてゐたことは否定出来ない。そのためにさうした特性の文学が重んぜられる半面に於いて、Gréco-latin《グレコ・ラテン》系のものは、見慣れぬものが受ける待遇のつねとして、不当に軽視せられ、雲煙視せられて来た。いま西川氏はこの南欧的classique《クラシック》の精神を以て急に詞壇の視聴を惹いた。この種の文学精神が、従来日本の文壇を独占してゐた北欧系統の文学観に立つものに比して、同じやうに価値あることを信ずる自分は、文芸史を究めるひとりとして、台湾のやうな南方の外地にはこれの特に適することを感じてゐたので、『亜片』の出現を人一倍悦びたいと思ふのである。[111]

島田は、西川の詩が台湾を主題として美しく歌い上げながら、そこに充溢しているのは「台湾」という南島特有の精神ではなく、ギリシャ・ローマに起源を持つ「南欧的classique《クラシック》」の文学精神であると見ているが、ここには「台湾の美」をいかに創出するか、という問いが提起されているようにも思える。内地文壇を独占している北欧系統の文学観に伍していくためには台湾からどのような価値観を打ち出すべきか、あるいは、内地の「野蛮・不潔・危険」といった台湾観に何を以って太刀打ちするのか、という戦略といってもいい。

おそらく島田や西川は、吉江喬松の言葉に触発されて、台湾が「南方」であることに価値を見出し、それを有効に利用し、内地から一方的に押し付けられるネガティブな台湾観を押し返そうとしたのではないだろうか。つまり、「台湾の美」を南欧に通ずる普遍的な精神や美しさとして構築することで、北欧的価値観の支配的な中央文壇に対抗を試みたということである。そこに、南進化時代の在台日本人の「台湾意識」が働いていたであろうことは想像に難くない。

ただし、「台湾は美しい」というアピールは、内地に向けては抵抗の言説となりえたかもしれないが、一方で、明治期の「野蛮・不潔・危険」な台湾を、昭和期の「美しい」台湾に変貌させた植民地統治を肯定することに繋がり、さらに植民地社会特有の現実を隠蔽することにも効果を発揮したのではないだろうか。台湾人作家が見抜いて批判したのは、おそらくその点であろう。

もっとも島田は「美しさ」をアピールすることだけが、「外地文学」の全てではないと十分心得ていた。というのは、ロラン・ルベルが「もはや美しさだけでは十分ではない。真実も描かなければならない」と言う通り、世界の植民地文学の趨勢はその成熟とともに、「美しさ」の表出から「真実」(vérité)の観察(observation)へと移行していたのである[112]。

ルベルのいう「真実」とは、植民地に生きる「人間」を描くことであったが[113]、島田もまた、「エグゾチスムは心理的レアリスムと渾融してこそ、はじめて万人の肯く大文学となる」と説き、「真にその地に住むものの心理的特性を把握した作品」を求め、「ねがはくはこの種の文学をしてもつともつと生の実相に透徹せしめよ」と強く訴えていた[114]。原住民族の世界を内側から理解し、彼らの魂を描いたセガレンの『記憶なき民』が「真のエグゾティスム」と呼ばれたように、島田の関心も台湾の景物から、そこに暮らす人間の内部へと向かっていたのである。

第五節　植民地の真実とレアリスム

1．植民地の真実

そこで、島田が提起したのが、「土着人外地人の生活解釈」あるいは「民族生活解釈」の文学と呼ばれる「レアリスム」の文学であった。島田はそれを次のように定義している。

それでは外地文学に於けるレアリスムは、どのやうな意味に解釈さるべきものであらうか。思ふに外地が内地と異る最大の社会的特性は、内地とは異る風土の下に内地には見られぬ異人種の共住することにあらう。比較人種学や比較心理学がこれらの問題をそれらの学問に特有なテクニックで取扱ふやうに、外地文学はそこにこそ一つの独自な領域を見出して、これをレアリスムの態度を以て描き出すことができる。もつともレアリスムといつたところで、所謂プロレタリア・レアリスムと同一視してはならぬ。あれは全く或特別な政治目標に向つてする宣伝や教唆や暴露やを志すものであつて、文芸の本領を逸脱し去つてゐる。さういふ偏したものではなく、真に文芸独自の任務にめざめて、内地とは異る風土の下に共住する民族の考へ方・感じ方・生き方の特異性を、生きたままに「生に即して」描き出せば、そこに一つの生の縮図が完成され、所謂「政治的態度」以外に、文学独自の領域に深く根ざせるレアリスムの一新種が生まれて来るであらう。[115]

つまり、「外地文学に於けるレアリスム」とは、内地とは異なる風土の下に共存する民族の「考へ方・感じ方・生き方の特異性」を、プロレタリア・レアリスムのような「政治目標」のためではなく、「文芸独自の任務」としてありのままに描く、ということであった。だが、植民地という政治的な歪みが極端に露呈した、あるいは慎重に隠蔽された環境にあって、政治的態度を抜きにした「文学独自の領域に深く根ざせるレアリスム」は、どこまでレアリスムたりうるのだろう。游勝冠は島田の「政治性を抜きにしたこの種の純文学観こそ、実は最も政治的である」[116]（他的這種去政治化的純文学観，其実是最政治化的）と指摘しているが、実際、島田の「純文学観」には確固たる政治性が働いていた。本書第二章の一五四頁で引用したように、フランスにも外地の生活を批判的に描く「左翼くずれ」の文学は多いが、それらは被統治民族の支持は得られても、外地総督府の方針に反するので、「外地文学が健全な発達をとげるに、これはやはりゆるされない」と述べていたのである[117]。

これは島田自身の政治的立場の表明に他ならない。結局、島田の提起する「レアリスム」が、「総督府の方針」に抵触しない健全な範囲に納まるのであれば、当然微温的にならざるを得ないだろう。ただし、例えそうであっても、「文学」の力を過小評価することはできない。というのは、統治民族であれ、被統治民族であれ、実際、植民地に生きる人々は、異民族との日常的な接触を通して、反感や確執、憎しみや恐れ、友情や愛情など様々な心理ドラマを経験しており、そうした最も身近で、具体的で、切実であると同時に、直視するのに最も重く、かつ困難な課題を扱えるのは、なんといっても「文学」だからである。それに迫ることが「文芸独自の任務」であるならば、その任務を遂行する価値は十分あるはずだ。そもそも「土着人外地人の生活解釈」、あるいは「民族生活解釈」という括りには、そのような役割が含まれていたのではないだろうか。

一方で島田は、「この種の文学こそさういふ環境を持たぬ内地（殊に東京）文壇に求むべからざるものであつて、外地のいはば独占的特色である」[118]というように、それが内地向けの立派な輸出品になりうるとも見ていた。しかし、それは単なる中央文壇進出の手段であるというより、やはり内地に向けて何を発信するのか、つまり前章の最終部で見た、「真の台湾の姿」をいかに伝えるかという、在台日本人の使命感や義務感と通底していたように思われる。

そもそも島田はフランスの研究を通して、「外地文学」の本質がレアリスムの態度によって植民地の「真実」（vérité）を描くことにあると、早くから理解していたはずである。ロラン・ルベルは、仏領インドシナでの生活を体験した作家アルベール・ドゥ・プヴルヴィユ（Albert de Pouvourville）の言葉を引用して、「真の植民地作家」を次のように定義していた。

「文学において真実は仮面に覆われているが、われわれはその仮面を剥ぎ取るつもりである。それは、われわれが生活した地方に対する忠誠の問題であり、われわれ自身に対する潔癖の問題である」。これこそ真の植民地作家であろう。[119]（訳—引用者）

「われわれが生活した地方」、つまり植民地に対する忠誠心と、そこでの生活を経験した自分自身への潔癖から、仮面を剥ぎ取って「真実」を描くべきであると、ここでは主張されているわけだが、これはまさに一九三〇年代後半以降の在台日本人が度々口にした、「真の台湾の姿」を描くべきであるとの主張と重なってくる。しかし、植民地の「真の姿」とは一体何だろう。そもそも、インドシナのフランス人であれ、台湾の日本人であれ、彼らは、植民地の「真実」をどのように認識していたのであろうか。

ここで再び、先に引用した俳人藤田芳仲の言葉に戻りたい。藤田は「台湾俳句」を論じた際、「台湾に対する認識が浅くて、どうして人並の台湾俳句が示現され得よう」と問いかけていた。さらに続けて、「台湾の認識に欠くることは、自己の認識に欠くることでもある。自己の認識に困難なるは、台湾の認識と同様に六ヶ敷い。この六ヶ敷さを突破しない限り、台湾俳句の進展はのぞまれない」と述べていた[120]。藤田のいう「台湾の認識」とは、いかにも俳人らしく台湾の自然を対象としており、社会的な関心にまでは踏み込んでいなかったであろう。それでもこの言葉には、「植民地の真実」に到達する唯一の方法が示されているように思われてならない。

つまり、台湾という植民地、その特殊な社会の真実をいかに認識し、表現するかは、それを認識する主体、すなわち自己をいかに認識するかという一点にかかっているのである。換言すれば、植民地の真実は自己の内部を掘り下げることによってしか認識されない、ということである。アルベール・ドゥ・プヴルヴィユが、「植民地の真実」を明らかにするのは、植民地に対する「忠誠の問題」であると同時に、「われわれ自身」に対する「潔癖の問題」であると論じていたのも、同じ道理を含んでいるのではないだろうか。

ただし、台湾と自己を同時に認識することは、実際、そう容易ではなかったはずだ。例えば、次のような台湾の日常に対し、台湾でものを書く日本人は、どのように向き合い、表現すればよかったのだろうか。

何やら楽しげな日本人の植民地生活が目に浮かんでくるようであるが、植民地の実生活は厳しく、朝に夕に不愉快な一面があることを知らなければならないだろう。

一つの民族が一つの民族を制覇していこうという、恐るべき無理の上に成り立っている生活なのである。政策の浸透は困難で、精力を使い果たすほど末端は働かねばならないし、一人ひとりが異民族との接点に立っている日常生活は、ささいなことでも緊張の連続なのである。婦人が物売りから食料品一つ買うにしても言葉はうまく通じないし、高値で売りつけられているのではないかと不安を抱く。何かにつけて台湾語で悪罵される。判らない言葉で批判される。決して気持ちのよいものではない。植民地に行って統治する立場に立つ、ということは、そういうものなのである。[121]

これは台湾で生まれ育った竹中信子の言葉であるが、このような「恐るべき無理の上に成り立っている生活」をレアリスムの態度で描くということは、人々の「緊張」や「不安」や「気持ちのよいものではない」という内面にまで深く立ち入ることなのである。日本人であれ、台湾人であれ、植民地に生きる人々の「考へ方・感じ方・生き方の特異性を、生きたままに『生に即して』描き出」そうとすれば、それは避けられないであろう。

島田も当時の台湾については、「統治者と被統治者というどこか険しい気分で何もかもがぬりこめられて」[122]いたと回顧していたが、おそらくそれこそが「真の台湾の姿」であり、台湾でものを書くということは、その「険しい気分」を見据えることから始めなければならなかったはずである。おそらく生活者に「緊張」や「不安」や「険しい気分」を日常的に強いる植民地の現実を、自らの生と重ね合わせて認識し、表現することは、統治者の立場に立つ日本人にとって一つの試練になったはずだ。だが、藤田芳仲の言葉を借りるなら、そうした自己の認識と台湾の認識の難しさを突破しない限り、「レアリスム」文学の進展など望めるはずはないのである。

問題は、島田自身がそうした困難をどこまで覚悟した上で「レアリスム」の必要性を説いたのか、ということだ。政治性抜きの「文学独自の領域」に限定したレアリスムであれ、「共住する民族の考へ方・感じ方・生き方の特異性を、生きたままに『生に即して』描き出」そうとすれば、非常にデリケートな領域に踏み込まざるをえないはずだが、島田は先述したように、「エグゾティスム」の文学は「心理的レアリスムと渾融してこそ、はじめて万人の肯く大文学となる」と説き、「ねがはくはこの種の文学をしてもつともつと生の実相に透徹せしめよ」と強く訴えていたのである。これは、デリケートな領域に敢えて踏み込めと命じているようにも聞こえる。それこそが「万人の肯く大文学」なのだと。だが一方で、総督府の方針に抵触するような文学を戒めていた島田にとって、「レアリスム」の態度を徹底させることは一種のアポリアを抱え込むことにはならなかったのだろうか。さもなければ、どこかに妥協点を見出すしかないだろう。

2. レアリスムの模索

そもそも島田が「レアリスム」の必要性を説いたのは、植民地支配の歴史が台湾に先行するインドシナやアルジェリアの植民地文学の趨勢から導き出された結果ではあるが、同時に、台湾に永住を覚悟した長期定住者としての、彼自身の実感でもあったはずだ。おそらく、台湾支配も四〇年を超え、在台日本人は植民地社会の特殊性を改めて考えるべき時期に来ていたのではないだろうか。島田に一年遅れて、昭和五（一九三〇）年に台湾に移住した黒木謳子も、一九三七年に出した詩集『南方の果樹園』の「自序」で次のように述べている。

昭和五年五月、生活を台湾に移すと、気候の急激な変化や、植民地特有の畸形的環境から受ける醜悪な刺激のために、わたしの詩生活も、従来の、所謂、センチメンタルでロマンテイツクな、甘美な夢を追ふ抒情詩なものから、漸次、大胆で、露骨な、より現実的なものへと移行してゆき、然も、その間、一定した詩形《ホルム》のなかに安住すると言ふことなく、こんどんとした、さまざまな作風を示して来てゐた。

黒木謳子「自序」（詩集『南方の果樹園』）123

おそらく、成人になって渡台したある程度の知性を備えた日本人ならば、植民地が「畸形的環境」であることにはすぐ気づいたであろうし、であるからこそ、島田も黒木も外地での文学活動が、単に「センチメンタルでロマンテイツクな、甘美な夢を追ふ抒情詩」だけでは立ち行かなくなるであろうことを実感していたのではないだろうか。彼らの中には、「大胆で、露骨な、より現実的な」テーマが文学的に表現されなければならないという認識がすでに醸成されていたのである。

ただし、一九三〇年代後半の、レアリスム小説が十分育っていなかった時期に、「真の台湾の姿」をいかに認識し、いかに描くべきか、島田自身、模索の段階にあったと思われる。総督府の方針に抵触しないことと、真の台湾の姿を描くことの間で、何を書くべきか、何を書いてはならぬのか、書いていいこととならないことのボーダーラインについては、思考を重ねていたはずだ。

おそらくその結果であろうが、島田は「外地文学に於けるレアリスム」としていくつか参考にすべき作品を挙げている。例えば、リーズ・バームやサマセット・モームなどイギリスの極東居留地（植民地）小説や、ロベール・ランドーやジャン・マルケなどフランスの植民地小説の他、台湾で生まれた過去の作品では、明治末期の庄司瓦全や影井香橘、原十雉など『ホトトギス』系の写生文、尾崎孝子の短篇集『美はしき背景』（台北：あらたま社、一九二八年五月）、および大鹿卓の小説「蕃婦」や「奥地の人々」などである[124]。

リーズ・バームとサマセット・モームは、台湾や香港、シンガポールなどの英国居留地におけるヨーロッパ人の生活を中心テーマとし、ロベール・ランドーはアルジェリア生まれの植民地二世に焦点を当て、ジャン・マルケはヴェトナム人の生活を客観的に描いていた。一方、写生文や尾崎孝子の作品はいずれも身辺雑記的な小品で、在台日本人の生活が中心である。例外は、原十雉の写生文「御祈祷」（『相思樹』、一九〇七年四月）と「野療治」（『ホトトギス』、一九〇九年六月）だが[125]、島田は、この二作が「ごく表面的な風俗描写」に止まっているにしても、在台日本人として初めて「本島人の生活を芸術的に摂取し」[126]ている点を評価し、「華麗島の文学としては歴史的に注目されなければならぬ」[127]と評していた。これらの小品は本格的な「外地文学」のレベルにはほど遠かったものの、後継者が育たなかったため、プロレタリア・レアリスムとは異なる、「正道」のレアリスム文学の先駆けと見なされたのである。

その中で島田が唯一、ヨーロッパの植民地文学に遜色ないと賞賛したのが、大鹿卓の「奥地の人々」と「蕃婦」であった。これについては、「奥地山間の内地人の心理を極めてアンペルソネルな写実的手法でたくましく描き出した佳品である」[128]と評しているが、「政治的態度」に依拠した「レアリスム」に対し、一貫して嫌悪感を露わにしてきた島田が、大鹿をかくまで評価するのは、どこか腑に落ちない。というのは、大鹿はここで台湾原住民族と日本人警察官との衝突や葛藤を率直に描いており、「政治的態度」とも無縁ではなかったからである。台湾の山地を舞台とした四篇の小説を収録した作品集『野蛮人』は、総督府の理蕃政策に対する告発が込められていたため、台湾では禁書扱になっていた[129]。

にもかかわらず、島田がそれを評価したのは、植民統治そのものではなく、統治政策に対する批判はある程度描かれてしかるべきであるとの認識が働いていたからかもしれない。結論からいうと、「奥地の人々」と「蕃婦」には、外地統治の方針を破壊しない程度のほどよい批判と真実が過不足なく描かれており、それを島田が肯定したと考えられるのである。

実際、この二つの物語は、理蕃政策の最前線に配置された日本人警察官からの内部告発という、植民政策に対する一種の改良主義的批判の色合いが強い。よりよく統治するための批判であれば、むしろ奨励すべきであると、島田が考えた可能性は十分にある。また、二作とも一見原住民族を描いているように見えて、実は日本人警察官の心理描写に重点が置かれており、島田が、「丁度ウイリアム・ソマセツト・モームのボルネオ物語のひとつを連想させるほどの筆力で、奥地山間の生活の如実な再現と構成を志してゐる」[130]というのも十分肯ける。在台日本人の厳しい生活を克明に描き、内地読者に伝えるという任務の点でも、この二作は優れていた。もう一つ、両者に共通するのは、原住民族の「野蛮」性に対する賛美と、統治者の「文明」に隠された「野蛮」性の告発をテーマにしている点だが、ここには古いタイプのロマン主義的エグゾティスム文学の典型を認めることができる[131]。

つまり、島田は「奥地の人々」と「蕃婦」に、何を書くべきか、何を書いてはならぬのか、というボーダーラインぎりぎりの妥協点を見出していたのではないだろうか。逆に言えば、この二作には、島田から見た「レアリスム文学」の可能性と限界が如実に示されているといえるのである。

もう一つ、わかりやすい例を挙げよう。ジャン・マルケの長編小説『田から山へ』[132]である。島田は早くからこれを「外地文学」の手本と見なしていたが、ヴェトナムの農村を舞台としたこの小説は、登場人物の大半が安南人で、フランス人の存在感は薄く、物語も安南人の農民一家を中心に進められているため、そこが一八八三年以来フランスの保護領にされていることは実感として迫ってこない。登場人物たちが見舞われる禍福もほぼ安南の伝統的な農村社会の中で完結し、彼らの生活に植民地支配の影はほとんど射していないのである。

それでも島田はこれについて、「アンナン土人の人生観がよく出て」おり、「その描写はひたすら客観的で、いはゆる外地小説に多い外地人と土着人と、そのどちらかをいたづらに賛美したり軽蔑したりする様子もない」と肯定的に評価していた[133]。島田はロラン・ルベルを通してこの作品に出会ったと思われるが、ルベルもまた、ジャン・マルケが原住民族と同じような思考に到達するまで、彼らに同化・一体化して自らを消し、ヨーロッパ的な筋立てのない、真に土着的で、純粋にアジア的な物語を書き上げたと絶賛していた[134]。

だが、ここに描かれているのは紛れもなく統治者が外側から一方的に見た安南人の「考え方・感じ方・生き方」に他ならず、フランス人との緊張した交流関係などは一切排除されている。実に無難で微温的な物語であり、島田の理想とする「心理的レアリスムと渾融」した、あるいは「生の実相に透徹」した作品には程遠い。にもかわらず、島田は「アンナン人自身が書かずに、さういふ環境内に居住してアンナン人の生活に熟通してゐるフランス人が書いたといふところが面白い」と、高く評価していた。

これが島田の理想とする「外地文学」であるなら、外地統治の方針に抵触しない健全な「レアリスム」だからであろう[135]。ここに植民者が「レアリスム」を説くことの限界を認めざるを得ないが、彼らにしてみれば、これこそが「植民地の真実」であったのかもしれない。この点については、引き続き次章で論じることにする。

小結

本章では、『華麗島文学志』の理論的な枠組みである「外地文学論」の形成過程を明らかにしてきた。

島田はまず、台湾で「郷土主義文学」が生まれたことを「外地文学」の誕生と捉え、さらに独自の観点から「外地文学」研究は「比較文学」研究のカテゴリーに入ると主張し、「一般文学」研究の方法によって、世界の「外地文学」との比較考察を試みる。そこで、「外地文学」研究の最先端を行くフランスの研究書を参考に、まず「外地文学」が植民地における、宗主国人の文学であり、旅行者の手になる「エグゾティスム文学」への批判から生まれた「レアリスム」の文学であることを理解した。次に、仏領インドシナの外地文学を参考に、「外地文学」一般の傾向として、「広義の郷愁の文学・外地景観描写の文学（エグゾティスム）・民族生活解釈の文学（レアリスム）」の三点が挙げられることを明らかにし、それを在台日本文学の将来の課題に据える。

島田の「外地文学論」を簡単に言えば、「外地文学」とは植民地支配者による「郷愁・エグゾティスム・レアリスム」の文学ということになるが、ここに「エグゾティスム」を入れた点もまた島田の独自性といってよいだろう。フランスの研究では、「レアリスム」に比し、「エグゾティスム」の評価は決して高くなかったのである。ただし、島田は「郷愁・エグゾティスム・レアリスム」の三点は相並んで開拓されるべきであり、「決してそのうちの一にのみ跼蹐してはならならい」と主張したのであった。ところが、従来の研究は、島田があたかも「エグゾティスム」のみを説いたように見なし、批判を加えてきたのである。そもそも、島田のいう「エグゾティスム」や「レアリスム」の概念を明らかにしようという努力にも欠けていた。

島田のいうエグゾティスムとは、単に内地読者に媚びるような「似非エグゾティスム」ではなく、抒情性や芸術性の同義語であると同時に、台湾本来の姿に内側から迫ろうとする試みであり、台湾で新たな美意識や価値観を産出することでもあった。特に「台湾は美しい」と主張することは、一九三〇年代後半になってなお、「野蛮・不潔・危険」という台湾観を変えようとしない内地への批判であったと思われる。

しかし、島田は「美しさ」をアピールするだけでなく、内地に対して「真の台湾の姿」を発信すべきであるとの考えから、「レアリスム」の必要性を説く。ただし、宗主国人が植民地で「真の台湾の姿」を認識し、「レアリスム」の態度で描くことは困難であり、総督府の方針に抵触しない範囲で、「真実」を描こうとすれば、微温的な物語にならざるをえなかった。その限界が、大鹿卓やジャン・マルケの小説に対する島田の評価の中に現れているといえよう。

注

1 島田謹二「台湾の文学的過現未」(『文芸台湾』、前掲書)一三〜一四頁。

2 同右、一四頁。

3 伊藤純郎『郷土教育運動の研究』(思文閣出版、一九九八年二月)九頁。

4 綱澤満昭によると、転向と農本主義との関係は極めて強く、農本主義的感情は転向の大きな動機になったという。参照:綱澤満昭『農の思想と近代日本』(風媒社、二〇〇四年八月)二一頁。

5 橋川文三や藤田省三は一九三〇年代の農本主義や日本浪曼派を日本の「郷土主義」と見ている。橋川文三『日本浪曼派批判序説』(講談社文芸文庫、二〇〇五年八月、第三刷、七八頁)。藤田省三「天皇制とファシズム」(『藤田省三著作集1天皇制国家の支配原理』、みすず書房、一九九八年三月、一四六〜一九五頁)。

6 中村武羅夫「地方文化の再建設問題と一つの提案」(『新潮』、新潮社、一九四一年八月)二九〜三〇頁。

7 ドイツの郷土文学については、立澤剛『岩波講座世界文学――郷土文学』(岩波書店、一九三三年九月)を参照した。

8 百川敬仁によると、日本の場合、近代に入って〈故郷〉の観念と、それに伴うノスタルジアの感情が大きく登場してくるのが、明治二〇年代であった。〈故郷〉とはまた、過去の日本のことでもあり、「欧化政策と資本主義化による社会変動のために不安を覚えた都市民の間に、精神的拠り所として日本の過去の社会が理想化」されたという。百川敬仁「国学から国文学へ」(岩波講座『日本文学史第11巻 変革期の文学III』、岩波書店、二〇〇〇年九月、第二刷)二七九〜二八〇頁。

9 ヘルムート・プレスナー『ドイツロマン主義とナチズム――遅れてきた国民』(講談社学術文庫、一九九六年四月、第三刷、四七頁)によると、「西ヨーロッパ」とは、早い時期から啓蒙主義の洗礼を受けたイギリス、フランス、オランダなどの国々を指し、ドイツは含まれないという。なお、ドイツの反近代主義については、竹中亨『近代ドイツにおける復古と改革――第二帝政期の農民運動と反近代主義』(晃洋書房、一九九六年一二月、一六五〜一八九頁)を参考にした。

10 中根隆行『〈朝鮮〉表象の文化誌』(新曜社、二〇〇四年四月)の第六章「地方農村と植民地の境界」(一七九〜二〇六頁)に詳しい。

11　池島重信「地方文化の出路」（『新潮』、一九四一年一一月）一二～一七頁。

12　島田謹二「台湾の文学的過現未」（『文芸台湾』、前掲書）一四頁。

13　島田は戦後になって、「これ（注――『華麗島文学志』）も一つの『比較文学研究』であることに変りはない。――英領オーストラリアや南亜連邦や仏領西アフリカや印度支那などにおける文学現象をきわめて、それらとおなじ『外地文学』の一翼として、その研究を試みたのだから」と述べている。島田謹二「私の比較文学修行」（『日本における比較文学』上巻、前掲書）一八頁。

14　アン＝マリー・ティエスはフランスの郷土主義文学を論じて、「郷土主義《レジョナリスム》と国家主義《ナショナリスム》を対立させることはできないが、混同することもできない」と述べているが、この時期、在台日本人社会では土着化による台湾意識の芽生えと、日中戦争勃発後の日本主義の高まりによって、郷土主義と国家主義が一方では重なりつつ、もう一方では微妙なずれを生み出していた。Anne -Marie Thiesse, *Ecrire la France—Le mouvement littéraire régionaliste de langue française entre la Belle Epoque et la Libération*, Paris: PUF, 1991,p.13.

15　松風子「台湾の文学的過去に就て」（『台湾時報』、前掲書）一四二～一四三頁。

16　同右、一四五～一四六頁。

17　Fernand Baldensperger, *La littérature française entre les deux guerres 1919-1939*, Marseille: Sagitaire,1943,p.205.

18　例えば、知的国際交流委員会の学芸員会主催で、一九三二年から行われた全八回の討論会には、ヨーロッパ、北・南米、ソ連、日本（姉崎正治、有島生馬）からの参加者があったが、それ以外の地域からは参加していない。*L'institut international de Coopération intellectuelle 1925-1946* (Paris : Institut international de Coopération intellectuelle, 1946) pp.413~432.

19　Travaux en cours, RLC,1923,No.1, p.147.

20　*L'actualité : les influences coloniales dans les littératures européennes*, idem, pp.141~143.

21　一九二〇年代初頭にはタゴールに関する論文がある程度連続的に紹介された他、仏領インドシナなどの植民地や「黒人」（races noires）の影響に関する研究が単発的に紹介された。なお、ロラン・ルベルだけは、一九三七年第二号でも新刊書（*Les voyages français du Maroc, L'exotique marocaine dans la littérature de voyage*, Paris : Larosse）が紹介されている。

22 野沢は同様の研究として、アトキンソンの『一七世紀の旅行記と思想の推移。一八世紀精神の形成の研究』（一九二二年）、『一七〇〇年以前のフランス文学における非現実的旅行記』（一九二〇年）、『一七〇〇年―一七二〇年のフランス文学における非現実的旅行記』（一九二二年）を挙げている。野沢協「訳者あとがき」（ポール・アザール『ヨーロッパ精神の危機 一六八〇―一七一五』、前掲書）五五六頁。

23 一九七四年第三巻では「ブラック・アフリカのフランス語・英語文学」（Littératures francophones et anglophones de l'Afrique noire）の特集が組まれた。なお、森常治が引用するジョージ・M・グゲルバーガー（Georg M. Gugelberger）によると、「一九五〇年代から六〇年代にかけて、フランスのRené Etiembleをふくむ比較文学者たちは植民地主義を疑問視し、ヨーロッパ、アメリカ中心の諸文学を調べる開かれた地球主義を説いた」と言われている。森常治「比較文学の行方――上田敏、そして島田謹二の仕事からの出発」（『比較文学年誌』、第三六号、早稲田大学比較文学研究室、二〇〇〇年）六頁。

24 ここで思い出すのは、仏領マルチニークの詩人エメ・セゼールの次の言葉だ。「私は認めよう。異なった文明を互いに接触させることはよいことだ。異なった世界を互いに結びつけることはすばらしいことだ、と。文明というものは、どんなに優れた特性をもっていても、自らの殻のうちに閉じ籠っていては衰微を免れない。交流はいわば酸素である。ヨーロッパの大きな幸運は諸文明の交差する場であったということだ。あらゆる思想の軌跡がそこにあり、あらゆる哲学が集積し、あらゆる感情を迎え入れたということが、ヨーロッパを最上のエネルギーの再配分者としたのである。／しかしここで、私は次の問いを提出する。植民地化は真の意味で接触させたか。あるはこう言ってもよい。接触を作り出すすべてのやり方の中で、植民地化は最上のものだったか。／私の答えは『否』である。」（傍点――筆者）。植民地における支配・被支配という関係は、異質なものの接触や交流を阻んでいたことがわかる。エメ・セゼール著、砂野幸稔訳『帰郷ノート・植民地主義論』（平凡社ライブラリー、二〇〇四年五月）一三四～一三五頁。

25 Louis Cario et Charles Régismanset "*L'Exotisme – La littérature coloniale*", Mercure de France,1911, pp.161~162.

26 松風子「台湾の文学的過去に就いて」（『台湾時報』、前掲書）一四三～一四四頁。

27 「植民地文学賞」については、以下の註（2）に詳しい。Rolan Lebel, *Histoire de la littérature coloniale en France*, Paris : Larose, 1931,pp.75~76.

28 Charles Taillard, *L'Algérie dans la Littérature Française*, 1925. および Roland Lebel, *L'Afrique Occidentale dans la Littérature Française*,1926.

29 「われらの植民地文学パノラマ」に挙げられた出版物には出版時期が記載されていないが、ルベルは一八七〇年以降、植民地で生まれた文学作品を「植民地文学」と規定しているので、おそらくそれ以後出版されたものであろう。ただし、シリアと旧植民地に関しては、それ以前の「エグゾティスム文学」時代の作品（シャトーブリアン、ネルヴァル、サンピエールの旅行記など）が含まれている。

30 植民地の定期刊行物については、以下を参照のこと。Rolan Lebel, *Histoire de la littérature coloniale en France*, *op.cit.*, p.208~211.

31 littérature exotique。本来なら「エグゾティック文学」と訳すべきだろうが、日本ではすでに「エグゾティスム文学」の訳語が定着しているので、以下これを用いる。

32 Louis Cario et Charles Regismanset, *L'Exotisme:la littérature coloniale*, op.cit.,p.159. Roland Lebel, *Etudes de littérature coloniale*, op.cit., p.75. ルベルの学位論文『フランス文学における西アフリカ』にも「一八七〇年以降」という副題が付されている。Roland Lebel, *L'Afrique occidentale dans la littérature française (Depuis 1870)*, Paris:Libraire Emile Larose, 1925.

33 戦後の研究でも、「一八七〇」年という分岐点は受け継がれており、M・A・ルトゥフィ『文学と植民地主義』(Martine Astier Loutfi, *Littérature et Colonialisme—L'expansion coloniale vue dans la littérature romanesque française 1871-1914*, Paris: Mouton & Co, 1971）でも、副題「フランス小説に見られる植民地的拡大 一八七一－一九一四」が示すとおり、対象とされているのは一八七〇年以降の文学である。

34 Roland Lebel, *Etudes de littérature coloniale*, op.cit., p.157.

35 Roland Lebel, *Le Mouvement intellectuel indigène en Afrique occidentale française, Etudes de littérature coloniale*, op.cit.,pp.157~168.

36 松風子「台湾の文学的過去に就て」(『台湾時報』、前掲書) 一四六〜一四七頁。

37 吉田公平は、『華麗島文学志』が事実考証や影響関係の有無に終わらず、文芸学の趣を思わせる点に、東北帝大時代の恩師で日本文芸学の創始者岡崎義恵の影響を見ている。吉田公平「島田謹二著『華麗島文学志』をよんで」(『東洋古典文学研究』二、前掲書) 一五一頁。

38 松風子「台湾に於けるわが文学」(前掲書) 五〇頁。同「台湾の文学的過去に就て」(前掲書) 一四四頁。Louis Cario et Charles Regismanset, *L'Exotisme: la littérature coloniale*, op.cit., pp.163~164.

39 ただし、一九世紀末から二〇世紀にかけて、アフリカが植民地化されるにつれ、「エグゾティスム」の質が変わったと言われている。工業化や商業化によってアフリカの神秘性は失われ、印象主義的・詩的・主観的な「エグゾティスム」は次第に客観的・科学的なものに取って代わられた (CR、二三七頁)。「外地観光文学」も例外ではなく、新しいタイプの旅行者は主観的な印象ではなく、客観的な描写を心がけるようになる。もちろん、「お手軽で商業的な」ステレオタイプの「エグゾティスム」も依然として生き長らえていたが、次第に写実主義的「エグゾティスム」が主流になった (L、七九〜八四頁)。

40 カリオ、レジスマンセにせよ、ルベルにせよ、ロマン主義的傾向には批判的で、レアリスムの評価が圧倒的に高いのだが、この点がロマン主義研究を重視する比較文学者と相容れなかったのかもしれない。

41 ロラン・ルベルはまた、「植民地文学」は植民地在住者が現地の読者のために書き、現地で出版し、消費されるものであると記しているが、これは『ゆうかり』で唱えられていた「文芸の自治」に当たる。Roland Lebel, *Histoire de la littérature coloniale en France*, op.cit.,p.186.

42 セガレンは実際、死の直前まで一四年間にわたって「エグゾティスム」の概念について模索を続け、断続的なメモを残したといわれている。木下誠「訳者解説」(ヴィクトル・セガレン著、木下誠訳『〈エグゾティスム〉に関する試論・羈旅』、現代企画室、一九九五年一月) 三四六〜三四七頁。

43 一九二〇年に植民地相に就任したアルベール・サローは「植民地の開発」を盛んに主張したことで知られるが、そうしたなかで第三共和制が掲げた「文明化の使命」の成果を示すものとして「原住民文学」の誕生が期待されるようになっていたという。砂野幸稔「黒人文学の誕生——ルネ・マラン『バトゥアラ』の位置」(『フランス語フランス文学研

究』、No. 61、一九九三年）七一頁。

44 Roland Lebel, *Histoire de la littérature coloniale en France*, op.cit., p.85.

45 インドシナの原住民作家については、同右書一七二頁の脚注（1）で簡単に紹介されている。

46 ルベルが西アフリカにおけるフランス文学を論じた学位論文を執筆した際、故西アフリカ総督モーリス・ドゥラフォス（Maurice Delafosse）から原住民作家のフランス語作品について、一章を加えるようアドバイスがあったためという。Roland Lebel, *L'Afrique Occidentale dans la Littérature Française*, op.cit.,p.158. なお、ルベルにはアフリカ文学のアンソロジーを編んだ『黒い地方の本：アフリカ文学選集』（Roland Lebel, *Le livre du pays noir : anthologie de littérature africaine*, Paris : Éditions du monde moderne, 1927）があるが、島田謹二は参照していない。

47 ただし、羊飼いの身分からフランス軍の狙撃兵として第一次大戦に加わった遍歴を綴った、この自伝的な作品は、実際はフランス人女性リュシー・クーチュリエが話題性をねらってバカリ・ディアロからの聞き書きを出版社に持ち込んだという説もある。砂野幸稔「黒人文学の誕生――ルネ・マラン『バトゥアラ』の位置」（『フランス語フランス文学研究』、前掲書）七二頁、注2。

48 Roland Lebel, *Histoire de la littérature coloniale en France*, op.cit., p. 167.

49 ここには明らかにロラン・ルベルの影響が見える。ルベルによると、植民地（アフリカ）で毎日生活している作家は、旅行者と違って、表面的なオリジナリティーにはもはや興味を示さず、黒人社会の深い魂を求めていたという。彼らのエグゾティスムも絵画的・主観的・感情的ではなく、心理的なエグゾティスムであった。Roland Lebel, *Histoire de la littérature coloniale en France*, op.cit.,p.143.

50 亀井俊介「『華麗島文学志』を読んで――若き日の島田謹二先生を憶う」（『SINICA』、前掲書）五頁。

51 戦後初期の「エグゾティスム」及び島田謹二批判としては、龍瑛宗「日人文学在台湾」（『台湾文物』第三巻第三期、台北市文献委員会、一九五四年一二月、一八～二二頁）がある。一九四〇年代の議論を受け継ぐ近年の代表的なものには、王昭文『日拠時期台湾的知識社群――『文芸台湾』・『台湾文学』・『民族台湾』三雑誌的歴史研究』（前掲書、三二一～六〇頁）、及び陳建忠「尋找熱帯的椅子――論龍瑛宗一九四〇年的小説」（前掲書）が挙げられる。王は黄得時の、陳は龍瑛宗の批判を踏襲しつつ、島田謹二の「エグゾティスム」が内地の中央文壇を目指す、植民地主義的な意図に裏付けられたものであると批判している。但し、いずれも島田の言う「エグゾティスム」の内実には触れていない。
52 松風子「台湾の文学的過去に就て」(『台湾時報』、前掲書)一四四～一四五頁。
53 島田謹二は戦後の座談会で、「佐藤春夫氏の『女誡扇綺譚』」について、「現地にいて実地踏査が可能だつたものですから、詳しく調べて、佐藤さんに御覧をいたゞいたら、そつくりそのまゝだとおほめにあずかりました。その他の点でも、あの研究では、佐藤さんから過分なお言葉をいたゞいて、大変恐縮もしましたが、嬉しかつたですね」と述べている。参照:『「近代比較文学」を続る座談会」(『比較文学研究』第一巻第一号、一九五七年七月改定再版、一九五四年一～六月初版)一〇五頁。小林信行「若い日の島田謹二先生――書誌の側面から⑸」(『比較文學研究』第七九号、前掲書、一五六～一五七頁)にも詳しい。
54 アイルランド人の医者の娘として、メルボルンに生まれる。*The Fortunes of Richard Mahony* は父親をモデルにした悲劇の三部作。(一八七〇～一九四六)
55 松風子「佐藤春夫氏の『女誡扇綺譚』」(『台湾時報』、一九三九年九月)七九頁。
56 松風子「岩谷莫哀の瘴癘」(『台湾時報』、一九三九年一〇月)一二〇頁。
57 本名ジュリアン・ヴィオ(**Louis Marie Julien Viaud**)。ブルターニュの港町ロシュフォールに生まれる。海軍士官として世界の海を渡った経験をもとに、トルコ、タヒチ、セネガルなどを舞台に、異国情緒豊かな作品を発表し、一九世紀末、フランスで爆発的に読まれた。日本には二度訪れ、『お菊さん』と『秋の日本』を残している。日本でも大正時代から、野上豊一郎、吉江喬松、渡辺一夫などによる名訳がさかんに刊行された。参照:落合孝幸『ピエール・ロティ――人と作品』(駿河台出版社、一九九三年九月)。
58 この一文は『前嶋信次著作選3〈華麗島〉台湾からの眺望』(東洋文庫六七九、平凡社、二〇〇〇年一〇月)の「前嶋信次著作目録」には記載されていないが、新垣宏一の「ピエール・ロティと台湾」の中で言及されている。
59 新垣は「先生(注――島田謹二)にならって、『ピエール・ロチと台湾』を発表」した、と後に語っている。新垣宏一『華麗島歳月』(張良沢編訳、前衛出版社、二〇〇二年八月)七三～七四頁。
60 加村東雄「西洋文化研究会(B班)」(『翔風』二四号、台北高等学校文芸部、一九四二年九月)一三〇頁。
61 参照:松風子「続香墨記」(『台湾教育』、一九三九年八月)九〇頁。同「『あらたま』歌集二種」(『台湾時報』、一九三九年六月）八〇頁。
62 松風子「台湾に取材せる写生文作家」（『台湾時報』、一九三九年七・八月合併号）一〇二～一〇三頁。
63 松風子「佐藤春夫氏の『女誡扇綺譚』」（『台湾時報』、前掲書）八一頁。
64 松風子『うしほ』と『ゆうかり』」（『台湾時報』、一九三九年一一月）。
65 『うしほ』と『ゆうかり』」に引用された本田一杉のエッセイ「ホトトギスを待つ人々」（『大汝』、鴨野発行所、一九三九年四月）には、「東台湾の僻地」で句作に励む『うしほ』の同人たちが、内地から船で送られてくる『ホトトギス』を待ちわび、雑詠に入選したかどうかで、一喜一憂する様子が生き生きと描かれている。また、『ホトトギス』系の幹部俳人が来台することもあり、各地を巡歴し、在台俳人に刺激を与えたという。松風子『うしほ』と『ゆうかり』」（『台湾時報』、前掲書）六八～七〇頁。
66 同右、八四～九〇頁。
67 同右、八四頁。
68 同右、八五頁。
69 一九三一年七月の「台湾句合評」を母体とし、翌八月から「台湾句研究」へとリニューアルされ、さらに一九三七年七月に六〇回に達した後、翌八月から、台湾的地方色の濃厚な句や熱帯俳句を研究する「雑詠月評」へと発展していった。「台湾句研究」は当初、合評の形で始まったが、後に山本孕江のみが担当することになる。
70 松本瀧朗「短歌と南方性」（『台湾』、一九四一年一〇月、南方短歌号、一六頁）には、興味深い調査結果が報告されている。同誌、一九四一年七月号の作品数四八二首のうち、「台湾の歌らしいと思はれる作品」は、風物一七首、人事二三首、計四〇首のみで、さらに「全体の七％が、台湾的な感じを出してゐる」に過ぎないという。「これとてもちよつぴりとした南方の匂ひだけで椰子の葉が揺れたとか、大屯が見えるといつた工合で、ものの数に入るべくもないもの」であった。つまり、地方文芸としての短歌にはさほど関心が寄せられていなかったということだが、こうした問題点は七月号だけでなく他の号でも指摘されていた。
71 孕江、月桃、芳仲「台湾句合評」（『ゆうかり』、前掲書、一九三一年七月）一五頁。
72 藤田芳仲は「台湾俳句」を次のように定義している。「一、詩であること。一、台湾てふ地方色の現れてゐること。

一、芸術品たるは勿論、然も良心的に終始していさゝかのいつはりもなきこと。一、地方色を意識的に強ひず、極めて自然により深く観察し、台湾の季感に即して純なる立場に自覚すべきこと」。藤田芳仲「初学者指導〈第一回〉」（『ゆうかり』、一九三六年六月）三一頁。

73 孕江、月桃「台湾句研究」（『ゆうかり』、一九三一年八月）一三～一六頁。

74 同右。

75 藤田芳仲「台湾俳句のために」（『ゆうかり』、一九三七年八月）八～九頁。

76 藤田芳仲「川端雑記（その二）——俳句に関するメモより」（『ゆうかり』、一九三九年八月）七頁。

77 「台湾句研究」（『ゆうかり』、一九三一年一〇月）一八頁。

78 島田謹二は、「『ゆうかり』については山本孕江・藤田芳仲両氏から種々教示せられた」と記している。松風子「台湾の文学的過去に就て」（『台湾時報』、前掲書、一五三頁）。

79 松風子「『うしほ』と『ゆうかり』」（『台湾時報』、前掲書）九八頁。

80 近代日本文学における「エグゾティスム」については、彌永信美『狗国』から『邪宗門』まで——エグゾティシズムの認識論・近世—近代日本のエグゾティシズム」（『ユリイカ 特集エグゾティシズム』、一九九七年八月）、および西原大輔『谷崎潤一郎とオリエンタリズム——大正日本の中国幻想』（中公叢書、二〇〇三年七月）を参照した。

81 菅原克也「『南蛮』から『華麗島』へ——日本近代詩におけるエキゾティシズム」（『ポスト・コロニアリズム——日本と台湾』、比較文学比較文化論文集［改訂版］、東京大学比較文学比較文化研究室、二〇〇三年九月）一五四頁。

82 同右、一五二～一五四頁。「ミニヨンの歌」（原詩はゲーテの『ヴィルヘルム・マイステルの修業時代』第三巻第一章冒頭）については、『鷗外全集』（第一九巻、岩波書店、一九八八年六月、第二刷）、一四頁より引用した。

83 島田謹二が「異国情調」の例として挙げているのは、ルコント・ド・リールの「象」である。第一連を引く。「砂漠は丹《たん》の色にして、波漫漫《なみまんまん》たるわだつみの／音しづまりて、日に燬《や》けて、熟睡《うまい》の床《とこ》に伏す如く／不動のうねり、おほらかに、ゆくらゆくらに傳はらむ／人住むあたり銅《あかがね》の雲、たち籠《こ》むる眼路《めじ》のすゑ。」（「上田敏の『海潮音』——文学史的研究」（『台北帝国大学文政学部文学科研究年報第一輯』、一九三四年五月、三〇二頁）。

84 島田謹二は青年時代から北原白秋を愛読していたが、一九三四年、白秋が台湾総督府に招かれて訪台した際、矢野峰人とともに接待役を勤めた。木下杢太郎は本名太田正雄、皮膚科の医学博士で、島田が東北帝国大学在学中、医学部の教授であった。法文学部の教授らが組織した「芭蕉俳諧研究会」にも参加し、同会の筆記役であった島田は太田から多大な影響を受けた。参照：佐々木昭夫「島田先生から学んだもの」（『比較文學研究』第六五号、一九九三年一二月）一六九頁。

85 彌永信美『「狗国」から『邪宗門』まで――エグゾティシズムの認識論・近世―近代日本のエグゾティシズム」（『ユリイカ』、前掲書）、青土社、一九九七年八月）一一四頁。

86 引用は同右から。

87 もともと白秋や吉井勇（一八八六～一九六〇）等『パンの会』の詩人たちに、「南蛮趣味」や「江戸趣味」をもたらしたのは木下杢太郎であるが、彼もまたフランスの高踏派と印象派の詩や絵画、それにヨーロッパでもてはやされたジャポニスムという西欧人の眼差しを通して、九州の辺境に花咲いた「南蛮文化」や、急速な近代化の下に廃れゆく「江戸文化」をエグゾティックなものとして再発見していったのである。杢太郎にとって、それは「伝承主義でも、古典主義でも、国民主義でもなく、やはりエキゾチシズムの一分子」に他ならなかった。渡邊一民「フランスの誘惑――明治の留学生たち」（『文学』4-1、岩波書店、一九九三年冬）一三五頁。

88 渡邊一民「フランスの誘惑――明治の留学生たち」（『文学』4-1、前掲書）一三五頁。

89 島田謹二は伊良子清白の在台期間を「明治四十三年五月から大正五年二月にかけて」と記しているが（「伊良子清白の『聖廟春歌』」、『台湾時報』、一九三九年四月、六〇頁）、『伊良子清白全集』第二巻（岩波書店、二〇〇三年六月）の年譜によると、清白が内地帰還を決意し、基隆を出港したのは「大正七年四月十五日」であった。

90 松風子「伊良子清白の『聖廟春歌』」（『台湾時報』、前掲書）六〇頁。なお、台湾時代の清白については、『伊良子清白全集』第二巻「日記（抄）」に、大正五年と六年の日記が収録されている。また、平出隆『伊良子清白・日光抄』（新潮社、二〇〇三年一〇月、四九～七二頁）にも詳しい。

91 松風子「台湾に於けるわが文学」（『台湾時報』、前掲書）五一頁。

92 松風子「伊良子清白の『聖廟春歌』」（『台湾時報』、前掲書）、六九～七〇頁。

93 菅原克也『『南蛮』から華麗島へ――日本近代詩におけるエキゾティシズム」（『ポスト・コロニアリズム――日本と台

湾』、前掲書）一四九頁。

94 中島利郎「西川満と日本統治期台湾文学──西川満の文学観」（『よみがえる台湾文学』、東方書店、一九九五年一〇月、四一八頁）から引用。中島はこの点に注目し、後に加筆訂正した同論文で、「素材を素材のままに描くのではなく、そこに何らかの想像力（或は加工）を加えねばという西川の文学観は、このような──つまりマンカには興味をもてず、東洋と西洋の混淆が見られる大稲埕が魅力である──という点に根源があると考えられる」と論じている。参照：中島利郎『日本統治期台湾文学研究序説』（緑陰書房、二〇〇四年三月）一五頁。

95 引用は、松風子「西川満氏の詩業」（『台湾時報』、一九三九年一二月、前掲書）五三〜五四頁。

96 西川の詩と白秋の類似性については、菅原克也「『南蛮』から華麗島へ──日本近代詩におけるエキゾティシズム」（『ポスト・コロニアリズム──日本と台湾』、前掲書）に詳しい。

97 西川満『わが越えし幾山河』（人間の星社、前掲書）一九頁。

98 以下、本節での引用は註がない限り、松風子「西川満氏の詩業」（『台湾時報』、前掲書）による。

99 新垣宏一の「南蛮趣味」（切支丹趣味）に関する創作は、『台大文学』に詩「さんた・くるず墓地」（第六巻）、論文「『奉教人の死』に就いて」（第二巻）、『台湾文芸』では詩「切支丹詩集」（第二巻第八号）、『文芸台湾』では詩「新楼午後」（第一巻第一号）、「聖歌」（第一巻第五号）、「からすみのうた」（第五巻第四号）などがある。

100 新垣は『文芸台湾』創刊号に発表した詩「新楼午後」の詞書に、「台南の東郊の地区新楼といふは、英国長老教会神学校、外人病院、ミツシヨンスクール等ありて、幽静の寂境、余その古色と風趣を愛せり」と記しており、彼もまた、ヨーロッパを迂回したエグゾティスムの形式に共感を覚えていたことがうかがえる。新垣宏一「新楼午後」（『文芸台湾』第一巻第一号、一九四〇年一月）一二頁。

101 新垣宏一「聖歌」（『文芸台湾』第一巻第五号、一九四〇年一〇月）三六六〜三六七頁。

102 島田謹二「明治の内地文学に現れたる台湾」（『台大文学』第四巻第一号、前掲書）六一頁。

103 松風子「征台陣中の森鴎外」（『台湾時報』、一九四〇年二月）一〇一頁。島田謹二は台湾時代の鴎外について「台湾時代の鴎外漁史」二篇、および「征台陣中の森鴎外」の計三編の論文を執筆し、回を追うごとに修正を加え、完成度を高めていったが、最終的に大幅な加筆を行った際、台湾の「不潔」なイメージを具体的に書き込んだ。本文に引用した箇所のほか、次のような記述が見える。「住民は大抵阿片を飲み、また酒食に耽るものが多い。市街そのものを見るに、今迄見慣れた北清市街のやうに糞尿が点点してゐるといふやうなことはないが、汚水を排除せず不潔物を掃除しないため、一種の臭気が立ちこめて不潔甚だしいので、総督府ではこの日から告示を出して清潔法を断行させた」(一〇三頁)。これには、『台湾史料稿本』(台湾総督府資料編纂会編、明治二八~大正八)を参照したとの断り書きがあるが、鷗外自身の手になる「徂征日記」や「能久親王事績」には、このような記述は見当たらない。

104 松風子「正岡子規と渡辺香墨」(『台湾時報』、一九三九年五月)一三八頁。

105 神田喜一郎・島田謹二「南菜園の詩人籾山衣洲」(上)(『台大文学』第五巻第四号、一九四〇年一〇月)三五頁。

106 松風子「正岡子規と渡辺香墨」(『台湾時報』、前掲書)一三五頁。

107 島田謹二「山おくの桜ばな」(『台大文学』第四巻第四号、一九三九年九月)一三二頁。

108 同右、一三一頁。

109 松風子『あらたま』歌集二種」(『台湾時報』、一九三九年六月)八〇頁。

110 同右、七三頁。

111 松風子「西川満氏の詩業」(『台湾時報』、前掲書)六〇~六一頁。

112 Rolan Lebel, *Histoire de la littérature coloniale en France*, op.cit.,p.87.

113 Idem.「人間的好奇心」に満ちた植民地文学の努力が、特に向かっていたのは人間の研究であったという。

114 松風子「台湾に於けるわが文学——『華麗島文学志』エピローグ」(『台湾時報』、前掲書)五四頁。

115 同右、五四~五五頁。

116 游勝冠『殖民進歩主義与日拠時代台湾文学的文化抗争』(前掲書)二二六頁。

117 島田謹二「ジャン・マルケエの仏印小説——外地文学雑話(1)」(『文芸台湾』、前掲書)三八頁。

118 松風子「台湾に於けるわが文学」(『台湾時報』、前掲書)五五頁。

119 Roland Lebel, *Histoire de la littérature coloniale en France*, op.cit.,p.168.

120 藤田芳仲「川端雑記(その二)——俳句に関するメモより」(『ゆうかり』、一九三九年八月)七頁。

121 竹中信子『植民地台湾の日本女性生活史 明治篇』(田畑書店、一九九五年一二月)二三〇~二三二頁。

122 島田謹二「日本人の先達」（『日本における外国文学』下巻、前掲書）四四〇頁。
123 黒木謳子「自序」（黒木謳子『南方の果樹園』、屏東：屏東芸術連盟、一九三七年六月）。
124 松風子「台湾に於けるわが文学」（『台湾時報』、前掲書）五五～五六頁。
125 「御祈祷」と「野療治」には、桃園庁の公医であった原十雉（登喜次）自身の経験が反映されており、いずれも台湾人の患者を往診したときのエピソードを淡々とスケッチしたものである。前者は夕暮れ時、患者宅に駆けつけると、祭壇に蝋燭や鶏肉、豚肉、菓子、卵、金紙銀紙、線香などを並べて、道士が怪しげな「御祈祷」を行っていた話で、後者もやはり、水牛に突かれて重傷を負った子供の治療をしにいく話である。
126 松風子「原十雉の『御祈祷』」（『台湾地方行政』、一九三九年八月）七五頁。
127 松風子「台湾に取材せる写生文作家」（『台湾時報』、前掲書）九七頁。
128 松風子「台湾に於けるわが文学」（『台湾時報』、前掲書）五五頁。
129 河原功によると大鹿は妹捨子の夫、河野密から情報を得て、台湾の山地小説を執筆したという。河野は一九三〇年一〇月の霧社事件勃発後、全国大衆党より事件の真相調査に派遣された政治家で、内地に戻るや、先に公式発表された総督府の「霧社事件ノ顛末」（一九三〇年一二月）を真っ向から否定し、「霧社事件は、『民族解放の問題』であり、『労働問題』であり、『植民地の統治全般に関する問題』である」と鋭く指摘したのであった。大鹿がこれらの小説を書き始めたのが霧社事件のほぼ一年後であったことから、直接には霧社事件を描いてはいないものの、執筆の動機に河野密を通して理解した事件の影響があったことは確かであるという。河原功「大鹿卓『野蛮人』の告発」（『台湾新文学運動の展開』、前掲書）五八～六六頁。
130 松風子「台湾に於けるわが文学」（『台湾時報』、前掲書）五六頁。
131 「奥地の人々」と「蕃婦」には、カリオ、レジスマンセやルベルによってさんざん批判されてきた、所謂ルソー的な「甘ったるい人道主義（humanitarisme）」の匂いが濃厚であった。それを見抜いた黒川創は、「だが、少数民族との交わりを通しての『野生』への目覚めに憧れる、それらの作風の心性には、私はそのモチーフとは裏腹に、ご都合主義的な甘ったるさをも感じずにはいられない」と批判している。黒川創「解説〈多面体の鏡〉」（『〈外地〉の日本文学選一　南方・南洋・台湾』、新宿書房、一九九六年一月）三〇六頁。

132 これは一八九〇年前後の、安南（現ベトナム）のトンキン地方を舞台とした農民一族の物語で、全五章からなる長編小説である。島田が紹介しているのは最初の二章だけだが、誤読が多い。梗概を記すと、第一章では、主人公の貧しくも善良で勤勉な農民ゲン・ファン・ゲンが隣人の陰謀に巻き込まれて冤罪に問われ、上部山岳地帯に送られて過酷な労働を課せられた結果、大怪我をして亡くなるまでが描かれる（島田は「獄中に悶死する」としている）。第二章はゲンの弟バが（島田はバを「甥」としている）、貧しさから植民地砲兵隊に入隊し、海賊討伐に参加した際、瀕死のフランス人から形見を預かり、大尉に報告し（島田は、バが「戦線に仏蘭西兵を救ひ」としているが、フランス兵は亡くなる）、一年後、褒美をもらって故郷に錦を飾る話である。第三章は、ゲンの叔父ユアンの孫娘リュックが主人公である。やはり貧しさのため茶店に売られたリュックは、人身売買の一味によって誘拐されるが、バの奮闘で救われる。第四章は、バがゲンの亡くなった上部山岳地帯まで旅し、彼の遺骨を故郷に持ち帰って、法要する話である。第五章は、リュックが大地主の老人チュプ旦那の第二夫人となるが、待望の男の子を身ごもったものの死産によって物語は終わる。参照：ジャン・マルケエ著・土屋宗太郎訳『安南の一族』（東京：生活社、一九四二年四月）

133 島田謹二「ジヤン・マルケエの仏印小説——外地文学雑話⑴」（『文芸台湾』、前掲書）三九頁。

134 Roland Lebel, *Histoire de la littérature coloniale en France*, op.cit.,p.171.

135 この小説は一九四二年四月、『安南の一族』のタイトルで訳出・刊行されたが、訳者土屋宗太郎の「まえがき」には次のように記されていた。「大東亜戦争を通じ十億のアジア諸民族が決然として起ち上る日は到来した。この時に當り、日・仏印軍事協定を調印して我国に強い協力態勢を示した仏印を知ることは日本人の焦眉の急務でなければならない。この意味に於ても印度支那二千三百万住民の七割以上を占めてゐる安南族の風俗習慣を小説の中に織込んだ本書の意義は深い」。おそらく、新たな占領地の住民を理解するには好都合な作品と考えられたのであろう。ジャン・マルケエ著、土屋宗太郎訳『安南の一族』（前掲書）一～二頁。

第五章

四〇年代台湾文壇における『華麗島文学志』

はじめに

台湾の文芸界は一九四〇年一月、二年半に及んだ日中戦争勃発後の停滞期を脱し、復活する。日台の文人を糾合した台湾文芸家協会が正式に発足し、機関誌『文芸台湾』も刊行されたのであった。島田謹二はまさにその四〇年一月、『台湾時報』に発表した「台湾の文学的過去に就て」を以って『華麗島文学志』をほぼ完成し、以後専門分野の佛蘭西派英文学研究と比較文学史研究に戻るつもりでいた。ところが、この論文の一部を抜粋した「外地文学研究の現状」が同月、『文芸台湾』創刊号に掲載されたことから、「外地文学」の理論的指導者として、引き続き新制文壇に関わっていくことになる。『華麗島文学志』の反響が現れたのも一九四〇年代に入ってからであった。だが、三〇年代後半に練られた論考は新たな文芸環境との間に齟齬を生じ、島田がこれにうまく対応しなかったこともあり、誤解を生み、批判を招くに至った。

本章の目的は、『華麗島文学志』が一九四〇年代の台湾の文芸界にどのように受容され、どのような波紋を投げかけたかを、特に外地文学論や文学史観に焦点を当てて検証することにある。まず第一節で、台湾文壇の再編により、「台湾文学」と「外地文学」の一般的な概念が変化し、島田の定義との間に乖離が生じた経緯を考察する。第二節では、「台湾の文学的過現未」を対象に、現在まで続く誤解の原因と、島田批判が形成された経緯を探る。第三節では、一九四〇年半ばから約二年にわたり断続的に行われた「エグゾティスム」批判と、それに付随した「レアリスム」提唱の意義を、島田の論考と関連付けながら検証する。最後に第四節で、島田の「外地文学史」と黄得時の「台湾文学史」を比較しながら、二つの文学史観の戦略性について考察したい。

第一節　台湾文壇の再編成

一九四〇年というのは、日中戦争勃発後、停滞気味であった台湾の文芸界が再び活気を取り戻した記念すべき年であった。新年早々、前年末から準備がなされていた台湾文芸家協会が正式に発足し、機関誌『文芸台湾』が創刊され、三月には大衆向けの芸術総合雑誌『台湾芸術』[1]、四月には短歌を中心とする雑誌『台湾』[2]の刊行も始まる。翌年五月には『台湾文学』が、七月には『民俗台湾』も創刊され、台湾の文芸界は戦時下で思わぬ活況を呈することになった。この時期の最大の特長は、一九三〇年代には別々に活動していた日台の文芸家がともに活動を進めるようになったことである。その変化は「台湾文学」や「外地文学」の概念から文芸活動の運営や方向性にまで、決定的な方向転換をもたらした。

本節では、島田がもともと対概念として設定した「台湾文学」と「外地文学」の概念が新たな状況下で変化し、それが『華麗島文学志』の受容に与えた影響を明らかにしていく。

1.「台湾文学」の再登場

すでに述べた通り、「台湾文学」は、一九二〇年代に起こった台湾人主体の新文学運動を通して、台湾の気候・風土・歴史・民情に深く根ざした「郷土文学」、もしくは植民地という特殊な社会事情を反映した「植民地文学」として形成されてきた。いずれにしても「台湾の現実」から出発したレアリスムを軸とした文学である。同じ時期、日本人も短歌や俳句のような伝統文芸を中心に文学活動を展開していたが、彼らはそれを「台湾文学」とは考えておらず、一九三〇年代まで、「台湾文学」はあくまで台湾人主体の文学を意味していた。島田も在台日本人文学を「外地文学」と呼び、「台湾文学」との間に一線を劃したことは、繰り返し述べてきたとおりである。ところが台湾人主体の文学運動が停滞を余儀なくされ、数年の空白期間を経て、「台湾文学」の名が再び表舞台に登場したとき、それは最早一九三〇年代の「台湾文学」ではなくなっていた。この語は一九四〇年一月、『文芸台湾』創刊号の「あとがき」に登場する。これは無署名ではあるものの、執筆はおそらく西川満であろう。まず、台湾文芸家協会の結成と『文芸台湾』創刊の経緯が簡単に紹介された後、次のように続く。

◇協会が単に会員相互の親睦を図る社交団体たるにとどまらずして、一歩をふみ出し、自ら文芸雑誌を刊出するに至つたのは、全く台湾の特殊事情によるものであつて、かくしてこそ、台湾文学の向上を図り得ると固く信じたが故である。

◇勿論、本誌は同人雑誌にも非ず、営業雑誌にも非ざるが故に、いたづらに見てくれ主義の媚態的編集にも走らず、売らむがための商品的陣立てにも流れず、台湾の島民各位と共に、真摯に研鑽及ばずながら一路、南方文化の建設へ邁進する決意である。[3]（傍点——引用者）

ここには「台湾文学」の概念をめぐる劇的な転換が刻印されている。日台文人を集結した文芸家協会が「台湾文学の向上を図り得ると固く信じ」て、「自ら文芸雑誌を刊出」したとはいえ、中心にいたのは西川満であり、メンバーの多くは日本人だったからである。つまり、「台湾文学」は台湾人が文芸活動の停止を余儀なくされていた間に日本人に「横領」され、日本人中心の文芸誌『文芸台湾』のシンボルとして担ぎ出されたのであった。言い換えれば、「台湾文学」推進のヘゲモニーが日本人の手に握られた、ということである。あるいは、「西川の手」にと言うべきだろうか。実際、これが西川の奔走の結果であったことは否めず、彼は早くから日台人の文学を総合的に捉え、日本人を中心とした全島的な文壇や文芸活動のあり方を模索していたのであった[4]。

それでも一九三〇年代の時点では、西川は日台人による文学を「台湾文学」とは総称しておらず、文壇再生の過程で、それを新文学運動の流れから引き離し、日本人をも含めた全島的な文芸運動のシンボルへと転換していったと思われる。その結果、『文芸台湾』創刊号の「あとがき」で、「台湾文学」は日台人双方を創作の主体とし、南方文化建設に寄与すべき文学であると宣言されたのであった。

ただし注意すべきは、それが西川の「台湾文学」観であったとしても、島田のそれとは明らかに異なっていた点である。詳細は後述するが、島田は西川同様、『文芸台湾』に拠りながら、一九四〇年代に入っても三〇年代同様、基本的には日本人主体の「外地文学」と台湾人主体の「台湾文学」を分離する態度を堅持していた。こうした島田の文学観は、日台人の文芸活動が分離していた一九三〇年代には無理なく受け入れられたが、四〇年代に入って両者が統合されると、うまく適応できなくなる。現実が西川の「台湾文学」観の方に近づいたのであった。

次頁に、西川と島田の「台湾文学」観を簡単に図式化したが、注意すべきは、西川が「台湾文学」を日台人双方の文学と見なしたのに対し、島田はあくまで「台湾文学」と「外地文学」を分離していた点である。両者の定義がこのように異なっていたにも係わらず、十分理解されないまま同一視されたことが、島田批判の一因となった。

一方、この時期、台湾人作家の「台湾文学」観にも変化が生じていた。

西川満

台湾の文芸 ＝ 台湾文学 ＝ 日本人および台湾人の文学 ＝ 日本文学

島田謹二

「台湾」の文学

外地文学	台湾文学
統治者の文学 オランダ・スペイン・支那・日本の文学	被統治者の文学 原住民族の文学 台湾人の文学

まず、張文環が『台湾芸術』創刊号（一九四〇年三月）に評論「台湾文学の将来に就いて」[5]を発表する。ここには、「台湾文学」は自分たちの手で作り上げねばならないとの意識が鮮明であるものの、「内地人は本島人をリードしなければならないと云ふ立場にある」といった表現や、最近、内地の中央文壇が行き詰まり、「地方的」なものを取り入れるようになったことから、「台湾文学もこの中央的な空気に動かされて、胎動しつゝあることは喜ばしいことである」との言葉も見え、「台湾文学」が中央、あるいは日本人にリードされることを受け入れてしまったように見える。このような発言は、張が台湾人作家の代表格であるだけに、影響は大きかったのではないだろうか。ただし、張がこの「中央的な空気」を「台湾文学」発展のためにうまく利用しようとした可能性も高く、彼はまもなく『文芸台湾』を離れて、翌四一年五月、黄得時らと雑誌『台湾文学』を創刊し、「台湾文学」の方向性を新文学運動の流れに引き戻すのである。

続いて龍瑛宗が四〇年一〇月『文芸台湾』第五号に発表した「『文芸台湾』作家論」でも、「台湾文学」と中央文壇の距離は縮められていった。龍は冒頭で「台湾のごとき文化的砂礫地において独自の台湾文学をうち樹てること」（傍点――引用者）は困難であるが、そのためには「広汎なる島内知識人の支持と内地中央文壇の理解と援助を要請しなければならない」と説く[6]。龍のような漢文教育を経ず[7]、新文学運動がほぼ終息した頃から日本語で創作を始め、直接中央文壇で認められた作家には、新文学運動から生れた「台湾文学」の影響は希薄であり、中央文壇と連携することにもさほどの抵抗はなかったのであろう。

龍はまた翌々月の「文芸評論」(『文芸台湾』、一九四〇年一二月)の末尾を、「おそらく、濱田隼雄氏のリヤリズムと西川満氏のロマンチシズムは台湾文学の未来を傾向する二流派で、夫々の異つた道から台湾を文学してゆくことであらう」[8]と締め括り、「台湾文学」の未来を二人の日本人に委ねていた。台湾の文芸言語が日本語になった以上、日本人が「台湾文学」をリードすることは暗黙の了解事項になっていたのかもしれない。

さらに、一九四二年になると、『台湾文学』の方でも王碧蕉が西川満とほぼ同様の「台湾文学」観を披露する。少々長いが以下に引用しよう。

新附の民である台湾の人の特殊的な風習、習慣、血統に、それに精神文化の底流をなしてゐる日本精神を体得してゐる台湾の人のこうして交流した特異な性格に依り、創造される文学が即ち、台湾文学の一特性である。

(……)内地よりの移住した人の郷愁的文学も、台湾文学の一特性である。更に内地の人の新附の地に於ける生活、観念等に依り創造される文学も台湾文学の一特性である。

その他、台湾景観の親炙や、台湾気象の体感、台湾人の民俗、習慣等に依り、生まれた文学も台湾文学の一特性である。

次に将来を大いに期待してゐゝのは、内台共婚に依る第二世、第三世に依り、創造される心理文学である。(……)

ともあれ、台湾文学は台湾在住の内台文化人を問はず、皆打つて一丸となり、全力をあげて特殊的文学の創造に力を到してこそ真価がある。(……)

我々は台湾文学の創造を絶唱して台湾に於ける文学の縄張りを主張してゐるのではない。唯、特殊事情下にある台湾文学は、その特殊的性格と表現に依る文学の創造であつて、勿論、我が国の文学の一小支流に過ぎない此の一小支流である台湾文学が将来東亜共栄圏の新文学、世界の新文学の基礎になるのではないかと思意するからである。世界の新文学、東亜共栄圏の新文学が台湾といふ小島を舞台にして着々創造されてゆくのである。[9]

王の主張する「台湾文学」は、いってみれば台湾人主体の「台湾文学」と、島田のいう日本人主体の「外地文学」を統合した、まさに「台湾在住の内台文化人を問わず、皆打つて一丸」とした文学である。それは、異民族の共存する植民地という「特殊事情下」で、異文化の交流という「特殊的性格」によって創造される文学であると同時に、日本文学の一支流でもあり、さらに「世界」あるいは「東亜共栄圏」に開かれた新文学としての発展も託されていた。

一方、一九三〇年代から一貫して古典文学を中心に「台湾文学」の研究に取り組んできた楊雲萍は、時代がいかに変ろうと決して変節することはなく、四〇年代に入ってからも島田と同様、「分業」研究の方法で台湾人の文学のみを「台湾文学」として確立しようとしていた。楊は『華麗島文学志』が完成した際に、好意的な評価を下した唯一の台湾人であるが[10]、楊にそれだけの余裕があったのは、楊の「台湾文学」研究と島田の「外地文学」研究があたかも対を成すように、相手の領域を犯すことなく、相互補完的に進められていたからではないだろうか。しかし、島田や楊のような立場は最早少数派であった。

いずれにしても、台湾文壇再生後、台湾人と日本人の力関係の変化に伴い、「台湾文学」の概念が大きく変化したのは事実である。ただし、その解釈はまちまちで、一九四〇年の時点ではまだ文壇的な共通認識は確立されていなかった。

2.「外地文学」の登場

ところで、「台湾文学」の概念が変化したのと時を同じくして、読者になじみのない「外地文学」という語が台湾文壇に登場する。島田の論文「台湾の文学的過去に就て」と、その一部を抜粋した「外地文学研究の現状」が、一九四〇年一月、前者は『台湾時報』、後者は『文芸台湾』創刊号に掲載されたのであった。前者は『華麗島文学志』の一部であり、同書がフランスの「外地文学」研究を参考にしていることを明らかにし、後者では「外地文学」の定義とヨーロッパ、特にフランスの研究状況を紹介している。

ここで再度確認しておきたいのは、島田がフランスの植民地文学研究を参考にしたのは、あくまで在台日本人の文学を史的に考察し、「外地文学」として確立するためであり、多くの研究者がいうように、「台湾文学（史）」のためではない、という点である。にもかかわらず日台の主な文芸家を擁した『文芸台湾』に、フランスの外地文学研究の一部が『華麗島文学志』の文脈とは切り離された形で紹介されたとなると、当時から誤解は免れなかった。つまり、在台日本文学研究のための方法論という本来の意図から離れ、台湾人読者にまで向けられたメッセージとして読み替えられたのである。

しかし、「外地文学研究の現状」が『文芸台湾』創刊号に掲載された直後の、第二号と第三号にはこれといった反響が見えない。ところが松尾直太によると、第四号（一九四〇年七月）では中村哲「外地文学の課題」、諸天善子「文芸時評」、「あとがき」で、いずれも「外地文学」に言及しているという。松尾はここに濱田隼雄が主催した「小説の研究会」の影響を見ている[11]。

松尾によると、濱田は当時まだ小説家としての力量が未知数の状態で、西川に請われ『文芸台湾』に参加したばかりであった。その濱田がレアリスムの必要性を感じて、島田の論考に興味を示し、島田の他、矢野峰人や早坂一郎（地学者、一八九一～一九七七）ら台北帝大の教師に協力を求めて文学研究会の組織化を試みたのである。一九四〇年四月一二日に小説と詩の研究会が個別に設立されると、濱田は「小説の研究会」の幹事となり、第一回講師に島田が招かれ、「佛蘭西に於ける外地小説の内容とその作品価値」について論じた。以後、「文芸家協会」の運動は「外地文学」の実践であるとの方向性が明確化されるのだが、それは島田の理論に台湾の文学の理想的な状態を見た濱田が、率先してそのような雰囲気を醸成したためであった[12]。

実際、ここから「外地文学」という語が台湾文壇に浸透していくのである。特に、中村哲の評論「外地文学の課題」は、島田の「外地文学論」をわかりやすく焼き直し、その普及に一役買った。中村は後に『文芸台湾』を離れ、『台湾文学』に合流したため、島田と対立的に論じられることが多いが、少なくともこの時点では、外地生活者（特に二世）の文学を「外地文学」と呼び、似非エグゾティスムを批判し、外地人の生活実態をレアリスティクに描写すべしというように、島田の主張を繰り返していた。それゆえ、島田も『台湾日日新報』に寄せた「『文芸台湾』の確立―第四号を読了して」という一文の中で中村に触れ、「特に『外地文学の課題』と題する評論は、問題の所在を明らかにつかみ、はつきりと解剖し、よく前途を見究め、必要な投薬をまで暗示してゐる。これだけ立派な評論はさう滅多に出るものではないから出来るだけ多くの人々に読んでもらひたい」と、賛辞を送っている[13]。

『文芸台湾』創刊後、約半年ほど経たこの時点で、「外地文学」の概念は濱田の組織した「小説の研究会」を通し、在台日本人の文学という島田が用いた本来の意図の通りに理解されていたとみてよい。『文芸台湾』第四号の諸天善子「文芸時評」でも、「フランスにも外地文学賞はあるさうだが、外地文学はそれくらゐにしないと発達しない」[14]との言葉が見え、「あとがき」には「さあ、我々の眼を、仏領印度支那の、北アフリカの、カナダの、さうした外地文学に、向けようではないか」[15]と、いずれも島田の影響が見て取れる。

松尾によると、濱田はレアリスムの必要性から島田の「外地文学論」に共鳴はしたが、「外地文学」というタームで、「台湾文学」を論じてはいないという[16]。中村の評論にもやや曖昧ではあるが、「外地文学」と台湾人主体の「台湾文学」を区別していたことがうかがえる。つまり両者を弁別した濱田の理解に基づき、島田の「外地文学」論は台湾在住の日本人作家がレアリスム小説を確立するための理論として、台湾文壇に浸透したのであった。

ところが、それはごくわずかの期間に過ぎない。台湾の文学的環境の変化は「台湾文学」だけでなく、「外地文学」の解釈にも影響を及ぼし、徐々にその概念を変えていくのである。

3．「外地文学」と「台湾文学」の一体化

一九四〇年七月二日、『台湾日報』に掲載された南湖太郎（台南第一高等女学校教授・民俗学者国分直一のペンネーム）の濱田隼雄宛書簡「台湾文学とわれ等の期待、文芸台湾第四号所感」の中には、次のような記述が見える。

評論では中村哲氏の「外地文学の課題」は近来の出色の文章で、台湾に於ける文学の現実や将来（一字不明）或は限界といつたものが述べられてゐる。この評論は松風子氏もいふやうに台湾文学の近来の収穫であると思ふが、……[17]（傍点――引用者）

南湖はここで看過できない間違いを犯している。南湖によれば、松風子（島田謹二）は中村論文を評価し、「台湾文学の近来の収穫である」と語ったというが、先に引用した島田の原文にそのような記述はなく、そもそも「外地文学」と「台湾文学」を厳密に区別した島田が、「外地文学」を論じた中村論文に「台湾文学の近来の収穫」などと言うことはありえない。それは南湖が、島田が慎重に使い分けたタームを同一視したために生じた過ちであった。つまり、一九四〇年七月の時点で、「外地文学」と「台湾文学」の区別はまだ有効であったと同時に、両者を同一視するような状況も醸成されていたのである。

「台湾文学」が日本人であれ、台湾人であれ、民族の別を問わず、台湾で生まれた文学を意味するようになった以上、対概念としての「外地文学」にも変化が及ぶのは当然であった。今度は台湾人が「外地文学」の担い手として積極的に取り込まれていくのである。

それに拍車をかけたのが、一九四〇年一〇月に内地で成立した「大政翼賛会」の文化政策であった。「大政翼賛会」は第二次近衛内閣の下で新体制運動を推進するために結成された国民統制組織だが、文化の政治的効用を重視し、文化部が「地方文化」及び「外地文化」の振興政策をかかげたため、独自の文化を樹立しようとする台湾の文芸界には追い風となった[18]。高度国防国家態勢を築くため、国民一人一人の力量を十全に発揮させることが求められ、「外地文化」や「外地文学」の担い手として日本人だけでなく、台湾人も積極的に動員されていく[19]。こうして「台湾文学」と「外地文学」の区別は、四〇年代に入ると外的要因によっても取り払われてしまうのである。

翌四一年六月にはかつて「外地文学」と「台湾文学」を分別していた中村哲が内地の雑誌『大陸』に評論「台湾の文学について」を寄稿し、「外地文学としての台湾文学」[20]という言い方で「台湾文学」と「外地文学」を等号で結んだ。その後も中村は、「昨今の台湾文学について」など『台湾文学』に発表した評論でも「台湾文学」と「外地文学」を同義語として用いている。

こうして「台湾文学」と「外地文学」が一体化していくにつれて、元々日本人のみを対象とした島田の外地文学論は現実にそぐわなくなっていくのである。

第二節　「台湾の文学的過現未」再読

そもそも一九三〇年代の論理と精神で書かれた『華麗島文学志』が、四〇年代の新たな状況との間に齟齬をきたすのは当然であった。加えて、島田がそれを十分把握しないまま、同書の結論部として「台湾の文学的過現未」を発表したため、さらなる誤解を生み、今日まで続く批判を誘発することになる。以下で、テクストの精読を通して、問題の所在を明確にしたい。

1.「台湾文学史」という誤読

島田謹二は一九四〇年一月に「台湾の文学的過去に就て」と「外地文学研究の現状」を同時に発表し、一連の研究に一区切りつけたものの、引き続きいくつかの関連論文を発表している。まず、過去の論文に加筆修正して完成させた「征台陣中の森鷗外」（一九四〇年二月）、及び「領台直後の物情を詠へるわが漢詩」（同年三月）の二編が『台湾時報』に、さらに新たに執筆された大部の論考「南菜園の詩人籾山衣洲」（上・中・下）が一九四〇年一〇月から四一年五月にかけて『台大文学』に掲載された。こうして作家作品論のすべてが出尽くしたと思われる四一年五月、それまでの研究を総括するような二編の論文、「台湾に於ける文学について」と「台湾の文学的過現未」が、前者は『愛書』、後者は『文芸台湾』に同時に掲載されたのであった。以上の諸論文は本書一二一頁の構想Aからもわかるように、いずれも『華麗島文学志』に収録されるべく、一九三〇年代に構想されていたものである。

そのうち一九四〇年初頭に発表されたものは三〇年代末にすでに執筆されていたと考え、ひとまず置くとして、ここで問題にしたいのは、四一年の「台湾に於ける文学について」と「台湾の文学的過現未」の二編である。これらはおそらく台湾の文学環境がめまぐるしく変貌する只中で書かれたものであり、島田の状況への対応が反映されていると考えられる。両論文は内容的には一部重複しているので、「台湾に於ける文学について」は「台湾文学史」の問題と絡め、本章第四節に譲り、本節では「台湾の文学的過現未」（以下、「過現未」）に焦点を当て、これが四一年に発表された意義と、そこから起因した問題について考察したい。

まず、この論文は（上）、（下）二部からなり、（上）は領台以降の台湾における日本文学史として新たに書き下ろされたものである。（下）は一九三九年二月発表の論文「台湾に於けるわが文学」に加筆修正したもので、インドシナの外地文学から説き起こし、そこから「郷愁・エグゾティスム・レアリスム」の三つの課題を引き出して、在台日本文学の今後の方向性を示す、という基本的な構成に大きな変化はない。

実はこの「過現未」というのは、『華麗島文学志』の中で最も言及されることの多い論文であり、戦前から現在に至る島田批判はほぼこれ一編に集中してきた。問題点は大まかにいって二つある。一つは、(上)の文学史が、「台湾人を無視した日本人中心の台湾文学史」であるという点。もう一つは、(下)で「台湾文学」の課題として「エグゾティスム」を提唱したという点である。この二点が島田批判の核になるわけだが、結論からいえば、これは誤読に基づく、的をはずした批判でしかない。

まず、第一の「文学史」の問題点から検証しよう。以下に、「過現未」の冒頭を引用する。

わが国が台湾を領有してより、今に至るまで四十六年。その間この地に於いてつくられた文芸作品を広く見渡した末、自分はこれを三期に分つのがよいと考へてゐる。(傍点——引用者)(三頁)

従来、日台の台湾文学研究者の大半は、右記傍点部の「この地に於いてつくられた文芸作品」を「台湾文学」と解釈し、「三期」の区分も「台湾文学史」の区分と見なしてきた。しかし、それは誤りである。「過現未」を単編論文と思い込んだ論者にこうした誤読が起こりうることは容易に想像がつくのだが、これは本来、『華麗島文学志』の結論部をなす論文なのである[21]。

そもそもこの文学史は『華麗島文学志』の中心をなす一二篇の作家作品論と対応しており、両者を合わせて台湾の日本文学が審美的および史的側面の双方から理解できるようになっていた。島田はさらに、森鷗外を以って「台湾の日本文学は第一頁を開く」と、この文学史を始め、「もしも台湾に於ける日本文学の現状について問ふものあらば、自分はさういふ希望語を以て答へるのが自他に欺かぬ所以だと信じてゐる」(傍点——引用者)と締めくくっており、これが台湾における「日本文学史」であることは疑いの余地がない。これまでほぼ定説化した、「台湾人を無視した日本人中心の台湾文学史」でないことだけは確かである。

いうまでもなく、島田はここでも「台湾文学」という語を慎重に避けており、用いられているのは「台湾の文学」、「台湾の日本文学」、「台湾に於ける日本文学」、「台湾に於けるわが文学」、「台湾に於いて生まれたわれらの文学」などである。ところが、当時の文芸家から近年の台湾文学研究者に至るまで、多くがこれを「台湾文学」と誤読したのであった。

フランスの植民地文学研究を参照して以来、島田にとって植民地名を冠する「台湾文学」とは台湾人主体の文学のことであり、その結果、一九三八年の「南島文学志」で用いられた「台湾文学」という用語を、後にすべて変更・削除し、以後、『華麗島文学志』関連の論考からは姿を消したのである。それは一九四〇年代に入ってからも変らず、島田の研究対象はあくまでも「外地文学史」＝「在台日本文学史」であった。

2.「台湾の内地人文学」から「台湾の文学」へ

だが、多くの台湾文学研究者が「台湾文学史」と誤読したのは、『華麗島文学志』全体への理解が欠けていたためであるにせよ、それだけでは責められない部分もある。というのは一九三〇年代の島田の論考に比べ、この「過現未」には曖昧な点が多いからである。

三〇年代の論考が明晰に見えるのは、台湾の文学環境が台湾人と日本人に二分されていた上に、島田が繰り返し『華麗島文学志』の研究対象は「台湾の内地人文学」であると強調していたためであった。ところが、「過現未」では「内地人」の文字が大幅に削除されているのである。同様に島田は、「台湾に於けるわが文学」の末尾で、これが「われら大和民族」に関わる文学であると三度繰り返し強調していたところを[22]、「過現未」では「わが民族」や「われらの民族」に修正していた。これは、島田が日台人の関係が密になった一九四〇年代の文芸界の変化に対応した結果といえようが、元々「台湾の内地人文学」と記されていた箇所がただの「台湾の文学」に、「大和民族」が「わが民族」に変更されたとき、意味が曖昧になり、誤解が生じるのは避けられないことであった。

これは特に「過現未」の（下）の問題になるので、同論文の初稿ともいえる「台湾に於けるわが文学」と比較検討してみたい。再び後者の冒頭を引用する。

台湾の内地人文学は、外地居住者の制作として、特別な意義と方向をもつてゐるに違ひない。それでは一体「外地文学」は、大体に於いていかなる特徴をもつべきものか。さうして過去現在に於ける台湾の内地人文学は、その種の特徴をどんな風にもつてゐるか。さうして最後に台湾の文学は今後どういふ方向をめざして進むべきものか。――さういふ問題が今われわれを待つてゐる。（傍点――引用者）（四八頁）

島田は自分の研究対象が「台湾の内地人文学」であることを、二度にわたって強調しており、四行目の「台湾の文学」も「内地人文学」を指すとみていい。文中でも一貫して、「台湾の日本文学」、「この地の内地人文学」、「台湾在住の内地人文学」を対象にしていることを繰り返し強調しているからである。他にも「台湾におけるわれらの文学」、「台湾に於けるわが文学」などの表現も見られるが、それらが「内地人の文学」を指すことは明らかである。

ところが、同論文に修正を加えた「過現未」の（下）では、右引用文中の研究対象を明示した冒頭部分が全面削除され、さらに、全体的に「内地人」という限定辞も削除されていた。それに差し替えられたのが、「台湾の文学」や「台湾におけるわれらの文学」、「台湾に於けるわが文学」という表現である。しかし全体の文脈から、これらが台湾の「内地人文学」を指すことは確かであり、ここでいわれる「外地文学」も在台日本人の文学のことであった。

ただし、注意しなければならないのは、一九四一年になると、島田のテクストの外部、つまり台湾の文芸界では「外地文学」の主体が日本人に限定されず、台湾人も含まれるようになったことである。むしろ、そうした解釈が一般的となったため、読者はもはや島田の意図するとおりに「外地文学」を捉えられなくなっていた。紛ら

1930年代末の島田の解釈	1940年代の一般的な解釈	1940年代の島田の解釈
外地文学≠台湾文学 ‖ 在台日本人主体の文学	外地文学＝台湾文学 ‖ 在台日本人＋台湾人による文学	外地文学≠台湾文学 ‖ 建前としては台湾人も含まれるが、実際は在台日本人主体の文学

わしいので、以下に「外地文学」の概念を整理しよう。

一九三〇年代、島田は「外地文学」を在台日本人主体の文学と定義していたが、前述のとおり、四〇年代の台湾文壇では、それは「台湾文学」の同義語になっていた。

島田もフランスの研究書を通して、植民地支配の浸透に伴い、被統治民族の作家が「外地文学」の有力な担い手になることは理解しており、台湾人作家が無視できない勢力に育っていたことは十分把握していたと思われる。「過現未」の文学史部分では、満州事変以降の一〇年間における台湾人の文学について、以下のように記していた。

> また一般文化の水準も、歴代為政者の努力によつて皇国民としての練成の実は着着とあがり、本島人も国語の実用的理解から一歩を進めて今や味解の方へ入りかけてゐるといはれる。それゆゑか、文学の方面でも、俳句や短歌のやうに、或意味で「日本的」といふべき洗練されたかなり特殊な心境を必要とする部門には、まだ本島人の優秀な作家を出してゐないけれど、新詩、特に小説のやうな比較的形式的拘束のゆるやかな、いはば非伝統的な様式の文学には、内地にも名を知られた本島人作家を出しかけてゐるやうである。かうしてまた新しき日本文学は、以前の漢詩文時代とは異つた意味で、内台人共通の地盤をもつやうになるのではないかと考へられる。[23]

つまり、台湾の新しい日本文学は台湾人によっても担われるであろうということだが、注意すべきは、島田が「外地文学」として認めるのは、精神的文化的に日本風に化せられた台湾人によって、日本語で書かれ、日本人の制作としての自覚を備えた作品であった。[24] しかし、それは島田にとって、「台湾文学」ではない。島田の論理からすれば、台湾人主体の文学に日本人が吸収されたのであれば、それは「台湾文学」であり、その意味からいえば、新文学運動を継承した台湾人中心の『台湾文学』は「台湾文学」の雑誌なのである。しかし、『文芸台湾』は「台湾文学」ではなく、あくまで「外地文学」の雑誌であった。[25]

一方、西川満は台湾の「外地文学」を「台湾文学」と呼んでいた。

> 今日の諸外国の外地文学は、みな一種の国策に沿ふ雄健着実な文学になつてゐるさうである。ここに私は今日の台湾文学も亦、その方向に進みつつあることを記して置きたい。この故に立遅れの日本外地文学を振興するためには、（……）それが本島人であらうと、高砂族であらうと、よき温床、つまり啓蒙と指導とを与へなければならないのである。しかもそれが異種族である場合、先づ国語の普及からはじめなければならない。[26]（傍点──引用者）

「外地文学」が「国策に沿ふ雄健着実な文学」になっているという点には島田の影響が感じられるものの、西川にとって「台湾文学」と「日本外地文学」は同義語であった。それゆえ、日本人が指導者とならなければならないのである。だが、島田はあくまで両者を分離し、西川的な意味で「台湾文学」という語を決して使おうとはしなかった。しかし、島田のような見解は一九四〇年代の状況と乖離しており、むしろ、西川の解釈の方が現実を反映していたといえるだろう。

それゆえ、島田が「台湾の文学は日本文学の一翼として、その外地文学──特に南方外地文学として進むところに意義があらう」（傍点──引用者）と述べたとき、大方の読者は、新文学運動を継承した「台湾文学」が「日本文学の一翼」に組み込まれたと受けとめ、近年まで継承される島田批判が起こったのである。[27] だが、島田がここで言う「台湾の文学」とはあくまで「在台日本人文学」のことであり、そうである以上、それを「日本文学の一翼」や「南方外地文学」と位置づけることは十分理に適っていたはずだ。ただし、島田は「台湾文学」が「日本文学の一翼」だの、「南方外地文学」だのとは一度も言っていないのである。

この点、矢野峰人は同じく『文芸台湾』の理論的指導者と目されながら、島田とは「台湾文学」の解釈を異にしており、「台湾文学は『外地』という名の下に恰も特殊なる存在なるかの如く、自ら求めて跼蹐すべきものではなく、当然日本文学の一翼としてその精神の発揮に一意邁進すべき」[28]であると説いていた。西川の見解と同様である。

つまり、「過現未」で島田のいう「台湾の文学」とは、三〇年代に下した定義のとおり、在台日本人主体の「外地文学」であったが、一九四一年の台湾の文芸界は、それを日台人による「台湾文学」と解釈させるような状況になっていたのである。何よりも西川の主張が主流となっていた上に、往々にして西川と一括りにされたため、島田の堅持する見解を正確に捉えることは最早困難であった。結局、誤解は生ずべくして生じたといえるだろう。

3. 変更と保留

さらに注意すべきは、「台湾に於けるわが文学」が「過現未」(下)に収録されたとき、「内地人」の限定辞が大幅削除されたにもかかわらず、内容的には全く修正がなされなかった点である。一九三九年の論文の何を変更し、何を変更しなかったか、そこに四一年に改めて「過現未」が発表された意義が見えてくると思われるので、双方のテクストを比較しつつ、その点について考察してみたい。

本書第三章ですでに見たとおり、「台湾に於けるわが文学」は全体的に在台日本人に向けられたメッセージ性が強く、「外地文学」の課題として「郷愁・エグゾティスム・レアリスム」の三点が以下のように提起されていた。

①台湾の内地人文学の進路が、その心理的社会的必然からいつて、広義の郷愁の文学・外地景観描写の文

学・民族生活解釈の文学、の三点に帰するものとするならば、これらは相並んで開拓し、深化し、拡大せらるべく、決してそのうちの一にのみ跼蹐してはならない。（傍点――引用者）（五六頁）

島田は、過去の在台日本人文学に、「広義の郷愁の文学」と「外地景観描写の文学」（エグゾティスム）の「二つの潮流」を見出すと同時に、そこには「民族生活解釈の文学」（レアリスム）が欠けていたことを指摘し、今後は三つの課題が等しく追究されるよう、呼びかけたのであった。

次に、これと同じ箇所を「過現末」（下）に見てみよう。

②台湾に於けるわが文学の進路が、その心理的社会的必然からいつて、広義の郷愁の文学・外地景観描写の文学・民族生活解釈の文学、の三点に帰するものとするならば、これらは相並んで開拓し、深化し、拡大し、渾融せらるべく、決してそのうちの一にのみ跼蹐してはならない。（傍点――引用者）（二〇頁）

ここでも内容的には全く同じことが言われているわけだが、もともと「台湾の内地人文学」とあった傍点部①が、②では「台湾に於けるわが文学」というように、「内地人」の限定辞がはずされている。そのため、読者の大半は「在台日本人文学」ではなく、「台湾文学」の進路がこの三点に帰すると受け取ったのである。ただし、「過現末」の別の個所では、「郷愁の文学」と「外地景観描写の文学」の「二つの潮流は、この地の内地人文学の根本傾向として今後も長いことつづいてゆくに違ひない」（一八頁）と、「内地人」を保留しており、これらの課題があくまで在台日本人にのみ求められていたことがわかる。

つまり、「郷愁・エグゾティスム・レアリスム」の三点は、一九三九年から四一年まで一貫して「在台日本人文学」の課題として提起されていたわけだが、「外地文学」と「台湾文学」の概念が一元化するにつれ、台湾人にまで向けられたメッセージとして受け取られたのであった。特に問題になったのが「エグゾティスム」である。島田が台湾人作家にそれを要求したことはないにもかかわらず、読者が「台湾文学」の課題として受け取り、近年に至るまで批判が繰り返されてきた（これについては次節で詳述する）。

こうしてみると、「過現未」の問題とは、島田が一九四〇年以降の台湾文壇の変化をどう受け止め、それにどう対処しようとしたかの問題であったといえるだろう。

つまり「内地人」という限定辞の削除は、日台の文芸家が共に文芸運動を担うようになった状況を考慮し、ある程度台湾人にまで開かれた論考にしようとしたためであったと考えられるのである。そもそも、台湾人による日本語文学が盛んになっていた以上、日台人を敢えて分離する必要はなくなっていたのであろう。ところが島田は、「内地人」や「大和民族」といった限定辞こそはずしたものの、根幹の思想には一切手を加えなかったのである。それゆえ、一見台湾人にも開かれた論文のように見えて、実は在台日本人のために書かれた「外地文学論」の域を一歩も出ておらず、何よりもそれは『華麗島文学志』の結論であった。

一連の研究がほぼ完成した直後に台湾の文学を取り巻く状況が一変し、それまでの論理ではやっていけなくなったことを、島田が自覚していたであろうことは十分理解出来る。だとしたら、島田は文芸界の変貌を考慮に入れて、過去の論文を全面的に修正するか、新たな論文を書くべきであった。あるいは『華麗島文学志』の結論として、在台日本人文学論であることを明確に打ち出すこともできただろう。ところが実際は、三九年の論文に中途半端に手を加えただけでよしとしたのである。それが島田にとっては精一杯の対応であったとしても、結果としては、誰に向けて、何を求めたのかが曖昧になり、今日にまで至る誤解と批判を招くことになった。

4. 分業研究へのこだわり

過去の論文の修正が中途半端に終わったのは、島田が一九四〇年代に入ってからも、「外地文学」と「台湾文学」を分離する姿勢を堅持したからであろう。実際、それを許すような状況が新たに生じていたことも否定できない。というのは、台湾文芸家協会が組織され、『文芸台湾』が刊行されて一年もすると、メンバーの間で方向性の違いが鮮明になり、分裂が始まったからである。

まず、一九四一年二月一一日に文学者の自主的な団体であった「台湾文芸家協会」が解散し、総督府情報部が文芸家統制の目的で、別に同名の「台湾文芸家協会」を結成したため[29]、『文芸台湾』の編集は以後、西川満が新たに起こした「台湾文芸社」に委ねられ、西川主宰の同人誌になった。しかし、西川の編集方針に飽き足らない中山侑や張文環などが同誌を離れ、新たに季刊文芸誌『台湾文学』を創刊する[30]。

島田の「過現未」が発表された一九四一年五月というのは、まさに『台湾文学』の創刊号が出た月でもあった。島田から見れば、『文芸台湾』と『台湾文学』二大誌の並存は、「外地文学」と「台湾文学」がしかるべき位置に戻されたということであり、このようなあり方をむしろ望んでいたのではなかっただろうか。実際、島田は立場を異にする者を無理やり集結させるよりも、それぞれに相応しい方向を探るべきであると考えていたようで、「過現未」（下）の冒頭には次のように記されている。

それでは台湾の文学は今後どういふ方向に志して、どう進むべきか。これは論ずるものの立場によつてさまざまに異つた意見が生れるであらう。ところで自分は早くからこの島に土着した本島人ではない。またこの島に生れてここに育つた内地人でもない。青年期になつてここに渡来した一内地人といふ事情は、どうしても自分の意見を左右するので、これから述べる管見も、本島人やいはば第二世たる内地人やにはどこかぴつたり来ないところもあらうかと思はれる。けれども、再考してみるに、それはそれでもよいのではあるまいか。ここの文学の未来性といふことは此の地在住のものがそれぞれ各自の問題として考へ抜き、それぞれ各自の問題としてそれを生かしてゆく外に方法がないであらうからである。[31]（傍点――引用者）（一一三頁）

ここからは、台湾の文芸界には三つのグループが存在していたことがうかがえる。まず、張文環・黄得時ら台湾人のグループ、次に新垣宏一ら台湾生れの第二世のグループ（西川満も含まれる）、さらに島田謹二や濱田隼雄ら内地育ちのグループである[32]。このように出自の異なる人々が共存する以上、文学観を異にするのは当然で、島田はむしろ多様性を期待していたと思われる。自分の観点に批判が向けられることも重々承知しており、むしろそれを望んでいたといいってもよい。「台湾の文学」はたった一つの方向からではなく、それぞれが「各自の問題」として考えるべきであるとの主張からは、自らの立場と同時に他者の立場も尊重するという、比較文学者の文化相対主義が明らかに見て取れる。

それに対して、早速、各グループを代表するように、新垣宏一と黄得時がそれぞれの見解を披露するのだが、二人は島田が最も親しくしていた台北帝大の卒業生であった。

まず、新垣が一ヵ月後の、『台湾日日新報』に「第二世の文学」（上・下）[33]を寄稿する。

又、文学にしてもさうである。いつまでも望郷的なものはつまらない。勿論台湾をエキゾチックな眼で見るのも一向珍らしくなければ、それかと言つて、やたらに植民地内地人の生活暴露といふやうな妙に台湾を生の世界のやうに描くのもそろ〳〵鼻について来た。もつと〳〵台湾に根の下りた、台湾の土や草に寝そべつて鼻をくんくんならしてその台湾の土や草の香をなつかしんでゐるやうな文学が出てもよいと思ふ。[34]

新垣はここで、師の説く「郷愁」や「エグゾティスム」のみならず、「レアリスム」まで、一様に否定しているように見える。台湾で生まれ育った新垣は、島田のように世界の外地文学に普遍的な課題を立ち上げ、台湾の文学をそこに向かわせるといったアカデミックな方法を捨て、むしろ台湾という現実の土地と空気に密着した生活者の文学を求めたのであった。「湾生」として、台湾に下ろした根の深さを感じさせるような文章である。

続いて黄得時が台湾人の立場から、島田の「外地文学史」に批判を呈する形で、「台湾文学史」を『台湾文学』に連載したのは周知のところであるが、これについては本章第四節で詳述する。

いずれにしても、最も親しい学生であった新垣と黄が島田に異を唱えたのは、「それぞれ各自の問題として台湾の文学を考えよ」という、師の言葉が促した結果ではなかっただろうか。そこには自己の見解を絶対として振りかざすのではなく、自由な言論空間において、学生に異論や反論を許す、教育者としての寛大な態度が見てとれる。それは先にも述べた通り、比較文学者の文化相対主義が言わせた結果であろう。ただし一方では、それが異民族との間に境界線を引いたままにしておきたいという、島田の排他性の表れとも取れるのである。一見、他者を尊重しているように見えて、実はそれが台湾人との交流を拒み、彼らの文学に関心を持たないですむための口実にも見えるのだ。

フランスの植民地文学の例からもわかるように、植民統治が長引くにつれ、宗主国の言語で書く被統治民族の作家は無視できない存在となり、台湾でも一九三〇年代後半ともなると、龍瑛宗、張文環、呂赫若など、優れた日本語作家が輩出した。だが、島田が彼らを「外地文学」のグループに積極的に迎え入れようとしたとは到底思えず、彼らを「台湾文学」の旗手と認めたうえで、「日本文学」との交渉関係に着目するようなこともなかったのである。

島田は戦後、西洋文学の影響を色濃く受けた明治期の日本文学について、「明治の文学は混血児である。その混血児は、近代精神の表現であるとともに、外国文学という異質の血をうけているから、それだけいっそう美しい。血が複雑にまじればまじるほど、じつは異常に美しいものが生れてくる」[35]と述べていた。しかし、彼が歓迎したのはあくまでも「西洋文学」と「日本文学」の「混血児」であって、「日本文学」と「台湾文学」の「混血児」の方は拒んでいたように思えてならない。

この日台文学の混血という点では、龍瑛宗が、本島人作家は日本文化の伝統を背負っていない分、少し毛色の違ったフレッシュな日本語を創造することができると考え、そうなれば「日本文にひとつの新しさを構成することになり、ひいては日本文化に寄与することができるんぢやないでせうか」[36]と、台湾人による日本文学の混成化を肯定的に考えていた。しかし島田は台湾人を前にして、あくまで日本文学の「純潔」を守ろうとしていたように見える。西欧文学の移入は、新たな語彙や文体、思想によって日本文学を美しく、豊かにすると受けとめたのに対し、台湾人の参入については、「純な日本語の味はひが（の）兎角濁らされつつある」[37]というように、歓迎できない現象と捉えていたのであった。

それは、論文『あらたま』歌集二種」で、台湾人歌人陳奇雲の歌を論じた箇所からもうかがえる。島田は陳の一首、「神経のとがりたるこそすべなけれ午後二時出でて若葉見むかも」に触れ、「同じやうな処世難を歌つても、内地人と本島人とでは、かなり味はひがちがふやうである。殊に後者が同じ国語を用ゐてゐて、しかも国語のrytyme《リトム》のなかにある定義し難い一種のharmonie《アルモニー》に欠けてゐることは、ただちに直感されるだらう」[38]と、あくまで日本語の基準に照らして陳に欠けたものを冷ややかに指摘するばかりで、日本人の感性との違いを肯定的に受け止めようとはしなかった。島田が日本文学のために歓迎したのは、せいぜい台湾の南方的な美しい風土や珍しい風俗からの影響のみであり、文化・文芸については、「土着せる文化程度の低い異民族の文化」[39]として、むしろ扉を固く閉ざしていたといえよう。実際、島田は在台日本人文芸家に対して、「将来の作者は台湾在住の諸民族の言語・習慣・宗教・祭典・思想等にも精通してほしい」[40]と述べる一方、自らは決してそれを学ぼうとしなかった。また、台湾人の「文学」、特に新文学運動以来の作品については、『華麗島文学志』関連の論考のどこを探しても、一度たりとも読者に理解を促すようなことはしていない。

島田はまた、西川満や濱田隼雄、あるいは矢野峰人や中村哲らと違って、「皇民化」についてはほとんど言及していない。それは「皇民化」に対する無関心、あるいは消極的な抵抗ともとれるのではあるが、むしろ根底には日本人と台湾人の間の垣根が取り払われ、混成化することへの拒絶があったように思われる。「外地文学」と「台湾文学」の分業研究にこだわったのもおそらく同じ理由からではないだろうか。だが、一方で、島田は一九四〇年代の状況の激変に対応しかねていたふしもあり、それが結果として「過現未」を曖昧なものにしているのである。このような時代状況の変化と、それに対する島田の不十分な対応は、もう一つ、「エグゾティスム」をめぐる議論にも反映されているのだが、それについては、以下で論じよう。

第三節　「エグゾティスム」批判と「レアリスム」の提唱

島田謹二は「外地文学」の課題として、在台日本人作家に対してのみ、「郷愁・エグゾティスム・レアリスム」の三点を要求したものの、「外地文学」と「台湾文学」の概念が一元化するに従い、あたかも「台湾文学」の課題として、台湾人にまで要請したかのように受けとられ[41]、一九四〇年半ばから約二年にわたり、断続的に「エグゾティスム」批判とそれに付随して「レアリスム」提唱の声が上がった。これも誤解から始まったとはいえ、島田が明確な説明や弁明を怠ったため、彼の「エグゾティスム」観が十分理解されず、当然、批判も的をはずし、議論全体が空虚なまま収束した感は否めない。

そもそも、「エグゾティスム」批判と「レアリスム」の提唱というのは、植民地文学にはつきもののようで、フランスの植民地文学研究でもすでに見てきた通りだが、台湾でもこうした用語こそ用いられなかったものの、一九四〇年以前から『ゆうかり』を中心に議論されており、決して珍しいテーマではなかった。にもかかわらず、一九四〇年から四二年にかけて改めてこれが取り上げられたことには、どのような意味があったのだろう。従来の研究ではそれを島田謹二の「エグゾティスム」論だけでなく、西川満の作風および『文芸台湾』の編集方針に対する批判であったと捉える向きが多かったが[42]、論点が正確に把握されているとは言い難い。そこで、本節では一連の議論の流れを整理しながら、その意義を探ってみたい。

1.「エグゾティスム」批判の流れ

次ページの表に整理したとおり、一九四〇年七月から一九四二年九月まで、約二年にわたり、台湾文壇では「エグゾティスム」に関する議論が断続的に行われた。本書も、議論の契機が島田の「エグゾティスム」論にあると認める立場にあるので、表の左側に島田の論文を、右側にそれに対する反響をまとめてみた[43]。以下、表左に付した番号に従って解説していく。

（1）島田謹二「台湾に於けるわが文学」（『台湾時報』、一九三九年二月）

島田が「外地文学」の課題として「エグゾティスム」を提唱した最初の論考である。在台日本文学の従来の傾向は「郷愁」と「エグゾティスム」にあったが、今後は「レアリスム」の文学を加える必要があると説く。「エグゾティスム」とは、外地の特殊な景観描写を主とする文学のことだが、従来は「土俗的外表的」な、「傍観者の眺めた外面的興趣に溺れがち」であった。それを「心理的レアリスムと渾融」させてこそ「大文学」になるという。

（2）〜（6）島田謹二の作家作品論、および「台湾の文学的過去に就て」

島田によれば、伊良子清白、佐藤春夫、西川満、および俳誌『ゆうかり』は、台湾の「特殊なる景観描写を主」にしている点で、エグゾティスム文学のカテゴリーに属するという。前三者のエグゾティスムは美しさを備えた芸術性の点から、『ゆうかり』のそれは地方色を抑えた客観性の点から評価された。続いて翌四〇年一月、「台湾の文学的過去に就て」で島田は再び「外地観光文学」の「印象主義的な古い型の似而非エグゾティスム」（傍点——筆者）を批判する。

ここで注意しておきたいのは、島田の「エグゾティスム」論には当初から「似非エグゾティスム」と「真のエグゾティスム」との区別が明確で、前者を厳しく批判していた点である。この点を踏まえながら、議論の流れを

エグゾティスムとレアリスムをめぐる議論

	エグゾティスムとレアリスムに関する島田論文		エグゾティスムとレアリスムに関するその他の論文		
1	1939.2	台湾に於けるわが文学			
2	1939.4	伊良子清白の聖廟春歌			
3	1939.9	佐藤春夫氏の女誡扇綺譚			
4	1939.11	『うしほ』と『ゆうかり』			
5	1939.12	西川満氏の詩業			
6	1940.1	台湾の文学的過去に就て			
7			1940.7	中村哲	外地文学の課題（『文芸台湾』）
8	1940.6.29	『文芸台湾』の確立、第四号を読了して			
9			1941.1	龍瑛宗	台湾文学の展望（『朝日新聞』）
10			1941.3	濱田隼雄	台湾文学の春に寄せて（『台湾日報』）
11	1941.5	台湾の文学的過現未			
12			1941.6	中村哲	台湾の文学について（『大陸』）
13			1941.9	黄得時	台湾文壇建設論（『台湾文学』）
14	1941.10	ジャン・マルケエの仏印小説―外地文学雑話（1）			
15			1942.2	中村哲	昨今の台湾文学について（『台湾文学』）
16			1942.3	龍瑛宗	南方の作家たち（『文芸台湾』）
17			1942.3	渋谷精一	文芸時評「文芸時評について」（『台湾文学』）
18	1942.3	ロベエル・ランドオの第二世小説――外地文学雑話（3）			
19			1942.9	竹村猛	作家の態度（『台湾公論』）

* 取り上げたのは紙幅の多いものに限り、新垣宏一の「第二世の文学」のように、「エグゾティスム」について、わずか 1~2 行しか論じていないものは除外した。

追っていこう。

（7）中村哲「外地文学の課題」（『文芸台湾』、第一巻第四号、一九四〇年七月）

島田の「エグゾティスム」論に対して、反響らしい反響が起きたのはこの評論からであり、これによって一連の議論が始まったと見ていいだろう。中村はここでしきりに外地文化の水準の低さと外地人の知性の欠如を嘆き、知性と感性を持ち合わせているのは外地移住者か外地を離れて教育を受けた者か、旅行者であるという。しかし、旅行者の関心は外地の特殊性にばかり注がれるという点で批判した。中村の主張は明らかに島田の「外地観光文学」や「似非エグゾティスム」に対する批判と重なっており、この評論を島田批判と見ることには無理がある。

さらに中村は、「異種族の接触による意識の交流」など、外地にある人間の意識は特殊で、「さういふ外地人の心理・人情こそが外地文学のテーマとなる」と論じているが、これも島田のレアリスム観の踏襲である。実際に島田の論文を引用していることからもわかるように、中村はこの時点で島田の観点に同意し、反復するだけであった。

（8）島田謹二「『文芸台湾』の確立、第四号を読了して」（『台湾日日新報』、一九四〇年六月二九日）

この書評は右の中村哲「外地文学の課題」より日付が早いが、実際はこれが掲載された『文芸台湾』第四号を読了した後で書かれたものである。島田はまず中村の評論に対し、全体的に賛辞を送っているが、基本的に自分の論考の焼き直しだからであろう。続いて、濱田隼雄の小説「横丁の図」を「新しい写生文の手法」で「台湾の現実生活を描」いたと評した後で、次のようにいう。

文芸、特に小説の分野はひろい。一方では「梨花夫人」のやうな幽婉な詩的散文が発達するとともに、他の一方ではこの作品（注――「横丁の図」）のやうな外地の社会図譜の描写を試みるレアリスムもぞく〳〵出るのがよいのである。「文芸台湾」の進むべき方向は広くまた深く、あらゆる実験を試みてもらひたい。

つまり、島田は西川の「梨花夫人」に見る「幽婉な詩的散文」と、「外地小説」の王道のような濱田の「レアリスム」を同時に評価しているのである。これは前章で見た、佐藤春夫「女誡扇綺譚」とリチャードソン夫人『リチャード・マホニーの財産』のような作品が、「外地文学」にはどちらも必要であるという説の反復である。島田はさらに「あらゆる実験を試みてもらひたい」と、文学の多様性を求めた。

（9）龍瑛宗「台湾文学の展望」（『朝日新聞』、一九四一年一月）

その後、約半年を経て、龍瑛宗が「エグゾティスム」批判を展開する。龍は、「外地文学のテンペラメントとして、エキゾチズムのみを要求する向があるが、それは飽くまで主体的条件ではなくて付帯的条件である」[44]（傍点——引用者）と言うのだが、実は立言の根拠が曖昧である。

「外地文学」というタームを台湾に導入したのは島田謹二であるが、その本質が「レアリスム」にあり、「エキゾチズムのみを要求」していないことは、『華麗島文学志』関連の論文で繰り返し強調されてきた。歴史的に見ても、「外地文学」は「エグゾティスム」批判から生まれたのである。龍の批判が島田にではなく、『文芸台湾』に向けられていたとしても、そこには濱田隼雄がレアリスム小説を盛んに発表しており、龍自身、この評論を発表したわずか一ヶ月前の一九四〇年一二月には『文芸台湾』の「文芸時評」で、「濱田隼雄氏のリヤリズムと西川満氏のロマンチシズムは台湾文学の未来を傾向する二流派」[45]であると述べていた。すると、この「エキゾチズムのみを要求する向」というのは一体なにをいうのだろう。

そもそも島田が「エグゾティスム」の必要性を説いたのは、あくまで在台日本人に対してであったが、台湾人の龍まで「エグゾティスム」批判に加わったのは、龍がこの時点で、「外地文学」と「台湾文学」を同義語として捉え、「エグゾティスム」を「台湾文学」の課題として受けとめたからではないだろうか。それは龍一人の問題ではなく、一九四一年一月の頃には、このような解釈が一般的になっていたと思われる。

龍によると、「エグゾティスム」は基本的に旅行者の文学であり、台湾居住者は外部の好奇心を満たすためではなく、自分たちの「住んでいる土地の文化をおこし、それを高めること」でなければならぬという。それゆえ龍は、台湾文学は「生活者の文学」であるべきことを強調し、最後に、「生活者の文学」という「うつくしい」文学こそが、「日本文化に多様性を付与するのである」と説いた。

（10）濱田隼雄「台湾文学の春に寄せて」（『台湾日報』、一九四一年三月）
龍の二ヶ月後には濱田隼雄も加わる。濱田もここでは「台湾文学」と「外地文学」が同義語であることを前提に論を進めており、一九四〇年に「小説の研究会」を組織した頃には区別されていたはずの両者の相違は、四一年初頭には消えていた。以下に挙げる、黄得時、中村哲、竹村猛も同様である。

濱田もまた「エグゾティスム」を「外地文学にはつき物」と見ていたが、実際そう思うのは内地の人々であり、台湾で生活するものにとっては、何一つエグゾティックなものはないという。「高砂族の伝説にしろ風俗にしろ、本島人の旧慣や民話にしろ考へてみれば、それは我々と共にいきてゐるもの、即ちリアル」なのである。それゆえ濱田は、外地生活者は文学に「エキゾチズム」をねらうべきではなく、「リアル」なものを追求すべきであると主張した。

また、濱田の一文からは、在台日本人を中心に「エグゾティスム」については常時議論されていたふしもうかがえる。外地でものを書く場合、それは一定の間隔を置いて浮上する議題だったのであろう。

（11）島田謹二「台湾の文学的過現未」（『文芸台湾』、第二巻第二号、一九四一年五月）
その二ヵ月後、島田は「台湾に於けるわが文学」を加筆修正して、「過現未」（下）として発表した。前述のとおり、ここでも島田は基本的には在台日本人に向けて、「郷愁・エグゾティスム・レアリスム」の三点を要求していたが、全体的に「内地人」の限定辞を削除したため、読者に誤解を与えることになった。問題は、前年から「エグゾティスム」批判が出ており、ましてやそれが自らの論考に端を発していたにも係わらず、島田がそれにうまく対応できていない点である。この時点で、反論するなり、自説の補足をするなり、少なくとも誤解を解く努力はすべきであったろう。だが、中途半端な修正で済ませたため、かえって誤解を深める結果となった。

（12）中村哲「台湾の文学について」（『大陸』、一九四一年六月）

その翌月、中村哲が内地の雑誌『大陸』（改造社）で「台湾文学」について論じ、ここでも「エグゾティスム」批判と「レアリスム」提唱を展開した。この評論が島田の「外地文学」論に対する批判から出発していることは後述するが、中村は、佐藤春夫の「女誡扇綺譚」のような「エキゾチズム」をモデルにするのではなく、「外地の社会経済生活を把握したリアリズムの作品が生まれるのでなければならない」と説き、例として、日本人による植民地建設や台湾人との共同生活などを肯定的に描く文学を挙げている。

（13）黄得時「台湾文壇建設論」（『台湾文学』、第一巻第二号、一九四一年九月）

これは「過現未」発表後、『台湾文学』誌上に掲載されたことから、島田の「台湾文学史」に対する批判であると見なされて来た。同時に西川批判、あるいは『文芸台湾』批判の意味合いが強いとも言われている。すでに紹介したように、黄はここで台湾文壇を、中央文壇進出を狙って「エキゾチックなものばかりを」作品の題材とする『文芸台湾』派と、レアリスムの文学によって台湾全般の文化的向上発展を計らうとする『台湾文学』派に恣意的に二分した。そして、前者のエグゾティスムを「紅い色をした廟の屋根とか、城隍爺の祭りとか、媽祖の祭典」とステレオタイプ化し、「見た目には非常に美しく珍しいが、ぐつと胸を打つて来る底力が比較的少い」と批判したのである。黄の影響力は絶大で、その呪縛は現在にまで及んでいる[46]。

（14）島田謹二「ジャン・マルケエの仏印小説」（『文芸台湾』、第三巻第一号、一九四一年一〇月）

その翌月、島田は再び旅行者によるFuax-exotisme（似非エグゾティスム）を批判し、外地文学の本核は「外地に独自な生活（広い意味の）を取扱ふといふこと」（傍点――筆者）にあると説き、その例として、ジャン・マルケの小説『田から山へ』を紹介した。フランス人が客観的な手法によって安南人の生活風習思想を描いた点を高く評価し、最後に、「エグゾチスムの文学はかういふ風に異人種の心理をかつきりと掴むとき、そこに特異な一様式の小説を生むことが出来る」と締めくくっている。これは、一連の議論を意識しての発言かもしれないが、島田の一貫した「エグゾティスム」観でもあった。

しかし、「レアリスムの文学」を論じながら、それを同時に「エグゾティスムの文学」と括り直すことによって、島田としては「似非」と「真」の区別をつけようとしたのであろうが、かえって混乱を招いたのではないだろうか。

（15）中村哲「昨今の台湾文学について」（『台湾文学』、第二巻第一号、一九四二年二月）

これは黄得時の「台湾文壇建設論」に賛意を表した評論だが、中村は「エグゾティスム」が外地文学の上に美しい情調を加へるとしても、外地に居住するものがそれを狙うのは不健全であるという。上述の濱田隼雄の見解とも共通点が多く、外地文学の生誕期においてなによりも必要なものは「リアリズム」の精神である、と主張した。ただし、「リアリズムを追求した結果、その作品がエクゾテイクであると評せられるのは、もはやその作家の責任ではない」という。それゆえ中村は、「エクゾテイスムは作家が意図すべきことではなく、真摯な描写の精神が自らにしてかもし出す情調」であり、「台湾文学の排すべきはエクゾテイスムにあまえる創作意図である」と結んだ。つまり、「意図」としての「エグゾティスム」は不可だが、「結果」としては問題ないということである。

（16）龍瑛宗「南方の作家たち」（『文芸台湾』、第三巻第六号、一九四二年三月二〇日）さらにその翌月、龍瑛宗が再びこの問題に言及した。ここでは以前の「エグゾティスム」批判とは趣を変え、文学の本筋は濱田隼雄の「南方移民村」のようなレアリスムにあるが、エグゾティスムの文学もあっていいという。レアリスム一色に塗りつぶすことは寂しく、色とりどりの文学が文化を豊かにするのであり、作家は視野を狭めてはならないと説いた。龍はさらに、文学作品は芸術作品である限り、「美」を忘れてはならないと付け加えている。ここでの龍の見解は、島田の「外地文学」観に最も近いといえるだろう。

（17）渋谷精一「文芸批評に就て」（『台湾文学』、第二巻第二号、一九四二年三月三〇日）ところが、この龍瑛宗「南方の作家たち」、および先の中村哲の評論「昨今の台湾文学について」に対し、渋谷精一が「批評家の無定見」であると激しく攻撃した。渋谷によると、中村はレアリスムを高く評価する一方で、「西川満の耽美派にも色気をみせ」、龍瑛宗の方は、「芸術の根本概念は〝美〟意識」であると「幼稚な理論」を振り回しつつ、濱田隼雄「南方移民村」をレアリスムの観点から高く評価しているという。渋谷は龍と中村の一貫性のなさを突き、「仰々イズムなどと云ふものは、いゝものが一つあればいゝのである」と締め括った。

（18）島田謹二「ロベエル・ランドオの第二世小説」（『文芸台湾』、第三巻第六号、一九四二年三月）渋谷の評論と同月の『文芸台湾』で、島田はアルジェリア在住の植民地二世作家ロベール・ランドーの小説を紹介した。ランドーが描くのは外地に生きる人々の生活や心理であるが、「レアリスム」という言葉こそ用いていないものの、植民地文学の行きつくところは骨太な「生活者の文学」にあることが示されている。

（19）竹村猛「作家の態度」（『台湾公論』、一九四二年九月）

さらに半年の間隔をあけて登場した竹村猛が、「今日この頃は、エグゾテイスムを云々することは一応この土地の文学界では卒業したことになつてゐる様である」というように、この評論を以って、「エグゾティスム」批判と、そこから派生した「レアリスム」を巡る議論は一応の終結を見た。

ただし、竹村に言わせると、「まことの真のエグゾテイスムは取り出されるべき価値を持つた侭未だ健在」だという。台湾の文学が台湾の風土や民俗を題材とするのは当然であるが、それが「偽エグゾティスム」になるか、「真のエグゾティスム」になるかは、「素材」を扱う作家の「態度」にあるというのが、竹村の主張であった。

結局、竹村の結論を参照するなら、約二年にわたる議論を通して批判されたのが、実は島田が「似非エグゾティスム」と呼ぶ概念だけであり、「真のエグゾティスム」については何も議論されなかったといえるだろう。それゆえ、これを以って島田批判とすることはさほど意味がないように思われる。

なお、「エグゾティスム」の代名詞とも言える西川満がこれについて一言も口を挟まなかったのは不思議だが、自分にとって分が悪いと見て、発言を控えたのだろうか。西川は一九四二年七月、『新潮』に発表した「外地文学の奨励」という一文で、「台湾のある現実面を描いても、中央の人はこれを単なるエキゾチスムの文学と見るかもしれない」[47]と、わずかに自己弁護的に触れただけであった[48]。ただし、『文芸台湾』に「稲江冶春詞」や「赤崁樓」など、ロマン主義的でエグゾティックな作品を発表していた西川が、次第に「採硫記」や「龍脈記」、「台湾縦貫鉄道」などの歴史小説でレアリスムの傾向を強めていったことに、一連の議論が反映されていると考えていいかもしれない。

2.「エグゾティスム」批判の意義

以上で各論者の見解を簡単にまとめてみたが、次に島田の「エグゾティスム」論と比較しながら、一連の「エグゾティスム」批判の意義を考察する。

(1)「エグゾティスム」批判と文芸運動の成熟

まず初めに、一九四〇年半ば以降になって「エグゾティスム」批判が起きた意味について考えてみたい。というのは、島田が「エグゾティスム」を集中的に論じたのは一九三九年だが、その時点ではこれといった反響はなかったからである。

おそらくそれは、台湾島内の文芸運動の成熟と関係があるのではないだろうか。『ゆうかり』同人の間で、「月並み批判」が起こった場合と重なる現象かと思われる。

先に述べたとおり、『ゆうかり』は創刊後一〇年ほどした一九三〇年代初頭以降、「台湾俳句」の伝統に戻るわけだが、反面そこから台湾的な素材を極度に強調し、内地在住の選者に媚びようとする「台湾月並」、つまり一種の似非エグゾティスムの弊害が生じた。山本孕江がこれを批判して、「文芸の自治」を旗印に、台湾島内で優れた作品を育成する方向に転換し、台湾の真の姿を捉えよと説くに至るわけだが、一九四〇年代に起きたのはこれと似たような現象ではないだろうか。

そもそも台湾島内に作品発表の舞台となる文芸誌が育っておらず、発表媒体が内地にのみ限られているとき、あるいは、かつての『ゆうかり』のように媒体は整っていても、選者が内地在住者である場合、書き手はどうしても内地の視線を意識することになる。その際、内地読者にアピールする最も手っ取り早い手段が、外地の特異性を強調することであった。ところが、文芸運動がある程度成熟し、島内で創作、発表、出版、流通、消費のサイクルが整い、「文芸の自治」が実現されるようになると、こうした傾向は批判されるのである。それを考えると、一九四〇年代に入って『文芸台湾』や『台湾文学』が誕生し、台湾島内の文芸活動が軌道に乗ったのを機に、「エグゾティスム」批判が出てきたことは十分納得できる。

例えば、台湾人として真っ先にエグゾティスム批判の口火を切った龍瑛宗は、一九三七年に内地の雑誌『改造』の文学懸賞に小説「パパイヤのある街」で応募した際、戦略的に「エグゾティスム」を用いたといわれている。この小説は結果的に入選するわけだが、王恵珍は、龍が「台湾の代表的な樹木『パパイヤ』を小説の題名とすることで、鮮明なエキゾチックな雰囲気を表そうとしたのではないか」[49]と分析し、和泉司によれば、その戦略は当時すでに台湾在住の作家中山侑によって、「これは台湾の特殊な風物か、あるいは生活習慣が、そういうことをよく知らない選者の興味をひいたのだろう」[50]と見抜かれていたという。

和泉によると、台湾新文学運動に参加していた台湾人の作家志望者たちは、一九三〇年代には文芸同人誌上で、〈中央文壇〉への関心を示すと同時に、〈台湾文壇〉や〈台湾文化〉・〈台湾文学〉の確立と発展の必要性も主張し続けていた。だが、新文学運動には参加せず、台湾文壇ともほとんど係わりを持たなかった龍瑛宗には、「パパイヤのある街」の「投稿時点においては台湾の文化を担うなどという考えは（が）なかった」[51]という。それよりも、内地文壇進出の戦略として、内地読者を意識した「エグゾティスム」を狙ったと考えるほうが確かに自然であろう。

それが、『文芸台湾』が創刊されて最早内地読者を意識する必要がなくなったとき、龍瑛宗の中に「（自分たちの）住んでいる土地の文化をおこし、それを高め」たいという思いが芽生え、「エグゾティスム」批判が出てきたとしても不思議ではない。王恵珍によると、「一九四〇年以後は、台湾文壇が徐々に成熟してきたため、彼は発表の場を内地文壇から台湾島内の文壇に移し、新しい発表の場を開拓して」[52]いったという。

つまり、「エグゾティスム」批判というのは、植民地の文学が本国の中央文壇から自立を図る際、過去の従属的なあり方を否定し、そこから脱皮するための、一種の通過儀礼だったのではないだろうか。一九三〇年代末に、西川満も含め、在台日本人作家が内地旅行者の文学をさかんに批判し、「台湾独自の文学」を育てようとしていたことも、まさしく「エグゾティスム」批判に他ならない。西川が台湾文芸家協会を結成し、『文芸台湾』を創刊したのもその結果なのだが、それを考えると、皮肉にも西川の尽力によって、「エグゾティスム」批判を可能にする土壌が整えられたともいえるのである。

（2）「エグゾティスム」批判の有効性

一方で、一連の議論が島田の「エグゾティスム」論に対して真に有効な批判となりえたかどうか、いささかの疑念を禁じえない。これまで、龍瑛宗や黃得時らが「エグゾティスム」に「レアリスム」を以って対抗させたことを、島田批判と見る向きが多かったが[53]、実のところ、島田は早くから「レアリスム」の必要性を積極的に提唱していたのである。「外地文学」の本質があくまで「レアリスム」にあることも、誰よりもよく理解していた。佐藤春夫の「女誡扇綺譚」を「エグゾティスム」の観点からは高く評価する一方、「レアリスム」の観点からは批判し、台湾に「根をおろした生活を根底から剔剥したやうな」作品を、「外地文学」の本質として求めていたこともそれを証明している。それはまた、台湾の長期定住者として、島田自身の中から出てきた要求でもあったはずだ。「エグゾティスム」にしても、「心理的レアリスムと渾融した真のエグゾティスム」を求めていたのである。

それを考えると、各論者から出された批判は、実は島田の「似非エグゾティスム」批判を追認するようなものであり、それを島田批判と解釈することは意味がないように思われる。最終的にこの議論は龍瑛宗の上出（15）と竹村猛の（18）の見解に着地したと見ていいが、龍は結局、「レアリスム」が文学の本質であっても、「エグゾティスム」はあっていいと認め、文学の多様性を求めたのであった。これは島田の論点とも重なっている。また、竹村の「偽のエグゾティスム」と「真のエグゾティスム」の区分が、「素材」を扱う作家の「態度」にあるという結論も、島田は『ゆうかり』の議論を通して早くから引き出していた。

結局、各論者が批判していたのは、島田のいう「似非エグゾティスム」に過ぎず、「真のエグゾティスム」については、まったく議論されていないのである。一連の議論が空疎な印象を与えるのはそのためであろう。それは「似非」であろうが、「真」であろうが、誰もが「エグゾティスム」という言葉に一様にアレルギーを示した結果であり、その責任の一半が「外地景観描写の文学」をあえて「エグゾティスム」と呼んだ島田自身にあることは否定できない。

一方、島田の文学観を最もよく理解していたはずの黃得時が、台湾文壇を「エグゾティスム」派と「レアリスム」派に二分したのは、島田の「エグゾティスム」に対する批判というよりは、むしろ別の戦略があってのことであろう。当時、黄が島田に批判的であったことは確かだが（これについては次節で詳述する）、黄にとって何より緊要だったのは、『台湾文学』を『文芸台湾』からいかに差別化するかという戦略であった。そのため、一連の批判に乗じる形で、「エグゾティスム」と「レアリスム」を善悪二元論として立ち上げたのではないだろうか[54]。

また、島田が提起した課題のうち、「エグゾティスム」は否定され、「レアリスム」だけが「外地文学」の本質であると宣言されたことを以って、一連の批判の収穫であり、「レアリスム」の勝利宣言のように受け取られがちだが、むしろ、一番の問題はここにあるように思われる。というのは、より真剣に議論されるべきは、「エグゾティスム」ではなく、「レアリスム」の方であるからだ。

3.「レアリスム」を説くことのアポリア

島田が「レアリスム」を「外地文学」の課題として説いたのは、一九三九年二月の「台湾に於けるわが文学」が最初だが、この時点では、在台日本人の間に本格的な「レアリスム」文学は育っていなかった。だからこそ、島田はその必要性を説いたのである。しかしその提案は、小説を中心とする全島的な総合文芸誌が存在しなかったこともあり、作家たちの間で問題にされることはなく、従って、島田の「レアリスム」観も成熟することはなかった。

ここで考えたいのは、それが、一九四〇年半ば以降四二年秋にかけての「エグゾティスム」批判と、「レアリスム」の提唱という一連の議論を通して、どれだけ深められたのか、という点である。それだけではなく、『文芸台湾』や『台湾文学』が刊行されるや、日台の作家の中から龍瑛宗がいうような「生活者の文学」が生まれ、「レアリスム」の文学が確実に育っていくのだが、それは島田の「レアリスム」観にどう働きかけたのだろう。一九三〇年代末の「レアリスム」が欠如した状況から一転し、一九四〇年代の誰もが「レアリスム」に傾いていく時代にあって、島田は「レアリスム」を提唱することの意味をどう問い直したのだろう。

ここで再び前章の最終部で提起した問いに戻りたい。そこでは、政治的態度を除去した文学独自の「レアリスム」であれ、島田がいうように、「共住する民族の考へ方・感じ方・生き方の特異性を、生きたままに『生に即して』描き出」そうとすれば、非常にデリケートな領域に踏み込まざるをえない、と書いた。言い換えれば、「レアリスム」の文学は在台日本人に植民地社会の矛盾や異民族との緊張した関係を直視させ、その結果、彼らは統治方針との間で葛藤を抱え込まざるを得なくなる、ということだ。

加えて、一九四〇年代に入ると、『文芸台湾』や『台湾文学』、『台湾芸術』などに台湾人作家が小説を盛んに発表し、「レアリスム」の態度で彼らの「考へ方・感じ方・生き方の特異性」を表現するようになっていた。その結果日本人にはそれをどう受けとめるべきか、という問題も新たに生じたはずである。だとしたら、島田は日台の作家たちの声に耳を傾けつつ、「レアリスム」のあり方を再考しようとしたのだろうか。このような状況を考慮すると、一九四〇年代に在台日本人が「レアリスム」の必要性を説くことは、三〇年代末ほど簡単ではなかったはずである。だが、この点について、島田のみならず、台湾人の側に立っていたと自負する中村哲であれ、「レアリスム小説」の旗手濱田隼雄であれ、上出の議論に加わった日本人論者はさほど留意していなかったように見受けられる。

ただ、一連の議論とどれほど関係があるか定かではないが、ある日本人青年が一九四一年四月、つまり、エグゾティスムとレアリスムがさかんに論じられていた最中に、総合歌誌『台湾』で非常に興味深い見解を披露していた。少々長いが以下に引用したい。

　去年の暮れ、北投のある酒場で、今を売出しの若い作家が情報部の役人を掴へて、台湾に大いにリアリズムの文学を興さなければいかん、それを阻害するやうなことがあつてはいかん、と力説したさうです。たまたまその場に居合した大人の作家が後でかういふことを云ひました。「台湾にリアリズムの文学が興つたらそれこそ大変ぢやありませんか」――あなたなら、この後者の言葉の隅々にまで行亘つてゐるリアリテイに気がついて頂けると思ひます。（……）リアリズムの文学が昂揚したら大変なのは、何も台湾に限つたことではない。今は全世界をあげてさうなのでせう。たゞ、リアリズムが興つては大変だ、といふ言葉の中に燦めくリアリテイ、かういふ大人の慧智に出くはすと、僕はたゞ〳〵頭をさげるばかりです。真実を追究する精神といふものは、リアリズムの文学が興らなければならないなどといふ、生《なま》の言葉にあるのではなく、リズム《ママ》文学が興つては大変だといふ言葉の裏打となつて初めて光つて来るものです。せつかちに云へば「今台湾で文学をするには、この慧智が唯一でないまでも、必要な指標ではないかと思はれます。（……）

僕自身にのみ就ていへば、これも同じその大人の作家のいつた言葉ですが「嘘は書いていないが、本当がない」といつた批評を蒙らないやうな作品をものしたいと思ふだけです。[55]

これはある女性に充てた書簡形式の文芸評論で、筆者は富名腰尚武、ちょうど台北帝大に進んだばかりの学生である。ここでレアリスム文学確立の必要性を力説する「若い作家」とそれに冷水を浴びせる「大人の作家」が誰であるかは特定できないが、おそらく二人とも日本人であろう。当時の台湾で「レアリスム」がいかに話題にのぼっていたかが十分伝わってくるエピソードであるが、いずれにせよ、これは植民者の立場にある者が植民地で「レアリスム」を説くことの矛盾を突いて一理ある指摘になっている。

「台湾にリアリズムの文学が興ったらそれこそ大変」という危惧にこそ生々しいレアリティが潜んでいるというのはまさにその通りであり、そのように感じ取っていた日本人もいたのである。「レアリスム」を突き詰めていけば、統治方針に抵触する可能性は不可避であり、それはある程度、日本人の意識にも上っていたであろう。だが、島田ら上出の「レアリスム」の提唱者にはそうした危機意識が見えない。「真実を追究する精神といふものは、リアリズムの文学が興らなければならないなどといふ、生《なま》の言葉にあるのではなく、リズム《ママ》文学が興つては大変だといふ言葉の裏打となつて初めて光つて来るものです」とは見事な指摘であり、そうしたアポリアを背負っていない「レアリスム」など、所詮、「嘘は書いていないが、本当がない」という微温的な文学にしか行き着かないであろう。

しかし、島田らは鈍感なまでに、あるいは傲慢なまでに、一人の青年が示したこの困難な領域に踏み込もうとはしなかった。台湾人の論者にも、日本人を促してその点を思考させるような態度はまったく見られない。『台湾』でも富名腰の問いかけはまともに取り上げられることはなく、『台湾にリアリズムの文学が興つたら大変ぢやありませんか』とは、なんといふ卑屈な了簡であらう」の一言で片付けられてしまうのである。[56] 結局、二年にわたって盛んに「レアリスム」の必要性が説かれはしたものの、議論の中身は単に「エグゾティスム」ではなく「レアリスム」が必要なのだ、というレベルから一歩も出ず、当然、島田の「レアリスム」観に影響を与えることもなかった。

4.「レアリスム」提唱の盲点

実際、一九四〇年代に入って新たに執筆された島田の論文は、彼の「レアリスム」観が成熟しなかったことを証明している。「台湾の文学的過現未」(下)でも、レアリスムを論じた部分はほぼ旧稿「台湾に於けるわが文学」のままであり、参考にすべきレアリスム文学として名が挙がっている作家にも変化はない。[57] 島田はまた、『文芸台湾』や『台湾文学』に掲載された日台作家のレアリスム小説について、新たな論考を発表するようなこともなかった。ただ、「レアリスム文学」提唱の一環として、一九三〇年代から折に触れて言及していた仏領インドシナの植民地作家ジャン・マルケとアルジェリア生まれの植民地二世作家ロベール・ランドーについて、一九四一年一〇月および四二年三月の『文芸台湾』で紹介しただけである。

ジャン・マルケについては、島田は早くから彼の長編小説『田から山へ』を「外地文学」の手本と見なしており、詳細は前章で論じたとおりである。簡単に言えば、マルケのレアリスムは、外地統治の方針に抵触しない予定調和的、微温的なレアリスムであった。

一方、ロベール・ランドーの小説については、アルジェリアやアフリカ内陸部で実際に見聞した事実のみを素材として外地独特の型を構成し、本国の文学とは違う若さや強さや美しさを備えている点を、島田は評価していた。ランドーのレアリスムは、一言で言えば、アルジェリアのフランス人が「首都の生活とは全くちがふ環境の中に一種独得な精神を養ひ、新らしい一種族となる経路」を描き出すのに注がれていた。彼が描いたのは、「フランス外地の統治法の根本を形ちづくつたあの先駆者たちの生活ぶり」といった外地生活人の努力譚だけでなく、「意志の弛緩と性格の堕落」など、植民地社会の明暗両側面であるが、島田は心理分析の面白さをその特質として挙げ、「主人公たちの生活する環境が全くフランス内地を離れた独自な風土の世界ゆゑ、土着人と外地人との交渉とその反応とが珍らしいからである」と評している[58]。

だが、マルケにしろランドーにしろ、「リアリズムの文学が興つたらそれこそ大変」という危惧とは無縁であり、いくら「レアリスム」の態度で「植民地の真実」に迫ったところで、フランスの植民地支配はびくともしないという揺るぎない自信が見て取れる。このような力強く、逞しい「レアリスム」文学が島田の奨励するところであったのかもしれないが、この点についてはむしろ中村哲の方が明確に説いていた。

> 外地文学としての台湾文学の素材としては、熱暑の草原のなかに農場を起し、開拓して行つた製糖会社の開拓者の生活記録を、異民族の村落の中に起居して田園を開いてゐる移民部落の動態を、または内・台人の風俗・文化・慣習の差異から来る感情の交流とその積極的な協同生活の記録を、或ひは親族を対岸に残して渡台した本島人の対岸との微妙な神経の動きを取り上げるべきであらう。従来、日本の文学が政治を対象とする場合、ことに植民地統治といふやうなものに対してはゴーゴリ風な皮肉の方法でしか、とりあげる仕方を知らなかったとも言へるのであつて、さうした点から言つても新しい台湾文学は政治に対する

消極的な破壊的な面をとりあげることではなくて、政治に対する積極的な面の記述を開拓してゆくべきであらう。[59]

中村は外地統治の方針を破壊するのではなく、それを積極的に支えるような「レアリスム」を奨励し、ロベール・ランドーと同様、植民地建設に貢献した日本人の功績や日台人が相互理解を深めながら平和裏に営む生活など、植民地社会の肯定的な面を描けと唱えているのである。つまり、消極的な「反植民地文学」ではなく、積極的な「国策文学」たれというわけである。

それを思うと、日本人が「レアリスム」を提唱したことを、台湾人は手放しで評価してよかったのだろうか、という疑念が浮かんでくる。つまり、島田、中村のいずれもが、「レアリスム」の名の下に、支配者に都合の好い台湾の現実のみを描写せよと唱えていたにもかかわらず、なぜ台湾人はそれに対していささかの反論もしなかったのか、ということだ。「エグゾティスム」にはあれほど批判的であった彼らが、「レアリスム」については、内容の如何は問わずに手放しで肯定したのである。現在の研究者も同様、日本人文芸家を論ずるに際し、内容は検証しないまま、ただ「レアリスム」あるいは「エグゾティスム」どちらの側に立ったのか、という点だけを問題にしているように見える。島田もまさに戦前戦後を通し、「エグゾティスム」を提唱したという一点でのみ批判されてきたわけだが、むしろ島田が「レアリスム」を説いたことを前提に、そこで何が言われたかを議論すべきではなかっただろうか。これは今後問われなければならない課題である。

第四節　「台湾文学」の定義と「文学史」観をめぐる議論

島田謹二が一九四〇年代の台湾文壇に投げかけた波紋の中で、最大のものは「台湾文学」の定義と「文学史」観に関するものであろう。従来これについては島田が『文芸台湾』に台湾人を無視した、日本人中心の「台湾文学史」（「台湾の文学的過現未」）を書いたことに対し、黄得時が異を唱えるべく『台湾文学』に台湾人主体の「台湾文学史」を発表したとして、島田＝『文芸台湾』と黄＝『台湾文学』の二項対立で論じられてきた[60]。しかし、島田の書いたのが「台湾文学史」ではなく、在台「日本文学史」であることが判明した以上、黄が何に対して批判の矢を向けたのか、彼の戦略の意図を改めて検討しなければならない。

以下、両者のテクストを比較検討しながら、それぞれの文学史観を整理していくが、そこで取り上げたいのが、呉叡人の論文「重層土著化下的歴史意識：日治後期黄得時与島田謹二的文学史論述之初歩比較分析」である[61]。この論考は、黄と島田の文学史観を対立的に捉えるのではなく、むしろ両者の隠された類似構造を指摘した点に新しさがある。呉によると、黄の「台湾文学史」は民族の点でも、言語の点でも、漢民族（中国語）と日本人（日本語）の別を問わない混血・多元主義を根拠に、移民の土着化過程に着目した直線的な叙事によって、「台湾」を文学史の主体として構築しているという。一方、島田の「外地文学史論」には日本文学を主体とする母国中心主義と同時に、日本民族主義の変形や否定の側面が同居し、台湾を主体として立ち上げようとする可能性も含まれていたという。「これら二つの文学史叙述の中には、台湾の歴史上、前後してやってきた二波の移民が土着化する過程で生まれた二つの歴史意識が観察できる」[62]という呉の指摘には、島田の「外地文学史」が一定の段階を経て黄の「台湾文学史」に移行する可能性が読みとれ、非常に興味深い。

確かに二人の文学史には重層する部分が見え隠れしているが、そこには台湾の歴史的重層性だけでなく、親密な師弟の間でなされた学問の授受をめぐる重層性も潜んでいるように思われる。そこで本節では、両者の重層性と異質性に着目しながら、それぞれの文学史観を解明していきたい。

1. 背景

黄得時は一九四二年一〇月、『台湾文学』に「輓近の台湾文学運動史」を掲載したのを皮切りに、翌年一二月、同誌が廃刊を強いられるまで「台湾文学史序説」(一九四三年七月)、「台湾文学史第一章――鄭氏時代」(一九四三年一二月)、「第二章――康熙雍正時代」(同)と、約一年にわたり台湾文学史関連の著述を断続的に発表してきた。それについて、陳建忠は次のように述べている。

注意すべきは、黄得時が発表した一連の台湾文学史論考は、まさに島田謹二が「外地文学論」を発表した後であった。島田が依拠したのは日本人作家を主とした文芸雑誌『文芸台湾』であり、これは黄得時が加わっていた『台湾文学』陣営にとっては、互いに「敵性雑誌」と目しあうものであった。[63](訳――引用者)

つまり、島田が『文芸台湾』に「外地文学論」を発表したことを受けて、黄が敵対しあう雑誌『台湾文学』に「台湾文学史」を発表したというのである。これまで繰り返し述べてきたように、黄は『台湾文学』と『文芸台湾』の差別化を図るため、二項対立の構図をかなり恣意的に創出したこともあり、陳建忠がいうような意図があったことは否定できない。だが、黄の批判の意図をそれだけに限定してしまうことには、些かの疑問が残る。というのは、黄は島田が『華麗島文学志』に着手した当初から、その執筆意図を最もよく理解し、身近で完成を見守ってきた唯一の台湾人だからである。一九三四年四月から三七年三月まで台北帝国大学に在籍し、島田のご長女齊藤信子氏の語るように、卒業後も島田宅に出入りしていたという黄は[64]、島田の研究対象が「在台日本文学」であり、「台湾文学」ではないことを誰よりもよく理解していたはずだ。おそらく『台湾時報』その他に発表された関連論文にも目を通し、島田に必要な資料を提供してもいたのであろう。それゆえ、『華麗島文学志』がほぼ完成した際、島田は黄に謝辞を呈しているのである[65]。

しかしその黄が、「輓近の台湾文学運動史」以来、島田に異議申立てをしようとしたことも確かである。一体、黄はなぜこの時期になって師に反旗を翻したのであろうか。そこにこそ、真に注意すべき問題があるように思われる。

実際、「分業」研究の方法により、台湾の「日本文学」を研究するという島田の意図を黄が理解していたなら、日本人作家を主とした文芸雑誌『文芸台湾』に「外地文学論」や「在台日本文学史」が掲載されたことに、異を唱える必要はなかったであろう。ところが、黄は「台湾文学史序説」で、次のように述べているのである。

> 次にある人は、改隷前の文学は、当然清朝文学の一翼に入りまた改隷後の文学は、明治文学の中に包含されるから、殊更に奇を好んで「台湾文学史」なんぞと独立して考へる必要はどこにもない、と云ふかも知れない。[66]

文中の「ある人」が島田を指すことは言うまでもない。ただし黄は、島田が日本人を中心とした「台湾文学史」を書いたことではなく、『台湾文学史』なんぞと独立して考へる必要はどこにもない」と考えていたこと、つまり台湾の文学は中国文学、あるいは日本文学の一部であると見て、わざわざ「台湾文学史」を書こうとしなかったことに批判を加えているのである。

この他にも黄は、「領台以後、内地人の台湾に於ける文学活動のみを文学史の対象として取扱ふが如きは、やゝ見解の狭きに失し、われわれの取らないところである」（傍点——引用者）と、明らかな島田批判を繰り返していた。ここで注意すべきは、黄は島田が「領台以後、内地人の台湾に於ける文学活動のみを文学史の対象として取扱ふ」（傍点――引用者）とは批判しても、決して「台湾文学史の対象として取扱ふ」（傍点――引用者）とは言っていない点である。つまり、黄は島田の書いたのが「在台日本文学史」であり、「台湾文学史」ではないことを十分理解していたのであった。ここにこそ一九三〇年代から島田の身近にいた黄の、島田理解の深さと島田批判の的確さを読み取るべきではないだろうか。第一に島田が「台湾文学史」を書かなかったこと、第二に台湾人の文学を「文学史」の対象として扱わなかったこと、この二つの指摘は、島田の「台湾文学」観が「南島文学志」から、「台湾の文学的過去に就て」を経て、さらに以下で扱う論文「台湾に於ける文学について」に至るまで、いくつかの修正を経て形成されてきた経緯を十分把握していなければ出てこないと思われるからだ。

これは、黄にしかできない批判であったろうが、現在の論者にはそれが十分把握できていないように思われる。そこで以下では黄の批判が島田のどのような文学史観に向けられ、それを踏まえた上で黄自身がどのような文学史を立ち上げたのか、という点について考察してみたい。

2.「台湾に於ける文学について」

黄は「台湾の文学的過現未」が『華麗島文学志』の結論部であり、台湾における「日本文学史」であると理解していたはずであり、それが台湾人の文学に言及していないとしても、異議申し立ての理由にはならなかったと思われる。では、その理由がどこにあるのかと考えたとき、むしろ注意すべきは、島田が一九四一年五月、「台湾の文学的過現未」と同時に、雑誌『愛書』第一四輯の「台湾文芸書誌号」に発表した神田喜一郎との共著論文「台湾に於ける文学について」ではないだろうか。次頁に目次を挙げる。

この特集号は、前半が神田喜一郎・島田謹二による研究論文「台湾に於ける文学について」、後半が黄得時・池田敏雄（一九一六～一九八一）共編の書誌からなり、領台以前から一九四〇年までの台湾における中国語・日本

目次

語による文学の全貌が史的・書誌的側面から把握できるようになっていた。また、孫元衡『赤嵌集』や陳肇興『陶村詩稿』など、過去に出版された代表的な書物や雑誌の表紙写真も添えられている。

神田・島田の共著論文は、「歴史あつて以来の台湾には、果してどういふ文学が伝はつてゐるか。自分等はここにその簡略な鳥瞰図をつくつてみたいと思ふ」という一文から起され、オランダ・スペイン時代を含め、台湾で生れた、あるいは台湾に関する全文学が紹介されることになっていた。一方、黄と池田による書誌の方はオランダ・スペイン関連のものこそ除外されていたものの、清朝時代以降執筆当時の昭和期に至るまで、台湾人・日本人の別なく、漢詩文から新文学、短歌・俳句などの伝統文学まで、それまでに出版された文芸書・雑誌類のほぼすべてが網羅されている。しかし、実際にはこの論文と書誌の間には、大きな乖離があった。

まず論文の方は、『華麗島文学志』のエピローグ「台湾の文学的過去に就て」で紹介された日本領台以前の文学史と、「台湾の文学的過現未」（上）の領台以後の文学史を貼り合わせ、それに神田喜一郎が清朝時代の文学と領台後の日本人の漢詩について大幅に加筆したものであった。領台後の日本文学については、島田自身いくつかの作品解説を補っている。ところが、領台後の台湾人の部分に関しては、一切手を入れていないのである。加えて、「過現未」で用いた在台日本文学史の三期の区分をここにもそのまま適用していた。そのため領台後の文学史部分は文字通り日本人中心で、「台湾人の文学を周縁化、あるいは無視」[67]したという結果になったのである。

ここで注意すべきは、同時に発表された「台湾に於ける文学について」と「台湾の文学的過現未」では、論文の目的も、掲載された媒体の性質も全く異なるということである。「台湾の文学的過現未」はあくまで『華麗島文学志』の結論部をなすべき論文であるため、台湾人の文学に関する記述がほとんどないとしても、別段驚くには当たらない。日本人作家を主とした文芸雑誌『文芸台湾』に発表されたことも、充分理に適っている。もともと『華麗島文学志』関連の論文は、『台湾時報』を始め『台湾教育』や『台大文学』など、統治者側の媒体に掲載されたのであった。つまり、島田の研究意図を熟知している黄であれば、「台湾の文学的過現未」に対して批判を呈する理由はなかったであろう。

だが、「台湾に於ける文学について」はまったく事情が違うのである。まず、これは『愛書』の「台湾文芸書誌号」として組まれたものであり、領台以前から一九四〇年に至るまでの全ての文学が対象でなければならなかった。黄得時と池田敏雄はその意図に沿って、「文学書目」を第一部「領台以前のもの」、第二部「領台以後のもの」に分け、日台人の別なく「漢詩、民間伝承、俳句、短歌、翻訳、詩、小説戯曲、俚謡狂詩、雑」に分類される出版物をくまなく網羅し、さらに「文芸雑誌」の部を加えている。

書目の凡例には、「この書目の編者は黄得時・池田敏雄の両名にして、神田喜一郎・島田謹二の両名その初稿をとつて補訂し」[68]、と明記されており、神田と島田が黄と池田の仕事に目を通していたことがうかがえる。それならば、神田と島田はこの書目に扱われた作品・雑誌類を史的に位置づけ、概説すべきではなかっただろうか。ところが、領台前の漢文学および領台後の日本人文学については十分な紙幅が割かれたものの、領台後の台湾人の文学、特に台湾文壇の主流であった新文学に関しては、以下の通りわずか数行に止まったのである。

中国語の白話文運動の漸く盛んになるや、台湾にもその波動は及んで、特に昭和初年には機関誌もいくつか出た。この派の主張にも、北京語もてする白話文学と台湾語（?）もてせんとするそれと二派があるが、多くは模倣的な作品にとどまつて、優秀な作品はあまり出てゐないやうである。[69]

これでは「台湾の文学的過現未」の記述とまったく変らないのである[70]。だが、『文芸台湾』と『愛書』では編集意図も文学史の対象も、片や台湾における日本文学、片や台湾におけるすべての文学と全く異なっていた以上、島田はそれを考慮して、領台後の部分を書き換えるべきであった。『愛書』は『文芸台湾』と同じ西川満の編集になるとはいえ、一九三〇年代から台湾の古典文学を積極的に取り上げ、楊雲萍が一九三七年以降の「台湾文学」の空白期に、研究成果を発表できた貴重な媒体である。また一九三八年四月発行の第十輯でも「台湾特集」を組み、古典文学を中心に多くの研究論文を掲載していた[71]。『愛書』が一貫して東西の古典に比重を置いていた関係から、台湾の「新文学」が扱われることはなかったが、それでも第十四輯の「書目」では間口を広げているのである[72]。それゆえ、島田は台湾人の文学活動を領台後の文学史に客観的に位置づけ、正当な評価を加えるべきであった。

当然、島田はこの共著論文でも「台湾文学」という語を避けている。島田が論じたのはあくまで括弧つきの『台湾』の文学」、つまり、「台湾」という土地を共通項とした、オランダ・スペインおよび清朝、日本の文学であった。

こうしてみると、黄の批判がこの論文に向けられていたことは一目瞭然であろう。これは、黄のいう通り、独立した「台湾文学史」ではなく、清朝文学、あるいは日本文学の一部として記述された文学史の寄せ集めであり、さらに領台後の台湾人の文学、特に新文学運動から生まれた成果は取り上げられていなかった。「台湾の文学的過現未」は台湾における「日本文学史」である以上、その点はさほど問題にならなかったとしても、「台湾に於ける文学について」は、台湾の全文学を対象とした文学史なのである。また、『愛書』第十四輯は、島田と黄がともに台湾の文学に向き合った舞台であり、両者が文学史と書目の双方から、より完全な「台湾に於ける文学」の全貌を整えるチャンスでもあった。しかし、あくまで「宗主国中心主義」を貫き、新文学運動の成果にもまったく関心を示そうとしない師に、黄は失望したのではないだろうか。それこそが黄に島田批判の動機を与えたのであり、仮に島田が『華麗島文学志』の一環として「台湾の文学的過現未」を『文芸台湾』に発表しただけであったら、黄の批判は違う形を取っていたかもしれない[73]。

3．二つの文学史

（1）黄得時の「台湾文学史」と島田謹二の「外地文学史」

いずれにせよ、黄の「台湾文学史」に関する一連の論考が島田の文学史観に対する反駁として書かれたことは確かであり、それは何よりも「台湾文学史序説」（以下「序説」）で明瞭に宣言されていた。では、黄はどのような文学史観によって、島田に対抗しようとしたのだろう。

まず黄の「台湾文学」の定義から見てみよう。黄は周知の通りこの「序説」で、「台湾文学史」を構築するにあたり、その範囲と対象を次のように設定した。

（1）作者は台湾出身であり、その文学活動（ここでは作品の発表並にその影響力、以下同じ）も台湾に於てなされた場合

（2）作者は台湾以外の出身であるが、台湾に永住し、その文学活動も台湾に於てなされた場合

（3）作者は台湾以外の出身であるが、一定期間だけ台湾に於て文学活動をなし、それ以後、再び台湾を去つた場合

（4）作者は台湾出身であるが、その文学活動は台湾以外の地に於てなされた場合

（5）作者は台湾以外の出身で、しかも台湾に渡来したこともなく、単に台湾に関係を有する作品を書き、台湾以外の地に於て文学活動をなした場合[74]

黄によると「真に台湾文学史の対象たり得るものは、第一の場合」であるが、台湾はオランダや中国、日本に

隷属してきたため、「文学も本国と密接な関係」があり、第二の場合も重要な対象になるという。第三・四・五の場合も、重要性の点では劣るが、全く文学史の埒外に置くわけにはいかないとした。結局、黄が最も重視したのは、「台湾文学史を書く以上は、その文学活動が台湾に於いてなされたならば、原住民たると本国人たるとを問はず、均しくこれを文学史の範囲内に取り入れるのを正当なり」というように、「台湾」という「場」である。反対に「台湾」という「場」に深く係わってさえいれば、作者の種族や言語、精神は一切問わず、島田が「外地文学」と呼ぶ外来統治者の文学まで「台湾文学」の範囲に含めた。

これに対し、島田の「台湾文学」観がどのようなものであったか、改めて整理してみよう。

まず、「南島文学志」のタイトルで在台日本人文学の研究に着手した当初、島田は「台湾文学」とは、「台湾」という場を舞台とした、歴代宗主国による文学の総称であり、各国文学史の一部に帰属するとしていた。それが国文学の独立性を持たず、「台湾」を主体とした文学史の構築も不可能と考えたからである。しかし、島田は後にフランスの植民地文学研究の影響を受けて、「台湾文学」という語を『華麗島文学志』から一掃した。植民地名を冠する「台湾文学」は台湾人（漢民族）主体の文学であると理解したためである。そこで、台湾で生まれた文学の総称を括弧付きの『台湾』の文学」に改め[75]、自らの研究対象を在台日本人の手になる「外地文学」に絞ったのであった。

こうしてみると、まず島田が「国文学」（national literature）の観点から放棄した「台湾文学史」の構築に、黄が挑んだといえよう。黄は「国家・国民・国語・国民精神」の統一を基準とした「国文学」の概念を捨て、敢えて複数の国家、国民、国語に支配されてきた台湾の特殊性を楯に、台湾の主体性を立ち上げたのであった。ここで黄はイポリット・テーヌの『英国文学史』（Hippolyte Adolphe Taine, *Histore de la Littérature anglaise*, 1891）を援用するのだが、その意義については後述する。

また、島田が「外地文学」と「台湾文学」を外来統治者と被統治者による別系統の文学として扱ったのに対し、黄は「台湾文学」という大枠の下に、両者の文学を取り込んだのであった。日本人の「外地文学」も、清朝の役人の手になる「中国文学」も等しく「台湾文学」と見なしたのである。実のところ、「台湾意識」を強く打ち出した「台湾文学」の概念は、一九二〇年代に始まった新文学運動の過程で徐々に形成されたものであり、それ以前、台湾の文学は台湾人にとっても中国文学の一支流であった。新文学運動も元々は大陸の五四文学運動の影響の下に展開されたのだが、黄はそこから生まれた「台湾文学」の概念を敷衍し、台湾という「場」で形成された全ての文学を包摂したのである。

(2) テーヌの評価をめぐって

黄得時が「台湾文学史」の理論的な枠組みにイポリット・テーヌの『英国文学史』を援用したことは、「序説」で自ら明らかにしているが、ここではまずその意味を島田との関係で考えてみたい。というのは、その背後に島田の影がくっきりと見て取れるからである。

周知の通り、島田は比較文学より早く、フランス派英文学の研究に着手しており、その基礎はやはり台湾時代に築かれた。いくつかの優れた研究成果がちょうど黄の台北帝大在学期間(一九三四年四月~三七年三月)を挟んだ時期に現れている。黄が東洋文学専攻であったとはいえ、島田との密接な関係を通して何らかの影響を受けたことは間違いない。

当時の島田の研究状況を顧ると、まず黄得時が入学する半年ほど前の一九三三年一一月、「現代仏蘭西の英文学研究」(『英語研究』)を発表、短いながらフランスにおけるテーヌ以降の英文学研究の状況を簡潔に紹介していた。続いて、三五年五月には「仏蘭西派英文学研究書誌」(『試論』)を、さらに三七年一月には、三三年の先の論考を大幅に加筆した論文「英文学研究に関する一考察」(『英文学研究』)を発表し、黄の卒業の翌月、三七年四月には大部の論文「仏蘭西派英文学の研究——オーギュスト・アンジュリエの業績」が『台北帝国大学文政学部文学科研究年報』(第三輯)に掲載された。

このような島田の研究状況から、黄がこの当時、テーヌに始まるフランスの英文学研究の事情に通じていたであろうことは十分推測できる。特に注意すべきは、島田が「獅子王テーヌの方法論」に異を唱えたオーギュスト・アンジュリエ（Auguste Angelier 一八四八～一九一一）の研究を進めていた点である。おそらく、黄はテーヌの理論が新世代の英文学者によって乗り越えられたことを台北帝大時代にすでに熟知していたであろう。にもかかわらず、卒業後五年を経た一九四二年に「台湾文学史」を立ち上げた際、彼はあえてテーヌを援用したのであった。当然そこには何らかの思惑が働いていたと見るべきであろう。

ここで島田の論考に従って、フランスの英文学研究の状況を略述する[76]。

フランス人の本格的な英文学研究は一八六四年に刊行されたテーヌの『英国文学史』に遡る。テーヌは文学を生み出す作家の精神状態が「人種（la race）・環境（le milieu）・時代（le moment）」の三点に深く係わっていると考え、それを「国民文学」（littérature nationale）を生み出す「国民精神」の探求にまで敷衍し、英国文学史を描いたのであった。黄が援用したのもこの法則である。

その後、フランスの英文学研究はテーヌの方法の是非をめぐって展開され、次世代のアレクサンドル・ベルジャム（Alexandre Beljame 一八四二～一九〇六）は、テーヌの欠陥を補強しつつ、文学に国民性の表現を見るというテーヌの方法を継承した。ところが、テーヌの声望が絶頂に達し、全欧思想界の指導者としてフランス人から国宝扱いされつつあった一八八一年、オーギュスト・アンジュリエがそれに異を唱えたのである。アンジュリエの批判は、テーヌが批評を科学の一部門とみなして歴史・文学上の事実を概括化し、整然と体系化した点に向けられていた。人間精神の形成要素を、人種・環境・時代の三点に還元しようという考えがそもそも無謀であり、彼は現実にその複雑性を返すべきであると主張する[77]。

そもそも今日の「人種」は純潔な血で成り立つわけではなく、一個の人種を構成する人々も各自の間に著しい違いがあった。「環境」についていえば、同じ環境に育ったものでも、大詩人になれるものとなれないものがおり、それを決定するのは環境の力よりむしろ個性の力である。「時代」についても、それがある点まで個性を構成する要素になってはいても、天才の意義はあくまで時代的圧力の上に抜きん出るところにある。それに代えてアンジェリエが提起したのが、作家の心理状態を研究家が追体験する方法であった。愛憎や恐怖や嫉妬など文学の素材たる心情の世界には国境も時代性もないため、それを理解するのに研究家はあらん限りの資料を集め、各自の体験に照らして、作家の心理状態を再び体験し、芸術的に再構成すべきであると説いたのである。

この方法に拠ったのが、学界を震撼させた大著『ロバート・バーンズ研究』[78]であり、これによってフランスの英文学界の志向は一転したという。「あの一代を指導した大理論家の名著」、すなわちテーヌの『英国文学史』に対する「徹底的な反撃」が『ロバート・バーンズ研究』の「主体」であったというが、アンジュリエの親友エミール・ルグイ（Emile Legouis 一八六一～一九三七）がこれを支持したこともあり、アンジュリエ＝ルグイ学派は第一次大戦前後の大勢力を築いたのであった。ただし、再考してみると、テーヌはアンジュリエ風な側面を、アンジュリエもテーヌ風な側面を備え、今やこの両側面が分離独立の時代から渾融の時代に入ろうとしているというのが、島田の結論であった。

一方で島田はこの時期、フランス比較文学の研究にも着手していたわけだが、それも文学に国民精神を見出そうとするテーヌに批判を加えていたことは、本書第一章で見てきたとおりである。比較文学者は国境を越えて生成する多種多様な文学表現を、「国民文学」の枠内に閉じ込めてしまうことに異を唱えたのであった。

ただし、島田自身はアンジュリエや比較文学者の観点に惹かれつつ、テーヌを全面的に否定したわけではない。むしろ、テーヌが作家個人についての考察を種族や環境、時代の観点から「国民性の問題」にまで広げたことは卓見であると認めている。だが同時に、それを「誤謬」であるとも見なしていた。というのは、テーヌが「人種間に絶対的差別をつけ過ぎ、環境の力を誇張視し、一代に共通する雰囲気より生ずる模倣性を説くに急で、ために文学上最も重んずべき個性の存在を無視する弊に陥つてしまつた」[79]からである。実際、この三つの法則に代表されるテーヌの学説は、すでに「時代後れとなり、彼のもつてゐた知識はもう古くさくなつて」いた。しかし島田は最終的に、テーヌの永遠に滅びない「人間の本質を見抜く驚くべき」才能と、「vivid な描写によつて読者の眼前に過去の人物を呼び起して来る不思議な筆力」を認め、「此二点によつて彼の『英文学史』は今もなほ生命を有してゐる」と評したのである[80]。

島田がテーヌの何を批判し、何を評価したか、何を時代遅れと見なし、何を永遠に新しいと見たかは明らかであろう。ところが、黄が必要としたのは、テーヌの永遠に古びない直感や芸術的な筆力の方ではなく、アンジュリエや島田が誤謬と見なした古くさい観点の方だったのである。

(3) テーヌ理論の応用

島田は、「今日の学徒はすでに多くの警告に注意されてゐるから、テーヌの『英文学史』に示された根拠あやしき概括化をそのままに受けとるやうなことはない」[81]と書いていた。黄が台北帝大を卒業した翌月、文政学部の『研究年報』に掲載された論文「仏蘭西派英文学の研究——オーギュスト・アンヂュリエの業績」の中の一行である。おそらく、黄はそれを読んでいたであろう。読んだ上で、「台湾文学史」の執筆に際し、確信犯的に「根拠あやしき概括化」を援用したのではないだろうか。それは、「清朝文学」にも「明治文学」にもない「台湾独特の文学」を構築するためであった。黄は三つの法則から次のような「台湾」の独自性を引き出すのである。

まず「種族」についていうと、台湾には原住民たる「高砂族」の他、オランダ人からスペイン人、漢民族、日本人まで多種多様であった。漢民族の中にも福建人、広東人の別があり、福建人の中にも泉州人や漳州人がいて、その性質もまた極めて複雑である。だが黄によると、こうした種族の複雑さこそ「台湾文学」の特色であり、それが文学にも多様性を付与していた。

「環境」の点では、台湾は風光明媚な上に、気候も温暖、物資も極めて豊富で、さながら海上別天地の観を呈しており、こうした風物が文学の主要な素材になったという。そこに「原始民族たる高砂族の珍奇な風俗習慣」なども加わり、「エキゾチズム文学」の流れも形成された。

「歴史(時代)」についていえば、台湾はオランダの治世以来、今日に至るまでの三百有余年、鄭氏、清朝、日本帝国と、異なった国家によって統治されてきた。それゆえ、欧州人、漢民族、満州族、大和民族という「相異なれる民族による政治的支配力」は文学作品の上にも反映し、「民族的不満や政治的不平を吐露した作品」があるかと思えば、一方で、「民族意識を超越して、新しい文配者に対し欣然として協力する作品」も多数生まれたという。

黄はこうして「人種・環境・歴史」の点から台湾の特殊性を抽出し、最後に、「われわれは、この特色の闡明によつて、やがて来るべき新しい文学の創造に、直接間接、何らかの点に於いて役立つものがあらうと信ずる」と締めくくった[82]。

呉叡人によると、三つの法則のうち、黄が最も重視したのは「人種」であるという。それも単一・純粋なものではなく、多種族の土着化と混血融合の過程において形成された人種であった。そもそもテーヌの人種論自体、本質主義の色彩を備えているものの、閉鎖的な純血主義ではなく、異なる種族の混血融合を許しており、黄はその「種族融合」のロジックを借用したという。それによって、島田が宗主国ごとに分割した台湾の文学を総合的に捉える視点を獲得し、島田が「時間」軸の上でも分断した台湾政治史の不連続性を克服し得たというのである[83]。つまり、島田が国家・国民・国語の統一という「国文学」の条件を満たしていないという理由で、台湾を主体とした文学史の構築を放棄したのに対し、黄は移民の土着化と多種族の混血融合過程を一つの連続する歴史と捉え、その過程で形成された「民族」による多言語の文学を「台湾文学」と定義した、というのが呉の見解であった。

だが、これには少々疑問が残る。というのは、黄が人種の複雑さを挙げ、移民の土着化に着目したのは確かだとしても、「種族融合」をキー概念にしていたとは到底思えないからである。むしろ、黄は異なる種族の間に、島田がしたのと同じような線引きをし、それぞれの特長を概括化した上で序列化していた。後述する通り、黄の文学史には「国文学」の草創期にしばしば運用される対比研究の方法が用いられており、台湾の主体性はそれによって構築されていくのである。そもそもテーヌの『英国文学史』自体、フランス文学との対比が至るところに仕掛けられているのではなかっただろうか[84]。

(4) 黄得時の「台湾文学史」叙述

では、黄はどのように「台湾文学史」を構築しようとしたのだろう。以下で、「序説」、「第一章——鄭氏時代」、「第二章——康熙雍正時代」、および「晩近の台湾文学運動史」に沿って具体的に検証してみたい。

黄はまず「序説」で、先に引用したように「台湾文学」の定義を明確にし、「種族・環境・歴史」の角度から「台湾文学」の特長をまとめた後、鄭氏時代から清朝時代を経て、日本領台後までの全体の流れを略述する。続いて「第一章」から本格的な文学史の叙述に取りかかるのであるが[85]、台湾の文学には政治的影響力が非常に強いため、黄は政治区分に従って各時代の特長と主要作家を紹介する方法を取った[86]。以下、順を追ってみていこう。

まず、第一章の鄭氏時代は作者の大半が清朝に仕えることを欲しない明の遺臣で、作品には郷愁の情念や、祖国に対する衷情、清朝に対する憤懣を詠った叙情的なものが多いという。一方、明の太僕寺少卿沈光文のように台湾に流寓した後、そこで詩社「東吟社」を起し(一六八五年)、地元の文運興隆に貢献した者もいた。黄はそれを高く評価し、「台湾文学史は、沈光文から筆を起すべきである」と説く。

続く第二章は康熙、雍正時代から始まる。この時代、文人はほとんど対岸から渡台した清朝の役人、もしくはその賓客であった。彼らは清朝という歴とした国家を背負っており、何ら精神的苦悶もなく、生活も安定していたので、台湾の風景や原住民の風習を歌い、異国情緒に浸ることが出来たという。また、この傾向が政治方面に作用して、台湾の風土人情を記録する所謂「修誌事業」を促進するに至った。一方、この時代は、康熙三六(一六九七)年に硫黄採取のために来台した郁永河が『稗海紀遊』(一六九八年)を著し、黄はこれを「台湾文学史に於ける随筆文学の白眉」と評している。また、左遷されて来台した孫元衡が地方色豊かな台湾の風物を詠った『赤嵌集』(一七〇三年)を残した他、政治家・歴史家・軍略家の藍鼎元が治台必読の書といわれる『平台紀略』(一七二三年)や『東征集』(一七三二年)を著し、黄叔璥『台海使槎録』(一七三七年)は台湾の歴史や文学の研究に大きく貢献した。

残念なことに、黄の「台湾文学史」は雑誌『台湾文学』の廃刊によりこの「第二章」を以って中断されたため、次の乾隆、嘉慶時代以降については「序説」に戻ってその略述に従うしかない。以下、それを参考にまとめる。

まず、乾隆、嘉慶時代も引き続き対岸から役人や文人が多く渡来するが、次第に地元出身の文人が輩出するようになった。前者はやはり台湾の風物を中心に詠っているが作品はさほど残っておらず、後者の作品も多くは前代を踏襲したものであった。黄は、「前代に比し幾らか清新の気を失つてゐるのは、政治に馴れたため」と見ているが、それでも地元詩人の誕生を称えている。

道光、咸豊時代になると、対岸からの役人より、むしろ蔡延蘭や陳肇興、黄敬ら地元出身者に優秀なものが出た。彼らの詩は「現在」(一九四〇年代)に至るまで広く愛誦されているという。また、前時代の地元作家には政治的側面が強かったのに対し、この時代は、「純粋な学者や詩人として一生を終へたものが多かつた」。

続く同治、光緒時代には、清朝最後の巡撫で、詩文にも長けた唐景崧が台北で詩社を興し、南方詩の一形態である「詩畸」を広めた。一方、陳維英や施士浩など全島に名の知れた詩人も輩出し、邱逢甲などは台湾島内に止まらず、中国にまでその名が聞こえたという。

日本領台以前の文学史はここで終わるが、「序説」では紙幅が限られているため、残念なことに地元出身者と外来文人の間にどれほどの作風の違いがあったのか、具体的に知ることは出来ない。

一方、日本領台以後については、台湾人の文学を中心に記述し、在台日本人や西欧人の文学については「島田謹二氏の諸論を(……)参照せられたし」と「附記」に記している。さらに一九三〇年代以降の動向については、別の論文「輓近の台湾文学運動史」で詳細に論じ、やはり台湾人の文学に光を当てた。『文芸台湾』と『台湾文学』については、次のように紹介している。

以上の二誌は等しく台湾の代表的文芸雑誌であるが、双方とも異つた特色をもつてゐる。即ち「文芸台湾」は同人の七割までが内地人であり、同人相互の向上発展を計るのが唯一の目標であるのに反し、「台湾文学」は、同人に本島人が多く、且つ本島全般の文化向上や新人のために惜しげもなく紙面を開放し、真に文学の道場たらしめようと力んでゐる。従つて前者の編集に於て美を追求する余り、趣味的になり、見た目は非常に美しく映る代りに、小じんまりして現実生活とかけ離れてゐるので一部の人から余り高く買はれてゐないやうである。そこへ行くと、「台湾文学」は、飽くまでもリアリズムで押し通さうとしてゐるだけに、非常に野生的であり、「覇気」とか「逞しさ」とかが誌上に満ち溢れてゐる。[87]

両誌に対する黄の善悪二元論な構図――『文芸台湾』＝日本人中心・中央文壇進出志向・エグゾティスム／『台湾文学』＝台湾人中心・台湾文化建設志向・レアリスム――は「台湾文壇建設論」ですでに提示されていたが、これは客観的な位置づけというより、文壇政治上の戦略的で恣意的な「概括化」というべきであろう[88]。実はそうした戦略が、「台湾文学史」の至るところに巧みに仕掛けられているのである。黄は、台湾では外来の文人と地元出身の文人がそれぞれ傾向の異なる文学を育んできたことを歴史的に証明しながら、最終的には、その流れを『文芸台湾』と『台湾文学』の二誌に収斂させようとしていた。

例えば、外来文人の文学を代表する「郷愁」や「エキゾチズム」の傾向は、なにも日本統治時代に限らず、すでに「台湾文学」の誕生時から色濃く見られたという。もちろん清朝の外来文人と日本人の間に文学的な影響関係はないのだが、黄によれば、それは一つの主要な流れを形成していたという。その上で、黄は、「郷愁の文学」に対しては共感を示し、「エキゾチズムの文学」には批判を呈するのである。

具体的にいうと、鄭氏時代に渡台した明代の遺臣は、「台湾に骨を埋めようといふ考へは全然なく、身は台湾にありながら、心と魂は常に海を越えて祖国たる明に走」っていたという。それゆえ、台湾の風物や自然を描いても、「単なる異国情緒としてそれを歌はず」、そこに「祖国に対する衷情を寓意したり、清朝に対する不平を盛り込ん」でいた。彼ら「明朝恢復に一縷の望みを抱いてゐた」遺臣たちの「清朝に対する不平や憤懣の激情」に、黄は共感を寄せ、次の康熙・雍正時代の作家が、「単に猟奇心に駆られて面白半分に台湾の風物を詠じ、異国情緒を満喫するのとは大にその趣を異にしている」と、両者を対比的に描いている。さらに、康熙・雍正時代の作家については、「殆んど全部清朝の官員であるため、その詩文は、概して個性と情熱に乏しく、単に作者の一時的な猟奇心や好奇心を満足させるため、旅行者のやうに台湾を見世物的に描写する傾向が非常に強かつた」と、批判的であった。黄が明代の遺臣に自分たち台湾人を、清代の作家に日本人を重ねていたことは一目瞭然であろう。

ただし、清代に渡台した役人についても、黄は一概に批判していたわけではない。わずか八ヶ月の台湾滞在の記録であれ、郁永河の『裨海紀遊』については、「真実を求める科学的精神」や、客観的な描写に込められた「生々として人の胸を打つ力」を賞賛し、「美辞麗句を陳らべる従来の陳腐な文章とは、同日に語ることができず、全体から受ける感じが、実に近代的である」と評していた。ここにも当然、『台湾文学』＝レアリスムと『文芸台湾』＝エグゾティスムの二項対立の図式が反映されている。さらに、郁永河の台湾原住民叙述について、「人間は、たとへ民族や種族を異にしても、人間であるといふ点は皆同一である、と人格の平等論を唱へてゐるのは、注目に値する」と記しているが、それが日本人支配者に向けられた批判であることはいうまでもない。

黄はまた、「台湾文学史開巻第一頁を飾る作家」として沈光文の名を挙げているが、それは沈によって地元の文学が誕生したためであった。実のところ、沈の詩は大半が「望郷の哀愁」を詠っているのだが、詩社を結成して後進を育成し、「開台早々の文運を振興した」ことに対し黄は高い評価を与え、雑誌『台湾文学』をこの流れを汲むものと位置づけたのである。

以上からも明らかな通り、黄の文学史叙述に呉叡人のいうような「多種族の混血融合」の論理は見出し難い。むしろ黄は、台湾には「外地文学」と「地元文学」の系譜があることを対比的に描いた上で、中心になるのは「地元文学」を支える「民族」にあることを明確化し、「外地文学」の系譜を周縁化したのである。つまり、外来政権の相継ぐ支配が、台湾の文学を「政治的影響力が非常に強い」ものにし、あるときは「郷愁の文学」や「エキゾチズムの文学」を、またあるときは「異民族間の融和、同化、征服、抗争の文学」を生んだことを描く過程で、文学』まで、台湾に根づいた作家や文学活動を高く評価したのであった。

軍事征服や覇権的な外来文化の侵入によって、土着文化が融和、同化、征服の危機に見舞われるとき、そこから抗争の文学が生れ、国民的な文学を追求する傾向が現われることは、島田が多大なる影響を受けたポール・アザールの論文「イタリヤ浪慢主義とヨーロッパ浪慢主義」が明かにしたところだが[89]、黄もまた、相継ぐ外来政権の侵入によってもたらされた文化と、それが逆説的に誕生を促すことになった土着的・民族的な文学を対比的に描いたのである。

ここには確実に一九四〇年代の台湾文壇の政治力学が働いていたといってよいだろう。その背後には、在台日本人の土着化に対する台湾人の危機意識があったと思われる。というのはかつて一時的な居留者と思われた日本人が、一九三〇年代以降、次第に定住化し、永住の可能性も高くなり、文芸の面でも台湾人のお株を奪うように、台湾を郷土とする「地方主義文学」の確立を志向するようになっていたからだ。それは、呉叡人がいうように、日本人が漢民族と同様、土着化の過程をたどった結果である。島田をよく知る黄は、「外地文学論」の中に台湾の日本文学がすでに「地元文学」の兆しを見せ始めたことを感じ取り、だからこそ、それをあくまで外来者の文学として、周縁化しようとしたのではないだろうか。さもなければ、台湾文壇のヘゲモニーは日本人の手に握られたままになるだろう。そこで、黄は「台湾文学」を「地元文学」と「外地文学」とを包摂する総合的な概念とした上で、「地元文学」を上位に、「外地文学」を下位に位置づけたと思われる。それは、島田が『台湾』の「外地文学」の系譜には批判を加え、台湾の文運を振興した沈光文から文芸誌『フォルモサ』、『台湾文芸』、『台湾文学』を、「外地文学」と「台湾文学」に分離した上で、「台湾文学」を「無視」したことに対する意義申し立てであったと同時に、台湾人と日本人の上下関係の逆転を狙った政治的な戦略だったのではないだろうか。遅れてやってきた支配者の権力を奪還するには、先にやってきたことに優位性を付与するのが最も有効な方法であり、黄はそれを巧みに用いたのである。

黄がこのような文学史を書きえたことは、元をただせば、島田の教育の賜物であると同時に、師の手の内を知り尽くしていたことが大きい。呉叡人が両者の文学史に隠された類似構造を見抜いたのはもっともなことであり、それらはいわばネガとポジの関係にあるのである。黄は島田の文学史をうまく借用しながら巧みにずらし、島田が「外地文学」のキーワードに挙げた「郷愁・エグゾティスム・レアリスム」の三点を、「台湾文学」にも踏襲しつつ換骨奪胎して、支配者と被支配者の力関係を逆転させたのであった。このような効果的な島田批判は、黄にしかできなかったであろう。

もっとも、実証研究を怠り、文字通り「根拠あやしき概括化」に終始した点は、後に一九三〇年代から一貫して「台湾文学」の研究に専念してきた楊雲萍に完膚なきまでに叩かれるのであるが[90]、台湾人を優位に置くために、黄は敢てこの方法を選んだのではないだろうか[91]。だからこそ、民族文学史としては成功を収め、現在に至るまで絶大なる影響力を持ち続けているのであろう。

4. 闘争としての文学史

以上、黄得時と島田謹二の文学史観を見てきたが、それは一九四〇年代の文芸界の状況にそれぞれがどう向き合おうとしていたのか、文学者としての態度を問い直す試みでもあった。

繰り返し述べてきたとおり、それは「台湾文学」や「外地文学」の概念が大きく揺れ動いた時代であった。一九二〇年代の新文学運動から生まれた「台湾文学」は、四〇年代に入り、日台人を糾合した台湾文壇が建設されるや、推進のヘゲモニーは日本人に奪われ、さらに植民地支配者の文学である「外地文学」と一体化していく。こうした状況下で、島田と黄はそれぞれの立場で、台湾における文学のあり方を再考するに至ったのである。そもそも、文学史を立ち上げるということは、ナショナル・ヒストリーを構築することであり、その意味で彼らの「外地文学史」と「台湾文学史」は、台湾を代表する文学の正統性を巡る支配者と被支配者の闘争であったといえよう。

ここで再度、二人の文学史観を比較・整理してみたいが、その際、注意すべきは、次の二点である。まず、二人が一九四〇年代に入って、日台人がともに文芸活動をするようになった事実をどのように捉えていたかという点。次に、文学史研究の枠組みをどこに置いていたかという点である。

この点に留意しながら、まず島田の文学史観から見ていきたい。

島田の場合、文学史研究の枠組みの方から言うと、出発点においては「国文学」ではなく、「外地文学」および「比較文学」に根拠を置いていた。この「外地文学」の枠組みについては、呉叡人が二重の観点が含まれていることを指摘している。一つが、拡張的な民族主義および帝国主義の政治的立場に立ち、植民地の文学を母国の「国文学」の延長として捉える「母国中心主義」。もう一つが、母国文壇からの自立を唱え、植民地の自立を主張する一種の「植民地自治主義」である。そこには、母国との差異、変形、分離の可能性が含まれるという[92]。

呉は島田の中にもこの二重性を認めているが、確かに島田は台湾の「外地文学」を母国文学の一翼と位置づける一方、内地文壇から自立した郷土主義文学の育成にも傾注していた。また、日中戦争勃発後の日本主義の高揚を受け、愛国主義《パトリオティスム》を鼓吹すると同時に、フランス派英文学や比較文学研究の影響で国際主義的な意識も鮮明であった。島田の文学観が、こうした相反する複数のベクトルによって複雑に織り上げられていたことは繰り返し述べてきたところであるが、これらのベクトルは、どのような場面で、どのような方向に作用したのだろう。

そもそも島田は一九三〇年代に台湾の日本文学を総合的に捉え、将来への指針を示すために、『華麗島文学志』を執筆したわけだが、四〇年代に入って、日台文芸家が共に活動するような新たな状況が生れても、それに見合った理論を打ち出すことはなかった。あくまで、三〇年代の文学観に固執したのである。それは依然として日本人の文学のみを対象とし、台湾人の文学には触れない、ということであった。ただし呉叡人は、島田が台湾人の文学をまったく拒絶していたわけではなく、もし台湾人が日本語を完璧に習得するならば、日本文学＝外地文学への参入の可能性を認めていたと指摘している[93]。確かに島田は、「かうしてまた新らしき日本文学は、以前の漢詩文時代とは異つた意味で、内台人共通の地盤をもつやうになるのではないかと考へられる」[94]と記しており、

「日本文学」の扉を台湾人に開いているようには見える。だがそれはあくまで建前であり、本音の部分ではさほど積極的にそれを望んでいたわけではないだろう。

というのは、一九四〇年代に入って書かれた論文——例えば次章で論じる籾山衣洲論に代表される——でも、島田は一貫して台湾人文人には無関心だったからである。『華麗島文学志』は出発時に、近代日本文学の台湾における変容の軌跡を考察すべく、比較文学的枠組みで着手されたものの、結局、「台湾文学」との交渉や台湾人との交流による日本文学の変容については、一度も検証されることはなかった。それゆえ、島田が在台日本人の作品に読み取ろうとした「南方の外地に於ける日本民族の具体的な生活感情の記録」[95]は、最終的には日本人固有の民族性を強調して終わるのである。

例えば、「文芸的にうるほひのない台湾といふ土地」で、「芸術的に枯渇した此島の生活」を余儀なくされてきたものの、領台以来、途切れることなく文芸活動を続けてきた日本民族の、「風雅の道を尊ぶ民族性」が抽出され、賞賛されるのだが[96]、その背後には、台湾では文学が「砂糖や米作や樟脳」ほど重視されず、「最も尊敬される社会層は官人と実業人」であり、「文芸が一つの独立せる意義を認められて」[97]いなかったにもかかわらず、ある程度の文芸的成果を残しえた日本人の優越意識が見え隠れしているのである[98]。一方で島田は、清朝統治二〇〇年の間、台湾の「文化の劣弱は驚くべき」であり、改隷時、詩文の水準は非常に低かったと、日本統治時代との対比を打ち出していた。それによって、日本民族および「わが光輝ある日本文学」の優秀性・優位性を強調するのだが、このような二元論は、一九三〇年代末の台湾文壇における主流（台湾文学）と非主流（外地文学）の地位を逆転するのに有益であったと思われる（これについては、次章で改めて論じる）。

こうして見ると、島田は台湾人に対しては、一九四〇年代に入ってからも一貫して不可視の国境を設けていたことが明らかであろう。そもそも、在台日本人の文学を世界の「外地文学」に位置づけたということは、世界の植民地統治者の文学との交流を意図したのであって、被統治者の文学とではないということだ。島田は結局、フランス人の植民地文学には関心を示しても、隣人である台湾人が何を考え、何を書いているかには、ほとんど関心を示さなかったのである。一九四〇年代に文学をめぐる状況が一変した後でさえ、新たな枠組みで「台湾文学」を論じなかった最大の理由も、そこにあるのではないだろうか。

一方、黄得時の台湾文学史は、日台の文芸家が一つの文壇を形成し、「台湾文学」と「外地文学」が一元化した四〇年代の現実から出発していた。黄は早くから新文学運動に参加し、台北帝大在学中はもとより、卒業後、台湾新民報社に入社してからも深く係わっていたが、一九四〇年一月に台湾文芸化協会が発足した際には、協会を代表する一人でもあった。いってみれば、黄はこの時点で日本人と手を組むことによって、新文学運動から生まれた「台湾文学」を西川ら日本人の手に委ねることに同意してしまったともいえるのである。それを悔いたからであろうか、すでに繰り返し述べたように、『台湾文学』創刊以降は、『文芸台湾』に対し挑発的な発言を続けていた。ただし、黄は『文芸台湾』を完全に離れたわけではなく、依然としてそのメンバーであり[99]、第五巻第一号（一九四二年二月）には寄稿もしている[100]。つまり、黄の立場もそう単純ではないが、西川や島田に対して批判的であったことは疑いない[101]。黄の努力は、島田が先に提示した日本民族・日本文学と漢民族・台湾文学の優劣の構図を反転させることにあったように思われる。

しかし、島田の文学史観との最大の相違は、黄が台湾を文学史の主体に十分ふさわしい、歴史的にも連続する統一体として認め、外来の文人と地元の文人とを問わず、全ての文学を取り入れた点であろう。その上で、先にやってきた台湾人を、遅れてやってきた在台日本人よりも上位に置いたのである。このような戦略は、島田のいう「外地文学」を周縁化するのに十分な効果があったと思われる。それは島田をよく知る黄だからこそなしえた快挙であったろう。

尾崎秀樹（一九二八〜一九九九）は、一九四〇年一月の『文芸台湾』の発刊から敗戦までの「決戦下の台湾文学」について、「この五年間は、一口にいってしまえば、個々の作家、あるいは集団がもっていたさまざまな個性とその可能性が、つみとられ圧しつぶされ、ひとしなみに南進基地台湾の文化決戦体制へと統制・統合されてゆく過程の最後の段階にあたる」[102]と記しているが、黄の文学史は台湾人の個性が決して押しつぶされるままにはなっていなかったことを物語っており、それが現在に至ってなお評価される理由であるように思われる。島田は結局、黄が立ち上げた「台湾文学史」に対しても、自らに向けられた批判に対しても、一切反論することはなかった。それは台湾人との対話や交流を回避しようとする島田の一貫した態度であったと同時に、「それぞれ各自の問題として台湾の文学を考えよ」という自らの要求に対する黄の答えとして受けとめたからではないだろうか。

小結

本章では、『華麗島文学志』が一九四〇年代の台湾文壇に投げかけた反響について考察してきた。四〇年一月に日台人を糾合した台湾文芸家協会が発足し、その機関誌『文芸台湾』が創刊されると、台湾の文学界は一変し、それにともない、「台湾文学」と「外地文学」の概念が一元化して双方が日台人の手になる文学を意味するようになった。こうした環境の変化にうまく対応できず、島田は依然として「台湾文学」と「外地文学」の分離を堅持していたため、今日まで続く誤解を招くことになる。

特に「台湾の文学的過現未」（上）の「在台日本文学史」は、当時から「台湾文学史」と受けとめられ、（下）で提唱された「エグゾティスム」も、台湾人にまで向けられた「外地文学」の課題と見なされた。ここからまず、「エグゾティスム」批判と「レアリスム」提唱の議論が二年にわたって繰り広げられるのだが、「エグゾティスム」批判の部分は、島田の「似非エグゾティスム」批判を踏襲しただけで、「真のエグゾティスム」にまで踏み込んだ議論はなされなかった。「レアリスム」についても、その内実は問われず、日本人論者の欺瞞が看過されることになる。結局、一連の議論は不毛なまま終結したとしかいいようがない。

続いて、黄得時が島田の「外地学史」に対抗して、「台湾文学史」を立ち上げるが、これは台北帝大時代に島田のフランス派英文学研究や『華麗島文学志』の形成過程を身近で見てきた黄にしかできない仕事であった。黄はテーヌの法則を戦略的に援用しながら、台湾人を主体とした文学史を構築し、日本人の文学を周縁化するのに成功する。結局、島田と黄の文学史は、台湾における文学の正当性を巡る日本人と台湾人の闘争であったと同時に、ある意味では師弟間の対話であったといえよう。

注

1 河原功によると『台湾芸術』は、黄宗葵の個人経営による商業雑誌として創刊されたが、多数の賛助会員と広告収入に支えられ、江肖梅を編集長に迎えてから編集方針を大きく変えて大衆娯楽雑誌となり、発行部数も四万部に達し、台湾文学界を下支えするに重要な働きをなしたという。中島利郎・河原功・下村作次郎「解説」(『日本統治期台湾文学文芸評論集』第五巻、緑蔭書房、二〇〇一年四月)三三五頁。

2 台北、台湾社より創刊。主編は斎藤勇。短歌を中心に詩や創作を収める。

3 「あとがき」(『文芸台湾』第一巻第一号、台湾文芸家協会、一九四〇年一月、東方文化書局復刻版)五六頁。

4 西川満は一九三七年、恩師吉江喬松責任監修の『世界文芸大辞典』のために「台湾」の項目を担当した際、「文学」についても紹介している。そこでは、「蕃族」の神話伝説、歌謡から説き起こし、蘭領時代、鄭氏時代、清朝時代と各時代の代表作家や作品を挙げ、続く日本領台以後について、次のように記していた。「領台以後――土着の人の作品には芳しいものが殆ど無い。ただこの期に於いては、次代の内地人に甚大な影響を与へたものとして、(1)在住せる人、例へば森鷗外・伊良子清白の作品。(2)来遊せる人、例へば佐藤春夫の小説。(3)在住も来遊もしなかったが、作中に台湾を扱つた人、例へば徳富蘆花の『寄生木』等を見逸すことは出来ないであらう。／現代――一部の本島人は民族的意識に基く作品を生まんとして努力してゐるが、未だ水準には達してゐない、領台以後の長い揺籃期を経た内地人の文学は漸く開花期に入り、詩散文の『媽祖』、短歌の『あらたま』、俳句の『ゆうかり』等をそれぞれ中心とする結社が活発な運動を続けてゐる」。西川は、台湾人の文学が「芳しいものは殆ど無い」、「未だ水準には達してゐない」のに対し、日本人の文学は「開花期に入り、活発な活動を続けてゐる」と対比的に捉え、主流と非主流の位置づけを明確にしていた。続いて一九三九年一月に発表した「台湾文芸界の展望」では、日台人の文芸を一括りにして「台湾の文芸」と捉え、それが「日本文学史上特異の位置を占むべきである」と総括していたことは、本書第三章ですでに述べたとおりである。参照:西川満「台湾」(『世界文芸大辞典』(五)、中央公論社、一九三七年五月)四二一〜四二二頁。

5 張文環「台湾文学の将来に就いて」(『台湾芸術』第一巻第一号、引用は『日本統治期台湾文学評論集』第三巻、緑蔭書房、二〇〇一年四月)二六六〜二六七頁。

6 龍瑛宗「『文芸台湾』作家論」(『文芸台湾』第一巻第五号、一九四〇年一〇月)四〇二頁。
7 一九一一年に生まれた龍瑛宗は九歳で北埔公学校に入学、一五才で同校高等科に進み、一七才で台湾商工学校に入学した。一貫して日本語教育を受けたといえよう。参照:陳万益、許維育編「龍瑛宗生平年表」(『龍瑛宗全集』中文巻第八巻、台南:国家台湾文学館籌備処、二〇〇六年一一月)。
8 龍瑛宗「文芸評論」(『文芸台湾』第一巻第六号、一九四〇年一二月)四九五頁。
9 王碧蕉「台湾文学考」(『台湾文学』第二巻第一号、一九四二年二月)二二~二四頁。
10 楊雲萍「台湾文芸界この一年」(『台湾時報』、一九四三年一二月)五九頁。
11 松尾直太『濱田隼雄研究——文学創作於台湾(1940-1945)』(台南:台南市立図書館、二〇〇七年一二月)七四頁。
12 同右、六八~七五頁。
13 松風子「『文芸台湾』の確立——第四号を読了して」(『台湾日日新報』、一九四〇年六月二九日)。
14 諸天善子「文芸時評」(『文芸台湾』、第一巻第四号、一九四〇年七月)二九六頁。
15 「あとがき」(『文芸台湾』、第一巻第四号、前掲書)三二八頁。
16 松尾直太『濱田隼雄研究——文学創作於台湾(1940-1945)』(前掲書)五二頁。
17 南湖太郎「台湾文学とわれ等の期待、文芸台湾第四号所感」(『台湾日報』、一九四〇年七月二日)。
18 翼賛会文化部長岸田国士は、「台湾なら台湾、朝鮮なら朝鮮の特殊性に立つて、最もよい日本はいかなるものかを探求することである、つまり、外地人の最も希求するものを率直に表明させることに文化工作の意義がある」と述べていた。「外地文化の諸問題——翼賛会文化部長岸田氏との一問一答」(『台湾日日新報』一九四一年八月二八日)。
19 柳書琴『戦争与文壇——日拠末期台湾的文学活動(1937.7-1945.8)』(前掲書)五八~六六頁。柳書琴「『総力戦』与地方文化——地方文化論述、台湾文化甦生及台北帝大文政学部教授們」(『台湾社会研究季刊』、前掲書)九一~一五八頁。
20 中村哲「台湾の文学について」(『大陸』、改造社、一九四一年六月)一八八頁。中村はこの評論の最後に、「台湾文学の作品として鴎外の『能久親王事跡』とか、蘆花の『寄生木』とか、そのほかヨーロッパ人の筆になる『台湾の火・クールベー船隊物語』或ひは『華麗島』などを挙げることも行はれてゐるが、これは『文学に現れたる台湾』といふべきであつて、台湾文学史の材料とはなり得ないものであることは、朝鮮文学のなかに虚子の『朝鮮』を加へるのと同様の不自然さを感ぜしめることにあるであらう」と述べ、暗に島田謹二を批判していた。だが、ここで中村が挙げた作品を、島田は「台湾文学」とは呼んでいないし、「台湾文学史」にも入れていないのである。中村には島田の「外地文学」観がすでに把握できなくなっていたと思われるが、これは中村一人の問題ではなく、当時の台湾文壇の共通認識であった。

21 本書第二章（一二一頁、構想A）で見たとおり、一九三九年末『華麗島文学志』はほぼ完成し、近出予定の論文を三編残すのみであった。そのうち『台湾時報』に「近出予定」と記されていた結論部の「台湾の文学的未来について」が、タイトルを変えて「台湾の文学的過現未」になったと思われる。その際、（上）の文学史部分が新たに執筆され、（下）は「台湾に於けるわが文学」を加筆修正したものであった。以上の執筆状況から、「過現未」が元々『華麗島文学志』の結論部として意図されていたことは確かであり、より完璧な構想（B）（本書一二〇頁参照）からもそれはうかがえる。明治書院版『華麗島文学志』も、「過現未」を最終部に配置している（本書一六五～一六六頁、注63参照）。

22 本書二二三頁の引用部分を参照のこと。

23 島田謹二「台湾の文学的過現未」（『文芸台湾』、前掲書）八～九頁。

24 島田は被統治民族による「外地文学」について、次のように述べている。「要するに、フランス人の外地文学は、諸外地に在住するフランス人の制作にかかる文学をさすのである。但しこの定義はかなり自由な解釈を含んでゐる。それはフランス人といふものに対する解釈であるが、これは血からいつて生粋の『フランス人』以外に、混血児でも異人種でも精神的文化的にフランス風に化せられた人間なら、フランス人とみとめて構はぬといふやうな事を意味する。だから黒人のルネ・マランが時に外地文学賞をもらふことにもなるのであるが、さういふ事象の背後にはあくまでもフランス語で書かれフランス文化の統治下にあるいはゆる『フランス人』の制作としての自覚が潜んでゐることを忘れてはならぬ」（傍点――筆者）。島田謹二「ジャン・マルケエの仏印小説――外地文学雑話(1)」（『文芸台湾』、前掲書）三七頁。

25 島田謹二は書評「『文芸台湾』の確立、第四号を読了して」（『台湾日日新報』、前掲書）で、『文芸台湾』に「採用された方針は外地文学として定石どほりのものである」ことに感慨を覚え、「自分はこの編集方針に賛成する」と述べていた。「どうかこの調子でぐんぐんやつてもらひたい」との言葉からは、同誌にはあくまで「外地文学」の道を行ってほしいという願望がうかがえる。

26 西川満「外地文学の奨励」(『新潮』、新潮社、一九四二年七月)四七頁。

27 以下の研究でも、島田が「台湾文学」を「日本文学」の一翼と見なしたと理解されている。王昭文『日拠時期台湾的知識社群——『文芸台湾』、『台湾文学』、『民俗台湾』三雑誌的歴史研究』(前掲書)三九頁。頼香吟『台湾文学の成立・序説——社会史的考察(1895-1945)』(東京大学大学院総合文化研究科、地域文化研究専攻修士論文、一九九五年一二月)四二頁。陳建忠『日拠時期台湾作家論 現代性、本土性、殖民性』(台北:五南図書出版公司、二〇〇四年八月)一八〇~一八二頁。

28 矢野峰人「台湾文学の黎明」(『文芸台湾』第五巻第三号、一九四二年一二月)九頁。

29 新文芸家協会の会長は矢野峰人。顧問、参与に台北帝大関係者を多く擁し、島田謹二も参与であった。同協会は全島の作家文人を網羅し、より国策的な組織へと拡大発展した。

30 『台湾文学』誕生の経緯については、『台湾文学』復刻本(東方文化出版局、新文学叢刊8)に収録された張文環「雑誌『台湾文学』の誕生」、および池田敏雄「張文環〈『台湾文学』の誕生〉後記」を参照のこと。

31 島田謹二「台湾の文学的過現未」(『文芸台湾』、前掲書)一三頁。

32 濱田隼雄も早くから三つのグループの存在を認め、「それ〴〵にはそれ〴〵の方向があるべきだ、とこの頃はつきりしてきたやうです」と述べていた。濱田隼雄「台湾文学の春に寄せて」(『台湾日報』、一九四一年三月八日)。

33 新垣宏一「第二世の文学」(上)(下)(『台湾日日新報』、一九四一年六月一七日、一九日)。

34 同右(下)。

35 島田謹二「私の比較文学修業」(『日本における外国文学』上巻、前掲書)一三頁。

36 龍瑛宗「創作せむとする友へ」(『台湾芸術』第一巻第三号、一九四〇年四月)五六頁。

37 松風子「南島文学志」(『台大文学』、一九三六年一〇月)四九頁。

38 松風子「『あらたま』歌集二種」(『台湾時報』、前掲書)七六頁。

39 松風子「台湾の文学的過去に就て」(『台湾時報』、前掲書)一四五頁。

40 松風子「台湾に於けるわが文学」（『台湾時報』、前掲書）五八頁。

41 こうした誤解は近年まで受け継がれ、ほぼ固定化しているといえよう。例えば王昭文は、「島田謹二は『文芸台湾』で引き続き外地人の郷愁・現地の特殊な景観及び、土着人と外地人の生活解釈をテーマとした外地文学を提唱し、これが台湾文学のあるべき発展の方向であると考えていた」と述べている。王昭文『日拠時期台湾的知識社群――『文芸台湾』、『台湾文学』、『民俗台湾』三雑誌的歴史研究』（前掲書）三九頁。

42 王昭文『日拠時期台湾的知識社群――『文芸台湾』、『台湾文学』、『民俗台湾』三雑誌的歴史研究』（前掲書）。陳建忠「尋找熱帯的椅子――論龍瑛宗一九四〇年的小説」（『日拠時期台湾作家論 現代性、本土性、殖民性』、前掲書）一七三～二〇八頁。

43 なお、総合歌誌『台湾』にもこの議論は飛び火していたが、一方で歌人の見解が『文芸台湾』や『台湾文学』の作家や評論家に影響を与えたとは思えないので、ここでは『台湾』の議論は除き、別稿で論じた。橋本恭子「「台湾の美」をめぐる認識の変化――『台湾』の議論を出発点として」（日本台湾学会第十三回学術大会報告論文、前掲書）を参照のこと。

44 以下、龍瑛宗「台湾文学の展望」（『孤独な蠹魚』、台北：盛興出版部、一九四三年一二月、一〇一～一〇六頁）より引用した。

45 龍瑛宗「文芸時評」（『文芸台湾』第一巻第六号、一九四〇年一二月）四九五頁。

46 一方、黄のこうした図式化に疑義を呈する声も上がっている。詳しくは和泉司「憧れの『中央文壇』――一九三〇年代の『台湾文壇』形成と『中央文壇』志向」（『文学年報2ポストコロニアルの地平』、前掲書）を参照のこと。

47 西川満「外地文学の奨励」（『新潮』、前掲書）四七頁。

48 一九四三年三月、『台湾時報』に掲載された工藤好美「台湾文化賞と台湾文学――特に濱田・西川・張文環の三氏について」をきっかけに、レアリスムに批判を加える、所謂「糞レアリスム論争」が始まるが、これには西川満もレアリスム批判の立場から参加していた。この論争も島田謹二と直接関係がないわけではないが、論点がずれるため本論では扱わない。

49 王惠珍『龍瑛宗研究――台湾人日本語作家の軌跡』（関西大学大学院文学研究科中国文学専攻、博士論文、二〇〇四年九月）二七頁。

50 和泉司「懸賞当選作としての『パパイヤのある街』」（日本台湾学会、『日本台湾学会報』、第一〇号、二〇〇八年五月）一三四頁。

51 同右、一三〇頁。

52 王惠珍『龍瑛宗研究――台湾人日本語作家の軌跡』（前掲書）七二頁。

53 陳建忠「発現台湾：日拠到戦後初期台湾文学史建構的歴史語境」（『台湾文明評論』創刊号、台南県：真理大学台湾文学資料館、二〇〇一年七月）一二六頁。

54 これについては、和泉司「憧れの『中央文壇』――一九三〇年代の『台湾文壇』形成と『中央文壇』志向」（『文学年報2ポストコロニアルの地平』、前掲書）を参照のこと。

55 富名腰尚武「地方性に就て（文芸時評）〈ある女人への手紙Ⅳ〉」（『台湾』、一九四一年三・四月合併号）八三頁。筆者については、同年七月号の同誌「消息」欄（六六頁）に、「富名腰尚武氏、台北帝大南洋史学科に入る。今後三年間文学の実際活動に遠ざかつて研究に専念される由」との記述がある。また、彼は台北高校在学中の一九三一年に文芸誌『カドラン』を発行したといわれている。張文薫「アカデミーの文化参入――台北帝国大学と四〇年代台湾文壇・文学の成立」（『日本台湾学会第一一回学術大会報告者論文集、二〇〇九年六月』）八八頁。報告論文の使用を許可してくださった張文薫さんに感謝したい。

56 藤田憲三「松本瀧朗氏の作品と地方性の問題」（『台湾』、一九四二年二月）四七頁。

57 唯一、追加されたのは、大鹿卓の「蕃婦」である。「台湾に於けるわが文学」では、「奥地の人々」のみが挙げられていた。「タッタカ動物園」、「蕃婦」、「野蛮人」、「荘の欲望」は作品集『野蛮人』に収録され、一九三六年一一月、巣林書房から上梓されるが、台湾では禁書にされていた。島田謹二はその後、一九三七年二月に雑誌『新潮』に発表された「奥地の人々」を読み、「台湾に於けるわが文学」で言及し、さらに別の書物（不明）に収録されて一九三九年二月に刊行された「蕃婦」を読んだ後、「台湾の文学的過現未」に加えたと思われる。

58 島田謹二「ロベエル・ランドオの第二世小説――外地文学雑話(3)」（『文芸台湾』第三巻第六号、一九四二年三月）三六～三八頁。

59 中村哲「台湾の文学について」(『大陸』、前掲書) 一八八頁。
60 王昭文『日拠時期台湾的知識社群——『文芸台湾』、『台湾文学』、『民俗台湾』三雑誌的歴史研究』(前掲書)。游勝冠『殖民進歩主義与日拠時期台湾文学的文化抗争』(前掲書)。陳建忠「発現台湾…日拠到戦後初期台湾文学史建構的歴史語境」(『台湾文明評論』、前掲書)。
61 呉叡人「重層土著化下的歴史意識:日治後期黄得時与島田謹二的文学史論述之初歩比較分析」(『台湾史研究』第一六巻第三期、中央研究院台湾史研究所、二〇〇九年九月) 一三三～一六三頁。
62 同右、一七八頁。
63 陳建忠「発現台湾…日拠到戦後初期台湾文学史建構的歴史語境」(『台湾文明評論』、前掲書) 一二六頁。
64 二〇〇一年九月七日、齊藤信子氏のご自宅でインタビューをお願いした際、齊藤氏の口から真っ先に出てきたのも「黄得時」の名前であった。台湾人とはほとんど付き合いのなかった島田謹二にとって、黄は最も親しくした台湾人の一人であり、戦後まで交友が続いたという。黄は島田の三人の子供をよく可愛がり、自分の家に連れて行くこともあったそうだ。齊藤信子『筏かづらの家』(近代出版社、二〇〇五年四月、六三頁) でも黄得時に触れている。
65 松風子「台湾の文学的過去に就て」(『台湾時報』、前掲書) 一五六頁。
66 黄得時「台湾文学史序説」(『台湾文学』第三巻第三号、一九四三年七月) 三頁。
67 陳建忠「発現台湾…日拠到戦後初期台湾文学史建構的歴史語境」(『台湾文明評論』、前掲書) 一二二頁。
68 『愛書』第十四輯 (一九四一年五月) 二六頁。
69 神田喜一郎・島田謹二「台湾に於ける文学について」(『愛書』第十四輯、同右) 二二頁。
70 島田謹二「台湾の文学的過現未」八頁にこれと全く同様の記述が見える。
71 『愛書』第十輯 (一九三八年四月八日)。掲載論文は移川子之蔵「和蘭の台湾関係古文書」、島田謹二「ジャン・ダルジェーヌの台湾小説」、神田喜一郎「牛津に存在する台湾の古文献に就いて」、尾崎秀真「清朝治下に於ける台湾の文芸」、楊雲萍「一つの追憶」、市村栄「台湾関係誌料小解」他。
72 第十四輯には編集後記がないため、何故この時期に「台湾文芸書誌号」が企図されたのかは不明である。第十輯も同様であるが、第十一輯の編集後記によると、「台湾特集号」は「予想外の好評で、各方面より種々の書状を寄せられ、われわれの企図の充分報いられたことを喜ばずには居られなかつた」とある。

73 島田のご長女齊藤信子氏が語るように、黄得時は「我家でよく食事もされた」というほど島田とは親しかったこともあり、文学史をめぐる確執の背後には、より複雑な事情が潜んでいた可能性もある。齊藤信子『筏かづらの家』（前掲書）六三頁。

74 黄得時「台湾文学史序説」（『台湾文学』、前掲書）三頁。

75 松風子「台湾の文学的過去に就て」（『台湾時報』、前掲書）。修正の過程については、本論第二章を参照のこと。

76 以下、島田謹二「仏蘭西派英文学の研究――オーギュスト・アンヂュリエの業績」（『文学科研究年報』第三輯、台北帝国大学文政学部、一九三七年四月）、および「現代仏蘭西の英文学研究」（『英語研究』、英語研究社、一九三三年一一月）、「英文学研究法に関する一考察」（『英文学研究』、東京帝国大学英文学会、一九三七年一月）を参照した。

77 島田謹二「仏蘭西派英文学の研究――オーギュスト・アンヂュリエの業績」（『文学科研究年報』第三輯、前掲書）三四頁。

78 Auguste Angelier, *Etudes sur la vie et les œuvres de Robert Burns. Thèse pour le doctorat presenté à la Faculté des Lettres de Paris*, Paris : Hachette 1893.

79 島田謹二「英文学研究法に関する一考察」（『英語研究』、前掲書）六頁。

80 同右、七頁。

81 島田謹二「仏蘭西派英文学の研究――オーギュスト・アンヂュリエの業績」（台北帝国大学文政学部『台北帝国大学文政学部文学科研究年報』第三輯、前掲書）四〇頁。

82 黄得時「台湾文学史序説」（『台湾文学』、前掲書）。

83 呉叡人「重層土著化下的歴史意識：日治後期黄得時与島田謹二的文学史論述之初歩比較分析」（『台湾史研究』、前掲書）。

84 例えば、王政復古期からロマン主義が始まる直前まで（一六六〇年からの約一〇〇年間）を扱った第三章を見てみると、フランスの文明・洗練とイギリスの野蛮・粗野という対比が全体を貫き、それによってこの時代のイギリスの文化的特性がより鮮やかに浮かび上がってくるのである。イポリット・テーヌ著、手塚リリ子・手塚喬介訳『英国文学史』（白水社、一九九八年一〇月）。

85 まず、「台湾文学史序説」が『台湾文学』第三巻第三号（一九四三年七月）に掲載された後、「台湾文学史（二）第一章鄭氏時代」、および「台湾文学史（三）第二章康熙雍正時代」が、同第四巻第一号（一九四三年一二月）に掲載された。しかし、『台湾文学』がこの号を以って廃刊を余儀なくされたため「台湾文学史」も中断し、戦後になっても続編が書かれることはなかった。

86 黄得時「台湾文学史序説」（『台湾文学』、前掲書）五頁。

87 黄得時「輓近の台湾文学運動史」（『台湾文学』第二巻第四号、一九四二年一〇月）八頁。

88 和泉司「憧れの『中央文壇』——一九三〇年代の『台湾文壇』形成と『中央文壇志向』」（『文学年報2ポストコロニアルの地平』、前掲書）を参照のこと。

89 Poul Hazard, "*Romantisme italien et romantisme européen*", RLC, 1926, op.cit., pp.224-245.

90 楊雲萍「糊と鋏と面の皮 黄得時氏『台湾文学史序説』を読む」（『文芸台湾』第六巻第五号、一九四三年九月）四四～四七頁。

91 一九四三年一一月一三日に行われた「台湾決戦文学会議」の場で、黄得時が楊雲萍に対し、「文学史なるものは時代の大きな主潮が大切なのであつて、文献学的趣味によつて、些末な事柄を詮議する必要はないと述べた」と伝えられている。『文芸台湾』（終刊号、一九四四年一月）三七頁。

92 呉叡人「重層土著化下的歴史意識：日治後期黄得時与島田謹二的文学史論述之初歩比較分析」（『台湾史研究』、前掲書）一四三～一四七頁。

93 同右、一六七頁。

94 島田謹二「台湾の文学的過現未」（『文芸台湾』、前掲書）九頁。

95 松風子「『あらたま』歌集二種」（『台湾時報』、前掲書）七四頁。

96 島田謹二「台湾の文学的過現未」（『文芸台湾』、前掲書）一一頁。

97 同右、一一頁。

98 こうした対比の視点は島田に限らず、漢詩人尾崎秀真なども「過去三百年間一人の文学者をも、一人の美術家をも出したことの無い我等の台湾に於いて、領台以来僅かに三十年、新しい文化の施設に恵まれて、（……）文芸の方面にしても相当に新しき萌芽の成長を見るに至つたのである」と述べており、台湾の言論空間に広く流通していたと思われる。尾崎秀真「台湾の詩人と詩社」（『台湾時報』、一九三二年九月）四四頁。

99 一九四一年五月の『台湾文学』創刊後も、文芸台湾社の台北本社に黄得時の名前は残っていた。参照：『文芸台湾』（第五巻第五号、一九四二年一一月）社報。

100 「鶏助」（アンケート）欄に、黄得時が回答を寄せている。『文芸台湾』（第五巻第一号、一九四二年二月）三五～三六頁。

101 西川に対する黄の態度で印象的なのは、一九四三年一一月一三日に台湾決戦文学会議の席上で、西川が台湾文学奉公会に『文芸台湾』の献上を提案したのに対し、黄が『文芸台湾』を献上すると云ふことには別に反対はない。『文芸台湾』を献上したければ勝手に献上すればよいので、何も他の雑誌がこれに協力する義務はないと断言」したことである。黄は文芸誌の統制には反対であった。「台湾決戦文学会議」（『文芸台湾』、終刊号、一九四四年一月）三五頁。

102 尾崎秀樹『近代文学の傷痕――旧植民地文学論』（岩波書店、前掲書）一〇五頁。

第六章

太平洋戦争前夜の島田謹二

――ナショナリズムと郷愁

はじめに

本書ではここまで、『華麗島文学志』のうち外地文学論や文学史部分を中心に論じてきたが、最後に「作家論」を扱いたい。島田謹二が作家論の対象にしたのは、森鷗外、渡辺香墨、岩谷莫哀、籾山衣洲の四人で、大正時代に明治製糖株式会社社員として渡台した莫哀を除けば、他の三人はいずれも日本の台湾領有直後に渡台した明治期の知識人である。論文としては、「台湾時代の鷗外漁史」(『文学』、一九三五年二月)[1]、「正岡子規と渡辺香墨」(『台湾時報』、一九三九年五月)、「続香墨記」(『台湾教育』、一九三九年八月)、「岩谷莫哀の瘴癘」(『台湾時報』、一九三九年一〇月)、「南菜園の詩人籾山衣洲」(『台大文学』一九四〇年一〇月～一九四一年五月)が挙げられる。

これらはいずれも、「台湾における」彼らの足跡を文学活動に焦点を当ててたどったもので(ただし鷗外の場合は陸軍軍医としての職務に忙殺され、文学とはほぼ無縁の生活であった)、実はここから、戦後、『ロシヤにおける広瀬武夫——武骨天使伝』（弘文堂、一九六一年）や『アメリカにおける秋山真之——明治期日本人の一肖像』（朝日新聞社、一九六九年）など帝国海軍軍人の研究で頂点を極めた、「どこにおけるだれ」という島田独自の伝記研究の道が開かれるのである。戦後の洗練されたレベルにはほど遠いものの、この研究スタイルは鴎外論から香墨、莫哀論を経て徐々に成熟し、大部の論文「南菜園の詩人籾山衣洲」[2]で一応の完成を見た。

これは晩年の籾山衣洲と親交のあった台北帝大同僚の東洋史学者神田喜一郎が一九三九年秋に行った講演に刺激を受け、執筆の際も神田の多大な助力を得たため、『台大文学』に掲載されたときは神田との共著としていたが、実際は島田の手になる論文である[3]。質量ともに『華麗島文学志』の中で最も充実した一編であり、島田が受容した西洋の学問——フランス派英文学、比較文学、外地文学研究——の応用としても戦前の到達点を示すと同時に、戦後の研究への架け橋としても重要な役割を果たしている。特に外地文学の課題の一つに挙げられた「郷愁」と、戦後の展開を予告する「明治ナショナリズム」のテーマがライトモチーフになっており、無視できない論考であることは間違いない。それゆえ、本章はこの論考を中心に進めていく。

ところで、従来の研究では、島田のいう「外地文学」の三つの課題のうち、「エグゾティスム」にばかり注意が払われ、「レアリスム」はわずかに触れられることはあっても、「郷愁」については、一顧だにされることはなかった。だが、これは在台日本人の内面に深く係わるテーマであり、十分に議論されなければならないはずだ。また、「明治ナショナリズム」についていえば、戦後、大きく展開していく島田の関心が太平洋戦争勃発前夜の昭和ナショナリズムの高揚期に、植民地台湾ですでに胚胎されていたという点に注意したい。島田は衣洲論の執筆を通して、植民地で生きた日本人の内面に迫りながら、明治と昭和という二つの時代のナショナリズムに向き合っていたのである。それゆえ、この論考に見える「郷愁」と「明治ナショナリズム」のテーマを掘り下げることによって、島田自身が国家主義の吹き荒れる時代に、個人と国家のあり方をいかに見据え、文学研究をどのような方向で進めていこうとしていたかが、明らかになるはずである。

以下、次のように論を進めていく。まず、第一節では、作家研究の方法がどのように形成されたかを明らかにし、第二節では、「ナショナリズム」を、第三節では「郷愁」を論じる。そして、最後に太平洋戦争下で島田が国家と個人のあり方をいかに思索したかという点を、「台湾」で「比較文学」という学問を受容した意義と重ねつつ考察していきたい。

第一節　作家研究の確立

ここではまず、作家研究の方法が確立された過程を明らかにし、次に衣洲論の概要と特長を紹介する。

1．森鷗外から籾山衣洲へ

島田謹二が在台日本文学の研究に着手した動機の一つに、森鷗外の存在があったことは本書第二章で述べた。比較文学研究の実践として、島田はすでに上田敏『海潮音』と森鷗外『美奈和集』を対象とする翻訳文学の研究を進めていたが、その鷗外が思いがけず台湾に関係していたのである。早速、鷗外の台湾における事蹟調査に着手するや、それが島田を外地文学研究に導くことになった。同時に、それは戦後になって大きく開花する、『ロシヤにおける広瀬武夫』や『アメリカにおける秋山真之』など、「どこにおけるだれ」という伝記研究の出発点になる[4]。

それは一人物の全生涯を追う縦の伝記ではなく、その人物が海外に出た時期に焦点を当て、他者や異文化との交流を通し、横に広がるネットワークのうちに織り成される精神の軌跡であり、成長の記録である。島田は、彼らの他郷での生活を時系列的にたどり、関連テクスト（文学作品、日記、書簡、メモ、新聞雑誌、歴史資料など）を綿密に読み込み、彼らが身を置いた環境を実証的な手法で可能な限り正確に再現した上で、彼らの人間関係や異文化体験を追体験していった。基礎になったのは、実証的な歴史研究とエクスプリカシオン（explication de texte）と呼ばれる綿密なテクスト解釈とを組み合わせた方法であるが、上田敏研究として評価の高い「上田敏の『海潮音』——文学史的研究」や「小鳥でさえも巣は恋し」などの、テクスト・クリティークを主体とした論考、およびこの時期、同時に進められていたフランスの英文学者の業績を紹介した一種の伝記研究とも明らかに性格を異にしており、これは新たな研究スタイルの誕生を告げるものであった。

その最初の成果である「台湾時代の鴎外漁史」は、研究方法の検討から始まっている。冒頭でまず、島田は従来の鴎外研究が「思ひつきを述べた程度の感想・印象録の類」に終始し、「森林太郎といふ人物とその作品」とを歴史的な環境に置いて、「追尋精検した著書はまだ一冊もないといつてよい」と不満を露にしていた[5]。そこで参照すべき手本として挙げたのが、バルダンスペルジェの二編の論文、「一七世紀リヨンにおけるプレシオジテの社会」（*La société précieuse de Lyon au XVIIe siècle*）、「シャトーブリアンと王党派貴族の亡命」（*Chateaubrian et l'émigration royaliste*）、および前章で触れた、オーギュスト・アンジュリエの『ロバート・バーンズ』である[6]。これらは鴎外論のみならず、その他の研究にも援用され、作家論=伝記研究の基礎となった。

まず、バルダンスペルジェの論文についていえば、この二編を収録した『文学史研究』（*Études d'histoire littéraire*, 1907-1910）は比較文学研究の成果を収めたものだが[7]、「一七世紀リヨンにおけるプレシオジテの社会」は、むしろ、一七世紀のサロンでもてはやされた「プレシオジテ」（préciosité）と呼ばれる極めてフランス的な洗練された精神について論じた「国文学研究」であった。バルダンスペルジェは、アントワーヌ・ソメーズ『プレシューズ大辞典、客間用語の鍵』（Antoine Beaudeau Somaize, 1630-?, *Le grand dictionaire des précieuses ou la clef de la langue des ruelles*, 1660）を下敷きに、歴史資料を駆使して一七世紀リヨンにおける上流文人社交界の人間関係を再現し、「プレシオジテ」を醸成した土壌に光を当てている。社会史的な文学研究としても非常に興味深いが、島田はこの方法を、領台直後から徐々に形成された在台日本人社会を描くのに援用した。

もう一方の「シャトーブリアンと王党派貴族の亡命」は、フランス革命当時、王党派の反革命運動に身を投じた詩人・作家シャトーブリアンのロンドン亡命時代の生活を追ったものである[8]。ここで注意すべきは、シャトーブリアンの異国体験が、留学や遊学、あるいは何らかの使命を帯びた滞留ではなく、一種の棄民として余儀なくされた亡命生活であった点である。この亡命者への共感は「郷愁」のテーマと重なって、後に島田自身をも含めた在台日本人の内面を描く際に、深い陰影を与えることになった。

アンジュリエの『ロバート・バーンズ』研究については前章で簡単に触れたが、島田がここから学んだのは、国境も時代性も越えた作家の心理状態を再び体験し、芸術的に再構成する方法である。それはまた、テーヌ流の概括化・体系化のために歪められた現実に対して、「あの無限の複雑さ、あの説明し難い混乱、あのあきらかな矛盾を、返してやるべき」[9]であるとの精神の実践であった。これによって島田は、特に籾山衣洲の人物像を多角的に捉える視点を獲得したと思われる。

こうして島田は鷗外から香墨・莫哀・衣洲まで四人の台湾体験の再構築を試みるのであるが、残念ながら原資料が十分消化されておらず、およそ成功したとは言い難い。ただし、戦後、完成するこの研究スタイルが四編を通して試行錯誤のうちに生成していく様が垣間見えるだけでなく、特に興味深いのは、「明治ナショナリズム」のテーマが衣洲論において無意識のうちにも確実に捕捉されている点である。

戦後、この伝記研究のスタイルは、より明確に異邦における一日本人の思想形成・自己形成の記録となり、島田は他者や異文化との出会いを潜り抜け、自らが日本人であることを再認識する過程をあえて「ナショナリズム」と呼んだ。そして、一連の研究を「日本（明治）ナショナリズムの研究」と名づけたのである。その淵源は衣洲論にあると見ていいだろう。では、その衣洲論はどのように展開され、どのような特長を持っているのだろうか。以下で見ていきたい。

2. 籾山衣洲研究――公の光、私の闇

明治の漢詩文についての研究は極めて少なく、籾山衣洲についても専門家による研究は皆無に近い。管見の限り、最も詳細なものはこの「南菜園の詩人籾山衣洲」であろう[10]。台湾時代の衣洲については、尾崎秀真（一八七四〜一九四九）も『台湾時報』に連載した「台湾四十年史話」で簡単に紹介しているが、歴史家であり、漢詩人でもあった尾崎秀真と比較文学者島田謹二の描く衣洲像には明らかな径庭があった。

尾崎についてここで簡単に触れておくと、彼は後藤新平（一八五七〜一九二九）に招聘されて、明治三四（一九〇一）年四月に渡台、籾山衣洲が同三一（一八九八）年一二月以来漢文欄主筆を務めていた『台湾日日新報』（以下、『台日』）編集局に入った。以後、私立台北中学校長、台湾総督府資料編纂委員会編纂などを歴任し、台湾滞在は五〇年近くに及んでいた。「台湾四十年史話」は、『台湾時報』一九三三年一〇月号から三九年二月号まで、六年近くほぼ休みなく連載され、三七年四月号から六月号で「南菜園」（上・中・下）の副題の下に衣洲を論じている。当然、尾崎は衣洲本人と親交があり、島田も「南菜園の詩人籾山衣洲」の中で尾崎の存在に触れ、彼の談話を書き留めていた[11]。

以下で島田と尾崎の描いた衣洲像を見ていきたいが、その前に、『明治漢詩文集』の付録から衣洲の人となりについて簡単な紹介を引用しておこう[12]。

籾山衣洲（安政二・一〇・八―大正八・五・七、一八五六〜一九一九）

【名】逸也【出身】尾張布土の人。【略歴】二歳、父を喪い、義兄籾山頼三郎に養われてその家を嗣ぐ。夙に、尾張藩儒筒井秋水・青木樹堂に就いて漢学を修め、森春濤に詩を学んだ。さらに、明治五年頃上京して、英学・法律・経済を修めるかたわら、鱸松塘に就いて漢学・詩文を学んだ。遊学数年の後、故山に帰り近江の某銀行の重役となったが、人に謀られて家産を失い、明治十七年春頃上京、「国会」の詩壇編

集を担当、ついで「東京朝日新聞」に移り、かたわら大江敬香を助けて「花香月影」の編集に従った。明治三十一年十二月「台湾日日新報」漢文欄主筆として招かれ、総督児玉源太郎の寵を受け、その別荘南菜園に住居を充てられる程の厚遇を得たが、病身で三十六年秋退社。三十八年十一月「北洋日報」主筆となって天津に赴くが志を得ず、翌春保定陸軍学堂教習に転じ、四十三年十月辞任して帰国。以後、大阪に崇文会を起し、通信教育によって糊口をしのぎつつ、もっぱら文墨に親しんだ。その詩は初め清初の詩風に傚ったが、中年より各時代各詩宗の詩集の長を採り、純情婉麗に加えて沈痛蒼古の味を帯び、高踏的独自の詩境を拓いた。【著書】明治詩話二冊（明治二八）、燕雲集二巻一冊（明治四〇）、支那骨董叢説、支那時文講習録、支那商業尺牘講習録

ここからも衣洲が恵まれた生涯を送ったようには見えないが、それでも若い頃には新進気鋭の青年詩人の一人と目され、明治一三（一八八〇）年に刊行された浅見綾川編纂『東京十才詩』にも作品が選ばれている[13]。経済状態は三〇歳を前にしてすでに悪化していたようで、島田はそれも渡台の原因と見ていた。

島田によれば、たまたま記者を求めて上京していた『台日』社主の守屋善兵衛と出会ったことをきっかけに、衣洲は明治三一（一八九八）年一二月、渡台したという[14]。着台するや、時の台湾総督児玉源太郎（一八五二～一九〇六）の信任を得て、その文芸顧問のような地位に就き、翌年六月、古亭町に総督の別邸南菜園が建築されると、夫人とともにそこに移り住んだ。南菜園には内台の詩人が出入りして一種の文芸サロンをつくり、衣洲はその中心にいたという。児玉総督に伴い台湾全島を歩くと同時に、台北を中心とした風物・人情・生活を謳い、多くの作品を残したが、体調を崩し、足かけ七年を過ごした台湾を離れ、内地に帰還した。

ここまでは島田にも尾崎にも共通する衣洲像であるが、大きな違いもあった。まず、衣洲本人を知る尾崎は、児玉総督の信頼を受け、台湾人詩人に太刀打ちし、台湾詩壇を牛耳った「衣洲翁」として描くばかりで、彼の不遇や不幸な側面には一切触れていない。ところが、島田は衣洲の公的側面と私的側面を光と影、つまり栄光と憂

愁のコントラストで描き出したのである。実際、衣洲の台湾時代は四三歳から四九歳にわたる「詩人として最も円熟した時期」（下、六二頁）で、[15]新聞記者・漢文欄主筆という「自由職業人」の立場をフルに利用し、「総督府の所政方針の翼賛宣撫を志ざす大作から、花柳風俗の艶治な竹枝漫吟まで」（下、六五頁）、児玉総督・後藤長官時代[17]の台湾を自在に表現したというが、島田は作品の中に、「公人としての威儀厳たる抱負と所懐」だけでなく、「私人としての惻々たる感傷鬱悶」（下、六五頁）を見逃さなかった。

まず、衣洲の公的役割については、島田は一貫して、初期の植民地統治への貢献という点から高く評価している。実際、衣洲は新聞記者として『台日』を舞台に、台湾人読者向けに啓発的な読物「台湾銀行論」、「公法問答」などを執筆したほか、統治の根本方針をわかりやすく解説した随筆「漫録」を連載している。さらに、児玉総督に随行して総督府主催の敬老会「饗老典」などに参加し、台湾人の懐柔に努め、その模様を「随轅紀程」にまとめている。明治三三（一九〇〇）年三月一五日、台北の淡水館で科挙俊秀の学士を集めた「揚文会」の発会式が行われるや、当日の『台日』に五言古詩を掲げ、総督の施政を側面から翼賛した。漢詩人としては、内台両詩人の唱和を集めた『南菜園唱和集』や『穆如吟《ぼくじょぎん》社集』を編集、いずれも明治三三（一九〇〇）年に出版している。こうした衣洲の公的側面に対する、島田の評価は高い。

> 台湾本島人に対する統治策上、文学の分野に於ても彼等に批判を許さぬほどの詩魂と詩技とを示して、いはば台湾本島人のInstrument《アンストリユマン》を用ゐて台湾本島人のそれをはるかに超越した業績を示し、しかも七年の長きに亘つて彼らを悦服させ、総督府の最高方針の普及と実現とに寄与したことを思へば、またこの後はその種のものの絶無なことを思へば、台湾に於ける文学の歴史の中で籾山衣洲の名は明星のごとく燦として輝くものだと言はねばならぬ。（下、六八頁）

このように、島田は衣洲の詩文が初期の台湾統治に寄与した点を肯定する一方で[17]、衣洲の私生活が精神的にはさほど充たされていなかったことも、詳細に書き込んでいった。衣洲の渡台にはもともと生活の窮乏による「台湾落ち」という側面が強かったのであるが、島田は衣洲の戯文を引用しながら、渡台後も、「小生俄に台湾へ出稼以来、頓と面白き事も無之、朝夕酒びたしにて、新聞社にても持余されものに有之」（上、三七頁）という有様であったことを伝えている。児玉源太郎に気に入られ、二人の関係は「影の形に添ふがごとき感を与へ」（中、三頁）るほどであったが、「南島に流落して、辛うじて生を維ぎおるあはれなる有様である」（中、二六頁）といった衣洲の落魄ぶりも遠慮なく描いた。

創作方面でも切々たる望郷と懐旧の情がメイン・テーマとなって、衣洲の作品に暗い影を落としていた点に着目する。それには衣洲の実生活が反映していたのであるが、彼が体調を崩し、内地で静養をしている間に、『台日』編集局内の空気が悪化し、衣洲は一九〇三年、退社を迫られたのであった。児玉の力添えで、一九〇四年四月まで南菜園に留まれたものの、結局は失意の内に台湾を去ることになる。

ところが、島田はこの落魄した衣洲の筆からこぼれる数々の詩文を、公的立場から書かれたものより高く評価するのだ。

政治上の事柄に関する紀実や宣撫の古詩は、相当な出来栄を見せたものもあるが、どうも衣洲の最長所だとは考へがたい。それで郷愁詩と風景詩との外には、きはめて主情的な籾山のPersonalité《ペルソナリテ》を露出した、時に触れ物に感じて詠つたさまざまな寄懐の詩がよいのである。（下、六六頁）

島田は衣洲の政治的な詩よりも「主情的」な作品を好み、特に台湾を旅行者ではなく、生活者の目で描いた点に共鳴し、そこから、「郷愁」と「異香馥郁たるExotique な味はい」（下、六六頁）を最も優れた特徴として引き出したのであった。総督に寄り添う意気盛んな衣洲の政治的役割を認めながらも、「世路に躓き憂愁と悲嘆との不断に胸中にわだかまたつてゐた」（下、六五頁）詩人の、高踏派的な芸術性の方を好んだのである。いやむしろ、島田は公の光、私の闇という二面性を持ち合わせた衣洲に惹かれたのかもしれない。そのコントラストを鮮やかに描き出せたのは、彼自身の内部にもそれに呼応する光と影が存在していたからではないだろうか。あるいは、島田はそれを在台内地人の共感を呼びうる、より普遍的な文芸テーマと捉えていたのかもしれない。

実はこの島田が共感を寄せた衣洲の光と闇は、「(明治) ナショナリズム」と「郷愁」という言葉に置き換えられるのである。そこで以下では、この二点に沿って、「南菜園の詩人籾山衣洲」を再読したい。

第二節　明治ナショナリズム研究の淵源

本節ではまず、「光」の部分について見ていくが、特に次の二点に注意したい。

第一に、島田が籾山衣洲の中に国民感情としての「明治ナショナリズム」を見出していたのが「昭和ナショナリズム」の高揚期であったこと。第二に、戦後、島田の研究対象となった広瀬武夫が、衣洲の在台期間とほぼ同時期にロシアに留学しており、島田が両者の「ナショナリズム」の形成を、どう描き分けたかという点である。この二点に留意しながら、太平洋戦争前夜に島田自身が植民地台湾で育んだ「ナショナリズム」観を解明していきたい。

1. 明治ナショナリズムの発露

一九五〇年代末以降、島田の研究上の関心は西洋文学から「日本に回帰」し、特に日清戦争から日露戦争にかけての明治ナショナリズムの絶頂期に注がれた[18]。以後、二つの戦争が引き金になって形成された民族感情としての「ナショナリズム」と、その時期に海外に出た日本人――広瀬武夫と秋山真之に代表される――が他者や異文化との交流を通して育む、もう一つの「ナショナリズム」のあり方を探り続けることになる。もちろんこのような明確な問題意識が台湾時代の島田にあったわけではないが、衣洲が渡台したのもまさにこの時期であり、島田は無意識のうちにこのテーマを捉えていたと思われる。

そもそも日清戦争の結果、台湾が日本に割譲され、植民地経営がスタートするや、文学も新領土に渡るのだが、その先陣を切ったのが漢詩文であった[19]。当時、政治家・官僚の教養が漢詩文ベースであったことに加え、台湾の文人を懐柔するため、漢詩文に通暁した人々を大量に赴任させたからである。

この時期に渡台した籾山衣洲も『台日』の漢文部主任、あるいは児玉総督の文芸顧問として、新府の領土で日本ナショナリズムの広報役を担うことになった。児玉に随行した各地で、家々に日章旗が掲げられ、銅鑼の声が盛んに起こるのを聞くや、「鐘鼓鼕鼕駅樹《ノ》東。暁雲吹《キ》散《ズ》旭旗《ノ》風。南荒萬里皆王土。身《ハ》入《ル》歡天喜地《ノ》中。」（上、四五頁）と衣洲が詠う様を島田は描いているが、公的立場から書かれた衣洲の漢詩文には、新領土を得て、異民族を支配する喜びと誇りが溢れていた。そのような感情は、児玉源太郎の一首「江山秀翠与《モニ》レ年《ト》新《ナリ》。重《ネテ》値《フ》南瀛萬里《ノ》春。柳《ハ》帯《ビ》二和風《ヲ》一皇沢洽《ク》。家家《ノ》爆竹賀《ス》二同仁《ヲ》一。」（中、一五頁）にもうかがえる。衣洲はこれに対して「筆《ハ》如《ク》二融風彩露《ノ》一。一誦之下。使《ム》二人《ヲシテ》不レ覚《エ》愉愉然《タラ》一。」と批評を書き添えたが、島田もまた「いかにも政治家らしい感慨のあふれてゐる作品である」（中、一五頁）と評し、彼らの高揚感に寄り添っている。

一方、この時代には台湾住民による激しい抵抗が随所に見られ、『台日』でも「土匪」の反乱として度々報道されていた。明治三五（一九〇二）年三月、台湾人黄国鎮が叛乱の容疑で警察隊に捉えられ、銃殺される事件が起こると、衣洲はすぐさま「黄匪行」と題する古詩を発表する。「黄匪黄匪何《ゾ》狂惑《ナル》。自《ラ》称《シ》二国鎮《ト》一反《ッテ》乱《ス》レ国《ヲ》。一《タビ》従《ヨリ》三天恩《ノ》納《レテ》二帰順《ヲ》一。従《ヒ》レ生《ニ》只合《ニ》レ勤《ムベシ》二稼穡《ヲ》一。」で始まる物々しい詩に対し、島田は『黄匪行』は「この匪魁の死を詠つて、台民を諭したもので、台湾に於て文芸日本の政治日本に対する協力を示す一例である」

（中、六九頁）と讃えた[20]。つまり、文芸が植民地支配の一翼を担った点を賞賛しているのである。

なお、この「黄匪行」を含む「土匪討伐」について論じた部分は、戦後、「南菜園の詩人籾山衣洲」が「籾山衣洲の『南菜園』雑詠」と改題されて、『日本における外国文学』（下）に収録された際、全面削除された[21]。

さらに島田は、公的立場だけでなく、衣洲が一私人としても、当時の日本国民一般がそうであったように、ナショナリズムの感情に浸っていたことを描いている[22]。明治三七（一九〇四）年二月八日、日本の連合艦隊が旅順のロシア艦隊を先制攻撃した捷報が台北にも届くと、当時、長患いのためすでに『台日』の職を失い、生活に窮し、寂漠たる境地に甘んじていた衣洲は一転雀躍し、「東方日出《ヅル》国。流輝溢《ル》二四表一《ニ》。張弛在《リ》皇徳。豈関《センヤ》国《ノ》大小。」[23]（下、五五頁）で始まる五言の古詩を詠み、『台日』に寄せるのであった。島田はそうした帝国の動向に一喜一憂する衣洲の様子を巧みに再現しているが、衣洲が浸っていたこのような高揚感は、島田が戦後、秋山真之を論じた際の以下のような観点から理解できるであろう。

> 一八六〇年以降少なくとも半世紀の日本の民族的社会的基盤の中枢的動向は、ナショナリズムという言葉でおおわれる考え方や生活を中心にしていた。明治文学史上の新様式といわれる政治小説とか、国権小説とか、戦争小説とかは、そうした民族的社会基盤の中枢的動向の文学的あらわれなのである。だから、美的形式としての文学それ自体をおもくみるのではなく、もっとその基盤との結びつきにおいて、民族的「生」そのものと結びついたところをとらえないかぎり、その意味がよくわからないものだろう。[24]

つまり、広瀬武夫や秋山真之と同時代を生きた籾山衣洲もまた、このような民族感情を共有していたのであり、戦後の島田なら、衣洲の詩を「明治ナショナリズムの文学」と呼んだかもしれない。一方、当時の島田がそれに深い共感を寄せたのは、「南菜園の詩人籾山衣洲」が書き綴られていた時期と関係があるだろう。

2. 明治と昭和のナショナリズム

島田がこの大部の論考に取り組んでいたのは、神田喜一郎の講演を聞いた一九三九年秋以降、四〇年初頭にかけての昭和ナショナリズムの高揚期であった[25]。この時期にはまた、一九三五年の論文「台湾時代の鷗外漁史」を加筆修正した「征台陣中の森鷗外」が『台湾時報』(一九四〇年二月)に掲載されるのであるが、その冒頭に、「東亜の聖戦はいま着着と効果ををさめている。われわれが台湾に安住しうるのもそのおかげであるのを思へば、われらはあらためて皇軍の労苦に心からなる感謝を捧げずにゐられない。この時われわれが征台陣を思ふのはきはめて自然なる連想である」[27]と書き加えていた。日本人が台湾で生活しているのも、もとはといえば日清戦争や「征台陣」で皇軍が勝利を収めた結果であるが、島田はその当時と日中戦争が刻々と進行しつつある「現在」とを重ねていたのである。

さらに、その翌月には「領台直後の物情を謳えるわが漢詩」(『文芸台湾』、一九四〇年三月)を発表し、日清戦争と台湾領有を謳った明治期の数々の漢詩を讃えている。明治二八(一八八五)年六月、水野大路(遵、台湾総督府初代民生局長)が弁理公使の資格で横浜丸の船上で台湾授受の大事を完了した翌日に賦した詩、「天兵所《レ》向《フ》絶《ッ》《二》粉塵《ヲ》《一》。大将《ノ》籌謀総《テ》有《リ》《レ》神。昨夜台湾入《ル》《二》皇土《ニ》《一》。今朝山色更《ニ》清新。」に対しては、「大路が得意思ふべきである」と記しているが、そう語る島田も水野の「得意」をかみしめているようだ[27]。

さらに、『文芸台湾』が一九四一年九月号で「戦争詩特集」を組むと、島田も「領台役に取材せる戦争文学」を寄稿し、再び「領台当時の皇軍の奮戦がいかに文学的に反映されているか」を論じた。土居香国の領台直後の漢詩に始まり、近衛師団の征台戦を扱った遅塚麗水の際物小説『大和武士』を紹介し、最後に徳富蘆花の『不如帰』を引いている。この蘆花の出世作で、主人公の海軍少尉川島武男は軍艦「松島」に乗組み、澎湖島攻略戦に加わるのであるが、これが英仏独中国語などにも翻訳されたことから、島田はそれまで「フォルモサ」として西洋人の間に伝わっていた「台湾」の名が、これによって全世界の文壇に知られるようになったと述べ、「皇軍の武威を広く世界にしらせるに、文芸が側面から協力した一例」であると結んだ[28]。

太平洋戦争前夜の島田には、皇軍の奮闘を称え、感謝する民族的な感情が溢れているが、これは日中戦争勃発直後から見られた心情でもある。当時、台湾の文芸も戦時色一色になったことは、本書第三章で述べたが、島田も文芸報国の動きと無縁ではいられなかった。一九三七年九月一〇日、台湾にも国民精神総動員本部が置かれ、国精運動が始まると、日本内地で流行している「愛国行進曲」に見合うような「台湾行進曲」が募集される。後にその審査の講評『「台湾行進曲」の選後に」が、台湾総督府文教局長島田昌勢、台北帝国大学教授矢野禾積（峰人）、台北帝国大学講師島田謹二の連名で『台湾教育』に掲載されるのだが、一読すれば明らかなとおり、それは島田謹二の筆になるものであった。

島田は「亜細亜は光る／いまぞ朝／すめらみことの／治《しろ》しめす／大和島根の伸ぶる処《とこ》」[29]で始まる入選歌について、次のように講評している。

いま此作品を想髄より見るに、大一聯は台湾鎮護の宮居を現じて本島統治の根源を示し、第二聯は皇化にうるほふ台湾の姿と南進の気魄をたくみに象徴し得、第三聯は本島民のこころすべき覚悟を高らかに歌ひ上げ、全三聯を通じて、「確固タル国民精神」の振作を図らんとする本部所要の条件に合致するを認める。[30]

島田がこの入選歌を評価したのは、「統治」、「皇化」、「南進」、「国民精神」という植民地で異民族に対して発揚されるべき宗主国人のナショナリズムが、全体的に過不足なく表現されていたからであろう。総力戦ということもあり、台北帝国大学教授と講師の肩書きで矢野禾積と島田謹二が動員され、島田が講評をまとめることを任されたのであろうが、ここには島田の本音が込められていると見ていい。というのは、力及ばず『華麗島文学志』に収録できなかった北原白秋作の台湾歌謡を論じた評論と通じ合うものがあるからである。

北原白秋は一九三四年七月、総督府文教局の依嘱で台湾の歌謡を作るため訪台し、四〇日ほど滞在して、「台湾青年歌」[31]、「台湾少年行進曲」[32]、「林投節」[33]の歌詞を完成させた。同年一一月二三日の『台日』には、三歌詞の紹介と、山田耕作および藤井清水の作曲により、コロンビア・レコードから発売されることが報道されているが、その三日後には早くも同紙に島田の評論「北原白秋氏の台湾歌謡」が掲載された。これは加筆修正の後、「南島文学志」(『台大文学』、一九三六年一〇月)に収録されたので、以下ではそれに沿って見ていきたい。

島田はまず「台湾青年歌」について、「その歌詞は雄渾にして荘重を兼ね、南島の豪健な青年魂のあるべき姿を歌つて、つひに建国の大理想を高唱しつつ曲を結んでゐる」と評している。この歌は第一から三連まで、南島の美しい風景を歌っているのであるが、第四連でいきなりナショナリズムの鼓吹に転調し、「君見ずや南の島/国強く/道は正し/内台、われら一に/旗となびき/天皇の下に生きむ/台湾、台湾/ここぞ我が島/いざ守れ、われら/われらぞ台湾青年」で終わるのである。「台湾少年行進曲」も同様、南の光や空、木瓜、水牛など、台湾の自然描写から始まって、最後は「勢へ少年、国語だ、歌だ/道だ、僕らが並木の道だ/挙《こぞ》れ稜威《みいづ》に、お宮をさして/夏だ、祭りだ、僕らが島だ/少年だ、少年だ/台湾少年だ」、で結ばれる。これに対して島田は、「脈脈として流れる郷土愛と勇健な人世観と内台一致の大理想とは渾然と歌はれてゐるのである」と評していた[34]。

いずれもリズミカルな言葉で台湾の美しい自然や風俗を讃えながら、統治の精神を巧みに織り込むことによって、白秋の台湾歌謡は総督府文教局の要望に十分応えている。島田はそれを大いに歓迎した。最後にこれら三つの歌詞が台湾の「国語教育」上、特に台湾青少年の情操教育に果たす役割を評価して、これらが「本島青少年の間に、またあらゆる家庭の間に、普くゆき亘つて、和気靄靄のうちに斉唱さるべき日の一刻も早からむことを祈つてやまない」と、締めくくった[35]。ここには、先に挙げた「台湾行進曲」の講評に呼応するような、植民地の異民族に向けられた典型的な統治者のナショナリズムが見て取れる。また皇民化に対して極めて冷淡であった島田が、賛意を示した稀な例といえよう。

続けて島田は一九三七年三月号の『台湾教育』に、「『提督秋山真之』のこと」と題する一文を寄せ、高等学校学生の必読の書として、秋山真之会編『提督秋山真之』(岩波書店、一九三四年二月)を挙げた。ここで島田は秋山を、「明治文学史の一章たる海戦文学の輝かしき代表者である」と称え、人口に膾炙した明治三八(一九〇五)年五月二七日の海戦報告、「敵艦見ユトノ警報ニ接シ連合艦隊ハ直チニ出動コレヲ撃滅セムトス本日天気晴朗ナレドモ波高シ」について、「これは恐らく興隆期の明治人の心理をそのまゝに象徴する最も緊迫した力感に充てる雄偉の大文章である」と絶賛した[37]。この書評が、秋山真之に対する島田の「関心が活字となって表れた最初の痕跡」[38]であるというが、ここから後の大作へと水脈が引かれることになる。

ただし、こうした植民地において異民族に対して発揚された、あるいは日中戦争によって煽られたナショナリズムの高揚感は、島田に特有のものというより、当時の在台日本人に共通した一種の国民感情であった。尾崎秀真の「台湾四十年史話」にも通じるトーンである。

尾崎は領台四十周年を目前に控えた昭和八(一九三三)年、「創業建設時代に於ける諸先輩の功績の偉大なるもの」(一、一三九頁)が年とともに滅びるのを遺憾とし、思い出を綴ろうと、この長期連載に着手したのであった。馬関条約の立役者伊藤博文から始まり、第一代台湾総督樺山資紀、領台役で命を落とした北白川宮能久親王、第三代総督乃木希典まで歴代支配者の功績と彼らの詠んだ漢詩文を讃え、最後に尾崎の親しい操觚界の人々を紹介している。六年の長きにわたって綴られたこの「史話」を一貫して支えているのは、台湾統治に対する全面的な肯定と統治の功労者に対する絶対的な畏敬の念であった。

例えば、伊藤博文に対しては、「全く台湾の産みの親である」(一、一四二頁)と讃え、伊藤と後藤新平を「考へて見ると台湾の今日あるは両公の功績を推して其首位に置くべきものである」(一、一四七頁)と評し、さらに「頃は五月の末つ方。我が天皇の新領地。台湾島の土民兵。無智の客家と共和党」で始まる樺山資紀作の「領台軍歌」には、「兵馬倥偬の間、朔を横へて詩を賦す、古英雄の面目躍如たるものがあるでは無いか」(二、一二三頁)との感慨を口にしている。この妙に昂ぶった物言いは、島田の口から聞いたとしても不思議ではない。

島田のテクストにも、尾崎のテクストにも、日清・日露間の明治ナショナリズムの絶頂期に台湾に係わった政治家・軍人・ジャーナリスト・漢詩人たちが一様に浸されていた、「ナショナリズム」という民族感情の反復がありありと見て取れる。四〇年の長きにわたりこの地に脈々と受け継がれてきたその感情は、昭和ナショナリズムの時代に再び盛り上がりを見せたのであろうか。島田も尾崎も明治知識人のナショナリズムを論じつつ、その高揚感を共有する喜びと誇りに浸っているように見える。言ってみれば、籾山衣洲の「光」とは、「南菜園の詩人籾山衣洲」と「台湾四十年史話」の作者にも共通する民族感情に他ならないのである。

3．戦後のナショナリズム研究

籾山衣洲のナショナリズムに対する島田の共感は、広瀬武夫や秋山真之への関心と直結していることは明らかだが、一方、彼らの「ナショナリズム」を描く島田の筆致には微妙な差異が認められる。それは、敗戦をくぐった島田の視点の変化によるというよりも、むしろ彼らの異文化体験に対する島田の関心の持ち方の違いに起因しているように思われる。それを探るために、ここでは広瀬武夫がロシア体験によって育んだ「ナショナリズム」を、島田がどのように描いたかを比較の対象として考察してみたい[38]。

ここでまず、『広辞苑』から広瀬武夫の項目を引用しておく。

> 軍人。海軍中佐。豊後竹田生れ。ロシア駐在武官。日露戦争の際、旅順港口閉塞隊の福井丸を指揮、退船の際、上等兵曹杉野孫七を捜索して引揚げる途中、戦死。軍神として文部省唱歌にも歌われた。（一八六八〜一九〇四）（傍点——引用者）

島田が研究対象としたのは、上記の「ロシア駐在武官」時代であるが、それは以下のように籾山衣洲の台湾時代とほぼ重なっている。

籾山衣洲（一八五六〜一九一九）在台期間　明治三一（一八九八）〜明治三七（一九〇四）年　六年
広瀬武夫（一八六八〜一九〇四）在露期間　明治三〇（一八九七）〜明治三五（一九〇二）年　五年

島田が少年期に帝国海軍に異常な興味を抱き[39]、「軍神広瀬」にも早くから親しみを抱いていたことは夙に知られているが[40]、かといって、島田は単なる武人の伝記を書こうとしたわけではなかった。彼はむしろ明治期以来受け継がれてきた「忠勇無雙の軍人」という広瀬伝説とは異なる、「ロシヤ研究にうちこんだ明治のRussisant《リュシザン》の一人として」広瀬を描こうとしたのである。つまり島田の関心は、広瀬の人と思想が日本を離れて、異なった環境でどのように変化したのか、その足跡をたどることにあった[41]。まさしく比較文学者の仕事である。

そこで島田は、ロシヤの自然や風土から広瀬が生活した環境、出会った人々、読んだ書物、遭遇した出来事などを追体験するように詳細にたどるのだが、それは日露関係が非常に緊迫した時代のロシヤに島田自身がタイムスリップし、敵味方の関係の中で豊かな人間関係を築いていく過程となった。その結果、島田は「外国人嫌いで有名だった」攘夷派の軍人広瀬武夫の身に起きた確実な変化を実感するのである。

そう、ずいぶんいろいろなことがありました。体験の上からも知識の上からも私の生涯のうちでもっとも重要な時期でした。いろいろな方面で、せまかった私の眼をロシヤは開いてくれました。（……）あのころは日本からもっていった日本人の眼で、ロシヤの風俗を外から眺めて、日本人の心で判断して、笑ったり怒ったりしていたのだと思います。二年ほどロシヤ人のあいだで暮らし、ロシヤを縦横に歩いてみて、言葉もいくらか通じるようになると、もう前のようにいらいらしなくなりましたね。ヨーロッパを見てくると、ロシヤのいいところも、わるいところもそれだけはっきりわかって、むしろロシヤ人に親しみさえ湧きましたよ。国家としては、日本の恐るべき敵でしょうが、個人的な交際を考えると、いい人が多いですな。西洋とはいっても、イギリスやフランスとちがって、ずいぶん東洋人に近いものをもっているようで

すね。（下、二三五頁）

当初、日本人の観点からロシヤを見ていた広瀬武夫は、ロシヤ人の中で生活し、言語も習得し、各地を旅して現地社会に対する理解を次第に深めていく。加えて、ロシヤ人との間に友情を築き、ロシヤ女性とのロマンスも経験し、読書体験を通してトルストイ的な人道主義を身につけた結果、日露戦争の回避を唱えるに至った。

万が一のことになれば、どうせこっちが勝つのは確かだけれど、両方でたくさん兵隊が死ぬでしょうな。そんなことなら、僕が単身乗り込んで、アレクセーエフ海軍大将におだやかにじか談判して、人道のため平和に開城させたいものです。僕も、ロシヤには五年ぢかくいて、ずいぶん世話になりました。ロシヤは、僕の第二の故郷です。世話してもらったことに対してはお礼するのが当然でしょう。日本の将校だから、日本のために戦うのは当然だが、同時に、ロシヤにも報いるような道をみつけたい。それが人道というものでしょうね。（下、二三七頁）

これは比較文学者島田謹二と、日本とロシヤを複眼的に見る方法を体得した「明治のRussisant《リュシザン》」広瀬武夫が一体となった瞬間ではないだろうか。深い感動を呼び起こす場面である。

島田は広瀬を愛したアリアズナ・ウラジミーナの口を借りて、広瀬がいかに「祖国愛」に熱い人間であったかを語ると同時に、繰り返し「人間の心にべつに国境はない」（上、一九七頁）、「倫理とか、道徳とか、精神とかいうものは、国情はちがっても、案外共通するところがあるのかもしれぬ」（下、五七頁）、「人格の魅力は国境をこえる」（下、七八頁）と、国境を越えた普遍的な価値を認めようとする広瀬の姿を描いた。それはまた、島田自身の立場を要約するものであろう。

島田は『アメリカにおける秋山真之』でエッセイスト・クラブ賞を受賞した後のインタビューで次のように答

えている。

私は国家主義といういい方がきらい。明治のナショナリズムは、パトリオティズム(愛国心)であると思います。偏狭な、ローカルなものではなく、あらゆる文明国家に共通した尊い気持ちですよ。一八七〇年から一九二〇年までの五十年間は、世界の文学を輪切りにして、パトリオティズムという視点で共通に論じることができます。広瀬武夫にしても、秋山真之にしても、私は海軍軍人の伝記を書いたのではなく、世界大の規模から明治の人間を研究したのです。[42]

「私は国家主義といういい方がきらい」というのは、本心であろう。後述する通り、太平洋戦争勃発後の島田の態度もそれを十分証明しているが、ここであえて「ナショナリズム」と呼んだのは、他者との交流や異文化体験を経て、「愛国心」は普遍的であると認識するに至った広瀬武夫や秋山真之の思想であった。小堀桂一郎は『アメリカにおける秋山真之』の「解説」で、「ここではただ秋山真之という一個の俊才が、アメリカの知識人に親炙し、アメリカの社会と民情とを虚心に謙遜に、深くかつ広く学ぶことによってこそ自らのナショナリズムを豊かに育成していったこと(これはロシヤに学ぶだけでなく、心からロシヤを愛してもいた広瀬武夫に於いても同じであった)」[43]と述べているが、島田のナショナリズム観をうまく要約している。

では、籾山衣洲の場合はどうだったのだろう。彼もまた台湾の「知識人に親炙し」、台湾の「社会と民情とを虚心に謙遜に、深くかつ広く学ぶことによって自らのナショナリズムを豊かに育成」し、「心から台湾を愛する」ようになったのだろうか。「愛国心」とは台湾人にも日本人にも共通する「尊い気持ち」であると認識するに至ったのだろうか。ところが、衣洲の場合、少々事情が異なっていたのである。

4. 植民地のナショナリズム

結論からいうなら、島田は広瀬武夫や秋山真之が経験したような意味での、他者および異文化交流を、籾山衣洲の中には読み取っていない。それは、衣洲自身がそのような機会を持たなかったというより、島田がそれに興味を示さず、描こうとしなかった、ということである。そもそも島田が広瀬武夫を「忠勇無雙の軍人」ではなく、「ロシヤ研究にうちこんだ明治のRussisant《リュシザン》」として描いたのは、研究の出発点にそのような関心があったからではないだろうか。しかし、籾山衣洲に対しては、「台湾研究にうちこんだ明治の漢詩人」として描こうとする姿勢はまったくうかがえないのである。

戦前と戦後とでは、島田の関心の所在が変化したとも考えられるが、伝記研究の意図や方法は『華麗島文学志』から出発しており、籾山衣洲であれ、広瀬武夫であれ、日本人の海外体験に対する関心は、戦前・戦後、一貫していた。実際、広瀬研究の動機は自らの台湾体験に根ざしており、『ロシヤにおける広瀬武夫』の「序」(朝日選書版)で、島田は「異邦に住む日本人のくらしは、著者のかつて送った世界を語ることである」[44]と述べている。ただし、同じ「異邦」であれ、先進国であるロシヤと植民地台湾に対して、関心の注がれ方は一様ではなかった。それは、自身の台湾体験をどう捉えていたか、ということとも重なってくる。

ここで再度、籾山衣洲の台湾体験を確認するならば、他者との交流という点では、その機会は非常に多かったのである。『台日』漢文部には台湾人社員がおり、さらに南菜園や詩社の活動を通して、地元文人との交流は日常的で、『台日』漢詩欄の「文苑」(後に「詞林」と改称)には、衣洲と台湾人詩人の作品および相互批評がほぼ毎日のように掲載されていた。そもそも日台人による漢詩の唱和を率先して行っていたのは、台湾総督をトップとする総督府高官たちであり、台湾人文人との交流はいわば国家のお墨付きだったのである[45]。ただしその目的は、島田に言わせれば、「台湾人の読書生と融和して読書の交はりによつて彼等の心事にも触れ、且つはこれを同化」(中、七頁)することにあった。だからこそ、「ぜひとも本島人に推服されるやうな詩人」(中、七頁)が求められ、衣洲がその役割を拝命したのである。もっとも、これを真の「交流」と呼ぶことはできないであろう。ただし、衣洲には個人的に親しくしていた台湾人も数名いたようで、特に『台日』漢文部の同僚粘伯山と黄植亭との間には友情が育っていたこともうかがえる。島田もその点についてはある程度触れているが、問題は台湾人文人との交流から衣洲がどのような思想的、あるいは文学的な影響を受けたのか、ということだ。

衣洲が渡台後、作風に変化を来たしたことは確かであり、内地の詩誌『花香月影』に寄稿した作品に対し、大江敬香（一八五七～一九一六）が「毫モ無シ二邦人ノ習気一」（中、二八頁）、あるいは、「衣洲入ルレ台ニ之後。詩文一変。優ニ有リ二漢客ノ風一。無シ他。鑚研之久シキ致レス之ヲ耳。」（中、三六頁）と評したことを、島田は引用している。だが、衣洲がこのように「邦人習気」を失くし、「漢客風」を身に着けた背後に、台湾人詩人の影響はなかったのだろうか。島田はその点については一切触れていない。

島田は、衣洲が「台湾ならでは制作出来ぬ新種の文学」を「立派に創成した」ことを高く評価しているものの、その根拠をあくまで「近世的 Exotisime」を捉えたこと、つまり内地と異なる風物を描いたことに置いていた。「恐らく台湾に於いて取扱はれた詩材のうちかかる異香馥郁たる Exotique《エグゾチック》な味はいを衣洲ほど十分に現はしえた作者は、前後に類があるまいと思ふ」（下、六六頁）と賛辞を惜しまなかったが、その背後に台湾人詩人との交流の跡を探ろうとはしていない。

これはなにも「南菜園の詩人籾山衣洲」一編に限らず、『華麗島文学志』全般にいえることだが、島田は台湾人との交流を通して、日本人文芸家が何を学び、どのように変化したかという点について、ほとんど関心を示さなかった。第一、島田自身、台湾人知識人と積極的に交流した様子は見えないのである。

さらに「南菜園の詩人籾山衣洲」の結論部で、島田は衣洲を同時代の詩人と比較しながら、その「文芸的価値の高さ」を強調するのであるが、名が挙がっているのは、佐倉達三（一八六一～一九四二）や中村櫻溪（一八五二～一九二二）、館森袖海（一八六三～一九四二）、あるいは小泉盗泉（一八六七～一九〇九）、鈴木豹軒（一八七八～一九六三）らいずれも日本人ばかりである。台湾人の名がないのは、彼らを比較の対象とは見ていないからであろう。

先に引用したとおり、島田にとって籾山衣洲は、「台湾本島人のうち文字ある階級の推服をえた殆ど唯一の内地人詩人」であり、彼らをはるかに超越した業績を示したと見ている以上、比較すべくもなかったのかもしれない。結局、島田にとって、台湾のような「植民地」に異民族支配の一環として滞在することと、アメリカやロシヤのような所謂「先進国」に留学することでは、同じ異邦体験とはいえ、その意義は全く異なっていたのであろう。広瀬武夫や秋山真之の留学が「西洋先進文明の我国への取入れという広汎な事業の一環」[46]だとしたら、渡台した日本人の使命は、台湾人から学ぶのではなく、彼らに日本の「先進文明」を与え、支配することにあった。その点では、領台直後の漢詩人も島田のような帝国大学の教員も同様であり、先に挙げた「揚文会」設立の経緯からもそれはうかがえる。

> 児玉総督が台湾の文人学士を優待してこの地の文教を振興するために「揚文会」なるものを開かうとしたのは昨年（注―明治三二年）来の懸案である。将来台湾本島人の教育上ひいては政治上に必ず隠然たる勢力を敷くものはこれら文人読書生の動向である。いはば彼らを取扱ふのは土匪ならぬ文匪といふものを帰順させるつもりで行はねばならぬ。一言でいへば、ゆくゆく日本帝国の文化に嚮往させるやうに仕向けるべきで、徒に前代科挙の習《ならひ》に慣れた心を復活させるやうなことがあつてはならぬ。（中、二一一〜二一二頁）
> （傍点――筆者）

まるで「揚文会」と「台北帝国大学」を重ねて、島田自身の使命感を再確認しているようにも見えるが、籾山衣洲ら領台初期の日本人漢詩人が台湾人知識人の懐柔と同化を図るべく動員されたのと同様、帝国大学の教員も近代的な学問によって、「学徒の国家思想を涵養」し、「忠良なる国民を玉成する」役割を担わされていたのである[47]。だがこのように、台湾の文人読書生を「文匪」と見なして帰順の対象とするような態度からは、広瀬武夫や秋山真之が留学先の知識人に親炙し、その社会と民情とを虚心に謙遜に、深くかつ広く学ぶことによって自らのナショナリズムを豊かに育成したような可能性は生まれるべくもない。結局、島田は広瀬武夫のロシア留学を追体験して得た「人間の心にべつに国境はない」という実感を、籾山衣洲の中に見出すことはできず、また見出そうともしなかったのである。それは島田自身の台湾体験を物語っているともいえるだろう[48]。

5. 中国・台湾への視線

ところで、明治期における「ナショナリズム」の概念が日清戦争の前後で質的に変ったことは度々言及されることだが、それは簡単にいえば、島田が言うような普遍的な「愛国主義」から「帝国主義」・「国家主義」への転換であった。

色川大吉によれば、日清戦争以前のナショナリズムは「内容に多少の差はあれ、民利・民権と矛盾しない国民的国家主義、愛国主義として統一されていた」という。それは、「被圧迫民族としての、たえざる欧米列強による支配の危機から、祖国と人民とを救おうという燃えるような精神が貫いていた」ためであった。ところが日清戦争後、近代国家の「統一理念としてのナショナリズムは失われ、はっきり、国家主義・帝国主義と、平民主義・社会主義の両極に分解していった」のである[49]。橋川文三もまた、日清戦争後に、「明治の健全なるものの『帝国主義』への転換」が起こり、「普通理念としての国際正義と結びついていたナショナリズムは、明治国家の国体論的＝天皇制的完成にともなって、しだいにその初期の革命的ロマンティシズムの色彩を失い、露骨な軍事的思考様式——弱肉強食に収斂するにいた」った、と述べている[50]。

そもそも台湾の植民地支配は、健全なるナショナリズムが「帝国主義」へと変質した結果であり、普遍的な「愛国心」の否定であった。日本人統治者は台湾人の「愛国心」が日本帝国に向けられたものでない限り、認めようとはしなかったのである。

島田はこのような明治ナショナリズムの変質をどのように捉えていたのだろう。島田が広瀬武夫と秋山真之を好んで描いたのは、日清日露間の明治ナショナリズムが健全なエネルギーを失いつつある時代に、彼らが海外に出ることによって、普遍的な「愛国心」を自らに養成しえたと考えたからではないだろうか。それをあえて「ナショナリズム」と呼んだのは、「帝国主義」的、かつ「国家主義」的「ナショナリズム」に対する島田なりの批判であったことは間違いない。

ところが、島田の「ナショナリズム」観には明らかな矛盾があった。というのは、籾山衣洲論をはじめとする、『華麗島文学志』関連の論文からうかがえるように、島田は植民地で異民族に対して発揚された「ナショナリズム」が「帝国主義」的、かつ「植民地主義」的であったことには極めて鈍感であったからだ。おそらく、島田は台湾人の「ナショナリズム」も「パトリオティズム」も認めていなかったであろう。先のインタビューでは、一八七〇年から一九二〇年までの「愛国心」を、「偏狭な、ローカルなものではなく、あらゆる文明国家に共通した尊い気持ち」と語っていたが、それはあくまで「文明国家」に限ってのことであり、植民地にまで適用していたとは思えない。

このような矛盾は、島田の「文明国家」=西洋と「非文明国家」=中国・台湾に対する態度の分裂に起因していたが、これは何も島田ひとりに限ったことではない。日清戦争前後から中国（清）に対する日本人の意識は著しく変貌したと言われるが、この戦争は、文明開化によって西欧の仲間入りを果たした日本と、西欧化に乗り遅れた野蛮な清国との戦いとされ、勝利を得た日本のメディアには排清感情が氾濫したのであった[51]。島田は当時の状況について、「（一八）九五年春にかけたこの戦いは、明治ナショナリズムの一つの頂点をなして、日本人の民族意識を自覚させ、またそれを高揚させた。その結果は、はげしい民族的自信を日本人のなかにかきたてた」[52]と述べているが、この「日本人の民族意識」や「はげしい民族的自信」は、中国への蔑視や賎視を対概念としていたのである。日清・日露戦争間の明治三四（一九〇一）年に生まれた島田謹二も、おそらく成長の過程でこのような中国観を刷り込まれてきたはずである。

それゆえ、島田の中に中国蔑視の観念が存在していたとしても、それを彼個人の倫理的、道徳的レベルで批判することにはさほど意味がないと思われる。「愛国心」と表裏一体化した中国蔑視が当時の一般的な国民感情であった以上、それを以って島田批判の根拠とすることはできないだろう。むしろ検討すべきは、「比較文学」という学問を身につける過程で、島田がそれをどのように捉えなおしたか、という点である。

6. 対比研究の戦略性

ここで再び第一章で論じた両大戦間の比較文学に戻ろう。

第一次世界大戦終結直後からさらなる内戦の予感に覆われていたヨーロッパでは、近隣諸国との関係が最も危うく、それが「比較文学」という学問を発展させる動力となったことを、第一章では見てきた。そのことが一方では比較文学者をしてヨーロッパ中心主義からの脱却を困難にし、遠く海を隔てた植民地に対する無関心を生んだことも確かである。だが、多分に「ヨーロッパ」という限定つきではあれ、彼らは諸国間の憎悪を克服すべく、「文学の国際主義」を掲げ、寛容と調停の精神の育成に努めたのであった。

周辺諸国との関係がより複雑であった一九三〇年代の日本、いやその植民地台湾で、島田がヨーロッパの「比較文学」と同時代的に向き合っていたとき、それは彼の中にどのような波紋を引き起こしたのだろう。ここで問いたいのは、その点である。

第一章で引用した通り、島田は戦後になってからではあるが、フランスとドイツとの間に、「再び強固な理解と尊敬と友情の絆を結ぼうとする」ことが、『比較文学雑誌』を創刊した先達たちの「尊い意志」であったと述べており、同誌の理念を十分理解していたと思われる。だが、一九三〇年代から四〇年代にかけての時点では、どうだったのだろう。「隣国の個性に対する尊重と感謝」の念を第一義においていたヨーロッパの「比較文学」をわが身に引き寄せて考えたとき、島田の中でそれまで刷り込まれてきた対隣国感情に変化は生じなかったのだろうか。中国や台湾との関係を再考する契機にはならなかったのだろうか。「日本派比較文学」の確立を志向した際、ほとんど直接接することのない遠いヨーロッパ人を相手にするのではなく、目の前にいる台湾人と共にそれを考えようとはしなかったのだろうか。台湾人と交流し、彼らを理解し、彼らから学ぶことによって、「比較文学」という学問を鍛えようとはしなかったのだろうか。問われなければならないのはその点である。

ところで、「比較文学」には「影響研究」の他に「対比研究」の方法があることも第一章で見てきた。「影響研究」は外国文学から受けた影響を検証することにより、自国文学を普遍性に開いていくのに対し、「対比研究」は外国文学との比較によって、自国文学の特殊性を強調し、国民性の強化に資する傾向が強い。台湾時代の研究を見ると、島田はこの二つの方法を意識的、あるいは戦略的に使い分けていたように思われる。上田敏の翻訳詩研究は典型的な「影響研究」だが、『華麗島文学志』関連の諸論文の場合、それをさらに広い範囲に敷衍した「一般文学」研究の方法が援用されていた。ところが、前章ですでに触れたとおり、島田は台湾人の文学に言及するときに限って、「対比」の視点を持ち込むのである。以下に例を挙げよう。

史を按ずるに鄭氏のころ明朝の遺臣たる沈光文（斯庵）が台湾に逃れ来つた。これを以て台湾に在住した最初の知名詩人と目すべきことは今日ほぼ公論となつてゐるが、鄭氏亡びて清朝政《まつりごと》を布くや、諸種の事情に制せられて、この地は文教振るわず、宦遊の士たる孫元衡（『赤嵌集』の著者）、張湄（『瀛壖百詠』の著者）、陳夢林（『遊台湾』の著者）等を除けば、台湾在住の詩人としてやや名を伝ふべきものを考へるに、鄭用錫（安政五年没）、林占梅（慶応二年没）、陳陶村（明治?·年没）、陳維英（明治二年没）等、数人を数へうるに過ぎぬ。しかもこれらはいづれも土臭著しき地方詩人の尤を出でぬものである。加ふるに彼等のうちその集の公にされたのは陳陶村の『陶村詩稿』（八巻）が上梓された記録があるのみで、林占梅の『琴餘集』（十巻）はつひに上木の機なく、他にも見るべき作品の公けにされたのを聞かない。これが清朝の統治二百年の間の出来事である。文化の劣弱驚くべきではないか。まことに南荒の名のある、また宜なりと言ふべきである。[53]

このように島田は清朝統治時代の台湾文化が「劣弱驚くべき」であったことを強調するのだが、背後にはそれによって日本人の優秀性を保証しようとするという意図が隠されていた。台湾文化に対する批判は、一方で、日本人が領台以来、文芸の価値を尊重しない植民地社会にあって、幾多の文芸作品を生んだことに対する評価――「むしろ感心だと評すべく、やつぱり日本人は風雅な民族だといふことを痛感せずにはゐられない」[54]――と対をなしていたのである。もっともこのような対比による日台文芸の序列化は、島田謹二に限らず、尾崎秀真なども繰り返し行っていたところであった。

過去三百年間一人の文学者をも、一人の美術家をも出したことの無い我等の台湾に於いて、領台以来僅かに三十年、新らしい文化の施設に恵まれて、絵画にしても彫刻にしても音楽にしても乃至は文芸の方面にしても相当に新しき萌芽の生長を見るに至つたのである。(……)試みに漢詩の一道に就いて之を見るもまた一面の消息を窺ふことが出来る。領台以来本島に於ける漢詩の興隆は実に驚くべき現象であつて、過去三百年来決して見ることの出来なかつた燦然たる光景である。[55]

実際、尾崎の言う通り、日本領台初期に台湾の漢詩活動が清朝時代より盛んになったことは確かであり、すでに多くの台湾人研究者によっても検証されている。台湾の漢詩活動を日清戦争前後の日本の漢学観の変化とからめて分析した許時嘉によると、日本時代に入って大量の漢詩が表れたのは、日本人官員が懐柔手段として提唱したことや、社会環境の安定、新聞メディアの発達による詩作募集・発表の場の成熟、さらに異民族統治に協力しようとしない台湾人紳士の隠遁的風潮など、複数の理由が挙げられるという[56]。にも係わらず、尾崎や島田は「対比」の観点を持ち込むことによって、民族性の優劣にその原因を帰したのであった。それは、日清戦争以降の対中国意識が無批判に継承されてきた結果であるといえよう。

尊敬や親しみから軽蔑や嘲弄へという明治期に起きた対中国観の転換は、実は漢学界や国文学界など学術の世界にも及んでおり、許時嘉によると、中国の敗北によって、日本の漢学界には戦場での勝利のみならず、文壇においても清国を倒したいという趨勢が生じたという[57]。籾山衣洲が台湾人詩人を凌駕し、台湾詩壇を牛耳ったことをしきりに強調する島田もこれと同じロジックに乗っていたといえよう。

国文学界でも同様であり、笹沼俊暁によれば、近代化の流れに乗り遅れた「支那」に対して、明治期の国文学者は少なからず蔑視的な意識を持っていたという。その結果、前近代における東アジアの普遍的な文化であった漢詩文を、「支那文学」というかたちで自己の外側に対象化することによってみずからの学問領域を明確化し、「各国文学」の一つとしての「支那文学」を「国文学」の下に位置づけようとしたのであった[58]。

ただし、このような見解が一般的であったとしても、「比較文学」という新しい学問を受容し、自らが比較文学者《コンパラティスト》になる過程で、島田はそれを再考することはできなかったのであろうか。「対比研究」ではなく、「影響研究」の視点を援用することによって、対中国、対台湾観を修正することはできなかったのであろうか。日常的に接する隣人との間に交流を盛んにして、「強固な理解と尊敬と友情の絆を結ぼうとする」ことはできなかったのであろうか。

実は領台初期の漢詩文の時代は島田自身、「内地人本島人の間には共通な文芸の地盤があつた」（傍点——筆者）[59]と認めているように、日台詩人の交流は単なる支配・被支配の関係を超えて相当活発に行われており、「影響研究」を実践するのにふさわしい条件が整っていたのである。近年、台湾ではこの分野の研究が盛んになり、まさに「影響研究」の成果と呼べるような黄美娥[61]や許時嘉、楊永彬らの優れた諸論文を目にすると、島田が切り捨てた可能性がかくも豊かなものであったのか、残念に思えてならない。

島田は結局、ヨーロッパの「比較文学」を受容するに際して、文学の「国際主義」という理念を日本とヨーロッパの間にしか適用しようとせず、中国や台湾に対しては、頑なまでに偏狭な「一国主義」を貫いたのであった。第一、「比較文学の精神は複眼なのである」というものの、その「精神」は台湾人や「台湾文学」に対してはまったく機能していないのである。第四章で述べたとおり、島田は「外地文学」の研究が「比較文学」研究の部門に入るのは、「自国文学の教養と当該外地文学の知識」を必要とし、「国文学と外国文学の交渉」研究になると見ていたからであるが、実際は「日本文学」と「台湾文学」の「交渉」には関心が向けられず、ただ「対比」がなされただけであった。

このようにヨーロッパに対する「国際主義」と台湾（中国）に対する「一国主義」、あるいは「国家主義」という矛盾は、島田の「複眼」が歪んでいたことの証左でもあるが、それは彼の中の揺るぎない西洋中心主義に根ざしていたといえるだろう。島田はフランス比較文学にヨーロッパ中心主義を感じ取り、「日本派比較文学」を提唱したわけだが、結局は西洋を最上位とする文明の階梯に、日本や台湾・中国を位置づけただけであった。『華麗島文学志』の出発点になった「南島文学志」にはそうした意識が刻印されている。

かくのごとく詩文と民間説話との区別はあるが、清領台湾にも文学らしい遺物は探れば多少出てくるに違ひない。然し、当代のものは、どれ程の佳作が今後発掘されてくるかしれないが、結局のところ、複雑、精緻、深刻、雄大な「近代文学」の趣味に薫染した人人からみると、どうしても物足らないし、文学的価値も多くは低いものと見ておいてよいのではあるまいか。かへつて此期には支那文学の中よりも、近世西欧文学の中に清領台湾をとつて芸術的素材とせる作家を散見する。[61]

ここで言われる「近代文学」とはいうまでもなく「西欧」近代文学であり、島田はそれを基準に清代の文学を「文学的価値も多くは低い」と見ているわけだが、この「基準」を変えることが、「日本派比較文学」を立ち上げる際の根拠だったのではないだろうか。しかし、西欧化の度合いによって民族とその文学の優劣を判断するという態度は変わらなかったのである。これが戦前における島田の比較文学思想の限界であったといえるだろう。

第三節　「郷愁」の行方

ところで、「外地文学」の課題の一つとして挙げられながら、「郷愁」についてはこれまでほとんど論じられてこなかった。しかし、これは在台日本人の内面に深く係わる極めて重要なテーマである。「南菜園の詩人籾山衣洲」には島田の「郷愁」観が最も鮮明に表れているので、関連論文を交えながらその意義を探っていきたい。

1.「郷愁」という課題

島田は「台湾に於けるわが文学」で、「外地居住者のもつ心理的必然からいつて、その文学の大いなる主題《テーマ》は、外地人の郷愁と、その土地の特殊なる景観描写と、土着人の生活解釈の三つに分れる」[62]と述べ、「郷愁」をあたかも世界の「外地文学」一般の傾向と見なしていた。ところがカリオ、レジスマンセやロラン・ルベルはさほど言及していないのである。加えて同論文では、ルベルの『フランスにおける植民地文学史』(「第一〇章インドシナ」)[63]に依拠して、仏領インドシナの「外地文学」を紹介しているが、島田が「今日では主としてこの地に流寓する仏蘭西人の郷愁を物語るものが多く」[64]というほど、ルベルは「郷愁」(nostalgie)を特筆すべきテーマとして取り上げていない[65]。

一方、島田が直接参考にしたわけではないが、ルイ・マルレ(Louis Malleret)の詳細な研究『一八六〇年以来のフランス文学におけるインドシナ・エグゾティスム』(一九三四年)によると、仏領インドシナでフランス人による植民地文学が誕生した当初は、「郷愁」や「憂愁」(spleen)、「憂鬱」(mélancolie)といったテーマが見られたという。だからといって、マルレはそれを植民地文学の中心課題の一つとは見ていない。インドシナのフランス人社会の変容に伴って文学の傾向も変化していくが、「郷愁」や「憂愁」は植民者が異質の環境に適応できないでいた初期に特有のテーマにすぎなかったのである。それは一種の「居心地の悪さ」(dépaysement)に起因する心情であり、ボードレールやヴェルレーヌからの影響もあった。一方、インドシナでの生活が長くなると、本国に戻ってから反対に植民地への「郷愁」が芽生え、それも文学のテーマになる[66]。しかし「郷愁」や「憂愁」は、次第に植民地開拓や植民地建設に献身した入植者、プランテーション経営者、宣教師らの個人的功績を讃える物語に取って代わられ、さらに、ヨーロッパ人が現地の言語を学び、伝統的な原住民知識人と交流し、アジア的なものに同化していく段階に入ると、祖国との間に心理的な齟齬が生じ、それが新たなテーマになった[67]。

このように、マルレの研究からはインドシナにおけるフランス人社会の土着化にともない、本国への郷愁から植民地建設の賛美を経て、最終的には本国との心理的距離感の表明へというように、主流となる傾向も変化したことがうかがえる。それを考えると、島田が「今日では主としてこの地に流寓する仏蘭西人の郷愁を物語るものが多く」と書いたことは、一九三〇年代の現実に即していたとは言い難い。

実をいえば、「郷愁」のテーマは在台日本人の文学を見渡してみても決して多くはないのである。確かに島田の指摘するとおり、短歌にはその思いを詠ったものがないとはいえないが、だからといってそれが在台日本文学史において、「エグゾティスム」と並ぶ二大潮流を形成していたようには見えないし、「この地の内地人文学の根本傾向として今後も長いことつづいてゆくに違ひない」[68]と言うのも違和感がある。歌誌『あらたま』にしても、純粋な「郷愁」を詠った作品を見つけるのは意外と困難であり、あらたま同人社から出たアンソロジー『歌集攻玉集』[69]でも、八重潮路の二首「さやかなるこの月かげやふるさとの母のみ墓に照りてあるべし」(二五頁)、「住みなれて旅にゐるとは思はねど萩咲く頃は故郷《くに》し恋しも」(三二頁)の他、さほど目立つ作品はない。

一方、『ゆうかり』の理論的指導者藤田芳仲は、「われ〳〵は、郷愁を感ずることに躊躇すべきではない。しかしながらばかばかしい郷愁に束縛されるの愚は敢てしたくない」[70]と述べており、「郷愁」が「台湾俳句」の方向性とは相容れなかったことがうかがえる。また前章で触れた通り、「湾生」の新垣宏一になるともはや「郷愁」の念は理解できなかったようで、「いつまでも望郷的なものはつまらない」の一言で片付けていた。おそらく、それがいつになっても内地への未練を断ち切れない後ろ向きの感情であり、台湾に根を張る上ではマイナス要因と考えられたからではないだろうか。

島田もそれはある程度感じ取っていたようで、岩谷莫哀をはじめ『あらたま』その他の歌誌に拠った歌人について、「やや明らかに外地生活者の郷愁を歌はんとして努めた痕を感じうるものではなからうか」[71]と、どことなく歯切れの悪い言い方をしている。にもかかわらず、今後の「外地文学」の課題としてあえて「郷愁」を取り上げたのは、青年期になって台湾に移住した島田個人の思いが強く働いたからではないだろうか。島田は戦後、西川満との対談で、次のように台湾時代を回顧している。

私は赴任当時、台湾になじむというより、望郷の念の方が強かったのです。台北駅のベンチに腰かけて、汽笛をきくと、涙がポロポロ出てきたこともありました。外地居住者の気持を自らのなかに見い出しましたね。[72]

もちろんこれは「赴任当時」の心境であり、台湾での生活が長びくにつれ、「望郷の念」も変化したであろう。だが、島田はこのような心情にこだわったのである。ただし、島田が「郷愁」という言葉で言おうとしたのは、おそらく単なる「望郷の念」ではなく、植民地という特殊な環境が宗主国人に引き起こす憂鬱や寂寥、不安や孤独、疎外感や緊張感など、どちらかというとマイナスの諸価値を含む心情の総体ではなかっただろうか。確かに「郷愁」の念を醸成するのはこうした心情であり、それゆえそれらを含めて「広義の郷愁の文学」と呼ぶのであれば、後述するとおり、それは領台初期から昭和期に至るまで在台日本文学の底に澱のように沈む一筋の水脈を形成していた。

おそらく島田自身、このような心情とは無縁ではなかったのであろう。亀井俊介などは『華麗島文学志』の書評で、「若き日の島田先生も、外地の大学にあって、稀有の学才を十分に評価されぬ鬱屈があったに違いなく、こういう文学に理解と共感を示すのだが」[73]と述べており、そもそも島田が在台日本文学に興味を示したきっかけを、植民地で生きることの「鬱屈」に見ているほどである。それを考えると、島田が衣洲の主情的な詩を政治的な詩より好み、広義の「郷愁」を「外地文学」の課題の一つに挙げた理由も理解できなくはない。

しかし一方で、島田が内地文壇から自立した郷土主義文学の育成を呼びかけ、光あふれる「南方の美」を詠う「エグゾティスム」と、台湾の現実を逞しく描く骨太の「レアリスム」の文学を求めていたことを思うと、なぜ内地の方を向いた暗く非生産的な「郷愁」の文学に共鳴し、今後の課題として提起したのか、いささかの疑念が残る。だが、「広義の郷愁の文学・外地景観描写の文学・民族生活解釈の文学」は、「相並んで開拓し、深化し、拡大せらるべく、決してそのうちの一にのみ跼蹐してはならならい」と主張していたところを見ると[74]、おそらく「郷愁」が台湾に生きる日本人にとってどうしても特化せずにはいられない、島田の好きな言葉で言えば、「のっぴきならない」[75]テーマだったのであろう。そうであるならば、これは「エグゾティスム」や「レアリスム」と同じレベルで論じられなければならないはずだ。

そこで以下では、「南菜園の詩人籾山衣洲」を中心に、島田のいう「広義の郷愁」の意義を探っていきたい。

2. 統治者の二面性

まずここで気になるのは、島田が籾山衣洲の内面に深く沈潜し、彼の胸中にわだかまっていた「憂愁と悲嘆」になぜかくも深い共感を示したのか、という点である。そのような姿勢は、尾崎秀真には見られない。尾崎の描いた衣洲は、児玉源太郎に招聘されて渡台し、『台日』の主筆として台湾人文人と堂々と渡り合い、「文事顧問格」として総督のそばに控えるだけでなく、総督の別邸南菜園に寓居して休日には児玉の酒や囲碁の相手を務める、選ばれた詩人であった。ところが島田は、栄光の最中にあってもなお消すことのできない鬱屈を衣洲の中に見出し、それを丹念に描くのである。

然し籾山は台湾にもとより永住する気はなかつた。もともと衣食のために流れて来たのではあるし、児玉の知遇には感激してゐたが、さりとて総督に取入つて栄達を図らうといふやうなさもしい気は少しもなかつた。ことに文芸のわかるといふ点からいへば、志を延ばすあてのまるでない土地である。秋も晩くなつて身に着ける物を漸く加へるやうになつた頃は、今更のやうに故郷が懐しまれた。（中、三五頁）

島田はこのように論文全体を通して、衣洲の「私人としての惻々たる感傷鬱悶」を一つ一つ掬い上げていくのだが、その原因を「特に年齢と環境とのためか、旧を夢む作品には真に衣洲の衷心から湧き出た佳品が少くない」（下、六六頁）と、「年齢」と「環境」に見ていた。さらに、「病むこと」を加えてもいいが、一先ず、島田がここで「環境」を取り上げた点には注意したい。おそらくそれは「内地」とは異なる「植民地」という特殊な「環境」のことであり、そのような「環境」で、あるいは病み、あるいは老いていくという自覚が、衣洲に「感傷鬱悶」を引き起こしたと見ているのである。衣洲にはもともと健康面で不安があった上に、「浮浪の仲間に身を投じた」（中、七三頁）不肖の息子がおり、それが「深い悲哀」の原因になっていたことは確かである。しかし、島田はそうした個人的な事情よりも、まず植民地という「環境」の特殊性に着目し、それが衣洲に投げかけた暗雲を在台日本人一般が見舞われる一種の宿命として、普遍化しようとしていたように見える。

そもそも日本が初めて海外に獲得した植民地台湾は、漢詩では稀に「径ニ指ス天南ノ美麗洲、欲レス見ント桃源ノ新版籍」（土居香国）などと詠われることもあったが[76]、最も一般的なイメージは「南荒」（南方の野蛮な土地）であった。衣洲も「暫ラク入ニルニ南荒ニ一」（上、一五頁）、「今作ニル南荒ノ客ト一」（上、二六頁）と詠んでいるが、それは台湾に「落ちる」、あるいは「流れる」ことを意味していた。実は領有直後の台湾は内地のおびただしい敗者を吸い寄せる磁場として、内地メディアからは「内地の人の掃溜場」[77]などと形容されていたのである。明治三三（一九〇〇）年一〇月二四日の『台日』にも、「大凡植民地若くは新領土に移住する者、多くは母国の秩序的社会に容れられさる不逞無頼の徒にあらされは、功名若くは暴富を得んと欲する一種の野心家なりとす、本島の来住者は、多くは是種の人に属し、雄心鬱勃たる志士傑人に至りては、寧ろ寥々たるを見る」との記事が第一面に掲載されていた[78]。島田も「明治の内地文学に現れたる台湾」で、内田魯庵が初期の渡航者を「官吏なら左選者《さすらへもの》か不首尾者《ふしゆびもの》、民間なら喰詰者《くひつめもの》か大山師《おほやまし》、先づ人間の皮を被《かぶ》つた狢《むじな》のやうな奴ばつかり」と評していたことを紹介している[79]。実際、この種の渡航者が多かったことは事実であり、「南菜園の詩人籾山衣洲」でも領台初期の俳壇に台頭した高橋窓雨という人物に言及している。高橋もまた、「事業に失敗し、渡台。零落した身を（……）『台湾日報』の賄方にひろひ上げてもらつた」（下、五二頁）のであった。「家已ニ貧ニシテ。饘粥不レ給セ」（上、一一頁）という状態で渡台した籾山衣洲も同様と考えてよい。それゆえ衣洲には、「青年の頃風流才子として一代に詩名を知られた自分がはるばると台湾に流れて来」（上、五四頁）た、つまり「敗者の台湾落ち」という自嘲が常につきまとっていたのである。

もっとも、尾崎秀真が「領台の初めに内地に居て漢学が出来て前途に大望を抱いた連中は先を争つて渡台した」[80]というとおり、衣洲も渡台に際しては再起の念を抱いていたことがうかがえる。東京を発つ際には、「老大猶存ス千里ノ志、莫レ言フ徒ニ為レナリト策二スルガ詩勲一ヲ」（上、一五頁）と詠い、台湾に向かう船上では、「滄溟萬里雁行高シ、坐ニ覚ユ狂夫意気ノ豪ナルヲ。二十余年無二シ此快一、舷頭抽レイテ筆ヲ賦二ス観涛一ヲ。」（上、一六頁）という七絶を詠むが、島田はここに窮乏生活を捨て、新天地に賭けようとする漢詩人の誇りと晴々とした境地を読み取っていた。ところが、それは着台後まもなく陰りを見せる。

島田は、衣洲が台北上層階級の社交界や詩人仲間の集まりなどで歓迎されたことを記す一方、彼が「堪え難き客愁」を感じ、年が明け雨季が始まるや体調を崩したことを書き留める。三月下旬になると今度は、「内地風の花のない台湾では侘しくてたまらぬ」（上、四〇頁）と記し、衣洲が過去の作品を振り返る場面では、昔の仲間も「いまはみんな飄零四散してしまつた。前塵を追憶すれば、恍として隔世の感がある。詩中に詠つてあるところが讖を為したのかと思へば、年甲斐もなく涙が頬を伝はつて来て仕方がなかつた」（上、四一頁）と、まるで自らの胸中を吐露するように書き綴るのである。さらに、衣洲が青年時代の自作「衣浦情譜」を思い出す箇所では、「今の自分は衰髩蒼然、また以前の意気を失つてしまつた」（上、五四頁）と記し、あるいはなじみの芸妓漣兒を思つて詠んだ「夢舊」（「舊を夢む」）についても、「苦海に沈倫するものはひとり小漣のみではない。千古不遇の人はこゝにも一人ゐるのである」（上、五六頁）と、衣洲の悲痛な思いを書き止めた。

しかも、こうした「感傷鬱悶」を描いた前後には、衣洲が児玉総督に気に入られ、「新聞記者として三面六臂の働らきを示した」（上、三〇頁）ことや、詩友と共に林本源庭園に遊んだこと、饗老典に臨席する児玉総督に随行して彰化に発ったことなどが、晴れがましい調子で記されているのである。

このように衣洲をめまぐるしく襲う明暗の交錯について例を挙げればきりがないのであるが、実は「南菜園の詩人籾山衣洲」という大部の論文は全体が光と影の織り成す交響曲のように構成されているのである。それがこの論文の一つの魅力にもなっているのだが、台湾時代の衣洲が実際このような日々を送っていたかどうかは別として、島田は衣洲の中に「ナショナリズム」を鼓吹する晴れがましい「統治者」の像と、「感傷鬱悶」を抱えるもう一つの存在を見出していたのであった。そもそも島田にこの論文執筆の動機を与えた神田喜一郎が、このような衣洲像を描いていたかどうか定かではないが、晴れがましい詩人像とは別に、衣洲の暗さに島田がこうまで執着するのは、彼自身、似たような思いを抱えていたからではないだろうか。そして、島田はその原因を植民地の「環境」に見ていたのである。

植民地の宗主国人というと、往々にして被統治民族に対して優越感を振りかざし、特権的で豊かな生活を享受しているように思われがちだが、決してそうでないことは、本書第四章で見てきた通りである。実際、植民地に生きるということは、異民族支配の最前線に立たされ、統治政策の様々な矛盾を抱え込まされるということであり、それは当然、在台日本人の中にある種の屈折した心理を生んでいた。彼らは台湾人に対しては統治者として振舞いながら、日常的に抵抗の眼差しにさらされており、それが大いなるストレスとなっていたのである。武力抵抗の絶えなかった籾山衣洲の時代には、所謂「土匪」の「不逞の面魂」（中、六九頁）によって、一九二〇年代以降の思想抵抗の時代には台湾人知識人の「民族意識」によって、台湾の日本人は絶えず威圧され、恐怖や不安、緊張にさらされていた[81]。島田自身、内地に出張すると、「人のことばはなごやかにきこえ、外地ではまるでみられないやわらかい陰影がいたるところにただよっている。統治者と被統治者というどこか険しい気分で何もかもがぬりこめられてはいない」と感じたことを、戦後になって振り返っているが、外地生活者がいかに緊張を強いられていたかがうかがえる一節である[82]。

ところが、こうした在台日本人の苦境は内地の日本人にはまるで理解されず、竹中信子によると、「本土に住む者よりも劣る」だの、「島民を搾取する差別主義者」だのと、軽蔑や批判の眼差しを向けられ、それが内地の日本人に対する気後れやコンプレックスになっていたという。「植民地政策は当時の日本国家の意志を代行しており、「日本の国家、日本人すべてが植民地を所有しているところに責任がある」はずだが、裁かれるのは常に台湾の日本人であった[83]。

そうした内外双方からの重圧は領台直後から約半世紀を経た昭和の時代まで変らず、彼らは差別主義的な支配者であると同時に、敗者として台湾落ちした一段劣った日本人という二律背反を生きざるを得なかったのである。それが内地の日本人と台湾人の間に置かれた在台日本人に与えられた宿命であった。言い換えれば、植民地というのは、本国にいられない事情を背負い、再建に賭けて海を渡ってきた宗主国人を、再び挫折せしめるような構造を内蔵した社会であり、そこには被統治民族だけでなく、宗主国人の精神をも蝕む地力のようなものが働いていたように思われる[84]。それを「植民地特有の畸形的環境」という言葉で表現したのが黒木謳子であり、島田もそこに在台日本人の「感傷鬱悶」の原因を読み取っていた。

結局、籾山衣洲の光と影とは、明治期から昭和の時代に至るまで、在台日本人が負わされてきた二重性でもあるのだが、島田が衣洲の中にそれを見出しえたのは、自らの植民地体験によるだけでなく、バルダンスペルジエの論文「シャトーブリアンと王党派貴族の亡命」の影響も無視できないだろう。フランス革命の際、貴族軍に加わったシャトーブリアンは、革命の大混乱が未だ収束を見ない一七九三年から一八〇〇年までロンドンでの亡命生活を余儀なくされるのであるが、この論文は彼の「棄郷者」あるいは「祖国喪失者」[85]としての憂愁や苦悩、孤独や悲惨をあますところなく描いていた。島田は台湾における衣洲の中にロンドンのシャトーブリアンを見出し、さらにそこに自分自身を重ね合わせているように見える。シャトーブリアンらロンドン在住の「追放された者たちのグループ」（ce groupe de bannis）は、在台日本人の境遇を映し出す鏡になったのではないだろうか。

3．植民地で病むこと、老いてゆくこと

さらに外地生活者の「感傷鬱悶」を深くしたのは、このような特殊な環境で病むことと老いてゆくことであった。籾山衣洲の場合も例外ではない。

衣洲にはもともと虚弱なところがあり、着台直後から「余入リ二南荒ニ一来リ。微痾纏綿ス。自ラ期ス瀛卒ニ不レト堪レ役ニ」（上、二五頁）などと弱音を吐いていたが、明治三四（一九〇一）年後半期はかなり深刻であった。島田は「病に悩んでゐる痕が歴々として辿りうる。それにつれてまた心緒も結ぼほれてか、嘆息の声が漸く高くなつた。望郷と懐旧との哀韻は切切の情を露はし、衣洲が製作のgrandton《グルンドトオン》となりはじめたのである」（中、六二頁）と記している。明治三五（一九〇二）年秋以降は、台湾赤痢の類に罹り、入退院を繰り返したあげく、内地療養を余儀なくされ、結局、『台日』退社に追い込まれた。

実はこの「台湾で病むこと」については、『華麗島文学志』の他の論文でも度々言及されていた。風土の異なる南方の地で、特に初期渡航者はマラリア、赤痢、チフス、デング熱など「熱帯地方病」に感染することが多かったようで[86]、明治製糖株式会社の社員として、大正六（一九一七）年に渡台した歌人岩谷莫哀も悪性マラリアに罹患し、それを歌にしている。

よろよろとよろめく足をふみしめて厠へたてば月のさやけさ

遠く来て遠く病み臥し身の果てむさだめにはたと思ひあたれり

島田はもともと莫哀の詠う外地の独身青年のわびしい生活歌に心惹かれていたが、「瘴癘」と題された一連の体験歌については、「内地人の文芸としてマラリア患者の世界をこれくらゐintime《アンチーム》に描き出したものは未だ曽てなかつたといつてよい」と評している[87]。内地からも島都からも遠く離れた南部の僻地で、病んだまま果てるのかもしれないという不安は、莫哀にいっそうの孤独感と郷愁を掻き立てたであろう。

また、直接作品に反映しているわけではないが、衣洲と同時期、明治三三（一九〇〇）年に渡台した渡辺香墨もアミーバ赤痢に罹り、それが原因で明治三九（一九〇六）年、内地に帰還している[88]。同じく明治三三（一九〇〇）年に淡水税関吏として渡台した歌人山田義三郎も「チフス（?）《ママ》」を病み、明治四三（一九一〇）年七月、寂しく台南の地に客死したのであった[89]。夢を抱いて新領土に渡ってきたものの、熱帯性の病が入植者を心身ともに蝕み、郷愁の念をかきたてたのは事実であろう。

島田はそれに加え、植民地で「老いること」の悲哀を重く見ていた。島田の引用した衣洲の詩文には、「吁《ああ》、吾や老たり。才や拙し。（……）されど身既に万里滄溟の客となる。」（中、一〇頁）、あるいは「草長ク秋花含ンデレ露ヲ泣キ。風靡カシテ二月兎ヲ一出ルコトレ雲ヲ遅シ。可シレ憐レム才退イテ江郎老イ。三日推敲ス一首ノ詩。」（下、四四頁）、「少年日月長シ。老大日月短シ。逝川不レ可カラレ回ス。白髪誰カ能ク緩ウセン。」（下、五〇～五一頁）というように、「南荒の客」となったまま、志を果たさぬうちに老いを迎えた悲哀が繰り返し詠われている。実は、島田が最も共感を寄せたのはこの部分であった。

「所ノレ遺ム者ハ。駒隙忽忽。暮景漸ク迫ル。加フルニ以テス三年来費スヲ二力ヲ於将ニレ絶エントスル之学ニ一。年近ク二五十ニ一。無事猶大。自ラ信ズ抱缺守残。身ハ与レ名倶ニ滅ビント。」この感懐には今日のわれわれもまた深く同ずることが出

来る。事情も心情もほぼ同勢だからである。(中、七三頁)

「今日のわれわれ」と複数形で語っているところを見ると、一九四〇年代の台湾にも四〇年前の衣洲と「事情も心情もほぼ同勢」と感じる日本人が少なくなかったのであろう。少なくとも、「台湾くんだり」にまで流され、これといった仕事を残さないまま、老いてしまったという感慨を、当時の島田が抱いていたことは確かである。それを裏付けるような挿話がある。島田は一九四〇年の晩夏か初秋の一日、内地に北原白秋を訪ねたことがあった。

その時、微醺をおびた白秋は、急に著者の目をじっとみつめて、あなたはまだこれという仕事がないねえ、と語りかけた。著者はあの言葉を忘れない。あの時の表情を忘れない。とにかくハッとした。たしかにいくつかの未熟な学問的業績は出していたが、まだこれといって世に認められるほどの作品を公にしてはいなかった。[90]

一九四〇年の晩夏か初秋といえば、『台大文学』で「南菜園の籾山衣洲」の掲載が始まる直前である。当時、島田の台湾での生活は一〇年を越え、四〇歳も目前であった。「専門の業績はまだ単行本にまとめ上げられないで、かへつて業余の産物として『華麗島文学志』が先に書き上げられた」[91]というように、確かに「これという仕事」はなかったのである。志を果たさぬまま老いていくという焦燥感は、中央から遠くはなれた植民地ではより増幅されたはずだ。白秋の言葉を痛切に受け止めた島田は、衣洲に自身を重ねたのではないだろうか。

恐らく衣洲の最長所は外地生活者たるが故に特に痛感する望郷の情の表現者たることにあらう。単に情そのものとしては、これは外地生活者に普遍的なものであらうが、籾山のやうな深遠にして縹緲たる郷愁としてこれを現はしえたものは未だかつて無いのである。しかも世路に躓き憂愁と悲嘆との不断に胸中にわ

だかまつてゐた彼のことであるから、その郷愁の深切なことは類がない。（下、六五頁）

衣洲の作品に深い陰影を与えているのは、「南荒の客」として志を果たさぬまま、病のうちに老いていく鬱屈と悲哀であり、そこから生じる切実な郷愁であった。島田はそれを自らに重ねると同時に、この地に住む者が共通に見舞われる心情、つまり「外地居住者の心理的必然」として捉えたのである。

4.「郷愁」の重さ

島田が過去の在台日本文学の中に、渡台にまつわる敗北感や新天地での挫折、内地から受ける蔑視、病や老いなどからくる鬱屈や悲哀、さらにそれがいや増す郷愁を、この地独自のテーマとして読み取っていたのは確かであろう。だが気になるのは、それが決して過去や現在に留まらず、今後も書き継がれるべき課題として提起されている点である。言い換えれば、植民地に生きる宗主国人にはこうした「感傷鬱悶」が永遠についてまわるということなのだろうか。

ここで注意すべきは、この「感傷鬱悶」とは、一九三〇年代以降、総督府も着目し、台北帝大の医学者たちに盛んに研究された一種の心因性の病「熱帯神経衰弱」であったと考えられる点だ。これはもともと西洋諸国が熱帯を植民地化した結果、生じた病だが、日本でも南進化に伴って早くから現れ、一般に「台湾ぼけ」、「海南ぼけ」、「南洋ぼけ」などと呼ばれていた。温帯から亜熱帯や熱帯に移住した後、気候や風土に適応できず、精神能率の低下や注意力散漫、思考困難、めまい、疲労倦怠感、エネルギー不足、不眠などを招き、情緒の面でも憂鬱、焦燥、いらいら、不満、感傷、圧迫感などの症状が現れたという。内地とは異なる気候風土だけでなく、植民地の特殊な社会構造を原因として指摘する医師もいた[92]。特に内地同胞から注がれる差別的眼差し、その裏返しとして、内地同胞に抱くコンプレックスなどが、在台日本人の精神面に大きく作用したという[93]。

島田が在台日本文学のテーマとして、「広義の郷愁」＝「感傷鬱悶」を取り上げたのは、青年期になって台湾に移住した個人的な体験だけによるものではなく、おそらく在台日本人の集団的存続に係わる問題として重視していたからではないだろうか。実は、マラリアやチフスなどの熱帯風土病がほぼ根絶した一九三〇年代、今度は心因性の病が台湾の発展、および南方進出の成否を握る鍵として注目を集めるようになっていたのである[94]。島田が医学的根拠にどれほど通じていたかは定かでないが、『台湾時報』のような総合誌でも取り上げられ、台北帝大の医学部が深く関与していたこともあり、ある程度、ことの重大さを把握していたと思われる。医学者が「熱帯神経衰弱」という語でこの病を概念化したように、島田は在台日本文学史において一種の概念化を試みたのかもしれない。

実際、過去を振り返れば、島田のいう「広義の郷愁」が日本統治時代を通して、作者の有名無名を問わず、繰り返し詠われ、語られてきたのは事実である。いくつか例を挙げよう。

少年の日に夢みたる南なる島に来たりて憂き思ひする
だいそれた希望《のぞみ》もたねど空しくも島の四年《よとせ》を過すわびしさ

竹下津芳、西口紫溟編『南ノ国ノ歌』（台北：人形社、一九二〇年八月）五七頁。

金溜めて故郷へ帰へらむのぞみもち老ひゆくらしも金は溜まらず
ここにして命終へむと思ふ人は少かるらし故郷恋ひにつゝ

小柳七部、植民地官吏『原生林』（一九三六年六月）四頁。

ここには希望を胸に新府の領土に渡ってきたものの、夢破れ、故郷にも帰れず、空しく日を送る無名の小市民たちの満たされない思いが表白されている。実は詩人伊良子清白の場合も同様であった。彼もまた大望を抱いて明治四三（一九一〇）年五月、新天地にやってきたものの、結局は失意のうちに帰還するのである[95]。清白は台湾総督府台中監獄医務所長を皮切りに、台湾総督府防疫医を経て開業し、多忙な日々を送っていたが、大正五（一九一六）年一月八日の日記には、「将来に希望なく目前に快楽なく日々空虚をおぼゆるのみ」[96]との一行が唐突に現れる。翌年には総督府関係の仕事を辞し、台北で医務室を開業するものの、清白の仕事ぶりや人格を誹謗中傷する匿名の脅迫状を受取り、そのことが書状の写しと共に鬱々とした筆致で綴られていた。加えて医務室が経営難に陥り、北ボルネオ行きの計画を立てるもうまく運ばず、仕事も失い、「いろ〳〵考ふるも考ふれば考ふる程行づまりたる感あり」（大正七年三月二八日）という心境のまま、結局、大正七（一九一八）年四月逃げるようにして内地に帰還するのである。

清白の日記にも衣洲の「感傷鬱悶」に共通する暗い影が射しているのであるが、島田はそれを読んだわけではなく、一九三七年七月末、志摩の国鳥羽の海岸に隠棲する清白を訪ねた際にも台湾時代の話を聞くことが出来たかどうか、定かではない。しかし、清白のような台湾経験は在台日本人社会で語り継がれてきた、ごくありふれた物語の一つだったのではないだろうか。在台日本人文学の底にはまさにこの種の心に暗雲を宿した外地生活者の物語がおびただしく横たわっているのである。それを見事に象徴しているのが、岩谷莫哀の次の一首ではないだろうか。

何やらむくだものの香のただよひて心は曇るこの朝ばれを[97]

前半のさわやかな明るさと後半の鬱々とした暗さのコントラストは、美しい南の島で「感傷鬱悶」を抱えて生きる日本人の日常を巧みに切り取っている。莫哀は植民地産業の代表とも言える製糖会社[98]の社員として来台したわけだが、東方に遠く「蕃界」の山が青黒く聳え立っているだけで、「何の変化も慰めもない甘蔗畑の真只中」で「無趣味な生活」を送っていたという。

すくすくと草木の枝をはるままに人の悲しく痩せてゆくなり
いかづちの遠くとどろき雨やこむ夕べは嘆くひとり住ひを

島田はこのような莫哀の「悲しき寂寥感を訴えた生活歌」を味わうために、同じく製糖会社に勤務していた木下笑風の小品「カンナ花」（『相思樹』、一九一〇年九月）や、小山掃葉の小説「植民地」（『人形』、一九一九年五月）、「主義に生きる人」（同、一九一九年六月）などを参照し、彼らの「生きてゆく甲斐がない」ような単調な生活に思いを馳せる。そして、そのような風景に莫哀の歌を置き、「彼の焦燥、彼の憂鬱、彼の悲嘆」を読み取ったのであった[99]。

一方、『華麗島文学志』では取り上げていないが、上忠司（清哉）の詩にも次のような一節がある。

おれはもうこんなにも労れ果てゝゐる　まだ三十三になつたばかりの若さで
日がないち日　あてどのない憂鬱と哀しい凝視と
扉の開かない人生がおれの前にある
何も彼もが予期しない運命の袋小路に迷ひ込んでしまつたのだ[100]

この詩には皮肉にも「太陽の子」という題が付けられているのだが、南の島に生きる三三歳の青年は絶望的なほどの憂鬱と悲哀を抱え込んでいた。黒木謳子の詩「果樹園の春」も見てみよう。

聳え立つ椰子と檳榔の並樹にゆれる南風の光彩は
わたしのうつろな心の白紙に花粉を撒散らしながら
乾燥された熱帯のゆううつを溶解して

果樹園の精彩を創る[101]（傍線——筆者）

椰子と檳榔に彩られた美しい南国の風景に漂うこの漠然とした暗さは一体何なのだろう。島田はこのような「熱帯の憂鬱」とも言うべき「感傷鬱悶」が、明治期から昭和の時代に至るまで、在台日本文学の底に一筋の水脈を形成していたことを確実に捉えていたと思われる。その上で、衣洲の「感傷鬱悶」であれ、莫哀の「焦燥、憂鬱、悲嘆」、上忠司や黒木謳子の「憂鬱」、さらに自身の「鬱屈」であれ、それを「外地生活者の心理的傾向」、つまり「環境」固有の産物と見たのであった。であるならば、在台日本人の内面の暗さを追究していけば、逆に「環境」の特質を照らし出せるということであり、在台日本人に憂鬱や焦燥を引き起こす植民地社会とは何かという問いに至るはずである。これは本書第四章で触れた、藤田芳仲のいう自己認識を通して台湾認識に至るという道筋、つまり「植民地の真実」に到達する唯一の方法と重なってくる。個の内部を掘り下げることによってしか植民地社会の真実にはたどり着けない、あるいは植民地社会の真実は個を出発点としなければ見えてこないという予感を、島田も藤田も抱いていたのかもしれない。おそらくそれは正しい予感であったろう。

ところが残念なことに、ここでも島田は問題の核心に近づきながら、そこから再び遠ざかってしまうのである。それは、「レアリスム」を提唱しつつ、「真の台湾の姿」に至る道を閉ざしてしまったことと同様であり、「郷愁」の提唱も結局は、植民地社会の構造を明らかにする可能性を孕みながら、その広がりを獲得するには至らなかった。その結果、在台日本人を覆っていた暗さは、明確な原因を突き止められないまま、漠然とした理由のない暗さとして残り、「広義の郷愁の文学」は、日本人の心情を詠う「繊麗婉美」な抒情文学としての発展を託されただけで終わってしまうのである。

ねがはくは郷愁の文学をしてもつともつと真に郷愁の文学たらしめよ。真純なる憧慕の情にしてもつともつと切ならば、既に或点まで成功してゐる風物描写と結んで万人の胸を打つ抒情詩も生れよう。思ふに我が律語界は今あまりにもpoésie《ポエジ》を忘れてゐる。この様式、殊に短歌こそは、恐らくこの種の郷愁の文学として最適のものではあるまいか。ことに二十年前より内地歌壇に於て盛んに行はれるやうになつた連作の新種は、この傾向をあらはすのを益々容易ならしめてゐるのではないか。あの高踏派の詩風のうちに、灼熱地をとかす東京《トンキン》の異国的景観を描き乍ら、温柔婉美な故国への郷愁を歌ひ上げたアルフレッド・ドロアンのやうな歌人がこの地に現はれてくるのは、果していつの日の事であらうか。[102]

島田の限界は、「真の郷愁の文学」をこうして「索莫とした外地生活者の気持ち」[103]に潤いや慰めをもたらすだけの抒情文学として完結させようとした点にある。在台日本人の不幸はそれを生み出す「環境」を変えない限り決して解消されないはずだが、島田はその点には思いを馳せることなく、ただ彼らの「感傷鬱悶」を哀切な抒情文学として芸術的に磨き上げることだけを求めたのであった。

結局、「広義の郷愁の文学」が「この地の内地人文学の根本傾向として今後も長いことつづいてゆくに違ひない」ということは、その温床となる「植民地特有の畸形的環境」も「今後も長いことつづいてゆく」ということであり、「ねがはくは郷愁の文学をしてもつともつと真に郷愁の文学たらしめよ」と訴えることは、在台日本人を不幸にする植民地社会の畸形性を温存せよと訴えるに等しいのである。であるならば、台湾人が批判しなければならなかったのは、この点ではなかっただろうか。在台日本人を不幸にする「環境」とは、それ以上に台湾人を不幸にする「環境」であり、その点を認識するならば、両者は出会えたかもしれないのである。しかし、「郷愁」のテーマは一度も議論されることなく、島田の視点を在台日本文学の枠を超えて、台湾人の文学に向かわせることもなかったのである。

5. もう一つの「郷愁」

しかし、「郷愁」の概念は次第に変化する。先にインドシナの植民地文学では、植民地から本国に戻ったフランス人に植民地への「郷愁」が生まれ、それが新たな文学のテーマになったと述べたが、一九四〇年代に入ると『文芸台湾』にもそのような作品が掲載されるようになった。亀田恵美子の短篇小説「ふるさと寒く」(『文芸台湾』第二巻第四号、一九四一年七月)はその典型であろう。これについては島田も高く評価していたようで、西川満が同誌の鼎談で、「矢野(峰人)先生のお話では、島田先生が大変面白いやうに推してゐられたとかいふことですがね」[105]と、島田のコメントを伝えている。

この小品は、若い女性勢子とその父が台湾から内地の故郷へ二三年ぶりに帰郷した数日間の出来事を描いたものである。五〇歳近い父は第一次大戦後、アメリカに渡って一旗挙げようとしてたまたま台湾に根を下ろしたのだが、経済的事情のためそれまで帰郷できなかったのである。父の故郷では生母がまだ健在で、父に内地引揚げを勧めるが、父は動揺し、勢子もまた父母の故郷の山河に愛着を覚えながら、「父母が住みつかうと手を差伸べる」ならば、「いや〳〵と激しく拒絶するに相違な」いと思うのであった。そして、「さて私のふるさとは何処かしら」と自問し、台湾を懐かしく思い描くのである。それは意外なことに父も同様であった。ラストシーンを引用しよう。

「郵便ですよ」縁側に物音がすると、勢子は小さい子供達と一緒に飛出して行く。台北の家から隔日に送つて呉れる新聞を受取るのが、楽しみでならなかつた。その新聞を、父も、むさぼるやうに読みつゞけてゐた。

「やつぱり、台湾の新聞が面白くて、よく分つて、いゝわね」と勢子が云ふと、父は「かへらうか……内地もさむくなつて来たし、だいいち、あつちの方が何でも豊富だし、……お父さんも台湾がいゝ……」

「もう直ぐ、台湾神社祭ね。二十五日の船に乗れば、お祭の前日には基隆へ上れてよ、ねえ、そんなにして」

と云ひながらも、生れ故郷を捨てゝ、再び台湾へ帰らうと云つた父を、勢子は、おどろきの眸を見ひらいて、み直し乍ら、その決して、生易しい感情では割切ることの出来ない、奥深い宿命的な感慨を、今更尊いものに思ふのであつた。[106]

これは小品ながら、台湾で半生を過ごした父と湾生の娘の複雑な「郷愁」を細やかに描き、濱田隼雄や龍瑛宗からも好意的に迎えられた作品である。実際、父の世代の故郷喪失の悲しさや、台湾に対する第二世代の愛着が慎ましやかな筆致で綴られており、当時、台湾での日々がすでに十年を超えていた島田謹二にも身に迫る感慨を呼び起こしたのであろう。

この小品からは、在台日本人の中で「郷愁」の概念が確実に変化していたことがうかがえるが、それは台湾が内地に代わって彼らの「故郷」になったことを意味していた。台湾の長期定住者は内地帰還を望みながらも、故郷にはすでに居場所はなく、生活の基盤も台湾にある以上、永住を受け入れるしかなかったのであろう。台湾に対する愛着も確実に育っていた。先に述べた通り、島田自身、内地帰還と台湾残留との間で悩んだ経験があり、結局は後者を選んだのである。なによりも台北帝大の優れた研究環境が魅力であったと思われるが、[107] 島田の台湾観を考える上で、安定した職業を得て落ち着いた家庭生活を営んでいたことは、無視できない条件であるように思われる。

日本人が台湾に根を張るということは、いうまでもなく、植民地支配を肯定することであり、異民族支配という構造の上に成り立つ日々の生活を受け入れることである。当然、「外地統治の方針を破壊する」[108] ような言論は展開できなかったであろう。特に内地への退路を断ち、永住を覚悟した者にとって、それは生活の基盤を失うことを意味する。内地の知識人が植民地支配を批判するのは簡単であっても、在台日本人は統治政策への改良主義的な批判がせいぜいのところで、植民地支配そのものに異を唱えることは困難であったろう。

島田は台湾に残ることを選んだのである。そうである以上、安定した生活と最高学府の教師という地位を確保するために、当然、「現行」の政治制度の維持を望んだはずである。ただし、実際は植民地社会の基盤はもろく、在台日本人は常に不安を抱えていた。島田と同時期に台湾で生活していた一日本人の言葉を引用しよう。

本島人は名を捨てゝ実を取ると云つた調子で、時機の到来を遠い未来に置き、経済的に鞏固な地盤を築いて行くので、内地人が如何にあせつても、結局はどうすることも出来ない。もし将来本島の政治組織に何等か変更するやうな事があるとしたら、これ等本島に於ける、約二十余万の内地人は、一体何処へ行くか?あはれ淋しい同胞の行衛が案じられる。[109]

もはや内地にも帰れず、台湾に骨を埋めるしかない日本人にとって、「将来本島の政治組織に何等か変更するやうな事」があったら、一体どうすればいいのかという恐れや不安は相当根強かったようで、それを払拭するためにも、植民地支配の根幹を揺るがすようなことがあってはならなかったのであろう。

島田が「比較文学」を受容したにも係わらず、台湾人や「台湾文学」に対しては決して交わろうとせず、頑なに一線を画し続けた背後にはこのような意識が働いていたであろうことは否定できない。支配・被支配の構造を維持するには、台湾人との間に「交流」関係を持ち込むべきではなく、あくまで「対比」によって民族の優劣を序列化していくしかなかったのであり、島田はそうした姿勢を堅持したと思われる。島田の「植民地主義」とは、結局、植民地で既得権益を守りたいという生活者の視点から出てきたものであり、だからこそ、「比較文学」という学問を以ってしても、修正することは困難だったのではないだろうか。

第四節　植民地の比較文学

結局、島田謹二は「植民地主義」的観点からは逃れられなかったわけだが、「国家主義」に対しては批判的であり、太平洋戦争中には反戦の側に立ったのであった。そこで最後に、日本にとっても危機の時代に島田が植民地で「比較文学」という学問を受容し、実践したことの意義を考えてみたい。

1．太平洋戦争下の島田謹二

ここで再び「南菜園の詩人籾山衣洲」に戻ろう。実はこの論文は日中戦争が激化していく時期に、国家に寄り添うべきか、あるいは個に立ち返るべきか、戦時下の身の振り方をめぐる島田自身の思索の軌跡とも読めるのである。島田は籾山衣洲を、総督に寄り添いナショナリズムを鼓吹する栄光の詩人と世路に躓いた敗者として描き分け、彼の「政治上の事柄に関する紀実や宣撫やの古詩」よりも、「きはめて主情的な（……）時に触れ物に感じて詠つたさまざまな寄懐の詩」を高く評価したのであった。これは時代背景を考えると、単なる文学的な趣味の問題として片付けられないものを含んでいるように思われる。

島田によれば、日清・日露間の明治ナショナリズムがピークを迎えた時期は、「個人がその生をうけている国家という超個人的な力のゆれ動き、その興亡の前には、個人の小さな事件は大して意味をもたなくなってくる」[110]ような時代であったというが、昭和ナショナリズムがピークを迎えた一九四〇年代も、状況は同様であったろう。その時期に、島田は国家に寄り添うだけでなく、個人的な苦悩に沈潜する籾山衣洲を描いたのであった。

衣洲自身に国家と個のあり方を意識的に問うような姿勢があったかどうか定かではなく、島田には衣洲の「光」の部分だけを描くこともできたはずである。あえて「闇」の部分に立ち入ったということは、それを通して、戦時下における自らの立場を探ろうとしていたのかもしれない。そうした姿勢から、太平洋戦争勃発後の島田の生き方も導き出されるのである。

先に述べた通り、一九三七年の日中戦争勃発後、島田も時局に迎合し、『台湾行進曲』の選後に」をはじめ、二三の報国的な文章を発表し、『華麗島文学志』の諸論文にもそうした姿勢が随所に反映されている。しかし一九四一年九月、『文芸台湾』の「戦争詩特集」に掲載された「領台役に取材せる戦争文学」を最後に、島田はそれをふっつりと止めてしまうのである。本書末尾の付録(三)「島田謹二在台期著作年表」(五一二〜五二〇頁)からも明らかな通り、太平洋戦争勃発後は女流歌人石上露子(一八八二〜一九五九)[111]や花浦みさを(一九〇〇〜一九八六)[112]の作品集の編纂、およびスタニスラフスキーの自伝の翻訳、ポール・アザールによるラマルチーヌ伝の翻案などに取り組んだ。

このような島田の態度が少数派であったことは、太平洋戦争中の台北帝大の同僚と比べれば一目瞭然である[113]。河原功によると、一九四二年一〇月に皇民奉公会中央本部から刊行された月刊誌『新建設』、および四四年七月に日刊紙統合後の台湾新報社から出された『旬刊台新』など、皇民奉公運動推進や戦争協力を目的とした雑誌には、台北帝大総長安藤正次をはじめ、森於菟、矢野峰人、幣原坦、中村哲、植松正、瀧田貞治、金関丈夫など大学関係者が筆を執り、あるものは積極的に戦意昂揚を謳い、あるものは控えめに時局に迎合していったという[114]。古くからあった雑誌も同様で、『台湾公論』には国文学者の植松安が「大東亜精神の顕現」(一九四三年一月)を、同じく瀧田貞治が「増産と文学」(一九四四年三月)を寄稿し、『台湾時報』には矢野峰人が「戦争と明治の文壇」を一九四四年二・三月合併号から六月号まで連載していた。

この時期、最も精力的に動いていたのは矢野峰人であろう。一九四三年四月一〇日に日本文学報国会台湾支部が成立すると支部長に、追って同月二九日、皇民奉公会の傘下に台湾文学奉公会が組織されると常務理事に就任している[115]。一九三〇年代の矢野は台湾の文学にさほど関心を示していなかったが、太平洋戦争の進展に伴い、一九四二年一二月、『文芸台湾』(第五巻第三号)に「台湾文学の黎明」を発表したのを皮切りに積極的に係わるようになり、翌月の四三年一月には『台湾時報』に「台湾の文学運動」を発表、さらに四五年一月に出版された『台湾決戦小説集』には編集委員代表として「序」を寄せた[116]。矢野はこれら一連の文章で、台湾軍報道部や台湾総督府情報課、皇民奉公会などの「援助」の下に、台湾の文学運動が活気づいたことを喜び、台湾の文芸家たちは帝国内における役割を自覚し、精進すべきであると説いていた。合唱曲「米英撃滅の歌」も作詞し(作曲は山田耕作)、一九四三年三月に発表している。当代一流の英文学者であり、同年一二月には「真に近代英文学を学ぶ者にとっての聖典(バイブル)」[117]と賞賛された『近英文芸批評史』(全国書房)を上梓した矢野は、この歌では「起て、一億の同胞よ/大西洋の両岸に/世界の制覇夢みつつ/蟠踞久しき吸血鬼/米英を撃つ時は来ぬ/打て、撃て、敵を、米英を」[118]と、英国撃滅を叫んでいた。一方、詩「出陣の学徒に」(『新建設』、一九四三年四月)では、「ペンを捨てノートなげうち(……)、大君の御楯となりて(……)、さらば征けわが若人よ」[119]と学生たちに出征を呼びかけている。

矢野を師として生涯慕い続けた島田ではあったが、この時期は自らの立場を貫き、『新建設』にも『旬刊台新』にも一切寄稿していない。一九四二年以降、『文芸台湾』に時局的な作品が掲載されるようになっても、島田はそうした動向に背を向けるように、ポール・アザールによるラマルチーヌ伝の翻案を連載し(一九四二年二・三・五月)、女流歌人石上露子の詩を解説付きで載せたりしていた。

一九四三年一一月一三日には、「台湾決戦文学会議」が総督府情報課、皇民奉公会中央本部、文報などの後援、台湾文学奉公会主催により、台北市公会堂で開催され、その場で西川満が突如、『文芸台湾』の廃刊を宣言し、台湾文学奉公会から出される文芸誌に統合する発言をする。これに歌誌『原生林』や『台湾』も賛同し、『台湾文学』も同調せざるを得なくなり、翌四四年五月に台湾文学奉公会の機関誌として『台湾文芸』が創刊された。編集委員には矢野峰人、小山捨月、竹村猛、張文環、長崎浩、西川満が名を連ね、『文芸台湾』系の作家が多数参加している。ここでも矢野は「台湾文学界の総蹶起」（第一巻第二号）をはじめ、「古河提督哀歌」（同前）、「女子挺身隊に」（同前）、「神風隊をたたふる歌」（第一巻第六号）などで戦意を鼓舞していたが、島田は一九四四年末、香港に発つまで、一度もこの雑誌に寄稿することはなかった。

太平洋戦争下で島田がリベラルな立場を選んだことは、台北高等学校卒業生の証言からもうかがえる。島田は一九四〇年四月、四〇歳目前にして台北高等学校の教授に迎えられたが、万葉学者の犬養孝（一九〇七〜一九九八）と並んで、学生たちに強い印象を残したことが、孤蓬萬里（呉建堂）『「台湾万葉集」物語』[120]や、旧制台北高等学校創立八〇周年記念文集『獅子頭山賛歌　自治と自由の鐘が鳴る』などに記されている。記念文集の中から、昭和一九（一九四四）年入学の林槐三氏の「心に残る先生方」と題された一文を引用しよう。

昭和十七年―十九年の間は従来の高校の気風と異なり、軍国調の強い暗国時代だという。その中で島田謹二先生の存在は光明であった。ダンテの詩片、鴎外の舞姫、文づかい、うたかたの記、更に即興詩人の講読を教室で、又夜の図書室で開かれ、情熱にあふれた解説はとても気持ちの休まる時間をつくって下さった。[121]

このように島田が太平洋戦争勃発後、反戦の側にある程度踏み止まれたのは、おそらく長い間、『比較文学雑誌』を講読していたことと関係があるだろう。島田は愛国者であるからこそ他国を尊重するという、フランス比較文学者流の文化相対主義をすでに身につけており、排他的な国家主義には批判的であったと思われる。ポール・アザールによるラマルチーヌ伝の翻案を『文芸台湾』に連載したのも、ロマン主義研究に連なることによって、ヨーロッパの比較文学者との連帯を願ったからであり、関西文壇で活躍した不世出の女流歌人石上露子や花浦みさをの作品をまとめたのも、その一環であろう[122]。

ただし、意地の悪い見方をすれば、日中戦争の時点ではむしろ皇軍の活躍を讃えていたのであり、島田は単に英米仏など欧米諸国との戦争を望まなかっただけではないのかとの疑念も禁じえない。中国や台湾に対してはナショナリズムを、西洋に対してはインターナショナリズムをという島田のダブルスタンダードが、太平洋戦争下では反戦の側に働いたということだろうか。しかし、例えそうであったとしても、日本が国家主義や軍国主義一色に塗りつぶされた時代に抵抗の姿勢を選ぶことは非常に困難なことであり、英文学者や独文学者など、西洋文学者の中にも時局に迎合した者がいたことを思うと[123]、やはり島田の戦時下の態度は正当に評価すべきであろう。

2. 植民地の比較文学——島田謹二の台湾体験

「国家主義」に対する批判と「植民地主義」の肯定という島田の矛盾は、やはり根強い西洋中心主義にその淵源があると見ていい。それは明治期以来、日本人が無批判に信奉してきた、進んだ西洋と遅れたアジアというありきたりな文明観である。島田はヨーロッパの比較文学を学ぶ過程で、その点に疑念を抱いたはずであるが、『華麗島文学志』ではあえてそれを温存したのであった。あくまで仮定ではあるが、島田が内地に留まっていたとしたら、「西高東低」の文明観を修正できた可能性も皆無であったとはいえないだろう。比較文学の理念に依拠し、新たな学問の体系を構築することは可能であったかもしれない。ただし、島田が身を置いていたのは植民地であった。理念の前に異民族支配という現実が立ちはだかっていたのである。日本人が台湾での支配的な立場を維持するためには、西洋化＝近代化の度合いによって民族の優劣を決定することが手っ取り早い手段であり、文学についても、日本文学が台湾文学より優位に立つためには、西洋文学を基準にする必要があったのである。「文学の国際主義」についても、その適用範囲を限定することになったのは、そのためであろう。島田はフランスの比較文学者がそうであったように、自ら愛国主義者《パトリオティスト》であることを前提としつつ、西洋諸国に対しては、彼らの愛国主義を尊重し、国際主義へと胸襟を開いていったが、台湾や中国の愛国主義は認めようとはしなかった。このようなダブルスタンダードを島田は確信犯的に行使したと思われる。

しかし、ヨーロッパの「比較文学」は、島田にとってある意味では面倒な学問であり、特に隣国関係の修復という側面は、島田に台湾人との関係や、根強く刻印されてきた中国・台湾観の見直しを迫ったはずである。だが、台湾人知識人との間に「知的精神的連帯」を求め、「強固な理解と尊敬と友情の絆を結ぼうとすること」は、植民地統治の方針に抵触する危険性を含んでおり、それとまともに取り組もうとすれば、学問の理想と戦時下の植民地という現実の間で苦悩を強いられることは必至であった。

もっともその苦悩を引き受け、真摯に思索したのであれば、その成果は後世の学問を豊かにする貴重な資産になったであろう。だが残念なことに、残された文章に島田の苦悩を読み取ることはできない。苦悩しないということは、思考しないということであり、新たな価値観を生み出さないということでもある。その結果、島田謹二の一六年にもわたる「台湾体験」には、ある種の貧しさが付きまとうことになった。それは、彼自身が後に描いた広瀬武夫や秋山真之の海外体験と比較すれば明らかな通り、台湾の社会や知識人から謙虚に学び、自らのナショナリズムを豊かに育成する機会を逸したことからくる貧しさである。

それは誕生して間もない日本の比較文学にとっても、一つの可能性を閉ざしたことを意味した。西洋を頂点とした世界文学の階梯を変えるためには、日本と西洋の関係だけでなく、日本とアジアの関係を同時に見直すことが必要であり、台湾で直接、異民族・異文化と接していた島田は、それをするのに最もふさわしい場にいたのである。にもかかわらず、島田はそれに踏み込もうとはしなかった。厳しい時代に沈黙を守った勇気が、植民地台湾から新たな学問の枠組みを構築するためには欠けていたということであろうか。

ただし、そうした限界は認めるとして、島田が「台湾」から多くを学んだことも同時に認めておきたい。なによりも、『華麗島文学志』を残したことがその証左であろう。永住の可能性をも含めた、長期定住を覚悟したとき、島田は台湾でいかに生きるべきかという課題に直面し、過去から現在、未来へとわたる日本文学の考察を通してそれを探ろうとしたのであった。それ自体は非常に貴重な試みであり、自己から出発して、他者や社会へと至る思索の道筋も引かれていたのである。ただし、島田はそれを突き詰めようとはしなかった。結局、共存する異民族を理解せよと作家たちに呼びかける一方、島田自身は台湾人との接触を極力避け、あるいは在台日本人の感傷鬱悶の原因を植民地の畸形的な環境に見出しながら、それ以上の追究を放棄したのであった。それは、植民地に生きる知識人としての苦衷の裏返しともとれるのだが、島田の挙げた「外地文学」の課題が、まともに引き受けるにはあまりにも重い課題であったことも確かである。その重さを忖度しながら、島田謹二の超えられなかった限界を超えていくことが、今後の課題になるであろう。

小結

本章では、「南菜園の詩人籾山衣洲」を、「ナショナリズム」と「郷愁」のテーマを中心に読み解いてきた。鴎外研究から始まった伝記研究はこの論文である程度の完成の域に達し、戦後、「どこにおけるだれ」という帝国海軍軍人の研究に発展していく。ここで島田は、籾山衣洲の明暗を巧みに描き分けたが、本章ではそれを「ナショナリズム」と「郷愁」という概念で捉えてきた。

島田は籾山衣洲の台湾統治を讃える詩の中に明治の民族感情としてのナショナリズムを読み取っていくが、それは一九四〇年初頭の昭和ナショナリズムの高揚期でもあった。「明治ナショナリズム」のテーマは戦後になって広瀬武夫や秋山真之研究で開花するわけだが、そこで島田が描いたのは、海外に出て異文化や他者との交流を経て、自他のナショナリズムを認識する過程である。島田はそれをあえて「ナショナリズム」と呼んだが、広瀬武夫のロシア体験と籾山衣洲および島田自身の台湾体験との比較を通して、植民地では真の意味での交流がなされず、自らのナショナリズムを豊かにする機会も閉ざされていたことが明らかになった。

それは文学研究の方法にも反映されている。島田は日本文学と西洋文学の比較研究には「影響研究」を、日本文学と台湾文学に対しては「対比研究」の方法を用い、後者の間には決して交流関係を認めようとしなかった。「文学の国際主義」という比較文学の理念も、台湾人や台湾文学についてはまったく機能していない。結局、比較文学の精神を以ってしても、島田の対アジア観を修正することは不可能であった。

それは、島田が台湾で暮らしていたことと関係がある。台湾の日本人は台湾人から見れば統治者であるが、内地の日本人から見れば、台湾落ちした敗者であった。こうした矛盾を抱え、台湾人と共存する日常生活の中で常に不安や緊張を強いられ、それが在台日本人に屈折した心理を生んでいたのである。それゆえ、在台日本文学の底には感傷鬱悶や切実な郷愁が暗い流れを作っており、島田はそれを植民地という「環境」の産物と見ていた。もっとも、在台日本人の心の闇を突き詰めることによって、植民地社会の畸形性を露呈させることもできたはずだが、島田はその可能性を放棄し、「広義の郷愁の文学」を抒情文学としてのみ発展させることを求めたのであった。それは、島田が植民地構造の温存を望んだ結果であり、台湾に根を下ろして生活していたことが、植民地主義からの脱却を困難にしたと思われる。

一方で太平洋戦争中の国家主義に距離を置けたのは、島田の中にヨーロッパの比較文学者との連帯意識が育っていたからであろう。このような国家主義に対する批判と、植民地主義に対する肯定という矛盾は、島田の根強い西洋中心主義の表れであると同時に、植民地生活者としての安定を望む意識であったと思われる。

注

1 この論文を加筆修正したものに、「台湾時代の鴎外漁史」（『台湾教育』、一九三五年五月）、および「征台陣中の森鴎外」（『台湾時報』、一九四〇年二月）がある。同じ内容ではあるが、回を重ねるごとに記述は詳細になり、完成度は高くなっている。

2 （上）『台大文学』第五巻第四号（一九四〇年一〇月）、（中）同第五巻第六号（一九四〇年一二月）、（下）同第六巻第二号（一九四一年五月）。

3 島田はもともと「籾山衣洲と鈴木豹軒」と題した論文を執筆予定であった。後に衣洲の部分だけ独立させたのであるが、衣洲については、「台北帝国大学教授神田喜一郎氏の講演（昭和十四年十月）によつて、教示せられ」、「それを筆記するだけで自ら一個の名文章をなすの観があつた。自分の筆力伴はずして神田教授の講演の妙を再現する能はなかつたのは、みづからかへりみるも恨事である」と記している。松風子「台湾の文学的過去に就て」（『台湾時報』、前掲書）一四九頁。

4 これは人物だけでなく、文学についてもいえる。島田の比較文学研究のテーマは「日本における外国文学」であり、『華麗島文学志』も「台湾における日本文学」として構想された。

5 島田謹二「台湾時代の鴎外漁史」（『文学』、岩波書店、一九三五年五月）四九頁。および島田謹二「台湾時代の鴎外漁史」（『台湾教育』、一九三五年七月）四頁。

6 同右および松風子「台湾の文学的過去に就て」（『台湾時報』、前掲書、一四八頁）を参照のこと。

7 Fernand Baldensperger, *Études d'histoire littéraire*, Genève : Slatkine Reprints, Reprint of the Paris, 1907-1910, 1939 editions.

8 このテーマはのちの大作『フランス亡命貴族の思想運動（一七八九〜一八一五）』に発展していく。Fernand Baldensperger, *Le mouvement des ideés dans l'emigration française (1789-1815)*, Paris : Librairie Plon, 1924.

9 島田謹二「仏蘭西派英文学の研究——オーギュスト・アンヂュリエの業績」（『文学科研究年報』第三輯、前掲書）二九頁。

10 森岡ゆかりによると、近年、日本人の中国体験、台湾体験についての考究は研究量が増加しているものの、大半は

「日本語で書かれたものが主たる対象であり、資料に漢文で書かれたものが含まれる場合、ほとんど研究の対象となっていない」という。こうした状況下で、森岡は島田謹二「籾山衣洲の『南菜園雑詠』」が「その稀な先行研究の一例である」と評している。森岡ゆかり『近代漢詩のアジアとの邂逅』(前掲書)一二〇頁。

11 島田謹二は「南菜園の詩人籾山衣洲」(中、七八頁)で尾崎秀真を次のように描いている。「白水(明治七年十一月生れ)は実名秀真、岐阜県加茂郡のひとで、この年二十八歳。明治二十六年以来雑誌編集に従事し、二十三年二月東京報知社に入り、三十四年四月これを辞し、五月二十八日以来台日の編集局に這入つてゐた。非常に文学好きな青年である」。

12 神田喜一郎編『明治文学全集62　明治漢詩文集』(筑摩書房、一九八三年)四一九～四二〇頁。

13 辻揆一「明治詩壇展望」(同右)三六一頁。

14 渡台の事情については、島田謹二と尾崎秀真の説には異同がある。まず尾崎説では、衣洲の渡台は児玉源太郎に招聘されたためとなっている。一方島田は、児玉が詩誌や総督秘書官の横沢次郎を通してすでに衣洲のことを知ってはいたが面識はなく、「籾山が台日に来たといふ報をうるや、総督はそれを心待ちにしてゐたのであつた」(上、二八頁)と記していた。内地帰還についても、尾崎によると「衣洲翁が南菜園を去つたのは明治三十六(一九〇三)年頃で、其の後へ入つたのが我輩である」(二六、下、一二五頁)というが、島田は衣洲が一九〇三年に『台日』の退社を迫られたものの、児玉の力添えで翌年四月まで南菜園に留まれたという。

15 以下、「南菜園の詩人籾山衣洲」からの引用は、(上)、(中)、(下)の別を記した後、ページ数を記入することとする。

16 児玉源太郎の任期は一八九八年二月二六日から一九〇六年四月一一日まで。後藤新平の任期は一八九八年三月二日から一九〇六年一一月一三日まで。参照：張子文・郭啓傳撰文、国家図書館特蔵組編輯『台湾歴史人物小伝』(台北市：国家図書館、二〇〇二年一二月)三一四頁。

17 島田謹二は別の論文「領台直後の物情を詠えるわが漢詩」(『台湾時報』、一九四〇年三月)でも、漢詩が台湾人の順撫策に果たした役割を認めつつ、「自分の興味はあくまでも渡台内地人漢詩家の台湾を取扱つた文芸的業績に集中してゐる」と記していた(一二一頁)。

18 島田謹二「『朝日選書版』の序」(『ロシヤにおける広瀬武夫―無骨天使伝』(上)、朝日新聞社、一九九三年六月、第一〇刷、第一刷一九七六年二月）五頁。

19 領台初期に渡台した漢詩人（総督府関係者、地方庁役人、教師、商人などを含む）については、楊永彬が一覧表に整理している。楊永彬「日本領台初期日台官紳詩文唱和」（若林正丈、呉密察編『台湾重層近代話論文集』、台北：播種者文化、二〇〇〇年）一六三〜一八一頁。

20 新領土を得た喜びと「土匪」の抵抗は明治文学のテーマになっていたようで、正岡子規の句「新しき地図も出来たり国の春」、「蚊ありぶんぶん台湾に土匪起こる」もまさにそれを詠んでいる。松風子「正岡子規と渡邊香墨」（『台湾時報』、一九三九年五月）一二七頁。

21 削除されたのは、オリジナルテクスト（中）の四四二頁最後の二行目から四四六頁の六行目まで。同様に「土匪」林小猫に言及した（中）の三八五から三八六頁にかけても削除された。

22 衣洲と同時期に台湾にいた山田義三郎についても、島田は次のように記している。「明治三十七八年戦役に際して高騰した国民感情は山田も十分に体感したらしく、わが国威を海外に発揚するものとして、『たのしみ十首』の中に歌はれたやうに『わが日の本の皇軍《みいくさ》』を礼賛してやまなかつた」。島田謹二「山おくの桜ばな――山田義三郎の歌」（『台大文学』第四巻第四号、一九三九年九月）一〇九頁。

23 この五言の古詩も「籾山衣洲の『南菜園』雑詠」では全面削除されている。島田謹二『日本における外国文学』下巻（前掲書、一九九頁）を参照のこと。

24 島田謹二『アメリカにおける秋山真之』（朝日新聞社、一九九四年五月、第一〇刷）一九頁。木村時夫も日清・日露間の「二十八年から三十八年にかけての国家意識の高揚は、国家に対する観念がある一定の、しかも同一のものになったことを示すばかりでなく、国民大多数の思想を示すものであったといってよい」と述べており、ナショナリズムが広く国民に共有された感情であったことがうかがえる。木村時夫『日本ナショナリズムの研究』（前野書店、一九六六年六月）九九頁。

25 一九四〇年三月、『台湾時報』に掲載された「領台直後の物情を詠へるわが漢詩」の「予告」（一二一頁）によると、「南菜園の詩人籾山衣洲」はすでに脱稿していた。

26 松風子「征台陣中の森鷗外」（『台湾時報』、一九四〇年二月）九四頁。

27 松風子「領台直後の物情を詠えるわが漢詩」（『台湾時報』、一九四〇年三月）八八頁。

28 島田謹二「領台役に取材せる戦争文学」（『文芸台湾』第二巻第六号、一九四一年九月）五七～五八頁。

29 入選歌の第一連を挙げておく。「亜細亜は光る／いまぞ朝／すめらみことの／治しめす／大和島根の／伸ぶる処／湧く白雲や／靖台の／宮鎮まれり／いや崇く／仰げ護国の／御柱を／皇国日本／わが台湾」。台湾総督府文教局長島田昌勢、台北帝国大学教授矢野禾積、台北帝国大学講師島田謹二「『台湾行進曲』の選後に」（『台湾教育』、一九三八年七月）六九～七〇頁。

30 同右、七〇～七一頁。

31 第四連を挙げる。「君見ずや南の島／星光り／椰子はそよぐ／青年、われら常に／雲とおこり／志高くあらむ／台湾、台湾／ここぞ我が島／いざ守れ、われら／われらぞ／台湾青年」。引用は『台湾日日新報』（一九三四年一一月二三日）より。

32 第一連は次の通り。「仰げ少年、光だ、風だ／空だ、僕らが南の空だ／雲よ飛べ飛べ、木瓜《モックワ》よ実《ミノ》れ／夏だ、力だ、僕らが島だ／少年だ、少年だ／台湾少年だ」。引用は同右。

33 第一連は次の通り。「ここは常夏、ヨウ、南の海よ／ヤツサハイノ、リントサツト／島は蓬莱、宝島／島はサンサ蓬莱、宝島／ヨイシヨ、林投林投は／風吹きやなびく／風はお国のハ、ヤンセこちの風」。引用は同上。なお、「林投節」の楽譜を、「呉市藤井清水の会」の梶山俊二氏よりご提供いただいた。ここに謝意を表したい。

34 松風子「南島文学志」（『台大文学』、一九三六年一〇月）四七～五〇頁。

35 同右、四九～五〇頁。

36 島田謹二「『提督秋山真之』のこと」（『台湾教育』、一九三七年三月）三八頁。

37 小堀桂一郎「解説」（島田謹二『アメリカにおける秋山真之』（下）、朝日新聞社、一九七五年一二月）三五五頁。

38 秋山真之のアメリカ留学期間も、明治三〇（一八九七）夏から三二（一八九九）年冬までと、籾山衣洲の在台期間に重なっているが、約二年半と短いので、ここでは扱わない。

39 島田謹二は中学時代、愛読していた雑誌『海軍』（書報社）に「帝国海軍解説」を連載し、イギリスのジェーン・フレデリック・トーマス『海軍年鑑』（Fighting Ships）にも日本帝国海軍の軍艦解説を主とする研究が掲載された。小林信行「若き日の島田謹二先生――書誌の側面から(1)」(『比較文學研究』第七五号、二〇〇〇年二月)、一〇八～一〇九頁。

40 東京市神田区で小学校時代を過ごした島田謹二は、「湯島天神の方に遊びに行くとき、現在の交通博物館の所にあった広瀬武夫中佐の銅像を眺めて通った」という。同右、一〇五頁。

41 島田謹二『ロシヤにおける広瀬武夫』(上)(前掲書)九頁。

42 島田謹二「私は今、明治三六年の人」(『読売新聞』、一九七〇年六月二一日)一四版。

43 小堀桂一郎「解説」(『アメリカにおける秋山真之』下、前掲書)三六一頁。

44 島田謹二『ロシヤにおける広瀬武夫』(上)(前掲書)五頁。

45 日本人と台湾人の唱和については、楊永彬「日本領台初期日台官紳詩文唱和」(若林正丈、呉密察編『台湾重層近代話論文集』、前掲書、一六三～一八一頁)を参照のこと。

46 小堀桂一郎「解説」(『アメリカにおける秋山真之』下、前掲書)三六〇頁。

47 上山総督「台北帝国大学開設に関する宣明書」(『台湾時報』、一九二八年六月)二頁。帝国大学の使命は、日本人子弟に対しては植民地経営に必要な人材の育成、台湾人子弟に対しては、内地や外国留学を抑え、反日・赤化思想の影響から守ることであった。参照：呉密察「従日本殖民地教育学制看台北帝国大学的設立」(『台湾近代史研究』、稲郷出版社、一九九一年九月)。

48 島田謹二は戦後になって、西川満との対談で、「台湾へ行ったお陰で真の日本人になり得たわけです」と発言しているが、ここからも、島田が他者や異文化体験を経て、自らに豊かなナショナリズムを育成したことは見て取れない。むしろ、台湾人との「対比」によって、ナショナリズムを強化しただけであろう。参照：島田謹二、西川満「立春大吉記念対談」(『アンドロメダ』、一九七二年一二月二三日)六頁。

49 色川大吉「明治三十年代の思想・文化――明治精神史の断面」(『色川大吉著作集』第一巻、筑摩書房、一九九五年一〇月)五一二頁。

50 橋川文三「明治のナショナリズムと文学」(『橋川文三著作集2』、筑摩書房、一九八五年九月)一七三～一七四頁。

51 許時嘉「植民地台湾の漢詩活動と内地日本の漢詩ブームとの接点について――日清戦争前後の漢学観からの一試論」

（『日本台湾学会設立一〇周年記念第一〇回学術大会報告者論文集』、日本台湾学会、二〇〇八年五月三一日、六月一日）一三三〜一三六頁。報告論文の引用を快く許可してくださった許時嘉さんに感謝したい。

52 島田謹二『アメリカにおける秋山真之』（上）（前掲書）二一頁。

53 松風子「領台直後の物情を詠へるわが漢詩」（『台湾時報』、前掲書）八六頁。

54 島田謹二「台湾の文学的過現未」（『文芸台湾』、前掲書）一一頁。

55 尾崎秀真「台湾の詩人と詩社」（『台湾時報』、一九三二年九月）四四〜四五頁。

56 許時嘉「植民地台湾の漢詩活動と内地日本の漢詩ブームとの接点について——日清戦争前後の漢学観からの一試論」（『日本台湾学会設立一〇周年記念第一〇回学術大会報告者論文集』、前掲書）一三二〜一四一頁。

57 同右、一三三〜一三六頁。

58 笹沼俊暁『国文学の思想——その繁栄と終焉』（前掲書）四九〜七一頁。

59 島田謹二「台湾の文学的過現未」（『文芸台湾』、前掲書）三頁。

60 黄美娥「差異／交混、対話／対訳——日治時期台湾伝統文人的身体経験与新国民想像（1895-1937）」（『中央研究院中国文哲研究集刊』第二十八期、台北：中央研究院中国文哲研究所、二〇〇六年三月、八一〜一一九頁）。同「日台間的漢文関係——殖民地時期台湾古典詩歌知識論的重構与衍異」（『台湾文学研究集刊』第二期、台北：台湾大学台湾文学研究所、二〇〇六年一一月）。同「跨界伝播、同文交混、民族想像——頼山陽在台湾的接受史」（行政院文化建設委員会、台湾文芸術与東亜現代性国際学術研討会、二〇〇六年一一月一〇〜一二日）。

61 島田謹二「南島文学志」（『台湾時報』、前掲書）六二頁。この引用部分は、「南島文学志」に加筆修正した「台湾の文学的過去」（一三七頁）、および神田喜一郎との共著論文「台湾に於ける文学について」（一〇頁）でも、若干の修正を加えて繰り返されているが、戦後、『日本における外国文学』下巻に収録された際は、単に「それでは近世ヨーロッパの中で清領台湾を芸術的素材とした作者たちはいるだろうか」（一一五頁）に修正されている。

62 松風子「台湾に於けるわが文学」（『台湾時報』、前掲書）五〇頁。

63 Rolan Lebel, CHAPITRE X. L'Indochine, «*Histoire de la littérature coloniale en France*», op. cit., pp.161~173.

64 松風子「台湾におけるわが文学」（『台湾時報』、前掲書）五〇頁。

65 植民地の日本人が同情の念から「郷愁」に寛大であったのに対し、西洋の植民地では精神医学方面から、社会的に独立できない一種の女性化現象としてマイナス評価が与えられていたという。男性には植民地開拓の使命が期待されていたため、「郷愁病」にかかることは男性の特質を失って女性化することであり、一種の精神的堕落と考えられていた。こうした風潮が、文学作品にも反映されていたのではないだろうか。詳細は以下を参照のこと。巫毓荃・鄧惠文「気候、体質与郷愁――殖民晩期在台日人的熱帯神経衰弱」(李尚人主編『帝国与現代医学』、台北:聯経、二〇〇八年一〇月)五五～一〇〇頁。

66 Louis Malleret, *L'exotisme indochinois dans la littérature française depuis 1860*, Larose Editeurs,1934, pp.129~139.

67 Idem.

68 松風子「台湾におけるわが文学」(『台湾時報』、前掲書)五三頁。

69 あらたま同人合著『歌集　攻玉集』(台北:あらたま社、一九二七年一一月)。

70 藤田芳仲「川端雑記(その二)――俳句に関するメモより」(『ゆうかり』、一九三九年八月)七頁。

71 松風子「台湾に於けるわが文学」(『台湾時報』、前掲書)五三頁。

72 島田謹二、西川満「立春大吉記念対談」(『アンドロメダ』、前掲書)六頁

73 亀井俊介「『華麗島文学志』を読んで――若き日の島田謹二先生を憶う」(『SINICA』、前掲書)五頁。

74 松風子「台湾に於けるわが文学」(『台湾時報』、前掲書)五六頁。

75 島田は過去の文学作品を「今の時点」において「今の問題」として考えぬくことを「のっぴきならない要点」と呼んでいる。島田謹二「私の比較文学修業」(『日本における外国文学』上巻、前掲書)四三頁。

76 松風子「領台直後の物情を詠へるわが漢詩」(『台湾時報』、一九四〇年三月)九三頁。「美麗洲」とはポルトガル人が台湾を呼んだ Ilha Formosa の漢訳である。

77 小熊英二『〈日本人〉の境界』(新曜社、一九九八年七月)七五頁。

78 「内地人の誤想(下)」(『台湾日日新報』、一九〇〇年一〇月二四日)。

79 島田謹二「明治の内地文学に現れたる台湾」(『台大文学』第四巻第一号、一九三九年四月)五四頁。

80 尾崎秀真「台湾四十年史話」(三二)(『台湾時報』、一九三八年四月)、一七一頁。

81 島田謹二と在台時期の重なる教育家、高橋鏡子は台湾人知識人に対する恐怖を次のように書きとめていた。「つひ四五年前に土匪のために二千人近くも犠牲になつたといふ台中街は、今でも文化協会等の中心地で六つかしい思想の悪化して居る処だと聞いて居ます。一見した所では家屋の建て方なども内地風の木造りが多くて、内地気分のそゝられる所なのですが、蔭にそらむ暗影が恐ろしいのです。(……)本島人であつても相当知識階級の人々は、表面丈でも融和し合つて居る様に見えますが、其大部分は内地人に対する余りに無遠慮に礼節なく、寧ろ傍若無人の感があるのです。そして勤めて平等に融和を計る様に仕向けても先方から放れる傾向があります。」参照:高橋鏡子『女性に映じたる蓬莱ヶ島』(前掲書)一〇八~一〇九頁。

82 島田謹二「日本人の先達」(『日本における外国文学』下巻、前掲書)四四〇頁。

83 竹中信子『植民地台湾の日本女性生活史』(昭和篇〔上〕)(田畑書店、二〇〇一年一〇月)二二二頁。

84 マルグリット・デュラスの植民地を舞台とした映画『インディア・ソング』を論じた川口恵子によると、海外植民地を転々とした女性主人公アンヌ=マリー・ストレッテルは「心がレプラに冒され」ていたが、それは「植民地という病の、植民者への伝染と解釈できる」という。植民地主義体制の腐敗の犠牲となって、狂気に陥ったデュラス自身の母も含め、ヨーロッパの植民地でも宗主国人は病んだ社会構造のために、心が蝕まれたということだろう。参照:川口恵子『ジェンダーの比較映画史――「国家の物語」から「ディアスポラの物語」へ』(彩流社、二〇一〇年二月)二五五~三四五頁。

85 西成彦「『外地の日本語文学』再考――ブラジルの日本語文学拠点を視野に入れて」(『植民地文化研究』第八号、二〇〇九年七月)から、植民地の宗主国人に「棄郷者」あるいは「祖国喪失者」の側面があることを教えられた。

86 台湾の病については、以下を参照のこと。栗原純「日本による台湾植民地統治とマラリア――『台湾総督府公文類纂』を中心として」(『中京大学社会科学研究』第二七巻第二号、二〇〇七年五月)。巫毓荃・鄧恵文「気候、体質与郷愁――殖民晩期在台日人的熱帯神経衰弱」(李尚人主編『帝国与現代医学』、前掲書)。

87 松風子「岩谷莫哀の『瘴癘』」(『台湾時報』、前掲書)一〇〇~一〇三頁。

88 松風子「続香墨記」(『台湾教育』、一九三八年八月)一五四頁。

89 島田謹二「山おくの桜ばな」(『台大文学』第四巻第四号、一九三九年九月)一一五頁。

90 島田謹二『ロシヤにおける広瀬武夫』（上）（前掲書）一八頁。

91 松風子「台湾の文学的過去に就て」（『台湾時報』、前掲書）一五五～一五六頁。

92 熱帯の高温・多湿・多変性が民族の体質と文化を退化させるという「気候決定論」に依拠し、在台日本人の退化を懸念する内地の見解に対して、台北帝大教授で熱帯医学研究所員の中脩三や同研究員で総督府衛生課技師の曽田長宗は、生物学・地理学の問題ではなく、植民地の政治・社会・経済状況の問題であると指摘している。中脩三「民族の素質は果たして低下するか」（『台湾時報』、一九四二年三月）九八～一〇三頁。曽田長宗「台湾における内地人の体質変化」（同前）一〇四～一一二頁。

93 巫毓荃・鄧惠文「気候、体質与郷愁——殖民晩期在台日人的熱帯神経衰弱」（李尚人主編『帝国与現代医学』、前掲書）五五～一〇〇頁。

94 熱帯の気候風土が民族の本質を低下させると見て、南方進出に異議を唱える学者もいた。右注を参照のこと。

95 平出隆による伊良子清白の伝記研究『日光抄』でも、清白の渡台の章は「発奮渡台」とのタイトルが付けられ、知人に宛てた次の手紙が紹介されている。「拝啓　今回急に思立ちて台湾に渡り標記の病院に奉職することと相成り候この医院は総督府の直轄なれば今の経営はともかく将来大いに有望に御座候　内地でケチ〳〵するよりもはるかにましと家族をうながし発奮渡台したる次第に候」。平出隆『伊良子清白日光抄』（新潮社、二〇〇三年一〇月）四九～五〇頁。

96 『伊良子清白全集』（第二巻、岩波書店、二〇〇三年六月）三四八頁。

97 松風子「岩谷莫哀の『瘴癘』」（『台湾時報』、前掲書）九七頁。

98 矢内原忠雄は『帝国主義下の台湾』の「第二篇」で「台湾糖業帝国主義」について論じている。糖業は「台湾随一の一大産業」であったが、世界糖業の歴史から見ても、それは「元来植民地的企業」であったという。矢内原忠雄『帝国主義下の台湾』（岩波書店、一九二九年一〇月）二五九頁。

99 松風子「岩谷莫哀の『瘴癘』」（『台湾時報』、前掲書）九六～九七頁。

100 上忠司「太陽の子」（『台湾時報』、一九三五年三月）七〇頁。

101 黒木謳子『詩集　南方の果樹園』（屛東：屛東芸術連盟、一九三七年六月）二頁。

102 島田謹二「台湾の文学的過現未」(『文芸台湾』、前掲書)一八頁。

103 島田謹二『日本における外国文学』下巻(前掲書)四四〇頁。

104 在台日本人の心因性の病については、医学や社会学の方面からも解決法が提起されていたが、いずれの論者も植民地社会の構造に問題があることは認めつつ、それを改善するには、「文化的施設の建設」や内地からの経済的、文化的援助を挙げるのみであった。島田も南方文学の発展による解決を考えていたという点で、彼らと同根であろう。参照:楠井隆三「在台学徒の一人として」(『台湾時報』、一九四〇年一〇月)一五六~一六七頁。曾田長宗「台湾に於ける内地人の体質変化」(『台湾時報』、一九四二年三月)一一〇~一一二頁。

105 「ふるさと寒く」は、もともとは濱田隼雄が第一回「文芸台湾賞」の候補に推薦していた。濱田隼雄、龍瑛宗、西川満「鼎談」(『文芸台湾』第四巻第三号、一九四二年六月)二八頁

106 亀田恵美子「ふるさと寒く」(『文芸台湾』、第二巻第四号、一九四一年七月)四四頁。

107 土居光知から工藤好美宛ての書簡によると、第二高等学校長が島田の採用を希望していたが、島田が「一度は仙台へ赴任せられる気になられたものゝ、只今の勉強のできる位置を去るにしのびざるものゝ如く、高等学校をあまり好まれないやうでしたので私もすゝめ兼ねて、二高校長にはすまない思ひをしましたが、遂に断はりました」、という。風呂本武敏編『土居光知　工藤好美氏宛書簡集』(広島市:渓水社、一九九八年二月)九九頁。また、竹中信子が「内地人が台湾に定着しようと思い始めたのは、子供たちが台湾で生まれ、台湾を故郷として育っているからである」というように、島田の場合も長女誕生の翌年に渡台し、長男、次男は台湾生まれの台湾育ちであり、そうした事情も影響していたと思われる。竹中信子『植民地台湾の日本女性生活史』(昭和篇〔上〕)(前掲書)七四頁。

108 島田謹二「ジャン・マルケエの仏印小説——外地文学雑話(1)」(『文芸台湾』、前掲書)三八頁。

109 宮地硬介『榕樹之蔭』(台北:新高堂、一九三三年四月)一八頁。このような不安は在台日本人が残した手記だけでなく、北原白秋も訪台の際、台湾人に比べ、日本人が置かれている「貧弱な現状」や、「生気が無い」ことを目にし、「内地の同胞が色を失ひ、日常の生活をさへ支那族に脅かされつつある現状に、寧ろ往年の武断政治の復活をさへ待ち望んでゐる向きが少なくはないらしい」と記していた。北原白秋「華麗嶋風物誌」(『改造』、改造社、一九三四年一月)二〇八頁。

110 島田謹二「明治ナショナリズムの文学」（金子武蔵・大塚久雄編『講座近代思想史IX　日本における西洋近代の受容』、弘文堂、一九五九年一〇月）二四七頁。

111 大阪府富田林の旧家杉山団郎の長女。本名孝。明治三六年に『新詩社』（明星発行の結社）の社友となり、与謝野晶子、山川登美子、茅野雅子、玉野花子とともに「新詩社の五才媛」と称された。唯一の詩「小板橋」（『明星』、一九〇七年一二月）はその青春惜別歌で絶唱と定評がある。

112 本名赤堀梅子。大阪で生まれ、父は鴻池組の支配人として知られる仁科員一。梅子は『秀才文壇』や『関西文芸』などの投書雑誌に小品を投稿、関西文壇で一二を争う美貌の閨秀詩人として知られた。一九二一年五月、東京帝国大学英法科を卒業した赤堀鉄吉と結婚、渡台する。鉄吉は台湾総督府へ勤務、後に新竹州知事、高雄州知事を歴任した。参照：花浦みさを『かぎろひ抄』（中央公論新社、二〇〇一年二月）。

113 文学者では工藤好美や神田喜一郎にも時局的な発言はほとんど見られない。国分直一は時局が逼迫した時期、工藤好美と島田謹二はリベラルなヒューマニズムの立場から発言していたと語っている。国分直一「井東襄兄の論著に寄せて」（井東襄『大戦中に於ける台湾の文学』（東京近代文芸社、一九九三年一〇月）三頁。

114 『新建設』には矢野峰人は詩を、早坂一郎、中村哲、安藤正次、淡野安太郎、中井淳などは論文を寄せ、皇民奉公運動を理論面で支えた。『旬刊台新』には森於菟、矢野峰人、幣原坦、中村哲、植松正、小山捨月、瀧田貞治、金関丈夫、安藤正次、淡野安太郎などが寄稿している。参照：河原功『旬刊台新』別冊「解題」（緑陰書房、一九九九年一一月）、同『新建設』解題（総和社、二〇〇五年三月）。

115 島田謹二もこれらの組織の理事（外国文学部員）であったが、目立った動きはしていない。

116 台湾総督府情報課編『台湾決戦小説集』（乾之巻・坤之巻）（台北：台湾出版文化株式会社、一九四四年一二月・一九四五年一月）。

117 島田謹二「弔辞」（『比較文学』第三一巻、一九八八年三月）二一七頁。

118 皇民奉公会選定の合唱曲として、ニッチクレコードから発売された。作詞・矢野峰人、作曲・山田耕作、歌・伊藤武雄、日畜合唱団。『台湾日日』紙上（一九四三年四月三〇日）にも掲載されたほか、『新建設』第二巻第五号（一九四三年五月）には楽譜入りで紹介されている。

119 『新建設』第二巻第四号（一九四三年四月）八～九頁。

120 孤蓬萬里『「台湾万葉集」物語』（岩波書店、一九九四年）四四～四五頁。

121 蕉葉会会長山口房雄編集責任『獅子頭山賛歌　自治と自由の鐘が鳴る』（旧制台北高等学校創立八〇周年記念文集刊行委員会、二〇〇三年二月）九四頁。なお、二〇〇六年一〇月二七日、立川市女性総合センター「アイム」にて、台北高校の卒業生、移川丈児氏、木下和之氏、山口政治氏から島田謹二についてお話をうかがうことができた。その際、太平洋戦争末期に島田が授業中、反戦の意を表明していたことを、昭和一九（一九四四）年入学の山口氏が語ってくださった。山口氏によると、当時、英語の授業が減らされていたため、島田は国文学を担当し、『平家物語』を教えていたという。講義が興に乗り、「諸君、今一人の学徒が突撃しようとしたとき、目の前に一輪の花を見て、突撃は止め、戦争は止め！」と叫んだことがあったという。戦争中にも、一輪の花という文学の世界があることを学生たちに伝えたかったのではないか、とのこと。また「大本営発表」で報じられる戦果も信じておらず、「この戦争は怪しいぞ」というのを聞いて、山口氏は「面白いことを言う先生だ」と思ったという。島田謹二の授業の様子をまるで昨日のことのように鮮やかに語ってくださった三氏に、心より感謝したい。

122 島田謹二は亡くなる少し前、花浦みさをの歌集『かぎろひ抄』の後書きについて、「当時の情勢からやむなく大政翼賛的跋文を書いてしまった。もう一度、書直したい」と述べていたという。それは次のような箇所であろう。花浦が島田に跋文を依頼した際、島田は一度は固辞するが、「更にまた考ふるに、皇国が全力を挙げて戦ひ、人みなその職域を通じて、御奉公申上るべき今日、祖国の美の伝統を守護すべき学徒のひとりとして、その精粋の一つと信じうる制作につき、わが感懐の一端をしるすのは、しかく本務と離れることでもあるまい」と思い、引き受けたとある。さらに、花浦の愛国的な歌について、「ねがはくは夫人のいつか希はれたときく『愛国の至情にあふれた立派な歌』、『いつまでも光りかがやくやうな、いつまでも人の心をふるひ立たせるやうな美しい愛国の歌』が、これより踵を接して世に行はれんことを」と記している。参照：松本和男「解説」、および島田謹二「『かぎろひ抄』の後に」（『かぎろひ抄』、中央公論新社、二〇〇一年二月、初版、台北：日孝山房、一九四四年一月）。

123 宮崎芳三『太平洋戦争と英文学者』（研究社出版、一九九九年）、および高田里恵子『文学部をめぐる病——教養主義・ナチス・旧制高校』（松籟社、二〇〇一年）を参照のこと。

終章

二つの文学史における『華麗島文学志』の意義

本書では、これまで沈黙と誤解に包まれてきた島田謹二の『華麗島文学志』を、「比較文学」研究の実践として捉え、その形成過程を歴史的文脈に位置づけ、全体的な理解を試みた。同時に、島田の台湾体験の意義を探りつつ、特に一五年戦争下の植民地台湾という時空的条件が、島田の比較文学の思想に与えた影響について考察してきた。

以下で本書を通して明らかになった点を、比較文学と台湾文学の領域に分けて総括し、さらに今後の課題と比較文学の可能性を探ってみたい。

第一節　日本近代比較文学史における『華麗島文学志』の意義

1．『華麗島文学志』に見る比較文学の思想

まず、『華麗島文学志』を比較文学研究の実践として読み解くに当たり、近代比較文学の形成史を島田が最も影響を受けたヨーロッパ、特にフランスの学問に即して見てきた。

フランスでは第一次大戦と第二次大戦の戦間期に「比較文学」が飛躍的に発展したわけだが、その背後には第一次大戦の原因となった過度のナショナリズムへの猛省と、ヨーロッパが再び戦場になることへの危惧があった。それゆえ、フランスの比較文学者は文学の国際主義という理念の下に『比較文学雑誌』を創刊し、国際連盟の知的協力プログラムと連動しながら、寛容の精神の育成に努める。研究方面では、ロマン主義研究を通して影響研究の方法を確立し、ヨーロッパ精神の普及にも尽力するが、その反面、複数の国家や民族を身軽に越境する学問の宿命として浅薄さの誹りを免れなかった。だが、非寛容なナショナリズムが再燃しようとする危機の時代にあって、比較文学とは「各国民の知的精神的連帯」を図る思想運動であり、比較文学者になることは、この時代をいかに生きるかという実存を賭けた選択に他ならなかったのである。

だが、一九三〇年代初頭に植民地台湾でそれを受容した島田謹二は、ヨーロッパの比較文学者が時代状況と積極的に係わりながら、国際主義の理念の下に学問を鍛えていった点には言及しようとしなかった。それが満州事変から日中戦争を経て、太平洋戦争に至る、日本にとっても危機の時代であったことを考えると、やむをえない選択であったかもしれない。ただし太平洋戦争中、島田がかろうじて反戦の側に留まれたことを考えると、学問

の理念は十分理解していたと思われる。

一方で島田は、フランスの比較文学に早くからヨーロッパ中心主義の限界を読み取り、「日本派比較文学」の確立を提唱して上田敏や森鴎外の翻訳詩研究を試みた。その鴎外が台湾に係わっていたことから、台湾における日本文学の研究に進み、やがて『華麗島文学志』へと発展していくのである。

島田は在台日本文学、すなわち「外地文学」の研究を、「国文学」と「外国文学」の交渉研究になるとの考えから、比較文学研究の一部門と位置づけた。だが実際は、世界の「外地文学」の視点を導入しながら、「日本文学」と「台湾文学」との間には「交渉」関係を認めようとせず、「対比」研究の一国主義的姿勢を堅持する。

一方、『華麗島文学志』の出発点には、極端に中央に偏して地方の文学を顧みようとしない日本内地の文学研究に対する義憤があった。とりわけ内地の国文学者は日本帝国が台湾や朝鮮の領有を通して異民族支配を経験しても、諸民族から「日本文学」が受けるであろう影響の可能性は考慮に入れず、一国主義的な傾向を堅持していたのである。島田はそれに対し、台湾の日本文学は南方の自然や異民族との共存という内地には見られない環境の下で、「日本文学史上類例なき現代文学」を創出すべきことを主張した。だが、従来の「日本文学」の枠組みを大きく凌駕する文学を求めながら、実際、島田が歓迎したのは南方的な自然や風物から受ける影響のみであり、台湾人や「台湾文学」との交渉については関心を示そうとしなかったのである。その点では、内地の文学者と何ら変わりなかったといえよう。

ところで、台湾の日本文学を内地文壇から自立した「郷土主義文学」に育てたいという島田の強い願望には、一九三〇年代後半の在台日本人を取り巻く状況と「時代精神」が反映されていた。領台四〇周年を迎えた台湾では日本人社会の土着化が進み、長期定住者の間に「在台湾意識」が醸成され、日中戦争勃発後は、在台日本人の文芸意識が文芸愛好家の手慰みから、時代性・社会性を帯びたより切実なものへと変化していた。さらに南進政策が台湾を南方文化の中心に位置づけると、文化的な向上の必要性が叫ばれるようになる。このような状況下で説かれた島田の「郷土主義」は、同時代の日本内地に盛行していた日本主義的郷土主義とは方向を異にし、台湾の文芸運動をプロヴァンスの文芸運動に擬して世界の「郷土主義文学」に接続させ、日本帝国の一地方文学からの脱却を目指すものであった。

島田が排他的な一国主義や日本主義を拒否していたことは、在台日本文学の研究を広く世界の「外地文学」との比較考察を通して、いわゆる「一般文学」研究として進めた点からも明らかである。島田は特に、フランスの研究を参考に、植民地における宗主国人の文学を歴史的にたどり、それとの比較考察を通して、在台日本文学の傾向や将来の課題を見出していった。ただし、世界の外地文学に在台日本文学を位置づけようとする試みは、西欧の植民地帝国との連帯を目指すものでこそあれ、すぐ隣に共存する台湾人や「台湾文学」との間には一線を画すことになった。島田にとって「文学の国際主義」とは、あくまで西欧文学に対してのみ適用される概念であり、台湾人の文学に対しては「一国文学」の論理によって扉を硬く閉ざしたのである。日中戦争には賛意を示す一方、太平洋戦争下で反戦の側に立ったのもそのためであろうが、こうした事実は、島田の比較文学の精神がヨーロッパとアジアに対して一様には働かなかったことを如実に物語っている。

『華麗島文学志』は、島田が台湾（植民地）、日本（本国）、および世界の間でナショナル（ローカル）な精神とインターナショナル（グローバル）な精神を同時に生きる経験を通して、比較文学の精神を鍛える一種の実験場であったが、「文学の国際主義」という高邁な理念によって、島田が尊敬と友情を結ぼうとしたのは西欧のみであり、台湾に対しては、比較文学という学問の受容を以ってしても、成長の過程で刷り込まれた蔑視や賎視を克服できず、一国文学の論理を堅持したのであった。その根底にあったのは、台湾の支配を前提とする植民地生活者の極めて現実的なメンタリティーであり、それが島田の比較文学の思想に限界を課していたといえるだろう。

2.「歴史的制約」を超えて

ところで、『華麗島文学志』に内在するこのような「限界」は、これまで「歴史的制約」あるいは「時代の制約」と見なされてきた。明治書院版が出版された直後に現れた書評から例を挙げよう。

> 確かに本書が、植民地支配者の視点から書かれていることは疑いない。（……）また昭和十年代に執筆されているにもかかわらず、著者は台湾がじきに日本の支配を離れてしまうことなど、想像だにしていない。寧ろ、アメリカやオーストラリアが英国の植民地から自治、独立へと向かった歴史を念頭に置いていると思われる節もある。米豪加等の植民地が、白人を主体にしながらも、イギリスとは異なった政治共同体として独立を達成していったのと同様の経緯を、台湾もたどるだろうというような、漠然とした予想があり、植民地の永続性を疑うことはないのである。
>
> このように、本書は執筆された時期の歴史的制約を背負っているわけであるが、（……）（傍点――引用者）
>
> 西原大輔（『比較文學研究』、第六七号、一九九五年一〇月、一四七頁）

ここで西原大輔は、『華麗島文学志』が日本人を主体とした独立の可能性をも含めた植民地台湾の永続性を疑うことのない植民地支配者の視点から書かれている点に、執筆された時期の「歴史的制約」を読み取っている。一方、古田島洋介も同書の書評で、島田が国家主義に同調するように、「八紘一宇的な日本思想を雄渾な古調の中に歌ひ上げたのは大いによろしい」などと論じた点について、「時代の制約は何人も免れ得ないものである」[1]と評していた。

しかし、「歴史的制約」あるいは「時代の制約」とは何だろう。島田の植民地主義的、あるいは国家主義的な言説は「時代の制約」を負っているのだから、その是非は問うべきではないということであろうか。だとしたら、それは免罪符を意味する。

だが注意すべきは、島田は「歴史的制約」を無批判に受け入れてはいなかったという点である。島田は一九三九年一〇月に発表した論文「岩谷莫哀の『瘴癘』」の中で、確かに古田島が指摘した通り、八紘一宇的な日本思想を込めた山田義三郎の歌を取り上げ、それを大いに讃えていた[2]。ところが、太平洋戦争勃発後はこのような発言には慎重になり、時局的な記事を続々と発表する台北帝大の教師たちとは明らかに距離を置くのである。つまり、島田は自らの頭で状況を判断し、行動に移していたのであった。

反対に、時代状況とは無関係に堅持した態度もある。例えば、植民地主義の根本をなす対アジア観である。島田は戦後になっても中国蔑視をいささかも修正することなく、むしろ堂々と披露していたが、その例を、「フェルナン・バルダンスペルジェの日本来遊」[3]と題された伝記研究に見ることができる。これはバルダンスペルジェの自伝『ひとつの生』第三部の中国および日本訪問の記録を下敷きに[4]、島田が再構成したものだが、ここには原文には見られない日中の対比が随所に挿入され、中国についてては否定的イメージが[5]、日本についてては肯定的イメージが、あたかもバルダンスペルジェ本人の口から発せられたように書き込まれている。これは他者のテクストの恣意的な改竄に他ならず、研究者としてのモラルが問われかねない[6]。

実際、バルダンスペルジェが中国よりも日本の方に民衆のエネルギーを感じ取っていたのは確かであるが、彼の記述はより客観的で、両者に対する尊重の念には軽重をつけていない。にもかかわらず、島田はバルダンスペルジェの旅を最終的に次のように総括するのである。

日本に対するこうした親愛の態度は、思うに日本の国ぶりが、かれの好みに適合するところをもっていたということに一つの原因があるあるかもしれぬ。ロシヤに対しては滞在の日があまりにも少なく、外観の印象も内実も、かれの好みにはかなり遠かったように思われる。またかれの目にうつった中国は、ほこりにまみれた過去の栄華を、廃墟の中に抱いて眠っている国であった。これもかれの好みとは明らかに遠い。これに反して日本は、一八六八年の革命によって諸事が改革され、新しい力が未来にむかって活動的に動いていた。その明治の日本は、「不動の眠れる」東洋のなかでは、もっとも西洋に近い存在として感じられ、従ってかれの好みに合うものをふくんでいたと思われる。[7]

バルダンスペルジェが中国より日本に興味を示したことは、日本に関する記述の量が圧倒的に多いことからもうかがえるが、それは日本が「もっとも西洋に近い存在」として彼の「好みに合」ったからではなく、彼ら一行が東京に到着した前日の一九一二年九月一三日、乃木希典夫妻が自刃し、一五日には納棺式が行われるといった、衝撃的な出来事に遭遇したためであった。当然、それについて、かなりのページが割かれることになる[8]。ところが島田はそうした事情を括弧に入れたまま、日本が「好もしい」理由を西洋との距離で測り、バルダンスペルジェの名によってそれを権威づけるのである。

つまり、島田の「植民地支配者の観点」とは西原大輔がいうような「歴史的制約」などではなく、それとは無関係に彼の内部に根強く存在する一種の宿痾であった。しかも比較文学という学問によって修正する機会が十分与えられたにもかかわらず、それを自らの意志で拒否しつつ、戦後に至るまで確信犯的に堅持してきたのである。本書の「序章」で引用した通り、島田は戦後、『華麗島文学志』について、「太平洋戦争後は、外地にたいする考え方が変わったので、いろいろ問題はあろうが、これも一つの『比較文学』研究であることに変わりはない」と述べていたが、ここからも「外地にたいする考え方」を変えたのが世間であって、島田本人ではないことが鮮明に伝わってくる。

われわれが認めなければならないのは、国家主義や戦争に対する批判であれ、植民地主義に対する肯定であれ、島田が自らの意志で選んできた、という点である。『ロシヤにおける広瀬武夫』において、広瀬の口から反戦の言葉が語られたことも、「フェルナン・バルダンスペルジェの日本来遊」において、バルダンスペルジェの口から中国蔑視が聞かれたことも、戦前から一貫した島田自身の立場表明に過ぎない。だが、「歴史的制約」という言葉は、島田が時代の奔流に流されることなく、自ら考え、表現しようとした意志を見逃すことになるだろう。それは、島田の評価すべき点と批判すべき点の双方に眼をつむると同時に、戦後の比較文学に与えた島田の功罪を曖昧にすることにもなるはずだ。その点は今後十分検証されなければならないだろう。

第二節　台湾文学史における『華麗島文学志』の意義

1.『華麗島文学志』の位置づけ

本書では、『華麗島文学志』が日本人を中心とした「台湾文学」研究ではなく、一九三〇年代後半の時代状況を背景に誕生した、台湾における「日本文学」研究であることを明らかにしてきた。これは実際、台湾に永住を覚悟した島田謹二が、この地にいかに向き合うべきかという課題を、在台日本文学の過去・現在・未来を通じて考察した記録なのである。

島田はこれを一つの体系的な研究として進めるに当たり、まず「台湾文学」の定義から始めた。「国文学」の概念に依拠した島田は、当初、「台湾文学」とはこの島を支配した歴代宗主国の文学史の一部であるとの見解に立つが、後にフランスの植民地文学研究を参考に、台湾で生産された文学の総体を「台湾の文学」と呼ぶようにな り、そのうち在台日本人の文学は「外地文学」、台湾人主体の文学は「台湾文学」へと定義を修正する。同時に、「外地文学」と「植民地文学」の訳語を整理し、それによって、在台日本人の文学＝日本文学＝外地文学、台湾人の文学＝台湾文学＝植民地文学に分別し、前者を研究対象に設定してからは、島田が「台湾文学」を論じることはなかった。

ところで、「外地文学」とは植民地に根を張った宗主国人の手になる「郷土主義文学」である。一九三〇年代以降、在台日本人社会の土着化に伴い、文芸家たちの間にも「在台湾意識」が芽生え、内地人旅行者の文学を批判し、台湾在住者の視点から真の台湾の姿を描き、内地に発信していこうとする動きが生れていた。島田もそうした「時代精神」を敏感に感じ取り、台湾独自の文学の育成を唱えたのである。その過程で、この地に過去から未来へと続く文学的課題として「郷愁・エグゾティスム・レアリスム」の三点を挙げるが、それは世界の「外地文学」を広く参照しつつも、植民地生活者としての実感から見出した現実的で切実な課題であった。

一連の研究論文は『華麗島文学志』のタイトルの下、一九三九年二月から一二月の間に集中的に発表され、ほぼ完成するが、これは西川満を中心とした全島的な台湾文壇再編のための文芸運動の一環であり、南進化の時代に、台湾の日本文学を南方外地文学として確立するための指針でもあった。質量ともに充実したこの研究は、それまで台湾文壇の周縁的存在であった在台日本文学を主流の地位に押し上げ、日本人文芸家の勢力の逆転に貢献する。

だが一九四〇年一月、日台の文人を糾合した全島的な台湾文芸家協会が結成され、機関誌『文芸台湾』が刊行されると、台湾の文学をめぐる環境は一変し、それにともない、「台湾文学」と「外地文学」の概念も変化した。日本人が文壇のヘゲモニーを握ると、台湾新文学運動から誕生した「台湾文学」は日台人双方の手になる文学へと拡大解釈され、在台日本人の文学を意味した「外地文学」は台湾人にも共有され、「台湾文学」と「外地文学」は一元化する。

こうした変化は当然、『華麗島文学志』の解釈にバイアスをかけ、加えて、島田が新たな状況にうまく適応できず、「台湾文学」と「外地文学」についても三〇年代同様の定義を堅持したため、近年にまで至る誤解が生じた。最大の問題が、『華麗島文学志』の結論として書かれた在台日本文学史を「台湾文学史」と見なされたこと、および「エグゾティスム」の課題を、日本人だけでなく台湾人にも要請したと受けとめられたことである。そこで、「エグゾティスム」批判と「レアリスム」の提唱を軸とした議論が起きるわけだが、島田の真意は理解されず、結果として「レアリスム」に軍配が上がったものの、内実にまで深く踏み込んだ議論はなされなかった。

文学史については、『文芸台湾』に掲載された島田の「外地文学史」に対抗すべく、黄得時が『台湾文学』に「台湾文学史」を発表する。黄は台北帝大在学中、おそらく島田を通して英国文学史研究の方法を学んでおり、すでに時代遅れとなったテーヌの法則を戦略的に用いて、台湾人を主体とした文学史の構築を試みた。それが島田に対する批判であることは明白であったが、島田は黄に反論することはなかった。島田自身が、台湾の文学はそれぞれの立場で考えよ、と説いていたからである。それは比較文学者流の文化相対主義であると同時に、台湾人の文学と一線を画そうとする排他主義の表れでもあった。

また、島田は一九四〇年代に入ってから、作家作品論の成果として「南菜園の詩人籾山衣洲」を発表するが、ここには戦後開花する「明治ナショナリズム」のテーマが胚胎されていた。昭和ナショナリズムが最も高揚した時期に、島田は漢詩人籾山衣洲を通して「明治ナショナリズム」に向き合い、国家と個人のあり方を見据えていたのである。一方、島田は衣洲の中に癒しがたい「郷愁」を見出すが、それは単なる「望郷」の念ではなく、「感傷鬱悶」という植民地在住者の内部に巣食う一種の病理であり、それを在台日本文学の普遍的なテーマとして捉えたのであった。島田が衣洲の台湾体験をこのように光と影の交錯として描いたことは、南進化時代の在台日本人が直面していた状況の反映であると同時に、島田が国家から身を引き離し、個人の中へと立ち返る道筋にもなり、太平洋戦争中の態度を予告するものであった。

これら四〇年代に発表した論文も含め、島田は領台五〇周年の記念に、『華麗島文学志』としてまとめ、出版する予定であったが、敗戦のためかなわず、結局、それが日の目を見たのは、当初の予定から半世紀を経た一九九五年、島田の没後であった。出版が遅れたこともあり、全貌が容易に理解されず、『華麗島文学志』は長い間誤解を受けてきたわけだが、黄得時の「台湾文学史」が台湾文学研究の場で権威を獲得して以来、日本統治時代の「台湾文学」は、すでに島田の定義を遠く離れ、日台人双方の手になる、中国語・日本語を問わない文学として認知されるようになった。島田の外地文学史が、「台湾人を無視した、日本人中心の台湾文学史」であるとの誤解が定着したのもその結果である。

だが、台湾における日本文学を体系的に捉えたという点のみならず、急激に変貌する一九三〇年代後半から四〇年代初頭の台湾で、在台日本人の「時代精神」を掬い取り、文芸のあり方を示したという点で、島田の功績は大きく、正当な評価はなされてしかるべきであろう。『華麗島文学志』とは、アカデミズムの枠を超えて、島田が時代状況に積極的に係わりながら、比較文学という学問を鍛えた記録であると同時に、日本による台湾支配の最後の十年間の生活者の記録でもあり、改めて多角的に検討されるべきテクストなのである。

2. 新たな議論に向けて

『華麗島文学志』が台湾における「日本文学」研究であることが明らかになった以上、「台湾文学」研究であることを前提としたこれまでの議論は洗い直されねばならない。そこで真っ先に再考されるべきが、「外地文学」の三つの課題、つまり「広義の郷愁の文学」、「外地景観描写の文学」（エグゾティスム）、「民族生活解釈の文学」（レアリスム）の意義であろう。この三点を島田が在台日本文学の過去から未来へと連なるテーマに設定したことは卓見であり、単なる西洋文学理論の受け売りではなく、時代状況と植民地生活者としての実感を踏まえた上での的確な選択であった。その根底にあったのは、レアリストたる島田謹二の現実を見据える視線である。

残念なことに、この三点はこれまで十分な理解が得られず、議論の上でも深く掘り下げられることはなかったが、ここからは、日本人が「台湾」をいかに認識し、植民地で生きる意味を問い続けてきたのか、また台湾人との共生を引き受けながら、在台日本人としてのアイデンティティーをいかに模索していたのか、といった本質的な論点が引き出せるはずである。以下で、今後の議論の方向性を探っておきたい。

まず、「エグゾティスム」だが、島田がこのテーマを提起した真意は、一九四〇年代の台湾ではアレルギー的な拒絶反応に出会って、台湾人のみならず、『文芸台湾』に拠った日本人作家の間でさえ十分追究されることはなかった。だが、島田や西川が「エグゾティスム」のテーマの下に、南方の美や南方的価値観を称揚した点はまったく無意味とはいえず、総合歌誌『台湾』では活発な議論が展開されていたのである[9]。台湾のなにを以って「美しい」とするのか、それは単なる美意識の問題に留まらず、それを追求し、表現しようとすることは、旧来の日本的な価値観に変革を迫り、新たな言語の創造を促し、ひいては「在台日本人」というアイデンティティーの再考を要請するものであった。つまり、「台湾の美」の創造という課題は、「在台日本人」の創造という別の課題を触発していたのである。「エグゾティスム」のテーマが、それだけ幅広い射程を含んでいることを再認識し、新たな地平に議論を開いていくことは必要であろう。

それはまた「レアリスム」の課題にもつながっていく。島田は、「台湾の美」を認識することは「真の台湾の姿」を認識することに等しいと考えていたが、忘れてならないのは、島田がこうした課題に取り組んでいたのが、日本主義や皇民化の嵐が吹き荒れ、台湾人が「皇民化」される一方、日本人の「湾化」が不可逆的に進んでいた時代だったことだ。いってみれば、日台人双方がナショナリティーをめぐる未曾有のドラマを抱えており、そこにこそ「真の台湾の姿」があったはずだが、その奥に潜む「心理的レアリスム」を掬い取り、島田が言うように「生きたまま生に即して描」き、「生の実相に透徹せしめ」ることはどこまで可能だったのだろう。それを一九四〇年代の作品に読み取りながら、レアリスムの意義を検証することが求められる。

「郷愁」については、在台日本人の生の根幹に係わる重大なテーマでありながら、『華麗島文学志』が「台湾文学史」であるとの誤解によって、これまで一切の議論が阻まれてきた。だが、同書が「日本文学史」であると確認された以上、「郷愁」は「エグゾティスム」や「レアリスム」と並ぶ大きなテーマとして改めて論じられなければならない。特に領台末期には、在台日本人の内部で内地と台湾に対する心理的距離感が変化し、台湾が「郷愁」の対象となると同時に、棄郷あるいは祖国喪失の悲哀も増し、「熱帯神経衰弱」のような心因性の病の一因となっていたのである。植民地における宗主国人の生の意味を問う上で、「広義の郷愁」のテーマは無視できない立脚点になるはずだ。

結局、光あふれる「南方の美」を高らかに歌い上げる「エグゾティスム」、異民族共存の現実を描く「レアリスム」、植民地に移住した宗主国人の「感傷鬱悒」を詠う「郷愁」という三つのテーマとは、南進化時代に在台日本人が直面していた光と影に他ならず、彼らがこのような二面性を生きていたことを、島田自身、身をもって体験し、それを極めて現実的、かつ切実な文学的課題として提起したのである。

この観点から在台日本文学を再読することは必要だが、この時期、隣人である台湾人が、皇民化政策の下で「日本人」になることを強いられ、苦悩していたことにも思いをいたさなければならない。前述の通り、日台人双方がナショナリティーをめぐる未曾有のドラマを抱えていたにも係わらず、島田自身は両者の内面を複眼で捉えることができず、何よりも台湾人の苦悩を理解しようとする態度に欠けていた。日本人である個から出発し、台湾人という他者と出会い、さらに植民地社会を認識するという思索の順路を示しながら、島田はそれを十分追究しようとせず、結局は日本人と台湾人との間に相互理解の線を結べなかったのである。それが、在台日本人に広く共有された態度であったのか、あるいは島田個人の限界であったのか、島田の構築した文学理論と日本人作家の実践との間を往還しながら、三つの課題がどのように追究されたのか、今後、改めて検証されなければならないだろう。

第三節　比較文学の可能性

『華麗島文学志』が今後も幾多の議論を引き出せる豊かなテクストであることは確かだが、同時に負の遺産であることも認めておきたい。そうすることによってしか、今後の比較文学の可能性も語れないと思うからである。

ここで可能性について語る前に、まず「序章」で提起したいくつかの課題に戻っておこう。第一に、なぜ『華麗島文学志』が日本近代比較文学史に位置づけられず、深い沈黙に包まれてきたのかという点である。結論から言ってしまえば、同書には戦後の日本人が向き合いたくない過去、忘れてしまいたい過去が生々しい形で息づいているからではないだろうか。それを直視しようとすると、当然、一九三〇年代のヨーロッパ比較文学の受容のあり方や、日本比較文学会を創設した際に、比較文学の過去を問わなかった点を再考せざるを得なくなってくる。それを考えると、『華麗島文学志』というのは、二重三重の意味で厄介なテクストであり、それゆえ、一切関与しないか、都合の悪い部分を削除または修正するか、歴史的制約の名の下に放免するしかなかったのであろう。つまり、『華麗島文学志』をめぐる沈黙とは、比較文学の過去を問わないための暗黙の了解に他ならないのである。しかし、それこそが、結果として島田の植民地主義を戦後の空間にまで無傷で生き延びさせた原因ではなかろうか。

そのことと、島田に対する台湾人の憎しみや嫌悪、怒りの感情が長期にわたって引き継がれてきたことが、対になっているように思われる。ここで注意すべきは、彼らの感情が島田の台湾（アジア）蔑視の結果であって、その逆ではないという点だ。かつてヴァン・ティーゲムはヴォルテールを引きながら、自他の相違が「憎悪と迫害のしるしであってはならない」と説き、そのために国際文学史会議の準備に奔走し、シュトリヒも「対外的憎悪を追い払い」、寛容の精神を育成することが比較文学の目的であると述べていた。にも係わらず、日本の比較文学はアジアの隣人との間に相互的な「憎悪」を生み、半世紀以上にわたってそれを放置してきたのである。

そもそも『比較文学雑誌』で謳われた文学の国際主義の目指すところは、なによりも仏独関係という最も困難な隣国関係の修復にあり、比較文学の方法もその過程で鍛えられたわけだが、日本に受容されたのは、一体、西洋比較文学の「何」だったのだろう。富田仁は、『日本近代比較文学史』の末尾に、「敗戦というきびしい時代の転換期を迎え、昭和二十三年五月、日本比較文学会が創立されたとき、フランス派ならでは比較文学にあらずの観さえ生むほど、フランスの比較文学は日本の比較文学研究者の間に浸透していたのである」[10]と記しているが、フランス派の何が浸透していたのか、改めて考察する必要がある。

もっとも西欧比較文学には根強いヨーロッパ中心主義という限界があり、島田がそれを克服しようとした点は十分納得できる。しかし、彼の試みが失敗に終わったのは、ヨーロッパを階梯の最上位に置く世界文学地図を書き換えるために、対ヨーロッパ観と対アジア観を同時に修正しなかったためだ。結果として、西洋を基準に日本を中国・台湾の上位に置くという序列が固定化され、アジア蔑視も温存され、不均衡な世界観が戦後の比較文学にも暗い影を落とすことになった。島田に対する台湾人研究者の根強い負の感情もその結果である。彼らの思いに応えるには、再度、西欧中心主義の世界観を改め、世界文学地図を描き換えるしかないが、そのために何よりも必要なのは、アジア諸国との間に相互的な「憎悪」を解消し、信頼関係を育成するための精神的枠組みを構築することであろう。

それは、比較文学の研究や教育を通して、どのような対外的価値観を生み出していくのか、われわれの時代が必要とする思想をどのように実践していくのか、という学問の本質を問うことにも繋がるはずだ。近代比較文学の原点には、国際紛争の調停者として「新たなユマニスム」を準備するという高い志があったわけだが、実際は現在に至るまで十分機能しておらず、状況はますます厳しくなっている。グローバリゼーションの波動が至るところで国際間の競争を激化させ、新たな紛争を生み、国家主義や民族主義や形を変えた植民地主義、あるいは宗教的な原理主義といった非寛容を不断に再生産している今日、比較文学の思想は以前にも増して必要とされ、同時にそれを実践することは一層困難になっている。だが、この「美しい学問」の可能性は、その困難な試みを実践するところにしか宿らないはずであり、比較文学者《コンパラティスト》になるということは自らの実存を賭けてそれを引き受けることに他ならないのである。

注

1 古田島洋介「書評　島田謹二著『華麗島文学志――日本詩人の台湾体験』」（『比較文学』第三八巻、一九九六年三月）一二九頁。

2 松風子「岩谷莫哀の『瘴癘』」（『台湾時報』、前掲書）一二〇頁。

3 もともとは『比較文学研究』（第二号）のために、一九五七年一二月二一日起稿、一九五八年一月一二日脱稿された。後に、『日本における外国文学』（上巻、朝日新聞社、一九七五年一二月、四七～一〇三頁）の第一部第一章に収録された。本論では、朝日新聞社版を使用する。

4 Fernand Baldensperger, *Une vie parmi d'autres*, op.cit., pp.216-226.

5 例えば、「ここ（注――北京）では、何もかも燃える世紀からとおくはなれ、あらゆる生《いのち》の形とそのふだんの努力とを、「時」は腐らせようとしている。北京は、かしこい人道のついに老い朽ちた象徴か」（六八頁）と記されているが、原文にはこのような記述はない。

6 他にも、バルダンスペルジェが北京大学堂校長の厳復との「対話の魅力」（le charme d'entretient avec M. Yen Fu）について記した部分は大幅に加筆され、そこでも島田は厳復の口を借りて、明治維新の成功と辛亥革命の失敗とを対比的に描いている。

7 島田謹二「フェルナン・バルダンスペルジェの日本来遊」（『日本における外国文学』上巻、前掲書）九五頁。

8 この事件について、島田謹二はかなりの加筆をしており、先に挙げた厳復の部分と合わせ、加筆部分とオリジナル・テクストとの比較考察は必要であろう。

9 詳細は、以下を参照のこと。橋本恭子「〈台湾の美〉をめぐる認識の変化――『台湾』の議論を出発点として」（日本台湾学会第十三回学術大会報告論文、二〇一一年五月）。

10 富田仁『近代日本比較文学史』（前掲書）一〇四頁。

付録（一）　文学研究年表（一九三一～一九四五）

	出来事	日本文学・日本精神	世界文学・比較文学・西欧文学
1931	満州事変勃発 9 ナップ解散、日本プロレタリア文化連盟（コップ）創立 11 『プロレタリア文化』創刊 12	久松潜一『日本文学概説（上）』 岩波講座『日本文学』刊行開始 11（～1932.2） 紀平正美『日本精神』	
1932	上海事変勃発 1 『プロレタリア文学』創刊 1 満州国建国宣言 3 『コギト』創刊 3 五・一五事件 5 国民精神文化研究所設置 8	唐木順三『現代日本文学序説』10 久松潜一『日本文学評論史』7	モールトン、本田顕彰訳『文学の近代的研究』11 岩波講座『世界文学』刊行開始 11（～1934.6） 阿部次郎「比較文学序説」10
1933	小林多喜二検挙、築地署で虐殺 2 国際連盟脱退 3 佐野学・鍋山貞親転向声明 6 『文学界』創刊 10		斉藤昌三、木村毅「西洋文学翻訳年表」7 阿部次郎「比較文学」10 後藤末雄『中国思想のフランス西漸』6 シュトリヒ、伊藤雄訳『世界文学と比較文学』1 太宰施門『ルソーよりバルザックへ』10

	出来事	日本文学・日本精神	世界文学・比較文学・西欧文学
1934	プロレタリア作家同盟解散宣言 2	「特集　日本精神」、『思想』5 「特集　日本文学精神」、『国語と国文学』5 久松潜一『国文学と民族精神』3 久松潜一『上代民族文学とその学史』7 和辻哲郎「日本精神」9	阿部次郎『世界文化と日本文化』4 野上豊一郎『比較文学論』6 モールトン、本田顕彰訳『世界文学』11 島田謹二「上田敏の『海潮音』—文学史的研究」10
1935	天皇機関説問題起こる 2 日本共産党中央委員会壊滅 3 『日本浪漫派』創刊 3 芥川・直木賞設定 9 日本ペンクラブ結成 11	柳田泉『明治初期の翻訳文学』2 和辻哲郎『続日本精神史研究』9 和辻哲郎『風土』9 本間久雄『明治文学史』7 岡崎義恵『日本文芸学』12 久松潜一『日本精神歌集』5 塩田良平『近代日本文学論』5 『物語日本文学』至文堂、刊行開始。5	吉江喬松監修『世界文芸大辞典』刊行開始 10（~1937.12） 『世界文芸』10 刊行開始（~1937.12）
1936	二・二六事件 2 日本諸学振興委員会結成、「日本学」が提唱される 9 日独防共協定締結 11	久松潜一『日本文学評論史　古代・中世篇』10	勝本清一郎『日本文学の世界的位置』10 竹友藻風『英文學史』9 ポール・ヴァレリー他、佐藤正彰訳『精神の将来』6
1937	日華事変勃発 7 新日本文化の会設立 7 国民精神総動員中央連盟設立 10 日本軍南京占領 12	文部省『国体の本義』3 久松潜一『万葉集に現れたる日本精神』1 藤村作『日本文学原論』2 久松潜一『日本文学の精神』9	久松潜一『西欧に於ける日本文学』7

	出来事	日本文学・日本精神	世界文学・比較文学・西欧文学
1938	国家総動員法公布 4 日本ペンクラブ、国際ペン脱退 7 従軍作家部隊、中国へ行く 9 武漢三鎮占領 10	高木武『日本精神と日本文学』 「特集　日本文学と支那文学」、『国語と国文学』4	野上豊一郎『翻訳論』1 豊田実『日本英学史の研究』12 後藤末男『東西の文化流通』9 斎藤勇『英文學史』（三訂新版）10
1939	大陸開拓文芸懇話会結成 3 第二次世界大戦勃発 9	「特集　国文学と民族性」、『国語と国文学』4 「特集　国学研究」、『国語と国文学』10 片岡良平『近代日本文学の展望』	イポリート・テーヌ、丸山誠次訳『文化と風土』5 国際文化振興会編『日本現代文学解題』 齋藤勇『英米文学年表』5
1940	新聞雑誌用紙統制委員会発足 5 日独伊三国同盟調印 9 大政翼賛会結成 10 紀元二千六百年式典挙行 11	吉田精一『近代日本浪漫主義研究』7 「特集　日本文学と風土」、『国文学解釈と鑑賞』10	小林正「比較文学の実際」、『思想』 C・H・ハーフォード、片岡基太郎訳『批判 英文学史』10
1941	東条英機内閣成立 10 尾崎・ゾルゲ事件 10 太平洋戦争勃発 12 言論出版集会結社等臨時取締法公布 12	浅野晃『国民文学論』 板垣直子『事変下の文学』10	島田謹二「比較文学―その実例としての上田敏の訳詩」、新関良三他『国民文学と世界文学』6 重久篤太郎『日本近世英学史』 『吉江喬松全集』（~1943） 『英米文学語学講座』全63巻（~1944）
1942	日本文学報国会創立 5 『文学界』、「近代の超克　特集」9~10 大東亜文学者大会開催 11	「特集国文学上に於ける南方的性格」、『国文学　解釈と鑑賞』5 「特集大東亜建設と新国文学の理念」、『国文学　解釈と鑑賞』6 「特集　新国文学史の課題」、『国語と国文学』10	ベディエ、アザアル共編、杉捷夫ほか訳『フランス文學史』6 石田幹之助『欧米に於ける支那研究』6 内藤智秀『東西文化の融合』2

	出来事	日本文学・日本精神	世界文学・比較文学・西欧文学
1943	『文学報国』創刊 8	「国文学と肇国精神」、『国文学　解釈と鑑賞』1 孫田秀春責任編集『肇国及日本精神』5 和辻哲郎『尊皇思想とその伝統』12 「新東洋精神の探求と樹立」、『国文学　解釈と鑑賞』12	辰野隆『佛蘭西文學』5（~1946.11） ポール・ヴァン=チーゲム、太田咲太郎訳『比較文学』8 大和資雄『文学の交流』2 後藤末雄『日本・支那・西洋』9
1944		「大東亜宣言と国文学」、『国文学　解釈と鑑賞』3	

付録（二）　『華麗島文学志』在台日本人文学年表

年代	小説・随筆・評論・研究	漢詩・短歌・俳句・新詩	作家・文壇記事
明治 20 1987	須藤南翠『春暁撹眠―痴人之夢』		
明治 28 1895	末広鉄腸「政治小説―戦後之日本」	無名氏「台湾島の歌」国民の友 3 月 23 日号 水野大路「絶句」6	森鴎外来台　5
明治 29 1986	遅塚麗水『大和武士』春陽堂　1 泉鏡花「海城発電」太陽　1 尾崎紅葉「多情多恨」読売　2~12 森槐南「丙甲六月巡台篇」		森槐南来台　6
明治 30 1987	柳川春葉「一花一輪（水甕）」文芸倶楽部 3 山田美妙「武蔵野」新小説　6 佐藤迷羊「おち葉」新著月刊　9		
明治 31 1988	広津柳浪「女仕入」新小説　1 正岡子規「台湾島」1 内田魯庵「くれの二十八日」新著月刊 2 徳富蘆花「不如帰」国民　11~32.5		台湾日日新報創刊　5

年代	小説・随筆・評論・研究	漢詩・短歌・俳句・新詩	作家・文壇記事
明治 32 1989	菊池幽芳『己が罪』大阪毎日 8~1990.5		
明治 33 1900	柳川春葉「夢の夢」読売 5.13~8.24	正岡子規「香墨台湾へ行く」（未定稿）1	渡辺香墨来台（台湾総督府法院検察官・俳人）2.1 淡水税関倶楽部雑誌『五十会』創刊 山田義三郎来台（淡水税関監吏・歌人）5.19
明治 34 1901	渡辺香墨「台湾日記」ホトトギス 4 藤井烏犍「日記」ホトトギス 11 百笑「銀行日記」ホトトギス		
明治 35 1902	内田魯庵『社会百面相』博文館 6 堀尾空鳥「起臥日記」ホトトギス 1~2		『台湾民報』創設ホトトギス系俳壇「竹風吟壇」 『台湾文芸』創刊（4.15）、村上玉吉（神洲）主幹
明治 36 1903	柳川春葉「命中々々」新小説 6 田山花袋「女教師」文芸倶楽部 6		
明治 37 1904	堀尾空鳥「ハイ聞録」相思樹		日本派俳句誌『相思樹』創刊 5 月並俳句派とホトトギス派新旧論戦
明治 38 1905	山田不耳「台湾趣味と俳句」台湾日日 山田不耳「台湾俳句譚」台湾日日		岩田鳴球来台（三井物産会社員・俳人）1 明星系短歌誌『にひ星』創刊 渡辺香墨離台 12.17
明治 39 1906			
明治 40 1907	泉鏡花「婦系図」やまと新聞 1~4 原十雉「野治療」相思樹 4.25		小林李坪『緑珊瑚』創刊 5

年代	小説・随筆・評論・研究	漢詩・短歌・俳句・新詩	作家・文壇記事
明治41 1908	森鷗外『能久親王事蹟』6 田山花袋「生」読売 4~7 田山花袋「妻」日本新聞 10~1909.2	館森萬平・宇野覚太郎共編『竹風蘭雨集』台湾日日新報社 10 新詩『幽谷集』	日本派俳人三派に分裂：香墨派・鳴球派、その他。
明治42 1909	徳富蘆花（篠原良平）『寄生木』12		木下笑風来台（明糖社員・自由律俳人）4 台湾鶯蛙会（桂園流短歌団体）創立
明治43 1910	島崎藤村『家』読売 1~5 木下笑風「カンナ花」相思樹 9 角田竹冷『俳遊記』	小林李坪『台湾歳時記』東京政教社刊 6	伊良子清白来台（台湾総督府医務嘱託・詩人）
明治44 1911	影井香橘「黒」ホトトギス 12	北原白秋「道化もの」3	『相思樹』停刊 『緑珊瑚』停刊 台湾的日本派俳句消滅
明治45 大正元 1912	長田幹彦「零落」中央公論 4 森鷗外「羽鳥千尋」中央公論 8 影井香橘「栄座にて」ホトトギス 10 庄司瓦全「はしり鐘」ホトトギス 11 田山花袋「劇場で」文章世界		
大正2 1913	影井香橘「乗り換へ」ホトトギス 1 庄司瓦全「線路工夫の妻」ホトトギス 2		
大正3 1914			
大正4 1915	庄司瓦全「自殺」ホトトギス 10		文芸誌『蛇木』（台北蛇木芸術同好会）創刊 2 下村宏来台（民政長官・歌人）

年代	小説・随筆・評論・研究	漢詩・短歌・俳句・新詩	作家・文壇記事
大正5 1916	庄司瓦全「冬の朝の二時間」ホトトギス 2 夏目漱石「明暗」東京朝日、大阪朝日 5~12		
大正6 1917	平澤丁東『台湾の歌謡と名著物語』台北晃文館 2 森丑之助『台湾蕃族誌』		新傾向の俳誌『熱』（台北熱吟社）創刊 1 岩谷莫哀来台（明治製糖社員） 新傾向の俳誌『べにヒ』（嘉義）創刊 12
大正7 1918		岩谷莫哀「台湾小曲集」珊瑚礁 3,4,5	岩谷莫哀「南島短歌会」創設（台三輯まで） 岩谷莫哀離台湾 5.26 詩歌中心の文芸誌『人形』（台北人形社）創刊 6 文芸雑誌『木瓜』（台北木瓜）創刊 12
大正8 1919	小山掃葉「植民地」人形 5 小山掃葉「主義に生きる人」「フェアリー物語」人形 6 小山掃葉「過去の話」人形 7		花蓮、俳句結社大樹吟社組織 8.4
大正9 1920	菊池寛「祝盃」電気と文芸 9	西口紫溟編『南の国の歌』台北人形社 8	佐藤春夫来台 7.6~10.15 大樹吟社俳誌『うしほ』（花蓮港大樹吟社）創刊 9
大正10 1921			大樹吟社改稱為うしほ吟社 10 ホトトギス系俳誌『ゆうかり』（台北ユーカリ発行所）創刊 10
大正11 1922		土居香国『征台集』（非売品）3.17 後藤大治『亜字欄に倚りて』5	歌誌『あらたま』（台北あらたま社）創刊 11

年代	小説・随筆・評論・研究	漢詩・短歌・俳句・新詩	作家・文壇記事
大正12 1923			
大正13 1924		吉川利一編纂『高砂歌集』高砂同人歌集編纂会 10	
大正14 1925	佐藤春夫「霧社」改造 3 佐藤春夫「女誡扇綺譚」女性 5		
大正15 昭和元 1926	佐藤春夫『女誡扇綺譚』東京第一書房 2		
昭和2 1927		伊良子清白「聖廟春歌」「大嵙崁悲曲」あらたま同人著『攻玉集』台北あらたま社 11	
昭和3 1928	尾崎孝子『美はしき背景』台北あらたま社 5	三上惜字塔編『台湾俳句集』台北ゆうかり社 7	
昭和4 1929			
昭和5 1930			
昭和6 1931			
昭和7 1932	佐藤春夫「植民地の旅」中央公論 9～10		
昭和8 1933	大鹿卓『蕃婦』海豹 7		
昭和9 1934	北原白秋「華麗島風物誌」(1) 改造 10 北原白秋「華麗島風物誌」(2) 改造 12		西川満『媽祖』創刊 9

年代	小説・随筆・評論・研究	漢詩・短歌・俳句・新詩	作家・文壇記事
昭和 10 1935	中川蕃（明糖常務取締役）『糖汁余滴』非売品 11	西川満『媽祖祭』台北媽祖書房 4 あらたま同人著『台湾』台北あらたま社 4 山本孕江・三上惜字塔編『ゆうかり俳句集』台北ゆうかり社 10 北原白秋「台湾歌謡」（『全貌』所収）	
昭和 11 1936	佐藤春夫『霧社』昭森社 7	江上零々句集『零々遺稿』6 山本岬人句集『こでまりの花』7 『山東須磨歌集』台北あらたま社 11	
昭和 12 1937	大鹿卓「奥地の人々」新潮 3	西川満『亜片』日孝書房 7 黒木楓子詩集『南方の果樹園』6	
昭和 13 1938			『媽祖』廃刊 3 西川満『台湾風土記』創刊 2（～1940.4）
昭和 14 1939	田淵武吉『台湾歌謡界昔がたり』厚生林 8	『花蓮港俳句集』うしお吟社 9	

付録（三）　島田謹二在台期著作年表（一九二九～一九四四）

発表日期	作品名	発表期刊	文類	備考
1930.1	愛蘭土古謡	みをつくし 2	訳詩	筆名市河十九
1933.3	Louis Cazamian 研究	試論、東北帝大英文学會発行	研究	
6.16	贋造文学夜話――サーマナザーの台湾誌	愛書 1	研究	
10	フローリス・ドラットル教授のこと	英語研究 26-7	研究	
10	マラルメと英語英文学	新試論 3	研究	
10	ポゥとマラルメ	新試論 3	翻訳	
11	現代仏蘭西の英文学研究	英語研究 26-8	研究	
11	ポゥ	岩波講座『世界文学』「近代作家論」中の一冊	研究	
12	Poe と Mallarmé	試論 2	研究	
1934.4	上田敏の英文学観	英文学研究 14-2	研究	
4	矢野峰人訳詩集『しるえっと』に就いて	書物展望 4-4	書評	
5	『上田敏の「海潮音」』――文学史的研究	台北帝国大学文政学部文学科研究年報第一輯	研究	
7.9	ユーモア小説の審査を終へて――選者の言葉	台湾日日新報	選評	矢野禾積・工藤好美と連名
7	ポゥの短篇集	『英語英文学講座』七「名著解説篇」	研究	

発表日期	作品名	発表期刊	文類	備考
7.20	文芸批評家としての北原白秋氏	台湾日日新報	評論	
7.26	愛書推薦	台湾日日新報	談話	
8	鴎外書誌	愛書 2	批評	
8	学匠の歌―アンジェリエの詩書	愛書 2	随筆	市河十九
8	ステファヌ・マラルメ書誌	愛書 2	資料	
8	ジョン・フロリオの英語（I）	英語研究 27-5	研究	
9	フロリオの英語（II）	英語研究 27-6	研究	
10	フロリオの英語（III）	英語研究 27-7	研究	
10	マラルメ嬢の手扇（マラルメ原作）	媽祖 1-1	訳詩	市河十九
10	『ヘリック』	研究社、英米文学評伝叢書 9	研究	
10.10	夢（オォギュスト・アンヂュリエ原作）	台湾婦人界 11 月号	訳詩	市河十九
11	フロリオの英語（IV）	英語研究 27-8	研究	
11.26	北原白秋氏の台湾歌謡	台湾日日新報	評論	
12	ユーモアの語義	言語 3、東北帝大言語懇話会	研究	
12	フロリオの英語（V）	英語研究 27-9	研究	
12	散文（デ・ゼッサントのために）（マラルメ原作）	媽祖 1-2	訳詩	市河十九
12	『ポゥ詩集』略註抄（一）（マラルメ原作）	媽祖 1-2	翻訳	市河十九
12	愛書返信	愛書 3	随筆	
1935.2	『ポゥ詩集』略註抄（二）（マラルメ原作）	媽祖 1-3	翻訳	市河十九
2	エドガー・ポゥの墓（マラルメ原作）	椎の木 4-1	訳詩	市河十九
4	『ポゥ詩集』略註抄（マラルメ原作）	日本詩、アキラ書房	翻訳	市河十九
5	愛蘭土古謡（ライオネル・ジョンスン原作）	媽祖 1-4	訳詩	市河十九
5	台湾時代の鴎外漁史	文学、岩波書店	研究	
5	佛蘭西派英文学研究書誌	試論 3	研究	
6	「小鳥でさえも巣は恋し」	文化 2-6、東北帝国大学文科会編輯、岩波書店	研究	

発表日期	作品名	発表期刊	文類	備考
7	台湾時代の鴎外漁史	台湾教育	研究	
7	『ポゥ詩集』略註抄（三）（マラルメ原作）	媽祖 1-5	翻訳	
7	ベルジャーム教授の業績	英文学研究 15-3	研究	
9	『ポゥとボォドレール』――比較文学史的研究	台北帝国大学文政学部文学科研究年報第二輯	研究	
10	アーケディア	中央公論社、『世界文芸大辞典』（一）	解説	
10.10	あらたま歌集「台湾」を読む	台湾日日新報	書評	筆名南島子
1936.1	エドワード王朝	『世界文芸大辞典』（二）	解説	
1	カザミアン	『世界文芸大辞典』（二）	解説	
1	カムデン	『世界文芸大辞典』（二）	解説	
2.1	西川満詩集『媽祖祭』	文化 3-2、東北帝国大学文科会編輯、岩波書店	書評	
2	訳詩集「於母影」の材源	文鳥（六）	研究	
3.11	『墳墓』礼讃	台湾日日新報	書評	
3	『エドガー・ポゥ詩集』略註――ステファヌ・マラルメ	台大文学 1-2	訳註	
4.20	詩集『媽祖祭』読後	愛書6	書評	
4.20	「墳墓」礼賛（再掲）	媽祖便、梅月号（愛書6付録）	書評	
4	詩人の手紙	媽祖 2-3	翻訳	
6	松の木の都（アランデル・デル・レー原作）	媽祖 2-4	翻訳	
6	星下の對話（アザール原作）	台大文学 1-3	翻訳	
7	訳詩集「於母影」について	台大文学 1-4	研究	
8	西洋の散文	『世界文芸大辞典』（三）	解説	
8	シドニー	『世界文芸大辞典』（三）	解説	
8	詩の原理	『世界文芸大辞典』（三）	解説	
9	上田柳村逸文抄	愛書 7	資料	
9	一刀三礼――上田柳村の推敲ぶり	媽祖 2-5	研究	

発表日期	作品名	発表期刊	文類	備考
10	南島文学志	台大文学 1-5	評論	筆名松風子
11	追悼録《PoésieIntime》 山東女史の歌稿を読む	あらたま	評論	
12	スペキュラム・メディタンディス	『世界文芸大辞典』(四)	解説	
12	地方色	『世界文芸大辞典』(四)	解説	
12	ステファヌ・マラルメ詩抄	台大文学 1-6	訳詩	
1937.1	英文学研究に關する一考察	英文学研究 17-1	研究	
1	花(マラルメ原作)	媽祖 2-6	訳詩	
3	『提督秋山真之』のこと	台湾教育 416	書評	
3	碧空(マラルメ原作)	媽祖 3-1	訳詩	
4.15	佛蘭西派英文学の研究――オーギュスト・アンヂュエリエの業績	台北帝国大学文政学部文学科研究年報第三輯	研究	
5	市河三喜博士の『英語学』を読みて	台大文学 2-2	書評	
5	滝田貞治氏著『逍遥書誌』を読む	台大文学 2-2	書評	
5	西洋に於ける日記文学	『世界文芸大辞典』(五)	解説	
5	ノックス	『世界文芸大辞典』(五)	解説	
5	バーネット	『世界文芸大辞典』(五)	解説	
5	ハリントン	『世界文芸大辞典』(五)	解説	
5	比較文学	『世界文芸大辞典』(五)	解説	
5	イギリス・アメリカに於けるフランス文学研究	『世界文芸大辞典』(五)	解説	
5-6	明治文学に現はれたる台湾	台湾時報	研究	
6	伊良子清白の「聖廟春歌」	媽祖 3-2	研究	
6	キャザミアンの英文学思潮史――序論	台大文学 2-3	翻訳	
8	王政復古期前後の英文学――Cazamian 英文学思潮史	台大文学 2-4	翻訳	
11	ヘリック	『世界文芸大辞典』(六)	解説	
11	ベルジャーム	『世界文芸大辞典』(六)	解説	
11	西洋に於ける翻訳文学	『世界文芸大辞典』(六)	解説	
11	ミルズ	『世界文芸大辞典』(六)	解説	

発表日期	作品名	発表期刊	文類	備考
11	ルヴュ・ドゥ・リテラテュール・コンパレ	『世界文芸大辞典』（六）	解説	
11	ルグイ	『世界文芸大辞典』（六）	解説	
11	ロザリンド	『世界文芸大辞典』（六）	解説	
12	古典主義時代の英文学――Cazamian 英文学思潮史	台大文学 2-6	翻訳	
12	古謡	媽祖 3-3	訳詩	
1938.1	わが国に於ける英文学研究	英語青年 78-7	研究	
1	「南島文学志」	台湾時報	評論	松風子
2	英文学研究方法考	英語青年 78-10	研究	
3	古典主義時代の英文学――Cazamian 英文学思潮史	台大文学 3-1	翻訳	
3	『聖書の英語』をよみて	台大文学 3-1	書評	
3	回想	媽祖 3-4	随筆	
3.25	愛国の詩人戦士ダヌンチオを憶ふ（アランデル・デル・レー著）	台湾日日新報	翻訳	松風子
4	A.E.Housman の手紙	英語青年 79-2	資料	
4.8	ジァン・ダルジェーヌの台湾小説――『クールベ艦隊物語』	愛書 10	研究	
4	ダヌンチオの「燕の歌」（一）	多磨 6-4	研究	
5	ダヌンチオの「燕の歌」（二）	多磨 6-5	研究	
6	ダヌンチオの「燕の歌」（三）	多磨 6-6	研究	
6	散文詩集「亜片」を読む	台湾時報	書評	松風子
6	ラジオ講演集「愛国の戦士詩人ダヌンチオ回顧」（アランデル・デル・レ著）	台湾放送協会	翻訳	
6.30	文学の社会表現力（上）	原生林 4-5	評論	
7.01	「台湾行進曲」の選後に	台湾教育	選評	島田昌勢（台湾総督府文教局長）、矢野禾積との連名
7	夢物語――英文学研究家の共同作業	英語研究 31-4	評論	
7	VenetianNight 脚註	英語青年 79-7	訳註	
7.29	文学の社会表現力（下）	原生林 4-7	評論	

発表日期	作品名	発表期刊	文類	備考
9	『のってぅぇねちあな』(アランデル・デル・レー著)	日孝山書房刊	翻訳	
11	若き日のエミール・ルグイ	台大文学 3-6	研究	
1939.1	IlTambrinoSardo	英語青年 80-8	研究	
2	台湾におけるわが文学――「華麗島文学志」エピローグ	台湾時報	研究	松風子
2.20	ナポレオンの英語	台高 12	随筆	
3	正岡子規の台湾俳句	台湾風土記	研究	
3	リーズ・バームの台湾小説――「華麗島」	台湾時報	研究	松風子
3.4	山おくの桜ばな	台湾日日新報	研究	松風子
4.9	明治の内地文学に現れたる台湾	台大文学 4-1	研究	
4	伊良子清白の「聖廟春歌」――「華麗島文学志」	台湾時報	研究	松風子
5	正岡子規と渡辺香墨――「華麗島文学志」	台湾時報	研究	松風子
5	リーズ・バームの小説『華麗島』とマッカイ博士	齋藤勇編『マッカイ博士の業績』	随筆	
6	「あらたま」歌集二種――「華麗島文学志」	台湾時報	研究	松風子
7-8	台湾に取材せる写生文作家――「華麗島文学志」	台湾時報	研究	松風子
8.1	続香墨紀	台湾教育	研究	
8	原十雉の「御祈祷」	台湾地方行政	研究	
9.30	山おくの桜ばな	台大文学 4-4	研究	
9	佐藤春夫氏の『女誡扇綺譚』――「華麗島文学志」	台湾時報	研究	松風子
10	岩谷莫哀の『瘴癘』――「華麗島文学志」	台湾時報	研究	松風子
11	「うしほ」と「ゆうかり」――「華麗島文学志」	台湾時報	研究	松風子
12	西川満氏の詩業――「華麗島文学志」	台湾時報	研究	松風子
1940.1.1	外地文学研究の現状	文芸台湾 1-1	研究	
1	台湾の文学的過去に就て――「華麗島文学志」	台湾時報	研究	松風子
1.3	Chansond, amour 中世歌謡アンジュリエ・ジョンスン	台大文学 4-6	訳詩	松風子
1.3	ステファヌ・マラルメ詩抄	台大文学 4-6	訳詩	

発表日期	作品名	発表期刊	文類	備考
1.3	市河三喜著『昆虫・言葉・国民性』	台大文学 4-6	書評	松風子
2	征台陣中の森鷗外――「華麗島文学志」	台湾時報	研究	松風子
2	日本に於ける英文学研究	『安藤教授還暦祝賀会記念論文集』三省堂	研究	
2	花蓮港の俳誌うしほ	東台湾新報	未見	
3	領台直後の物情を詠えるわが漢詩――「華麗島文学志」	台湾時報	研究	松風子
3.1	小鳥でさえも巣は恋し	文芸台湾 1-2	研究	
6.29	『文芸台湾』の確立	台湾日日新報	評論	松風子
7	浪慢主義時代の英文学――Cazamian 英文学思潮史	台大文学 5-3	翻訳	
7	西洋文学雑記帖	台大文学 5-3	随筆	松風子
8	批評家としての北原白秋	多摩 11-12、多摩短歌会	研究	
9	評論	西川満『華麗島頌歌』日孝書房	研究	
10	『女誡扇綺譚』の話者について	文芸台湾 5	研究	
10	南菜園の詩人籾山衣洲（上）	台大文学 5-4	研究	神田喜一郎と共著
11	蒲原有明著『飛雲抄』をよむ	台大文学 5-5	書評	
12.10	「花薔薇」と「わすれなぐさ」―森鷗外と上田敏との訳詩	文芸台湾 1-6	研究	
12	南菜園の詩人籾山衣洲（中）	台大文学 5-6	研究	神田喜一郎と共著
1941.2.20	ダヌンチオの「燕の歌」	翔風 21	研究	
5.10	台湾に於ける文学について	愛書 14	研究	神田喜一郎と共著
5.20	台湾の文学的過現未	文芸台湾 2-2	研究	
5	南菜園の詩人籾山衣洲（下）	台大文学 6-2	研究	神田喜一郎と共著
6	比較文学――その実例としての上田敏の訳詩	新関良三他『国民文学と世界文学』（新文学論全集 6）		
8.20	詩人の手紙――エドガー・A・ランポー作	文芸台湾 2-5	翻訳	
8.28	長谷川時雨さんを憶ふ	台湾日日新報	随筆	松風子
9.20	領台役に取材せる戦争文学	文芸台湾 2-6	研究	
10.20	ジャン・マルケエの仏印小説―外地文学雑話（1）	文芸台湾 3-1	研究	

発表日期	作品名	発表期刊	文類	備考
11.20	台湾に於ける写生派俳句の先達－外地文学雑話（2）	文芸台湾 3-2	研究	
12	佛蘭西派英文学と比較文学	英語青年 86-6	研究	
1942.3.20	ロベエル・ランドオの第二世小説－外地文学雑話（3）	文芸台湾 3-6	研究	
6.20	文芸台湾賞第一回受賞者発表――審査員の言葉	文芸台湾 4-3	感想	矢野峰人と連名
8	石上露子集	愛書 15	編纂	松風子
8	台湾の文学的過現未	西川満編『台湾文学集』大阪屋号書店、東京	研究	
9	『英米文学と大陸文学との交流』（英米文学語学講座 23）	研究社	研究	
10.20	文学の社会表現力	文芸台湾 5-1	評論	
10.20	小泉盗泉	文芸台湾 5-1	研究	
11	『スタニスラーフスキー自伝（上）』	岩波文庫	翻訳	
12.25	わかれ（詩）よみ人しらず	文芸台湾 5-3	解説	松風子
1943.2.1	母を思ふ（詩）よみ人しらず	文芸台湾 5-4	附註	松風子
2.1	少年の日のラマルチーヌ――ポール・アザールの伝に拠る	文芸台湾 5-4	翻訳	
3	文芸の学問――アザール原作	台大文学 7-5	研究	松風子
3.1	修業時代のラマルチーヌ――ポール・アザールの伝に拠る	文芸台湾 5-5	翻訳	
4	白秋詩評釈の一節	台大文学 7-6	研究	
5.1	叙情詩人としてのラマルチーヌ――ポール・アザールの伝に拠る	文芸台湾 6-1	翻訳	
11	ダヌンチオの「篠懸」――上田敏の訳詩研究	台大文学 8-3	研究	
12	平田禿木先生を哭す	『平田禿木追憶』、研究社	弔文	
8.1	文芸台湾賞第二回受賞者発表――審査員の言葉	文芸台湾 6-4	感想	矢野峰人と連名
1944.1.1	花浦みさを詩文集『かぎろひ抄』――かぎろひ抄の後に	日孝山房	編纂	解説 1-25 頁

参考文献

牛山百合子・中山ちよ「島田謹二先生著作年表」（『比較文学比較文化――島田謹二教授還暦記念論文集』、弘文堂、一九六一年七月）。

小林信行「島田謹二博士　著作年表補遺」（『比較文學研究』65、一九九四年七月）。

参考文献

一、島田謹二の著作（直接引用したもの。付録三と重複する在台期のものは除く）

島田謹二『比較文学』、要書房、一九五三年六月。

島田謹二「『比較文学雑誌』の読み方」、『比較文學研究』、東大比較文學會、第三巻第一号、一九五六年一月～六月号。

島田謹二「明治ナショナリズムの文学」、金子武蔵・大塚久雄編『講座近代思想史IX　日本における西洋近代の受容』、弘文堂、一九五九年一〇月。

島田謹二『比較文學比較文化──島田謹二教授還暦記念論文集』、弘文堂、一九六一年七月。

島田謹二「私は今、明治三六年の人」、『読売新聞』、一九七〇年六月二一日。

島田謹二・西川満「立春大吉記念対談」、『アンドロメダ』、人間の星社、一九七二年二月号。

島田謹二『日本における外国文学』、朝日新聞社、（上）一九七五年一二月。（下）一九七六年二月。

島田謹二「自伝抄この道あの道」、『読売新聞』、一九七七年一月二八日～二月二一日。

島田謹二「台北における草創期の比較文学研究──矢野峰人先生の逝去にからむ思い出」、『比較文學研究』、第五四号、東大比較文學會、一九八八年一二月。

島田謹二『ロシヤにおける広瀬武夫』、朝日新聞社、（上）一九九三年六月、第一〇刷、第一刷一九七六年二月。（下）一九八二年一月、第四刷、第一刷一九七六年三月。

島田謹二『アメリカにおける秋山真之』、朝日新聞社、（上）一九九四年五月、第一〇刷。（下）一九七五年一二月。

島田謹二『華麗島文学志──日本詩人の台湾体験』、明治書院、一九九五年六月。

二、戦前の資料

(1) 雑誌、新聞等

『愛書』、台北、台湾愛書会、一九三三年六月創刊。

『あぢさゐ』、花蓮、あぢさゐ社、一九三七年四月創刊。

『あらたま』、台北、あらたま社、一九二二年一一月創刊。

『英語研究』、英語研究社、参照時期、一九三三年～一九三五年。

『英文学研究』、東京帝国大学英文学会、参照時期、一九三四年～一九三七年。

『英語青年』、英語青年社、参照時期、一九三八年～一九四一年。

『学鐙』、丸善、参照時期、一九四〇～一九四三年。

『原生林』、台北、原生林社、一九三三年四月創刊。

『国語と国文学』、東京大学国語国文学会、至文堂、一九二四年創刊。

『残夢』、台北、殘夢發行所、一九三二年一一月創刊。

『思想』、岩波書店、参照時期、一九三五年～一九四〇年。

『写生』、台北、碧榕吟社、一九二九年一〇月創刊。

『旬刊台新』、台北、台湾新報社、一九四四年七月創刊。

『翔風』、台北高等学校文芸部、参照時期、第二一号～二五号、一九四一年二月～一九四三年五月。

『試論』、東北帝国大学英文学会、一九三三年創刊。

『新建設』、台北、皇民奉公会中央本部、一九四二年創刊。

『新潮』、新潮社、参照時期、一九三二年、一九四〇年～一九四二年。

『相思樹』、台湾、相思樹社、一九〇四年五月創刊。

『大陸』、改造社、参照時期、一九四一年。

『台高』、台北、台北高等学校新聞部、参照時期、第一二号～一四号、一九三九年二月～一九三九年一一月。

『台大文学』、台北、台北帝大短歌会、第一巻〜第十巻、一九三六年一月〜一九四〇年四月。

『台北帝国大学一覧』、台北帝国大学、参照時期、一九二八〜一九四一。

『台北帝国大学文政学部文学科研究年報』、台北、台北帝国大学文政学部、参照時期、第一〜三輯、一九三四年五月〜一九三七年四月。

『台湾』、台北、台湾社、一九四〇年四月創刊。

『台湾慣習記事』、台北、台湾慣習研究会、一九〇〇年一月創刊。

『台湾教育』、台北、参照時期一九三五年〜一九三八年。

『台湾公論』、台北、台湾公論社、参照時期、一九三七年〜一九四四年。

『台湾時報』、台北、台湾総督府情報部、参照時期、一九二九年〜一九四五年。

『台湾新文学』、台北、東方文化書局影印本、一九八一年三月。

『台湾総督府台北高等学校一覧』、台北、台北高等学校、参照時期、一九三三年〜一九三七年。

『台湾日日新報』、台北、台湾日日新報社、参照時期、一九三四年〜一九四四年。

『台湾日報』、台南、台湾日報社、参照時期、一九四〇年〜一九四一年。

『台湾婦人界』、台北、台湾婦人社、参照時期、一九三四年。

『台湾文学』、新文学雑誌叢刊⑧〜⑩、台北、東方文化書局影印本、一九八一年三月。

『台湾文芸』、新文学雑誌叢刊③〜⑤、台北、東方文化書局影印本、一九八一年三月。

『台湾文芸』、新文学雑誌叢刊⑰、台北、東方文化書局影印本、一九八一年三月。

『台湾地方行政』、台北、台湾地方自治協会、参照時期、一九三九年。

『帝国文学』、帝国文学会、参照時期、一九〇六〜一九〇九年。

『南音』、新文学雑誌叢刊①、台北、東方文化書局影印本、一九八一年三月。

『蕃ざくろ』、台北、創刊年月不明。

『文化』、東北帝国大学文化会編輯、岩波書店、（参照時期一九三五年〜一九四二年）

『文芸台湾』、新文学雑誌叢刊⑪〜⑯、台北、東方文化書局影印本、一九八一年三月。

『フォルモサ』、台北、東方文化書局影印本、一九八一年三月。

『三田評論』、慶応義塾大学、参照時期一九四三年。

『民俗台湾』、台北、民俗台湾社、一九四一年七月創刊。

『媽祖』、台北、媽祖書房、一九三四年九月創刊。

(2) 単行本、論文

板垣直子『事変下の文学』、第一書房、一九四一年一〇月。

伊能嘉矩『台湾文化志』、刀江書院、一九二八年初版、一九六五年一〇月、複刻版。

岩波講座『世界文学』、岩波書店、一九三三年一一月〜一九三四年六月。

岩波講座『日本文学』、岩波書店、一九三一年一一月〜一九三三年二月。

ヴァレリー、ポール他著、佐藤正彰訳『精神の将来』、芝書店、一九三六年六月。

ヴァン＝ティーゲム、ポール著、太田咲太郎訳『比較文学』、丸岡出版社、一九四三年八月。

太田咲太郎「比較文学の問題」、『三田評論』、慶応義塾大学、一九四三年四月。

尾崎孝子『美しき背景』、台北、あらたま社、一九二八年五月。

学芸協力委員会編『学芸の国際協力』、国際連盟協会、一九二七年四月。

『歌集　攻玉集』、台北、あらたま社、一九二七年一一月。

上清哉『詩集遠い海鳴りが聞こえくる』、台北、南光書店、一九三〇年二月。

北原白秋『華麗嶋風物誌』(一)・(二)、『改造』、改造社、一九三四年一〇月・一二月。

黒木謳子『南方の果樹園』、屏東、屏東芸術連盟、一九三七年六月。

小林正「比較文学の方法論」、『思想』、二二四号、岩波書店、一九四〇年三月。

坂本徳松『南方文化論』、大阪屋号書店、一九四二年六月。

山東須磨歌『山東須磨歌集』、台北、あらたま社、一九三六年一一月。

シュトリヒ著、伊藤雄訳『世界文学と比較文学史』、木村謹治教授監修独逸文芸学叢書、建設社、一九三三年一月。

小生夢坊『僕の見た臺灣・樺太』、臺支通信社、一九三八年六月。

『世界文学講座』、新潮社、一九三九年。

高橋鏡子『女性に映じたる蓬莱ヶ島』、秀陽社圖書出版社、一九三三年一二月。

立澤剛『岩波講座世界文学――郷土文学』、岩波書店、一九三三年九月。

西川満編『台湾文学集』、大阪屋号書店、一九四二年八月。

『日本文学講座』、新潮社、一九二六年。

野上豊一郎「比較文学」、岩波講座『世界文学』、岩波書店、一九三四年六月。

花浦みさを『かぎろひ抄』、初版、台北、日孝山房、一九四四年一月、中央公論新社、二〇〇一年二月七日。

久松潜一『西欧に於ける日本文学』、至文堂、一九三七年七月。

平澤丁東編『台湾の歌謠と名著物語』、台北、晃文館、一九一七年二月。

マルケエ、ジャン著、土屋宗太郎訳『安南の一族』、生活社、一九四二年四月。

三上惜字塔編『台湾俳句集』、台北、ゆうかり社、一九二八年七月。

三巻俊夫『在台三十年』、台北、台北新聞社、一九三九年一一月。

宮地硬介『榕樹之蔭』、台北、新高堂、一九三三年四月。

矢内原忠雄『帝国主義下の台湾』、岩波書店、一九二九年一〇月。

矢野峰人編『決戦台湾小説集』(二冊)、台北、台湾出版文化株式會社、一九四五年一月。

『山本孕江句集』、台北、山本孕江集刊行会、一九四二年。

吉江喬松『南欧の空』、早稲田大学出版部、一九二九年一月。

吉江喬松『仏蘭西文学概観』(二)、新潮社、一九三〇年三月。

吉江喬松編『世界文芸大辭典』、中央公論社、一九三七年五月。

『吉江喬松全集』第三巻、白水社、一九四一年三月。

龍瑛宗『孤獨な蠹魚』、台北、臺灣文庫刊行、盛興出版部、一九四三年。

三、戦後の日本語文献（翻訳含）

（1）単行本

1．比較文学、日本文学、および文学研究史関連

アザール、ポール著、野沢協訳『ヨーロッパ精神の危機』、法政大学出版局、一九七八年四月、第二刷、第一刷一九七三年五月。

伊藤純郎『郷土教育運動の研究』、思文閣出版、一九九八年二月。

『伊良子清白全集』、第二巻、岩波書店、二〇〇三年六月。

入江昭著、篠原初枝訳『権力政治を超えて——文化国際主義と世界秩序』、岩波書店、一九九八年九月。

色川大吉「明治三十年代の思想・文化——明治精神史の断面」、『色川大吉著作集』第一巻、筑摩書房、一九九五年一〇月。

大鹿卓『野蛮人』、河原功監修、解説、（日本植民地文学精選集、台湾編6）、ゆまに書房、二〇〇〇年九月。

小熊英二『〈日本人〉の境界』、新曜社、一九九八年七月。

小田切秀雄編・犬田卯著『日本農民文学史』、農文協、一九五八年一〇月。

川口恵子『ジェンダーの比較映画史——「国家の物語」から「ディアスポラの物語」へ』、彩流社、二〇一〇年二月。

神田喜一郎編『明治文学全集六二　明治漢詩文集』、筑摩書房、一九八三年。

木田元『ハイデガーの思想』、岩波新書、一九九三年二月。

金宇鍾著・長璋吉訳注『韓国現代小説史』、龍渓書舎、一九七五年三月。

工藤進『南仏と南仏語の話』、大学書林、一九九五年八月、第三版、初版一九八〇年七月。

小林路易「比較文学導入の方法的反省」、早稲田大学比較文学研究室編『比較文学——方法と課題』、早稲田大学出版部、一九七〇年一二月。

『現代思想』「特集クレオール」、青土社、一九九七年一月號。

『講座　比較文学』、第八巻、東京大学出版会、一九七六年三月。

サイード、エドワード・W『オリエンタリズム』（上）、板垣雄三・杉田英明監修、今沢紀子訳、平凡社、一九九八年五月、初版第八刷。

斉藤孝「第一次大戦の終結」、『岩波講座世界歴史二五第一次世界大戦直後』、岩波書店、一九七〇年八月。

齊藤信子『筏かづらの家』、近代出版社、二〇〇五年四月。

齋藤一『帝国日本の英文学』、人文書院、二〇〇六年三月。

笹沼俊暁『「国文学」の思想——その繁栄と終焉』、学術出版会、二〇〇六年二月。

佐藤春夫『定本 佐藤春夫全集』、臨川書店、一九九八年四月〜二〇〇一年九月。

白川豊『植民地朝鮮の作家と日本』、岡山、大学教育出版、一九九五年七月。

白川豊監修・解説『日本植民地文学精選集』朝鮮篇一、ゆまに書房、二〇〇〇年九月。

「全貌」編集部『進歩的文化人学者先生戦前戦後言質集』、全貌社、一九五七年四月。

杉富士雄『ミストラル「青春の思い出」とその研究』、福武書店、一九八四年五月。

セゼール、エメ著、砂野幸稔訳『帰郷ノート・植民地主義論』、平凡社ライブラリー、二〇〇四年五月。

高田理恵子『文学部をめぐる病い——教養主義、ナチス、旧制高校』、松籟社、二〇〇一年六月。

竹中亨『近代ドイツにおける復古と改革——第二帝政期の農民運動と反近代主義』、晃洋書房、一九九六年一二月。

綱澤満昭『農の思想と近代日本』、風媒社、二〇〇四年八月。

テーヌ、イポリット著、手塚リリ子・手塚喬介訳『英国文学史』、白水社、一九九八年一〇月。

富田仁『日本近代比較文学史』、桜楓社、一九七八年四月。

中島健蔵・中野好夫監修『比較文学序説』、河出書房一九五一年一二月。

中根隆行『〈朝鮮〉表象の文化誌』、新曜社、二〇〇四年四月。

中村光夫『戦争まで』、筑摩書房、一九七九年一〇月。

西川長夫『フランスの解体　もうひとつの国民国家』、人文書院、一九九九年一〇月。

『日本外交史一四国際連盟における日本』、鹿島研究所出版会、一九七二年八月。

日本文学研究資料叢書『比較文学』、有精堂出版、一九八二年一二月。

橋川文三「明治のナショナリズムと文学」、『橋川文三著作集二』、筑摩書房、一九八五年九月。

橋川文三『日本浪曼派批判序説』、講談社文芸文庫、二〇〇五年八月、第三刷。

平井隆『伊良子清白日光抄』、新潮社、二〇〇三年一〇月。

平川祐弘『アーサー・ウェイリー「源氏物語」の翻訳者』、白水社、二〇〇九年一月。

平野謙『昭和文学史』、筑摩書房、一九六七年三月、第六刷。

平野千果子『フランス植民地主義の歴史』、人文書院、二〇〇二年二月。

藤田省三「天皇制とファシズム」、『藤田省三著作集一天皇制国家の支配原理』、みすず書房、一九九八年三月。

プレスナー、ヘルムート『ドイツロマン主義とナチズム――遅れてきた国民』、講談社学術文庫、一九九六年四月、第三刷。

風呂本武敏編『土居光知 工藤好美氏宛書簡集』、溪水社、一九九八年二月。

ベルトレ、ドゥニ著、松田浩則訳『ポール・ヴァレリー 一八七一―一九四五』、法政大学出版局、二〇〇八年一一月。

松村昌家編『比較文学を学ぶ人のために』、世界思想社、一九九五年一二月。

三上参次・高津鍬三郎『日本文学史』、上巻・下巻、日本図書センター、一九八二年一一月。

三谷太一郎『近代日本の戦争と政治』、岩波書店、一九九七年一二月。

宮崎芳三『太平洋戦争と英文学者』、研究社出版、一九九九年二月。

森鷗外『鷗外全集』、岩波書店、一九七一年一一月〜一九七五年六月。

森本淳生『小林秀雄の論理』、人文書院、二〇〇二年七月。

安田敏朗『植民地のなかの「国語学」』、三元社、一九九八年。

安田敏朗『「言語」の構築――小倉進平と植民地朝鮮』、三元社、一九九九年。

安田敏朗『国文学の時空』、三元社、二〇〇二年四月。

山口俊章『フランス一九二〇年代――状況と文学』、中公新書、一九七八年九月。

山口俊章『フランス一九三〇年代――状況と文学』、日本エディタースクール出版部、一九八三年一二月。

山田清三郎『近代日本農民文学史（上）』、理論社、一九七六年九月。

『ユリイカ』「特集エキゾティシズム」、青土社、一九九七年八月号。

吉田精一『吉田精一著作集二〇 明治大正文學史』、桜楓社、一九八六年六月、第二刷。

吉田精一『吉田精一著作集二一 現代日本文學史』、桜楓社、一九九〇年四月、第五刷。

渡辺一夫『フランス・ユマニスムの成立』、岩波書店、一九五八年一月。

渡辺一夫『狂気について』、岩波文庫、二〇一〇年二月、第八刷。

渡邉一民『フランスの誘惑』、岩波書店、一九九五年一〇月。

渡辺守章・柏倉康夫・石井洋二郎著『フランス文学』、放送大学教育振興会、二〇〇三年三月。

2．台湾（文学）関連（単行本・学位論文）

井東襄『大戦中に於ける台湾の文学』、東京近代文芸社、一九九三年一〇月。

岩波講座『近代日本と植民地』、岩波書店、一九九三年五月。

王惠珍『龍瑛宗研究――台湾人日本語作家の軌跡』、関西大学大学院文学研究科中国文学専攻、博士論文、二〇〇四年九月。

大内力『日本の歴史二四ファシズムへの道』、中公文庫、一九九七年四月二四版、初版一九七四年九月。

大蔵省管理局『日本人の海外活動に関する歴史的調査　台湾篇（上）』、ソウル、高麗書林、一九八五年、大蔵省管理局昭和二二年刊行の複製、百帙限定影印版。

岡本真希子『植民地官僚の政治史――朝鮮・台湾総督府と帝国日本』、三元社、二〇〇八年二月。

尾崎秀樹『近代文学の傷痕――旧植民地文学論』、岩波書店、一九九一年六月。

神谷忠孝・木村一信編『〈外地〉日本語文学論』、世界思想社、二〇〇七年三月。

佳山良正『台北帝大生戦中の日々』、築地書館、一九九五年五月。

河原功『台湾新文学運動の展開』、研文出版、一九九七年一一月。

河原功監修『日本植民地文学精選集』、ゆまに書房、二〇〇〇年。

孤蓬萬里『「台湾万葉集」物語』、岩波書店、一九九四年一月。

近藤正巳『総力戦と台湾』、刀水書房、一九九六年二月。

下村作次郎・黄英哲他編『よみがえる台湾文学――日本統治時代の作家と作品』、東方書店、一九九五年一〇月。

蕉葉会会長山口房雄編集責任『獅子頭山賛歌 自治と自由の鐘が鳴る』、旧制台北高等学校創立80周年記念文集刊行委員会、二〇〇三年二月。

末光欣也『台湾の歴史　日本統治時代の台湾』、台北、致良出版社、二〇〇四年九月。

胎中千鶴『葬儀の植民地社会史―帝国日本と台湾の〈近代〉』、風響社、二〇〇八年二月。

台湾文学論集刊行記念会編『台湾文学研究の現在 塚本照和先生古希記念』、緑蔭書房、一九九九年三月。

竹中信子『植民地台湾の日本女性生活史』（明治篇、大正篇、昭和篇上下）、田畑書店、一九九五年一二月〜二〇〇一年一〇月。

張季琳『台湾プロレタリア文学の誕生〜楊逵と「大日本帝國」』、東京大学研究所人文社會系研究科、二〇〇一年七月。

中島利郎編『台湾時報　総目録』、緑蔭書房、一九九七年二月。

中島利郎・河原功編『日本統治期台湾文学 日本人作家作品集』、緑蔭書房、一九九八年。

中島利郎・河原功・下村作次郎編『日本統治期台湾文学 文芸評論集』、緑蔭書房、二〇〇一年。

中島利郎『日本統治期台湾文学研究序説』、緑陰書房、二〇〇四年三月。

西川満『アンドロメダ』七月號、人間の星社、一九七二年二月〜一九七三年五月。

西川満『わが越えし幾山河』、人間の星社、一九九〇年六月。

花浦みさを『かぎろひ抄』、中央公論新社、二〇〇一年二月。

春山明哲『近代日本と台湾』、藤原書店、二〇〇八年六月。

藤井省三『台湾文学この百年』、東方書店、一九九八年五月。

前嶋信次『前嶋信次著作集三〈華麗島〉台湾からの眺望』（東洋文庫六七九）、平凡社、二〇〇〇年一〇月。

森岡ゆかり『近代漢詩のアジアとの邂逅　鈴木虎雄と久保天随を軸として』、勉誠出版、二〇〇八年二月。

矢野禾積博士還暦記念會編『矢野禾積博士還暦記念論文集 近代文藝の研究』、北星堂書店、一九五六年三月。

楊智景『日本領有期の台湾表象考察―近代日本における植民地表象』、お茶の水女子大学大学院人間文化研究科国際日本文学専攻、学位論文、二〇〇八年三月。

頼香吟『台湾文学の成立、序説ー社會史的考察（一八九五―一九四五）』、東京大学大学院総合文化研究科、地域文化研究専攻修士論文、一九九五年一二月。

林初梅『「郷土」としての台湾』、東信堂、二〇〇九年二月。

若林正丈『海峡―台湾政治への視座』、研文出版、一九八五年一〇月。

（2）論文、書評など

赤松昭「吉江喬松」、『近代文学研究叢書』第四六巻、昭和女子大学近代文学研究所、一九七七年。

浅野豊美「台湾に関する本一〇〇冊、一五島田謹二『華麗島文学志』――日本詩人の台湾体験」、『台湾史研究』一三、台湾史研究、一九九七年。

石塚出穂「あやめ咲く野の農民詩人――一九二〇年代の日本と詩人ミストラル」、『仏語仏文学研究』第二七号、東京大学仏語仏文学研究会、二〇〇三年五月。

石塚出穂「仏文学の周縁へ――昭和前期の近代プロヴァンス文学」、『仏語仏文学研究』第二八号、東京大学仏語仏文学研究会、二〇〇三年一一月。

和泉司「憧れの『中央文壇』――一九三〇年代の『台湾文壇』形成と『中央文壇志向』」、『文学年報二ポストコロニアルの地平』、世織書房、二〇〇五年八月。

和泉司「懸賞当選作としての『パパイヤのある街』」、日本台湾学会、『日本台湾学会報』、第一〇号、二〇〇八年五月。

和泉司「文学懸賞を目指す植民地の〈作家〉志望者――日本帝国の〈文壇〉を巡って」、『日本台湾学会第一一回学術大会報告者論文集』、二〇〇九年六月。

今井祥子「近代俳句の周辺で――台湾と俳句」、『境界を越えて　比較文明学の現在』、立教大学比較文明学会紀要、第五号、二〇〇五年二月。

大塚幸男「島田謹二『日本における外国文学――比較文学研究』」、『比較文學研究』、第三〇号、朝日出版社、一九七六年九月、一五二～一五四頁。

亀井俊介「『華麗島文学志』を読んで――若き日の島田謹二先生を憶う」、『SINICA』、一九九六年一一月号。

川村湊「東アジアのなかの日本文学」、岩波講座『日本文学史13　20世紀の文学2』、岩波書店、二〇〇〇年一一月、第二刷。

河原功「解題」、『旬刊台新』別冊、緑蔭書房、一九九九年一一月。

河原功「解題」、『新建設』、総和社、二〇〇五年二月。

河原功「一九三七年の台湾文化・台湾新文学状況――新聞漢文欄廃止と中文創作禁止をめぐる諸問題」、『成蹊論叢』四〇号、二〇〇三年三月。

菊池薫「『廟会』解説」、杉野要吉監修『日本植民地文学精選集』満洲篇一、ゆまに書房、二〇〇〇年九月。

木下誠「訳注」、ヴィクトル・セガレン著、木下誠訳『〈エグゾティスム〉に関する試論／覊旅』、現代企画室、一九九五年一月二〇日。

邱若山「『女誡扇綺譚』とその系譜」、近代日本与台湾研討会、輔仁大学外語学院、日文系、台湾文学協会主辦、国家図書館、二〇〇〇年一二月二二、二三日。

邱淑珍「書評『華麗島文学志』—日本詩人の台湾体験」、『歴史と未來』二三、東京外国語大学中嶋ゼミの会、一九九六年。

許時嘉「植民地台湾の漢詩活動と内地日本の漢詩ブームとの接点について—日清戦争前後の漢学観からの一試論」、『日本台湾学会設立一〇周年記念第一〇回学術大会報告者論文集』、日本台湾学会、二〇〇八年五月三一日、六月一日。

栗原純「日本による台湾植民地統治とマラリア—『台湾総督府公文類纂』を中心として」、『中京大学社会科学研究』第二七巻第二号、二〇〇七年五月。

黒川創「解説」、『〈外地〉の日本語文学選一南方・南洋／台湾』、新宿書房、一九九六年一月。

剣持武彦「解説」、日本文学研究資料叢書『比較文学』、有精堂出版、一九八二年一二月。

古田島洋介「書評、島田謹二著『華麗島文学志—日本詩人の台湾体験』」、『比較文学』第三八巻、日本比較文学会、一九九六年三月。

後藤乾一「台湾と南洋—『南進』問題との関連で」、『岩波講座 近代日本と植民地二帝国統治の構造』、岩波書店、一九九二年一二月。

小林信行「若き日の島田謹二先生—書誌の側面から」、『比較文學研究』、第七五〜八〇号、東大比較文學会、二〇〇〇年二月〜二〇〇二年九月。

小堀桂一郎「解説」、『アメリカにおける秋山真之』下、朝日新聞社、一九七五年一二月。

斎川貴嗣「国際連盟知的協力国際委員会と中国—戦間期国際文化交流における認識の転回」『早稲田大学政治公法研究』第八五号、早稲田大学大学院政治学研究科、二〇〇七年八月。

斎川貴嗣「国際連盟の知的協力事業における『アジア』—知的協力委員会、日本、中国」、第二六回台湾歴史文学研究会、於一橋大学、二〇〇七年一二月二二日。

佐伯彰一「滔々たる比較文学の本流──島田謹二『日本における外国文学』上・下」、『朝日ジャーナル』（思想と潮流）、朝日新聞社、一九七六年四月。

佐藤輝夫「《書評》島田謹二著『日本における外国文学──比較文学研究』上下を読む」、『比較文学年誌』、第一二号、早稲田大学比較文学研究室、一九七六年三月。

佐野春夫「芳賀矢一の国学観とドイツ文献学」、山口大学独仏文学研究会『山口大学独仏文学』、No.23、二〇〇一年。

菅原克也「〈南蛮〉から〈華麗島〉へ──日本近代詩におけるエキゾティズム」、『ポスト・コロニアリズム──日本と台湾』、比較文学比較文化論文集、東京大学比較文学比較文化研究室、二〇〇三年五月。

砂野幸稔「黒人文学の誕生─ルネ・マラン『バトゥアラ』の位置」、『フランス語フランス文学研究』、No.61、一九九三年。

戴国煇「日本人による台湾研究──台湾旧慣調査について」、『季刊東亜』、霞山東亜学院、一九六八年八月。

張文薫「アカデミーの文化参入──台北帝国大学と四〇年代台湾文壇・文学の成立」、『日本台湾学会第一一回学術大会報告者論文集』、二〇〇九年六月。

中島健蔵『回想の文学一〜五』、平凡社、一九七七年五月〜一九七七年一一月。

中島利郎「日本統治期台湾文学研究──日本人作家の抬頭─西川満と『台湾詩人協会』の成立」、『岐阜聖徳学園大学紀要』第四四集、二〇〇五年二月。

中島利郎「日本統治期台湾文学研究『台湾文芸家協会』の成立と『文芸台湾』──西川満『南方の烽火』から」、『岐阜聖徳学園大学紀要』第四五集、二〇〇六年二月。

中島利郎「日本統治期台湾文学研究──西川満論」、『岐阜聖徳学園大学紀要』第四六集、二〇〇七年二月。

中村哲「植民地法（法体制確立期）」、鵜飼信成・福島正夫他責任編集『日本近代法発達史五』、勁草書房、一九五八年。

中村光夫『戦争まで』、筑摩書房、一九七九年一〇月。

西成彦「『外地の日本語文学』再考──ブラジルの日本語文学拠点を視野に入れて」、『植民地文化研究』第八号、二〇〇九年七月。

西原大輔「島田謹二著『華麗島文学志－日本詩人の台湾体験』、『比較文學研究』第六七号、恒文社、一九九五年一〇月。

橋本恭子「『台湾の美』をめぐる認識の変化──『台湾』の議論を出発点として」、日本台湾学会第十三回学術大会報告論文、二〇一一年五月。

平川祐弘「島田謹二」、『中央公論』、中央公論社、一九六九年一〇月。

平川祐弘「G・B・サムソン『西欧社会と日本』」、『比較文学』第三五号、日本比較文学会、一九九三年三月。

平川祐弘「島田謹二先生」、『新潮』、新潮社、一九九三年七月。

フェイ・阮・クリーマン「西川満と『文芸台湾』、オリエンタリズムの眼差しとそのゆくえ」、東京、第四五回國際東方學者會議（UCES）、二〇〇〇年五月一九日。

富士太佳夫「文学史が崩壊する」、『文学』第五巻第一号、岩波書店、一九九四年冬。

藤井省三「日本における台湾北京語文学の受容」、岩波講座『「帝国」日本の学知』第五巻、岩波書店、二〇〇六年六月。

松永正義「〈解説〉台湾文学の歴史と個性」、『彩鳳の夢——台湾現代小説選Ⅰ』、研文出版、一九九一年三月、初版第三刷。

松永正義「台湾の文学活動」、岩波講座『近代日本と植民地七 文化の中の植民地』、岩波書店、一九九三年。

村井紀「国文学者の十五年戦争〈1〉〈2〉」、『批評空間』Ⅱ—一六、一八、一九九八年一月、七月。

百川敬仁「国学から国文学へ」、岩波講座『日本文学史第一一巻　変革期の文学Ⅲ』、岩波書店、二〇〇〇年九月、第二冊。

安田保雄「矢野峰人と島田謹二」、『國文學』（特集近代日本文学研究史）、一九六一年一〇月号。

山口守「想像／創造される植民地」、呉密察・黄英哲・垂水千恵編『記憶する台湾——帝国との相克』、東京大学出版会、二〇〇五年三月。

山田明「朝鮮文学への日本人のかかわり方」、『文学』vol.38、岩波書店、一九七〇年一一月。

山田博光「島田謹二と比較文学」、『帝塚山学院大学研究論集』第一九号、一九八四年。

山室信一、川村湊「対談〈アジア〉の自画像をいかに描くか」、『世界』No.614、岩波書店、一九九五年一〇月。

吉田公平「島田謹二著『華麗島文学志——日本詩人の台湾体験』を読んで」、『東洋古典文學研究』、広島大学東洋古典文学研究会、一九九六年。

李文茹「『蕃人』・ジェンダー・セクシュアリティ——真杉静枝と中村地平による植民地台湾表象からの一考察」、『日本台湾学会報』、日本台湾学会、二〇〇五年五月。

（3）雑誌

日本比較文学会『比較文学』、創刊一九五八年。

東大比較文學會『比較文學研究』、創刊一九五四年一月。

（4）その他

藤堂明保編『学研漢和辞典』、学習研究社、一九八七年二月、初版一九七八年四月。

日本近代文学館編『日本近代文学大事典』、講談社、一九七七年一一月～一九七八年三月。

日本フランス語フランス文学会編『フランス文学辞典』、白水社、一九七五年四月、第二刷。

The Kenkyusha Dictionary of English and Amerikan Literature (Third Edition), Tokyo: Kenkyusha, 1985.

四、中国語文献

（一）単行本

井手勇『決戦時期台湾的日人作家与「皇民文学」』、台南市立図書館、二〇〇一年一二月。

『後殖民主義――台湾与日本 論文集』、台北、台湾大学日本語文学系、二〇〇二年八月。

黄美娥『古典台湾 文学史・詩社・作家論』、台北、国立編訳館、二〇〇七年七月。

黄美玲『連雅堂文学研究』、台北、文津出版社、二〇〇〇年。

司馬嘯青『台湾日本総督』、台北、玉山社、二〇〇五年。

張子文・郭啓伝撰文、国家図書館特蔵組編輯『台湾歴史人物小伝』、台北市、国家図書館、二〇〇二年一二月。

陳淑容『一九三〇年代郷土文学／台湾話文論争及其余波』、台南、台南市立図書館、二〇〇四年一二月。

陳柔縉『台湾西方文明初体験』（台北、麦田出版、二〇〇五年七月）。

中島利郎編『日拠時期台湾文学雑誌――総目・人名索引』、台北、前衛出版社、一九九五年三月。

中島利郎編『一九三〇年代台湾郷土文学論戦』、高雄、春暉出版社、二〇〇三年三月。

新垣宏一著、張良沢編訳『華麗島歳月』、台北、前衛出版社、二〇〇二年八月。
『日拠下台湾新文学 明集五文献資料選集』、台北、明潭出版社、一九七九年三月。
『日文台湾資料目録』、台北、国立中央図書館台湾分館、一九八〇年六月。
松尾直太『濱田隼雄研究―文学創作於台湾（一九四〇―一九四五）』、台南、台南市立図書館、二〇〇七年一二月。
游勝冠『台湾文学本土論的興起与発展』、台北、前衛出版社、一九九七年六月、二刷。

（二）学位論文／雑誌掲載論文

巫毓荃・鄧惠文「気候、体質与郷愁―殖民晩期在台日人的熱帯神経衰弱」、李尚人主編『帝国与現代医学』、台北、聯経、二〇〇八年一〇月、五五～一〇〇頁。
王昭文『日拠時期台湾的知識社群―『文芸台湾』、『台湾文学』、『民俗台湾』三雑誌的歴史研究』、新竹、国立清華大学歴史系碩士論文、一九九一年。
王昭文「日拠時期台湾的知識社群―『文芸台湾』与『台湾文学』」、『台湾風物』、台北、一九九〇年二月。
許俊雅〈台湾新文学史的分期与検討〉、台湾文学史書写国際学術研討会発表論文、台南、国立成功大学、二〇〇二年一一月二三～二四日。
呉叡人「重層土著化下的歴史意識：日期後期黄得時与島田謹二的文学史論述之初歩比較分析」、台北、『台湾史研究』第一六巻第三期、中央研究院台湾史研究所、二〇〇九年九月。
呉密察「従日本殖民地教育学制看台北帝国大学的設立」、『台湾近代史研究』、台北県、稲郷出版社、一九九一年九月。
黄美娥「差異／交混、対話／対訳―日治時期台湾伝統文人的身体経験与新国民想像（一八九五―一九三七）」、台北、『中央研究院中国文哲研究集刊』第二十八期、台北、中央研究院中国文哲研究所第二八期、二〇〇六年三月。
黄美娥「日台間的漢文関係―殖民地時期台湾古典詩歌知識論的重構与衍異」、『台湾文学研究集刊』第二期、台北、台湾大学台湾文学研究所、二〇〇六年一一月。
黄美娥「跨界伝播、同文交混、民族想像―頼山陽在台湾的接受史」、台北、行政院文化建設委員会、台湾文芸術与東亜現代性国際学術研討会、二〇〇六年一一月一〇～一二日。

周華斌『従敷島到華麗島的受容与変化 探討日拠時期従日本到台湾的短歌与排句文学』、台南、台湾国立成功大学台湾文学研究所碩士論文、二〇〇七年六月。
菅原克也「從「南蛮」到華麗島――日本近代詩中的異国情調」、『後殖民主義――台湾与日本 論文集』、台北、台湾大学日本語文学系、二〇〇二年八月。
陳建忠「発現台湾、日拠到戦後初期台湾文学史建構的歴史語境」、台湾新文学思潮（一九四七―一九四九）研討会、蘇州、中国作家協会、江蘇省文化芸術発展基金会、江蘇省社会科学院、江蘇省作家学会主辦、二〇〇〇年八月一六～一八日。
陳建忠「戦後初期現実主義思潮与台湾文学場域的再構築――文学史的一個側面一九四五―一九四九」、台湾文学史書写国際学術研討会発表論文、台南、国立成功大学、二〇〇二年一一月二二～二四日。
陳建忠『日拠時期台湾作家論 現代性、本土性、殖民性』、台北、五南図書出版公司、二〇〇四年八月。
陳芳明「黄得時的台湾文学史書写及其意義」、台湾文学史書写国際学術研討会発表論文、台南、国立成功大学、二〇〇二年一一月二二～二四日。
陳万益「台湾文学的「特殊性」与「自主性」」、台湾文学史書写国際学術研討会発表論文、台南、国立成功大学、二〇〇二年一一月二二～二四日。
陳万益、許維育編『龍瑛宗全集』中文巻第八巻、台南、国家台湾文学館籌備処、二〇〇六年一一月。
橋本恭子「関於島田謹二『華麗島文学志』的研究対象」、『後殖民主義――台湾与日本 論文集』、台湾大学日本語文学系、二〇〇二年八月。
橋本恭子『島田謹二《華麗島文学志》研究――以「外地文学論」為中心』、新竹、台湾国立清華大学中文研究所、修士論文、二〇〇三年一月。
橋本恭子「転換期在台内地人之文芸意識的改変（一九三七・七～一九三九・一二）」、『台日研究生台湾文学学術研討会発表論文集』、国立中山大学中国文学系、二〇〇三年一〇月。
鳳気至純平『中山侑研究――分析他的「湾生」身份及其文化活動』、台南、国立成功大学体台湾文学研究所碩士論文、二〇〇五年。
楊永彬「日本領台初期日台官紳詩文唱和」、若林正丈、吳密察編『台湾重層近代話論文集』、台北、播種者文化、二〇〇〇年。

游勝冠『殖民進歩主義与日拠時期台湾文学的文化抗争』、新竹、国立清華大学中国文学系博士論文、二〇〇〇年。

葉寄民〈日拠時代的「外地文学」論考〉、『思与言』第三三巻第二期、台北、思与言雑誌社、一九九五年六月。

葉笛〈日治時期居台日本詩人的台湾意象〉「詩／歌中的台湾意象、第二届台湾文学学術研討会」、台南、国立成功大学中国文学系・台湾文学研究所籌処主辦、二〇〇〇年三月。

葉笛〈台湾与日本文学史書写的比較〉、台湾文学史書写国際学術研討会発表論文、台南、国立成功大学、二〇〇二年一一月二二～二四日。

葉碧苓『学術先鋒　台北帝国大学与日本南進政策之研究』、台北県、稲郷出版社、二〇一〇年六月。

柳書琴『戦争与文壇――日拠末期台湾的文学活動（一九三七～一九四五）』、台北、国立台湾大学歴研究所碩士論文、一九九四年。

柳書琴「誰的文学?·誰的歴史?――日拠末期文壇主体与歴史詮釈之争」、呉密察策画、石婉舜・柳書琴・許佩賢編『帝国裡的「地方文化」皇民化時期台湾文化状況』、播種者出版有限公司、二〇〇八年一二月。

柳書琴「『総力戦』与地方文化――地方文化論述、台湾文化甦生及台北帝大文政学部教授們、『台湾社会研究季刊』、第七十九期、台北、台湾社会研究季刊社、二〇一〇年九月。

五、フランス語、英語文献

Anne -Marie Thiesse, *Ecrire la France- Le mouvement littéraire régionaliste de langue française entre la Belle Epoque et la Libération*, Paris: PUF, 1991.

Auguste Brun, *La langue française en Provence de Louis XIV au Félibrige*, Genève : Slatkine Reprints, 1972 ,Réimpression de l'édition de Marseille, 1927.

Charles Tailliart, *L'Algérie dans la littérature française*, Genève : Slatkine Reprints, 1999 (1er ed. Paris : 1925).

Claude Pichois et André M. Rousseau, *La Littérature Comparée*, Paris :Libraire Armand Colin,1967.

Emile Ripert, *Le félibrige*, Paris : Armand Colin, 1924.

Entretiens L'Avenir de l'Esprit Européen, Paris : Société des Nations, Institut International de Coopération Intellectuelle,1934.

Eugène Lintilhac, *Les Félibres. A travers leur Monde et leur Poésie*, Paris : Lemerre, 1895.

Fernand Baldensperger, *Le mouvement des ideés dans l'emigration française (1789-1815)*, Paris : Librairie Plon,1924.

Fernand Baldensperger, *Études d'histoire littéraire*, Genève : Slatkine Reprints, Reprint of the Paris, 1907-1910, 1939 editions.

Fernand Baldensperger, *Une vie parmi d'autres*, Paris : Louis Conard, 1940.

Fernand Baldensperger, *La littérature française entre les deux guerres 1919-1939*, Marseille: Sagitaire,1943.

F.Jean-Desthieux, *L'Evolution régionaliste —De Félibrige au Fédéralisme*, Paris : Edition Bossard, 1918.

Florian-Parmentier, *Histoire de la littérature française de 1885 à nos jours*, Paris:Eugène Figuière et Cie,Editeurs,1914.

Frederic C. Green, *French Novelists from the Revolution to Proust*, New York: Frederick Ungar Publishing Co., 1931.

Gilbert Chinard, *L'Amerique et rêve exotique dans la littérature française au XVIIe et au XVIIIe siécle*, Paris : Droz, 1934.

Jean Charles-Brun, *Le Régionalisme*, Paris : Bloud et Cie, Editeurs,1911.

Jean Marie Carre, *Voyageurs et ecrivains français en Egypte –(1) Du début de la fin de la domination turque, (2) De la fin de la domination turque à l'inaugration du Canal de Suez*, Paris: l'Institut Français d'archéologie orientale, 1932.

Julian Wright, *The regionalist movement in France, 1890-1914: Jean Charles-Brun and French political thought*, Oxford: Clarendon Press, 2003.

L'institut international de Coopération intellectuelle 1925-1946, Paris : Institut international de Coopération intellectuelle,1946.

Lise Boehm, *a tale of the French blockade of 1884-1885, a China coast tale*, Taipei: Ch'eng Wen, 1972. Reprint from Kelly and Walsh, Shanghai, 1906.

Louis Cario et Charles Regismanset, *L'Exotisme : la littérature coloniale* – 2e ed., Paris : Mercure de France, 1911.

Ludovic Legré, *Le Poète Théodore Aubanel—Récit d'un témoin de sa vie*, Paris: Librairie Victor Lecoffre, 1894.

Louis Malleret, *L'exotisme indochinois dans la littérature française depuis 1860*, Larose Editeurs,1934.

Martine Astier Loutfi, *Littérature et colonialisme : l'expansion coloniale vue dans la littérature romanesque française 1871 – 1914*, Paris : Le Haye : Mouton,1971.

Paul Hazard, *La Crise de la Conscience Européenne 1680-1715*, Paris : Boivin & Cie, 1935.

Paul Van Tieghem, *La Littérature comparée*, Paris : Arman Colin,1931.

Pierre Jourda, *L'exotisme dans la littérature française depuis Chateaubriand : le Romantisme*, Paris : Boivin, 1938.

Revue de littérature comparée, Paris : Champion (Boivin), 1921-2001.

Revue des Deux Mondes, Paris : Bureau de la revue des deux mondes, 1868.9.1.

Roland Lebel, *L'Afrique Occidentale dans la Littérature Française*, Paris : Larose, 1926.

Roland Lebel, *Études de Littérature Coloniale*, Paris : J. Peyronnet et Cie, 1928.

Roland Lebel, *Histoire de la littérature coloniale en France*, Paris : Larose, 1931.

Victor Segalen, *Les Imémoriaux*, Paris : Editions du Seuil, 1985.

あとがき

本書は二〇一〇年二月、一橋大学言語社会研究科に提出した博士論文『《華麗島文学志》とその時代——比較文学者島田謹二の台湾体験』に加筆修正したものであり、各章の初出は次の通りである。

第一章
「島田謹二与戦争時期的比較文学——以両大戦之間的法国及十五年戦争期的日本・台湾為背景——」（『台湾史青年学者国際研討会配布論文』、国立政治大学台湾史研究所・東京大学大学院総合文化研究科・一橋大学言語社会研究科共催、二〇〇八年三月二三〜二五日）
第二章
「島田謹二『華麗島文学志』における「外地文学論」の形成」（『比較文学』第47巻、日本比較文学会、二〇〇五年三月）
第三章
「転換期在台内地人之文芸意識的改変（1937.7 〜 1939.12）」（『台日研究生台湾文学学術研討会発表論文集』、国立中山大学中国文学系主催、二〇〇三年一〇月）
「在台日本人の郷土主義——島田謹二と西川満の目指したもの」（『日本台湾学会報』第9号、日本台湾学会、二〇〇七年五月）
第四章
「島田謹二『華麗島文学志』におけるエグゾティスムの役割」（『日本台湾学会報』第8号、日本台湾学会、

二〇〇六年五月）
第五章
「環繞Taine《英國文學史》的師生關係——島田謹二與黄得時的文學史論述中的政治策略——」（『2011中文知識生産与亜洲社会転型国際学術研討会、大会手冊暨会議論文集』、国立彰化師範大学国文学系・台湾文学研究所主催、二〇一一年一〇月二八〜二九日）
第六章
『南』と出会った知識人——島田謹二と明治ナショナリズムの研究」（『日本台湾学会第9回学術大会報告論文集』、二〇〇七年六月）

修士論文に着手して以来、島田謹二とのつきあいはほぼ十年になる。もともとフランス文学を専攻し、五年にわたるフランス留学の後、東京のフランス系企業で十年近い勤務経験のある私にとって、日本統治期の台湾に焦点を当てた研究は意外な方向転換と思われることがしばしばであったが、私の中では一直線につながった道である。ここに至る問題意識は、日々、西欧人とのダイナミックな戦いに明け暮れる中で、日本の近代とは何か、いやおうなしに問い直さざるを得なかった会社員時代に培われた。明治期の岡倉天心や夏目漱石、中江兆民から、「近代の超克」を願った昭和期の知識人に至るまで、先人たちの西欧体験は決して他人事ではなく、自らの挫折や苦衷に重ね、あるいは西欧人との間に信頼関係を築きたいという祈りの中で、その意味を絶えず考えてきた。そんな「のっぴきならない」思いが、本書の入り口にはある。ただし、私の関心が単に日本と西欧との関係に限定されないですんだのは、パリや東京で知り合った中国、台湾、韓国、ベトナムなどアジアからの留学生のおかげである。フランス留学も仏系企業への就職も私自身の西欧志向の結果であったが、そこで出会ったアジアからの留学生が、私の視線をアジアに向かわせ、日本の近代をより広い空間の中で捉えることを可能にしてくれたのである。それによって私は、「欧米」に対しては被害者意識や劣等感を抱きながら、アジア諸国に対しては優越感を以って支配的に振舞うという、近代日本の両義性――その残滓は私の中にも刻印されていた――に向き合うことになった。後に島田謹二研究を勧めてくださったのは、黄英哲先生（愛知大学）であるが、このような問題意識を抱えていた私にとって、島田との出会いはむしろ必然であったといえるだろう。

一九九〇年代の初め、改めてアジアを知ろうと、仕事の合間に、あるいは仕事の一環として、台湾、中国、香港、韓国、フィリピン、マレーシアなどを頻繁に訪れるようになったが、とりわけ台湾との縁がここまで続いたのは、なんといっても林佳慧のおかげである。彼女が日本での学業を終えて帰国したのを機に、台湾に誘われ、そこで風景と人に魅せられた。佳慧の友人、戴幼銘から大きな宿題をもらったことも大きい。彼は知り合ってまもなくの頃、穏やかな笑顔で私にこう言った。「戦後生まれの日本人は、台湾人に謝罪する必要はない。ただ、過去の歴史はちゃんと学んで、理解してほしい」と。彼の願いに応えたいという思いが本書を生む原動力のひとつになったことを、ここにまず銘記しておきたい。

その後、条件のいい外資系企業を辞め、一九九六年四月、無謀にも台湾に渡ってからは、一度は諦めていた文学研究の道に戻ることになった。台湾師範大学国語中心で中国語を学ぶ傍ら、学部で許俊雅先生が開講されていた台湾文学の授業を聴講するようになり、許先生を通して、河原功先生（当時：成蹊高校）、岡崎郁子先生（吉備国際大学）にお目にかかる機会を得、さらに下村作次郎先生（天理大学）、沢井律之先生（京都光華女子大学）、垂水千恵先生（横浜国立大学）らとも面識を得た。幸運な出会いであり、いずれも、その後、私の研究を暖かく見守り、支えてくださった先生たちである。

一九九八年一〇月からは台湾国立清華大学中文研究所の修士課程に進み、陳万益先生の指導を仰ぐことになった。当時、清華大学には陳先生をはじめ、呂正恵先生、呂興昌先生がいらして台湾文学の研究をリードし、さらに、現在、台湾各地の大学で教鞭を取っている気鋭の若手研究者柳書琴（清華大学）、游勝冠（成功大学）、陳建忠（清華大学）、黄琪椿（清華大学）、徐秀慧（彰化師範大学）、彭明偉（交通大学）らが博士課程在学中であった。今から思えば信じがたいほど贅沢な環境である。授業だけではなく、頻繁に開かれた飲み会の席で、台湾文学に対する先生方や先輩たちの熱い思いに直接触れられたことが、留学生活のなによりの収穫であった。日本に戻ってからも、常に私を励まし、支えてくださったことに、なんといって感謝していいかわからない。

博士課程は一橋大学言語社会研究科に学んだ。「フランス文学」、あるいは「台湾文学」といった、一国文学的な縦割りの組織ではなく、越境的に開かれた場で島田謹二研究を続けながら、それまで学んできたことを総合的に考えたかったのである。その点で、言語社会研究科は理想的な環境であった。さらに、島田謹二を通して比較文学の面白さを知った反面、どこか違和感を覚えていた私にとって、学問のあるべき姿を、比較文学者ではない二人の先生から学べたことも、幸いであった。

一人が主ゼミの指導教授松永正義先生である。台湾・中国・日本の近代文学を自在に行き来する松永先生の講義からは、日本人として台湾と中国にいかに向き合うべきか、また台湾と中国の関係をいかに理解すべきかを学んだが、そこに私は東アジアを母体とする比較文学研究の理想的なあり方を見出していた。また、先生からは学問の厳しさを叩き込まれた。島田謹二を彼の最も高いところで批判せよとおっしゃったのも松永先生である。

もう一人が、副ゼミの指導教授恒川邦夫先生である。先生はヴァレリー研究からカリブ海地域のクレオール文学へ、さらに私が入学したころには東アジアにおけるフランス語・フランス文学の受容研究へと、関心を広げていらした。この時期の先生にめぐり合えたことは、私にとってなによりの僥倖であり、異なる文化圏・言語圏を勇敢に横切っていかれる先生の姿は、まさに私の理想とする「行動する比較文学者」であった。

さらに、恒川先生の定年退官後、副ゼミの指導教授をお願いした安田敏朗先生からは、研究というものは自分の身を置く学問のあり方を常に問い直しつつ実践すべきであることを教えていただいた。それが、島田謹二研究を比較文学史の枠組みで捉えようとしたきっかけになっている。また、本書の出版が実現できたのも、ひとえに安田先生のお蔭であり、先生の励ましがなければ、途中で投げ出していただろう。

密かに「黄金の三角形」と呼ぶ松永・恒川・安田先生の間で、長い時間をかけて問題意識を育み、まがりなりにもこのような形に残せたことを、今、とても嬉しく思う。本書を先生たちへのなによりの感謝の印としたい。

さらに遡っていえば、文学研究の入り口で、学習院大学文学部フランス文学科の故豊崎光一先生、パリ第八大学文学部修士課程の指導教授ジョルジュ・ライヤール（Georges Raillard）先生の厳しい指導を受けられたことも幸いであった。私の研究の基礎には、流行の文学理論に安易に頼らず、自分の頭で考え抜けとのお二人の戒めがある。

優れた研究により、本書のバックボーンを作ってくださった山口俊章先生（当時：関東学院大学）、笹沼俊暁先生（台湾・東海大学）、浅野豊美先生（中京大学）にも感謝したい。二人の「としあき」先生には、研究が行詰り、方向性を見失っていたときに救っていただいた。浅野先生の書評は修士論文のときから、灯台のように私の研究を導いてくださった。伝記研究の部分でお世話になった小林信行先生（元聖心女子学院）、貴重な資料をご提供くださった平川祐弘先生（元東京大学）、常に暖かく励ましてくださった春山明哲先生（早稲田大学台湾研究所）にもお礼申し上げたい。

さらに、インタビューに応じてくださった島田謹二のご息女齊藤信子様、台北高等学校卒業生の木下和之様、移川丈児様、山口政治様には、在りし日の島田謹二を語っていただけたことを、深く感謝したい。ただ山口様が二〇一〇年六月に逝去され、本書をお見せできなかったことが悔やまれる。また敬愛する台湾研究者の竹中信子様や工藤好美氏のご息女で英文学者の大原千代子先生（元明星大学）、恒川ゼミの先輩廣瀬百合子さんのお母様妙子様をはじめ、台湾から引揚げてこられた方々から貴重なお話しをうかがう機会を得、日本統治時代の台湾を立体的に理解することが出来た。お名前をすべて挙げられなかったことだけが心残りである。

博士論文の執筆から本書の出版に至る日々は、かつて経験したことのないほど苦しいことの連続であったが、一方で多くの研究仲間に出会え、支えられてきたことは大きな喜びであった。すべての方に感謝したい。特に、まだ十分形になっていない博士論文の初校を書くそばから読み、力強く励ましてくださったサルトル、ファノン研究の小田剛さん（一橋大学院）、完成した博士論文を読んで、貴重なコメントをくださった在台日本人研究の鳳気至純平さん（台湾・成功大学院）には多大なご苦労をおかけした。さらに、松永ゼミの先輩丸川哲史さん（明治大学）、一橋大学をはじめ、早稲田大学、お茶の水女子大学、東京大学などの台湾人留学生の皆さん、一橋大学院生寮の研究科を超えた仲間たち。皆さんがそばにいてくださったお陰で、私は孤独とは無縁であった。

一橋大学図書館にもお世話になった。文学系の蔵書が少なく、時に不満もあったが、『比較文学雑誌』(Revue de littérature comparée) と『台湾時報』が創刊号から全巻揃っていたことは、本研究にとっては決定的に重要であり、その点ではいくら感謝してもし足りない。夏休みや春休みのたびに通った台湾の国立中央図書館台湾分館職員の皆様にも、大変お世話になった。また、明星大学の島田謹二文庫を快く使わせてくださった古田島洋介先生(明星大学)にも、お礼申し上げたい。

非常勤でお世話になっている日本社会事業大学教務課職員の皆様がいつも笑顔で迎えてくださったことも忘れられない。そしてなにより中国語の授業を受けてくれたすべての学生さんたちに心より感謝したい。社会福祉を学ぶ皆さんの、人としての質の高さが、この苦しい時期に私をどれほど励まし、支え、鍛えてくれただろう。今後も文学研究を通して、少しでも皆さんの心に届く言葉が語れるような教師になれれば、と思う。

また、本書の出版をお引き受けくださり、編集まで担当してくださった三元社の石田俊二社長には、作業が滞り、予定通りに進まなかったことを深くお詫びすると同時に、忍耐強く見守ってくださったことに心よりお礼申し上げたい。

最後に、わがままな生き方を許してくれた家族に感謝する。特に島田と同じく東京外語に学び、西欧近代詩と上田敏、北原白秋をこよなく愛した亡き父の存在ぬきで、本書は考えられない。島田謹二の世界は、幼い頃から私が父を介して知らず知らずのうちに親しんできたものであり、だからこそできた研究であった。

なお、研究の途上では、富士ゼロックス小林節太郎記念基金より二〇〇六年度小林フェローシップ研究助成金を得て、研究成果を二〇〇七年の日本台湾学会学術大会で報告することが出来た。さらに、二〇〇八年八月には財団法人交流協会日台交流センター研究者派遣事業の助成を受け、調査・研究を行った。出版に当たっては、独立行政法人日本学術振興会より平成二十三年度科学研究費補助金（研究成果公開促進費「学術図書」）（科研番号：235045）、および富士ゼロックス小林フェロー出版助成金の交付を受けた。改めてここに謝意を表したい。

二〇一一年一二月

著者

【ら】

【わ】

【ま】

【や】

【は】

【た】

【な】

【さ】

【か】

索引

著者紹介

橋本恭子［はしもと・きょうこ］

埼玉県生まれ。

学習院大学文学部フランス文学科卒業。パリ第八大学文学部修士課程修了。台湾国立清華大学中文系修士課程修了。

2010年5月、一橋大学言語社会研究科博士後期課程修了。博士（学術）。

日本社会事業大学非常勤講師。一橋大学言語社会研究科博士研究員。

専門は比較文学・台湾文学。

主な論文に、「島田謹二『華麗島文学志』におけるエグゾティスムの役割」（『日本台湾学会報』第8号、日本台湾学会、2006年5月、第4回日本台湾学会賞受賞）、「張文環〈閹雞〉中的小説語言與思想」（許雅筑訳、柳書琴・張文薫編選『台湾現當代作家研究資料彙編06張文環』、国立台湾文学館、2011年3月）などがある。

『華麗島文学志』とその時代
比較文学者島田謹二の台湾体験

発行日　二〇一二年二月一〇日　初版第一刷発行

著　者　橋本恭子

発行所　株式会社 三元社
〒一一三―〇〇三三
東京都文京区本郷一―二八―三六 鳳明ビル
電話／〇三―三八一四―一八六七
ファックス／〇三―三八一四―〇九七九

印刷＋製本　モリモト印刷株式会社

ISBN978-4-88303-297-6
http://www.sangensha.co.jp